RÖLS G Verlage

„BÜCHER SIND WIE FALLSCHIRME. SIE NÜTZEN UNS NICHTS, WENN WIR SIE NICHT ÖFFNEN."

Gröls Verlag

Redaktionelle Hinweise und Impressum

Das vorliegende Werk wurde zugunsten der Authentizität sehr zurückhaltend bearbeitet. So wurden etwa ursprüngliche Rechtschreibfehler *nicht* systematisch behoben, denn kleine Unvollkommenheiten machen das Buch – wie im Übrigen den Menschen – erst authentisch. Mitunter wurden jedoch zum Beispiel Absätze behutsam neu getrennt, um den Lesefluss zu erleichtern.

Um die Texte zu rekonstruieren, werden antiquarische Bücher von Lesegeräten gescannt und dann durch eine Software lesbar gemacht. Der so entstandene Text wird von Menschen gegengelesen und korrigiert – hierbei treten auch Fehler auf. Wenn Sie ebenfalls antiquarische Texte einreichen möchten, finden Sie weitere Informationen auf www.groels.de

Viel Freude bei der Lektüre wünscht Ihnen das Team des Gröls-Verlags.

Adressen

Verleger: Sophia Gröls, Im Borngrund 26, 61440 Oberursel

Externer Dienstleister für Distribution & Herstellung: BoD, In de Tarpen 42, 22848 Norderstedt

Unsere „Edition | Werke der Weltliteratur" hat den Anspruch, eine der größten und vollständigsten Sammlungen klassischer Literatur in deutscher Sprache zu sein. Nach und nach versammeln wir hier nicht nur die „üblichen Verdächtigen" von Goethe bis Schiller, sondern auch Kleinode der vergangenen Jahrhunderte, die – zu Unrecht – drohen, in Vergessenheit zu geraten. Wir kultivieren und kuratieren damit einen der wertvollsten Bereiche der abendländischen Kultur. Kleine Auswahl:

Francis Bacon • Neues Organon • **Balzac** • Glanz und Elend der Kurtisanen • **Joachim H. Campe** • Robinson der Jüngere • **Dante Alighieri** • Die Göttliche Komödie • **Daniel Defoe** • Robinson Crusoe • **Charles Dickens** • Oliver Twist • **Denis Diderot** • Jacques der Fatalist • **Fjodor Dostojewski** • Schuld und Sühne • **Arthur Conan Doyle** • Der Hund von Baskerville • **Marie von Ebner-Eschenbach** • Das Gemeindekind • **Elisabeth von Österreich** • Das Poetische Tagebuch • **Friedrich Engels** • Die Lage der arbeitenden Klasse • **Ludwig Feuerbach** • Das Wesen des Christentums • **Johann G. Fichte** • Reden an die deutsche Nation • **Fitzgerald** • Zärtlich ist die Nacht • **Flaubert** • Madame Bovary • **Gorch Fock** • Seefahrt ist not! • **Theodor Fontane** • Effi Briest • **Robert Musil** • Über die Dummheit • **Edgar Wallace** • Der Frosch mit der Maske • **Jakob Wassermann** • Der Fall Maurizius • **Oscar Wilde** • Das Bildnis des Dorian Grey • **Émile Zola** • Germinal • **Stefan Zweig** • Schachnovelle • **Hugo von Hofmannsthal** • Der Tor und der Tod • **Anton Tschechow** • Ein Heiratsantrag • **Arthur Schnitzler** • Reigen • **Friedrich Schiller** • Kabale und Liebe • **Nicolo Machiavelli** • Der Fürst • **Gotthold E. Lessing** • Nathan der Weise • **Augustinus** • Die Bekenntnisse des heiligen Augustinus • **Marcus Aurelius** • Selbstbetrachtungen • **Charles Baudelaire** • Die Blumen des Bösen • **Harriett Stowe** • Onkel Toms Hütte • **Walter Benjamin** • Deutsche Menschen • **Hugo Bettauer** • Die Stadt ohne Juden • **Lewis Caroll** • *und viele mehr....*

Friedrich Gerstäcker

Die Regulatoren in Arkansas

Aus dem Waldleben Amerikas

Zuerst erschienen:

1845

Inhalt

Vorwort

Wenige Worte werden genügen, diese Erzählung aus den westlichen Wäldern Amerikas bei dem Leser einzuführen und ihn darauf vorzubereiten, was er überhaupt darin zu erwarten hat.

Arkansas, von den Vereinigten Staaten seit 1836 in die Union aufgenommen, hatte sich in früheren Jahren den Ruf erworben, daß alles Gesindel aus dem Osten und Süden in seinen weglosen Wäldern und Sümpfen einen Zufluchtsort gegen den strafenden Arm der Gerechtigkeit gesucht und gefunden habe und dort auf eigene, freie Hand sein Wesen treibe.

Solche Gerüchte waren nicht ohne Grund, Spruch und Gesetze aber machtlos in diesen Wäldern. Ehe der Sheriff einen Verbrecher fassen konnte, hatte sich dieser auf dem Rücken seines eigenen oder eines fremden Pferdes in ein anderes County geflüchtet und wurde nicht mehr gesehen. Aber auch wirklich ergriffen, blieb es eine fast noch schwierigere Aufgabe, den Gefangenen festzuhalten. Entweder brach er sich selbst Bahn aus dem Blockhaus, in das man ihn gesperrt, oder er sah sich von einer Bande seiner Freunde, die es vielleicht kaum für nötig hielten, ihre Gesichter zu färben und unkenntlich zu machen, in der ersten Nacht befreit und trieb nach wie vor sein Unwesen.

Auf den Pferdediebstahl legten sich die Verbrecher besonders, da nach der westlichen Sitte die Tiere und Herden der Pioniere frei im Walde selbst ihr Futter suchten und also keiner so genauen, ja oft nicht der mindesten Aufsicht unterworfen waren. Als nun noch überdies im Jahre 1839 die Todesstrafe für Pferdediebstahl aufgehoben wurde, machten in verschiedenen Teilen des Staates manche ein wirkliches Geschäft daraus, und die Hinterwäldler sahen sich endlich zu ernsten Maßregeln gezwungen.

Die Gesetze vermochten nicht, sie auf ihren einzelnen, oft viele Meilen voneinander entfernten Farmen zu schützen, die „Männer von Arkansas“ traten daher zusammen und bildeten den Regulatorenbund, ergriffen, was ihnen verdächtig erschien, peitschten die Gefangenen, bis sie ihre Vergehen gestanden und ihre Mitschuldigen nannten, und hängten oder erschossen die Missetäter, sobald das Verbrechen nur erst einmal hinlänglich bewiesen werden konnte.

Daß bei diesem willkürlichen Verfahren auch manches Unrecht geschah, läßt sich denken. Mehrere Male wurden sogar Unschuldige aus ihrer friedlichen Hütte geschleppt und gezüchtigt. Deren freies arkansisches Blut empörte sich dann natürlich gegen die unverdiente Mißhandlung, die sie nicht auf dem Wege der Gesetze, sondern durch eigene Kraft wieder zu rächen suchten und ihre Richter heimlich oder öffentlich niederschossen. Im allgemeinen erreichte aber doch dieses ernste Durchgreifen der Pioniere seinen Zweck, und als das Lynchgesetz, wie die Regulatoren ihr Gerichtsverfahren nannten, an verschiedenen Orten des Staates angewendet worden war, fingen die Pferdediebe an einzusehen, daß es in Amerika noch sicherere und wohnlichere Plätze für sie gab als gerade Arkansas, und die meisten flüchteten nach Texas.

Meine Erzählung fällt nun in jene Zeit, wo das Unwesen seinen höchsten Grad erreicht hatte und Selbstschutz den Farmern und Jägern zur Notwendigkeit wurde. Der größte Teil der Ereignisse ist keineswegs erdichtet, sondern hat sich, wenn auch auf verschiedenen Plätzen und in ausgedehnterem Zeitraum, wirklich zugetragen, besonders ist der Methodistenprediger eine geschichtliche Figur. Ich selbst war Zeuge mehrerer Szenen und schrieb einst an Ort und Stelle die Namen von sechsundwanzig solcher Ehrenmänner nieder, die durch die Regulatoren mit Hilfe des schwarzen „Hickorys“ einem der aufgegriffenen Verdächtigen entlockt wurden.

So möge sich denn der freundliche Leser auf kurze Zeit mit mir zurückversetzen in die schönen Wälder jenes herrlichen Landstriches, und wenn er auch nicht gleich nach Durchsicht des Buches sattelt und aufsitzt und nach den fernen Regionen des Westens, wie die Hinterwäldler sagen, „Fährten macht“, so hoffe ich doch, daß er, neben einigen weniger angenehmen Bekanntschaften, auch recht gute und liebe Leute kennenlernen wird, die ihn mit den Schattenseiten der übrigen aussöhnen mögen.

1. Der Leser macht die Bekanntschaft von vier würdigen Leuten und erfährt etwas Näheres über ihre Lebensverhältnisse

Dem freundlichen Mai waren die wilden Frühlingsstürme gewichen. Blumen und Blüten drängten sich zwischen dem gelben Blätterlager hervor, das dicht den Boden bedeckte und nur hier und da von saftgrünen, lebensfrischen Grasflecken unterbrochen wurde. Aber Blüte an Blüte quoll auch aus den Zweigen der niederen Dogwoodbäume und Gewürzbüsche hervor. Blumen und Knospen hingen an den üppigen Lianengewinden, die sich von Baum zu Baum schlangen, nieder, verwandelten die Wildnis in einen Garten und erfüllten mit lieblichem Wohlgeruch den von riesigen Fichten-, Eichen- und Sassafrasbäumen überwölbten Waldesdom. Drängte sich die Sonne durch die dichtbelaubten Wipfel der gewaltigen Stämme, so ließ das Gewirr von Schlingpflanzen und Buschwerk kaum hier und da einen verstohlenen Strahl zur Erde nieder, und Dämmerung herrschte in diesem Teil der Niederung, während das Tagesgestirn schon hoch am Himmel glühte. Damit schienen übrigens die Gestalten, die sich hier am Fuß einer mächtigen Kiefer niedergelassen hatten, ganz einverstanden zu sein, denn der eine von ihnen reckte die Glieder und sprach, zu dem grünen Laubdach über sich emporschauend:

„Ein herrlicher Platz für vertrauliche Zusammenkünfte – ein ganz vorzüglicher Platz. Der Rohrbruch, nach dem Fluß hin, hält gewiß jeden vernünftigen Christenmenschen ab, seinen Weg in dieser Richtung einzuschlagen, und die dornigen Schlingpflanzen hier oben sind ebenfalls nicht so einladend, daß sich einer ganz nutzlos hineinwagen sollte – und nutzlos wär's, denn daß kein Wild mehr in der Nähe weilt, dafür, denk ich, hätten wir gesorgt,“

Der Sprecher war, soweit es seine behaglich auf dem Laub ausgestreckte Gestalt erkennen ließ, ein Mann von über sechs Fuß, mit muskulösem Körperbau und freien, offenen Zügen, sein Blick hatte aber etwas unheimlich Wildes und irrte unstet von einem Ort zum andern. Sein ganzes Äußere verriet einen hohen Grad von Nachlässigkeit. Der alte, löchrige Filzhut war ihm vom Kopf gefallen, und das Haar stand struppig und ungekämmt empor: der borstige Bart schien eine Woche lang vernachlässigt zu sein, und ein sehr abgetragenes blauwollenes Jagdhemd, an dem einzelne einst gelb gewesene Fransen wild herabhingen, war mit alten wie neuen Blutflecken überdeckt. Diese wurden übrigens durch ein frisch abgestreiftes Hirschfell an seiner Seite erklärt. Überhaupt schien der Bursche den Wald zum Hauptaufenthalt zu haben. Die Büchse lag neben ihm am

Boden; die Beine staken in vielfach ausgebesserten ledernen Leggins oder Gamaschen, und ein Paar Mokassins aus Rindshaut vollendeten den keineswegs kleidsamen Anzug.

Sein Gefährte, der neben ihm, mit dem Rücken gegen den Baumstamm gelehnt, saß und mit einem langen Messer (in der Landessprache gewöhnlich „Arkansas-Zahnstocher“ genannt) Holzspäne schnitzelte, unterschied sich etwas, und zwar zu seinem Vorteil, von dem rauhen Nachbarn. Seine Kleidung war sauberer, sein ledernes Jagdhemd, das, wenn auch alt und viel gebraucht, doch mit besonderem Fleiß gearbeitet schien, etwas besser gehalten als das des ersteren, und sein ganzes Aussehen bewies, daß er eine bessere Erziehung erhalten als der wilde Waldbewohner oder doch wenigstens erst kürzlich aus dem elterlichen Haus gekommen sei. Das letztere wurde noch durch seine Jugend so viel wahrscheinlicher, da er kaum mehr als siebzehn Jahre zählen konnte.

Der dritte war den beiden Beschriebenen total unähnlich, und was jene an Wildheit und Lebensmut besaßen, schien dieser durch Sanftmut und Leutseligkeit wieder ausgleichen zu wollen. Seiner Kleidung nach gehörte er der Klasse wohlhabener Farmer an. Der blaue, vom besten wollenen Stoff gefertigte Frack – die gewöhnliche Tracht der amerikanischen Landleute –, die saubere gelbe Weste, die sorgfältig geschwärzten Schuhe, der neue breitrandige Hut, alles bewies, daß er etwas auf sein Äußeres halte und, wenn auch in manchen anderen Stücken, doch keineswegs in jener Mißachtung jeder anständigen, reinlichen Kleidung mit der Gesellschaft, in der er sich gerade befand und zu der er offenbar zu gehören schien, harmoniere. Er lehnte, ein Bein übers andere geschlagen, an einer kleinen Eiche und sah sinnend zu dem Sprecher hinüber, der seinen Kopf wieder faul auf das die Wurzeln des Baumes bedeckende Moos zurücksinken ließ.

„Oder sorgt vielmehr jetzt noch dafür, Cotton“, beantwortete er dann mit etwas näselnder Stimme die Äußerung des Jägers, „wenn es auch nicht in Ordnung ist, daß Ihr selbst am heiligen Sabbat ohne dringende Not umhergeht und die friedlichen Tiere des Waldes erlegt.“

„O geht zum Teufel mit Eurer Predigt, Rowson!“ fuhr der Jäger halb ärgerlich, halb lachend auf, während der junge Bursche einen spöttischen Blick auf die ernsthafte Gestalt des Mahners warf. „Spart die Moral, bis Ihr in die Ansiedlung kommt, und verschont uns hier mit dem Unsinn. Wo aber nur Rusch stecken mag – verdammt will ich sein, wenn ich mir das erklären kann. Er versprach, ganz bestimmt mit Sonnenaufgang hier zu sein, und jetzt ist die Sonne bald drei Stunden hoch – die Pest in seinen Hals!“

„Ihr werdet ihn mit Eurem gotteslästerlichen Fluchen nicht herbeirufen“, erwiderte kopfschüttelnd der andere: „aber“, fuhr er dann, etwas lebhafter werdend, fort, „auch mir dauert die Zeit zu lang. Ich muß um zehn Uhr in der Betversammlung sein und habe noch sechs Meilen bis dahin zu reiten.“

„Die beiden Geschäfte scheinen sich bei Euch sehr gut zu vertragen!“ Der Jäger lächelte verächtlich. „Predigen und Pferde stehlen – hm, paßt wirklich recht gut zusammen, kann auch recht gut nebeneinander bestehen, denn der ‘Sabbat’, wie Ihr ihn nennt, ist doch ein schlechter Tag für unser Geschäft. Aber laßt die Faxen hier im Wald, wo wir unter uns sind. 's ist – das wenigste zu sagen – langweilig.“

„Nun, habt keine Angst, Ihr sollt nicht lange mehr damit belästigt werden“, entgegnete Rowson, während er mit Wohlbedacht eine Prise aus einer Muscheldose nahm. „Doch seht“, fuhr er dann lebhafter fort, „Euer Hund spitzt die Ohren – er muß etwas wittern.“

Ein grau- und schwarzgestreifter Schweißhund hatte sich, einige Schritte von den Männern entfernt, auf dem einzigen kleinen sonnigen Fleck zusammengeknäult, wo ein umgestürzter Baum in das dichte Laubdach eine Lücke gerissen. Vorsichtig windend hob der Hund jetzt die Nase einen Augenblick in die Höhe, knurrte dann leise, wobei er einen schwachen Versuch machte, mit dem Schwanz zu wedeln, und fiel wieder in seine alte Lage zurück. Sein Herr, der ihn indessen aufmerksam beobachtet hatte, sprang mit zufriedenem Blick auf und rief:

„Nun endlich - Zeit ist's, daß er kommt. Deik kennt ihn auch gut genug, mag aber seinen warmen Fleck dort nicht verlassen. Hallo - da ist er schon! - Nun, Rusch, Ihr glaubt wohl, man hält sich hier der Annehmlichkeit wegen zwischen den Moskitos und Holzböcken auf? Was, zum Henker, hat Euch abgehalten, zur rechten Zeit hier zu sein?“

Der Letztgekommene zeigte sich als ein Mann in mittleren Jahren und ging, wie der Prediger, anständig und reinlich gekleidet. Außerdem trug er aber, obgleich sonst gerade nicht jagdmäßig angezogen, eine Kugeltasche an der rechten Seite und eine lange gezogene Büchse auf der Schulter.

„Guten Morgen, Gentlemen“, wandte er sich jetzt an die ihn begrüßenden Männer, „guten Morgen, und seid nicht böse, daß Ihr habt auf mich warten müssen, aber - ich konnte nicht früher kommen. Der junge Laffe, der Brown, und der alte Harper mit der verdammten Rothaut krochen mir im Weg herum, und ich wollte mich nicht gern nach dieser Richtung zu sehen lassen. Die guten Leute fangen mir überhaupt an zu gescheit zu werden, und das schleichende Skalpiermesser schnüffelt in einem fort im Wald - umher. Höll' und Teufel, warum dulden wir den Indianer eigentlich hier in der Nachbarschaft! Ich habe fast so eine Ahnung, als ob die Kugel schon gegossen wäre, die ihm in seine Jagdgründe verhelfen mag.“

„Ich glaube selber, Rusch“, sagte Cotton, „daß das Stück Blei vortrefflich angewandt wäre.“

„Hört einmal, Cotton“, wandte sich der Neugekommene halb ärgerlich an den Jäger, „ich wollte, Ihr nenntet mich nicht immer bei dem verwünschten Namen. Er fährt Euch einmal heraus, wenn es Fremde hören, und dann käm' ich in des Teufels Küche. Sagt 'Johnson', wenn wir auch unter uns sind - Ihr gewöhnt Euch besser dran.“

„Nun meinetwegen“, erwiderte spöttisch der andere, „mir auch recht, Rusch oder Johnson, dem Strick entgeht Ihr doch nicht, sowenig wie wir anderen. Aber fidel wollen wir sein, solange wir noch beisammen sind, und dann ans Geschäft, denn wir haben in den letzten vierzehn Tagen keinen Cent verdient. Es wird Zeit, daß wir wieder anfangen.“

Er hatte bei diesen Worten eine kleine Whiskyflasche aus seiner wollenen Decke herausgewickelt, drehte den Stöpsel heraus und setzte sie dann mit einem zufriedenen „Prost“ an die Lippen. Erst nachdem er einen tüchtigen Schluck genommen, hielt er sie dem ihm am nächsten stehenden Rowson hin und rief:

„Da - stärkt Euch zu Eurer Predigt heute morgen, Ihr werdet's brauchen können. Verdammt will ich sein, wenn ich nicht drei solche Flaschen im Leibe haben müßte, um ruhig zuhören zu können, und sogar dann würde ich noch die Bedingung stellen, daß ich eingeschlafen sein müßte, ehe Ihr angefangen hättet.“

„Danke“, sagte Rowson, den dargebotenen Trunk abweisend, „danke schön, ich möchte nicht gern heute morgen nach Whisky riechen. Gebt die Flasche an Johnson, der wirft ihr ohnedies schon sehnsüchtige Blicke zu.“

„Nichts besser als ein heißer Trunk am Morgen“, sagte der Neuankömmling, indem er ohne weitere Umstände dem Jäger Bescheid tat. „Aber Weston“, fuhr er dann, sich an den Jüngsten wendend, fort, „was habt Ihr denn, Ihr kratzt Euch ja, als ob Ihr wie eine Schlange die Haut abschälen wolltet; hat Euch ein Moskito gestochen?“

„Einer?“ fragte der junge Mann ärgerlich, indem er hinzutrat und die Flasche aus Johnsons Hand nahm. „Einer? Die Luft ist hier dick voll von ihnen, und es kommt mir fast so vor, als ob Harper recht habe, der neulich behauptete, es wären so viele von diesen verwünschten, scharfgesichtigen Burschen hier, daß man bei Tisch, wenn man nur einmal mit dem Messer durch die Luft hiebe, den ganzen Teller voll Flügel und Beine hätte.“

„Hoho!“ lachte Cotton. „Ihr gewöhnt Euch schon daran; kommt da freilich gerade aus den Missouri-Bergen herunter, wo, wie ich mir habe erzählen lassen, die Leute nachts ohne Rauch im Freien schlafen können; hier möchte ihnen das schwerfallen.“

„Gentlemen, denken Sie daran, weshalb wir hier sind“, bemerkte Rowson jetzt etwas ungeduldig, „die Zeit vergeht, und ich muß wahrhaftig fort. Überhaupt ist dies keineswegs ein so ungemein sicherer Platz, wenn Johnson wirklich den Indianer mit seinen Freunden hat in der Nähe herumkriechen sehen. Ich schlage also vor, daß wir ohne weitere Umstände ans Werk gehen und jetzt endlich verabreden, was wir eigentlich verabreden wollten.“

„Brav gesprochen, großer Prophet!“ rief Cotton und schlug dabei dem Redner mit der Faust so kräftig auf die Schulter, daß dieser schmerzhaft das Gesicht verzog und dem Allzufreundlichen einen tückischen Seitenblick zuwarf, jedoch mit großer Selbstüberwindung seinen Ärger verbiß und, bedächtig die Männer ansehend, fortfuhr:

„Wir haben, dank den geschäftigen Schuften, die nicht allein in der Ansiedlung, sondern im ganzen County, ja im ganzen Staate umherstreifen und sich unter dem Namen ‘Regulatoren’ breitmachen, mehrere Wochen lang brachgelegen und nicht einen Pfennig verdient. Gestern ist, wie Ihr alle wißt, ein Botschafter von der Insel dagewesen, der dringend gute Pferde fordert, die zu einem Landtransport oder was weiß ich verwandt werden sollen, und wir kleben hier und legen die Hände in den Schoß. Das geht nicht länger. Ich brauche Geld, wie jeder von Euch, und mit Maisbau und Schweinezucht durch jahrelange Arbeit zu verdienen, was gewissermaßen auf dem Tischtuch vor uns liegt, wäre lächerlich; also zur Tat denn. Da ich durch den guten Ruf, den ich mir zu erwerben gewußt habe, obgleich ich doch eigentlich nur ein schwacher, sündhafter Mensch bin...“

„Höll' und Teufel, laßt den Unsinn!“ unterbrach ihn Cotton, ärgerlich mit dem Fuß stampfend, „plappert Euren Gebetkram her, wenn Ihr bei Roberts seid, aber schenkt uns hier reinen Wein ein.“

„Da ich durch den guten Ruf, den ich mir zu erwerben gewußt“, wiederholte Rowson und machte eine besänftigende Gebärde gegen Cotton, „auf vielen, sehr vielen Farmen Zutritt erhalten habe, so hat mir das natürlich Gelegenheit gegeben, den Vieh- und besonders den Pferdestand der Eigentümer genau zu untersuchen. Meiner Meinung nach also gibt es für uns keine ergiebigere Gegend als Springcreek, an der anderen Seite vom Petite-Jeanne. Husfield dort hat herrliche Tiere, und ich bin fest überzeugt, daß wir von der einen Farm allein acht Pferde wegholen können, wobei ich noch zwei Tage Vorsprung garantiere.“

„Nicht so übel", meinte Johnson, „aber bedenkt auch, daß uns das wieder fast fünfzig Meilen weiter vom Mississippi fortbringt."

„Höchstens fünfunddreißig", erwiderte Rowson, „und zwei Tage und zwei Nächte Vorsprung. Hier in der Gegend müssen wir gewärtig sein, daß sie uns noch in derselben Stunde auf der Fährte sind, und das ist denn doch, das wenigste zu sagen, störend."

„Wie wär's, wenn wir den Zug bis auf nächste Woche verschöben?" meinte Johnson, „ich hätte gern einen kleinen Abstecher an den Washita gemacht."

„Keine Stunde", rief Rowson, „wozu die Zeit versäumen, die wir bald so sehr nötig brauchen werden."

„Was, zum Henker, habt Ihr denn auf einmal für eine verwünschte Eile?" fragte Cotton verwundert, „das ist doch sonst nicht Eure Art."

„Ich brauche Geld", sagte Rowson lakonisch. „Mein Land ist vermessen, und wenn ich bis zum ersten Montag im Juni die volle Summe nicht einliefere, so kann es mir, wie Ihr alle recht gut wißt, vor der Nase weggekauft werden. Außerdem leben hier in der Gegend einige freundliche Seelen, die sich ein ganz besonderes Vergnügen daraus machen würden, mir diesen Gefallen zu tun. Da ist unter anderen dieser Mr. Harper – die Pest auf seinen Kopf!"

„Hahaha, Rowson", Cotton lachte spöttisch. „Wenn Mrs. Roberts hörte, daß Ihr einem andern Christenmenschen die Pest auf den Schädel wünscht, ihre fromme Meinung von Euch würde ein bedeutendes Leck bekommen."

„Spottet nur, Cotton, Ihr habt Euch das Recht dazu erworben, es ist ja Euer täglich Brot. Aber wenn ich nicht die Wahrheit rede, daß hier einige leben, denen ich selbst mit Wollust ein Messer..., doch das gehört nicht hierher", fuhr er, sich schnell fassend, fort. „Sprecht Euch jetzt aus, wollt Ihr meinem Rat folgen, oder nicht? Wir können in acht Tagen jeder dreihundert Dollar verdienen, und das ist mehr, als sich auf ehrliche Art und Weise zustande bringen läßt."

„Gut! Mir ist's recht", rief Cotton, „diesmal geht Ihr beiden aber; wir zwei, Weston und ich, haben das vorige Mal den Hals riskiert."

„Ja, ja", stimmte Weston bei, „'s ist wahr – wir wären auch beinahe noch erwischt worden. Diesmal ist die Reihe auszuruhen an uns."

„O halt! Nicht so schnell", unterbrach sie Johnson, „vorerst müssen wir über den Plan einig werden, und dann bitt' ich, daß die beiden Herren bedenken mögen, welche Last wir mit dem Verkauf hatten, und daß ich selbst bis jetzt noch nicht einmal von jedem Verdacht frei bin. Erst also der Plan – wie hattet Ihr's Euch gedacht, Rowson?"

„Nun seht", erwiderte dieser, indem er ein breites Bowiemesser unter der Weste vorzog und damit zu schnitzeln anfing, „zwei von uns – (mehr dürfen es auf keinen Fall sein, um nicht Verdacht zu erwecken, wenn sie zufälligerweise gesehen werden sollten) – also zwei von uns gehen mit ihren Büchsen, und jeder mit drei oder vier Zügeln, die er auf irgendeine Art an sich verbergen muß, von hier aus über den Petite-Jeanne nach der Mühle am Springcreek zu. Die Zügel erwähne ich deshalb, damit wir nicht wieder solchen Ärger beim Verkauf der Pferde haben, da das letztemal die scharfe Baumrinde den Tieren die Mäuler blutig gerissen hatte und die Seelenverkäufer auf der Insel am Preis mäkeln wollten. Von der Mühle aus ist es nicht mehr weit, ein paar Meilen höchstens, zu Husfield, und an der ersten Fenzecke angelangt, haltet Euch nur gleich links auf dem ersten Fußpfad, der scheinbar in den Wald wieder hineinläuft; er biegt aber nur deshalb aus, um ein paar umgestürzten Eichen Raum zu geben. nachher wendet er sich wieder der Farm zu und läuft gerade nach dem Pferdehof hin, der auf der andern Seite mit dem Haus selbst in Verbindung steht.

Husfield hat etwa siebenundzwanzig Pferde, alles gerechnet, mit Füllen und Hengsten, von denen er gewöhnlich acht füttert. Die letzteren aber dürfen wir nicht berühren, er würde sie schon am nächsten Morgen vermissen und ist ein zu guter Waldmann, als daß er uns nicht auf der Fährte bleiben sollte. Die übrigen weiden, unter der Führung eines jungen, dreijährigen Hengstes, draußen im Freien."

„Er darf ja im Frühjahr keinen Hengst frei herumlaufen lassen", unterbrach ihn Johnson.

„Ich weiß wohl", fuhr Rowson fort, „er tut's aber doch. Jetzt wenigstens, dessen bin ich sicher, ist der Hengst noch draußen und kommt jeden Abend regelmäßig an die Fenz der Umzäunung – zu ein paar Stuten, denen er, außen herumtrabend, wiehernd seine Liebeserklärung macht, und kehrt dann wieder in den Wald, nach seinem gewöhnlichen Schlafplatz zurück. Ihm folgt der ganze Trupp, und das ist der Zeitpunkt, sich der besten zu bemächtigen, denn die Bewohner des Hauses achten nicht viel auf die Tiere. Ich bin zweimal dort eingekehrt, um dessen auch gewiß zu sein."

„Wenn man die Stuten aus der Umzäunung holen könnte", meinte Weston schmunzelnd, „dann hätte man nachher die ganze Herde und könnte so schnell reiten, wie die Tiere laufen wollten."

„Ja, und hätte am nächsten Morgen etwa zehn oder zwölf von den Schuften, mit Büchsen und ellenlangen Messern, auf einer Fährte hinter uns her, der ein Blinder mit dem Stock folgen könnte", rief Rowson. „Nein, wir müssen sichergehen, denn wir wollen nicht allein nicht erwischt werden, sondern auch jeden Verdacht vermeiden, und das können wir nur dadurch bezwecken, daß wir die Sache so vorsichtig wie möglich anfangen. An der Mühle dürfen die, welche die Pferde entführen sollen, sich ebenfalls nicht blicken lassen. Am besten ist's, man geht gleich da, wo die Straße den Springcreek berührt, hindurch ans andere Ufer, was zufällig des Weges Kommende zu der irrigen Meinung veranlassen wird, die Reiter hätten hinüber nach Dardanella gewollt. An der Ecke der Fenz, eben da, wo der Weg links abbiegt, ist noch dazu ungemein steiniger Boden, und eine Fährte, über den Weg zurück, kann kaum bemerkt werden. Was nachher zu tun ist, wenn man sich erst einmal an Ort und Stelle befindet, brauche ich Euch nicht weiter zu sagen, das wißt Ihr gut genug."

„Wer geht aber?" brummte Cotton unwillig. „Ihr gebt uns so gute Lehren, als ob Ihr selbst gar nicht mit zur Partie gehörtet. Wir haben's das letztemal riskiert, es ist nicht mehr als recht und billig, daß jetzt zwei andere ihren Hals dransetzen."

„Noch dazu, da Ihr so sehr gut dort in der Gegend bekannt seid", warf Weston ein. „Andere, die alle jene beschriebenen Pfade erst suchen müssen, würden sehr viel Zeit dabei verlieren."

„Wahr – wahr, in vielen Stücken", meinte Rowson lächelnd, „aber, junger Mann, Johnson und ich haben, wie schon gesagt, das letztemal fast mehr Angst und Gefahr ausgestanden als Ihr beiden, die Ihr bloß die Pferde abholtet. Doch es sei – ich biete mich als einen der 'Abholer' an, bestimmt Ihr den andern; doch nur unter der Bedingung, daß ich bloß verpflichtet bin, die Tiere bis an die Mamelle zu schaffen, das heißt bis auf den Bergrücken, der die Wasser der Mamelle vom Fourche la fave trennt. Dort an den Quellen des Creeks wollen wir zusammentreffen, und von da an mögen die anderen beiden die Pferde nach der Insel befördern."

„Dann wär's das beste, daß Ihr und Johnson den ersten Teil übernähmt; Weston und ich wollen sie dann schon in Sicherheit bringen."

„Halt!" rief Johnson, „dem schurkischen Husfield gehe ich nicht freiwillig aufs Land. Ihr wißt vielleicht nicht, daß wir vor vierzehn Tagen einen Streit miteinander hatten, in dem ich... das verdammte Pistol schnappte, und der Schuft schlug mich nieder. Ich bin der Kanaille dafür etwas schuldig", fuhr er zähneknirschend fort, „möchte das aber nicht auf seinem eigenen Grund und Boden abmachen, das spräche nachher vor Gericht gegen mich. - Nein, laßt lieber das Los bestimmen, wer gehen soll, wir können ja Grashalme ziehen."

„Ach was, Grashalme", brummte Cotton, „die Jagd soll entscheiden. Wir wollen morgen früh alle vier, oder vielmehr drei, da Rowson diesmal Freiwilliger ist, nach verschiedenen Revieren aufbrechen, und kommen hier am Dienstagmorgen wieder zusammen. Wer morgen die meisten Hirsche schießt oder überhaupt die beste Jagd macht, ist frei."

„Einverstanden!" rief Rowson, „das ist ein guter Einfall, da gehe ich auch mit, und wenn es nur des Spaßes halber wäre."

„Meinetwegen", sagte Johnson, „wir sind alle gute Jäger, und das Glück mag entscheiden, wer von uns diesseits oder jenseits der Mamelle Pferdefleisch zu befördern bekommt; also morgen früh. Wir müssen aber auch eine Gegend bestimmen, daß wir einander nicht in die Schußlinie laufen. Ich meinerseits will den Fluß ein Stück Weg hinaufgehen und in der Niederung jagen."

„Da kommt Ihr mir in mein Revier", entgegnete Weston, „ich muß dort hinauf, denn ich habe mein Lager noch, mit Decke, Kochgeschirr und zwei Hirschhäuten, da oben."

„Gut - dann gehe ich hinüber an den Petite-Jeanne; Jones von drüben sagte mir gestern, er hätte Unmassen von Fährten gesehen."

„Und ich gehe ebenfalls nach der Gegend zu", sagte Rowson, „werde aber nicht den ganzen Tag jagen können, weil ich der Mrs. Laughlin versprochen habe, gegen Abend hinüberzukommen und Betstunde zu halten."

„Und wo tut Ihr indessen Eure Büchse hin?" fragte Johnson.

„Nun, zu Mrs. Fulweal, denk' ich. Dort ist ja auch Cottons Schwester, und wenn ich abends nach Hause reite, nehme ich sie wieder mit."

„Rowson, Rowson", rief Cotton, lachend mit dem Finger drohend, „mit der Witwe Fulweal ist mir die Sache nicht so ganz geheuer. Ihr kriecht und schwänzelt in der Gegend umher, und wie ich neulich einmal so unverhofft zu Eurer Betversammlung kam, da knietet Ihr beide mir sehr verdächtig nahe zusammen."

„Unsinn!" sagte Rowson, schien aber doch ein wenig verlegen zu werden und wandte sich jetzt schnell an Weston, dem er zurief: „Apropos, junger Mann, die beiden Felle, die Ihr schon im Lager habt, zählen aber nicht mit."

„O bewahre“, erwiderte dieser, „ehrliches Spiel – morgen früh, wenn es hell genug wird, das Korn auf der Büchse zu erkennen, geht die Jagd an.“

„Jetzt ist es aber Zeit aufzubrechen“, sagte Rowson, die Hände in die Tasche schiebend, „also Gentlemen, auf ein fröhliches Wiedersehen!“

„Halt, noch eins“, rief ihm Cotton zu, als er sich schon nach der Richtung hin, wo er an der Außenseite des Dickichts sein Pferd angebunden hatte, entfernen wollte, „wir dürfen nicht auseinandergehen, ehe wir nicht einen festen Entschluß gefaßt haben, wie wir uns verhalten wollen, falls die vermaledeiten Regulatoren uns auf die Spur kämen. Hölle und Gift, ging's nach mir, so lebte morgen abend um diese Zeit keiner von den Schuften mehr.“

Rowson kehrte wieder um und blieb, an den Nägeln kauend, neben Cotton stehen. „Ich hätte bald vergessen, Euch etwas mitzuteilen“, sagte er dann nach einer kleinen Pause, indem er einen Seitenblick auf seinen stämmigen Nachbarn warf, „da Cotton aber gerade von den Regulatoren anfängt, fällt es mir wieder ein.“

„Und was ist das?“ fragte Johnson eifrig.

„Nichts mehr und nichts weniger, als daß der Sheriff von Pulasky County einen Verhaftsbefehl für unsern guten Cotton in der Tasche trägt.“

„Der Teufel!“ fuhr dieser auf, „und weshalb?“

„Oh – ich weiß nicht, ob gerade irgend etwas Besonderes erwähnt ist, es waren aber so verschiedene Sachen. Ich hörte etwas von einer Fünfzigdollarnote munkeln, und von einem Heiratsversprechen in Randolph County, und von einem Menschen, den man eine Zeitlang vermißt habe und dessen Leichnam dann später aufgefunden sei, und so mehrere Kleinigkeiten.“

„Die Pest!“ rief mit dem Fuß stampfend der Jäger, „und das hättet Ihr beinahe vergessen? Mich ganz arglos in die Ansiedlung hineintraben lassen? Ja, es wird Zeit, daß ich mich hier fortmache – Arkansas möchte mir ein wenig zu warm werden, oder ich bekomme vielmehr zu viele Bekannte hier.“

„Habt wohl eine recht ausgebreitete Bekanntschaft?“ schmunzelte Rowson.

„Ja, leider“, entgegnete nachdenklich der Jäger. „Aber was tut's“, fuhr er dann plötzlich, sich hoch aufrichtend, fort, „was tut's, in wenigen Tagen ist unser Geschäft beendet, und mit dem Geld kann ich bis an den Mississippi und von da aus bequem nach Texas kommen.“

„Warum geht Ihr nicht lieber von hier zu Land? Da kostet's Euch keinen Cent und ist nicht den zehnten Teil so weit.“

„Wohl recht, ich habe aber meine Gründe, den nördlich lebenden Indianern nicht so besonders nahe zu kommen.“

„Alle Wetter, Cotton, erzählt uns die Geschichte“, bat Weston, „ich habe schon so viel davon reden hören und möchte gar zu gern wissen, wie das alles zusammenhängt. Was hattet Ihr mit den Cherokesen?“

„Jetzt wär' die Zeit dazu, eine Geschichte zu erzählen“, brummte der Gefragte.

„Man soll an Euren Armen“, sagte Rowson spöttisch, „noch die Spuren von eisernen...“

„Geht zum Teufel mit Eurem Kindergeschwätz – wir haben jetzt wichtigeres zu tun. Nicht allein auf mich ist's gemünzt, sondern auf euch alle. Die Regulatoren haben durch irgendeinen Schuft Wind bekommen und uns alle auf dem Korn!"

„Mich nicht", erwiderte Rowson, „in dem frommen, gottesfürchtigen Methodistenprediger sucht keiner den Wolf."

„Keiner?" Cotton lächelte ihn höhnisch an. „Keiner? Was meinte denn neulich Heathcott, als er Euch einen Lügner und Schurken nannte?"

Rowsons Antlitz entfärbte sich, und Totenblässe vertrieb die frühere Röte; seine Hand fuhr krampfhaft nach dem verborgenen Messer.

„Was für Beschuldigungen brachte er da zum Vorschein?" flüsterte der Jäger leise weiter, dem vor Wut und Ingrimm Erbebenden einen Schritt näher tretend. „He? Kam da nicht auch das Wort Seelenverkäufer vor? Und Ihr ließet Euch das alles ruhig gefallen? Pfui! Ich schämte mich damals in Eure eigene Seele hinein!"

„Cotton", sagte Rowson, „Ihr habt die rechte Saite berührt, der Mensch ist uns gefährlich. Er hat nicht allein eine Ahnung, wer ich bin, sondern er ließ auch neulich verdächtige Worte über Atkins fallen."

„Was, Atkins, der noch nie die Hand in einem Diebstahl gehabt hat und nur ruhig auf seiner Farm sitzt und uns unterstützt?"

„Eben der Atkins. Weiß der Teufel, wie der Schuft darauf kommt, nach dieser Seite hin zu winden, wahr ist es aber, und daß ich damals den Lügner und Schurken hinnahm, hatte seine wohlweislichen Gründe. Wäre ich als Prediger aufgefahren und hätte ihm den Schuft zurückgegeben..."

„... so hätt' er Euch zu Boden geschlagen", unterbrach ihn Cotton lachend.

„... so hätte das mir und meinem sonstigen gottesfürchtigen Wandel einen gewaltigen Stoß gegeben", fuhr Rowson, ohne sich irre machen zu lassen, fort.

„Jawohl, Stoß", sagte Cotton, „an den Schädel oder zwischen die Augen."

„Laßt das Necken, zum Teufel", fuhr jetzt Johnson auf, „wir sind doch nicht hier, um Eure Narrenpossen mit anzuhören. Rowson hat ganz recht; wenn er nun einmal predigt, so muß er sich auch wie ein Prediger betragen."

„Und Pferde stehlen!" ergänzte der unverbesserliche Cotton.

„Wollt Ihr jetzt ernsthaft die ernste Sache betreiben oder nicht? Sagt es, denn ich habe Euer Gewäsch satt", rief Rowson ärgerlich. „Wir sind hierher gekommen, um an einem gemeinsamen Plan gemeinsam zu wirken, und nicht, um uns zu entzweien. – Mir ist übrigens noch mehr bekannt: Die Regulatoren werden heute oder morgen hier zusammenkommen."

„Hier? Wo?" fragten alle schnell.

„Bei Roberts oder Wilkins oder sonst jemandem, was weiß ich; aber daß sie kommen, ist sicher. Und dann haben sie im Sinn, das allbeliebte Lynchgesetz wieder in Aufnahme zu bringen."

„Das dürfen sie nicht!" rief Cotton. „Die Gesetze sind erst kürzlich deswegen verschärft."

„Was dürfen sie hier in Arkansas nicht“, fragte Rowson spöttisch, „wenn zwanzig oder fünfundzwanzig zusammentreten und ernsthaft wollen. Glaubt Ihr, der Gouverneur ließe Soldaten gegen sie anrücken? Nein, wahrhaftig nicht – und wenn er's täte, hülfe ihm das ebensowenig. Sie dürfen alles, was sie nur ordentlich wollen, und sie wollen unser Geschlecht (ich rede nicht von unseren stillen, freundlichen Familienkreisen), unser Geschlecht, sage ich, ausrotten, auf daß ihre Pferde abends vollzählig nach Hause kommen und sie den Leuten nicht mehr aufzupassen brauchen, die unter der Weste ein Bowiemesser, ein paar Pistolen und einen leichten Trensenzaum tragen.“

„Im Grunde genommen kann ich ihnen das auch eigentlich nicht so sehr verdenken“, meinte Johnson, „da es sich aber keineswegs mit den Ansichten verträgt, die wir selbst vom Leben haben – was hat das Tier da? Es hebt schon seit ein paar Minuten die Nase so sonderbar in die Höhe – sollte etwa jemand kommen?“

„Nein, es ist nichts“, sagte Cotton, den Hund von der Seite ansehend, der sich jetzt wieder ruhig zusammenknäulte, „er bekam vielleicht Witterung von einem Truthahn, und den zeigt er wohl an, folgt ihm aber nicht.“

„Da sich dies also nicht mit unseren Ansichten verträgt, so müssen wir mit Gewalt oder List dagegen wirken. Zur Gewalt sind wir zu schwach, denn gälte es Ernst, so würden uns nur wenige beistehen, also muß uns List retten, und ich denke, daß wir mit Atkins Hilfe, der auf keiner besseren Stelle wohnen könnte, sie alle noch bei der Nase herumführen, und wenn sie diesen dummstolzen Heathcott auch zum Anführer haben.“

„Heathcott ihr Anführer?“ fuhr Rowson schnell auf.

„Ja! So sagte mir Harper wenigstens neulich, als ich ihn an der Mühle traf.“

„Dies müssen die letzten Pferde sein, die wir hier aus der Nachbarschaft holen“, murmelte Rowson sinnend vor sich hin. „Es ist doch zu gefährlich. Die nächsten, denke ich, beziehen wir aus Missouri. Weston macht da den Führer, ich selbst bin am Big Black und um Farmington herum gut bekannt, und die Leute haben mich dort alle meines gottesfürchtigen Wandels wegen liebgewonnen.“

„Die Pferde auch“, spottete Weston. „Als er von da fortging, folgten ihm drei der guten Tierchen aus purer Anhänglichkeit.“

Diesmal stimmte Rowson in das Gelächter, das dieser Bemerkung folgte, mit ein, war aber auch gleich wieder ernsthaft und rief laut:

„Gentlemen, das geht nicht länger so, bedenkt, daß unser Hals auf dem Spiel steht; es hat alles seine Zeit, Possen und Ernst – hört also jetzt meinen Plan. Ich habe mir die Sache anders überlegt. Wir wollen die Pferde nicht in gerader Richtung nach der Insel schaffen, es wäre doch möglich, daß man uns trotz all unserer Schlauheit auf der Spur bliebe, und nachher brächten wir nicht allein uns, sondern auch die Flußleute in Gefahr; wartet daher oberhalb Hoswells Kanu, etwa eine halbe Meile weiter oben, da, wo der Hurrikane anfängt, auf mich. Von dort aus habe ich einen Plan, wie wir die Verfolger herrlich an der Nase herumführen und selbst sicher fort können. Ich will sie nämlich auf eine falsche Fährte bringen, und das kann nur am Fluß geschehen. Doch davon später, zuerst müssen wir sehen, wer sich morgen frei jagt.“

„Wenn sie uns nun aber zu Atkins folgen und damit unsern letzten Zufluchtsort entdecken?“ fragte Cotton mißtrauisch.

„Wir brauchen vielleicht gar nicht zu Atkins zu gehen“, erwiderte Rowson, „ich habe lange genug im Walde gelebt, um ein paar kläffende Hunde von der Fährte zu bringen. Einigt euch nur jetzt darüber, wer noch mit mir gehen soll; ihr anderen seid dann richtig an dem bezeichneten Platze, und mein Name soll nicht Rowson sein, wenn ich mein Wort nicht löse.“

„Das ist ein gewaltiger Schwur!“ Cotton lachte. „In wenigen Wochen gebt Ihr vielleicht Gott weiß was darum, wenn Euer Name nicht Rowson wäre. Nun, ich habe wenigstens den Trost, daß ich nicht mehr riskiere als ihr alle. Jetzt aber noch den Schwur, einander in Not und Tod nicht zu verraten. Ein Schuft, wer nur mit einem Blick, nur mit einem Atemzug falsch ist, und die Rache der anderen treffe ihn, wo er sich auch hinflüchten mag, und sei's in den Armen seiner Mutter.“

„Blutigen Tod dem, der zum Verräter wird“, rief Weston, das breite Messer aus der Scheide reißend, „und möge sein Arm und seine Zunge verdorren und sein Auge erblinden!“

„Das ist ein Kraftschwur“, sagte Johnson. „Ich stimme aber mit ein!“

„Auch ich“, sprach Rowson, „doch hoffe ich, der Schwur wird nicht nötig sein, uns eng und fest zu verbinden; der eigene Nutzen tut es bis jetzt, und der hält stärker als Schwur und Bürgschaft. Sollte sich das freilich einmal ändern, dann will ich wünschen, daß ich in Texas wäre!“

„Ihr werdet doch nicht glauben, daß einer von uns niederträchtig genug sein könnte, die Freunde zu verraten?“ fiel Weston, hitzig ein, „schon der Gedanke wäre Verrat und Treubruch an unserer Freundschaft.“

„Gut, gut, ich wills glauben, daß Ihr es aufrichtig meint, Weston“, sagte Rowson, ihm die Hand reichend. „Ihr seid aber noch jung, sehr jung, und wißt gar nicht, in welche Lage ein Mensch kommen kann.“

„Selbst die Tortur sollte mir keine Antwort auspressen, die...“

„Es freut mich, daß ihr so denkt, doch jetzt good bye, Gentlemen; adieu, Johnson, wo treffen wir uns denn morgen früh zur Jagd?“

„Da wo Setters Creek aus den Hügeln kommt; es stehen dort auf einer kleinen Erhöhung eine Menge Walnußbäume.“

„Ich kenne den Platz.“

„Gut, dort also – bis dahin gute Geschäfte. Macht's den armen Leuten nur nicht gar zu rührend!“

„Und der Witwe!“ rief ihm Cotton nach. Rowson hörte aber nicht weiter darauf, sondern verschwand bald in dem den kleinen lichten Fleck eng umschließenden Dickicht, dessen Zweige sich wieder hinter ihm zusammenbogen.

Cotton sah ihm eine lange Weile schweigend nach, endlich schulterte er, ohne ein Wort weiter zu sagen, die Büchse und wollte sich ebenfalls entfernen.

„Ihr traut Rowson nicht recht?“ fragte Johnson jetzt, ihn scharf ansehend.

Cotton blieb noch einmal stehen, blickte wenige Sekunden lang forschend dem Fragenden in die Augen und sagte dann derb und entschieden:

„Nein! - aufrichtig geantwortet, nein! Das schleichende Wesen, das selbst bei den gröbsten Beleidigungen freundliche Gesicht kann kein Vertrauen erwecken. Gift und Tod, der Bursche haßt Heathcott wie die Sünde. Halt!, das Gleichnis war nicht gut gewählt, wie die Tugend, wäre hier besser am Platz, und doch sah ich, wie sich die beiden wieder versöhnten; das heißt, Rowson ging zu Heathcott hin, schüttelte ihm die Hand und versicherte ihm, daß er weiter keinen Groll gegen ihn hege. Lebendig will ich mich in Stücke hacken lassen, wenn mir das möglich gewesen wäre. Mein Messer, aber nicht meine Hand hätte der Hund zu fühlen bekommen. Doch meinetwegen, es gilt hierbei seinen eigenen Nutzen, und da glaub' ich, daß er treu ist; auf keinen Fall brächt' es ihm Vorteil, uns zu verraten, denn noch ist kein Preis auf meinen Kopf gesetzt. Hahaha, hoffen die Tintenlecker den Cotton im Walde zu fangen? Das möchte schwerhalten und könnte wahrhaftig auch nur durch Verrat geschehen."

„Ihr denkt zu schlimm von Rowson", beruhigte ihn Johnson, „er hat natürlich seine Fehler, nun, die haben wir ja alle, sonst ist er aber treu, und ich bin fest überzeugt, die Regulatoren können ihn schinden, ehe sie ihm einen Namen seiner Freunde über die Lippen preßten."

„Ja, und dann müßte erst noch bewiesen werden, daß ich zu denen gehörte", fügte Cotton hinzu. „Doch ade, Johnson – Ihr meint's gut, das weiß ich, und auf Euch kann man auch einmal im Notfall rechnen –, gehabt Euch wohl. Übermorgen früh finden wir uns hier wieder zusammen, und haben wir erst einmal ein paar Dollars in den Taschen, dann lebt sich's auch schon besser und sicherer. Es gibt manche hier unter den Ansiedlern, die jetzt das Maul auf eine entsetzliche Art aufreißen und über Diebstahl und Sünde schreien, denen doch mit einer einzigen Fünfdollarnote die Lippen zusammengeheftet werden könnten, daß sie sich nur noch zum freundlichsten Lächeln wieder öffneten. - Doch die Zeit drängt – auf baldiges und frohes Wiedersehen."

Die Männer trennten sich jetzt, Cotton und Weston gingen zusammen dem Ufer des Flusses zu, Johnson aber wandte sich in gerader nördlicher Richtung durch die Büsche, überschritt die ausgehauene Countystraße und verschwand zwischen den steilen, kieferbedeckten Hügeln.

Der Versammlungsort der „Pferdehändler", wie sie sich selbst nannten, lag nun ruhig und verlassen in Sabbatstille da. Wohl eine Viertelstunde wurde diese auch durch nichts unterbrochen als durch das einfache Schirpen des Eichhorns und das muntere Geschrei des Hähers, als sich die Büsche wiederum, ohne jedoch das geringste Geräusch zu verursachen, teilten und die dunkle Gestalt eines Indianers den kaum verlassenen Platz betrat.

Vorsichtig horchte er nach allen Seiten hin, ehe er den lichten Fleck überschritt – gerade wie ein Hirsch, der, aus dem Waldesdunkel tretend, einen Pfad zu kreuzen im Begriff ist, fast stets stehenbleibt und zuerst rechts und links hinüberblickt, ob ihm keine Gefahr drohe –, und glitt dann lautlosen Schrittes, die Augen auf den Boden geheftet, darüber hin. Plötzlich aber, und sehr wahrscheinlich durch die vielen Fußstapfen aufmerksam gemacht, blieb er stehen und überschaute spähend den Platz. Besonders genau betrachtete er die Stelle, wo der Hund gelegen hatte, und umging dann in weiterem Kreise die kleine Lichtung, als ob er die Spuren zählen wolle, die von hier fortführten.

Er hatte eine kräftige, schöne Gestalt, dieser rote Sohn des Landes, und das dünne buntfarbige baumwollene Jagdhemd, das seinen Oberkörper bedeckte, konnte, an vielen Stellen von Dornen zerrissen, nicht ganz die breiten Schultern und sehnigen Arme verhüllen, die darunter hervorschauten. Dieses Hemd wurde um den Leib durch einen ledernen Gürtel zusammengehalten, der zugleich einen kleinen scharfen Tomahawk und, nach der Sitte der Weißen, ein breites Messer trug. Seine Beine staken in dunkelgefärbten ledernen Leggins, mit dem wohl zwei Zoll breiten Saum nach außen, und um den Hals trug er eine große silberne Platte, schildartig ausgeschnitten, auf der sehr einfach, aber nicht ungeschickt ein Rentier graviert war. Sonst hatte er keinen Schmuck an sich, und selbst die Kugeltasche, die an seiner rechten Seite hing, war aller Glasperlen und bunten Lederstreifen bar, mit denen die Eingeborenen sonst so gern ihre Jagdgerätschaften schmücken. Der Kopf war ebenfalls unbedeckt, und die langen schwarzen, glänzenden Haare hingen ihm bis auf die Schultern hinunter. Seine Büchse war eine der gewöhnlichen langen amerikanischen Rifle.

Mehrere Minuten lang hatte der Indianer seine Untersuchung fortgesetzt, dann richtete er sich hoch auf, strich die Haare aus der Stirn, warf noch einen prüfenden Blick umher und verschwand im Dickicht.

2. Mehrere neue Personen erscheinen auf dem Schauplatz. – Wunderbares Jagdabenteuer des „kleinen Mannes"

Auf der Countystraße zogen an demselben Morgen, und kaum fünfhundert Schritt von dem im vorigen Kapitel beschriebenen Dickicht, zwei Reiter hin, die augenscheinlich der besseren Farmerklasse des Landes angehörten. Sosehr sie übrigens in ihrem ganzen Wesen und Aussehen voneinander abstachen, sosehr schienen sie dagegen im übrigen miteinander zu harmonieren, denn sie unterhielten sich auf das beste. Der junge schlanke Mann auf einem braunen feurigen Pony, das sich nur mit augenscheinlichem Unwillen und oft versuchter Widersetzlichkeit dem langsamen Schritt fügte, in den es sein Herr zurückzügelte, lachte oft und laut über die Späße und Bemerkungen, die sein kleiner wohlbeleibter Gefährte zum besten gab.

Dieser war ein Mann etwa in den Vierzigern, mit sehr vollem und sehr rotem Gesicht und dem freundlichsten, gemütlichsten Ausdruck in den Zügen, der sich nur möglicherweise in eines Menschen Gesicht hineindenken läßt. Seine runde, stattliche Gestalt entsprach dabei seiner Physiognomie auf eine höchst liebenswürdige Weise, und die kleinen lebhaften grauen Augen blitzten so fröhlich und gutgelaunt in die Welt hinein, als hätten sie in einem fort sagen wollen: Ich bin ungemein fidel, und wenn ich noch fideler wäre, wär's gar nicht zum Aushalten. Er war von Kopf bis zu Füßen, die schwarzen und spiegelblank gewichsten Schuhe ausgenommen, in schneeweißes Baumwollzeug gekleidet. Die kleine baumwollene Jacke aber, die er trug, hätte er trotz größter Anstrengung nicht mehr vorn zuknöpfen können, so war sie entweder in der Wäsche eingelaufen oder, was wahrscheinlicher, so hatte sich sein runder Leib ausgebreitet und „verburgemeistert", wie er es selbst gern nannte. Ein hellgelber Strohhut beschattete sein Gesicht, und ein hellgelbes dünnes Halstuch hielt seinen offenen Hemdkragen vorn zusammen, zwischen dem ein Teil der breiten sonnverbrannten Brust sichtbar wurde. Nicht ohne etwas Stolz oder wenigstens Eitelkeit zu verraten, lugte dabei der Zipfel eines brennendroten Taschentuches aus der rechten Beinkleidertasche, die wohl geräumig genug gewesen wäre, ein halbes Dutzend derselben zu verbergen.

Sein Begleiter war ein junger, stattlicher Mann mit freiem, offenem Blick und dunklen, feurigen Augen. Seine Tracht ähnelte der der übrigen Farmer im Westen Amerikas und bestand aus einem blauwollenen Frack, ebensolchen Beinkleidern und einer schwarzgestreiften Weste. Den Kopf bedeckte ein schwarzer, ziemlich abgetragener Filzhut, und in der Hand hielt er eine schwere, lederne Reitpeitsche. Schuhe trug er jedoch nicht, sondern nach der indianischen Sitte sauber, aber einfach gearbeitete Mokassins, und dies sowohl wie der ruhige, aber fortwährend umherschweifende und auf alles achtende Blick verriet den Jäger. Übrigens führte er keine Büchse bei sich, sowenig wie sein Begleiter.

„Ein verfluchter Kerl, mein Bruder", lachte der Kleine, in irgendeiner begonnenen Erzählung fortfahrend, „und eine Wut hatte er, alte Sachen zu kaufen, rein zum Rasendwerden! Wie ich vorigen Herbst in Cincinnati war, klagte mir seine Frau ihre Not: Das ganze Haus stand voll alter Möbel und Hausgeräte und Kochgeschirre, von denen sie nicht den zehnten Teil gebrauchen konnte, und alle Abende lief trotzdem der Sappermenter noch auf den Auktionen umher, um alles, was nur irgend billig war, aufzukaufen. Was er einmal hatte, sah er nachher nicht wieder an. Da gab ich denn meiner Schwägerin den Rat, sie solle einen Teil des Plunders heimlich auf eben diese Auktionen schaffen lassen, um es nur loszuwerden, das Geld könne sie nachher hinlegen und später einmal etwas Nützliches dafür anschaffen. Der Plan war gut, ich bestellte einen Karrenführer, besorgte, als mein Bruder nachmittags im Geschäft war, die ganze Bescherung selber hinunter nach Frontstreet, und ehe es dunkel wurde, war alles aus dem Haus. Meiner Schwägerin fiel ein Stein vom Herzen, und als ihr Mann abends halb zehn Uhr, zu seiner gewöhnlichen Stunde, höchst aufgeräumt heimkam, machte sie uns noch einen kapitalen Punsch. – Apropos, Bill, Punsch müssen wir uns einmal hier brauen, das verwünschte Volk in dieser Gegend gehört fast sämtlich zum Mäßigkeitsverein. Also – wo war ich doch stehengeblieben, ja, beim Punsch. Bei dem Punsch blieben wir bis elf Uhr zusammensitzen, und mein Bruder erzählte eine Schnurre nach der andern, er konnte merkwürdige Schnurren erzählen, mein Bruder! Ich fragte ihn ein paarmal, weshalb er so lustig sei, er wollte aber nicht mit der Sprache heraus, geht am nächsten Morgen wieder um sechs Uhr fort, und denke dir, was bringt er auf drei Wagen nach Haus? Den ganzen Plunder, den ich am Abend vorher fortgeschafft hatte. Kein Stück fehlte, und dabei prahlte er, was er für einen unmenschlich guten Handel gemacht hätte."

„Nicht übel, Onkel", sagte der junge Mann lächelnd und warf dem Älteren einen schnellen Seitenblick zu. „Vortrefflich sogar – wenn es wahr wäre."

„Ei du Sappermentsjunge, hab' ich dir schon jemals etwas vorgelogen? Nie! Wenn ich dir übrigens künftig eine Tatsache erzähle, so brauchst du nicht zu feixen und das Maul von einem Ohr zum andern zu ziehen; hörst du, Musjö?"

„Aber, bester Onkel, Sie müssen mir das nicht so übelnehmen. Wenn Sie anfangen, freu' ich mich immer schon aufs Ende, denn gewöhnlich ist etwas Komisches dabei – und da mag ich dann wohl manchmal ein wenig zu früh lachen."

„Komisches? Da hör' einer den Laffen an. Ich erzähle nie komische Geschichten – hast du schon je eine komische Geschichte von mir gehört? Ernst war das Berichtete, bitterer, trauriger Ernst; mein Bruder wird sich auch noch mit der verdammten Leidenschaft zugrunde richten – er muß sich ruinieren."

„Ihr Bruder soll doch aber ein sehr gewandter Geschäftsmann sein, und wenn er in dieser Hinsicht auch eine freilich etwas sonderbare Liebhaberei hat, so bringt er das sicherlich auf andere Art zehnfach wieder ein."

„Gewandter Geschäftsmann? Gott segne dich, Junge – es gibt keinen pfiffigeren Kaufmann als meinen Bruder; nur zu pfiffig manchmal, nur zu pfiffig! Ich erinnere mich noch recht gut daran, wie wir zusammen in Kentucky jagten und wie er die Krämer immer übers Ohr hieb mit alten Opossumfellen, denen er Waschbärenschwänze annähte und sie nachher als besonders wertvolle Felle verkaufte. Manches Quart Whisky haben wir auf die Art zusammen vertrunken. Aber einen Streich muß ich dir doch erzählen, den er mir einmal am Cane-See spielte. Wir ruderten zusammen in einem alten Kanu auf dem See herum, teils um Fische zu harpunieren, teils um Hirsche zu schießen, die des kühlen Tranks wegen an den Wasserrand kamen. Es war merkwürdig heiß, und die Sonne brannte auf eine sträfliche Art; um's mir daher bequemer zu machen, wollt' ich mein Jagdhemd ausziehen. Wie ich aber mein Pulverhorn vorher abnehme (ein kapitales hörnernes Pulverhorn mit luftdichtem Stöpsel), bleib' ich mit dem Finger in der Schnur hängen, und wie der Blitz rutscht es über Bord und hinunter ins Wasser.

Da saß ich. Der See war klar wie Kristall, und obgleich er etwa fünfzehn Fuß tief sein mochte, so konnt' ich das Horn unten so deutlich liegen sehen, als ob ich's mit den Händen zu ergreifen vermöchte. George war nun immer ein sehr guter Sprinter, Läufer und auch Schwimmer und Taucher gewesen; als er daher meine Verlegenheit bemerkte, erbot er sich unterzutauchen und sprang auch ohne weitere Umstände über Bord. Pulver war damals in der Gegend unmenschlich teuer und überdies schwer zu bekommen. Als er auf den Grund und in den weichen Schlamm kam, wurde das Wasser ein wenig trübe, und er mußte einen Augenblick warten, bis es wieder klar wurde. Ich zog indessen mein Jagdhemd aus und setzte mich darauf; wie er mir aber doch endlich zu lange da unten blieb und ich ein wenig ängstlich über Bord hinuntersah, was meinst du, was er da machte, he?"

„Ja, ich weiß wahrhaftig nicht, was einer in solcher Lage anders machen könnte als den Versuch, so schnell als möglich wieder an die Oberfläche zu kommen."

„Fehlgeschossen!" rief der Alte und hielt in der Erregung des Augenblicks, wie von der Erinnerung überwältigt, sein Pony einen Augenblick an, „fehlgeschossen! Unten stand er, ruhig, als wenn er sich auf ebener Erde befände, und beugte sich vornüber, daß ich nicht sehen sollte, was er machte, ich sah's aber gut genug- Der Spitzbube ließ mein Pulver heimlich in sein eigenes Horn laufen, und als er nachher wieder heraufkam, war mein Horn halbleer. – Nun, du brauchst nicht zu lachen, als ob du vom Pferde fallen wolltest. Das ist am Ende auch nicht wahr? Hat dir dein alter Onkel schon jemals eine Lüge erzählt? – He?"

„Nein, Onkel Ben, seien Sie nicht böse, ich glaube jede Silbe; aber – ha – sehen Sie das Rote dort? – da drüben – hinter der umgestürzten Fichte – gerade dort zwischen dem Maulbeerbaum und der Eiche hindurch?"

„Wo denn? ach da – ja, das ist ein Hirsch; wenn Assowaum mit seiner Büchse hier wäre, könnt' er ihn bequem schießen; hinter den Bäumen würde man sicher bis auf fünfzig, sechzig Schritt herankommen."

„Wo nur Assowaum bleibt?" sagte der junge Mann jetzt, sich etwas ungeduldig im Sattel aufrichtend und auf die Straße zurückschauend, als ob er dort die Gestalt des Indianers zu sehen erwartete; „er schlich auf einmal in den Wald hinein, und ich glaubte, er sähe ein Stück Wild, weiß aber der liebe Gott, was ihn wieder abgehalten hat. Welch herrlichen Schuß er von hier aus hätte", fuhr er jetzt etwas leiser fort, „ich wollte, ich hätte meine Büchse mitgenommen."

„Roberts würden dich schön bewillkommt haben, wenn du ihnen am Sabbat mit dem Schießeisen gekommen wärst; will's die Frau doch nicht einmal von dem Indianer leiden, und dem – aber hol' mich dieser und jener, das Tier ist ordentlich zahm, es muß uns gar nicht hören."

Die beiden Männer waren indessen, die Straße ruhig hinaufreitend, dem Hirsch sehr nahe gekommen. Dieser stand in einer der unzähligen Salzlecken, die sich an beiden Ufern des Fourche la fave, besonders reichhaltig aber am nördlichen finden, und schien keine Ahnung von einer nahenden Gefahr zu haben. Einmal hob er zwar den Kopf, das mochte aber mehr sein, um Atem zu schöpfen, als daß er irgend etwas Außergewöhnliches fürchtete. Die Männer sahen nämlich, daß er in einem tiefen, in dem Lehmufer des kleinen Baches befindlichen Loch geleckt hatte, das durch häufigen Gebrauch von Pferden, Kühen, insbesondere aber Hirschen, ausgehöhlt worden. Wenige Sekunden blieb er in dieser Stellung und peitschte, den Rücken unseren beiden Freunden zugewandt, mehrere Male mit dem Wedel die ihn umschwärmenden Fliegen fort, dann aber senkte er wieder den Kopf, um aufs neue den Salzgeschmack des fetten Erdbodens zu genießen. Er hatte erst frisch aufgesetzt. Das kaum vier Zoll lange Gehörn hinderte ihn deshalb nicht sehr in der Verfolgung seines Zweckes, so daß er bald darauf den Kopf, ihn seitwärts herumbiegend, wieder in die Höhlung hineinschob, um mit der langen Zunge die salzigsten Teile aus dem Innern herauszuholen.

„Wo nur der Indianer stecken mag, Bill!" sagte jetzt Harper leise und mit schlecht verhehlter Jagdlust. „Ich glaube, man könnte sich bis auf fünf Schritt an das dumme Ding heranschleichen, es merkte nichts. Ach, Bill, wie ich jung war, da hättest du mich sollen schleichen sehen, ich bin einmal..."

„Wenn Sie sich hinter der Hickorywurzel hielten, Onkel, ich glaube, es ginge", flüsterte ihm lächelnd der junge Mann zu.

„Unsinn, Junge! Glaubst du, ich will mit meinen alten Knochen sonntags im Walde herumkriechen und unschuldiges Viehzeug erschrecken? Ich denke nicht dran."

Trotz der abweisenden Worte war Harper aber doch vom Pferd gestiegen, das geduldig und regungslos stehenblieb, und auf den Zehen schlich jetzt der kleine, dicke, weißgekleidete Mann mit immer röter werdendem Gesicht auf das Wild zu, augenscheinlich nur in der Absicht, seinen Spaß an den gewaltigen Sätzen des Tieres zu haben, wenn dieses ihn endlich, und so ganz in der Nähe, wittern würde. Der Hirsch schien ihn aber nicht zu wittern, da er gerade gegen den Wind stand, denn wieder hob er den Kopf, streckte sich einen Augenblick und begann seine leckere Mahlzeit aufs neue.

William Brown oder Bill, wie ihn sein Onkel der Kürze wegen nannte, fing jetzt selbst an, sich für die Sache zu interessieren, denn unbeweglich auf seinem Pferde sitzenbleibend, um auch das geringste Geräusch zu vermeiden, schaute er mit gespannter Aufmerksamkeit dem Vorrücken seines Onkels zu, der in diesem Augenblick die Hickorywurzel erreichte und sich jetzt kaum zehn Schritt hinter dem Hirsch befand. Hier blieb er einen Moment stehen und sah nach seinem Neffen zurück, verzog aber das Gesicht dabei zu einem komischen Grinsen, als wenn er hätte sagen wollen: Na, Bill, bin ich nicht ein verfluchter Kerl? Hier zögerte er aber wenige Sekunden, denn entweder war er selbst über die unbegreifliche Sorglosigkeit des jungen Hirsches erstaunt, oder er scheute sich, mit seinen sauberen Schuhen weiter vorzutreten, da dort die wirkliche sogenannte „Lick" oder Salzlecke begann und der kleine Bach, der durch den weichen Lehmboden rieselte, von unzähligen Wildfährten und Viehspuren zu einem weichen Schlamm zusammengetreten war. Die alte Jagdlust überwog jedoch zuletzt alle Bedenken, denn jetzt schien sich ihm zum erstenmal die Möglichkeit, aufzudrängen, daß er das Wild wirklich ergreifen könnte, und ohne sich weiter zu besinnen, trat er leise und vorsichtig in den Schlamm, den Glanz seiner wohlgeschwärzten Sonntagsschuhe auf eine wahrhaft unverantwortliche Weise vernichtend. Näher und näher kam er dem Tier, Brown hob sich, atemlos vor gespannter Erwartung, im Sattel in die Höhe, und das Herz des alten Mannes schlug, wie er später wohl hundertmal erzählte, so laut, daß er mit jedem Augenblick fürchtete, der Hirsch müßte ihn hören. Da hob dieser den Kopf; ehe er aber nur, über die Nähe des weiß scheinenden Gegenstandes erschreckt, mit einer Muskel zucken konnte, warf sich Harper auch, Sabbat und Sabbatkleider vergessend, vorwärts und ergriff ihn gerade in demselben Augenblick mit beiden Händen an den Hinterläufen, als das entsetzte Tier versuchte, mit einem Sprung der gefährlichen Nachbarschaft zu entgehen. Es war zu spät, der Mann hing wie mit eisernen Klammern an dem Hirsch. Von den verzweifelten Kraftanstrengungen des Tieres mitgerissen, wurde Harper in voller Länge durch den Schlamm geschleift. Vergebens hob er, soweit es ihm der kurze dicke Nacken erlaubte, den Kopf, um diesen wenigstens dem Schlammbad zu entziehen. Hochauf spritzte die dünne Masse, als er, einem Schiff gleich, das vom Stapel gelassen wird, hineintauchte.

„Haltet fest“, schrie Brown, hoch aufjauchzend und seinen gewöhnlichen Jagdschrei ausstoßend, „haltet fest, Onkel – hurra für den alten Burschen, das nenne ich eine Jagd!“

Der Zuruf war aber keineswegs nötig, denn nichts fiel dem alten Mann weniger ein, als jetzt loszulassen, wo er nicht allein seinen ganzen Sonntagsstaat, sondern sogar sich selbst total preisgegeben hatte. Um Hilfe zu rufen, durfte er freilich nicht wagen, denn unter diesen Verhältnissen den Mund aufzumachen hätte mit höchst unangenehmen Folgen verknüpft sein können; aber fest hielt er, als ob seiner Seele Heil daran hinge. Gewiß lag in diesem Augenblick der Ausdruck eiserner Willenskraft und Entschlossenheit in seinen Zügen, als er mit fest zugekniffenen Augen ruckweise durch die Salzlecke gezogen wurde, doch hatte ihm die Heimaterde die ganze Physiognomie mit einer solchen Kruste überzogen, daß an das Erkennen irgendeines Ausdrucks gar nicht zu denken war.

Brown sprang zwar schnell zu seiner Hilfe herbei, der Anblick war aber so komisch, daß er sich am Rande der Lick ins Laub niederwarf und so krampfhaft lachte, daß ihm große Tränen die Wangen herunterliefen und er sich wohl eine Minute lang nicht erholen konnte. Wie er aber endlich wieder emporsprang, hörte er den scharfen Krach einer Büchse, zum letztenmal zuckte das schwer getroffene Tier im Todeskampfe empor und stürzte dann, die gefesselten Läufe dem Griff des alten Mannes entreißend, verendend in den Schlamm zurück.

Den Knall der Büchse hatte Harper aber gehört, und sich aufraffend, rief er mit wilder Stimme: „Wer hat geschossen?“ wobei er sich, da er die Augen nicht öffnen konnte, nach der falschen Seite, auf der niemand stand, wandte und dadurch Browns Lachlust aufs neue unwiderstehlich erregte.

Der verborgene Schütze ließ jedoch nicht lange auf sich warten, denn aus einem kleinen Sassafrasdickicht trat der Indianer und stieß, als er die traurige Gestalt des sonst so ernsten und ehrbaren Mannes erblickte, wie er mit weitgespreizten Fingern und geschlossenen Augen dastand, in komischer Verwunderung ein lautes „Wah!“ aus.

„Bill – Bill – verfluchter Junge – Bill – komm her und führ mich an die Quelle. Donnerwetter, soll ich denn hier den ganzen Tag stehenbleiben, bis der Lehm so hart wird, daß ihn kein Teufel wieder abkratzen kann? Bill, sag' ich – Schurke, willst du deinen alten Onkel hier im Stich lassen?“

Bill brauchte aber wirklich erst einige Sekunden, bis er sich sammeln konnte, dann trat er an das äußerste Ende des weichen Schlammes und reichte dem kleinen Mann einen gerade dort liegenden trockenen Zweig hinüber, den dieser auch schnell ergriff, und von seinem gehorsamen Neffen gleich darauf an den Bach geführt wurde, wo er sich vor allen Dingen die Augen auswusch, um sehen zu können, was um ihn her vorgehe.

Das erste, was seinem Blick begegnete, war die Gestalt des Indianers, der, ohne weiter eine Miene zu verziehen, seine Büchse wieder lud.

„So, Mr. Rotfell, also Ihr glaubt, ich krieche sonntagmorgens im Schlamm herum und halte Euch die Hirsche bei den Hinterläufen, bis es Euch gefällig ist, näher zu treten und sie nach Bequemlichkeit niederzuschießen, he? Wenn ich einen Hirsch mit Lebensgefahr lebendig fange, habt Ihr dann ein Recht, ihn totzuschießen? Warum geht Ihr denn nicht auch nach meinem Hause und schießt Kühe und Schweine über den Haufen?“

„Aber, Onkel, wir kommen zu spät in die Kirche!“

„Die Kirche mag zum – glaubst du, ich ginge in einem solchen Aufzug in die Kirche? Nein, dieser Rothaut will ich erst noch ordentlich meine Meinung geigen. Ist das Sitte, sich leise und nach der verdammten indianischen Art an einen Gentleman heranzuschleichen und ihm das Wild aus den Händen herauszuschießen?“

„Aber, Onkel, Sie hätten den Hirsch ja keine zwei Sekunden länger halten können!“

„Keine zwei Sekunden länger? Und was weiß denn der Gelbschnabel davon, wie lange ich ihn hätte halten können? Hat mein Bruder doch einmal einen Bären eine ganze Nacht hindurch...“

„Lebendig wollten Sie sich den Hirsch doch nicht aufheben?“ unterbrach ihn der Neffe, der nicht mit Unrecht eine der langen Geschichten befürchtete.

„Und warum nicht? Hab' ich nicht eine Fenz, die hoch genug ist, ein Rudel Hirsche drin zu halten, und geht das die Rotjacke etwas an, was ich mit meinem Eigentum zu tun beabsichtige? Nun, was gibt's dabei zu grinsen, he?“

Der Indianer, gegen den diese zornigen Reden geschleudert wurden, war indessen ruhig, und ohne ein Wort zu erwidern, mit dem Laden der Büchse beschäftigt gewesen, die er zuerst etwas ausgewischt und gereinigt hatte. Dabei verzog sich aber sein Gesicht zu einem breiten, freundlichen Lächeln, das zwei Reihen blendendweißer Zähne sehen ließ, und er erwiderte in gebrochenem Englisch:

„Mein Vater ist sehr stark, aber ein Hirsch ist schnell, und einmal aus den Händen des weißen Mannes, würde er nie wieder seine Fährten in den weichen Boden des Fourche la fave gedrückt haben. Mein Vater wollte Fleisch – hier ist es.“

„Der Teufel ist dein Vater“, brummte Harper vor sich hin; „wenn ich das Fleisch jemandem zu verdanken habe, so ist's diesen beiden Knochen“, und er zeigte dabei seine kräftigen Arme. „Aber nicht wahr, Junge!“ fuhr er, in der Erinnerung an seine Heldentat wieder freundlich werdend, fort, „nicht wahr, das macht mir so leicht keiner nach? Ein Glück ist's übrigens, daß ihr beide es gesehen habt, denn hol' mich dieser und jener, wenn Roberts mir allein ein Wort davon geglaubt hätten. Schändliches Volk das, als ob ich jemals eine Lüge erzählte! Aber da feixen sie und feixen und sehen sich einander an und stoßen sich in die Rippen, als wenn sie in einem fort sagen wollten: 'Du – das ist wieder einmal eine göttliche Geschichte.' Doch jetzt muß ich mich waschen, das Zeug wird sonst trocken."

„Wir werden zu spät zur Predigt kommen", sagte Brown, etwas ungeduldig nach der Sonne sehend.

„O geh mit deiner Predigt, wohin du willst – was liegt daran, den Schleicher, den Rowson, predigen zu hören! So gut kann ich's auch, und was des Burschen Frömmigkeit..."

„Wollen Sie denn erst wieder nach Hause reiten?"

„Versteht sich – geh nur immer voran, ich komme schon noch zur rechten Zeit."

„Was wird aber mit dem Wildbret?"

„Was mit dem Wildbret wird, Musjö Naseweis? Das ist sehr leicht zu sagen, das marschiert auf meinem Pony in meine Küche, ich denke, ich hätt' es redlich genug verdient. – So, Assowaum, das ist recht", wandte er sich jetzt an den Indianer, der das erlegte Wild an dem kurzen Gehörn hinab zum Bache zog, um den dicken Lehm abzuspülen, „wasch ihn ab, daß ihn ein ehrbarer Christenmensch mit Anstand aufs Pferd nehmen kann; aber hallo – was ist das, Mr. Skalpiermesser – was, zum Henker, machst du?"

Der Ausruf bezog sich auf das Beginnen des Indianers, der mit größter Kaltblütigkeit den Hirsch aufbrach und anfing eine Keule abzustreiten. „Ich will das Fell nicht herunter haben, hörst du? – Der Kerl ist taub."

Assowaum ließ sich aber nicht irre machen, sondern löste höchst ruhig und gelassen eine Keule aus dem Wildbret, hing sich diese mit einem Streifen Hickoryrinde über die Schulter und erwiderte erst dann ganz ruhig:

„Der weiße Mann ist allein in seinem Wigwam, und Assowaum ist hungrig."

„Oh! Nimm meinetwegen die Hälfte vom Wildbret. Ich werde ja aber ganz blutig."

„Aber nicht mehr schmutzig", antwortete der Indianer lakonisch, nahm seine Büchse wieder auf die Schulter und schritt schnell die Straße hinauf, den beiden Männern die weitere Sorge für ihr Wild überlassend. Brown half seinem Onkel den angebrochenen Hirsch aufs Pferd heben, der sich dann dahinter in den Sattel schwang und, bald wieder guter Laune, seinen Neffen nun vor allen Dingen beschwor, die Geschichte bei Roberts nicht eher zu erzählen, als bis er selbst nachkäme. Er wolle nur schnell nach Hause reiten und seine Kleider wechseln und bliebe nicht lange. Brown versprach ihm das und trabte hinter dem Indianer her, der inzwischen einen großen Vorsprung gewonnen hatte.

3. Der Indianer und der Methodistenprediger – Die Einladung zur Hochzeit

Assowaum, der Befiederte Pfeil, gehörte zu einem der Stämme aus dem nördlichen Missouri und war vor mehreren Jahren, da das Wild immer seltener in den dichter und dichter bevölkerten Jagdgründen der Seinigen wurde, mit den beiden Weißen Harper und Brown bekannt geworden und nach dem Süden gewandert. Aber nicht des Wildes wegen allein hätte er seinen Stamm verlassen, sondern er war auch gezwungen worden, der Rache seiner Feinde zu entgehen, da er einen Häuptling erschlagen, der, von dem Feuerwasser der Europäer berauscht, seine Squaw überfallen hatte, während ihr Hilferuf den Retter und Rächer herbeirief. Mit dieser hatte er sich jetzt unfern von Harpers Wohnung einen kleinen Wigwam erbaut und lebte von der Jagd. Sein Weib aber flocht aus dem schlanken Schilf, das in den Niederungen des Südens wächst, zierliche Körbe und aus der geschmeidigen Rinde des Papaobaumes weiche Matten, die Assowaum dann mit seinen Fellen den Fluß hinunter nach Little Rock schaffte und an die Handelsleute der noch jungen Stadt gegen Pulver und Blei oder sonstige Lebensbedürfnisse, auch wohl, aber freilich sehr selten, gegen bares Geld eintauschte.

Hier nun war sein Weib von dem Methodistenprediger oder sogenannten „Circuit Rider“ (da er abwechselnd fast in allen Ansiedlungen dieses wie des benachbarten County predigte) zur christlichen Religion bekehrt worden. An Assowaum dagegen scheiterten alle derartigen Versuche, und vergebens bemühte sich Rowson fortwährend, den Verstockten, wie er ihn nannte, dem Glauben seiner Väter abwendig zu machen und in die Arme der „alleinseligmachenden Kirche“ der Methodisten zu führen. Der Indianer beharrte darauf, in jenem sterben zu wollen, und ließ sich durch all die Ermahnungen und Drohungen des fanatischen Priesters nicht irre machen.

Alapaha, die Squaw Assowaums, war schon am frühen Morgen zur Ansiedlung des weißen Mannes aufgebrochen, um dort den Geistlichen predigen zu hören, und Assowaum selbst folgte ihr jetzt dahin, teils um sie von dort abzuholen, teils um eine Partie Otterfelle nach seinem Wigwam mitzunehmen, die er vor mehreren Wochen in der dortigen Gegend erbeutet und in Roberts' Haus aufbewahrt hatte. Der größte Teil der Ansiedler war übrigens den beiden Indianern freundlich gesinnt, denn sie betrugen sich ordentlich und waren gefällig, wo sie nur jemandem einen Dienst leisten konnten. Doch blieb der Krieger stets viel ernster und zurückhaltender als sein Weib, das sich gern mit den Kindern beschäftigte und ihrer tollen Spiele nie müde zu werden schien.

„Bist du schon je einer solchen Figur begegnet, wie sie mein Onkel eben darstellte?“ fragte der junge Mann lachend, als er den Indianer endlich einholte.

„Sah aus wie eine Schlammschildkröte“, antwortete dieser grinsend, „nur noch viel schmutziger. Der alte Mann wird dann eine große Geschichte erzählen, wenn er zu den Hütten der Freunde kommt.“

„Und ob der eine große Geschichte erzählen wird! Sonderbar war's aber doch, daß er das Tier so lange halten konnte; ich würd's ihm selbst nicht glauben, wenn ich's nicht mit eigenen Augen gesehen hätte.“

„Seine Knochen sind eisern", erwiderte Assowaum. „Aber der Hirsch ist auch stark, und wäre Assowaum eine Minute später gekommen, so hätte er weiter kein Fleisch in der Salzlecke gefunden als den kleinen Mann."

„Mag sein, das bestreitet er jedoch gewaltig, er schwört jetzt sicherlich darauf, daß er den Hirsch hätte die ganze Nacht halten können."

„Der alte Mann hat dicke Worte", sagte der Indianer.

„Kennst du den alten Bahrens, der kürzlich das kleine Haus am Petite-Jeanne gebaut hat?"

Assowaum lächelte und sah seinen Begleiter von der Seite an.

„Hast du schon mit ihm gesprochen?" fragte dieser.

„Er erzählt von seinen Jagden an der Bay de view und am Cashriver – neunzehn Hirsche hat er an einem Tag geschossen, und die kleinste Haut wog elf Pfund, getrocknet, ohne den Pelt."

„Ja, er ist stark in solchen Sachen", erwiderte Brown lachend, „ich möchte Onkel und Bahrens einmal zusammen sehen."

„Ich auch", sagte Assowaum, dem der Gedanke sehr wohl zu tun schien. Schweigend zogen die beiden Männer jetzt, ohne irgend jemandem zu begegnen, auf der breiten Straße fort, bis ihnen aus der Ferne die langgezogenen schrillen Töne eines geistlichen Liedes entgegenschallten. Diesen lauschte der Indianer erst einige Sekunden lang mit gespannter Aufmerksamkeit, dann aber schritt er wieder ruhig weiter, indem er nur sagte:

„Der blasse Mann (so nannte er Rowson seiner auffallend bleichen Gesichtsfarbe wegen) hat eine sehr laute Stimme; er ist wie ein junger Wolf. Die alten mögen noch so gut heulen – du hörst stets den jungen."

„Du kannst den Priester nicht leiden, Assowaum?"

„Nein! Alapaha liebte den Großen Geist, sie betete zu dem Manitu, der ihre Väter beschützt hatte, und war ein folgsames Weib. Sie kreuzte nie Assowaums Pfad, wenn er auf die Jagd ging, und zog sie in der ersten dunklen Nacht ihre Matchecota um das frischgepflanzte Maisfeld, so mieden es die Würmer und Raubtiere, und die Frucht war gesegnet. Alapaha lacht jetzt über den Großen Geist Assowaums, und das Wild weicht aus seinem Pfade, wenn er in den Wald geht."

Der Indianer schien nicht weiter zum Reden aufgelegt. Er schritt schweigend und schnell vorwärts, bis sie an die äußere Fenz von Roberts' Farm kamen. Von hier aus lief ein breiter Weg, zwischen zwei Maisfeldern hinführend, nach dem Hauptgebäude zu, aus dem jetzt klar und deutlich der schon lange gehörte Gesang heraustönte. William Brown hing, am Hause angekommen, den Zügel seines Pferdes über eine Fenzstange und trat in das Zimmer, wo sich die Andächtigen versammelt hatten.

Der Gesang war eben beendet, und sämtliche Zuhörer lagen, den Rücken dem Prediger zugekehrt und sich auf die Sitzfläche ihrer Stühle stützend, auf den Knien. Rowson aber, dem wir schon früher unter ganz anderen Verhältnissen im Walde begegneten, stand aufrecht in der Mitte und sprach mit andächtig geschlossenen Augen und scharfer, abstoßender Stimme ein lautes Gebet, worin er die entsetzliche Sündhaftigkeit der Anwesenden dem Allmächtigen ans Herz legte und nicht um die so reichlich verdiente Strafe, sondern um Gnade und Erbarmen bat.

Brown, der einer anderen Sekte angehörte und sich zu dem Knien nicht verstehen wollte, blieb mit gefalteten Händen und andächtig zuhörend auf der Schwelle der Tür stehen, trat aber nicht näher. Vergebens winkte ihm Rowson mehrere Male freundlich zu, den Platz an seiner Seite einzunehmen; er schien es nicht zu beachten und starrte schweigend vor sich nieder. Endlich schloß jener sein Gebet, alle standen auf, und der Gottesdienst war beendet.

Brown begrüßte jetzt mehrere der Anwesenden, mit denen er bekannt war und die sich aus der ganzen Nachbarschaft hier zusammengefunden hatten.

„Sie sind recht spät gekommen, Mr. Brown", sagte Marion Roberts, des alten Roberts Tochter und seit sechs Monaten die Braut des frommen Predigers Rowson.

„Haben Sie mich vermißt, Miß Roberts? Dann bedaure ich freilich, den größten Teil des Gottesdienstes versäumt zu haben."

„Aber, Mr. Brown, das ist nicht schön gesprochen. Ich habe eine zu gute Meinung von Ihnen, als daß ich glauben könnte, Sie wohnten nicht der Sache selbst wegen einer so heiligen Handlung bei", sagte Marion.

„Ich bin nicht Methodist."

„Und schadet das etwas? Sind wir nicht alle Christen?"

„Ihr Bräutigam denkt darüber anders." Brown betonte das Wort „Bräutigam" besonders und schaute dem schönen Mädchen dabei forschend ins Auge.

Dieses aber mied seinen Blick und erwiderte: „Er mag wohl auch manchmal ein wenig zu strenge Ansichten haben; ich meinerseits denke darüber viel milder und – Vater ebenfalls. Mutter ist freilich sehr streng, besonders in dieser Hinsicht. Mutter und Mr. Rowson haben überhaupt sehr ähnliche Ansichten."

„Diesmal lag auch die Schuld nicht an mir, mein Fräulein, ich war zeitig genug auf dem Wege, aber mein Onkel – ein Zufall hielt ihn auf, und er mußte wieder nach Hause."

„Er ist doch nicht krank geworden?" fragte schnell und ängstlich Marion.

„Herzlichen Dank für die Teilnahme, mit der Sie sich für ihn interessieren", erwiderte der junge Mann treuherzig, „es wird dem alten Onkel wohl tun, wenn er es erfährt. Er hält sehr viel von Ihnen."

Marion errötete und sagte ausweichend: „Warum kam er aber nicht mit Ihnen?"

„Es war ein Abenteuer", lächelte Brown, „das er mir verboten hat zu erzählen da er es selbst mitteilen will. Sie kennen seine Leidenschaft für Erzählungen."

„Oh, ich freue mich schon darauf", rief Marion, in die Hände klatschend, „das wird herrlich!"

„Und darf man wissen, was herrlich werden wird?" fragte Mr. Rowson hinzutretend und den jungen Mann freundlich grüßend.

„Ein Spaß, der meinem Onkel passierte, oder vielmehr eine Heldentat, die er ausübte und..."

„Haben Sie es auch selber gesehen?" fragte Marion lächelnd. „Sie wissen, Ihr guter Onkel..."

„Aber, Marion“, unterbrach sie ernst ermahnend Rowson, „ist es recht, dich, so kurz nachdem du deinem Gott gedient, mit irdischen, profanen Gegenständen zu beschäftigen? Es würde deiner Mutter sehr leid tun, wenn sie das hören müßte.“

„Mr. Rowson“, sagte Brown, in dem unangenehmen Gefühl, Zeuge eines Tadels zu sein, der das Blut stärker als je in die Wangen des Mädchens trieb, „Sie sind der Bräutigam von Miß Roberts und der Prediger dieses County, haben also ein doppeltes Recht über die junge Dame. Ich sollte aber doch denken, ein unschuldiger Scherz, ein heiteres Wort könnte dem lieben Gott nicht mißfällig sein. Alles zu seiner Zeit – fromm beim Gebet und froh beim Mahl.“

Rowson würde sicher etwas darauf erwidert haben, aber in diesem Augenblick trat der alte Roberts zu ihnen und, dem jungen Brown herzlich die Hand schüttelnd, rief er aus: „Das ist brav, mein Junge, daß Ihr auch einmal herüberkommt; hol's der –“ Es ist möglich, daß er seine Rede auf eine keineswegs sabbatmäßige Art beendet hätte, wäre er nicht noch zur rechten Zeit dem Blick des Predigers begegnet, der ernst und streng auf ihm haftete, und einlenkend fuhr er fort: „Seit vier Wochen – wie lange seid Ihr eigentlich jetzt in Arkansas?“

„Sieben Wochen“, antwortete Brown.

„Nun ja, seit ungefähr vier Wochen habt Ihr Euch kaum zweimal blicken lassen, und in der ersten Zeit waret Ihr alle Tage hier – 's ist doch meiner Seel gar nicht so sehr amüsant hier, auf dem einsamen Fleck Landes, daß man gute Gesellschaft so leicht entbehren könnte. Da kommt Harper noch öfter – wo steckt denn der heute?“

„Er wird gleich hier sein.“

„Apropos, Brown, daß ich's nicht vergesse – für heute über vier Wochen lade ich Euch zur Hochzeit meiner Tochter ein, Euch und Euren Onkel. Ihr müßt dabeisein, sonst geht's nicht, und da...“

„Verzeiht“, erwiderte Brown schnell, indem er sich halb von ihm wandte, „in – vier Wochen werde ich – schwerlich mehr in Arkansas sein.“

„Nicht mehr in Arkansas – was? Ich dachte, Euer Onkel hätte sich Land gekauft und wollte ganz hier bleiben?“

„Ja, mein Onkel wird das auch, aber ich – ich werde mich den Freiwilligen anschließen, die nach Texas ziehen. Wie ich vor einigen Tagen in Little Rock gehört habe, will es sich von Mexiko frei machen und braucht amerikanische Arme.“

„Torheiten“, rief Roberts, freundlich dabei des jungen Mannes Hand ergreifend, „laßt die in Texas ihre eigenen Kriege kämpfen und bleibt Ihr hier bei uns. Wir brauchen am Fourche la fave auch tüchtige, brave Kerle, die den vielen Schuften in hiesiger Gegend die Waage halten, und zur Hochzeit kommt die ganze Mädchenwelt zusammen, da müßt's ja mit dem T..., müßt's ja ganz sonderbar zugehen, wenn sich nicht etwas für Euch darunter finden sollte. – Oh, habt keine Angst“, fuhr er lachend fort, als er sah, daß Brown den Kopf schüttelte, „es gibt wackere Mädchen hier, sie wohnen nur so zerstreut. Ein Mensch wie Ihr freilich, der nirgends hingeht und keinen einzigen Besuch macht, bekommt sie nicht zu sehen. Aber wahrhaftig, da kommt Harper: Blitz und – hm, wie rot er aussieht!“

Es war wirklich dieser würdige Gentleman, der in scharfem Trabe ankam. Wahrscheinlich hatte er befürchtet, Bill würde plaudern, und schon von weitem rief er diesem zu: „He, Junge, reinen Mund gehalten?“

„Keine Silbe erwähnt, Onkel.“

„Nun, das ist brav! – Kinder, heute morgen habe ich einen Spaß erlebt – eine Jagd gemacht...“

„Eine Jagd, Mr. Harper?“ rief vorwurfsvoll Mrs. Roberts aus, die hinzugetreten war und die beiden Männer freundlich begrüßte, „eine Jagd am heiligen Sabbat?“

„Ohne Büchse, Mrs. Roberts, ohne Büchse, ganz unschuldig. Aber das muß ich von vorne an erzählen, denn so was erlebt man nicht alle Tage. – Bill – halt – hiergeblieben, Junge, du bist mein Zeuge – wo ist Assowaum?“

„Er ging dort ins Feld zu dem brennenden Baumstamm, wahrscheinlich, um sich ein Stück Fleisch zu braten.“

„Gut, der muß später auch her. Zeugen muß ich haben, sonst glaubt's das Volk nicht – alles wollen sie selbst sehen, selbst mitmachen. Da hättet Ihr einmal sollen meinen Bruder erzählen hören.“

„Oder den alten Bahrens!“ warf Roberts lachend ein.

„Puh! Wer ist der alte Bahrens? Höre in einem fort von dem alten Bahrens; ich muß ihn doch einmal besuchen. Das ist wohl ein Wundertier?“

„Wir wollen Dienstag in jene Gegend, um nach wild gewordenen Schweinen zu sehen“, sagte Roberts; „wenn Ihr Lust habt, Harper, so könnt Ihr mitkommen. Wir bleiben dann bei Bahrens über Nacht.“

„Topp!“ rief Harper, „jetzt aber meine Geschichte.“

Während der Kleine nun mit vielem Wohlbehagen den aufmerksam Zuhörenden sein wunderbares Abenteuer vortrug, ging Rowson, der es seiner Würde nicht für angemessen hielt, nach kaum beendigter Predigt in die allgemeine Fröhlichkeit mit einzustimmen, durch die Hintertür des Hauses in das Feld oder eigentlich urbar gemachte Land, denn noch war kein Mais angebaut und auch das umgeschlagene Holz noch nicht einmal alles aus dem Wege geschafft. Um aber die großen Stämme am besten zu beseitigen, hatte Roberts unter einige Feuer gelegt, und Assowaum benutzte jetzt eine solche Stelle, dort mehrere Stücke des von Harper gefangenen Hirsches zu braten. Hier aber bemerkte ihn Alapaha und bereitete für ihn, der indianischen Sitte gemäß, das Mahl.

Nachlässig auf seine ausgebreitete Decke hingestreckt, aus einer kurzen selbstverfertigten Rohrpfeife den Tabakrauch einziehend und langsam wieder ausstoßend, lag ausgestreckt die kräftige Gestalt des roten Waldsohnes neben dem riesigen Stamm einer Eiche, dem Sinnbild seiner eigenen Rasse. Noch vor kurzer Zeit überschauten die Indianer stolz und kühn das weite Land als Eigentum, und jetzt, gefällt am Boden, wußte der weiße Eindringling nicht einmal gleich, auf welche Art er sie am schnellsten und sichersten aus dem Weg schaffen könne. Wie am Stamm des Baumes die Glut, so wirkte am Stamm der indianischen Krieger das Feuerwasser, und langsam erst, dann aber immer weiter und reißender um sich greifend, vernichtete es die stattlichen Lebensfasern, das gesunde Mark des Baumes und ließ nur Asche und Kohle zurück. Das Grab der

Krieger düngte den Boden, den der Weiße mit seinem Pflug aufriß, und die Herdsteine ihrer Beratungsfeuer wurden zu ebenso vielen Grabsteinen ihres gesunkenen, geschwundenen Ruhmes.

Es mochten wohl das Hirn des wackern Assowaum ähnliche Gedanken durchkreuzen, als er träumend in die zerfallenden Holzscheite starrte; da stand sein Weib plötzlich von ihrer Arbeit auf und ging dem Haus zu. Sie sah die sich nähernde Gestalt des Predigers und eilte ihm entgegen. Der aber reichte ihr die Hand und sprach ein langes, salbungsvolles Gebet über sie. Unterdessen zischte das Fleisch auf den Kohlen und verbrannte auf der einen Seite.

Alapaha war eine jener wenigen indianischen Schönheiten, denen die sonstigen, für das Auge des Weißen nicht angenehmen Unterscheidungszeichen ihrer Abstammung zur Zierde gereichten. Die vorstehenden Backenknochen verloren sich unter den vollen, von Gesundheit strotzenden Wangen, die reifen Lippen waren üppig geschwellt, die schwarzen Augen blitzten mit einem kaum zu unterdrückenden Feuer aus dem dunklen Teint der Waldschönheit hervor, der Elfenbeinglanz ihrer Zähne hätte eine Negerin beschämen können, und die schlanke Gestalt wurde keineswegs durch die Falten des feingegerbten ledernen Gewandes oder Überwurfs genügend verhüllt, um nicht ihre schönen Formen wenigstens ahnen zu lassen. Die zierlichen Füße staken in sorgfältig gearbeiteten Mokassins, das Haar wurde durch ein brennendrotes Tuch zusammengehalten, und Glaskorallen schmückten ihre Ohren und ihren Hals.

„Alapaha!" rief Assowaum jetzt in nicht unfreundlichem, aber ernstem Ton, „Alapaha - sagt dir der Große Geist der Christen, daß du die Pflichten vernachlässigen mußt, die du deinem Mann und Häuptling schuldig bist?" Alapaha floh mit schnellen Schritten zu ihrer Arbeit zurück, und Rowson nahte sich dem roten Krieger, der, ihn nur leicht mit dem Kopfe grüßend, ruhig liegenblieb.

„Zürnt Eurer Frau nicht, Bruder Assowaum", redete er den Indianer salbungsvoll an, „zürnt ihr nicht, wenn sie den Worten des Herrn lauscht. Es ist ihr einziges Seelenheil, dem sie entgegeneilt, und Ihr solltet der letzte sein, der ihr dabei hemmend in den Weg träte."

„Assowaum zürnt nicht und hindert sie in der Ausübung ihres Glaubens nicht", antwortete der Indianer, „aber er ist hungrig, und das Fleisch verbrennt. Alapaha ist das Weib des roten Mannes."

„Ich habe lange die Gelegenheit wieder einmal herbeigewünscht", sagte Rowson mit freundlichem Blick, „Euch den Segen des Christentums recht anschaulich zu machen. Ihr wichet mir aber stets aus. Darf ich die jetzige Gelegenheit benutzen?"

Der Indianer erwiderte nichts, sondern nahm nur das Fleisch, das ihm Alapaha auf einem roh gearbeiteten hölzernen Teller darreichte, und begann seine Mahlzeit. Der ehrwürdige Prediger rief ihm nun aufs neue alle jene Kraftstellen der Heiligen Schrift ins Gedächtnis zurück, die auf die Sünden der Menschen und die Gnade des dreieinigen Gottes aufmerksam machen, wobei er nicht vergaß, ihm die vielen Wunder zu erzählen, die Christus in seinem Lebenslauf getan, bis er zur Versöhnung alles Fleisches am Kreuze gestorben sei. Wahrscheinlich glaubte Rowson durch diese bilderreichen Erzählungen am leichtesten auf die sinnliche Natur des Waldsohnes einwirken zu können. Der Indianer aß ruhig fort; aber selbst als er sein Mahl beendet hatte, unterbrach er dennoch den Redner mit keiner Silbe, mit keinem Blick, und lauschte aufmerksam dessen Worten, so daß Rowson, hierdurch ermutigt, immer eifriger fortfuhr, die christliche Religion stets nur durch solche Sachen hervorzuheben, die, wie er nicht ganz mit Unrecht glaubte, in den Augen seines Zuhörers den meisten Wert haben mußten.

„Hat der blasse Mann geendet?“ fragte Assowaum endlich, als jener erschöpft stillschwieg.

„Ich habe“, antwortete der Priester. „Und was sagt mein Bruder dazu?“

Assowaum warf die Decke von sich, die er halb um sich herumgeschlagen hatte, richtete sich auf und sprach, dicht vor den Christen hintretend:

„Vor alten Zeiten hat der Große Geist, den Ihr Gott nennt, die Welt erschaffen, und er machte Menschen – Indianer. Sie kamen nicht über die See. Er deckte etwas über die Erde und steckte die Menschen darunter; alle Stämme waren dort versammelt. Ein Stamm von ihnen aber sandte einen seiner jungen Leute hinauf zu sehen, was es oben gäbe, und dieser fand alles sehr hell und freute sich über die Schönheit des Ganzen. Ein Hirsch lief vorbei, und ein Pfeil stak in seiner Seite; der Indianer folgte ihm und kam zu dem Platz, wo er gestürzt und verendet war; andere Fährten sah er noch, und bald kam der Mann, der das Tier angeschossen hatte. Es war der Schöpfer selbst, und er zeigte ihm jetzt, wie er die Haut des Hirsches abstreifen und das Fleisch zerschneiden sollte. Gott befahl ihm dann, ein Feuer zu machen, aber der Indianer wußte nicht wie. Gott mußte es selber tun. Gott hieß ihn nachher ein Stück des Fleisches auf einen Stock stecken und es braten: der Indianer wußte aber nicht wie und ließ es auf der einen Seite verbrennen, während die andere roh blieb.“

Rowson machte eine Gebärde, als ob er sprechen wollte, der ernste Blick Assowaums hielt ihn jedoch zurück.

„Nachdem er den roten Mann also gelehrt hatte, das Wild zu erlegen und das Fleisch und seine Haut zu nutzen, rief er die anderen hervor aus der Erde, und sie kamen Stamm nach Stamm und erwählten jeder einen Häuptling.

Gott machte auch das Gute und Böse – es waren Brüder. Der eine ging aus, um Gutes zu tun, der andere, um seines Bruders Werke wieder zu zerstören. Dieser machte steinige, kiesige Stellen, ließ giftige Früchte wachsen und stiftete Unheil. Der Gute wollte den Bösen gern vernichten, aber nicht mit Gewalt, schlug ihm also vor, daß sie einen Wettlauf anstellen wollten, wonach der Verlierer das Feld räumen sollte. Der Böse willigte ein und...“

„Halt!“ rief der Methodist jetzt, indem er sich in seinem Eifer von dem Stamm erhob, auf dem er gesessen, „nicht geziemt es mir, am heiligen Sabbat solchen Erzählungen zu lauschen. Armer, verblendeter Heide – das ist dein unseliger Aberglaube, der dich an diesem Gewebe der Lüge hängen läßt – scheuche ihn von dir! Jesus Christus...“

Der Indianer sprach, während der Methodist diese Warnung schnell ausstieß, kein Wort, er unterbrach ihn mit keiner Silbe, aber er heftete einen so wilden Zorn und Ingrimm sprühenden Blick auf den Prediger, daß dieser erschrocken in seiner Rede einhielt und scheu nach dem nicht weit entfernten Hause zurücksah. Assowaum bezwang jedoch den in seiner Brust tobenden Sturm, und nur finster den fremden Apostel betrachtend, sprach er, als dieser plötzlich schwieg, mit fester, wenn auch leiser Stimme:

„Ich habe Euren Worten gelauscht. Ihr habt mir von dem Häuptling erzählt, der Stöcke in Schlangen verwandelte und Wasser aus dem Felsen preßte; von dem Fisch, der den Menschen tagelang in seinem Bauch aufbewahrte und dann wieder ans Land spie; von dem Propheten, der auf einem feurigen Wagen in den Himmel fuhr, und von dem, der geopfert wurde und starb und doch wieder lebendig auf die Erde kam. Assowaum hat alles geglaubt. Ich erzähle Euch jetzt, wie der Große Geist in diesem Teil der Welt seine Kinder erschaffen habe, und Ihr nennt mich einen Lügner. Geht!" sagte er, seinen Arm dabei gegen den etwas beschämten Prediger ausstreckend, „das Auge des blassen Mannes sieht nur auf die Seite, auf der sein eigener Wigwam steht – alles andere ist schwarz."

Ohne eine weitere Antwort abzuwarten, schritt Assowaum, das Nachbringen des Gepäcks seiner Squaw überlassend, dem Hause zu.

Hier hatte Harper indessen seine Geschichte unter dem Gelächter und den Beileidsbezeigungen der übrigen vollendet, die sich, als Mittag heranrückte, größtenteils wieder nach ihren verschiedenenen Wohnorten zerstreuten, um dort ihre Mahlzeiten nicht zu versäumen. Nur Harper und Brown waren von der alten Mrs. Roberts als so „gar seltene Gäste" eingeladen worden, an dem einfachen Mahl teilzunehmen.

Ehe der Tisch gedeckt wurde, winkte Roberts noch einmal dem jungen Brown zu, mit ihm zu der Einfenzung zu kommen, wo er seine guten Pferde hielt, denn auf sie konzentrierte sich sein ganzer Stolz und Ehrgeiz. Niemand im Staat durfte bessere Pferde haben als er, und wer mit dem alten Roberts tauschte, konnte sicher sein, daß er den kürzeren zog, denn keiner hatte ein sicheres Auge für die Fehler oder Tugenden des edlen Tieres als gerade dieser.

Ehe wir übrigens mit dem alten Mann näher bekannt werden, möchte es vielleicht nötig sein, eine kleine Schwäche zu erwähnen, die er sich in seinen Reden angewöhnt hatte. Er kam nämlich stets aus dem Hundertsten ins Tausendste, das heißt: Er vermochte nie den Satz, von dem er ausgegangen, festzuhalten. Die, welche näher mit ihm bekannt waren, wußten das schon und unterbrachen ihn immer zur rechten Zeit, wo er sich dann augenblicklich zu seinem ersten Satz zurückfand. Ließ man ihn aber ungestört reden, so verlor er die Bahn und kam endlich, ohne sich auch nur mit einem Worte noch an das erinnern zu können, was er hatte sagen wollen, zu einem plötzlichen Halt.

In dem sogenannten „Lot" angelangt, machte er nun den jungen Mann auf die einzelnen Tiere besonders aufmerksam, pries ihm, wie billig er dieses, wie teuer er das gekauft, was für Wetten jenes gewonnen, in wieviel Minuten ein anderes die Bahn durchlaufen. Er befand sich auch hier so recht in seinem Element, noch dazu, da ihm Brown nicht undeutlich zu verstehen gab, er gedenke in diesen Tagen selbst ein Pferd von ihm zu kaufen, und zwar ein starkes, kräftiges, das für den texanischen Freiheitskampf tauglich sei.

„Das könnt Ihr bei mir bekommen, Brown, das könnt Ihr bekommen!" rief der Alte freudig, in dem Augenblick ganz vergessend, daß er dadurch den jungen Mann aus der Nachbarschaft verlieren würde. „Dort der Fuchs ist ein Mordspferd – nicht totzumachen – abends so munter wie morgens und erst vier Jahre alt – aber – wie ist mir denn? Ihr wollt nach Texas? Zum Henker, das leiden wir nicht – ich verkaufe gern ein Pferd, doch soll mich..." Er sah sich unwillkürlich um, ob seine Frau nicht zufällig in der Nähe wäre und sein Fluchen hören könnte. „Nein, Brown, das ist nichts. Texas ist ein Land, wo es keinem Christenmenschen gut geht."

„Dieses ruhige Leben hier sagt mir aber nicht zu; ich muß mich ein wenig in der Welt umsehen", sagte der junge Mann, „später komm' ich wieder zurück."

„Von Texas, eh? Von dort kommt niemand mehr zurück – kein ordentlicher Kerl wenigstens –, alle Schufte und Spitzbuben gehen ja jetzt dorthin, und das Sprichwort 'Geh in die Hölle' ist ganz abgekommen, man wird noch boshafter und wünscht den Leuten eine Reise nach Texas. Der Boden dort ist auch nicht besser als der unsere; ich habe unten im Canebottom Land, das ich nicht für zehn Dollar den Acker verkaufen möchte, und die Mast – Sie sollen einmal im nächsten Winter meine Schweine sehen; ich habe mir auch von Atkins eine neue Art gekauft – die mit ungespalteten Hufen. Atkins ließ mir zwei ab, und ich hätte noch mehr genommen, sein Bruder aber, der Advokat in Poinsett County, der sich erst neulich dort niedergelassen hat, denn das wißt Ihr doch, daß jetzt eine Menge Menschen dort in den Sumpf gezogen sind?"

„Bei Euch wird es jetzt auch recht still im Hause werden", sagte Brown, der einen Augenblick in tiefen Gedanken vor sich hingestarrt hatte. „Euer Sohn ist nach Tennessee, und wenn – Marion heiratet..."

„Ja, das ist wahr; wird mir sonderbar vorkommen. Nun, ich bin auch nicht schuld daran, habe genug dagegen geschimpft. Ich weiß nicht, ich kann den Prediger nicht leiden."

„Er scheint sonst ein ordentlicher, stiller Mann zu sein!"

„Still? Ja – sehr still; aber – unter uns – er kommt mir gar nicht wie ein Mann vor. Neulich hat ihm Heathcott Sachen gesagt, nach denen ich ihm ein Messer durch den Leib gerannt hätte, Rowson erwiderte aber nichts. Der Heathcott ist zwar ein wilder Bursche, sein Vater war noch einer von den alten Virginiern, die damals..."

„Wie Ihr mir sagtet, ist die Hochzeit in vier Wochen, nicht wahr?"

„In vier Wochen – ja – ich hab' ihm gesagt, daß er meine Tochter nicht eher bekommen kann, bis er das Land gekauft, auf dem er wohnt, und sich überhaupt so eingerichtet hat, daß er eine Frau anständig ernähren kann. Man braucht hier im Walde gerade nicht viel, aber ein kleines Kapital ist doch nötig: bar Geld ist überhaupt etwas sehr Seltenes..."

„Wovon ernährt sich Rowson eigentlich? Für sein Predigen empfängt er doch kein bares Geld?"

„Nein – bewahre, er hat aber noch ein kleines Vermögen in Tennessee, acht- oder neunhundert Dollar, wie er mir gesagt hat. Einen Teil von dem erwartet er in drei Wochen, und dann hab' ich meine Einwilligung zugesagt – die Mutter ist ganz versessen auf die Verbindung. Ich hätte auch nichts dagegen, aber der Blick von dem Menschen gefällt mir nicht. Es ist sonderbar, was der erste Blick manchmal für einen Eindruck macht. In Tennessee, wo ich doch früher wohnte und wo mein Vater am Wolfriver achtzig Acker Land hatte – Sie kennen doch den Wolfriver? –, herrliches Land, und in Memphis, kaum eine halbe Meile davon, ist auch ein vorzüglicher Markt für alle Produkte. – Wie lange ist's nun her, daß ich nicht in Memphis war? Lieber Gott, wie die Zeit vergeht, das war damals, als das erste Dampfboot vorbeikam – die 'New Orleans'. Ja, ja, das muß 1811 gewesen sein – 1811. Nachher kam der Krieg wieder, und wir marschierten hinunter nach Louisiana, kamen aber zu spät; Old Hickery hatte die Britischen schon geklopft. Dann später, 1815, war der starke Frost, der uns damals die ganze Frucht verdarb – so ein Frost ist mir auch im Leben noch nicht wieder vorgekommen. Aber, Brown – an was denkt Ihr denn eigentlich? Ihr seht ja so starr vor Euch nieder, fehlt Euch etwas? – wovon sprach ich doch gleich?"

„Mir? nein – nichts – ich habe etwas Kopfschmerz und glaube, ich habe heute morgen zuviel über Onkel Bens Abenteuer gelacht. Ja, wir sprachen von unserem Pferdehandel."

„Oh, das hat noch Zeit! – Aber hallo – wer kommt da? Eins, zwei, drei, vier, fünf, sechs Mann zu Pferde, und alle mit Büchsen und Messern? Nun, das ist eine gute Empfehlung bei meiner Frau.

Heathcott und Mullins und Smith und Heinze, der Herr segne uns, das sind die Regulatoren, da brennt's wieder irgendwo. Nun, wir werden ja gleich hören."

Der alte Mann öffnete schnell die Pforte, und Brown folgte ihm hinaus, die Reiter zu begrüßen, die jetzt in kurzem Trab den breiten Weg zwischen den Feldern von westwärts herkamen.

4. Die Regulatoren – Zank und Kampf

Das Lynchgesetz, das heißt die Ausübung der Gerechtigkeit von nicht dazu befugten Personen, das Bestrafen von Verbrechern durch die einzelnen Bürger des Staates selbst, hatte in Arkansas wieder einmal seit kurzem recht überhand genommen. Um das zu verhindern, waren die Gesetze verschärft, ja sogar schwere Strafen auf die Bildung von eigenmächtigen Geschworenengerichten gesetzt worden. Wenig half das aber in einem Staate, wo noch kaum ein Weg die Wildnis durchschnitt und der Arm der Gerechtigkeit nicht über die nächsten Ansiedlungen hinausreichte. Arkansas war dabei in jener Zeit der Sammelplatz aller der Raubbanden geworden, die sonst in Missouri, Illinois, Kentucky, Tennessee und Mississippi ihr Unwesen getrieben hatten, und mit Recht traten die Ansiedler zusammen und zogen gemeinschaftlich gegen den Feind zu Felde, der ihnen den Frieden ihrer Wohnungen zu zerstören drohte. Wie aber jede Sache ihre Licht- und Schattenseiten hat, so auch hier. Wo einesteils mancher Schurke plötzlich und unerwartet vor Gericht gezogen und seiner gerechten Strafe überantwortet wurde, ohne daß man Friedensrichter oder Sheriff deshalb bemühte, traf es sich auch manchmal, daß persönlicher Haß und Rachgier die Erbitterung der Menge gegen einzelne Unschuldige lenkte, um diese die Macht fühlen zu lassen, die für den Augenblick in die Hände ihrer Feinde gegeben war. So rissen in White County die Regulatoren eines Tages einen ehrbaren, fleißigen Farmer aus der Mitte seines Familienkreises, banden ihn vor den Augen seiner Frau, die noch glücklicherweise durch eine Ohnmacht dem Schrecklichsten entzogen wurde, unter dem Jammern und Wehklagen seiner Kinder an einen Baum und peitschten den Unglücklichen auf eine entsetzliche Art, um ihm das Geständnis eines Verbrechens zu erpressen, das er nicht begangen hatte. Zwar bewies er später seine Unschuld und erschoß den Rädelsführer jener Bande, seine Frau hatten der Schreck und die Angst aber so angegriffen, daß sie in ein hitziges Fieber verfiel und wenige Monate danach starb. Man sagte auch, daß Heathcott damals mit unter jenen Regulatoren gewesen sei und er deshalb White County habe verlassen müssen. Auf jeden Fall war er ein wilder, roher Bursche, mit dem niemand gern etwas zu tun hatte – ein echter Kentuckier voller Prahlerei und Rauflust, wenn auch sonst ehrlich und brav.

Die übrigen Männer waren größtenteils Farmer aus der Nachbarschaft und alle in ihre Jagdhemden gekleidet, mit Büchsen, Bowiemessern und Pistolen bewaffnet. Heathcott war besonders mit Gewehren und Dolchen ausgerüstet und rechtfertigte den Ausruf Roberts', der zu Brown sagte, er sehe aus wie ein Kaperschiff, das seine Waffen an Deck geschafft habe und entern wolle.

„Hallo, Gentlemen", rief der alte Mann jetzt, „wohin soll die Reise gehen? Kommen die Indianer, daß Sie sich auf eine so entsetzliche Art mit Messern und Schießgewehren versehen haben?"

„Indianer? Nein!" rief Heathcott, „aber etwas viel Schlimmeres: Die Pferdediebe sind wieder los; oben am Arkansas haben sie dem Richter Rowlove vier Stück gestohlen, und die Fährten führten südöstlich. Der verdammte Regen vorgestern nacht hat sie aber verwaschen, und wir konnten nicht mehr erkennen, ob sie nach den heißen Quellen zu oder weiter östlich gingen. Vergebens haben wir gestern den Wald nach allen Richtungen durchsucht, es ließ sich weiter nichts mehr tun, als daß wir Hostler den Fluß hinunter und Bowitt nach Hot Spring County hinüber schickten. Wir anderen wollten jetzt hinunter zu Wilkins, um weitere Schritte für die Zukunft zu bereden. Geht einer von euch mit?"

„Danke schön!" sagte Roberts, „macht das untereinander aus, ihr jungen Burschen. Meine alten Knochen sind das Waldlaufen nicht mehr gewohnt."

„Ihr habt aber ebenfalls viele Pferde. Wer weiß, wann euch die Schufte einmal einen Besuch abstatten; nachher werdet Ihr schon kommen", entgegnete Heathcott.

„Wollen's abwarten, ich muß ihnen aber doch an keiner recht bequemen Stelle hier liegen, sonst wäre mir schon etwas weggekommen. Mich verschonen sie wirklich merkwürdig."

„Sollte beinahe verdächtig aussehen", meinte der Kentuckier grinsend.

„Nein, nein", sagte gutmütig lachend der alte Mann, „das gerade nicht. Aber wollt ihr denn nicht ins Haus gehen, Gentlemen, und einen Bissen essen? Guten Morgen, Heinze, guten Morgen, Mullins, hallo, Peter, das ist wohl ein neues Pferd, das Ihr da reitet? Das hab' ich noch nicht gesehen – hübsches Tier."

„Wir nehmen Euer Anerbieten an", sagte Heathcott, vom Pferd steigend, während die übrigen seinem Beispiel folgten. „Wilkins hat überdies nie etwas zu essen, und da ist's doch besser, wir versehen uns hier bei Euch. Aber nur keine Umstände – die Pferde mögen inzwischen ein bißchen ruhen."

Brown hatte indessen einige der Männer, mit denen er in der kurzen Zeit seines Aufenthaltes bekannt geworden war, begrüßt und schritt mit ihnen dem Hause zu, wo das kleine Negermädchen emsig bemüht war, für die unerwarteten Gäste Maisbrot zu backen und Schweinefleisch zu braten.

„Und Ihr, Mr. Brown?" fragte Heathcott jetzt, sich an den jungen Mann wendend, „habt Ihr keine Lust, der guten Sache Euren Arm und Euer Auge zu leihen? Es können unserer gar nicht zuviel sein, da wir, mit dem Gesetz gegen uns, dem Staat beweisen müssen, wie sehr es uns ernst um die Sache ist."

„Ich muß bitten, mich zu entschuldigen", erwiderte Brown; „erstlich bin ich nur ein sehr flüchtiger Besuch in dieser Gegend, mit dem Wald und der ganzen Lage des Landes noch nicht einmal recht bekannt, und dann will ich Euch auch aufrichtig gestehen, habe ich keine Freude an dem Richtwesen der Regulatoren, das nur zu oft zum Unwesen wird."

„Sir!" sagte der Kentuckier etwas gereizt, „Ihr werdet uns doch wohl zugestehen, daß wir hier am besten wissen, wo uns der Schuh drückt?"

„Natürlich – natürlich", erwiderte Brown freundlich. „Ich maße mir auch weiter kein Urteil darüber an, behalte mir aber dafür auch meine eigene Handlungsweise vor."

„Mit Euch Herren, wie Ihr nur immer von einem Staat zum andern huscht, weiß man nie, woran man ist", sagte Heathcott, einen keineswegs freundlichen Blick nach dem jungen Mann hinüberwerfend. „Einmal seid Ihr in Missouri, einmal in Texas und habt überall Bekannte und Freunde. Ihr tretet vielleicht aus Rücksicht gegen Eure Freunde den Regulatoren nicht bei?"

„Mr. Heathcott“, erwiderte Brown sehr ernst, aber auch sehr höflich, „ich will diese Anspielung von Eurer Seite nicht verstehen, denn ich kann mich dadurch nicht getroffen fühlen. Was mein Betragen, meine Reisen aus einem Staat in den anderen betrifft, so bin ich darüber keinem Menschen Rechenschaft schuldig.“

Die anderen Farmer mischten sich aber jetzt in das Gespräch und duldeten nicht, daß Heathcott noch etwas sagte, das die Gefühle des jungen Mannes verletzen konnte. Sie hatten ihn alle liebgewonnen, fürchteten dagegen ihren Führer mehr, als sie ihn achteten.

„Herein, Gentlemen, herein hier!“ rief ihnen Roberts aus der offenen Haustür zu. „Ihr müßt fürlieb nehmen, ich habe euch schnell etwas herrichten lassen, damit ihr nicht bis zum Mittagessen zu warten braucht. Also setzt euch.“

Die Leute ließen sich das nicht zweimal sagen, und nachdem sie die Frauen im Hause begrüßt, setzten sie sich ohne weitere Umstände, ja ohne alle die vielen Gewehre, mit denen sie umsteckt waren, abzulegen, an den reichlich gedeckten Tisch. Eben wollten sie auch zulangen, als Rowson, der neben Mrs. Roberts am Feuer gestanden hatte, an die Tafel trat, die Hände faltete und ein Tischgebet zu sprechen begann.

Die Farmer, die einesteils selbst Methodisten waren, andernteils die Sitte des Hauses ehrten, legten die schon ergriffenen Messer wieder nieder und sahen, andächtig auf die Teller hinunter; Heathcott hingegen blickte ärgerlich zu dem Prediger hinüber, der ihn übrigens gar nicht zu bemerken schien und ruhig in der Ausübung seiner Pflicht, wie er es nannte, fortfuhr.

Wären die Damen nicht gegenwärtig gewesen, so hätte sich der Zorn des rauhen Mannes wohl schon bei dieser Gelegenheit Luft gemacht, so aber unterdrückte er ihn und begann sein Mahl, während der Betende noch das Amen sprach. Daß solches Betragen Mrs. Roberts auf das tiefste verletzte, braucht wohl nicht erwähnt zu werden. Sie setzte sich höchst erbittert in ihren Schaukelstuhl und murmelte etwas von „rohen sündhaften Menschen“, was jedoch nur zu dem Ohr des Priesters gelangte, der wieder an ihre Seite getreten war und jetzt seufzend dazu mit dem Kopf nickte.

„Mrs. Roberts, Sie führen wohl nicht einen Schluck Whisky im Hause?“ fragte Heathcott nach einer kleinen Pause, sich dabei mit dem Ärmel seines ledernen Jagdhemdes den Mund wischend. „Wir haben da drüben bei Bowitts so verdammt scharfes Zeug getrunken, daß es einem die Eingeweide fast verbrennt.“

„Ich halte keinen Whisky“, erwiderte Mrs. Roberts, durch diese Frage aufs neue erregt. „Mrs. Bowitt täte ebenfalls besser, solches Getränk nicht in ihrem Hause zu dulden.“

„Ja, das hab' ich auch gesagt“, rief Heathcott lachend, der entweder die alte Dame nicht verstand oder nicht verstehen wollte, „es ist eine Schande. Bei dem Krämer am Petite-Jeanne könnte sie, für einen Dollar die Gallone, das beste Gebräu in der Welt bekommen – echten Monongahela-Whisky.“

„Mr. Heathcott sollte doch eigentlich sehen“, sagte Rowson milde, „daß ein Gespräch über Whisky den Ohren der Mrs. Roberts nicht gerade angenehm ist.“

„Mr. Rowson täte wohl, sich um seine eigenen Angelegenheiten zu kümmern“, antwortete Heathcott scharf.

„Ich habe den Pferden etwas Korn geben lassen, Gentlemen!" rief jetzt der alte Roberts, der eben mit Harper und Brown aus dem Pferdestall zurückkehrte, zur Tür herein.

„Dank Euch! Dank Euch!" riefen Smith und Heinze, froh, eine Ausrede zu haben, vom Tisch aufzustehen und ein Gespräch zu unterbrechen, das nur unangenehm enden konnte.

Smith blieb noch einen Augenblick zurück, als die anderen Männer hinausgingen, und sagte freundlich zu Mrs. Roberts:

„Sie müssen Heathcott die rauhe Rede nicht so übelnehmen, Madame. Wir sind scharf geritten heute morgen, und wie wir zu Bowitts kamen, trank er wohl eigentlich ein wenig mehr, als sich gehörte."

Die alte Dame erwiderte nichts und schaukelte nur heftiger, Rowson dagegen dankte dem Nachbar freundlich für seine gute Meinung und versicherte ihm, er hege nicht den geringsten Groll gegen Heathcott. „Er ist ein rascher, junger Mann", fuhr er gutmütig lächelnd fort, „und meint auch wohl nicht alles so bös, als es bei ihm herauskommt."

„Ich werde ihm sehr verbunden sein, wenn er mein Haus nicht wieder mit seiner Gegenwart beehrt", platzte Mrs. Roberts endlich heraus. „Ich erziehe mein Kind gottesfürchtig und will weder, daß dieses in meinen eigenen vier Wänden ein böses Beispiel sieht, noch..."

„Aber, Mutter!" bat Marion.

„... noch, daß fromme Leute", fuhr die alte Frau, ohne sich unterbrechen zu lassen, fort, „die das reine Gotteswort predigen, unter meinem Dache beleidigt werden – sagen Sie das dem Mr. Heathcott." Und aufs neue begann sie heftig in dem Stuhl zu schaukeln.

Smith, ein ruhiger, friedliebender Mann und selbst Methodist, war zu sehr mit alledem, was Mrs. Roberts eben gesagt hatte, einverstanden, um etwas dagegen einzuwenden, und folgte schweigend den übrigen vor die Tür. Dort hatten sich die meisten teils auf Stühlen, teils auf Baumstämmen und Trögen niedergelassen und sprachen von dem, was ihnen allen am nächsten lag; von den immer mehr und mehr um sich greifenden Pferdediebstählen.

„Die Schufte müssen hier im County einen Hehler haben, sonst begreif' ich nicht, wie es möglich ist, daß sie uns immer irreführen", sagte Mullins.

„Ja, und wohin sie die gestohlenen Pferde schaffen, bleibt mir auch ein Rätsel", rief Roberts, „ein Gaul ist doch kein Vogel, der über die Erde geht, ohne Spuren zu hinterlassen."

„Nur Geduld!" beteuerte Heathcott, „nur Geduld, es hat jedes sein Ziel, und wir erwischen die Burschen einmal, wenn sie sich's am wenigsten versehen. Aber dann will ich verdammt sein, wenn ich einem von den Hunden das Leben schenke. Lumpig ist's, daß sie im vorigen Jahr die Todesstrafe auf Pferdediebstahl hier in Arkansas abgeschafft haben, das hieß dem Volke mit klaren Worten sagen: Jetzt helft euch selber – wir wollen's nicht mehr."

„Ich weiß nicht, hart bleibt's immer, eines Pferdes wegen ein Menschenleben zu nehmen", warf Brown ein.

„Hart? Zum Teufel auch!" rief Heathcott, sein großes Messer neben sich in die Rinde des Stammes stoßend, auf dem er saß, „wer mir ein Pferd stiehlt, stiehlt einen Teil meiner selbst. Ich habe jetzt drei verkauft und trage das Geld davon bei mir, es ist sozusagen mein ganzes Vermögen, mit dem ich mich anzubauen gedenke. Wer mir die Pferde gestohlen, hätte mir damit auch zugleich meinen ganzen künftigen Lebensplan zerstört und das ist schlimmer, als wenn er mich über den Haufen geschossen. Nein, Tod den Schuften! Laßt sie nur sehen, daß es uns ernst ist, und wir werden sie, das heißt die, die wir nicht gehängt haben, bald aus Arkansas lossein."

„Euch scheint an einem Menschenleben wenig zu liegen", warf Brown ein.

„Sehr wenig", antwortete Heathcott, sein Spiel mit dem Messer wiederholend.

„Ihr taxiert dann das Eure auch nicht besonders hoch?" meinte Harper lachend, „sonst würdet Ihr's nicht mit dem jedes Lumps in die Waagschale legen."

„Hoch genug, um den neun Zoll langen Stahl den schmecken zu lassen, von dem ich glauben müßte, daß er mir gefährlich werden könnte", rief Heathcott, sich wild im Kreise umsehend. „Dies ist ein freies Land, und jeder hat seine Ansichten, ich will aber verdammt sein, wenn ich die meinigen nicht oben behalte – soviel ist sicher. Aha, da ist auch der Mr. Rowson wieder", fuhr er höhnisch fort, als er die ehrwürdige Gestalt dieses Mannes, mit dem Hut auf dem Kopf und dem Gebetbuch unter dem Arm, in der Tür bemerkte. „Auch einer von den Schleichern, die mit dem Schafsfell prahlen und den Fuchs nur zuweilen durchschauen lassen."

Rowson wandte sich an den Negerknaben, der eben zum Haus kam, und bat ihn, sein Pferd zu holen. Heathcott aber, durch die Nichtachtung des Predigers, der sich stellte, als ob er die Worte gar nicht gehört hätte, erbost, sprang auf und rief drohend:

„Nun, Meister Höllentreter, ich dächte, ich wäre einer Antwort wert, wenn ich auch ein Sünder bin."

Ehe aber Rowson nur ein Wort erwidern konnte, sprang Brown auf, faßte Heathcott an der Brust und schleuderte ihn mit so gewaltigem Griff zurück auf seinen Platz, daß er über den Stamm hinwegflog und sich im Fall blutig schlug. Alle anderen sprangen erschrocken empor, mit ihnen aber auch der Kentuckier. Das Messer ergreifend, das neben ihm heruntergefallen war, setzte er mit einem Sprung über den umgestürzten Baum hinweg und wollte sich eben auf seinen Angreifer werfen, als dieser ihm, ohne einen Zollbreit von seiner Stelle zu weichen, ein gespanntes Terzerol entgegenhielt. Heathcott, der keine Waffen bei ihm vermutet hatte, fuhr zurück und wollte seine Büchse ergreifen. Die übrigen Männer fielen ihm aber in den Arm und riefen einstimmig, daß sie keinen Mord hier dulden wollten.

„Zurück mit Euch", schrie Heathcott, „zurück! Laßt mich an den Buben – das fordert Blut. Sein Herzblut muß ich haben – verdamm' Euch."

„Laßt ihn los", sagte Brown jetzt, das Terzerol einsteckend und ein ebensolches Messer, wie es Heathcott führte, unter der Weste hervorziehend, „laßt ihn los, und wir können dann gleich sehen, wer der beste Mann ist."

„Um Gottes willen, Mr. Harper, dulden Sie das Schreckliche nicht –" bat Marion, die mit totenbleichem Gesicht die Hand des alten Mannes ergriff, „der böse Heathcott bringt ihn um."

„Seien Sie ruhig, liebes Kind", beschwichtigte Harper die Flehende, „und gehen Sie vor allen Dingen ins Haus zurück. Dies ist jetzt kein Platz für ein junges Mädchen – hat die Kugel erst einmal das Rohr verlassen, so weiß niemand, wohin sie geht."

„Er wird ihn töten", klagte das Mädchen.

„Wen? Ihren Bräutigam? Nein. Er hat ja den Streit mit meinem Neffen."

Marion barg schluchzend das Gesicht in ihrem Tuch und ließ sich willenlos von Rowson, der zu ihr getreten war, ins Haus geleiten.

„Zurück! Sag' ich", schrie Heathcott in höchster Erregung, „gebt mir meine Büchse, ich muß den Hund über den Haufen schießen."

„Laßt ihn los", wiederholte Brown in schnell auflodernder Kampflust. „Laßt ihn frei, er hat Messer genug an sich stecken, einen ehrlichen Kampf zu wagen – weg da, Männer von Arkansas!"

„Gut!" sagte Mullins, „Ihr mögt es ausfechten, aber die Büchse bekommt er nicht. Wir wollen keinen Mord dulden; ein Kampf ist etwas anderes."

Heathcott sah sich im nächsten Augenblick frei, und die Männer bildeten einen Kreis um die beiden. Der eben noch so wilde Kentuckier schien jedoch durch den festen, furchtlosen Blick seines Gegners gewaltig abgekühlt, und wenn er auch krampfhaft das Messer mit der Hand umschloß und dem ihn unerschrocken Erwartenden wütende Blicke zuschleuderte, so blieb er doch wie festgebannt auf seiner Stelle stehen und griff nicht an. Eine peinliche Stille trat ein, die Männer umstanden die Feinde und wagten kaum zu atmen, während Marion von der Tür des Hauses ängstlich hinüberstarrte nach dem Kreis und in krampfhafter Aufregung, die Hände fest auf die Brust gefaltet, zitternd und bangend den Ausgang des Gräßlichen erwartete.

Heathcott befand sich in einer peinlichen Lage, er fürchtete augenscheinlich den Stahl des Feindes, aber mehr fast noch den Spott oder das höhnische Lächeln der Kameraden, das er glaubte erwarten zu müssen, wenn er den dargebotenen Kampf nicht annähme; da schlugen sich die Freunde ins Mittel, und zwischen die Männer tretend, trennten sie die Streitenden.

„Kommt Heathcott", sagte Heinze, „Ihr habt beide unrecht, und es ist eine Sünde und Schande, daß sich zwei ordentliche Kerle zerfleischen wollen, wo es noch Lumpengesindel genug im Walde gibt, an dem sie ihre Wut auslassen könnten. Kommt, es wird Zeit, daß wir aufbrechen, und es ist auch nicht recht, den Sonntag der Leute hier zu stören, die uns freundlich aufgenommen haben."

„Das ist alles, was mich bis jetzt abgehalten hat, jenen Gelbschnabel zu züchtigen", knirschte Heathcott, „aber warte, Bursche, ich finde dich, und Gnade dir Gott, wenn du mir einmal vors Rohr kommst."

„Heathcott – Heathcott", warnte Mullins, „das sind böse, gefährliche Reden, sehr gefährliche Worte."

„Laßt ihn", lachte Brown verächtlich, das Messer in die Scheide zurückstoßend, „laßt ihn prahlen; es ist der einzige Genuß, den er vom Leben hat."

„Komm, Bill", sagte Harper, den Widerstrebenden ins Haus ziehend, „komm, Bill, laß die Burschen erst fort, du hast deiner Ehre genügt, und es freut mich, daß sich meiner Schwester Sohn so brav benommen hat. Das tut's aber nun auch, denk an die Frauen, Marion ist vorhin schon ohnmächtig geworden."

„Marion ohnmächtig?" fragte Brown schnell, indem er dem Hause zu lief. „Ja so", sagte er aber dann und blieb wieder stehen, „ihr Bräutigam ist ja bei ihr, daran dacht' ich nicht. Sie wird sich wohl wieder erholen."

Die Regulatoren hatten indessen den Platz verlassen, und auch Rowson schickte sich an, heimzureiten. Harper folgte dagegen der Einladung Roberts' und blieb in dessen Haus, um am nächsten Morgen die versprochene Jagd mitzumachen und den alten Bahrens zu besuchen, von dem er soviel gehört hatte.

Rowson sprach noch ein langes Gebet, ehe er sein Pferd bestieg, teils um die Vergebung des Höchsten für die entsetzliche Entweihung des Sabbats zu erflehen, teils um ihm zu danken, daß dieser Kelch ohne Blutvergießen vorübergegangen war. Ehe er sich jedoch aufs Pferd schwang, ging er zuerst noch auf den jungen Brown zu und sagte:

„Ihr habt Euch heute meiner angenommen, und ich danke Euch. Wenn aber jener Bube auch auf Rache sinnt, fürchtet nichts, der Himmel wird Euch beschirmen, baut auf dessen Schutz."

„Ich dank' Euch, Mr. Rowson", erwiderte Brown ruhig; „ich baue aber mehr auf des Burschen Feigheit und meine eigene Kraft als auf irgend etwas anderes. Der geht mir schon aus dem Wege, das hat keine Not, und streitsüchtig bin ich auch nicht. So werden wir denn schwerlich wieder zusammenkommen."

5. Brown und Marion

Rowson war fortgeritten, um, wie er sagte, „das Wort des Herrn in einer andern Ansiedlung zu predigen", und Marion lehnte bleich und erschöpft in einem Sessel. Harper, Roberts und Brown saßen am Kamin, in dem die Negerin wohl mehr der Gewohnheit als der wirklich kühlen Luft wegen ein Feuer entzündete, und Mrs. Roberts stand neben ihrer Tochter und streichelte ihr das Haar.

„Komm, Kind – laß das Sorgen und Träumen", sagte sie beruhigend zu dem Mädchen, „sieh, es ist ja alles vorbei. Mr. Rowson kann den Männern heute unmöglich mehr begegnen, er hat ja eine ganz entgegengesetzte Richtung eingeschlagen. Geh hinaus an die frische Luft, dann wird dir besser; Mr. Brown begleitet dich vielleicht und führt dich ein wenig spazieren. Ich wollte wirklich, Mr. Rowson hätte heute bei uns bleiben können, aber freilich – der Dienst Gottes geht vor."

Brown war schon bei der ersten Andeutung, daß seine Begleitung erwünscht werde, aufgesprungen und näherte sich jetzt etwas verlegen der Tochter des Hauses, ihr seinen Arm anzubieten.

„So, das ist recht, mein Kind", ermunterte sie die Mutter, „das ist brav, Kopf hoch, draußen wird dir besser werden, und laufen Sie tüchtig, Mr. Brown, daß sie ordentlich in Bewegung kommt. Gott verzeih es den bösen Leuten, solchen Streit und Unfrieden in die ruhigen Häuser seiner Diener zu tragen."

Harper war indessen sehr nachdenklich geworden und starrte schweigend auf das knisternde, nasse Holz, während Roberts, der ein Gespräch über den letzten Streit begonnen, dann auf den Revolutionskrieg gekommen war und eben eine Anekdote aus Washingtons Leben erzählen wollte, als die beiden jungen Leute das Haus verließen und langsam und schweigend den breiten Fahrweg entlanggingen, der den Fluß hinauf nach den oberen Ansiedlungen führte.

Die Sonne neigte sich dem Untergang zu, und der Schatten der riesengroßen Bäume fiel über den Weg hinüber; Scharen von munteren Papageien flatterten kreischend von Baum zu Baum, graue Eichhörnchen sprangen in kühnen Sätzen über die Zweige hin oder knabberten an irgendeiner Nuß, deren Schale dann raschelnd in das Laub hinunterfiel. Vorsichtig den schönen Kopf erhebend, schritt leise eine Hirschkuh mit ihrem Kalb über den Weg, blieb einen Augenblick, die breite Straße hinauf- und hinabschauend, stehen und verschwand dann langsam im Dickicht, als ob sie wisse, es drohe ihr von den Nahenden keine Gefahr. Stiller Friede lag auf der Landschaft, und majestätisch rauschten die gewaltigen Wipfel der Kiefern und Eichen im darüber hinstreichenden Südostwind.

„Wir sind Ihnen eigentlich großen Dank schuldig, Mr. Brown", brach endlich Marion das peinlich werdende Schweigen. „Sie nahmen sich so freundlich und tapfer meines – des Mr. Rowson an und setzten sich selbst so großer Gefahr aus."

„Nicht so großer, als Sie vielleicht glauben, mein Fräulein", erwiderte Brown zögernd, „der Bursche ist ein Feigling und suchte nur mit Mr. Rowson Streit, weil er von diesem – weil dieser als Prediger nicht darauf eingehen konnte."

„Sie wollten etwas anderes sagen? Sprechen Sie es aus – Sie halten Mr. Rowson für feig?"

„Er ist Prediger, Miß Roberts, und es würde ihm einen gar schlechten Namen in der Gemeinde machen, wollte er Händel suchen."

„Nicht suchen, aber – es bleibt sich gleich – Sie nahmen sich seiner an. Es ist mir ein recht wohltuendes Gefühl, daß Sie so gut miteinander befreundet sind. Wo haben Sie sich eigentlich kennengelernt?"

„Kennengelernt? Befreundet? Miß Roberts, ich kenne Mr. Rowson gar nicht, wir haben heute die ersten Worte miteinander gewechselt."

„Und Sie setzten Ihr Leben für ihn aufs Spiel?" fragte Marion schnell, während sie stehenblieb und den jungen Mann erstaunt anblickte.

„Ich hörte, daß – er Ihr Verlobter sei – ich sah Sie erbleichen und – ich bin etwas heftiger Gemütsart. Der Zorn übermannte mich über den rohen Burschen; ich war wohl etwas rascher, als ich eigentlich hätte sein sollen; aber mein Gott, Miß Roberts, Sie werden wieder unwohl, wollen wir uns nicht einen Augenblick auf diesen Stamm setzen?"

Marion ließ sich von ihm zu einem der Bäume führen, die beim Aushauen der Straße gefällt und auf die Seite gerollt waren. Wieder trat eine lange Pause ein, und Marion fragte endlich leise:

„Sie wollen uns verlassen, Mr. Brown? Vater sagte vorhin, daß Sie in den Freiheitskampf nach Texas ziehen werden."

„Ja, Miß Roberts, es wird besser für mich sein, wenn ich eine derartige Beschäftigung finde. Ich möchte manches vergessen, und dazu ist ein Kampf wohl das passendste Mittel. Vielleicht kommt dann auch eine mitleidige – ich werde wahrscheinlich einen Pferdehandel mit Ihrem Vater machen."

„Sie scheinen nicht glücklich zu sein", sagte leise das Mädchen, indem es ernst und sinnend zu ihm aufsah. „Sie lebten lange in Kentucky?"

„Ich verließ Kentucky mit leichtem Herzen!"

„Und hat Arkansas Ihnen solchen Schmerz bereitet? Das ist nicht schön, ich habe das Land bis jetzt so liebgehabt."

„Sie werden es auch liebbehalten. In wenigen Wochen feiern Sie die Verbindung mit dem Manne Ihrer Wahl, und mit dem Herzen, das man liebt, muß ja die Wüste zum Paradies werden, wieviel mehr denn der schöne Wald, das liebliche Klima von Arkansas. Ach, es gibt doch noch recht glückliche Menschen auf der Erde!"

„Und wen zählen Sie dazu?"

„Rowson!" rief der junge Mann, und erschrak dann selbst über die Kühnheit dieses Wortes.

„Die Moskitos sind arg an dieser Stelle", sagte Marion, indem sie schnell aufstand, „lassen Sie uns weitergehen, Mr. Brown. Wir werden auch bald wieder umkehren müssen, die Sonne steht nicht mehr hoch."

Aufs neue verfolgten sie schweigend eine Zeitlang ihren beschwerlichen Weg.

„Sie wohnen mit Ihrem Onkel ganz allein, nicht wahr, Mr. Brown?" fragte endlich Marion wieder nach langer Pause, „Mutter sagte mir wenigstens so."

„Ja, mein Fräulein, wir führen eine Junggesellenwirtschaft, es ist ein rauhes Leben."

„Ihr Onkel ist ein wackerer Mann, immer heiter, immer zu einem Scherz aufgelegt, und hat dabei so etwas Ehrliches, Offenes im Blick. Ich war ihm vom ersten Augenblick an gut, als ich ihn sah; so ernst wie heute hab' ich ihn übrigens noch nie gesehen. Aber auch Sie kommen mir heute recht ernst vor; die bösen Menschen sind an dem allen schuld."

„Mr. Rowson wird sich wohl hier in der Gegend ankaufen? Ich hörte, daß Mr. Roberts sagte, er erwarte erst einen Teil seines Vermögens."

„Ja", flüsterte Marion, „Vater wollte es so – Vater war überhaupt gegen diese Verbindung."

„Das ist nicht recht von Ihrem Vater, Miß, er darf dem Glück des eigenen Kindes nicht im Wege stehen."

„Er behauptet aber, daß ich nicht glücklich werden würde", sagte Marion, wehmütig lächelnd.

„Ist die Liebe nicht das größte Glück?"

„Man sagt so."

„Man sagt so? Lieben Sie denn nicht Ihren Bräutigam?"

„Mutters ganzes Herz hing an dieser Verbindung. Durch den gottesfürchtigen Wandel des frommen Mannes eingenommen, glaubte sie für mich nicht besser sorgen zu können, als wenn sie mich vermochte ihm meine Hand zu reichen. Ich bekam hier im Walde wohl manchen Mann zu sehen, aber keiner hatte Eindruck auf mich gemacht. Die wilden, rauhen Streifschützen, die zügellosen Floßleute, die Otterfänger und selbst die Farmer, die sich hier in unserer Nähe niederließen, waren alle nicht geeignet, mein Herz zu gewinnen. Mr. Rowson war der erste, der sich durch sein gesittetes, freundliches Betragen meine Achtung erwarb. Er kam öfter in diese Gegend, predigte häufig hier, und – Mutter lernte ihn schätzen. Sie selbst beredete ihn, sich unter uns niederzulassen und ein Weib zu nehmen, er bat um meine Hand, und Mutter – sagte sie ihm zu.

Ich hatte bis dahin nie an eine Verbindung mit ihm gedacht", fuhr Marion nach einer Weile zögernd fort, „immer mehr den väterlichen Freund als den möglichen Geliebten in ihm gesehen, und der Antrag überraschte mich. Dabei hatte – Ihnen kann ich es vielleicht gestehen – sein Auge etwas, das mir Grauen einflößte, wenn ich schnell und unerwartet zu ihm aufblicke; sah ich ihn aber recht ernst und fest an, so lag wieder etwas so Mildes, Sanftes in den Zügen, das mich endlich selbst für ihn einnahm. Durch Mutters nicht endende Vorstellungen getrieben, gab ich zuletzt mein Jawort. Aber Vater wollte nicht einwilligen; er mochte den stillen, ruhigen Mann nicht leiden und hatte darüber mit Mutter ein paar recht ernste Auftritte. Aufrichtig gestanden, war es mir ziemlich gleich, wer von ihnen recht behielt, denn ich glaube wohl, mit Mr. Rowson glücklich, ohne ihn aber auch nicht unglücklich zu werden. Wie daher Vater sich entschloß, der Mutter das Feld zu räumen, und nur noch darauf bestand, daß Mr. Rowson ein Eigentum haben müsse, welches ihm die Hoffnung gebe, eine Frau zu ernähren, ohne bloß auf das Predigen angewiesen zu sein, versprach ich Mr. Rowson sein Weib zu werden. – Wie er uns nun heute sagte, hat er die Hoffnung, in wenigen Wochen eine hinreichende Geldsumme zu erhalten, um nicht allein das Land, auf dem er wohnt, zu kaufen, sondern sich auch noch einen Anfang zur Viehzucht, wie alles übrige nötige Ackergerät, anzuschaffen. Dann steht der Erfüllung seines Wunsches weiter nichts im Wege und – ich werde die Seine."

Marion sprach diese letzten Worte mit so leiser, zitternder Stimme, daß Brown unwillkürlich stehenblieb und auf sie hinabsah. Sie hatte den Kopf gewendet, und das Bonnet, das sie trug, verbarg ihm ihr Gesicht.

„Sie werden glücklich werden", flüsterte er, und ein tiefer Seufzer entrang sich seiner Brust.

„Wir müssen umkehren, Mr. Brown", sagte Marion nach einer kleinen Weile, „sehen Sie nur, die Wipfel der Bäume röten sich schon, die Sonne ist bald untergegangen, und in diesen dichten Wäldern wird es gleich Nacht. Mutter wird sich ängstigen."

Die beiden jungen Leute wandten sich stumm zum Heimweg. Nach einigen Minuten nahm Marion das Gespräch wieder auf:

„Ich habe Ihnen jetzt meine ganze Lebensgeschichte in wenigen Worten erzählt und dadurch erstaunlich viel Vertrauen bewiesen; Vertrauen aber, wie Mr. Rowson sagt, erweckt Vertrauen, und es wäre jetzt nicht mehr als recht und billig, daß ich ein gleiches von Ihnen forderte. Das heißt – wenn Sie keine Geheimnisse zu bewahren haben, die ein geschwätziges Mädchen, wie ich bin, natürlich nicht erfahren dürfte."

„Mein Leben ist ziemlich einfach verflossen", erwiderte Brown, „fast zu einfach. Ich bin in Virginien geboren, doch zog mein Vater, als ich noch ein Kind war, mit uns nach Kentucky, wo er mit Daniel Boon die ersten Ansiedlungen gründete. Ich war kaum stark genug, die Büchse zu tragen, als ich schon mit gegen die Indianer kämpfen mußte, die uns damals Tag und Nacht beunruhigten. Lange trotzten wir ihrer Hinterlist und Übermacht, einmal aber doch, in einer unglückseligen Nacht, hatten sie meinen Vater überfallen und erschlagen. Mit Tagesanbruch weckte uns ihr Schlachtgeschrei und das Prasseln der Flammen, die unsere Blockhütte zerstörten. Alle die Meinigen fielen unter dem Tomahawk, und nur wie durch ein Wunder entging ich ihren Blicken. Ich floh und erreichte die nächste Ansiedlung. Von da an aber trieben wir kämpfend die

Wilden aus ihren Schlupfwinkeln und zwangen sie, uns in Frieden zu lassen. Es ist in jenen Zeiten viel Blut – viel unschuldiges Blut vergossen, und ich weiß noch nicht, ob die weißen Männer damals ein Recht hatten, so hart und grausam von Anfang an gegen die Eingeborenen aufzutreten. Freilich rächten sich die Indianer dann auch wieder auf eine entsetzliche Art.

Später zog ich zu meinem Onkel nach Missouri, wo wir mehrere Jahre lebten und dann von dem herrlichen Lande und dem gesunden Klima am Fourche la fave hörten; wir beschlossen hierher auszuwandern. Onkel hatte mich nun immer angetrieben zu heiraten, denn die Junggesellenwirtschaft, die wir führten, war wohl beiden schon zur Last geworden, nie aber fand ich ein Mädchen , das der Vorstellung entsprach, die ich von meinem künftigen Weibe hatte. Ich konnte mich nicht entschließen, eine Frau zu nehmen, ohne daß ich mich von Herzen zu ihr hingezogen fühlte. Ach, ich ahnte wohl die Liebe, aber ich kannte sie noch nicht. Da ritt ich eines Abends spät – es war noch in Missouri – durch eine Gegend, die mein Fuß früher nicht betreten hatte, Wolken verhüllten den Himmel, ich verlor meine Richtung und kam an eine Hütte, von der aus ich zwar meinen Weg wiederfand, meine Ruhe aber und meinen Frieden auf ewig verlor.

Ich sah ein Mädchen in dieser Hütte – ich sah – doch wozu einen Engel schildern, den ich nur finden mußte, um die Gewißheit zu bekommen, daß ich ihn nie besitzen könnte. Jenes Mädchen, Miß Roberts, war verlobt. Ich blieb nachdem nur noch wenige Tage in Missouri und ging nach Texas – ging nach Arkansas; daher mag denn wohl mein oft verstörtes Wesen kommen, was Sie, mein Fräulein, freundlich entschuldigen müssen. Es tut weh, wenn man einmal sein Glück gefunden zu haben glaubt und sieht es dann in Nebelbilder zerrinnen.“

Marion hatte den Kopf gesenkt, und heiße Tränen quollen unter den langen Wimpern hervor, aber Brown sah sie nicht, denn neben ihnen, im dichten Gebüsch von Sumach und Sassafras, rauschte und rasselte es, ein leiser Tritt war im dürren Moos zu hören, und in demselben Augenblick, als der junge Mann, eine mögliche Gefahr befürchtend, stillstand und mit der Hand nach der Waffe fuhr, öffneten sich die dichten Zweige gerade vor ihnen, und ein gewaltiger Panther trat in den Weg und schaute, keineswegs ängstlich, sondern eher wild und frech zu den beiden Menschen empor, die es gewagt hatten, seine Einsamkeit zu stören. Mit einem leisen Schrei warf sich das erschrockene Mädchen in die Arme Browns, der es mit seiner Linken umfaßte, während die Rechte das Terzerol aus der Tasche zog, das er schon einmal heute auf den wilden Kentuckier gerichtet hatte.

Der Panther schwang indessen den langen Schweif halb zornig, halb spielend in der Luft und schlug sich die Flanken damit, als ob er noch unschlüssig sei, was er tun solle – angreifen oder den Platz verlassen. Brown zielt ruhig auf den Kopf des Tieres, das sich eben, wie zum Sprung, niederbog, und drückte ab. Durch das Zittern des schönen Mädchens aber, das er in seinem Arm hielt, vielleicht selbst durch die süße Last zu aufgeregte, verfehlte er den Kopf, und die Kugel fuhr über der rechten Schulter der Bestie in die Weichen. Hoch auf sprang das Tier vor Schmerz, dann aber, als ob die Kugel jede weitere Kampflust vernichtet hätte, stieß es einen durchdringenden Schrei aus und floh mit mächtigen Sätzen in das Dickicht.

„Die Gefahr ist vorüber, Miß Marion – wenn uns überhaupt eine Gefahr gedroht – das Tier ist entflohen“, sagte Brown leise, „mein Schuß hat es verscheucht – Marion – was ist Ihnen – Marion, fassen Sie sich – um Gottes willen – Marion!“ Die lange verhaltenen Gefühle brachen sich aber jetzt mit Gewalt Bahn. Schluchzend lehnte das Mädchen an der Schulter des Geliebten und flüsterte leise, aber in tiefem, bitterem Schmerz:

„Oh, ich bin sehr, sehr unglücklich!“

„Marion – Sie töten sich und mich!“ rief, von wildem Schmerz erfüllt, der junge Mann; „Oh, daß die glücklichste Stunde meines Lebens auch die sein muß, die mich mein ganzes Elend mit einem Blick überschauen läßt! Ja, Marion, ich liebe dich, liebe dich mit all der Glut eines Herzens, das auf Erden weiter kein Glück kennt, als dich zu besitzen!

Es ist Zeit, daß wir scheiden“ fuhr er dann mit leiser, unterdrückter Stimme fort, „ich darf nicht hier bleiben; meine Gegenwart würde nur Unheil stiften, nur dich und mich elend machen. Morgen schon verlasse ich Arkansas, und im wilden Schlachtenlärm will ich das Andenken an dich zu betäuben versuchen. Vergessen, Marion – vergessen kann ich dich nie!“

Schluchzend lehnte das Mädchen an seiner Brust, und lange hielten sich die Liebenden schweigend umfaßt.

„Liebst du den Mann, dem du dich zugesagt?“ fragte Brown endlich leise, indem er ihre Hand ergriff, „hast du ihn je geliebt?“

„Nie – nie!“ beteuerte Marion, „ich hatte keinen Willen, kannte niemand, dem ich freundlicher gesinnt gewesen wäre als ihm, weil meine Mutter mit wahrer Verehrung an ihm hing, und alle anderen Leute sagten, daß er ein braver, guter Mann sei. Ich glaubte, es wäre Liebe, was ich für ihn empfand. Da kamen Sie, da sah ich Sie, sah Ihr freies, offenes Benehmen, lernte Ihr redliches, treues Herz kennen und – wurde elend. In Trauerbildern stieg meine Zukunft vor mir empor; ein Leben endlosen Jammers an der Seite des Mannes, den ich nun nicht mehr lieben konnte, hätte er sich auch nicht heute so feig und unmännlich benommen; ein dunkler Nebel umhüllte alle meine Träume von Glück und Zufriedenheit, und mit Ihnen nimmt das schöne Leben von mir Abschied. – Aber Abschied muß sein“, fuhr sie entschieden fort, „selbst unser Zusammensein hier ist Sünde. Ich bin dem fremden Manne verlobt – bin seine Braut – lassen Sie also dies das letztemal sein, daß wir uns sehen – es ist besser für uns beide.“

„Sie haben recht, Marion, wir müssen scheiden, ich bin das Ihrem Herzen, Ihrer Ehre schuldig. Ich will Sie nur noch zurückgeleiten zu den Ihrigen, dann kreuze ich Ihren Pfad nie mehr.“

Er umschlang in heftigem Schmerz die Geliebte, und ihre Lippen begegneten sich zum erstenmal im langen Abschiedskuß; dann riß sich Marion aus seinem Arm. Harper und Roberts begegneten ihnen gleich darauf; sie hatten den Schuß gehört und gefürchtet, es könne ihnen etwas geschehen sein. Roberts nahm seiner Tochter Arm, und Harper und Brown folgten ihnen in geringer Entfernung.

„Onkel“, sagte Brown, nachdem sie eine Weile schweigend nebeneinander hergeschritten waren, „Onkel – ich reise morgen früh!“

„Unsinn!“ rief Harper und blieb, seinem Neffen ins Auge sehend, erschrocken stehen. „Unsinn!“ sagte er noch einmal, aber mit ungewisser, nur noch halb zweifelnder Stimme, „und wohin willst du?“

„Nach Texas.“

„Willst deinen alten Onkel hier allein auf dem trockenen sitzen lassen? Ist das recht?“

„Ich muß fort, Onkel!“

„Du mußt? Und wer zwingt dich?"

Brown schwieg und wandte sein Gesicht ab, drückte aber krampfhaft des alten Mannes Hand.

„Und da soll ich wirklich hier zurückbleiben, trübselig und einsam in meiner Hütte? Bill, das ist hart – das ist nicht recht von dir. Ich werde dich enterben, Bill!" fuhr er nach einigen Sekunden wehmütig lächelnd fort, „ich enterbe dich wahrhaftig!"

Brown ergriff seine Hand. Der alte Mann war arm, und alles, was beide jetzt an Land, Vieh und Geld besaßen, gehörte eigentlich dem Neffen.

„Haben Sie keine Angst, Onkel – Ihr Alter ist gesichert. Sie wissen ja, daß ich vor acht Tagen einen Brief von meinem Advokaten aus Cincinnati erhielt. Mein Prozeß ist gewonnen, und die Auszahlung der Gelder kann nicht mehr lange dauern; heute abend noch schreibe ich an Wolfey und gebe ihm den Auftrag, alles an Ihre Adresse zu befördern. Sie werden es dann verwalten, bis ich zurückkehre, und – kehr' ich nicht zurück – nun – doch darüber sprechen wir noch. Ich will morgen früh an den Petite-Jeanne und von da nach Morrisons Bluff am Arkansas hinüber, wo ich Geschäfte zu besorgen habe. In acht Tagen komm' ich dann auf meinem Wege nach Texas noch einmal an Ihrem Hause vorbei. Inzwischen erhandeln Sie den Fuchs für mich von Mr. Roberts."

„Hallo da!" rief Roberts jetzt vom Haus aus, das er mit seiner Tochter indessen erreicht hatte, „hallo da! – ihr geht ja, als ob ihr Blei an den Sohlen hättet – kommt, Brown – das Abendessen ist fertig."

„Und du willst wirklich fort?"

„In diesem Augenblick brech' ich auf. Ich muß noch den Brief schreiben und Kugeln gießen, auch etwas Brot backen, um einigen Proviant mitnehmen zu können."

„Kommst du aber auch gewiß in acht Tagen wieder hier vorbei?"

„Hier meine Hand darauf – ich muß ja auch das Pferd abholen; bis dahin – leben Sie wohl, Onkel, in acht Tagen bin ich sicher wieder da. Sagen Sie aber Roberts nichts davon, daß Sie mich zurückerwarten – ich – ich könnte dann keine Zeit haben, ihn zu besuchen, und er möchte das übelnehmen."

„Heda, Brown! – Was will den Brown im Stall, Harper?" fragte Roberts, als dieser allein ins Haus kam, „das Essen wird kalt, meine Alte hat schon gebrummt."

„Er will fort", meinte Harper traurig, „weiß der liebe Gott, was ihm in den Schädel gefahren ist."

„Fort? Heut abend?" riefen Mr. und Mrs. Roberts, „aber weshalb denn?"

„Er hat Geschäfte morgen am Petite-Jeanne und muß erst noch vorher nach Hause. Da würde es zu spät werden, wenn er heute nacht hierbliebe."

„Sonderbar, daß ihm das so auf einmal eingefallen ist", sagte Mrs. Roberts, „heute nachmittag war er doch ganz damit einverstanden, den Abend hier zuzubringen."

„Er hat mit mir schon unterwegs davon geredet", sagte Marion, während sie sich abwandte, ihr Bonnet abzulegen, „und daß es ihm leid sei, nicht bei uns bleiben zu können. Er muß wohl dringende Geschäfte haben."

„Ja, und ich will ihn lieber begleiten“, warf Harper ein, „wir haben keine Köchin weiter zu Hause als mich, und da muß ich doch für Proviant sorgen. Es könnte sein, daß er einige Tage wegbleibt.“

„Aber, Mr. Harper!“ rief Mrs. Roberts halb beleidigt, „ich begreife Sie beide gar nicht, das Abendbrot ist angerichtet. So essen Sie nur wenigstens erst einen Bissen!“

„Danke schön, Mrs. Roberts - danke schön - morgen früh, wenn Sie nichts dagegen haben, lad' ich mich zum Frühstück ein, denn die Jagd mach' ich mit, Roberts. - Jim, bring mir mein Pferd auch - aber schnell“, unterbrach er sich, einem kleinen Negerjungen den Befehl gebend. „Also um sechs Uhr bin ich hier. Soll ich den Indianer mitbringen?“

„Der kann uns beim Aufsuchen der Schweine von wesentlichem Nutzen sein“, meinte Roberts.

„Aber, Mr. Harper - nur eine Tasse Kaffee, ehe Sie gehen. Sie haben doch nichts Warmes, wenn Sie nach Hause kommen.“

„Das ist eine unbestrittene Wahrheit, Mrs. Roberts“, erwiderte der alte Mann, während er zum Tisch trat und die dargebotene Schale heißen Kaffees leerte, „leider wahr - 's ist ein elendes Leben, so eine Junggesellenwirtschaft - ich denke, ich heirate!“

„Hahaha!“ rief Roberts lachend, „das ist ein gescheiter Einfall. Reitet hier in der Nachbarschaft herum und macht den Mädchen den Hof. Dazu müßt Ihr aber den neuen hellblauen Frack anziehen, den Euch der Schneider in Little Rock gemacht hat, wie? Ihr habt mir noch nicht einmal gesagt, was er kostet. Ja, die Schneider sind merkwürdig teuer in Little Rock. Neulich, wie ich unten war...“

„Gute Nacht, Mr. Roberts - gute Nacht, Ladys!“ rief Brown vor dem Hause, wo er mit dem Pferd hielt.

„Aber, Mr. Brown - so kommen Sie wenigstens einen Augenblick herein und trinken Sie eine Tasse Kaffee - Ihr Onkel...“

„Danke herzlich, Madame - habe gar keinen Durst - gute Nacht nochmals allen!“

„Halt da, Bursche, ich komme mit“, rief Harper.

„Sie, Onkel?“

„Jawohl, - da ist schon das Pferd. - Nun also morgen früh, und, Roberts, nehmt nicht etwa wieder die kleingebohrte Büchse mit, gießt lieber heut abend Kugeln für die andere, 's ist ein elendes Schießen mit einem so erbärmlichen kleinen Blei. Gute Nacht allen denn“, fuhr er fort, als er aufstieg und sich im Sattel zurechtsetzte, „gute Nacht!“

Mr. und Mrs. Roberts standen in der Tür - hinter ihnen Marion.

„Gute Nacht!“ rief Brown noch einmal und schwenkte den Hut - noch einmal sah er die Gestalt der Geliebten, zum letztenmal rief er den Gruß hinüber und stieß dann dem Pferd den Hacken so wild in die Seite, daß dieses mit jähem Seitensprung in die Höhe fuhr und in wenigen tollen Sätzen aus dem Lichtschein verschwand, der aus der offenen Tür des Hauses drang.

„Halt da!“ rief Harper dem Neffen zu, „bist du toll - willst du Hals und Beine brechen? Hübsch langsam, wenn ich Schritt halten soll - toller Bursche...“ Und noch lange hörte man den alten Mann schimpfen und räsonieren, wie er sein Pferd antrieb, um das unruhig galoppierende Tier seines Neffen wieder einzuholen.

„Seltsam!“ sagte Mrs. Roberts, als sie sich zum Abendessen mit ihrem Mann und ihrer Tochter niedersetzte, „seltsam! Das war doch ein ganz absonderliches Betragen von den beiden – hätten den heiligen Sabbat auf eine würdigere Weise beschließen können als heimzureiten und...“

„Torheit Alte!“ unterbrach sie Roberts, „dem Jungen, dem Brown, geht die Geschichte mit dem Lump Heathcott noch im Kopf herum; kann's ihm nicht verdenken. Der Bube drohte sehr unzweideutig, ihn über den Haufen zu schießen, wo er ihn finden würde, und er ist schlecht genug dazu, in dieser Hinsicht sein Wort zu halten.“

„Glauben Sie wirklich, Vater?“ fragte Marion, leichenblaß werdend.

„Nun, der Junge wird schon seinen Mann stehen“, fuhr der Alte fort, „ein tüchtiger, braver Bursche ist's, hat das Herz auf dem rechten Fleck. Seit der Zeit, wo er mit seinem Onkel herkam – das sind nun jetzt etwa sechs Wochen; nicht wahr? Ich dächte, ich hätte damals gerade das neue Stück Land eingefenzt, wo uns noch das eine Stück wieder abbrannte. Ja, die Tagelöhner soll der Henker holen, und wenn es aus einem fremden Säckel geht...“

„Trinkst du noch eine Tasse Kaffee, Roberts?“ fragte seine Frau.

„Nein, danke schön.“

„Nun, dann wollen wir unser Abendgebet halten“, sagte die Matrone und holte vom kleinen Gesims die sorgsam aufbewahrte Heilige Schrift herunter.

6. Die bärenhetze – Der sonderbare Fund – Des Indianers Scharfsinn

Der nächste Morgen brach klar und hell herein. Im Osten stahl sich der erste lichte Schein über die Berge; der Whip-poor-will sang noch seine wehmütig-monotone Weise, die Eulen riefen aus dem dichten Oberholz der Niederungen, und hier und da antwortete ihnen das Kollern eines balzenden Truthahns. In den Büschen wurden die kleineren Singvögel munter, und weit im Walde drinnen krähte auf einem einsam liegenden Farmhof ein wackerer Haushahn seinen durchdringenden Weckruf in die frische, erquickende Morgenluft hinaus. Tau war reichlich gefallen, an jedem Grashalm hing eine Reihe klarer Kristalle, und von den Zweigen fielen die großen hellen Tropfen auf das feuchte Laub nieder. Dabei strömten Blumen und Blüten so erquickende Wohlgerüche aus, daß die Brust sich freier hob und mit Entzücken den balsamischen Wohlgeruch einsog.

Zwei Reiter ritten langsam auf der Countystraße hin. Es waren Harper und Brown, beide heute in der Tracht der westlichen Jäger, ledernes Jagdhemd, Leggins und Mokassins, gekleidet mit Büchsen auf den Schultern und ihre breiten Jagdmesser an der Seite. Brown hatte seinem Onkel alles gestanden; es würde ihm das Herz abgedrückt haben, hätte er es dem väterlichen Freunde verschweigen sollen, und ohne ein Wort zu wechseln, waren beide, jeder mit seinen eigenen ernsten Gedanken beschäftigt, bis nahe zu der Salzlecke gekommen, wo Harper am vorigen Tage den Hirsch gefangen hatte. Von dort aus zog sich ein kleiner Seitenpfad rechts über den Gebirgsrücken nach dem Zypressenfluß und dem Petite-Jeanne hinüber, und Brown hielt hier, um von seinem Onkel Abschied zu nehmen.

„Nun lebe wohl, mein Junge!“ sagte dieser endlich, nachdem sie sich die Hände herzlich geschüttelt hatten, „besorg deine Geschäfte und kehre dann mit heiterem Sinn zurück. Du wirst das Mädchen schon vergessen lernen. – Nun ja, ich glaub' dir's, es wird schwerhalten, aber, du lieber Gott, man vergißt ja so vieles. Ich könnte dir darüber auch eine recht traurige Geschichte erzählen, doch sind wir beide schon verstimmt genug ohne ein zweites Jammerlied. Ich besorge dir indessen hier alles, was du haben willst: Den Fuchs werde ich kaufen, die Decken will ich dir übermorgen selbst von Little Rock holen oder doch durch sichere Hand beschaffen lassen, die Kugeltasche sollst du auch bekommen, und Alapaha muß bis dahin die Felle zum neuen Jagdhemd fertig gegerbt haben. Es hat ja bis jetzt auch nur an Hirschgehirn gefehlt, sie fertig zu machen, und vier Hirsche werden wir doch wohl noch schießen. Also – behüte dich Gott, mein Junge – und komm bald wieder und hab wohl acht auf dich, und kommst du den Regulatoren in den Weg – die Kerle sind dahinauf geritten – so fange keinen neuen Streit mit ihnen an. Es nutzt nichts, und du hast keine Ehre davon.“

„Haben Sie keine Angst, Onkel, der Bursche geht mir schon aus dem Wege, und drängt er sich mir wirklich entgegen, nun, so werde ich mir sicherlich Raum zu verschaffen wissen. Doch jetzt ade – sollte in meiner Abwesenheit das Geld von Cincinnati kommen, dann wissen Sie, was Sie damit zu tun haben – ade. In acht Tagen bin ich wieder da und – nicht wahr? einen Gruß bestellen Sie noch an Marion – den letzten Abschiedsgruß – dann will ich mich daran gewöhnen, sie zu vergessen. Good-bye, Onkel, wenn wir uns wiedersehen, hoff' ich, daß wir beide die alte fröhliche Laune wiedergewonnen haben.“

Die Männer schieden, und Harper hielt noch so lange auf der Straße, bis die schlanke Gestalt seines Neffen auf dem kleinen rauhhaarigen Pony hinter dem scharfkantigen Bergrücken verschwunden war. Dann verfolgte er, mit dem Kopfe schüttelnd, seinen Weg wieder, pfiff aber auf eine entsetzlich falsche und gellende Weise ein altes Lied, ohne dabei eine Idee von Takt oder Tonart zu beachten. Nur seine Gesichtsmuskeln arbeiteten gewaltig, und es war augenscheinlich, daß der alte Mann seinen Schmerz- übertönen wollte. Bald darauf erreichte er Roberts' Haus wieder.

Hier herrschte ein reges Leben; noch zwei Jäger aus der Nachbarschaft waren eingetroffen, und Harper wurde mit einem lauten Hallo begrüßt. Die Männer jubelten, die Hunde heulten, die Gänse und Enten schnatterten, und es war ein Spektakel, daß der alte Haushahn erschrocken auf das Dach flatterte und, höchst verwundert den Kopf wendend, auf die Lärmenden niederblickte.

Das Frühstück stand bereit: heißer Kaffee mit Sahne und braunem Zucker, gebratener Speck und Bärenrippen, etwas Hirschfleisch, saure Gurken, Honig und Butter. Die Männer ließen sich auch nicht lange nötigen, und bald verrieten die geleerten Schüsseln, wie gut es ihnen geschmeckt hatte. Jeder hing dann seine Kugeltasche um, nahm die Büchse und bestieg sein vor der Tür wartendes Pferd; Harper nur trat noch, ehe er den übrigen folgte, zu Marion, die sinnend am Kamin saß, und drückte schweigend ihre Hand. Das Mädchen blickte erschrocken zu ihm auf, als es aber seinem Blick begegnete, las es in diesem den Abschiedsgruß des Geliebten.

In der nächsten Minute waren die Jäger beritten. Der Ton des an Roberts' Seite hängenden kleinen Horns brachte die Hunde alle zur Stelle, die heulend und winselnd an den Pferden emporsprangen, und fort ging's mit dem fröhlichen Jagdgeschrei, hinein in den grünen blühenden Wald.

Harpers Trauer schwand in dem Augenblick, als sein Pferd den dunklen Schatten der Bäume betrat; er war nur noch Jäger, und ein Jäger in Arkansas hat nicht Zeit für Sorge, Not und Kummer. Wenn ihn der grüne Wald umfängt, wenn das Roß selbst, das ihn trägt, wiehernd wie in toller, freudiger Lust freiwillig über Bäche und umherliegende Stämme hinwegsetzt, wenn die Hunde in wilder Hast nach der warmen Fährte des Bären oder Panthers zu suchen anfangen, spielend manchmal hinter einem aufgescheuchten flatternden Volk Truthühner hersetzen oder heulend mit gesträubtem Haar neben den Spuren des Wolfes stehenbleiben, wenn endlich die Meute mit wildem Gebell dem aufgescheuchten Wild folgt: Wer denkt da noch an Schmerz und Gram, wen drücken da noch quälende Sorgen? Vorwärts! ist der einzige Gedanke, dessen er sich bewußt ist.

Die Jäger schlugen sich rechts über den Bergrücken, der die Wasser des Fourche la fave von denen des Zypressenflusses trennt, ritten in diesem kleinen Flüßchen bis zu seiner Quelle stromaufwärts und folgten dann dem Bergrücken, den Petite-Jeanne hinauf, bis sie in das breite fruchtbare Tal dieses Flusses niederstiegen.

„Wo nur der Indianer stecken mag, Harper?“ fragte Robert endlich. „Wie Ihr sagtet, wollte er uns doch am Petite-Jeanne treffen?“

„Weiß der Himmel, wo sich der Bursche aufhält. Na, unsere Fährten sind breit genug, denen kann er folgen. Aber, Curtis – was hat Eddy dort? Seht einmal, wie er mit dem Schwanze wedelt. Wenn nur Poppy hier wäre; die verwünschten Köter treiben sich auf der falschen Fährte umher.“

Roberts sprang bei diesen Worten vom Pferd und eilte zu dem Platz, wo Eddy, ein junger Hund; augenscheinlich mit der sehr interessanten Besichtigung einer noch frischen Fährte beschäftigt war. Ein Bär hatte an diesem Morgen seinen Weg hier vorbei nach dem etwa zwei Meilen entfernten Fluß genommen und mochte an dieser Stelle wahrscheinlich eine kurze Zeit gesessen haben, denn der Hund ließ sich gar nicht wieder von der Stelle fortbringen.

„Pest und Donner!“ rief Curtis, der jetzt ebenfalls vom Pferd gestiegen war, „das muß ein derber Bursche sein und scheint auch gar nicht so leicht – seht nur, wie er die Ballen eingepreßt hat. Und hier – das hier ist gar keine Bärenfährte – da ist ein Mann gegangen vielleicht der Indianer – und da noch einer; Assowaum konnte das nicht sein. Wo, zum Henker, stecken nur die Hunde? Der Bär ist schwerlich schon über den Fluß gegangen. Blast einmal das Horn, Roberts.“

Dieser blies ein paar laute, schrille Töne auf dem einfachen Instrument, und nicht lange währte es, bis er ein Keuchen in den Büschen, ein Rascheln hörte, und gleich darauf sprang Poppy auf den kleinen freien Platz, an dessen Rand die Männer hielten. Ihm folgten bald die übrigen Hunde, denn Poppy war der Leiter der Meute, und winselnd fuhren sie auf dem Platz umher, wo sie die Spuren ihres Feindes witterten. Da kam ein junger Bracke auf die warme Spur, stieß ein scharfes Geheul aus und schoß wie ein Pfeil in den Wald hinein, den Hügeln zu. Poppy, zum erstenmal seit langen Jahren irregeleitet, ließ sich anführen und flog dem jüngeren Hund nach. Die anderen waren natürlich jetzt nicht mehr zu halten, und mit wildem 'Toben verschwanden sie bald in dem Dickicht, das sich mehrere hundert Schritt breit am Fuße der Hügel hinzog.

Vergebens schrie Roberts und stieß in sein Horn, daß es ihm die Halsadern zu zersprengen drohte; vergebens vereinigten die anderen Jäger ihr Geschrei mit dem seinen, die Meute hörte es nicht.

„Giftpilze und Klapperschlangen“, rief der alte Roberts jetzt wütend und schleuderte seine Jagdmütze mit wildem Ingrimm auf die Erde, „hol der Teufel die Kanaillen, rennen sie auf der Rückfährte fort – nein, so was ist noch gar nicht dagewesen. Nun können wir uns mit unserer Jagd abmalen lassen!“

„Was den verrückten Hunden nur einfiel?“ brummte Curtis.

„Das rote Vieh war dran schuld“, sagte der andere Jäger, ein Krämer aus den östlichen Staaten, der gerade bei Curtis angekommen war und gern einmal eine ordentliche Jagd in Arkansas mitmachen wollte, „das rote Vieh kratzte zuerst wieder nach den Bergen zu aus.“

„Das rote Vieh!“ rief Roberts in höchstem Unmut. „Curtis' Hund – die Kanaille hat nicht mehr Begriff von einer Bärenfährte wie ein Schaf. Curtis – wenn der Hund mein wäre, schöß' ich ihn weiß Gott über den Haufen.“

„Na, ich wünschte mir weiter nichts, als daß Mrs. Roberts und Mr. Rowson Euer Beten hier mit anhörten!“ Harper lachte.

„Mr. Rowson soll sich um seine eigenen Geschäfte kümmern, ich würde mich auch nicht besonders genieren, wenn er da wäre.“

„Auch nicht vor Mrs. Roberts?“

„Die kommt nicht an den Petite-Jeanne-Sumpf. – Es ist aber wahr, jetzt stehen wir hier wie ein Bär im Pflaumengarten und wissen nicht, nach welcher Seite wir zuerst hin sollen. Daß die Hunde nicht vor drei, vier Stunden wiederkommen, darauf könnt Ihr Euch verlassen, und nachher sind sie müde wie – wie die Hunde.“

„Euer Poppy war aber doch auch dumm genug zu folgen“, rief Curtis nun selbst ärgerlich.

„Nun ja, weil eine solche Bestie vornweg Bahn bricht und einen Spektakel macht, als ob sie Gott weiß was gefunden hätte! Na, freu' dich, Poppy – die Schläge!“

„Pst!“ machte Harper plötzlich, indem er seinen linken Arm schnell vorstreckte und die rechte Hand – nachdem er die Büchse vor sich auf den Sattelknopf gelegt – trichterförmig an das Ohr hielt. „Pst – ich hörte etwas, das nicht wie Hundebellen war. Da noch einmal – das ist Assowaum, und jetzt wollt' ich meinen Hals darauf verwerten, er hat die Kanaillen aufgehalten und schickt sie zurück. – Blast, Roberts – er weiß noch nicht, wo wir eigentlich sind.“

Roberts ließ wiederum sein Horn schallen, und deutlich wurde der Ton jetzt durch einen langgezogenen Schrei beantwortet, der von dem nicht fernen Bergrücken herunterzukommen schien.

„Hurra! Das war Assowaums Stimme, und wenn der den Hunden begegnet ist, so bringt er sie auch wieder mit zurück – Poppy kennt ihn zu gut.“

Harper hatte recht gehabt, nach einer kurzen Viertelstunde erschien der Indianer und vor ihm her, immer noch suchend, die Meute; Poppy brachte er jedoch an einem dünnen Lasso aus gedrehtem Lederriemen geführt.

„Hallo, Rothaut, wo hast du die Hunde gefunden?“ rief ihm Roberts freudig entgegen.

„Über den Berg kam ein großer Bär“, sagte der Indianer, „tiefe Fährten und nicht hungrig; keinen Stein hat er unterwegs aufgehoben, um nach Würmern zu sehen, kein faules Holz umgedreht oder zerkratzt; seine Spur führte gerade dem Fluß zu. Im Rohrdickicht dort ist ein ruhiges Lager und nicht viel Moskitos. Assowaum kennt die Stelle.“

„Aber wie kamst du zu den Hunden?“

„Wenn Assowaum die Fährte eines Bären findet, so weiß er auch, auf welcher Seite er die Nase trägt; Poppy begegnete mir, und als er an mir heraufsprang, hielt ich ihn fest; wenn die Bienen schwärmen, so folgen sie immer einer, der größten, der gescheitesten – so machen's auch die Hunde. Wenn der Führer die Fährte verläßt; halten sie auch die anderen nicht lange mehr warm. Assowaum hat manches Stück Hirschfleisch in der Hütte – sie kennen ihn – Wah!“ und er breitete seinen Arm aus und zeigte ringsherum auf die Meute, die sich jetzt, einige junge Tiere ausgenommen, um die Jäger versammelt hatte.

„Kapitaler Bursche, der Assowaum“, sagte Harper, sich vergnügt die Hände reibend, „kapitaler Bursche. Jetzt die Köter auf die rechte Fährte gebracht, und wie ein Blitz...“

„... laufen sie wieder nach den Bergen zurück“, unterbrach ihn Assowaum. „Nein – ich führe Poppy – die anderen folgen – haben wir sie erst im Gange, nachher verlassen sie die rechte Richtung nicht mehr.“

Der Rat des Indianers wurde augenblicklich angenommen, und schon nach wenigen Schritten schien Poppy begriffen zu haben, daß er vor kurzer Zeit einen sehr dummen Streich gemacht, denn er ließ den Schwanz hängen und schaute trübselig zu seinem Führer empor. Dieser traute ihm jedoch noch immer nicht, bis er ihm wohl zweihundert Schritt auf der Fährte gefolgt war und nun sah, daß er ihn kaum mehr an der Schnur halten konnte. Da ließ er ihn los, und von seinem wilden Jagdschrei, der gellend durch den Wald hin schallte, angefeuert, sprang das große, schöne Tier mit Winseln und Heulen der Spur nach und verschwand bald, von der laut klaffenden Meute gefolgt, im Dickicht.

„Jetzt heißt's auf den Pferden sitzen geblieben“, rief der alte Roberts, der in diesem Augenblick um zwanzig Jahre verjüngt schien, „hussa! Poppy ahu – pi!“ Und er stieß die letzte Silbe mit solcher Kraft hervor, daß selbst die Pferde, von der Jagdlust angesteckt, hochsprangen und dem Ruf Folge leisteten.

Durch Dickicht und Sumpf, über Bäume und Lachen hinweg, in Stellen hinein, wo der ganze Wald nur durch ein einziges Gewebe von Greenbriars, einer dornigen Schlingpflanzenart, verbunden schien, bis an das Rohrdickicht, das den Fluß etwa dreihundert Schritt breit umgab, ging die Jagd. Bis hierher hatten sich auch alle ziemlich gut im Sattel gehalten, nur der Krämer war von den Schlingpflanzen vom Pferd gestreift worden. Sein klägliches Schreien rief die Jäger zurück, und Harper griff im ersten Augenblick seinem Pferd in die Zügel. Doch im nächsten Moment gab er dem Tier schon wieder den Hacken zu spüren. Das wäre kein Arkansas-Jäger, der auf einer warmen Bärenfährte neben einem gestürzten Kameraden bliebe.

Am Rand des Rohrdickichts mußten jedoch auch die anderen von den Pferden. Sie sprangen mit einem Satz aus dem Sattel und brachen sich durch das tolle Gewirr von Schlingpflanzen und Rohr, das an manchen Stellen dichte Wände bildete und erst mit dem Messer durchhauen werden mußte, Bahn. Wohl hatten aber auch die Jäger Ursache, so schnell wie möglich vorzudringen, denn mitten im Dickicht und gar nicht mehr weit von ihnen entfernt, erhob sich jetzt der fürchterlichste Lärm, der sich nur in einem Rohrbruch denken läßt. Die Hunde heulten und bellten, das dürre Rohr krachte, das Laub raschelte, und die Männer schrien, um die Kämpfenden noch mehr anzufeuern, daß man ebensogut hätte glauben können, ein Hurrikan käme durch den Wald gebraust.

Der Bär war gestellt, die Hunde hatten ihn im Lager überrascht, wo er sich wahrscheinlich erst vor kurzer Zeit niedergelassen, und so spät mußte er aufgestiegen sein, daß ihm die vordersten, Poppy und Eddy, schon dicht auf den Pelz gerückt waren, ehe er sich vom ersten Schrecken erholen konnte.

Eddy war nur ein Bracke und auf einer Fährte ausgezeichnet, beim wirklichen Kampf aber nicht viel wert, Poppy dagegen, eher etwas schwerfälliger gebaut, kannte keine größere Wonne als einen Bären bei den Keulen zu nehmen, wobei er sehr geschickt den gefährlichen Vordertatzen auswich. Als sich der Bär daher mit wildem Sprung, die Nase dicht am Boden, damit er unter all den Schlinggewächsen hindurchschlüpfen konnte, empfehlen wollte, hatte ihn Poppy, ehe er sich's versah, am Fell und packte ihn so derb, daß er sich brummend umwandte, um den Zudringlichen mit kräftiger Klaue zurückzuweisen. Hierauf wartete Poppy aber keineswegs. Sobald er nur sah, daß der Bär stehenblieb, sprang er blitzschnell zur Seite und entging dadurch dem gefährlichen Schlag; er wiederholte aber das Spiel von neuem, sobald der Verfolgte ihm wieder die Kehrseite zuwandte. Lange hätte er ihn freilich nicht auf diese Art zurückhalten können, doch jetzt kamen auch die übrigen Hunde herbeigestürmt, und nun mußte der Bär ernstlich an Flucht denken, wollte er nicht die Hetze mit seinem Pelz bezahlen.

Er floh also dem nicht mehr sehr fernen Fluß zu, nach welcher Richtung hin das Dickicht auch am undurchdringlichsten war; doch immer wieder warf sich ihm die Meute entgegen, die ihn wie rasend umschwärmte. Endlich sah er sich genötigt, einen offenen Teil des Waldes zu wählen und den Strom hinab eine seichte Slew zu benutzen, deren etwas steile Ufer die Hunde hinderten, ihm näher zu kommen. Im Fall eines Angriffs hätten sie ihm nicht ausweichen können. Hierdurch erwehrte er sich zwar eine Zeitlang der Zähne seiner Verfolger, die Jäger bekamen aber auch zugleich Gelegenheit, ihm den Weg abzuschneiden, da sie am Geheul der Meute merkten, wohin sich die Jagd wandte. Als der Bär daher, keineswegs in der besten Laune, eben wieder ausweichen wollte, um einen zweiten Versuch zu machen, zum Fluß zu kommen, brach Roberts dicht neben ihm aus dem Dickicht, legte an und feuerte. In demselben Augenblick krachte eine zweite Büchse, und auch Curtis' Kugel traf das Tier. Aber beide Kugeln schienen wenig Wirkung zu haben. Der Bär sprang einmal hoch, stieß ein schwaches Stöhnen aus, das fast wie ein Seufzer klang, erreichte dann aber mit einem gewaltigen Satz den Rand der Slew, streckte hier den Rüden, der sich ihm entgegenwarf, mit einem Schlag seiner fürchterlichen Tatze zu Boden und floh dem Fluß zu.

Roberts hatte unterdessen seine Zeit ebenfalls genutzt; mit einem Sprung, der einem Panther Ehre gemacht haben würde, setzte er über die Slew und war mit seinem Messer dicht hinter dem Bären, als er den Rand des Flusses erreichte. Hier krachte eine dritte Büchse, und in demselben Augenblick kam auch Roberts bei dem tödlich verwundeten Tier an und stieß ihm den breiten Stahl in die Flanke. In der Hitze des Nachsetzens hatte er aber nicht darauf geachtet, wo er sich befand. Der Bär fuhr noch mit letzter Kraftanstrengung, im Todeskampf in die Höhe, wehrte nicht einmal die beiden Hunde ab, die sich auf ihn warfen, sondern sprang die steile Uferbank hinab in den Fluß. Der Bär, Roberts und die beiden Hunde verschwanden gleichzeitig in dem über ihnen zusammenschlagenden, trüben Petite-Jeanne.

„Wah!" sagte Assowaum lachend, als er, sich mit der Linken an einem jungen Stamm festhaltend, über den Uferrand hinabschaute, „der weiße Mann hält merkwürdig fest." Ehe jedoch einer der übrigen Jäger den Kampfplatz erreichen konnte, tauchten die Untergesunkenen wieder empor, und Roberts, keineswegs durch den freilich etwas unerwarteten Sprung aus der Fassung gebracht, zog den jetzt verendeten Bären mit den beiden Hunden, die ihre Beute selbst unter dem Wasser nicht hatten fahrenlassen, ans Ufer und nahm sich erst dann Zeit, zu der Stelle hinaufzusehen, von der er so plötzlich und keineswegs freiwillig heruntergekommen war. Hier begegnete er dem Blick Harpers, der verwundert zu ihm hinabschaute und ausrief:

„Holla, Roberts, was, zum Henker, macht Ihr da unten mit der Bestie? Wie wollen wir sie denn jetzt wieder heraufbekommen?"

„Ja, wenn ich selbst nur erst oben wäre", erwiderte lachend der Gefragte, „herunter ging's' merkwürdig leicht, jetzt möcht' es aber seine Schwierigkeiten haben."

„Warten!" rief Assowaum, „ich schaffe Rat."

„Warten?" meinte Roberts mit komischer Wehmut, „ich möchte wissen, was ich anderes tun könnte als abwarten; wer in so einer Falle sitzt wie ich hier, hat gut warten."

„Ist denn der Bär fett?" fragte Harper.

„Ziemlich!" erwiderte Roberts, das Tier, das neben ihm noch halb im Wasser lag, befühlend. „Wollt Ihr Euch nicht selbst überzeugen?"

„Danke schön", wehrte Harper lachend ab, „ich glaube Euch aufs Wort, habe auch wirklich keine so gewaltige Eile."

Assowaum hatte indessen einen kleine Hickorybaum abgehauen, den er dort, wo er zuerst auszweigte, abhackte und nun den ganzen obern Teil von den Ästen befreite, aber doch noch so viele stehenließ, daß sie eine Art Leiter bildeten. Dann erkletterte er eine kleine Weißeiche, die an einer Zypresse in die Höhe wuchs, und hieb von dieser eine dünne Weinrebe ab. Zuerst ließ er nun den schlanken Stamm zu Roberts hinunter, und dann reichte er ihm das eine Ende der Rebe, wobei er ihm bedeutete, die Hunde einen nach dem andern daran festzubinden. Mit Hilfe des Gürtels und Taschentuchs war das leicht geschehen, und die Tiere, durch die vereinten Kräfte der Männer hinaufgezogen, waren bald oben auf der Uferbank.

„Wie bekommen wir aber jetzt den Bären herauf?" fragte Harper, „der Kerl wiegt wenigstens seine dreihundert Pfund, und ohne Stricke werden wir ihn wohl unten lassen müssen!"

Assowaum nickte.

„Das ist richtig. Seht Ihr die zwei Stücke faulen Holzes hier am Wasserrand? Die wälzen wir ins Wasser - binden den Bären daran fest, und Assowaum geht mit, den Fluß hinunter. Einundeinehalbe Meile von hier wohnt Mr. Bahrens. Ihr anderen nehmt die Pferde und reitet am Rohrbruch hinunter. Mit Sonnenuntergang sitzen wir alle bei Mr. Bahrens."

„Ein guter Einfall, Assowaum", rief Roberts, der jetzt mit großer Gewandtheit an dem dünnen Stamm emporstieg und bald wieder bei den übrigen war, „ein guter Einfall. Bahrens hat überdies einen Weg bis zum Fluß hinunter gegraben, und da können wir unsere Beute mit größter Bequemlichkeit aufs Trockene legen."

„Aber höre, Assowaum!" rief Curtis, als sich der Indianer schon mit großer Geschicklichkeit an die Ausführung seines Vorschlages machte, „wenn du bei Bahrens ankommst, da, wo wir im vorigen Sommer den Honigbaum fällten, dann binde doch dein Fahrzeug eine Weile dort irgendwo an und komm erst ohne den Bären zum Haus. Bahrens prahlt immer so fürchterlich mit der Menge von Wild, das er erlegt, und wir wollen doch einmal sehen, was er für Lebensmittel im Haus hat. Sei also vorsichtig, daß er dich nicht mit deiner fetten Ladung bemerkt."

Der Indianer lächelte und nickte mit dem Kopf, äußerte aber nichts mehr und war bald emsig beschäftigt, die zwei Baumteile in den Fluß zu rollen und den Bären dann mit abgeschälten Stücken Hickory-Rinde festzubinden. In kaum einer Viertelstunde hatte er diese Arbeit beendet, legte seine Büchse auf den Bären, der durch die leichten Holzstücke über Wasser gehalten wurde, und stieß, teils hinterher schwimmend, teils watend, das sonderbare Fahrzeug vor sich den Fluß hinunter.

„So ein Indianer ist im Walde gar nicht so übel", meinte Harper endlich, als Assowaum hinter einer Biegung des Flusses verschwunden war, „höchst praktische Einfälle haben die Burschen, und was sie sich erst einmal in den Kopf gesetzt, führen sie auch aus. – Aber hallo! Da kommt Hartfort, der Krämer; hol' mich dieser und jener, wenn ich den nicht ganz vergessen hatte."

„Nun sagt mir nur, was ihr für kuriose Dinge treibt?" rief dieser, während er sich durch die Büsche hindurchzwängte, „wo ist denn der Bär?"

„Assowaum stößt ihn den Fluß hinunter, bis zu Bahrens' Haus", antwortete ihm Roberts. „Wir selber wollen aber zurück zu unseren Pferden gehen und am Schilfbruch hinabreiten, bis wir an den schmalen Weg kommen, der zu des alten Jägers Wohnung führt. Auf die Art erreichten wir sie am besten, denn sie liegt so tief im Dickicht versteckt, daß man sie sonst nur durch Zufall oder morgens, wenn die Hähne krähen, finden kann."

„Ja, was hilft mir denn da aber meine Bärenjagd?" klagte Hartford, „wenn ich nicht einmal den Bären zu sehen bekomme!"

„Sollt ihn schon sehen, Mann", rief Harper, „aber jetzt vorwärts! Die Sonne ist keine Stunde mehr hoch, und aus diesem Dickicht möcht' ich doch gern heraus, ehe es dunkel wird. Hallo da, ihr Hunde – auf mit euch, heut abend sollt ihr auch ordentliches Fressen haben – so recht, Watch, so schön, Poppy – geht den anderen mit gutem Beispiel voran!"

Die Hunde, die sich erschöpft gelagert hatten, sprangen, von Harpers Stimme ermuntert, in die Höhe und folgten den Jägern. Diese benutzten eine am Fluß hinabführende lichte Stelle und hielten dann erst, gegenüber den Hügeln, als der Krämer plötzlich stehenblieb und Roberts' Arm faßte.

„Pst – seht ihr dort nicht – das da?" rief er mit unterdrückter Stimme.

„Was denn? Wo denn?" fragte Roberts.

„Dort im Busch – das Rote!"

„Ah – wahrhaftig, ein Hirsch – er ist eben aufgestanden. Schießt, ehe ihn die Hunde wittern, sonst ist's zu spät!"

Der Krämer hob schnell die Büchse, zielte einen Augenblick, und beim Krach sprang der Hirsch in die Höhe und floh mit gewaltigen Sätzen in das Dickicht.

„Der hat's – der hat's!“ jubelte der Krämer, der schnell nach der Stelle hingelaufen war, wo er glaubte, daß der Hirsch gestanden habe.

„Seht Ihr? Da ist Blut, und Poppy, das gute Tier, spürt ihn auch schon – er wittert das Blut.“

Die Hunde benahmen sich übrigens sehr sonderbar dabei. Eddy und einige der übrigen folgten allerdings dem flüchtigen Hirsch. Watch dagegen schnupperte höchst eifrig und aufmerksam in den Büschen herum, ohne auf das einladende Geheul der anderen Hunde zu achten, und Poppy setzte sich gar nieder, hob die Nase in die Höhe und heulte, daß es einen Stein hätte erbarmen mögen.

„Was, zum Teufel, haben denn die Viecher?“ rief Roberts, verwundert näher kommend. „Der heult wohl, weil Ihr den Hirsch gefehlt habt?“

„Gefehlt?“ sagte der Krämer höchst entrüstet, „schaut her – sieht das aus wie gefehlt? Und da – und hier? Und dort, nennt Ihr das gefehlt?“

„Wahrhaftig, da ist Schweiß genug“, sagte Curtis verwundert, „aber – wie ist mir denn, lief der Hirsch nicht dort hinüber, wohin die Hunde auch folgten? Mir war's doch, als wenn ich seinen weißen Wedel zwischen jenen Greenbriars hätte durchschimmern sehen?“

„Jawohl“, antwortete Harper, „da zwischen den beiden Zypressen ist er verschwunden.“

„Nun, dann ist dies hier auch anderer Schweiß“, rief Curtis, „dieser führt nach dem Fluß zu.“

„Nicht möglich – war denn der Bär hier?“

„I bewahre – ein gut Stück weiter oben.“

„Kann man denn keine Fährte erkennen?“

„Nein – doch ja – hier ist der Jäger gegangen, da ist der Fuß eines Mannes“, rief Curtis, sich hinunter zur Erde beugend, „und da noch einer – es müssen zwei gewesen sein, und sie haben sich sorgsam an beiden Seiten vom Schweiß gehalten, um die Zeichen nicht zu verwischen.“

„Was heißt denn das nur?“ brummte Roberts vor sich hin, „der Boden ist doch weich genug hier, und ich kann nicht eine einzige Fährte im Schweiß erkennen!“

„Glaub's gern“, lachte Harper, „das ist kein Wild mehr, das sie verfolgt, sondern ein Tier, das sie erlegt haben. Seht Ihr denn nicht, wie tief hier ihre Fersen eingedrückt sind! Zum Fluß haben sie's getragen, und es sollte mich gar nicht wundern, wenn es Bahrens gewesen wäre und wir heut abend ein gut Stück Wildbret in seinem Hause fänden.“

„Bahrens trägt nie etwas anderes als Mokassins“, meinte Curtis kopfschüttelnd, „aber der eine hier hat grobe Schuhe angehabt und der andere ein Paar von den Ladenstiefeln, wie sich Brown kürzlich welche von Little Rock mitbrachte. Aber trotzdem kann es sein, daß sie ihre Beute nach Bahrens' Hause hingeschafft haben.“

„Oh, kommt, Leute, laßt die Fährte in Ruhe“, rief Roberts jetzt, „die Sonne ist bald untergegangen, und wir müssen wirklich machen, daß wir aus diesem verwünschten Schilfbruch herauskommen. Haben sie das Wild nach Bahrens' Haus geschafft, und ist der alte Bahrens wirklich dabeigewesen, so finden wir sie dort heut abend und werden eine gewaltige Geschichte anhören müssen, das ist sicher; also vorwärts!"

„Aber so seht nur, wie sonderbar sich der Hund beträgt", sagte Harper. „Poppy – schämst du dich denn nicht? Das ist ja ein Geheul zum Rasendwerden."

Poppy schien aber diesmal wirklich gar nicht auf seinen Herrn zu achten, sondern beschnupperte nur von Zeit zu Zeit die Schweißflecke und fing dann wieder so jämmerlich an zu heulen, daß sich die von der nutzlosen Hirschjagd zurückkehrenden Hunde um ihn sammelten und, ebenfalls die Schnauzen emporhebend, in das schauerliche Klagelied mit einstimmten.

„Gentlemen!" rief Roberts, plötzlich stehenbleibend, indem er seinen Hund scharf ansah, „hier ist etwas nicht in Ordnung. Poppy ist ein zu gescheites Tier, um unnütz solche Gefühle zu verraten, mit dem Schweiß dort ist's nicht richtig, – das ist kein Schweiß, das ist Menschenblut!"

„Den Teufel auch!" sagte Curtis und sah ängstlich den Gefährten an.

„Laßt uns der Fährte bis zum Fluß folgen", fuhr Roberts fort, „dort werden wir Aufklärung erhalten oder wenigstens den Platz kenntlich machen können, an dem wir morgen früh die Untersuchung fortsetzen werden. Hier geht die Spur – deutlich genug – alle kleineren Büsche sind niedergetreten, der Körper muß schwer gewesen sein. Bei einem Stück Wild wären die Träger vorn und hinten gegangen, also in einer Reihe, und hier sind die Spuren auf beiden Seiten der Last."

„Mir graust's, wenn ich das Blut sehe", sagte der Krämer und wandte sich schaudernd ab.

„Das kommt davon, weil Ihr noch nicht lange in Arkansas seid", meinte Curtis; „lebt Ihr erst einmal wie ich, Eure zehn Jahre im Staate, denn werdet Ihr gleichgültig gegen derartige Sachen. Ich habe manche Leiche gesehen, seit ich hier bin, manchen Ermordeten mit begraben helfen – man gewöhnt sich wirklich dran. Nur einmal – einmal war mir's doch bald zuviel..."

„Jetzt hört auf mit Eurer Geschichte", unterbrach ihn Roberts unwillig, „wir haben hier Schreckliches genug vor Augen, als daß Ihr noch mit Eurer großen 'Leichenschau' herauszurücken hättet – laßt die Toten ruhen."

„Die Geschichte müßt Ihr mir erzählen", rief der Krämer, „ich höre so etwas für mein Leben gern."

„Ein andermal", erwiderte Curtis, „aber dort ist der Fluß, nun werden wir wohl finden, was wir suchen."

„Hier haben sie ihre Last abgelegt", sagte Roberts, auf einen etwas niedergedrückten Platz deutend. „Hirsch oder Mensch, von da aus muß er in den Fluß geschafft sein."

Curtis kniete neben die Stelle hin und bog sein Gesicht tief hinunter, aufmerksam den geringsten Eindruck im weichen Boden untersuchend. Plötzlich sprang er auf und rief:

„Es war ein Mensch – da – da ist der Eindruck eines Knopfes. Ihr könnt es deutlich erkennen – dort – gleich neben dem schwarzen Blutstreifen – vor dem gelben Blatt da."

„Ja wahrhaftig", sagte Roberts, der die Stelle ebenfalls betrachtet hatte, „es war ein Mensch – hier ist auch die Stelle, wo seine Hand gelegen hat. Gentlemen, hier ist ein Mord verübt – das unterliegt keinem Zweifel mehr, und morgen müssen wir hierher zurückkommen, die Sache genauer zu untersuchen. Heute ist's zu spät. Bleiben wir noch zehn Minuten länger im Rohrbruch, so sind wir gezwungen, die Nacht hier zu kampieren, denn im Dunkeln wär's unmöglich, durch das Dickicht zu dringen. Morgen aber mit Tagesanbruch wollen wir sehen, ob wir nicht das Opfer oder den Täter ermitteln können. Jetzt fort von hier; mir graust's an der Stelle."

Die Männer bedurften weiter keiner Aufforderung, den Platz zu verlassen. Schweigend hieben sie sich mit ihren breiten Jagdmessern Bahn durch das Rohr, erreichten bei schon einbrechender Dämmerung ihre Pferde wieder, schwangen sich in die Sättel, trabten, den ziemlich offenen Wald zwischen dem Rohr und der dicht mit Büschen bewachsenen Bergreihe benutzend, scharf weiter und erreichten noch vor völliger Dunkelheit die Furt des Petite-Jeanne, an dessen anderem Ufer die kleine Hütte des alten Bahrens stand, der den nicht gerade ehrenhaften Beinamen „Lügen-Bahrens" in der Nachbarschaft trug.

7. Zwei echte Backwoodsmen – Bahrens' und Harpers Erzählungen

Der Alte stand vor der Tür und blickte, augenscheinlich die Jäger erwartend, nach der Stelle hinüber, auf der sie jenseits des Flusses aus dem Walde treten mußten. Neben ihm kauerte Assowaum und zog seine Mokassins wieder an, die er bei der Wasserpartie abgelegt und neben der Büchse festgebunden hatte.

„Hallo da drüben", schrie Roberts, „ist die Furt seicht genug?"

„Ay, ay!" war die Antwort, „knietief."

Die Männer hielten die Versicherung für genügend und trieben die Pferde die Bank hinunter und in den Fluß. Curtis aber, der voranritt, wäre der Spaß beinahe übel bekommen, denn er sank augenblicklich unter, und sein Pferd mußte mit ihm ans andere Ufer schwimmen.

„Verdammt Eure schwarze Seele." rief er ärgerlich aus, als er wieder festen Boden erreicht hatte, „was, zum Teufel, jagt Ihr einen denn mit Euren verdammten Lügen ins Wasser! He – ist das knietief?"

„Nun, versteht sich", erwiderte Bahrens lachend, „seht Ihr dort nicht das Zypressenknie in der Mitte vom Fluß? Dem geht's noch nicht einmal an den oberen Rand, 's ist freilich sieben Fuß hoch."

Roberts hatte augenblicklich gehalten, als er Curtis so Hals über Kopf in die Fluten eintauchen sah, und dieser rief ihm jetzt vom andern Ufer zu:

„Reitet noch ein Stückchen den Fluß hinunter, Roberts, dort, wo Ihr den Kies seht, da werdet Ihr trocken durchkommen."

„Wenn Ihr den Weg so gut kennt", rief Bahrens, „warum seid Ihr denn nicht selbst weiter hinuntergeritten?"

„Weil ich Narr genug war, Euch auch nur ein Wort zu glauben", erwiderte ihm dieser, galoppierte die steile Uferbank hinauf, sprang vom Pferd und schüttelte dem Alten die Hand, der ihn herzlich willkommen hieß.

Bahrens war einer von den echten Pionieren oder Squattern des Westens. Vor fünf Jahren etwa hatte er sich in Poinsett County, in den fürchterlichsten Sümpfen und zwanzig Meilen von jeder menschlichen Wohnung entfernt, niedergelassen. Dort hatte er auch eine Zeitlang höchst zufrieden von der Jagd gelebt. Dann aber war etwas vorgefallen, von dem er nicht gern sprach und das er „Familienverhältnisse“ nannte, was ihn zwang, jene Gegend zu verlassen. Die Bewohner des Fourche la fave munkelten zwar etwas von Pferdefleischliebhaberei, das war aber grundlos. Erstlich kannten sie die Gegend nicht, denn was sich bis zu seiner Hütte verlief, war ohnedies wild geworden und der Büchse des Jägers verfallen, und zweitens hatte sich Bahrens stets als ein ehrlicher Mann bewiesen, und keiner seiner Nachbarn konnte ihm etwas Böses nachsagen. Daß er manchmal die „Wahrheit ein wenig zerhackte“, wie sich Roberts ausdrückte, wurde freilich von den meisten seiner Bekannten bestätigt, er selbst aber leugnete auch dies hartnäckig und war stets bereit, jede seiner Geschichten zu beschwören, nur – wetten wollte er nicht darauf, obgleich er sich sonst nie lange zu einer Wette bitten ließ. Hauptsächlich trieb er Viehzucht und bebaute nur ein sehr kleines Stück Land, etwa fünf Acker, um Mais für sich und die Seinen zu ziehen; auch hatte er mehrere Pferde, doch nicht viele. Er meinte, die Luft in Arkansas sage den Pferden nicht zu. Seine Familie bestand aus seiner Frau, zwei Töchtern und einem Sohn, der aber nicht bei den Eltern lebte, sondern vor zwei Jahren fortgewandert war und natürlich, da er weder schreiben noch lesen konnte, nichts weiter von sich hatte hören lassen.

Das Haus selbst war eine der im Westen Amerikas gebräuchlichen Blockhütten, aus rohen, unbehauenen Stämmen errichtet, deren Dach, grobgespaltene, kurze Bretter, durch schwere Stangen, sogenannte weightpoles, festgehalten wurde. Dem aus rohem Lehm und Balken aufgeführten Schornstein entstieg ein dünner blauer Rauch, und Bahrens war eben damit beschäftigt, Feuerholz für den Abend zu hacken, um eine freundliche Flamme im Kamin zu unterhalten. Nur eine kleine niedere Fenz hielt eine Masse von jungen Ferkeln ab, die friedliche Einsamkeit der Wohnung zu stören, und quietschend und grunzend umrannten sie die hindernde Einfriedung, als ob sie das gewöhnliche Abendbrot, ein paar Maiskolben, erwarteten. In einer kleinen Einzäunung dicht daneben melkte die älteste Tochter, ein hübsches, schwarzäugiges Mädchen, eine große weiße Kuh, während die jüngere ein kleines Kalb an einem Strick zurückhielt, daß es die Schwester nicht in ihrer Arbeit stören und warten sollte, bis die Reihe an ihm sein würde. Neben dem Haus aber, auf den gewaltigen, durch die Axt des Farmers geschlagenen Stämmen, saßen eine Unmenge Aasgeier, als ob sie entweder von ihrem Raub verscheucht wären oder diesen nur verlassen hätten, um mit dem nächsten Morgen ihr ekles Mahl wieder zu beginnen.

Die drei Jäger ritten jetzt ebenfalls zum Haus hin, und Roberts rief dem Alten schon von weitem zu:

„Ich hab' Euch doch wohl unrecht getan, Bahrens. Wir glaubten, wir würden Euch ohne Fleisch antreffen, die Aasgeier da oben zeigen aber, daß irgendwas vorhanden sein muß, wenn nicht etwa eine Kuh gefallen wäre.“

„Guten Abend, Boys, guten Abend – recht so, daß ihr den alten Bahrens auch einmal aufsucht – Kuh gefallen? Roberts, kein Fleisch in meinem Hause? Da kennt Ihr den alten Bahrens schlecht. Wie ich noch am Cashriver wohnte, konnte ich täglich, das heißt im Durchschnitt, zwischen acht- und neunhundert Pfund Fleisch erlegen. Curtis weiß es, nicht wahr, Curtis?“

„Ja gewiß“, bestätigte dieser lachend – „zahmes!“.

„Zahmes? Wilde Tiere – Büffel und wild gewordenes Rindvieh natürlich eingerechnet; aber steigt ab, macht's Euch bequem. Betsy, wirf den Tieren jedem einen Armvoll Mais in den Trog – hörst du –, bleib aber bei ihnen stehen, bis sie fertig sind, und wehre die Schweine ab, daß die Bestien den Trog nicht wieder umwerfen wie gestern."

„Bahrens, hier muß wahrhaftig ein Aas in der Nähe liegen!" rief Roberts, nachdem die ersten Begrüßungen vorüber waren. „Es riecht, meiner Seel', nach faulem Fleisch."

„Nach faulem Fleisch?" wiederholte Bahrens, „Ihr habt gute Nasen. Hier in der Nähe liegt nichts – die Kanaillen, die Aasgeier, kommen immer, wenn man schlachtet."

„Schlachtet?" fragte Curtis entsetzt, „das, was Ihr geschlachtet habt, riecht so? Was hast du denn, Assowaum? Der Bursche zieht ja ein Gesicht, als ob er lachen wollte."

„Mr. Bahrens hat ein kleines Schwein geschlachtet", sagte der Indianer, und es war augenscheinlich, wie sehr es ihn ergötzte, „die Aasgeier sind aber dumme Tiere; das Schwein ist erst vor acht Tagen umgebracht, und heute kommen sie schon!"

„Und das sollen wir essen?" rief Roberts lachend. „Wo sind denn die Hirsche?"

„Welche Hirsche?"

„Nun, die, die Ihr alle Tage schießt, wie Ihr es neulich erzähltet."

„Oh, ich habe mir den Fuß verstaucht und seit drei Tagen nicht auf die Jagd gehen können."

„Bahrens – hier ist ein Freund von mir, Mr. Harper, einer meiner Nachbarn, der gern Eure Bekanntschaft machen wollte. Harper, das ist Mr. Bahrens, der Mann, von dem ich Euch so viel erzählt habe. Ich denke, Ihr werdet wohl Freunde werden." Die Männer schüttelten einander die Hand, und Bahrens schwor, er wollte verdammt sein, wenn Harper nicht ein merkwürdig gutmütiges Gesicht hätte.

„Aber, Bahrens", unterbrach ihn Curtis jetzt, „morgen früh müssen wir mit Tagesanbruch zu der kleinen Slew hinauf. Dort, wo die drei dürren Zypressen stehen, ist ein Mord verübt; es sieht wenigstens ganz danach aus."

„Ein Mord? Das wäre schrecklich!"

„Es kann nicht anders sein; wir fanden die Spuren zu deutlich, doch hatten wir keine Zeit, die Sache näher zu untersuchen. Es ist übrigens gar nicht weit von hier, und morgen früh läßt sich's leicht ermitteln. Die Täter zu verfolgen wäre heute doch unmöglich."

„Alle Wetter, das ist seltsam!" rief Bahrens, „ich bin erst heute morgen da vorbeigekommen und habe gar nichts bemerkt!"

„Ich dachte, Ihr hättet Euch ein Bein verstaucht?" erinnerte ihn Curtis lachend.

„Nun ja – vor drei Tagen – Holzkopf! Glaubt Ihr, daß ich deshalb mein Lebenlang hinken müßte? – Aber kommt herein, Boys, der Nebel fällt merkwürdig feucht heut abend, und am Kamin sitzt sich's behaglicher."

„Nein, altes Haus!" sagte Roberts, ihm auf die Schulter klopfend, „wenn du so schlecht mit Proviant versehen bist, so wollen wir unsern Vorrat heranschaffen; Assowaum, laß uns den Bären holen. Jetzt dürfen wir nicht länger mehr damit hinter dem Zaun halten, sonst müssen wir dafür hungern. Überdies wird es dunkel."

Mit vereinten Kräften schleppten die Männer den fetten Braten zum Haus, und in kurzer Zeit wurden den Frauen einige der besten Stücke zur Bereitung übergeben.

„Guten Abend, Mrs. Bahrens", sagte Roberts, in das Haus tretend, „wie geht's? Lange nicht gesehen; immer noch munter?"

„Muß ja wohl, Mr. Roberts", erwiderte die Frau freundlich, das große Kattunbonnet, das sie beim Kochen trug, um die Hitze von den Augen abzuhalten, aus dem Gesicht zurückschiebend. „Das ist recht, daß Sie uns besuchen, nächstens komm' ich einmal zu Ihnen herüber. Mein Alter ist aber gar nicht von zu Hause fortzubringen."

„Meine Alte hat Sie und die Töchter schon lange erwartet, Mrs. Bahrens", erwiderte Roberts, ihr die dargebotene Hand schüttelnd, „wie geht's den Mädchen hier im Busch – eh? Sind aber das einsame Leben schon gewohnt, denn in den Cashsümpfen war's wohl auch nicht lebhafter. Schreckliches Land, die Cashsümpfe, als ich das letztemal dort war und bei Strong vorbeiritt... Sie kennen doch Strong, der die große Farm besitzt? Hat sich dort wahrhaftig an der besten Stelle niedergelassen und wird..."

„Halt ihn auf! – Um Gottes willen, halt ihn auf!" schrie Bahrens jubelnd, „da trabt er wieder hin mit verhängten Zügeln; wenn man ihn laufen läßt, ist er in fünf Minuten beim Revolutionskrieg. Gott sei uns gnädig, Roberts, mit Euch ist gar kein vernünftiges Wort mehr zu sprechen. – Aber, Kinder, daß Ihr so trefflich für Proviant gesorgt habt, verdient eine Belohnung; hier, Lucy – reich einmal die Kruke unter dem Bett vor – nimm dich in acht, Blitzmädel, wenn du sie zerbrichst, sei dir Gott gnädig! Jetzt, Boys, wollen wir einen fidelen Abend feiern, Bärenfleisch und Whisky – hu pi!" Und der alte Mann stieß seinen Jagdschrei aus, daß die Hunde draußen unruhig wurden und zu heulen anfingen.

„Bahrens, die Bestien beißen sich draußen", sagte Curtis endlich, „unsere sind auch hungrig; wo habt Ihr denn das Schweinefleisch? Wir wollen's den Tieren geben, für Menschen ist es doch nicht genießbar."

„Mein gutes Fleisch?"

„Ih, geht zum Teufel mit Eurem Fleisch. Ich dachte, Ihr könntet so viele Hirsche schießen?"

„Ja, aber mein Bein!"

„Jetzt kommt er wieder mit seinem Bein, göttlicher Kerl! Aber, Harper, Ihr sitzt ja so stumm da und sagt gar keine Silbe Ihr denkt wohl an den Mord?"

„Ja! Aufrichtig gesagt, kann ich die Blutflecke nicht aus dem Gedächtnis bringen. Es sah zu schauerlich aus!"

„Schauerlich, Mr. Harper? Da hätten Sie einmal sollen im vorigen Jahre am Cashriver wohnen", erwiderte Bahrens; „verdammt will ich sein, wenn nicht dort alle Tage zwei oder drei Leichen vorbeigeschwommen kamen – und was für Leichen! Manche ohne Kopf."

„Wo kamen aber die Menschen alle her?" fragte Harper halb erschreckt und halb ungläubig, „ich dachte, es wäre eine so menschenleere Gegend gewesen?"

„Die Menschen? Nun, da sollt' ich mich doch wohl nicht drum kümmern? Und was ging das mich an?“

„Halt – spart Eure Gespräche bis nach Tische auf“, sagte Roberts lachend, „laßt uns vor allen Dingen nach den Pferden sehen, nachher schmeckt auch das Essen besser.“

Dem Rat wurde augenblicklich Folge geleistet, als sie aber von den Futtertrögen zurückkehrten, rief die Frau schon zum Abendbrot, und bald saßen die Männer auf umgestülpten Fässern, hingerückten Kästen, Klötzen und roh gearbeiteten Stühlen um den schmalen Tisch herum, auf dem eine mächtige Schüssel voll gebratener Bärenrippen und in Scheiben geschnittenen Fleisches den Mittelpunkt bildete, während Maisbrot, eingekochter Kürbis, etwas Honig und Milch die übrigen Bestandteile des Mahles ausmachten. Die Whiskyflasche ging indessen im Kreise herum, und wenn auch kein Wort weiter gesprochen wurde, bewiesen doch die klappernden Messer und die überall sichtbar werdenden, blank abgenagten Rippen, wie den Hungrigen die delikate Mahlzeit schmeckte.

Als sie geendet, standen sie einzeln, wie sie zuerst fertig wurden, vom Tisch auf, und die Frauen, die sich wohlweislich einige Stücke aufbewahrt hatten, nahmen, ohne es der Mühe wert zu halten, die benutzten Teller mit reinen zu vertauschen, die leer gewordenen Sitze ein.

Mrs. Bahrens, etwa in den Vierzigern, zeigte noch Spuren früherer nicht unbedeutender Schönheit, ihre schlanke Gestalt war aber von einem keineswegs saubern baumwollenen, einst weiß gewesenen Kleid umhüllt, ihre schönen, braunen Haare hatte sie ziemlich nachlässig um den Kopf herumgesteckt, und ihre großen, dunklen Augen verloren viel von ihrem Glanze durch die keineswegs brillante Fassung des etwas rauh und schmutzig aussehenden Gesichts. Die Töchter trugen sich schon besser und reinlicher, aber auch ihr Teint würde durch etwas warmes Seifenwasser nur gewonnen haben.

Als das Essen oder vielmehr das Geschirr abgeräumt war, denn das Essen verschwand spurlos, schob Bahrens den Tisch ein wenig zurück, daß die verschiedenartigen Sitze wieder in einen Halbkreis um den Kamin gerückt werden konnten, und rief dann fröhlich aus:

„Nun, Gentlemen, kommt das Beste – der Stew.“

„Du hast ja keine Butter“, sagte seine Frau.

„Alle Wetter, das ist wahr – aber hallo – was brauchen wir Butter, wir haben ja Bärenfett – Whisky und Bärenfett werden sich noch viel besser miteinander vertragen. Gentlemen, dies ist das Land, um drin zu leben. Es geht nichts über Arkansas!“

„Ih nun, Mr. Bahrens“, meinte Harper, der, als er die Vorbereitungen zu seinem Lieblingsgetränk bemerkte, aufzutauen begann, „ih nun, ich weiß doch nicht; Missouri ist auch nicht zu verachten, ich habe lange dort gelebt, und...“

„Missouri?“ rief Bahrens verwundert. „Missouri? Da sei uns Gott gnädig; und das vergleichen Sie mit Arkansas?“

„Nun, es grenzt doch dicht genug daran?“

„Grenzen? Es ist gerade so, als ob der liebe Gott den Finger genommen und einen Strich zwischen den beiden Staaten durchgezogen hätte, daß der eine fruchtbar und der andere unfruchtbar werden sollte. Missouri! Na, nu hört alles auf; wie lange sind Sie denn eigentlich schon in Arkansas?"

„Etwa sechs Wochen."

„Ach, dann ist es etwas anderes, dann wissen Sie's noch nicht besser; Herr, hier ist das Land so fett, daß wir, wenn wir Lichter gießen wollen, den Docht nur in die Pfützen tauchen – es brennt ebensogut. Wenn ein Mann in Arkansas sein Feld mit Fleiß und Aufmerksamkeit bestellt, so kann er darauf rechnen, hundert Bushel vom Acker zu ernten."

„Das wäre viel!"

„Viel? Das ist gar nichts! Wenn er sich keine Mühe mit dem Land gibt und den Mais nur so roh aufwachsen läßt, so bleiben ihm immer noch fünfundsiebzig Bushel gewiß; und wenn er gar nicht pflanzt, so – so wachsen doch noch fünfzig – das Land ist nicht totzumachen!"

Harper rückte ein wenig auf dem Kasten herum, auf dem er saß, und Roberts und Curtis warfen sich verstohlene Blicke zu.

„Und was noch ein Vorteil ist", sagte Bahrens, „wir brauchen immer erst im Juni zu pflanzen, der Mais wächst so merkwürdig schnell. Denken Sie nur, im letzten Jahr hat er mir die Bohnen, die ich dazwischengesteckt habe, mit der Wurzel aus dem Boden gezogen; und die Kürbisse – zehn Menschen können um einen herumstehen."

„Erstaunliches Land!" sagte Harper, „dann ist aber wohl alles großartig darin, denn die Moskitos und die Holzböcke sind noch gar nicht dagewesen."

„Alles großartig?" fragte Bahrens, jetzt ganz auf seinem Steckenpferd, mit dem Lande zu prahlen, in dem er lebte. „Alles großartig? Das will ich meinen; die Moskitos fliegen in heißen Sommertagen so dick, daß sie oft durch den Schweiß zusammenkleben und klumpenweise aus der Luft herunterfallen. Die Holzböcke hab' ich mit meinen eigenen Augen beobachtet, wie sie mit den Vorderbeinen sich an irgendeinem Stück Holz aufrichteten und nach den Kuhglocken horchten, und die Flöhe gehen abends ordentlich zu Wasser an den Fluß, wie anderes Viehzeug auch. Und was für Flüsse haben wir! Der Herr sei uns gnädig – die See drängen sie mit aller Gewalt ein ganzes Stück Weges zurück, wenn sie hineinkommen."

„Sie kommen aber nicht hinein", meinte Harper.

„Kommen nicht hinein? Wo gehen sie denn hin?" fragte Bahrens entrüstet, „sie verschwitzen sich wohl, he? Wo läuft denn der Petite-Jeanne hin?"

„In den Arkansas."

„Nun, und der Arkansas?"

„In den Mississippi."

„Und der Mississippi?"

„In den Golf von Mexiko."

„Als ob das nicht alles eins wäre. – Da nehmen Sie einmal den südlichen Teil von Missouri. Ist schon jemand im südlichen Teil gewesen?"

„Wahrscheinlich wir alle", erwiderte Roberts.

„Auch am Elevenpointsriver oben? – Gentlemen, ich will nicht übertreiben, aber dort war's so felsig, daß wir die Schafe bei den Hinterbeinen einzeln aufheben mußten, damit sie nur zwischen den scharfen Steinen das bißchen Gras herausholen konnten; die Wölfe wurden so mager, und schwach, daß sie sich an einen Baum lehnten, wenn sie heulen wollten. Nun seh' einer den Unterschied zwischen Missouri und Arkansas. Was fingen wir zum Beispiel im Winter an, wo wir nichts für das arme Viehzeug zu fressen hatten? Nun? Raten Sie einmal."

„Ließt es doch wohl im Walde herumlaufen?" fragte Curtis.

„Was hätte ihm denn das für Nutzen gebracht, das möcht' ich wissen? Der Boden war ja so dürr, daß nicht einmal Rinde an den Büschen und Bäumen wuchs – nein, ich verfiel auf ein ganz anderes Mittel. Ihr kennt Tom, Roberts, der später in aller Eile eine Geschäftsreise nach Texas machen mußte – ih – der große Tom, erinnert Euch doch nur, er war so lang, daß er jedesmal niederknien mußte, wenn er sich auf dem Kopfe kratzen wollte. – Gut, der war früher einmal, in Philadelphia glaub' ich, Mechanikus gewesen und hatte noch eine ganze Menge Handwerkszeug mitgebracht; der mußte mir eine Partie großer grüner Brillen anfertigen, die setzt' ich den Kühen auf, gab ihnen Hobelspäne zu fressen, und verdammt will ich sein, wenn sie's nicht für Gras fraßen und fett wurden."

„Gott sei uns gnädig!" rief Harper.

„Da haben wir's hier besser", fuhr Bahrens entzückt fort, „hier sitzen wir gewissermaßen im Moos drin, und die Jagd..."

„Hallo!" rief Harper jetzt dazwischen, „auf die laß' ich, was Missouri anbetrifft, nichts kommen. Die kann nirgends besser sein."

„Besser sein?" lachte Bahrens höhnisch, „besser? Wenn ein Bär hier nur drei Zoll Fett auf dem Rücken hat, heißt er mager, die Hirsche..."

„... fängt man bei den Beinen!" lachte Roberts. Bahrens sah ihn verwundert an, und Harper schnitt ein außerordentlich freundliches Gesicht.

„Nun, Roberts, das müßt Ihr selber sagen", fuhr Bahrens fort – „aber, Betsy, das Wasser kocht; nun brau das Getränk, mein Mädchen, du weißt, wie wir es gern haben – das müßt Ihr selber eingestehen, Roberts, im Jagen tut mir's hier keiner gleich. Kleines Wild schieß' ich gar nicht mehr, da hab' ich so meine eigenen Manieren, das zu fangen!"

„Wie bei uns die Jungen", sagte Harper, „die fangen auch die Kaninchen in Fallen."

„Fallen!" Bahrens lächelte verächtlich, „da braucht's auch noch Fallen dazu? Kommt nach Arkansas, wenn Ihr etwas lernen wollt. Liegt ein bißchen Schnee, dann geh' ich hinaus in den Wald, nur weit genug, daß ich das Haus nicht mehr sehen kann..."

„Das ist nicht weit", meinte Curtis.

„Gut – dort steck' ich kleine Stücke rote Rüben in den Schnee und streue Schnupftabak darauf – morgens liegen die Kaninchen tot daneben."

„Fressen sie denn den Schnupftabak?" fragte der Krämer verwundert.

„Fressen? Nein, sie riechen daran und niesen so stark, daß sie sich den Hals brechen."

„Bei dem Halsbrechen", sagte Harper, „fällt mir ein, wie ich's neulich mit einer Eule machte. Die Kanaille hatte mir drei Nächte hintereinander jede Nacht ein Huhn fortgeholt, und ich war immer vergebens hinausgeschlichen. Endlich, am vierten Tage, kommt sie morgens früh, es regnete ein wenig, ans Haus geflogen. Ich merkt' es gleich an den Hühnern, die flatterten so sonderbar hin und her. Schnell griff ich nach der Büchse und lief hinaus, fand auch bald, daß die Eule in einem kleinen, dichtbelaubten Hickory saß, ich konnte aber nur den Kopf von ihr sehen, und da ich sie nicht gleich totschießen, sondern den Hunden auch noch einen Spaß lassen wollte, so ging ich im Kreise herum, um eine passende Stelle zum Schießen auszusuchen. Überall waren aber die Blätter gleich dicht, und die Eule guckte mich indessen mit ihren großen rollenden Glotzaugen fest an. Dreimal war ich auf die Art, mit der Büchse im Anschlag, um den Baum herumgegangen, als auf einmal etwas in den Zweigen raschelte und die Eule herunterkam. Hol' mich der Böse, wenn sie sich nicht dadurch, daß sie mich immer im Auge behielt, ganz in Gedanken den Kopf abgedreht hatte."

„Das ist keine Kunst!" rief Bahrens, der nicht daran dachte, die Wahrheit der Erzählung zu bezweifeln. „Wie ich noch ein junger Bursche war, konnt' ich's mit jedem Truthahn im Rennen aufnehmen, und wenn er zu fliegen anfing und stieg nicht zu hoch, so hatt' ich ihn gewiß."

„Was das Laufen anbetrifft", – meinte Harper, „so hätt' ich gewünscht, daß Sie meinen Bruder gesehen hätten, wenn er hinter Rebhühnern her war!"

„Sie wollen uns doch wohl nicht etwa hier erzählen, daß er Rebhühner im Fliegen gefangen hätte!" rief Bahrens erschrocken aufspringend.

„Nein", sagte Harper, „das nicht, aber verdammt will ich sein, wenn er ihnen nicht bei jedem Sprung eine Handvoll Federn aus dem Schwanze riß."

„Gentlemen, hier kommt der Stew! Gott segne es, Betsy, Sie haben ihn stark gemacht!" rief Roberts. „Nein, ich danke, kein Wasser mehr drunter, das nimmt ihm den würzigen Geruch, es muß mitgekocht werden. Aber, Bahrens, Ihr hattet wahrhaftig recht – das Bärenfett schmeckt ausgezeichnet darin; so etwas Mildes und doch so feurig!"

Das Gespräch wurde jetzt für einen Augenblick unterbrochen, und die Männer gaben sich ganz dem Genuß des Getränkes hin. Endlich brach Curtis das feierliche Schweigen und sagte schmunzelnd:

„Mrs. Roberts und Mr. Rowson sollten nur den gestrengen Herrn Roberts hier sitzen und Whisky-Stew trinken sehen, die würden schöne Gesichter schneiden."

Roberts, der schon beim dritten Glase war und anfing warm zu werden, setzte ab und rief aus:

„Mr. Rowson mag... Jedenfalls weiß ich, daß er mir in nichts hineinschwatzen soll, was mich angeht! Mit meiner Frau und Tochter mag er's machen, wie er will, oder – wie die wollen vielmehr."

„Ich glaube, die wollen ziemlich, wie er will", sagte Curtis.

„Leider Gottes – der glatte, geschmeidige Schleicher ist mir von jeher ein Dorn im Auge gewesen – schimpft immer auf die Römisch-katholischen – hol's der Henker, wenn ich glaube, daß er um eine Prise Schnupftabak besser ist!"

„Der Rowson ist wohl höllisch in das Mädchen, in Eure Tochter, verschossen?" fragte Curtis.

„Nun natürlich – in vier Wochen wollen sie zum Friedensrichter und halbpart machen – mir recht!"

„Hört, Roberts, ich war auch einmal unmenschlich verliebt", sagte Bahrens schmunzelnd. „Es war ein Mädchen aus der Stadt – aus Saint Louis. Ich handelte damals mit den Osagen oben, nach dem Missouri- und Yellowstoneriver hinauf, und lagerte etwa drei Meilen westlich von der Stadt. Wollt Ihr's wohl glauben? Alle drei Tage bekam ich einen großen Brief, in dem gewiß von lauter Liebe und Treue geschrieben stand. Nur schade, daß ich es selbst nicht lesen konnte, und die Indianer, mit denen ich zusammen lebte, wußten an einem Brief nicht das Inwendige vom Auswendigen zu unterscheiden. Eine Liebesglut muß aber in den Dingern gesteckt haben, das war fürchterlich – ich band sie zusammen und schob sie, als ich fortging, in einen ledernen Beutel, und wie ich nach Hause kam und machte ihn wieder auf, hatt' ich weiter nichts als Asche drin."

„Aber, Leute, ich dächte, wir gingen zu Bett!" rief der Krämer gähnend, „morgen früh müssen wir doch mit der ersten Dämmerung aufbrechen, und mir ist's fast, als ob ich müde würde."

„Ja, 's wird spät", sagte Roberts, der vor die Tür getreten war und nach den Sternen sah, „es muß schon zehn Uhr vorbei sein."

„Nur noch einen Augenblick!" wandte Harper mit schon etwas schwerer Zunge ein; „da wir gerade von Liebe sprechen, so fällt mir da eine Geschichte von meinem Bruder ein, wie er noch ein junger Bursche war. Den hättet Ihr kennen sollen – ein verfluchter Kerl; achtzehn Jahre alt, und schon drei Mädchen die Ehe versprochen. Kommt auch in Philadelphia zu einem Quäker, und das ist sonderbarerweise gerade der Bruder des einen Mädchens. Der erkennt ihn, ist aber ganz freundlich und lädt ihn ein, bei ihm zu Tische zu bleiben; doch nach dem Essen steht er auf, schützt einige Geschäfte vor und verläßt das Haus, um die Constabler zu holen und meinen Bruder einstecken zu lassen. Was meint Ihr aber, was er fand, als er wieder nach Hause kam?"

„Nun, Euer Bruder hatte sich wahrscheinlich aus dem Staube gemacht!"

„Ja – aber nicht allein, er war mit des Quäkers Frau durchgegangen."

„Nee, kann der Mensch lügen!" flüsterte Bahrens heimlich Curtis zu, der neben ihm stand.

„Also zu Bett jetzt! Wo werden wir denn schlafen, Bahrens?"

„Ja, das müssen wir einteilen. Drei Betten sind nur da, eins müssen die Mädchen behalten, eins ich und meine Alte, und das dritte sollte dann wohl den Ältesten bleiben, also Roberts und Mr. Harper – Mr. Harper wird nach all den Geschichten recht gut schlafen –, und die anderen drei Gentlemen, Curtis, Mr. Hartford und Assowaum, nun für die finden sich Felle genug. So, das ist brav, Betsy, mach ihnen das Lager zurecht, und morgen brechen wir mit dem frühesten auf."

Assowaum, der den ganzen Abend keine Silbe gesagt, sich bei den Erzählungen der beiden Männer aber sehr amüsiert zu haben schien und dem Whisky später keineswegs unbedeutend zugesprochen hatte, rollte sich jetzt ebenfalls in seine Decke. Als er aber nach dem Platz, wo er sich niederlegen wollte, ging und dicht an der Kaminecke, nahe beim Feuer vorbeikam, stolperte er und wäre beinahe gefallen.

„Hallo, Indianer!" sagte Harper lachend, „hast du zuviel Whisky im Kopf? Das ist nicht gut."

„Ist nicht gut, von irgend etwas zuviel", sagte der Befiederte Pfeil, indem er sich lang ausstreckte, und einen dort liegenden Klotz unter seinen Kopf schob. „Zuviel Whisky aber ist gerade genug!"

Und mit dieser philosophischen Bemerkung legte er sich auf die Seite und war auch schon in wenigen Minuten eingeschlafen.

„Gebt Ihr irgendeiner besonderen Stelle des Bettes den Vorzug, Roberts?“ fragte Harper, als sie sich entkleidet hatten.

„Nein“, sagte dieser in aller Unschuld.

„Nun, dann mögt Ihr Euch drunter legen“, meinte Harper lachend, indem er unter die darauf ausgebreiteten gegerbten Hirschhäute kroch.

Roberts schien aber doch mit dieser Stelle nicht ganz einverstanden, denn er lag bald an Harpers Seite, und in kurzer Zeit war weiter nichts als das leise Knistern des Feuers und das tiefe, regelmäßige Atmen der Schlafenden zu hören.

Die Nacht ging ruhig und ungestört vorüber; einmal ausgenommen, als Curtis aufsprang und mit wildem Fluchen sämtliche Hunde hinaustrieb. Diese hatten sich nämlich, einer nach dem andern, hereingeschlichen und sich auf und neben die am Boden ausgestreckten Jäger gelagert.

8. Ein Morgen in der Blockhütte – Die Blutspuren – Assowaum taucht nach dem Toten

Auf den dichtbelaubten Pfirsichbäumen, die das Blockhaus umstanden, krähten die Hähne und verkündeten den nahenden Morgen, draußen im Walde antworteten die wilden Welschhühner, und im Osten begannen die Sterne zu erbleichen. Da erhoben sich in der Hütte die drei Frauen, Mrs. Bahrens mit ihren beiden Töchtern, vom Lager, um sich in dem Raum, den sie mit so vielen Fremden teilen mußten, anzukleiden, ehe es heller wurde. Vorsichtig schritten sie dann über die am Feuer Lagernden hinweg und bliesen die verglimmende Glut wieder zu lebendigerem Feuer an. Bald loderte auch, von hellflackernden Kienspänen genährt, eine wärmende Flamme empor, die große blecherne Kaffeekanne wurde auf Holzscheite gestellt und schnell angerührter Brotteig flach geschlagen und auf eiserne Deckel vor die Glut gestellt.

„Ich hab' es dem Vater nun wohl fünfzigmal gesagt“, brummte die Frau, als sie die gebrannten Kaffeebohnen in einen Blechbecher tat und auf dem Herdstein mit dem Griff des Tomahawks zerstieß, „er sollte mir von Morrisons Bluff oder Little Rock eine Kaffeemühle mitbringen, aber nein – Gott bewahre. An seine Jagdgerätschaften denkt er, doch wenn's einmal etwas für mich ist, da kann ich's wer weiß wie viele Male sagen. Gestern war er wieder drüben im Laden, den Whiskykrug, den vergaß er nicht, o nein – aber die Kaffeemühle...“

„Brumme nicht, Alte!“ rief Bahrens aus dem Bett herüber, „nicht räsonieren!“ –

„Ach, es ist wahr!“

„Nein, es ist nicht wahr – greif einmal dort in die Ecke, wo das Salzfäßchen steht – mehr rechts – so – wie heißt das Ding?“

„Ei, meiner Seele eine Kaffeemühle, und da läßt du mich hier in einem fort stoßen!“

„Wenn ich die Augen zu habe, kann ich doch wohl nicht sehen, was du machst?“

„Hört einmal, Roberts", sagte Harper jetzt und setzte sich im Bett auf, „mit Euch zu schlafen ist wahrhaftig eine Kunst - Ihr seid gar nicht unverschämt."

„Nun, Ihr werdet mir doch wohl die Hälfte vom Bett zugestehen!" murmelte Roberts, noch halb schlaftrunken.

„Allerdings", erwiderte Harper, „aber nicht aus der Mitte heraus, daß ich an beiden Seiten liegen muß, um mein Teil zu haben - das ist gegen alles Völkerrecht."

„Allons, Boys - get up! get up!" rief nun der alte Bahrens, der an den Kamin getreten war und die Whiskyflasche hoch emporhielt. „Hier ist ein Magenstärker - wer will sein Bitteres?"

Das tat seine Wirkung, alles sprang auf die Füße, nur der Yankeekrämer lag noch und schnarchte, als ob im ganzen Haus Totenstille herrschte. Curtis bearbeitete seine Rippen lange vergebens und behauptete zuletzt fluchend, der Bursche sei so lang, daß man ihn nur stückweise wecken könne. Als die Sonne ihre ersten Strahlen durch die feurig erglühenden Baumwipfel sandte, saßen die Männer um den Frühstückstisch herum, während die Mädchen draußen die Pferde fütterten und Schweine und Hühner von den Trögen scheuchten.

„Aber sagt einmal, Bahrens", fragte Roberts während der Mahlzeit, „was wird denn jetzt aus unserer Schweinejagd? Wenn wir dem Mord nachspüren wollen, müssen wir die Schweine laufen lassen, und da wird meine Alte schön brummen."

„Nun, Ihr könnt ja ein andermal wieder herüberkommen; überdies glaub' ich, daß wir sie ziemlich alle, die natürlich ausgenommen, die von den Bären gefressen sind, etwa zwei Meilen weiter den Fluß hinunter antreffen werden. Ich habe vorgestern eine Menge mit Eurem Zeichen bemerkt, und apropos - auch die Sau, die Eurem Vater gehört, Curtis, der der Bär das Stück Fett aus dem Nacken gebissen hat."

„Was, die lebt noch?"

„Ja, und hat elf allerliebste Ferkel bei sich."

„Den Teufel auch!" rief Curtis. „Hört, Bahrens, haltet reinen Mund darüber. Ich sprach noch vorgestern mit dem Alten über die Sau, und er hält sie für tot. Die kauf' ich ihm ab, 'wie sie im Walde läuft', das heißt, auf Finden und Nichtfinden. Für einen Silberdollar bekomme ich sie, und dann treib' ich sie heim."

„Auch nicht übel!" Harper lachte, „jetzt will der seinen eigenen Vater betrügen."

„Das ist doch kein Betrug!" verteidigte ihn der Krämer. „Wer auf ehrliche Weise einen Dollar verdienen kann, betrügt niemanden. Sein Vater ist ja nicht verpflichtet, ihm die Sau zu verkaufen."

„Das wäre auch das letzte, was ein Yankee verdammen würde", sagte Bahrens, der ruhig zugehört hatte. „Aber jetzt fort, Boys - die Sonne ist auf, und wir dürfen keine Zeit verlieren. Ist es wirklich ein Mord, der da verübt wurde, so wär's jetzt vielleicht noch möglich, die Täter einzuholen; ich glaube aber noch immer, Ihr habt Euch geirrt. Erstlich bin ich gestern morgen dort vorbeigeritten, und dann muß Mr. Brown dieselbe Richtung gekommen sein."

„Brown?" fragte Harper schnell, „Brown? Wie geriet denn der in diese Gegend? Er wollte ja nach Morrisons Bluff hinüber."

„Das sagte er auch, und wenn er geradeswegs vom Fourche la fave kam, so war das freilich hier ein Umweg. – Doch fort – fort. Mittags können wir wahrscheinlich wieder zu Hause sein."

Die Jäger nahmen jetzt von den Frauen Abschied, ritten durch die untere Furt, wobei sich Assowaum hinter Harper aufsetzte, und fort ging's in scharfem Trab der Stelle zu, wo sie gestern die verdächtigen Zeichen gefunden hatten.

„Halt! Dort ist der Platz!" rief der Indianer und sprang vom Pferd, „wir dürfen nicht weiterreiten, damit wir den Boden nicht mehr zerstampfen, als nötig ist."

Die Reiter stiegen schnell ab und befestigten die Pferde an niederhängenden schwankenden Weinreben, daß sie die Zügel nicht zerreißen konnten. Assowaum aber schritt voran der Spur nach, die auf dem weichen Boden eingedrückt war. Er beugte sich aufmerksam nieder und untersuchte genau jedes liegende Blatt, jeden Grashalm, stand dann wieder auf und schritt leichten Ganges neben den Spuren bis dorthin, wo das erste Blut sichtbar wurde. Kaum aber hatte er sich hier umgesehen, als er ein lautes, tiefes „Wah!" ausstieß, das schnell die Jäger um ihn sammelte. Er wies auf die Umgebung, und die Greueltat ließ sich nicht mehr verkennen.

Der Platz lag gerade am Fuße einer umgestürzten Fichte, aus deren Wurzelhöhlung ein dichtes Gewirr von Brombeersträuchern und dornigen Schlingpflanzen aufgewachsen war. Ein Pferd hatte dieses kleine Dickicht umgehen wollen, die Hufspuren führten halb herum, als irgend etwas, wahrscheinlich das mörderische Blei, den Reiter aufgehalten haben mußte. Dort lag das erste Blut; aber der Unglückliche war noch nicht gestürzt, das Pferd hatte einen Sprung gemacht.

„Die Kugel muß das Pferd getroffen haben", meinte Roberts, „sonst wäre der Reiter doch wohl heruntergefallen?"

Assowaum wies schweigend auf einen nahebei stehenden Hickorybaum, an dessen hellgrauer Rinde, wohl acht bis neun Fuß vom Boden, deutliche Blutspuren sichtbar waren.

„Wahrhaftig!" rief Harper entsetzt, „an den Hickory ist er mit dem Kopf geschlagen, und hier ist auch die Stelle, wo er stürzte."

Der Boden war dort von vielen Fußtritten zerstampft, der Ermordete mußte sich augenscheinlich gewehrt haben, und einzelne Zweige zeigten, wo er sich mit letzter, verzweifelter Kraft an sie geklammert und die Blätter abgestreift hatte. Dort war er auf ein Knie niedergesunken – dickes, dunkles Blut bedeckte an dieser Stelle den Boden – und nie wieder aufgestanden. Doch ja, dort war Blut gegen den Stamm einer Zypresse gespritzt. Unter diesem Baum war auch die Leiche eine Zeitlang liegengeblieben; die Lage, mit dem Rücken über die scharfe Wurzel gekrümmt, hätte kein Lebender ausgehalten.

Die Männer starrten schweigend und schaudernd auf diese schrecklichen Zeichen des Mordes; denn Mord war es, ein Kampf hatte nicht stattgefunden, höchstens eine verzweifelte Verteidigung. Der Tote war von seinem Pferde herabgeschossen oder -gezerrt und erschlagen.

„Kommt!" sagte Assowaum und folgte jetzt der Spur bis zum Ufer des Flusses, vorsichtig dabei im Gehen jede Spur untersuchend. „Zwei haben ihn getragen."

„Das fanden wir gestern schon – die Zeichen gehen bis an die Uferbank."

„Hier hat er gelegen, und zwei haben hier gestanden – was ist das? Da ist ein Messer – blutig."

„Ein Federmesser, beim ewigen Gott – mit dem können sie den Menschen doch nicht umgebracht haben?“

„Zeigt mir einmal das Messer“, sagte Roberts, die Hand danach ausstreckend, „vielleicht erkenn' ich es.“

Harper beugte sich vor, und beide beschauten es genau, endlich meinte Roberts kopfschüttelnd:

„Habe das Ding nie gesehen – ist noch neu.“

Harper erkannte es ebenfalls nicht, auch den übrigen Männern war es fremd.

„Ich will es an mich nehmen“, sagte Roberts endlich, „vielleicht kommen wir dadurch auf eine Spur, doch das Blut wasch' ich ab. Es sieht gar zu schrecklich aus.“

„A-tia“, rief Assowaum jetzt und zeigte auf eine frisch aufgegrabene Stelle im Busch, nicht weit von dort entfernt, wo die Leiche gelegen hatte, „was ist das da?“

„Dort haben sie den Körper begraben“, rief der Krämer.

„Nein, bewahre“, sagte Curtis, der hinzugetreten war, „das Loch ist ja kaum groß genug, ein Opossum darin zu verscharren, viel weniger einen Menschen. Aber gegraben ist hier, und zwar mit einem breiten Messer; doch ist die Erde, die hier herausgenommen wurde, nicht mehr da; wozu können sie nur die Erde gebraucht haben?“

Assowaum betrachtete genau die Stelle zwischen dem Ort, wo die Leiche gelegen hatte, und der kleinen Grube, dann sagte er, sich aufrichtend:

„Wenn sich die Luft in den Kleidern fängt, schwimmt ein Körper manchmal und bleibt an irgendeinem vorragenden Busch oder Baum hängen – ist der Körper aber mit Erde gefüllt, so sinkt er unter.“

„Schrecklich! Schrecklich!“ rief Roberts, „dazu also das kleine Messer – die Leiche wurde aufgeschnitten. Gentlemen, das ist eine fürchterliche Tat. Wer mag nur der Unglückliche sein?“

„Die Flut verbirgt das“, erwiderte Harper dumpf, „wer weiß, ob es je an den Tag kommt. Aber – was macht der Indianer? Was willst du tun, Assowaum?“

„Ein Seil machen und tauchen“, sagte dieser, indem er von einem nicht sehr entfernt stehenden kleinen Papaobaum die Rinde abschälte und zusammenknüpfte.

„Tauchen? Nach der Leiche?“ fragte Roberts entsetzt.

„Jau e-mau“, flüsterte der Indianer, mit der Hand auf das Wasser zeigend, „er ist da!“ und dabei warf er Jagdhemd, Leggins und Mokassins ab und wollte eben in das Wasser springen.

„Halt!“ sagte der Krämer, der indessen diese Vorbereitungen mit großer Aufmerksamkeit beobachtet hatte und jetzt begriff, was Assowaum beabsichtigte. „Wenn Ihr das Seil um die Leiche binden wollt, so dauert es zu lange – hier ist ein Fischhaken.“ Dabei nahm er ein kleines Paket aus der Tasche, das alle möglichen Arten von Angelhaken enthielt, woraus er einen der größten dem Indianer reichte.

„Das ist gut“, rief dieser freudig, befestigte den Haken schnell an der zähen Papaorinde, schaute noch einmal auf die Stelle zurück, wo der Leichnam den Fluten übergeben worden war und verschwand im nächsten Augenblick an der Schreckensstelle.

Totenstille herrschte mehrere Sekunden lang. Die Flut hatte sich schon wieder gänzlich über dem darin untergetauchten Assowaum beruhigt, denn der Fluß war hier ziemlich tief, und nur schnell nacheinander aufsteigende Luftblasen verrieten die Stelle, wo er sich befand. Da tauchte das schwarze glänzende Haar empor, und gleich darauf hob sich der Kopf des Indianers über dem Wasser. Er schöpfte tief Atem und kletterte die steile Bank hinauf, hielt den Haken aber noch immer in der Hand.

„Und die Leiche?“ fragte Roberts.

„Ich habe sie gefühlt“, war die Antwort Assowaums, „meine Hand hat sie berührt, als ich danach suchte. Das Wasser hob mich aber zu schnell wieder – sie ist noch unten!“

„Will einer der Weißen mir einen Stein holen?“ fragte er dann, indem er sich erschöpft unter einen Baum warf, „ich bin matt und möchte ruhen!“

„Willst du denn noch einmal hinunter?“ rief Harper erstaunt. Der Indianer nickte nur, Hartford aber lief schnell nach der nicht sehr weit entfernten Kiesbank und brachte von hier aus einen ziemlich gewichtigen Stein angeschleppt, um den Curtis sogleich ein kurzes Seil schlang und eine Schlinge daran befestigte.

„So, Indian“, sagte er dann, „wenn du das auf diese Art an dein linkes Handgelenk hängst, so nimmt's dich hinunter, und willst du wieder nach oben, so brauchst du es nur abzustreifen – siehst du, so!“

Der Indianer bedurfte keiner großen Belehrung, er befolgte den Rat des Krämers, ließ aber diesmal das Ende der aus Rinde gedrehten Schnur in Curtis' Hand zurück und nahm nur den Fischhaken in die Rechte, dabei wohl darauf achtend, daß er sich nicht verwickeln konnte, glitt jetzt an der steilen Lehmwand hinunter und tauchte zum zweiten Male in den Fluß.

Diesmal dauerte sein Aufenthalt unter dem Wasser länger als das vorige Mal, denn er war des schweren Steines wegen genötigt gewesen, langsam auf dem Grunde fortzuschreiten und mit dem Fuß nach dem Gegenstande seines Suchens zu fühlen. Endlich zuckte es an der Schnur, die den Haken hielt, viele Schaumblasen quollen empor, und wiederum erschien der dunkle Kopf des Indianers, der schnell an das Ufer schwamm, dem Wasser entstieg und schaudernd zurückblickte.

„Die Schnur ist befestigt“, rief Curtis, der das Ende in der Hand hielt, „Assowaum hat den Leichnam gefunden!“

Während der Indianer jetzt schweigend auf die Wasserfläche hinaussah, zogen die Männer oben auf der Uferbank langsam und vorsichtig die Schnur an, daß sie nicht zerreiße. Der Körper, in dessen Kleidern der Haken befestigt war, hob sich dadurch, und bald war ein dunkler Gegenstand im Wasser sichtbar. Die Flut teilte sich und wich, wie schaudernd vor der unheimlichen Last, zurück, und im nächsten Augenblick ergriff Assowaum die Schulter der Leiche und zog sie aufs Trockene. Die Männer waren hinabgesprungen, und als der Indianer den Körper umwandte, ertönte ein Schreckensschrei. Einstimmig riefen die Jäger:

„Heathcott!“

„Heathcott“, wiederholte Harper leise.

Mehrere Minuten lang standen die Männer schweigend da und betrachteten mit entsetzten Blicken das fürchterliche Schauspiel. Der Leib des Unglücklichen war aufgeschnitten und mit Erde und Steinen gefüllt; an der Stirn klaffte eine breite Wunde, die Kugel schien aber durch die Brust gegangen. Roberts beugte sich zur Leiche nieder und untersuchte den Einschuß.

„Wie viele Kugeln schießt Browns Büchse?“ fragte er leise, als ob er sich scheue, den Namen des jungen Mannes vor dem Toten auszusprechen.

„Dreißig“, flüsterte Harper zurück. Roberts wies schweigend auf das Loch, das die Kugel in die Brust des Toten gerissen.

„Haltet ihr ihn für schuldig?“ fragte Harper jetzt, scheu den Blick im Kreis umherwendend.

„Schuldig? Nein, bei Gott nicht“, rief Curtis; „kein Geschworenengericht in ganz Arkansas würde ihn schuldig sprechen, nachdem er da, wie ich von Smith gehört, solche Drohungen gegen ihn ausgestoßen. – Ich hätt' ihn auch erschossen. Leid tut mir's, wenn ich den kräftigen Burschen da so liegen sehe, daß er sein Leben auf solche Art vergeudete, wo er ein nützlicher Bürger im Staate hätte werden können; aber Pest und Tod! Wenn solche Gesellen, die dafür bekannt sind, daß sie bei Raufereien und Totschlägen ihr Wort halten, mit klaren Worten sagen, sie wollten irgendeinen, wo sie ihn zuerst wieder träfen, über den Haufen schießen, so verdienen sie weiter nichts als eine Kugel – das ist meine Meinung. Nur – das – das Bauchaufschlitzen hätte er können sein lassen – die Aasgeier würden das ebensogut und noch schneller beendet haben; seht nur, wie sie schon in Scharen herbeikommen. – Diesmal habt ihr euch aber geirrt. Wir müssen doch wohl darüber Meldung machen, oder sollen wir ihn liegenlassen?“

„Nein, auf keinen Fall“, sagte Roberts, „das dürfen wir nicht; am besten wird's sein, wir decken ihn hier mit Zweigen zu und melden es dem Friedensrichter; der mag seinen Constabler danach schicken. Ich will mich nicht weiter damit befassen. Was sucht Ihr, Hartford?“

Der Krämer war niedergekniet und durchsuchte sehr sorgfältig das lederne Jagdhemd des Toten.

„Der Mann hier“, sprach er, endlich aufstehend, sehr ernst, „trug in der ledernen Tasche, die Ihr da seht – vierhundertsiebzig Dollar in Banknoten, alle so gut wie Silber, bei sich; ich habe sie gestern morgen in Bowitts Hause selbst gesehen, und verloren kann er sie nicht haben, denn der Knopf dort an der Tasche geht schwer auf – die Tasche ist von jemandem geöffnet und das – Geld – herausgenommen worden.“

„Wer wagt es hier zu sagen, daß mein Neffe einen Toten beraubt habe?“ schrie der alte Harper, während Leichenblässe sein Gesicht überzog, und sprang, das Messer aus der Scheide reißend, in die Höhe. „Wer nennt meinen Bill einen Dieb?“

„Haltet ein, Harper“, sagte Roberts freundlich, ihm die Hand beruhigend auf den Arm legend, „wir haben alle Ursache zu glauben, daß Brown Heathcott erschoß. Das Geld kann ein anderer genommen haben – es waren ihrer zwei bei dem Werke.“

„Wer aber sollte noch bei ihm gewesen sein?“

„Das weiß nur Gott – nicht wir; aber hier sind die Fußspuren von zwei Männern, eine von Stiefeln, die andere von Schuhen, das ist augenscheinlich, und wenn Brown das Rachewerk verübte, so kann der andere leicht Gelegenheit gefunden haben, das Geld für sich in Sicherheit zu bringen.“

„Brown würde das nie zugelassen haben.“

„Wenn er's gesehen hätte; aber das bleibt sich gleich. Das Geld war da, denn vor meinem Hause erwähnte er, daß er eine Summe für drei Pferde bei sich trage. Brown hörte das zwar, ich halte jedoch den jungen Mann für rechtlich, und, wie gesagt, wer kennt den, der ihm half?“

„Das ist schrecklich!“ rief Harper, indem er das Gesicht mit den Händen bedeckte. Assowaum saß sinnend, mit untergeschlagenen Füßen, das Kinn in die linke Hand, den Ellbogen auf das Knie gestützt, am Fuße eines Baumes.

„So laßt uns unser Werk beginnen“, sagte Curtis, indem er anfing, Zweige herbeizuschleppen. „Mich schaudert's in dieser Nachbarschaft, und ich möchte keine Stunde länger neben dem unheimlichen Anblick da zubringen.“

„Recht so, Curtis“, sagte Roberts, indem er ihm half, einen schweren heruntergebrochenen Ast zur Leiche hinzuschleppen. „Noch ein paar solche Stücke wie dieses hier, und dann ordentlich Zweige darüber, so werden die Raben und Geier den Platz schon eine Weile in Ruhe lassen, Wölfe kommen überdies am Tage nicht her.“

Curtis, Roberts und Hartford beendeten bald das einstweilige Grab des Gemordeten, indem sie mit ihren schweren Jagdmessern eine hinlängliche Menge Zweige abhieben und davon ein Dach bildeten, Harper und Assowaum aber blieben dabei untätig. Endlich war die traurige Pflicht erfüllt, und die Männer rüsteten sich zum Aufbruch.

Harper folgte ihnen zwar, als sie den Platz verließen, aber die Kraft des alten Mannes schien gebrochen. Er klagte nicht, doch zeigten das bleiche Gesicht, der stiere Blick nur zu deutlich, was in seinem Innern vorging. Daß Brown den Mord begangen hatte, daran zweifelte selbst er keinen Augenblick; das hätte ihm aber auch in den Augen der Welt, wenigstens in Arkansas, nicht zur Schande gereicht; doch das Geld – das Geld – es war entsetzlich! Er kannte die Menschen, die nur zu geneigt sind, von jedem das Schlimmste zu denken, selbst da, wo das Schlimmste nicht solch überzeugende Beweise für sich hatte, und hier, wo sogar der Unbefangene schwankend werden mußte – es war fürchterlich. Er stieg in den Sattel und überließ das Pferd, das langsam den anderen folgte, sich selbst, achtete nicht einmal darauf, daß der Indianer in seiner sinnenden Stellung am Fuße des Baumes verharrte.

Assowaum blieb noch längere Zeit, als jene schon alle im Dickicht verschwunden waren, sitzen und starrte träumend vor sich nieder, dann aber, als auch der letzte Schall der Hufe, das letzte Kläffen der Hunde verhallt war, erhob er sich leise und begann von neuem seine Untersuchung der Fährten und Zeichen. An dem Stiel seines Tomahawks vermerkte er mit dem kleinen Messer, das er im Gürtel trug, die genaue Länge und Breite der Fußstapfen, schulterte dann, nachdem er sich überzeugt hatte, daß nichts seiner Aufmerksamkeit entgangen war, die Büchse und verschwand in einer entgegengesetzten Richtung zu dem von den Jägern genommenen Weg in dem dichten Wald.

9. Das vierblättrige Kleeblatt verhandelt eine Geschäftssache – Rowsons gerechte Entrüstung über den Morg

Wir müssen den Leser zu dem Dickicht zurückführen, mit dem wir diese Erzählung eröffneten, und wo an demselben Morgen, an dem die Jäger am Petite-Jeanne den Leichnam aus dem Fluß zogen, die vier Verbündeten eintreffen und den Fortgang ihres Planes bereden wollten. Cotton und Weston waren die ersten auf dem Platz, Johnson und Rowson ließen aber ebenfalls nicht lange auf sich warten und wurden von den beiden anderen mit fröhlichem „Hurra" begrüßt.

„Pst – pst –" sagte Rowson beschwichtigend, „lärmt doch nicht, als ob ihr auf der Countystraße ständet und euch nichts daraus machtet, wer euch hört."

„Nun, ich mache mir auch nichts daraus", erwiderte Weston lachend, „was wäre denn dabei, wenn uns hier jemand zusammen träfe?"

„Für Euch freilich nichts – aber für mich. Meine Schwiegermutter ist eine gar fromme Frau und würde sich's wenig zur Ehre rechnen, wenn ich euch beide unter meine Bekanntschaft zählte."

„Eure Schwiegermutter?" fragte Cotton erstaunt; „nein, sagt Rowson, ist's denn wahr, was die Leute schwatzen? Gedenkt Ihr wirklich des alten Roberts' Tochter zu heiraten? Gehört hab' ich's schon, aber immer noch nicht glauben wollen."

„Und warum nicht, Mr. Cotton? Das ist der letzte Handel, den wir auf diese Art zusammen machen; ich will ein ehrlicher Mann werden."

„Zeit wär's, das ist richtig", spottete Cotton, „fast schon ein bißchen zu spät; aber Gott sei dem armen Mädchen gnädig!"

„Mr. Cotton, ich verbitte mir alle Anzüglichkeiten; in dieser Hinsicht verstehe ich keinen Spaß."

„Friede!" sagte Johnson; „wir sind nicht hierhergekommen, Eure alten Neckereien zu beginnen, der Zweck ist ernster; wie ist Eure Jagd abgelaufen, Cotton?"

„Vier Hirsche und ein Fuchs."

„Dem Fuchs hättet Ihr das Leben schenken können; und Eure, Weston?"

„Zwei Hirsche und drei Truthühner."

„Dann hab' ich am wenigsten", sagte Johnson, „eigentlich könnte ich aber eine Entschuldigung geltend machen. Ich fiel gestern morgen von einem der steilen Bergkämme herunter, das heißt, ein Stein gab nach, und ich rutschte, schlug mir auch dabei den ganzen Arm auf; das hat mich denn freilich sehr beim Jagen gehindert."

„Halt da – das ist einerlei", rief Weston, „da gälte es bei einem Pferderennen ja auch nicht, wenn eins der Pferde unterwegs lahm würde. Nein, gleichen Auslauf und eigenes Risiko."

„Wo habt ihr denn Eure Felle, he?" fragte ihn Johnson halb ärgerlich.

„Neben Cottons Hütte hängen sie. – Glaubt Ihr uns nicht, so kommt mit; ich dächte aber doch..."

„Ja, ja – es ist schon gut – war ja nur ein Scherz; also Rowson und ich beginnen den Tanz. Gott steh uns bei, was das für Leben in der Ansiedlung geben wird. Doch nur vierundzwanzig Stunden Vorsprung, und ganz Arkansas soll die Tiere nicht wiederfinden. Rowson hat einen vortrefflichen

Plan; vergeßt also den Platz nicht, über Hoswels Kanu, und Ihr, Weston, haltet Eure Pferde an dem Abend, wo Ihr uns erwartet, in der verfallenen Hütte am Horsecreek und macht dorthin so wenig Spuren wie möglich. Doch Ihr werdet das schon gescheit anfangen."

„Wo halt' ich mich denn indessen am besten auf?" fragte Cotton, „brachliegen möcht' ich gerade nicht. – Ih was, ich gehe zu Atkins hinüber, da kann ich ein wenig ausruhen."

„Dort in der Gegend ist auch genug Wild, an Fleisch wird's nicht fehlen", sagte Johnson.

„Und die Regulatoren?"

„Mögen zum Teufel gehen! Ehe sie den Braten riechen, ist's zu spät, und sie haben dann, mit all ihrer Weisheit, die beste Zeit versäumt. Freilich wird's nachher eine Zeitlang merkwürdig unruhig hier im County werden."

„Wenn mein Plan gelingt", sagte Rowson, „so werden uns die Regulatoren wenig anhaben können. Sie müssen auf die falsche Fährte kommen, und ist erst einer von den Hunden darauf gebracht, so zieht dessen Geheul die ganze klaffende Meute hintendrein. Es wäre ein Hauptspaß, wenn besonders der großsprecherische Husfield zum Narren gehalten würde."

„Nun, wir werden alle unser möglichstes tun – wann brecht Ihr denn auf?"

„Gleich", sagte Johnson, „je eher das erledigt wird, desto besser ist's. Die Regulatoren-Versammlungen fangen jetzt an, kommt also erst das ganze Land, durch die verdammten Halunken rebellisch gemacht, in Gärung, so möcht' es zu spät sein, auf ein vernünftiges Geschäft einzugehen."

„Ich muß auf jeden Fall vorher noch einmal zu Roberts", sagte Rowson, „und zwar gleich heute morgen – mache übrigens dabei auch gar keinen Umweg. Johnson kann indessen durch den Wald gehen, und wir treffen uns dann an den Quellen des Zypressenflüßchens, wo die Rotbuche steht."

„Also gehen wir zu Fuß?" fragte Johnson.

„Versteht sich", erwiderte Rowson, „das heißt – hinwärts, zurück schwerlich!"

„Nein, hoffentlich nicht", meinte Cotton lachend, „und nun, Boys, good-bye – ich will machen, daß ich fortkomme."

„Wann werdet ihr am bestimmten Platze eintreffen?" fragte Weston, „daß ich mich dort nicht gar zu lange mit den Pferden herumtreiben muß?"

„Nun, vor Freitagabend auf keinen Fall", erwiderte Rowson, „das heißt, wenn nichts dazwischenkommt. Finden wir am Donnerstagabend, denn eher können wir den Platz zu Fuß nicht erreichen, keine gute Gelegenheit, so dauert es freilich bis Sonnabend, ich hoffe aber, es wird alles gut gehen, und dann sind wir Freitagabend mit Sonnenuntergang am bestimmten Platz; auf baldiges – frohes Wiedersehen also!"

„Auf Wiedersehen!" riefen Cotton und Weston und verschwanden in den Büschen. Rowson blickte ihnen noch eine Weile nach und sagte dann kopfschüttelnd zu dem Gefährten:

„Johnson, dies muß das letztemal sein, daß wir mit dem Burschen, dem Cotton, etwas unternehmen. Auf der Insel wollen sie auch nichts mehr von ihm wissen, sie haben erfahren, daß er sich immer betrinkt und nachher allerlei tolles Zeug schwatzt und Händel sucht."

„Der Junge, der Weston, ist ebensowenig nach meinem Sinn", erwiderte Johnson, „ich glaube wahrhaftig, wenn dem das Feuer recht auf den Nägeln brennte, er würde aus der Schule schwatzen. Ich trau' ihm nicht."

„Wir wollen hoffen, daß seine Schweigsamkeit nie auf die Probe gestellt wird", sagte Rowson sehr ernst, „wer weiß, was wir alle in solchem Falle täten. Es hat etwas merkwürdig Verführerisches, sein eigenes Fell durch die Aufopferung von ein paar anderen in Sicherheit bringen zu können. Mit uns beiden ist es freilich etwas anderes, ich glaube nicht, daß uns State's evidence viel hälfe, und wo...

„Je weniger wir darüber sprechen, desto besser", unterbrach ihn Johnson ruhig, „aber wo lassen wir die Pferde?"

„Wieder bei Fulweals – Weston weiß es schon und holt sie dort ab."

„Gut – dann geh du jetzt zur Straße und folge ihr, ich halte mich im Walde – es ist besser, wenn wir nicht zusammen gesehen werden."

„Glück zu indessen!"

„Glück zu!"

Rowson ging zu seinem Pferd, schwang sich hinauf und trabte der Straße zu, auf der er dem Pferd die Zügel ließ, und scharf dahingaloppierte, bis er von fern das helle Dach der friedlichen Wohnung schimmern sah, in der seine Braut wohnte. Hier griff er dem Tier in die Zügel, näherte sich dem Haus in einem gemäßigten Schritt und stieg an der Tür ab. Wenn aber auch von Mrs. Roberts mit Freude, von Marion mit Freundlichkeit empfangen, hielt er sich doch nicht lange bei den Frauen auf, sondern verkündete ihnen, daß er nur gekommen sei, auf einige Tage Abschied zu nehmen. Teils zwinge ihn sein Beruf dazu, den nördlichen Teil des County ebenfalls zu bereisen und das Wort des Herrn zu lehren, teils auch nötigten ihn seine Geschäfte, an den Arkansasriver zu gehen, um dort eine Summe des erwarteten Geldes in Empfang zu nehmen.

„Bald, meine teure Marion", fuhr er fort, indem er die Hand des leicht erbleichenden Mädchens zärtlich in die seine nahm, „bald wird nun auch mein heißester Herzenswunsch erfüllt, und wir beide werden mit der Hilfe unseres Herrn Jesus Christus in Frieden unsere Wohnung mitsammen aufschlagen. Es ist nicht gut, daß der Mensch allein sei; das unstete Leben sagt auch meinem Körper nicht zu, das ewige Herumreiten zwingt mich oft einer Nachtherberge wegen Orte aufzusuchen, die ich sonst gern gemieden hätte."

„Die Männer von Arkansas", flüsterte Marion leise, „schlafen gern im Freien, Mr. Rowson hat das wohl noch nicht versucht?"

„Doch, liebe Marion, doch, aber es ist meiner Gesundheit nicht dienlich, ich bin über die Jünglingsjahre hinaus; warum Beschwerden aufsuchen, die man vermeiden kann? Aber lebe wohl, liebes Kind – der Himmel nehme dich indessen in seinen Schutz. Vorher nur wollen wir noch einmal inbrünstig zum Herrn beten, daß er unser schwaches Bemühen segne und uns gnädig sei."

Damit nahm er sein kleines, schwarz eingebundenes Gebetbüchlein, das er stets in seiner Tasche trug, hervor und begann mit lauter Stimme seine Andacht. Die Frauen knieten, der Methodistensitte gemäß, an ihren Stühlen nieder, und Marion schaute über die gefalteten Hände hinweg mit feuchten Augen zu dem klaren Himmel empor. Ihre Gedanken schweiften weit, weit fort, sie vernahm nicht die rauhe Stimme des Frömmlers, der an ihrer Seite seine monotonen, auswendig gelernten Phrasen mit demselben Gefühl vielleicht hersagte, wie der Spielmann sein tausendmal gespieltes Lied anhört.

„Reib die Pferde ein wenig ab, in einer Stunde muß ich wieder fort!" sagte indessen Roberts draußen zum Neger. „Kommt einen Augenblick herein, Harper, und ruht Euch aus – was wollt Ihr jetzt zu Hause? Kommt, ich bin selbst müde und sehne mich danach, einen Augenblick auszuruhen. Hallo – da ist wahrhaftig wieder Betstunde", fuhr er dann leise, zu dem Besucher gewendet, fort. „Hol der Teufel den Pfaffen! Wenn ein Mensch auch gar nichts anderes zu tun hat, als in einem fort auf den Knien herumzurutschen, ob denn damit dem lieben Gott wohl ein Gefallen geschehen mag? – Tom, hol uns ein paar Stühle aus dem Hause", rief er dann wieder in lauterem Ton dem Neger zu, der eben die Sättel von den Pferden nahm. Rowson hatte aber die Ankunft der beiden Männer gehört und brach sein Gebet ab, als der Neger eben in die Stube kam. Die Männer traten darauf ohne weitere Umstände ein.

„Guten Morgen!" sagte Harper, der bleich und elend aussah, seine Knie konnten kaum das Gewicht des Körpers tragen, er sank matt in einen Stuhl.

„Mr. Harper – um Gottes willen, was ist Ihnen?"

„Nichts – ich danke – es wird vorübergehen – ein Glas Wasser, wenn ich bitten darf."

Marion nahm den Flaschenkürbis, der im Wassereimer lag, und reichte ihn dem alten Mann.

„Es ist ein Mord verübt worden", sagte Roberts jetzt, indem er seinen Stuhl an den Kamin rückte und starr vor sich niedersah, „ein Mord – ein schrecklicher Mord – Heathcott ist erschlagen."

„Heathcott?" rief Rowson, ihn anstarrend. „Heathcott? Wer sagt das?"

„Ich habe die Leiche gesehen, Brown hat ihn erschlagen! Was ist dem Mädchen? Marion – Unsinn – was braucht sie ohnmächtig zu werden, wenn man von einem Mord spricht; es ist doch wahrlich nicht der erste, von dem sie hört." Harper war leise an ihn herangetreten.

„Erwähnt hier nichts von dem Geld", flüsterte er Roberts zu, „laßt uns erst sehen, ob wir nicht dem andern auf die Spur kommen."

„Habt keine Angst", erwiderte Roberts, „in diesem Punkt glaub' auch ich an Browns Unschuld."

Rowson hatte einen Augenblick, wie in tiefem Gebet versunken, dagestanden, jetzt aber hob er die Augen seufzend empor und sagte schaudernd:

„Es ist schrecklich – fürchterlich – so jung noch, und schon Mörder und Räuber."

„Räuber?" fuhr Harper wild auf.

„Äußerte Heathcott hier nicht, daß er eine bedeutende Summe mit sich trage? Glaubt Ihr, sein Mörder wird das Geld mit ihm begraben haben?" Marion sah mit ängstlicher Erwartung nach ihrem Vater hinüber, als ob sie dessen Antwort erwarte. Roberts schwieg und starrte schweigend in die im Kamin lodernde Flamme.

„Heathcott war ein sündiger Mensch", fuhr Rowson mit strenger Stimme fort, „aber so zu sterben, so in seinen Sünden hinzufahren, das ist schrecklich. Wo ist die schauderhafte Tat verübt, Mr. Roberts?"

„Am Petite-Jeanne, wir fanden die Spuren, und Assowaum holte die Leiche aus dem Fluß."

Der Prediger schwieg mehrere Minuten und blickte, in Gedanken versunken, vor sich nieder, dann erhob er sich plötzlich und fragte, die Augen auf Roberts geheftet:

„Aber woher wissen Sie, daß Brown der Mörder ist?"

„Er ist an demselben Morgen in jener Gegend gesehen worden", sagte Roberts seufzend, „es waren zwei, die den Mord verübten. Brown hatte ja auch am vorhergehenden Tage den Zank mit dem Ermordeten, der dabei wilde Drohungen gegen ihn ausstieß."

„Schändlich - schändlich", rief Rowson in frommer Entrüstung. „Ich will selbst an den Petite-Jeanne gehen, vielleicht kann man den Mörder noch einholen."

„Mr. Rowson - es war Ihrethalben, daß der unglückliche junge Mann den Streit mit Heathcott begann", sagte Marion ernst zu ihrem Bräutigam aufsehend. „Ihnen geziemte es am wenigsten, den Stab über ihn zu brechen."

„Marion!" rief die Mutter, entrüstet über die Kühnheit des sonst so sanften Mädchens, „Marion - was unterstehst du dich?"

„Lassen Sie das Kind, Schwester Roberts", erwiderte Rowson mild, „sie urteilt nach äußeren Eindrücken, wer kann es ihr verdenken? Gott nur sieht das Herz und versteht es zu prüfen."

„Würde Ihnen wenig helfen, meinen Neffen zu fangen", sagte Harper jetzt ärgerlich, „wir alle sind bereit, die Drohungen zu beschwören, die Heathcott hier gegen ihn ausgestoßen hat. Ein Geschworenengericht müßte und würde ihn freisprechen - überdies kommt er in acht Tagen zurück und wird sich selber verteidigen."

„Er kommt zurück?" fragte Rowson schnell.

„Gott sei da gedankt - dann ist er auch nicht schuldig!" rief Marion in der Freude ihres Herzens.

„Miß Marion scheint großen Anteil an dem jungen Mann zu nehmen", bemerkte Rowson.

„An jedem Unschuldigen!" sagte das schöne Mädchen, zu gleicher Zeit aber über den Eifer errötend, mit dem sie des fremden Mannes Sache vertreten hatte.

„Das ist schön und lobenswert", erwiderte freundlich der Prediger, „möge der Herr dich dafür segnen, mein gutes Kind, und dir deinen frommen Glauben erhalten. Du hast noch nicht solch bittere Erfahrungen gemacht wie wir - möge es auch nie geschehen!" Er trat darauf zu Mrs. Roberts und teilte ihr leise etwas mit, küßte dann seine Braut achtungsvoll auf die Stirn und folgte den beiden Männern, die sich nach kurzem Abschiedswort wieder in den Sattel geschwungen hatten, vor die Tür. Hier bestieg er sein kleines Pony und ritt langsam den breiten Weg hinauf, der zwischen den zwei Maisfeldern hin und auf einen schmaleren Pfad führte, welcher später nordwestlich, dem Arkansasfluß zu lief.

„Mutter", sagte Marion nach einer schmerzlichen Pause, als sie allein miteinander waren, „Mutter - ich kann den Mann nicht lieben. Mein Herz weiß nichts von einem Gefühl, das ich ihm am Altare heucheln müßte."

„Kind", rief die Matrone erschrocken, indem sie der Tochter Hand ergriff, „bete! Es hat nichts auf der Welt etwas so Erquickendes als ein inbrünstiges Gebet, wenn der Versucher naht. Du weißt, daß Mr. Rowson dein und mein Wort hat – du weißt, daß seine ganze Glückseligkeit davon abhängt, und an der Seite eines so frommen Mannes wirst auch du jenen Grad von Seelenreinheit erringen, der dir jetzt noch so gänzlich mangelt. Mr. Rowson hat, wie er mir eben vertraute, Hoffnung, seine Geschäfte noch vor der früher festgesetzten Zeit beendet zu sehen, und sobald das geschehen sein wird, ist die Hochzeit. – Sei mein gutes Kind, wie du es immer gewesen bist, und du wirst so glücklich werden, wie du es verdienst.“

10. Die Sheriffwahl in Pettyville – Die Verfolger sind auden Fährten

In Pettyville war Wahltag. Es sollten nämlich ein Sheriff und ein Clerk für das County ernannt werden, und einige Kandidaten hatten sich schon gemeldet. Der eine, ein wohlhabender Farmer aus der Nachbarschaft, Kowles mit Namen, hatte die Wähler mit einem Festessen, das er am vorigen 4. Juli, am Jahrestag der amerikanischen Unabhängigkeitserklärung gegeben, auf seine Seite zu bringen versucht. Auch jetzt noch trug er stets in der Tasche ein kleines Fläschchen mit Whisky, in der andern ein Stück Kautabak, und man sagte sich, daß er, wo nur die mindeste Hoffnung sei, eine Stimme zu erhalten, mit beidem sehr freigebig umgehe. Der zweite war ein Deutscher, aber schon ziemlich lange in Amerika, und hatte den Fluß weiter hinauf einen kleinen Kramladen, der dritte dagegen ein Farmer vom Arkansasfluß, der die Stelle schon einmal bekleidet, später jedoch nicht wiedergewählt war, da er den guten Leuten, die sonst in dieser Hinsicht wirklich sehr nachsichtig waren, doch etwas zuviel trank. „Dreimal in der Woche“, hatten mehrere geäußert, „ließen sie sich ein bißchen schräg' wohl gefallen, aber alle Tage, das sei zuviel.“ Jetzt sollte er sich übrigens gebessert haben und hatte sehr viele Stimmen für sich. Vattel war auch wirklich ein herzensguter Bursche, machte sehr gern einen Spaß mit, nahm nie einen Scherz übel, stand aber auch seinen Mann, wenn es sein Amt zu behaupten galt.

Um zwei Uhr sollte die Wahl beginnen, und die bis jetzt anwesenden Farmer und Jäger, die in dem kleinen Häuschen, in dem der Tisch mit den Schreibmaterialien stand, und auf dem Vorplatz versammelt waren, vertrieben sich die Zeit nach besten Kräften. Das Haus war ein gewöhnliches Blockhaus, mit einem Bett in der einen, einem Tisch in der andern Ecke. An den Wänden lehnten überall Büchsen, an allen Nägeln oder vielmehr Pflöcken (denn an Eisen war im ganzen Gebäude kein großer Überfluß) hingen Kugeltaschen und Pulverhörner, und teils auf Decken, teils auf den rauhen Dielen hingestreckt lagen mehrere Hinterwäldler und unterhielten sich höchst angelegentlich über Weiden, Wild und eine kürzlich in den Fourche-la-fave-Bergen angeblich entdeckte Goldmine.

Die eigentümlichste Gruppe bildeten aber doch wohl die auf und neben dem Bett Liegenden. Auf der untern Kante desselben, den linken Fuß gegen die Erde gestemmt, saß die lange, dürre Gestalt eines Mannes in einem sehr abgetragenen hellblauen wollenen Frack, dessen Rückenteil übrigens keineswegs aus demselben Stoff bestand wie Kragen und Ärmel. Auf dem Kopf trug er einen alten Filz, in den er an drei verschiedenen Seiten Löcher hineingeschnitten hatte, um frische Luft hindurchzulassen. Ein gleiches Experiment war mit seinen Schuhen vorgenommen, doch hier, wie es schien, weniger der Luft als der Hühneraugen wegen. Und die Beinkleider, die um die Knie herum wirklich nur noch durch einige hirschlederne Riemen zusammengehalten wurden, sahen so buntfarbig aus wie eine Landkarte der Vereinigten Staaten selbst, zu deren freien Bürgern sich Robin stolz zählte. Eine alte, abgenutzte lederne Kugeltasche hing ihm an der rechten Seite, und ein kleines Messer mit hölzernem Griff steckte vorn in seinem Gurt, der die oben beschriebenen Beinkleider verhinderte, sich ganz von seinem Körper zu entfernen, dem sie überdies nur noch teilweise anzugehören schienen.

Trotz seines sehr unabhängigen Äußern aber (wenn man das Wort unabhängig von einem Menschen gebrauchen kann, an dem wirklich alles hing) saß er sehr gemütlich auf dem höchst unbequemen, scharfkantigen Sitz und kratzte in einer so entsetzlichen Art auf einer alten Violine, daß die Hunde, die sich draußen vor der Hütte sonnten, unruhig auf ihren Plätzen hin und her rückten und augenscheinlich mit sich uneins waren, ob sie den guten warmen Platz im Stiche lassen oder noch länger das Gequietsche mitanhören sollten. Die Männer im Innern der Hütte schienen den ohrenzerreißenden Lärm übrigens gar nicht wahrzunehmen, sie schwatzten und lachten und beachteten den Spieler nicht weiter. Nur einer, ein blonder junger Farmer, der mit allen Zeichen größter Behaglichkeit in voller Länge ausgestreckt auf dem Bett, mit den Füßen nach dem Spieler zu lag, schien besonderen Anteil an dem Vortrag des ganz in sich versunkenen Künstlers zu nehmen, denn er folgte der Melodie, indem er dieselbe Weise, freilich in einer ganz andern Tonart, dazu pfiff. Der Spieler blieb aber bei einem und demselben Liede und geigte den Vers wohl fünfzigmal herunter, immer wieder, bis es selbst sein geduldiger Zuhörer endlich satt bekam. Dem zweiten Paganini mit der Fußspitze also einen gelinden Stoß versetzend, um seiner Aufmerksamkeit gewiß zu sein, rief er aus:

„Verdamm es – Robin, hier lieg' ich nun schon eine halbe Stunde und pfeife immer dasselbe Lied; könnt Ihr denn gar nichts anderes? So – das ist recht Yankee-doodle." Und er begann aus Leibeskräften das neue Stück zu pfeifen.

„Wie ist es denn mit der Leiche geworden?" fragte ein Farmer von der Mündung des Fourche la fave, „ich habe ja gar nichts weiter drüber gehört."

„Nun, da ist weiter nichts geschehen", erwiderte ein anderer. „Die Männer, die sie gefunden, hatten sie mit Zweigen zugedeckt, und wir gingen alle hinaus, um den Spuren zu folgen und den andern Burschen ausfindig zu machen, der die Hand mit im Spiele gehabt. Ihr wißt aber, daß es am Nachmittag so fürchterlich zu regnen anfing, und da ließ sich dann weiter nichts mehr tun."

„Also Brown hat ihn wirklich über den Haufen geschossen?"

„Nun natürlich", sagte der Friedensrichter, der zu ihnen trat, „das war auch vorauszusehen. Wer zum Teufel wird sich denn solche Drohungen an den Hals werfen lassen? Aber den zweiten möcht' ich finden, der Bursche hatte sicherlich keinen Grund, und man weiß auch wahrhaftig gar nicht, auf wen man eigentlich Verdacht haben soll."

„Es war doch verdammt viel von dem Indianer, so unterzutauchen, um eine Leiche anzuhaken. Weiß nicht, was mir einer hätte geben müssen!"

„Ach, die Rothäute sind so etwas gewöhnt – ohne den hätten wir ja auch gar nicht erfahren können, wer der Tote eigentlich sei, denn an Heathcott würde niemand gedacht haben."

„Wenn sich der Indianer nicht so gut bei der Sache benommen hätte, würde ich auf ihn selbst Verdacht werfen", sagte der Richter. „Brown und die Rothaut sind überhaupt immer wie Hand und Handschuh miteinander, und es wäre gar nicht zu verwundern gewesen, wenn sie hierin in einem und demselben Joch gezogen. Das scheint aber doch nicht so, denn sonst möchte sich Assowaum wohl gehütet haben, die Hand zu etwas zu bieten, was ihm gefährlich sein mußte und ohne ihn sicherlich unterblieben wäre."

„Haben sich denn die Regulatoren schon einen andern Führer gewählt?"

„Am Sonntag wollen sie bei Bowitt zusammenkommen und alles bereden. Es leben mehrere hier in der Gegend, denen sie auf der Spur sind."

„Ob denn das wahr ist, daß sie den Toten auch beraubt haben?"

„Geld hatte er an demselben Morgen bei sich, das weiß ich gewiß", sagte Cook, der auf dem Bett lag und jetzt einen Augenblick zu pfeifen aufhörte, „Geld hatte er, und zwar in einem kleinen rotledernen Taschentuch inwendig in seinem Jagdhemd eingeknöpft – es war aber fort, als sie ihn fanden; natürlich haben sie das beiseite gebracht."

„Brown nicht, darauf wollt' ich schwören!" entgegnete der Richter. „Brown halte ich für einen ehrlichen Kerl, und es kommt mir das schon sonderbar von ihm vor, daß er sich noch jemand anders zu Hilfe genommen hat, den Prahlhans unschädlich zu machen."

„Robin", sagte Cook vom Bett aus, auf dem er sich jetzt halb herumdrehte und dem Ebengenannten einen zweiten freundschaftlichen Stoß mit der Fußspitze verabreichte, „Robin, wenn Ihr nun nicht bald mit Eurem Yankee-doodle aufhört, so hol' ich wahrhaftig die Hunde herein; könnt Ihr denn weiter nichts als die zwei Stücke?"

Robin begann Washingtons Marsch zu spielen, und Cook beruhigte sich wieder.

„Gentlemen", rief jetzt der Richter, „es wird Zeit, daß wir anfangen, es muß zwei Uhr sein. Übrigens fehlt uns noch ein Schreiber. Wer könnte denn von den Anwesenden die Stelle versehen, he? Cook – Ihr könnt schreiben!"

„Ja – meinen Namen; da ich aber nicht mit auf der Kandidatenliste bin, so möchte der schwerlich vorkommen."

„Smith – Ihr denn – oder Hopper – oder Moos – was, zum Henker, kann denn keiner von euch eine Liste führen?"

„Da draußen kommt Hecker, der Deutsche, der kann schreiben", sagte Robin, mit seinem Violinbogen nach der offenen Tür zeigend.

„He, Hecker!" rief der Richter, „habt Ihr eine Stunde Zeit, die Namensliste hier zu führen?"

„Ja – zwei oder drei", erwiderte der Angeredete, indem er in die Tür trat, „ich will nur mit Dunkelwerden an der Salzlecke drüben über dem Berge sein. Wenn ich um fünf Uhr fortgehe, komm' ich zeitig genug."

„Gut, dann stellt Eure Büchse dort in die Ecke. Ist sie geladen?"

„Denkt Ihr, ich schleppe ein leeres Rohr im Walde herum?"

„Nun, lehnt sie nur gut an. Ich habe immer Angst, die verdammten kurzen Dinger könnten Schaden tun."

Hecker, ein junger Deutscher, der sich dort in der Gegend von der Jagd ernährte, auch ganz wie die dortigen Hinterwäldler gekleidet war, rückte sich einen Stuhl zum Tisch, zog das große, breite

Jagdmesser, das ihm beim Sitzen unbequem war, aus der Scheide, legte es vor sich hin und fragte Smith, der neben ihm saß:

„Wär's denn nicht möglich, Robin und Cook zu bewegen, mit ihrer schauderhaften Musik aufzuhören? Die Hunde werden noch krank davon."

„Möchte schwerhalten", erwiderte Smith lachend, „sie glauben beide wunder wie schön sie's machen. – Aber da kommt wahrhaftig Wells! Was mag den zu uns führen, der hält sich doch sonst nicht bei Wahlen auf?"

„Er hat Wölfe gefangen – bei Gott!" rief der Richter. „Bravo, Wells, das macht Ihr gescheit, die Bestien tun Schaden genug!"

„Guten Abend zu allen!" sagte der Jäger, indem er in die Hütte trat und drei blutige Wolfskalpe auf den Tisch warf, „guten Abend, Richter – da – gebt mir einmal die Bescheinigungoder kauft sie mir ab, das wäre mir noch lieber."

Wells war ein schlanker, gut gewachsener Mann mit grauen, lebhaften Augen, sonst glich aber sein ganzes Wesen mehr dem eines Indianers als eines Weißen, und viele behaupteten, daß seine Adern ebensoviel rotes wie weißes Blut enthielten. In seiner Kleidung unterschied er sich ebenfalls in nichts von den halbzivilisierten roten Söhnen der Wildnis. Wie diese trug er seinen Kopf unbedeckt, daß das lange, schwarze, glänzende Haar ihm die Schultern umflatterte, oder er band höchstens bei sehr windigem Wetter einen Streifen Baumrinde um die Schläfe, es festzuhalten. Abenteuerliche Sachen erzählte man sich auch aus seinem Leben, besonders aus den letzten Jahren, die er größtenteils in Texas zugebracht hatte. Jetzt wohnte er ganz ruhig und still auf einer wohlbebauten Farm, die er mit seinen zwei Söhnen, jungen Burschen von neun und elf Jahren, versah. Doch nur im Sommer arbeitete er, und auch dann nur die wenigen Wochen der Pflanzzeit, während der anderen Monate jagte er und stellte den Raubtieren, besonders den Wölfen, Fallen. Sonst war er harmlos und in der ganzen Gegend seines freundlichen, wenn auch rauhen Benehmens sowie seiner uneingeschränkten Gastfreundschaft wegen beliebt.

„Hört, Wells", meinte Hecker lachend, indem er mit dem Ärmel seines Jagdhemdes das Wolfsblut von dem Schreibpapier wischte, „wenn's Euch nichts ausmacht, so legt die nassen Dinger unter den Tisch – es schreibt sich besser."

„Oh, ich habe das Papier schmutzig gemacht – tut mir wirklich leid. Nun, man kann ja noch drauf schreiben; es ist ja bloß die eine Ecke oben. – Hier, Richter – dreimal drei macht neune..."

„Ja – neun Dollar für drei Wolfsskalpe, das ist richtig, aber Ihr müßt zuerst beschwören, daß Ihr sie wirklich selbst und in diesem County erlegt habt."

„Das kann ich nicht – ich habe sie bloß gefangen, meine Hunde haben sie nachher totgebissen."

„Das bleibt sich gleich, ob sie durch Eure Hand, Eure Hunde oder Eure Fallen vernichtet sind – beschwört mir das."

„Nun, ich will verdammt sein, wenn's nicht wahr ist."

„Gut – bei Gott!" rief Cook auf dem Bett, indem er Robin wieder einen leichten Tritt versetzte, „das verdient den Yankee-doodle"

„Lieber Wells", sagte lächelnd der Richter, „das ist nicht der richtige Schwur. Doch der Clerk wird Euch den abnehmen; jetzt aber zu unserer Wahl – Also, Hecker, Ihr wollt schreiben, und wer sind meine beiden Mitrichter?Aha – Smith und Hawkes – setzt Euch nur, wir können anfangen."

„Welches Datum haben wir heute?" fragte Hecker.

„Den siebenundzwanzigsten."

„Und welchen Wochentag?"

„Nun, wißt Ihr nicht einmal den Tag? Freitag."

„Wenn man ein paar Wochen draußen im Walde liegt, wird man ganz konfus", erwiderte Hecker lachend. „Ich glaubte, es wäre Sonntag."

Einer der Farmer trat jetzt vor – Hecker schrieb den Namen. „Guten Abend, Heslaw – braucht weiter keine Legitimation, nicht wahr?"

„Nein – der nicht."

„Für wen als Sheriff?"

„Für Vattel."

„Und als Clerk?"

„Hopper."

„Euer Name?" fragte Smith einen zweiten, der zur Wahl gekommen war.

„Kattlin."

„Wie lange im Staat?"

„Sieben Monate."

„Wie lange im County?"

„Acht Wochen."

„Könnt's beschwören?"

„Jawohl!"

„Nehmt ihm den Eid ab, Clerk."

Dieser sagte dem Mann die Eidesformel mit etwas sehr schneller Stimme vor, hielt ihm die Bibel zum Kuß hin und beendete den Schwur mit dem üblichen feierlichen : „So help you God."

Die Wahl dauerte jetzt mit verschiedenen Unterbrechungen wohl an zwei Stunden, bis alle Anwesenden ihre Stimmen abgegeben hatten, und eben wollten die beiden Schreiber zum Schluß ihre Namen unterzeichnen, denn das Protokoll mußte, um jeden Irrtum zu vermeiden, doppelt geführt werden, als die Draußenstehenden den alten Bahrens ankündigten, der auf seinem kleinen Pony angetrabt kam.

„Noch vor dem Abfang, Gentlemen?" rief er aus, als er ins Zimmer trat, „noch vor dem Abfang – nun aber doch wohl noch zeitig genug. Hurra für Vattel das ist der Mann, Boys – trinkt manchmal sein Gläschen, ist richtig, hat aber nichts zu sagen, ist nachher immer wieder auf dem Zeug. – Schreibt Vattel, sag' ich!"

„'s war Zeit, daß Ihr kamt, Bahrens", meinte Hecker, „ich wollte eben fort. Es ist schon fünf Uhr vorbei, und ich habe noch eine halbe Stunde zu gehen."

„Wohin denn?"

„Zur nächsten Salzlecke; wollt Ihr mit?"

„O der Henker hole Eure Salzlecke; wir bleiben hier zusammen, nicht wahr, Boys? – Heut abend soll's eine Spree geben. Ich gehe nicht eher nach Hause, bis ich nicht mehr laufen kann, und dann bleib' ich erst recht hier."

„Das ist brav, Bahrens!" rief Cook, der zum Tisch getreten war, „das laß' ich gelten. Ich habe zwei Hirschfelle mitgebracht, die vertrinken wir auch. Es ist ja nicht alle Tage Wahl."

„Ich kann also gehen?" fragte Hecker.

„Geht meinetwegen zum Teufel!" knurrte Bahrens. „Boys, wer holt Whisky? In dem Laden drüben mag ich mich nicht hinsetzen, es ist mir dort so unheimlich. – Nun kommt, Hecker, trinkt erst einmal, denn die ganze Nacht dort trocken zu sitzen ist auch kein Spaß. Gott segne uns, wenn ich meine Hirsche nicht mehr am Tag schießen kann, dann geb' ich's auf; die Nacht mich draußen ins Freie zu legen, und neben mir ein Feuer zu haben, an dem ich mich nicht einmal wärmen darf, stets in Angst zu sein, daß ich einnicke und unter der Zeit mein Feuer ausgeht, ein Hirsch zur Salzlecke kommt und mich schnarchen hört – nein – das ist mein Geschmack nicht. Gut, ich hindere Euch nicht – habt Euern Willen – ich brauch' Euch nicht zu pflegen, wenn Ihr krank werdet, aber halt – das müßt Ihr noch hören, wie's mir einmal in Texas an einer Salzlecke ging."

„Aber schnell" sagte Hecker, der schon seine Büchse schulterte, „ich möchte nicht gern die Zeit versäumen."

„Wär auch schade, wenn Ihr das Gewitter nicht ganz auf den Pelz bekämt, was da heraufzieht, wär wirklich schade. Also, ich lag auch eines Nachts (damals war ich eben solch ein Narr, wie Hecker jetzt ist, und saß Tag und Nacht draußen) mit der Büchse an einer Salzlecke. Wild war in Unmasse in der Gegend, und ich hatte mich ein wenig früh an Ort und Stelle gemacht, um eine gehöre Menge Felle die Nacht zusammenzuschießen. Es war also kaum dämmrig, als ich, neben einem tüchtigen Haufen Kienholz und unter einem leicht aufgebauten Gestell, niedergekauert war. Da hört' ich auf einmal, gar nicht weit entfernt, ein fürchterliches Getöse und Geschrei, als ob ein paar tausend Panther am Heulen wären. Der ganze Wald bebte – ich hörte den Lärm nicht nur, ich fühlte ihn ordentlich –, und (doch hier muß ich erst noch bemerken, daß ich etwa eine Viertelstunde von einem großen Baumwollfeld und in einer sehr niedern sumpfigen Gegend lagerte) ehe ich mich daher recht ordentlich besinnen konnte, brauste es herbei, und nieder kam's auf mich wie ein Unwetter. Was meint Ihr aber, daß es gewesen wäre?"

„Das mag der Teufel raten."

„Wilde Gänse – ein paar tausend wenigstens. Mein Gestell warfen sie mir ein, mein kleines Feuer, das ich eben angefacht hatte, schlugen sie mit den Flügeln aus, und mich selbst behandelten sie, als ob ich gar nicht existiert hätte. Ich aber nicht faul, zog mein Jagdmesser heraus und fing an auszuholen. Die mir am nächsten waren, merkten nun wohl, daß sie unter dem falschen Baum gebellt hatten, zu spät aber, denn ehe sie sich wieder von ihrem Schreck erholen und das Alarmzeichen geben konnten, hatte ich nicht schlecht unter ihnen aufgeräumt. – Wie sie fort waren, zählte ich einundfünfzig Gänse und achtundfünfzig Köpfe, die geblieben waren."

„Was? Sieben Köpfe mehr? Wo waren denn die Gänse geblieben?"

„Die, denen die Köpfe gehörten? Die fand ich am nächsten Tag. So dicht waren sie geflogen, daß die toten von den lebendigen Vögeln mit in die Luft und wohl fünfhundert Schritt weit fortgenommen waren. – Gute Nacht, Hecker, gute Nacht – rennt der Kerl! – und wie er die Beine wirft!"

„Bahrens, Ihr seid noch immer der alte!" sagte der Richter. „Nichts als Unsinn, und lügen könnt Ihr, daß die Fenster anlaufen."

„Das wäre eine Kunst hier!" rief Bahrens höhnisch. „Fenster anlaufen? Ich glaube, es sind keine zwei Glasscheiben im ganzen County, die ausgenommen, die Smith da auf der Nase trägt. – Was hilft mir denn aber mein Erzählen, wenn Ihr kein Wort davon glaubt? Warum tut Ihr die Mäuler nicht auf? Na, da kommt wenigstens der Whisky."

„Wenn's nicht gleich so dicht hinter Bahrens' Geschichte herkäme", sagte Curtis jetzt, „so möcht' ich Euch erzählen, was mir gestern nacht passiert ist. 's ist aber auf mein Wort wahr, und Ihr braucht nicht drüber zu grinsen, Bahrens."

„Hört Ihr jemals, daß ich solche Entschuldigungen einer von mir erlebten Begebenheit vorausschicke? Nie – das macht sie immer verdächtig", erwiderte Bahrens kopfschüttelnd.

„Das habt Ihr auch gar nicht nötig!" sagte der Richter lachend. „Bei Euch bleibt sich's immer gleich. Aber weiter, Curtis, weiter – und seid so gut und laßt noch einen Tropfen von dem Stoff da im Becher."

„Ich war gestern abend wieder am Petite-Jeanne", begann Curtis, „um nach den Schweinen zu sehen, von denen mir Bahrens neulich erzählt hatte, als wir später durch die Leichensucherei abgehalten wurden. Gut – ich kroch den ganzen Tag im Busch herum und sah überall, wo sie gelaufen waren, konnte aber keinen Schwanz von ihnen finden. Endlich gegen Abend, es fing schon an dunkel zu werden, sah ich was Helles in einem kleinen Papaodickicht stehen, und richtig war's die alte Sau mit den Ferkeln (ich habe aber nur zehn gesehen, Bahrens redete von elfen, vielleicht hat der Bär eins gefangen). Wie ich mich also überzeugt hatte, daß es wirklich Vaters Zeichen war, was sie in den Ohren trug, ein Loch im linken und einen Schlitz im rechten, so ließ ich sie zufrieden, um sie nicht unnötigerweise scheu zu machen. Da aber an dem Abend doch weiter nichts mit ihnen anzufangen war, streute ich ihnen nur ein paar Kolben Mais hin, die ich in der Kugeltasche mitgenommen hatte, und sah mich nach einem vernünftigen Fleck zum Schlafen um.

Den Petite-Jeanne-Sumpf hab' ich auf dem Strich. Alles naß und feucht, und Moskitos so dicht, daß man nicht durchsehen kann. Nach langem Suchen fand ich einen trockenen Platz, zündete ein Feuer an, wickelte mich in meine Decke und legte mich nieder. Hunde hatt' ich nicht mitgenommen, weil ich die Schweine nicht scheu machen, auch überhaupt nicht jagen wollte, und müde vom vielen Umherrennen schlief ich bald genug ein. Wie lange ich gelegen haben mag, weiß ich nicht, denn die Bäume standen so dicht, daß ich kaum über mir ein paar Sterne erkennen konnte. Plötzlich aber wachte ich auf, und da war's mir, als ob ich irgendwas leise um mich herumschleichen hörte. Ich horchte lange und aufmerksam und hatte meine Büchse gespannt neben mir. Da ich aber nichts weiter hören konnte, überredete ich mich zuletzt, ich hätt' es bloß geträumt, und legte mich wieder nieder; doch ging mir die Sache im Kopf herum. Ohne Hund befand ich mich nämlich in einer keineswegs angenehmen Lage, wenn mir so ein alter Panther in aller Freundschaft auf den Hals gesprungen wäre, wie's dem Dipolt da vor nicht gar langer Zeit am Washita begegnete. Halb im Schlaf, halb im Wachen lag ich also und horchte immer noch auf das geringste Geräusch, als ich dieselben Laute wieder zu vernehmen glaubte. Leise zog ich die Decke vom Gesicht, da war's mir, als ob ich etwas atmen hörte, deutlich und nahe, und fast in demselben Augenblick fühlte ich auch den heißen Atem irgendeines lebenden Wesens in meinem Gesicht. Trotz der Dunkelheit konnte ich einen dicht über mich hinggebeugten schwarzen Gegenstand erkennen, und ganz erstaunt vor Schreck und Überraschung blieb ich wirklich regungslos liegen und erwartete, was das rätselhafte Geschöpf über mir beginnen würde. Ein Panther konnt' es nicht sein, das wußt' ich, denn der hätte mich lange an der Kehle gehabt. Das war aber auch der einzige Gedanke, den ich zu fassen vermochte. Ich besann mich nicht einmal auf mein Messer im Gürtel, um wenigstens etwas zu meiner Verteidigung zu haben, sondern lag nur wie tot da und starrte auf den dunklen Gegenstand dicht über mir, dessen glänzendes Auge ich selbst in dieser Dunkelheit matt leuchten sehen konnte.

Ich weiß nicht, ich bin sonst nicht gerade furchtsam, hier aber war ich wirklich wie behext, und so machtlos, daß ich die sichere Beute irgendeines Raubtieres gewesen wäre, das sich die Mühe genommen hätte, mich anzufressen."

„Und das Tier?" fragten alle.

„Auf einmal konnte ich wieder die Sterne über mir erkennen und fühlte den heißen Atem nicht mehr – gleich darauf hörte ich auch die leisen, sich entfernenden Schritte. Mein Besuch hatte mich verlassen, und ich atmete so frei auf, als ob ich vom Tode erstanden wäre."

„Ja, aber – brannte denn das Feuer nicht mehr?"

„Es glimmte noch, denn ich hatte am Abend vorher lauter trockenes Hickoryholz zusammengeschleppt."

„Nun, was machtet Ihr denn nachher?"

„Ich kann mich nicht einmal mehr ordentlich darauf besinnen. Erst wollt' ich vor allen Dingen aufstehen und das Feuer schüren, dann wollt' ich mein Messer aus der Scheide ziehen und neben mich legen oder es gar in der Hand behalten, dann wollt' ich mich mit dem Rücken an einen Baum lehnen, um aufrecht sitzen zu bleiben, weiß aber nicht, wie es kam – ich muß wieder eingeschlafen sein, denn als ich munter wurde, war es heller Tag."

„Das ist doch eigentümlich", sagte der Richter, „was kann es nur gewesen sein? Saht Ihr denn nicht nach den Fährten?"

„Eigentümlich", brummte Bahrens, „ich hätte die Geschichte erzählen sollen, da wäre wieder von weiter nichts als 'Unsinn und Lügen' geschwatzt worden – und jetzt ist sie 'eigentümlich'."

„Natürlich sah ich nach den Fährten", antwortete Curtis, „auf der Stelle selbst konnt' ich jedoch nichts erkennen, der Boden war trocken, und das Laub lag sehr hoch, etwas davon entfernt aber kam ich an die Spuren eines merkwürdig großen Bären, und das mußte auf jeden Fall mein Nachtwächter gewesen sein.".

„Das tun diese Bestien“, meinte Smith, „ich weiß es aus Erfahrung, denn ich hatte vor zwei Jahren einen zahmen Bären, der stand mehrere Male des Nachts auf, kam an mein Lager und guckte mir gerade ins Gesicht – 's ist ein komisches Viehzeug!“

„Apropos, Curtis“, fragte der Richter jetzt, „Ihr habt doch versprochen, mir in diesem Frühjahr einen jungen Bären zu fangen; meine Frau möchte gar zu gern einen haben. Ist's denn nicht mehr möglich?“

„Jetzt ist's nun freilich zu spät, im Mai laufen die kleinen Kanaillen schon wie die Pferde. Ich bin übrigens im Februar und März sechs Wochen deswegen im Wald nach allen Richtungen umhergekrochen, bin sogar zweimal nach den Magazinbergen hinübergegangen, um dort in ein paar Höhlen, die ich wußte, nachzusuchen, 's war aber nichts zu machen. Hätte selbst gern einen kleinen, zahmen Petz – sie sind gar zu lieb.“

„Torheit“, sagte Bahrens, „unbeholfene Dinger werden's. Schon im ersten Jahr werfen sie das Glaszeug und Geschirr aus den Regalen, ziehen das Tischtuch vom Tische mit allem, was draufsteht, zerren die Bienenstöcke um, beißen sich mit den Ferkeln und schütteln die Pfirsichbäume. Nein, da gibt's noch manche andere Tiere, die harmlos sind und ebenso vielen Spaß machen. In Nord-Carolina hatte ich einen zahmen Hering, der lief mir durchs ganze Haus nach.“

„Halt, Bahrens – verschnappt Euch nicht“, wehrte der Richter lachend ab, „einen Hering auf dem Trocknen, wie lange sollte der leben?“

„Leben!“ rief der alte Jäger voller Eifer, „leben! Ein Tier kann sich an alles gewöhnen. Der war in seiner Jugend auf eine Sandbank geworfen und hatte nie wieder Wasser gesehen – ich mußte ihm nur jeden Tag frischen Sand geben. Jetzt hab' ich ein kleines Ferkel“, fuhr Bahrens, ohne einen weiteren Einwurf zu beachten, fort, „ein wunderbares Ding – und doch keineswegs 'eigentümlich'. Es sieht aber gefleckt aus wie ein Hirschkalb, und der kleine Schwanz ist ihm so merkwürdig fest zusammengedreht, daß es schon seit drei Wochen die Hinterbeine nicht mehr auf die Erde gebracht hat.“

„Hurra für Bahrens!“ schrie Curtis, verstummte aber plötzlich und rief: „Heda, war das nicht eben ein Schuß?“

„Ja – ich glaube, ich hörte es auch“, entgegnete Bahrens. „Hecker wird's gewesen sein. Die Salzlecke war lange nicht bewacht, an der er heut abend sitzt, und es sollte mich gar nicht wundern, wenn er ein paarmal zum Schuß käme.“

„Hallo im Haus!“ rief plötzlich eine Stimme vor der Tür, und die Hunde schlugen scharf und gellend an.

„Da rief jemand“, sagte der Richter.

„Hallo im Haus!“ wiederholte die Stimme draußen und diesmal so laut, daß sie selbst das Gebell und Geheul der Hunde übertönte.

„Hallo da draußen – was gibt's?“

„Bringt ein Licht her – wollt Ihr?“

„Wer ist da?“

„Husfield vom Springcreek und einige Freunde. Kann man hier Kienholz oder ein paar Pfund Wachs bekommen, um große Lichter draus zu machen?"

„Ja", rief Eastley, „Wachs hab' ich zwar nicht, doch Kien genug. Der muß übrigens erst gespalten werden, und Ihr steigt indessen lieber ab und kommt herein. Ruhig, ihr Hunde!"

„Husfield? Was, zum Henker, bringt Euch hier in der Nacht her", rief der Richter, der, von Cook gefolgt, vor die Tür trat, „wen habt Ihr da bei Euch?"

„Freunde vom Springcreek!" erwiderte der Angeredete, wechselte einige Worte mit seinen Begleitern, stieg dann ab und kam ins Haus.

„Guten Abend, Gentlemen! Ist einer hier unter euch, der die Furten im Fourche la fave kennt und auf ein paar Stunden unser Führer sein möchte?"

„Was habt Ihr denn, seid Ihr jemandem auf der Spur?"

„Niederträchtige Schufte", rief Husfield, „haben mir in der Nacht vom Mittwoch auf den Donnerstag sechs Pferde gestohlen. Glücklicherweise merkte ich's gleich am andern Morgen, eigentlich schon in der Nacht. Ein paar von meinen außerhalb weidenden Pferden kamen nämlich zum Hause, was sie sonst nie tun, wenn sie nicht von Fremden oder Wölfen geängstigt werden. Ich konnte aber natürlich im Dunkeln die Spuren nicht aufnehmen, rief jedoch noch vor Tagesanbruch meine Nachbarn zusammen, und mit der ersten Helle begannen wir die Verfolgung. Die Spuren waren natürlich breit genug, nach kurzer Zeit teilten sie sich aber, und drei gingen rechts, die anderen drei links. Nicht ohne Grund vermuteten wir, daß dies bloß eine List sei, um einen, der den Fährten folgen möchte, irrezuführen. Da wir nun fünf waren, so teilten wir uns, um ganz sicherzugehen, und wurden über die nördlichen Bergrücken vom Petite-Jeanne und durch die Magazinberge durch solch fürchterliche steinige Strecken kreuz und quer geführt, daß ich noch jetzt nicht begreife, wie es die Pferde ausgehalten haben. Das nahm uns natürlich viel Zeit weg, denn die Schufte waren im Zickzack und zwar, um uns von den Fährten abzubringen, auf Stellen herumgeritten, wo man eine Hufspur kaum erkennen konnte. Endlich aber mußten sie sich doch sicher geglaubt haben, denn an den Quellen des Panthercreeks, wo er sich südlich nach dem Petite-Jeanne hinunterzieht, hatten sie sich wieder vereinigt und sind von hier an im offenen Walde dem Fluß zu geritten, bis sie die Straße erreichten, was wahrscheinlich gestern abend geschehen ist. Von dort folgten sie, so unverschämt wie möglich, eine Strecke lang dem gebahnten Wege. Erst mit Tageslicht, schien es, hatten sie sich wieder in den Wald geschlagen und, um sich und die Pferde ein wenig verschnaufen zu lassen, gelagert, auch die Tiere gefüttert – Gott weiß, wo sie den Mais herbekommen haben, auf jeden Fall gestohlen. Wir mußten ebenfalls eine kurze Zeit ruhen, wollten auch unsere Tiere nicht zu arg abhetzen, da uns die Burschen jetzt ziemlich gewiß sind. Nur auf gut Glück folgten wir übrigens seit Dunkelwerden der Straße, die sie ein paar Meilen von hier wieder betreten hatten, und hielten es jetzt für besser, sicherzugehen und die Nacht hindurch langsam mit Fackeln auf der Fährte zu bleiben. Da sie aber auf jeden Fall den Fluß gekreuzt haben, so möchten wir jemanden mitnehmen, der die Furt kennt, damit wir nicht unnütz aufgehalten werden."

„Ihr tut sehr wohl, auf den Fährten zu bleiben", sagte Cook, „denn vor morgen früh regnet's auf jeden Fall. Die Sonne ging höchst verdächtig unter."

„Ich glaub' es auch“, erwiderte Husfield. „Um so mehr Ursache haben wir aber, die Verfolgung zu beschleunigen – oh, das ist genug Kien, Eastley, das tut's. – Wenn die Burschen sich nur die Nacht durch auf der Straße gehalten haben, was ich keinen Augenblick bezweifle, so müssen wir sie mit Tagesanbruch einholen, wenigstens nicht weit mehr hinter ihnen sein.“

„Weshalb sollen sie aber der Straße folgen?“ fragte Cook. „Nach den heißen Quellen hinüber, glaub' ich doch unmöglich, daß sie die Pferde führen können. Die einzige Hoffnung, die sie haben, glücklich fortzukommen, wenn sie wirklich nicht gleich verfolgt würden, ist, den Arkansas zu erreichen. Aber auf eine augenblickliche Verfolgung müssen sie doch stets rechnen und darauf gefaßt sein.“

„Das ist wahr“, meinte Husfield nachdenklich, „doch wir werden es ja sehen, wenn wir ans andere Ufer des Fourche la fave kommen. Wollen sie zum Arkansas, so müssen sie sich von dort an durch den Wald schlagen, um die untere Straße zu erreichen. Dann vermögen wir freilich nichts zu tun, als bis morgen früh zu warten. Sind sie aber am andern Ufer wieder der Straße gefolgt, so ist das ein sicheres Zeichen, daß sie nach den heißen Quellen wollen, und wir könnten dann in aller Bequemlichkeit der breiten Straße nachreiten.“

„Wenn wir nur den Indianer aufzutreiben wüßten“, sagte der Richter, „der ist ausgezeichnet auf einer Fährte und würde von wesentlichem Nutzen sein. Gott weiß aber, wo er steckt.“

„Vielleicht war es der, den wir bei der Salzlecke hier oben trafen, der sprach gebrochen Englisch. Es dunkelte schon stark, und ich konnte sein Gesicht nicht ordentlich erkennen.“

„Nein, das ist ein Deutscher – gingen denn die Fährten dort vorbei?“

„Ja – in vierhundert Schritt. Sie müssen noch ganz in der Nähe sein. Er sagte uns, daß er die Männer, als er eben angekommen und noch kein Feuer gehabt, gesehen, sie aber nicht hätte erkennen können, doch wäre ihm die Gestalt des einen sehr bekannt vorgekommen. – Denkt Euch, nur zwei von den Kanaillen haben alle sechs Tiere fortgeführt. Die müssen's aus dem Fundament verstehen.“

„Wie fandet Ihr denn den Deutschen?“

„Wir kamen auf der Straße herunter, sahen die Kienflamme, die auf dem Gestell brannte, und ritten hin, um ihn aufs Geratewohl zu fragen. Der Jäger selbst sitzt, wie Ihr wißt, im Dunkeln. Unsere Gegenwart schien ihm aber nicht besonders angenehm zu sein; da wir ihm das Wild von der Salzlecke fernhielten, so blieben wir dort auch nicht lange.“

„Wer nur die Pferdediebe sein mögen?“ meinte der Richter. Wundern sollte mich's gar nicht, wenn dieser Halunke, der Cotton, die Hand mit dabei im Spiele hätte. Gesehen worden ist er vor einiger Zeit hier in der Gegend, und die Constabler haben auch den Auftrag erhalten, ihn einzufangen. Er muß aber Wind bekommen haben, denn er war auf einmal fort, ließ sich wenigstens nicht mehr öffentlich sehen.“

„Der entgeht dem Zuchthaus nicht“, sagte Smith.

„Zuchthaus?“ fragte Husfield ärgerlich, „glaubt Ihr, daß wir lange Umstände mit ihm machen, wenn wir ihn mit den Pferden einholen? Seht Ihr das hier?“ er zog bei diesen Worten einen dünnen Strick aus gedrehtem Leder hervor, den er dem Richter entgegenhielt, „so wahr ich Husfield heiße, hängt der Schuft an demselben Baum, unter dem wir ihn fassen. So lange Zeit zum Beten soll er haben, als ich brauche, die Schleife zu machen – nicht eine Sekunde mehr. Den Kanaillen müssen wir einmal Ernst zeigen, sonst ziehen sie uns noch das Fell über die Ohren."

„Aber die Gesetze", sagte der Richter kopfschüttelnd.

„Die Gesetze sind recht gut für dort, wo sie gegeben werden, und in den Städten anzuwenden; hier im Walde ist das jedoch etwas anderes. Kommt mir gerade so vor, als ob wir Hinterwäldler uns hier hinsetzten und für die Stadtleute in New York Gesetze machen wollten – sie würden die Hälfte von alledem, was wir zusammenbrächten, nicht gebrauchen können, und wir würden sieben Achtel von dem vergessen haben, was ihnen dort unumgänglich nötig ist. Nein, laßt jedes Land seine eigenen Gesetze aufstellen, die passen auch nachher. Wenn ich mir eine Scheide zu meinem Messer in einem Laden gleich fertig kaufe, nun ja, da find' ich wohl so ein Ding, wo es zur Not hineingeht, ordentlich schließt's aber nie, und eh' ich mich's versehe, hab' ich das Messer im Wald verloren. So ist's mit den Gesetzen. Es sieht so aus, als ob sie paßten, bis Ihr in den Wald kommt; da hapert's nachher an allen Ecken und Enden. Solange wir uns selbst beschützen müssen, solange wollen wir auch unsere eigene Gerichtsbarkeit ausüben, und – soll ich erst einmal durch andere beschützt werden, nun, dann zieh' ich weiter westlich. – Also, wer geht mit?"

Cook, Curtis und mehrere andere waren sogleich bereit, und von Curtis geführt, der als alter Ansiedler dort jeden Fußbreit Weges kannte, erreichten sie bald die Straße, die von Nord nach Süd den Fourche la fave kreuzte; dieser folgten sie und fanden hier auch bald in der weichen Erde die Hufspuren, von denen Husfield beteuerte, er wolle sie unter Tausenden heraus als die seiner Pferde erkennen.

Der Himmel hatte sich indessen ganz bezogen, und ein feiner, durchdringender Staubregen fing an niederzufallen. Wenn er aber auch nach und nach die Kleider der Männer durchnäßte, vertilgte er doch bis jetzt noch nicht die Spuren.

11. Assowaum, der Befiederte Pfeil, und seine Squaw – Weston und Cotton erwarten ungeduldig die Kameraden

An demselben Nachmittag, an welchem die im vorigen Kapitel beschriebene Wahl stattfand, schritt, die Decke auf dem Rücken, die Büchse auf der Schulter, Assowaum, der Befiederte Pfeil, von seiner Squaw gefolgt, schweigend durch den Wald am Ufer des Flusses hinauf. Alapaha trug der indianischen Sitte gemäß das wenige Kochgerät, das diese Kinder der Wildnis gebrauchen, sowie eine wollene Decke und zwei getrocknete Hirschfelle, und leise trat sie in die Fußtapfen ihres Gatten und Häuptlings, der langsam und aufmerksam die beiden Ufer des kleinen Stromes mit den Blicken überflog, als ob er einen Gegenstand suche und nicht finden könne.

Als er glaubte hoch genug hinaufgegangen zu sein, kehrte er wieder um und begann seine Nachforschungen aufs neue, aber mit nicht besserem Erfolg als das erstemal.

„Ist dies nicht der Baum, an dessen Wurzel sonst das Kanu angebunden lag?" fragte er endlich, stehenbleibend, sein Weib, indem er auf eine alte, sturmdurchtobte Platane deutete, deren weiße Äste wie geisterhafte Riesenarme nach den dunklen, hinter ihnen sich auftürmenden Wolkenmassen hinaufzulangen schienen.

„Assowaum kann ein Stück von der Rinde sehen, an dem es früher befestigt war", antwortete Alapaha, während sie sich über den steilen Flußrand hinunterbeugte und auf eine vorstehende Wurzel des Stammes, an der noch einige Rindenstreifen hingen, deutete.

„Das Kanu ist fort", sagte Assowaum, „und wir müssen hindurchschwimmen, wenn wir an der andern Seite lagern wollen."

Alapaha entledigte sich, ohne weiter ein Wort zu erwidern, ihres Gepäcks, rollte mit des Häuptlings Hilfe zwei niedergebrochene Äste in den Fluß, um auf diesen die wenigen Habseligkeiten, welche sie bei sich hatten, trocken ans andere Ufer zu schaffen, und beide klommen bald darauf die gegenüberliegende steile Uferbank empor.

„Und welchen Weg schlägt Alapaha ein?" fragte der Indianer jetzt stehenbleibend, indem er mit ruhigem Blick seine junge Frau betrachtete.

„Eine halbe Meile den Fluß hinauf kreuzen wir einen Weg – der führt gerade nach dem Hause des Mr. Bowitt, und dort hat Mr. Rowson versprochen, morgen Betstunde zu halten. – Will Assowaum nicht einmal den Worten des weißen Mannes lauschen? Er spricht gut – seine Worte sind Honig, und sein Herz ist rein wie ein herbstlicher Himmel."

„Alapaha, es wäre besser, wenn auch du – ha – was ist das?"

Ein leichtes Rauschen war im dürren Laub zu hören, und gleich darauf trat ein stattlicher Hirsch aus dem Dickicht, hob den schönen Kopf in die Höhe und schaute ruhig und sicher, keine Gefahr ahnend, umher. Assowaum hatte bei dem ersten Laut des knisternden Laubes seine Büchse schußfertig gehalten, hob sie jetzt langsam an die Wange, und in demselben Moment sprang auch schon der Hirsch, von dem tödlichen Blei getroffen, hoch und verendete zuckend.

„Gut!" sagte der Indianer, indem er ruhig stehenblieb und seine Büchse wieder lud, „sehr gut, Mr. Harper hat kein Fleisch mehr und ist zu krank, selbst den Fährten zu folgen – Alapaha wird ihm Fleisch in sein Haus bringen."

„Und weiß Assowaum nicht, daß ich auf dem Wege bin, das Wort Gottes zu hören?" flüsterte die Frau, indem sie ihre schlanke Gestalt neigte und leise ein Gebet murmelte.

„Es gab eine Zeit", sprach Assowaum, düster vor sich hinblickend, „es gab eine Zeit, wo Alapaha der Stimme des Befiederten Pfeiles lauschte und das Rauschen der Baumwipfel wie das Singen des Geistervogels darüber vergaß. Es gab eine Zeit, wo sie dem Gott des weißen Mannes den Rücken wandte und ihre Hände zum Manitu der roten Männer erhob. Es gab eine Zeit, wo sie für den Gatten den geheiligten Wampum flocht und mit geheimnisvollen Zeichen ihm Glück auf der Jagd sicherte. Die Zeit ist vorbei – Alapaha ist tot, und eine Christin ist dafür erstanden – Maria. Sie trägt dieselben Mokassins noch, in denen sie die Ihrigen verließ und dem Gatten in die Verbannung folgte. Sie trägt dasselbe Tuch noch um ihre Schläfe, das Assowaum einst von den Schultern jenes wilden Häuptlings der Sioux riß, um daheim die Stirn seiner Squaw damit zu schmücken. Sie trägt dieselbe Schnur noch von den Klappern heiliger Schlangen, und deren Töne sollten sie an die Heimat, an das Land ihrer Väter erinnern. Aber nein – ihr Ohr ist verschlossen – es hört nicht – aber mehr noch verschlossen ist ihr Herz – es fühlt nicht."

„Assowaum!" sagte mit leiser, bittender Stimme die junge Frau, „Assowaum – zürne mir nicht. Sieh, unser Leben ist kurz, und vor mir ausgebreitet sehe ich die schönste, glänzendste Zukunft.

Oh, du weißt nicht, wie herrlich, wie entzückend der Himmel der Weißen ist – willst du mir das rauben, was mir noch in diesem Leben, außer den Pflichten gegen dich, heilig und teuer ist?"

„Nein!" sagte Assowaum, „Alapaha mag gehen und dem Gott der Weißen dienen – es ist gut so."

„Und willst denn du nie den Tönen des heiligen Mannes lauschen, von dessen Lippen Manitu selbst spricht?"

Assowaum streckte den rechten Arm aus und war im Begriff etwas darauf zu erwidern. Ein anderer Gedanke schien sich aber gleich darauf seiner zu bemächtigen, und er hob die Büchse auf die Schulter und sagte:

„Alapaha kann nicht allein beten, sie will auch essen. Nicht weit von hier, am Ufer des Flusses, steht eine kleine unbewohnte Hütte – dorthin wollen wir das Fleisch tragen, und Alapaha mag es heut abend dörren. Das Haus wird ihr Schutz gegen Sturm und Unwetter dieser Nacht gewähren, und morgen früh ist's nicht mehr weit zur Ansiedlung des Weißen, wo der blasse Mann von seinem Gott erzählt."

„Und Assowaum?"

„Hat dem kleinen Mann das Versprechen gegeben, seinen Sohn aufzusuchen – er wird es halten. Die weißen Männer reden böse von ihrem Bruder, weil sie den Tritt seines Fußes nicht unter sich hören. Er ist fern – er wird zurückkommen, und die Schuldigen werden schweigen und zu ihm aufsehen."

„Aber er ist böse!"

„Welche Schlange hat ihr Gift in Alapahas Ohr geblasen? Sie hat den Tönen des bösen Geistes gelauscht und wirft Staub auf die Hand, die ihr Gutes getan!"

„Mr. Rowson sagt, daß der Sohn des kleinen Mannes einen Bruder erschlagen und ihn dann beraubt habe."

„Der blasse Mann lügt!" rief der Indianer, sich hoch aufrichtend, während das Blut in seine Schläfe trat und seine Augen glühten, „der blasse Mann lügt!" wiederholte er, „und – er weiß es!"

„Assowaum zürnt dem Christen, weil er Alapaha dem Glauben der roten Männer abwendig machte. Assowaum ist brav und edel, er wird keinen Menschen schmähen, weil er anders denkt als er."

„Wir wollen das Fleisch in die Hütte tragen", brach der Indianer das Gespräch ab, „es wird spät. Assowaum muß noch meilenweit wandern, ehe es dunkelt."

Mit geübter Hand brach er jetzt das erlegte Wild auf, löste Schulterblätter, Hals und Kopf aus der Haut, was er den Wölfen oder Aasgeiern überließ, und hing dann das übrige an eine schnell abgehauene Stange, deren eines Ende er erfaßte, während Alapaha das andere auf ihre Schulter legte, und so schritten sie schweigend weiter und erreichten nach nicht langer Wanderung den erwähnten Ort.

Es war eine roh aufgerichtete Blockhütte, von einem früheren Ansiedler erbaut und nach kurzer Benutzung wieder verlassen, da das Land ringsum zu niedrig und also den Überschwemmungen des Flusses zu sehr ausgesetzt lag. Das Dach und die Wände befanden sich in noch ziemlich gutem Zustande, sonst bot es aber auch nicht die geringsten Bequemlichkeiten, denn selbst der Kamin war eingestürzt, und eine Diele gab es nicht. Der fehlende Kamin war aber keineswegs ein Hindernis, ein Feuer im Innern anzuzünden, denn die Spalten in den Wänden öffneten dem Rauch überall einen Durchzug, und gar sonderbar rauschte und brauste der Wind durch die breiten Ritzen der Stämme, klapperte mit den lose daran herumhängenden Stücken Rinde und pfiff über das moosige Dach zum Fluß hinunter, der sich dicht neben der unfreundlichen Stelle dahinschlängelte, von dieser aber noch durch wild aufwucherndes Buschwerk getrennt wurde.

Diesen Platz erreichte jetzt Assowaum mit seinem Weib und trug das Fleisch in das Innere des Hauses. Die Tür war aus den hölzernen Angeln gebrochen und lag umgeworfen vor dem Eingang, behinderte also keineswegs den Eintritt. Assowaum sah sich einen Augenblick in dem leeren Raum um und sagte dann:

„Das Haus ist gut und wird Alapaha Schutz gewähren. Wenn sie von ihrem frommen Wege zurückkommt, trägt sie das Fleisch in die Hütte des kleinen Mannes. Assowaum wird bei ihr sein, ehe der Whip-poor-will zum drittenmal gesungen hat.“ Damit wandte er sich und schritt schweigend mit gesenktem Haupt in den Wald.

Alapaha tat indessen, wie ihr Gatte befohlen, hieb mit dem kleinen zierlichen Tomahawk, der an ihrer Seite hing, dünne Stäbe ab und errichtete ein Gestell zum Trocknen des Fleisches, trug Holz herbei, um die leichte Glut zum Dörren des Wildbrets und für das wärmende Feuer unterhalten zu können, schnitt dann das Fleisch in Streifen, steckte es an die zu diesem Zweck abgeschnittenen Rohrstäbe und hing es über die Glut.

Der Himmel hatte sich indessen mehr und mehr bezogen, ein feuchter Staubregen fiel, und der Wind rauschte wild und unheimlich durch die über das Dach der Hütte hängenden Baumwipfel. Alapaha kauerte sich neben der knisternden Flamme nieder, summte leise eine Hymne, die sie von den Weißen gelernt hatte, und erwartete die einbrechende Dunkelheit, sich ihr Lager zu bereiten. Aufmerksam behielt sie aber dabei das dörrende Wildbret im Auge, daß es bis zum nächsten Morgen trocken genug sei, um zusammengebunden und aufbewahrt zu werden.

Aber nicht ganz so einsam und von Menschen verlassen war die Gegend, wie Alapaha im Anfang geglaubt haben mochte. Zu derselben Zeit, als sie so eifrig mit ihrer Arbeit beschäftigt war, trat auf dem Weg, der eine kleine halbe Meile den Fluß weiter hinauf lag, ein junger Mann am jenseitigen Ufer aus dem Dickicht und schaute ungeduldig nach dem andern Ufer hinüber, als ob er jemanden von da erwarte. Die Luft war keineswegs warm und er rieb sich bald die Hände, bald schob er sie unter die Arme, bald lehnte er sich an eine Platane und machte mehrmals Miene, auf dem mit Laub bedeckten Boden ungeduldig auf und ab zu gehen, hielt aber jedesmal gleich wieder inne und betrachtete mißtrauisch den betretenen Platz, ob seine hinterlassenen Spuren wohl auffallend und leicht zu erkennen wären.

Ihm schloß sich bald ein zweiter Mann an, der, in eine wollene Decke eingehüllt, den alten, arg mitgenommenen Filz tief in die Stirn gedrückt, die Büchse unter dem Arm, um das Schloß soviel wie möglich vor der niedertauenden Nässe zu bewahren, leise an ihn herantrat und lachend fragte.

„Nun, Weston, Euch wird die Zeit hier lang, he? Ihr friert, warum habt Ihr Eure Decke nicht mitgebracht? Ich sagte es gleich. – Noch nichts gehört?“

„Nichts“, erwiderte verdrießlich der Angeredete, „ich glaube auch gar nicht, daß sie noch heut abend kommen; dann wird es wirklich ein charmanter Spaß. Wenn ich die ganze Nacht hier ohne Decke und Feuer lagern muß, bin ich morgen früh eine Leiche.“

„Das wär ein Verlust von wenigstens zwanzig Dollar für den Sheriff!“ spottete Cotton, denn er war der würdige Begleiter des jungen Mannes. „Übrigens glaub' ich kaum, daß wir noch lange werden warten müssen. Rowson ist dort mit jedem Winkel bekannt, und Johnson wohl auch, da können sich ihnen nicht viele Schwierigkeiten entgegenstellen. Überdies sagtet Ihr ja selbst, daß Rowson für morgen Mittag Betstunde in der Ansiedlung drüben angekündigt hätte. Das schon wird ihn sicher veranlassen, alles zu tun, was in seinen Kräften steht, um die Zeit einzuhalten und keinen Verdacht zu erregen. Ich kann den heuchlerischen Schuft nicht leiden, aber in Geschäften ist er vortrefflich, das muß wahr sein; man sieht's, daß er aus den Yankee-Staaten stammt.“

„Die Geschichte von Heathcotts Tod macht jetzt recht viel Aufsehen bei den Leuten“, sagte Weston, „Brown soll ihn doch auf die Seite geschafft haben – Euer Name wird aber auch dabei genannt.“

„Meiner? Was, zum Donnerwetter, haben sie denn mit mir dabei? Ich habe den Laffen in meinem ganzen Leben nicht gesehen; muß ich denn an jedem Streich schuld sein, der hier gespielt wird?“

„Das kann Euch nun ziemlich gleich sein“, erwiderte Weston, „den Mord schieben sie übrigens nicht auf Eure Schultern, sondern nur das Geld!“

„Was für Geld?“

„Der Tote soll den einkassierten Betrag für drei gute Pferde in der Tasche gehabt haben, vier- oder fünfhundert Dollar – und die sind weg.

„Alle Wetter – das wäre schon der Mühe wert gewesen! Zwei Fliegen mit einem Schlag, einen Regulator und einen Haufen bar Geld. Brown ist nicht dumm; aber, Weston, Brown hat doch im Leben nichts mit uns zu tun gehabt, was geht denn den der Regulator an?“

„Andere Sachen, was weiß ich. Die Frauen oben in der Ansiedlung behaupteten, Heathcott und Brown würden um ein Mädchen werben, darum der Streit. – Doch das ist alles Nebensache, die Hauptsache ist, daß wir Heathcott los sind; wie und auf welche Art, kann uns gleich sein.“

„Aber Husfield läßt auch nicht mit sich spaßen, und wenn der uns auswittern sollte, so wird's ernst. – Ich sehe überhaupt noch nicht recht, wie wir die Spuren so verwirren wollen, daß uns die Kanaillen nicht finden. Soviel ist gewiß, wär' ich auf euren Fährten, es sollte euch schwer werden.“

„Das ließet Ihr wohl bleiben“, erwiderte Weston verschmitzt lachend, „die Sache ist verdammt pfiffig angefangen, Rowson hat das ausgetüftelt. Seht – ehe die beiden den Fluß erreichen, wollen sie wieder auf der offenen Straße reiten.“

„Auf der offenen Straße?“ fragte Cotton verwundert.

„Jawohl – auf der freien, offenen Straße, damit ihre Fährten klar und deutlich sind – dann in den Fluß und dann – nicht wieder hinaus.“

„Wohin aber? Im Fluß können sie doch nicht bleiben? Wohin dann?“

„Den Fluß hinunter, bis sie aus Spürweite sind, und dann hinein in die Welt.“

„Das lange Schwimmen halten ja die Tiere nicht aus."

„Deshalb habe ich ein Kanu unter dem vorhängenden Rohrbüschel versteckt und dort, gleich daneben noch eins. Mit Hilfe der beiden Fahrzeuge können wir die Pferde die nötige Strecke hinunterschaffen, bis wir den mir von Rowson bezeichneten Platz erreichen, und von da an müßt Ihr die Führung übernehmen, denn ich kenne den Weg nach der 'Insel' nicht. Johnson soll die Verfolger indessen auf die falsche Spur locken, und gelingt das, so sind wir beide außer aller Gefahr, besonders wenn es morgen ein regnerischer Tag wird. Dann jagen wir mit den Tieren durch den Wald, und haben wir erst einmal die Mississippi-Niederung erreicht, dann gute Nacht, Verfolgung. Johnson hat mir versichert, dort fänden wir überall Schutz und Hilfe, und das wissen die Schufte hier oben wohl auch recht gut, so weit hetzen sie gar nicht hinterher."

„Ja, das ist alles recht schön und hört sich gut an, die vom Springcreek werden aber doch keine solchen Esel sein und glauben, wir wären mit den Pferden durch die Luft davongeflogen."

„Das sollen sie auch nicht, jetzt kommt das Beste: Hier unten im Schilfbruch – das heißt nicht im Schilfbruch, sondern unterm Schilfbruch, im Flußbett, auf den Felsenplatten, steht mein Pferd, Eures..."

„Meins?"

„Euer Pferd und Johnsons zwei Schimmel. Sobald wir unsere Reise mit der frischen Sendung angetreten haben, werden diese Pferde die kleine Strecke den Fluß hinauf, der hier seicht ist, bis an die Landung gebracht, dort setzt Johnson auf und galoppiert mit den Tieren frischweg auf der Straße fort, als ob er nach den heißen Quellen hin wollte. Kommen die Verfolger erst morgen oder übermorgen, und regnet's indessen tüchtig, so war es freilich unnötig; sind sie aber den 'abgeholten' Pferden näher auf den Hufen, was ich fast fürchte, so werden sie natürlich die Hufspuren, die hier an der Furt auf der einen Seite in den Fluß, auf der andern wieder aus diesem herausführen, für ein und dieselben halten und ohne Bedenken, was aber die Hauptsache ist, ohne abzusteigen und die Sache näher zu untersuchen, ihnen folgen. Holen sie dann Johnson ein, so hat er ganz natürlich nicht ihre Pferde, weiß auch von denen gar nichts, und sie sehen zu spät ein, daß sie den falschen Tieren nachgerannt sind."

„Holen sie ihn aber nicht ein?" fragte Cotton.

„Desto besser – dann nimmt er die Pferde auf einem Umwege zur Insel, meldet die bald nachfolgende Sendung und verkauft die unsrigen."

„Was – mein Pferd?"

„Seid doch kein Narr, Cotton, einmal bekommt Ihr das Geld dafür..."

„Ja, aber wieviel? Nicht den halben Preis!"

„... und dann", fuhr Weston fort, ohne sich unterbrechen zu lassen, „dürft Ihr Euch überhaupt vor keinem Menschen mehr hier blicken lassen und müßt die Gegend in sehr kurzer Zeit verlassen."

„Was hat das aber alles mit meinem Pferd zu tun?"

„Daß ich Euch schlecht kennen müßte, wenn ich glauben wollte, Ihr würdet auf Eurem eigenen Pferd Abschied vom Fourche la fave nehmen", erwiderte Weston lachend.

„Da habt Ihr recht, Weston – das war ein gescheites Wort“, stimmte Cotton zu, „und wißt Ihr wohl...“

„Schreit nicht so, weiß der Henker, ob hier nicht irgendwo jemand herumschleicht. Ich habe überdies heute nachmittag in der Gegend schießen hören.“

„Wißt ihr wohl, daß ich mir schon ein Pferd ausgesucht habe, das mir ganz mordsmäßig gefällt?“

„Und das wäre?“

„Roberts' Hengst – ein prächtiges Tier.“

„Hört, Cotton, Ihr seid gar nicht dumm. Auf dem könnt Ihr jeder Verfolgung lachen. Hu – da wird's wieder einen Spektakel geben!“

„Der Plan ist übrigens gut“, sagte Cotton nachdenkend, „ja, ja – und wie herrlich führt Rowson das Weiberzeug in der Ansiedlung an der Nase herum. Die würden Augen machen, wenn sie ihn heut abend mit zwei Pferden an der Leine durch den Wald galoppieren sähen.“

„Mrs. Roberts hält ihn für einen wahren Heiligen – nun meinetwegen. Schade ist's nur um das hübsche junge Mädchen, das ihn heiraten soll; den möcht' ich gerade zum Mann haben! Aber hört einmal, Cotton, ich muß Euch etwas fragen: Ich höre jetzt von weiter nichts mehr sprechen als immer nur von der 'Insel', bin sogar selbst auf dem Sprung, sie kennenzulernen, so sagt mir doch, zum Teufel, was hat das mit der 'Insel' für eine Bewandtnis, was für eine Insel ist es und wo liegt sie?“

„Ich darf nicht plaudern,“ erwiderte Cotton geheimnisvoll. „Das ist eine Geschichte, in die zu viele verwickelt sind, und ich möchte die Zunge nicht im Munde tragen, die sich daran verbrennte. Soviel nur kann ich Euch anvertrauen, daß sie im Mississippi liegt und daß ihre Bewohner uns freundlich gesinnt sind. – Betreten habe ich sie selber noch nicht.“

„Im Mississippi, bah, da liegen viele Inseln – und freundlich gesinnt ist uns halb Arkansas und fünf Sechstel von Texas; nein, sagt mir etwas Näheres – welche Nummer ist's im Mississippi? Ihr wißt doch, daß die Inseln in dem Strom alle von oben herab unter bestimmten Nummer bekannt sind?“

„Ob ich das weiß!“ erwiderte höhnisch der ältere- Gefährte. „Doch weiter darf ich Euch nichts verraten, Ihr werdet übrigens die ganze Geschichte jetzt bald genug erfahren, in wenigen Tagen sind wir dort. Bis dahin also geduldet Euch in Eurer Neugierde. Doch halt! – was war das?“

„Still!“ flüsterte Weston, „das war ein Whip-poor-will. Rowson wollte das Zeichen auf diese Art geben. Sollten sie es sein? Ich will auf jeden Fall antworten, denn sicher ist ja doch alles hier.“

Er hielt die Finger an den Mund und ahmte ebenso täuschend den scharftönenden Laut des kleinen Vogels nach.

„Huhpih!“ schrie Cotton, als jetzt auf einmal rasches Pferdegetrappel hörbar wurde; gleich darauf hielten die sehnlich Erwarteten am Ufer und schwenkten die Hüte zum Zeichen des glücklichen Gelingens.

12. Liste der Pferdediebe – Die Überraschung – Alapaha und Rowson

„Hurra!“ rief Weston , alle frühere Vorsicht vergessend, beim Anblick der herrlichen Pferde, die in diesem Augenblick das jenseitige Ufer herunterkamen und am Wasserrand hielten. „Hurra – das nenn' ich Pferde!“

„Seid ihr beide wahnsinnig?“ rief Rowson ärgerlich hinüber, „wollt ihr mit Gewalt irgendeinen hier zufällig Umherstreifenden herbeilocken? Haltet die Mäuler und spart eure Ausbrüche der Freude auf, bis ihr selbst das, was euch obliegt, gut und glücklich ausgeführt habt. Wo sind eure Pferde?“

„An dem bestimmten Platz hier unten“, antwortete Weston.

„Gut! Holt sie schnell – seht euch aber vor und hinterlaßt keine Spuren am Ufer; bleibt im tiefen Wasser.“

„Ay, ay – weiß schon – Weston ist auch nicht auf den Kopf gefallen.“

Der junge Bursche sprang schnell zu der Stelle hinunter, wo er seine Pferde gelassen hatte, und kehrte auch in sehr kurzer Zeit wieder zurück, vorsichtig dabei die Tiere mitten in der Strömung haltend, die hier kaum drei Fuß tief sein konnte.

„Wo sind die Boote jetzt?“ fragte Rowson, „es kommt nicht darauf an, ob diese Pferde hier den Grund eine Weile zerstampfen, denn wenn sie uns wirklich verfolgen, werden sie denken, wir wären unschlüssig gewesen, ob wir den Durchgang versuchen sollten. Lassen wir aber die anderen Tiere am jenseitigen Ufer stehen und viele Fährten machen, so zwingt sie das, die Spuren näher zu untersuchen, und dann möchten sie herausfinden, daß es andere Hufspuren sind. Cottons Pferd hat außerdem so auffallend große Hufe:“

Weston verschwand mit Cotton gleich darauf im Schilfbruch, und nach wenigen Minuten glitten sie in ihren Kanus herbei.

„Halt!“ rief Johnson, „nicht weiter, sie dürfen die Eindrücke der Boote nicht am Ufer sehen, so – kommt in die Mitte her – jetzt nehmt die Pferde hier in Empfang – steigt lieber ein, Rowson. Also zwei in das große und einer in das kleine Kanu. – Halt da, laßt mich erst die Pferde wechseln; ah – nun ist mir ordentlich ein Stein vom Herzen, daß ich wieder auf dem Rücken meines eigenen Tieres sitze.“

„Jetzt zeigt aber, daß Ihr reiten könnt, Johnson“, sagte Rowson, während sich jener fertig machte, die Bank hinaufzuklimmen „laßt die Pferde laufen, was sie können, sie haben sich ausgeruht. Gebt ihnen Sporen und Peitsche und bedenkt, daß jede Viertelstunde, die wir die Verfolger von der rechten Spur abbringen, Gold wert ist.“

„Nur keine Angst!“ beruhigte ihn Johnson, „die mich einholen wollen, müssen schnell reiten, und wenn sie mich einholen, lach' ich sie aus. Ich habe schon vorgearbeitet und mehreren von meinen Bekannten erzählt, daß ich meine und noch einige andere Pferde in den südlichen Teil des Staates schaffen will, da ich dort einen gewaltigen Preis für sie zu erhalten hoffe.“

„Also fort", drängte Rowson, „der Teufel traue. Wer weiß, wie bald sie hinterhergekleppert kommen, und wir befinden uns gerade jetzt hier in einer höchst interessanten Stellung. Gott segne mich, wir würden schön ankommen, alle miteinander."

„Wie wird's denn mit dem Proviant?" fragte Cotton.

„Den brauch' ich nicht!" rief Johnson zurück, als er eben den obersten Kamm der Uferbank erreichte. „Ausruhen müssen die Pferde doch einmal dann und wann, und das kann ebensogut bei einem Hause geschehen."

„Nur nicht noch in dieser Nacht, daß die Verfolger nicht zu früh die Farbe der Pferde erkennen. Die beiden Schimmel möchten sie stutzig machen."

„Habt keine Angst, bis morgen mittag müssen sie aushalten. Auf ein frohes Wiedersehen!" Damit stieß er seinen Jagdruf aus, setzte dem Tier, das er ritt, die Hacken in die Seiten und verschwand im nächsten Augenblick im Wald.

„Das wäre also besorgt", sagte Rowson, „nun, Cotton, müssen wir sehen, wie wir mit diesen Tieren zu Rande kommen. Vor allen Dingen werden wir uns am besten von hier entfernen und etwa eine halbe Meile den Fluß hinuntergehen. An der Straße hier sind wir nicht allein dem ausgesetzt, von jedem Reisenden gesehen zu werden, sondern müssen auch damit rechnen, daß uns die verdammten Regulatoren unversehens über den Hals kommen. Laßt also die Binderei jetzt, den kurzen Weg bringen wir die Pferde schon so hinunter, sie haben überdies wahrscheinlich die ganze Strecke Grund. An der ersten Kiesbank setzen wir alles instand und können vor Dunkelwerden noch mit der ganzen Arbeit fix und fertig sein."

Es lag zuviel Wahres in diesen Worten, als daß sie einer weiteren Erwiderung bedurft hätten. Schnell waren daher auch alle nötigen Vorkehrungen getroffen, und wenige Minuten darauf glitten die Boote, jedes mit drei Pferden daran befestigt, um die Biegung des Flusses, die es unmöglich machte, daß sie von der Straße aus gesehen werden konnten.

„So – jetzt fängt mir's erst an ein wenig behaglicher zu werden", flüsterte Rowson. „Es dunkelt immer mehr und mehr, und sollten uns unsere Verfolger wirklich noch in dieser Nacht nachkommen, so gehen sie ohne Zweifel in die Falle, die wir ihnen gestellt haben. Hurra! Wenn ich mir die Kerle denke, wie sie mit mordlustigen Blicken auf den Fährten dahingaloppieren, mit jeder Minute eifriger den mutmaßlichen Dieb verfolgen – endlich ihn sehen, noch zur letzten Anstrengung den eigenen Tieren die Hacken in die Seite setzen, und dann – die verblüfften Gesichter – das Fluchen und Schimpfen, und Johnsons unschuldige Schafsmiene, wie er bedauern wird, die unbewußte Ursache gewesen zu sein, die vielleicht die Verbrecher der so gerechten Strafe entzogen hat – hahaha – schon der Gedanke ist köstlich!"

„Hier ist die Kiesbank", sagte Weston und deutete mit der Hand nach dem linken Ufer hinüber; „die Tiere haben Grund, und es wäre besser, die Zäume und Halfter jetzt ein wenig in Ordnung zu bringen. Auch müssen wir die Pferde besser an den Booten verteilen, denn gleich hier unten, sobald wir diese Biegung des Flusses umgangen haben, wird die Strömung tief, und die Pferde müssen jene ganze Strecke schwimmen. Ich habe es heute morgen, als ich hier heraufkam, genau untersucht."

„Wenn ich nicht irre", meinte Cotton, zum Ufer hinaufsehend, „muß hier irgendwo an dieser Kiesbank eine kleine verödete Hütte stehen. Vor etwa drei Jahren lagerten wir darin, als ich damals mit Johnson zu den Cherokesen ging. Die Büsche sind aber jetzt so drum herum hochgewachsen, daß man gar nichts mehr von ihr sehen kann. Ja, dies ist die Stelle", fuhr er fort, als sie mit den Kähnen landeten, „ich erkenne sie an der niedergestürzten Platane; die fiel in derselben Nacht, in der wir hier lagerten, und hätte sie eine andere Richtung genommen, so wär's um uns geschehen gewesen."

„Arkansas würde nicht getrauert haben", spottete Rowson.

„Nein, wohl schwerlich – doch davon schweigen wir lieber. Was wollt ihr denn da machen?"

„Wir müssen das kleine Boot an das größere anhängen", sagte Rowson, „nachher können wir zwei Pferde an jede Seite nehmen und zwei hinten; zu rudern haben wir auch nicht viel, denn die Strömung ist ziemlich stark. Allenfalls kann einer von uns ein wenig nachhelfen, besonders steuern, die anderen beiden geben dann auf die Pferde acht, daß sich diese nicht in den Halftern verwickeln. Bis um zwölf müssen wir am Devils Crook sein, dort steige ich aus und überlasse euch zwei eurem Schicksal. Schont die Pferde nicht und vermeidet nur da die breite, offene Straße, wo der Wald licht genug ist, ebenso schnell hindurchkommen zu können. Sollten unsere Verfolger wirklich schon morgen, was aber nicht zu erwarten ist, ja was fast nur durch einen Zufall möglich wäre, die richtigen Fährten finden, nun, so habt ihr etwa zwölf Stunden Vorsprung und tüchtige Pferde. Cotton, Ihr kennt den Weg?"

„Na, ich sollte denken", brummte dieser, „bin ihn oft genug gehetzt – einmal mit fünf Kerlen auf den Hacken. Haben wir nur erst den Mississippisumpf erreicht, wo ich die Fährten durch alle die Bayous und Lagunen weiß, dann sind wir sicher. Dort gibt es einen Platz – wenn ich da hindurch bin und haue von der andern Seite einen Baum über die Stelle, so nimmt's den Verfolgern einen ganzen Tag, um zu Pferde nachzukommen. Diesen Platz habe ich mir bis jetzt immer für einen Notfall aufgehoben."

„Wo bekommt Ihr aber eine Axt her?"

„Erst im vorigen Monat versteckte ich dort meine Axt in einen hohlen Baum; drängt die Not, so soll's an Handwerkszeug nicht fehlen."

„So – jetzt wird wohl alles in Ordnung sein", sagte Rowson, der eben seine Vorbereitungen an den Kähnen beendet hatte. „Nun, Cotton, noch ein Wort über Euer Verhalten, und dann fort an die Arbeit: Die Stelle kennt Weston, wo Ihr zuerst das Land berühren dürft; es ist dort, wo die breiten Steinplatten bis hoch hinauf zwischen die Bäume laufen. Wir haben dadurch den Vorteil, daß unsere Spuren vom Wasser aus gar nicht bemerkt werden können. Etwa hundert Schritt den Fluß hinunter, wo zwei Fichten kreuzweise übereinandergestürzt sind, hat Atkins einen Sack mit Mais und noch andere Lebensmittel verborgen."

„Warum geht Ihr denn nicht mit bis an jene Stelle?" fragte Weston.

„Dort könnten meine Spuren gefunden werden", erwiderte Rowson, „was am Devils Crook nicht möglich ist; mache ich dann von da aus einen kleinen Umweg über die Berge, so komme ich nachher wieder von einer ganz andern Richtung in die Ansiedlung zurück. Ich traue dem verdammten Indianer nicht, besonders wenn sie ihn einmal auf unsere Fährten hetzen sollten, bin deshalb auch so vorsichtig wie nur irgend möglich. Aber, Cotton – habt Ihr nicht irgendwas zu essen mit? Mich hungert fürchterlich. Wie wir herkamen, war's mir beinahe, als ob ich gebratenes

Hirschfleisch röche – ich wollte, ich hätt' jetzt ein Stück. Daß Ihr auch gar keinen Proviant mitgebracht habt – man kann doch nicht an alles denken."

„Oben im Schilfbruch, wo die Pferde standen, liegt mein Halstuch mit Maisbrot und Hirschfleisch", sagte Weston, „ich habe es aber leider vergessen – jetzt ist's wohl zu spät, es zu holen."

„Den Teufel auch – an das hättet Ihr früher denken sollen; es wird's doch niemand finden können?"

„Nein, es hängt versteckt – aber wollen wir nicht fort?"

„Wartet nur noch, bis Cotton den Zaum ausgebessert hat", sagte Rowson, „wenn er unterwegs reißen sollte, hätten wir mehr Aufenthalt und könnten ihn am Ende im Dunkeln nicht einmal instand setzen."

„Wie erwischtet Ihr denn eigentlich die Pferde, Rowson?" fragte Cotton, der emsig beschäftigt war, den einen zerrissenen Halfter wiederherzustellen, „erzählt's uns jetzt, denn unterwegs werden wir nicht viel Zeit zum Schwatzen haben und erfahren es nachher gar nicht."

„Mit wenigen Worten kann das geschehen", erwiderte Rowson schmunzelnd, indem er sich in aller Ruhe ein großes Stück Kautabak abschnitt und in den Mund schob. „Glücklicherweise begegneten wir unterwegs keinem Bekannten und erreichten die Stelle an der Fenzecke, wo der Springcreek dicht vorbeifließt, gerade mit Dunkelwerden – so etwa um diese Zeit. Die Mühle hatten wir geschickt umgangen, und als die erste Eule laut wurde, standen wir an der Umzäunung, in der sich die Stuten befanden. Mir war nicht wohl bei der Sache, denn meiner Berechnung nach hätten die wild umherlaufenden Pferde schon dasein müssen; das ließ sich aber nicht ändern, und Johnson und ich kletterten auf Bäume, um vor Überraschung sicher zu sein und alles Herankommende rechtzeitig bemerken zu können. Ein Glück war's, daß wir es taten, denn kaum saßen wir oben, als, straf' mich Gott, Husfield selber... sagtet Ihr etwas, Cotton?"

„Nein – warum?"

„Mir war's, als hörte ich einen Laut... Husfield selber mit einer ganzen Koppel Hunde von der Jagd heimkehrte und dort vorüberkam. Wären wir unten auf der Erde gewesen, so hätten uns die Bestien gewiß aufgestöbert, und dann gute Nacht, Johnson, denn auf den hat es Husfield besonders abgesehen; die Zügel, die wir bei uns trugen, würden uns auch auf jeden Fall verraten haben. So schnüffelten die verdammten Hunde nur unter den Bäumen herum, hoben die Nasen in die Höhe und windeten eine Weile, daß uns angst und bange wurde, folgten dann aber kläffend ihrem Herrn, der indessen schon eine Strecke Weges vorausgeritten war.

Wir beide hatten Todesschweiß geschwitzt. Unsere Not endete übrigens dann, denn gleich darauf kamen die Pferde. Wir suchten uns, solange es noch nicht ganz dunkel war, die aus, die uns am besten gefielen, zäumten sie auf, schwangen uns drauf, und fort ging's wie ein Sturmwind durch den Wald, daß ich ein paarmal glaubte, wir müßten Hals und Beine brechen. Um Husfield irrezuführen, ritten wir noch eine Weile im Zickzack auf steinigem Boden umher, schlugen verschiedene Richtungen ein und setzten erst dann, als wir uns sicher glaubten, unsern Ritt mit weniger Vorsicht, aber dafür auch um so rascher fort."

„Wurden denn die anderen Pferde nicht scheu, als Ihr Euch einen Teil von ihnen herausfischtet?"

„Ja – sie schnoben gewaltig, und gerade wie wir die letzten bei der Mähne erwischt hatten, brachen die übrigen schnaubend und wiehernd davon und galoppierten um die Fenz, wahrscheinlich wieder in den Wald hinein. Der Fuchs hier hat mich wohl sechsmal im Kreise herumgerissen, ehe ich ihn zum Stehen bringen konnte.“

„Na, Husfield wird schön wüten“, sagte Cotton lachend, „sechs Pferde auf einmal sind seit Menschengedenken keinem Farmer gestohlen worden.“

„Und der fromme Rowson an der Spitze!“ jubelte Weston.

„Hört einmal, Rowson“, sagte Cotton jetzt, indem er über den Zügel zu dem schmunzelnd Dastehenden hinüberblinzelte, „über welches Thema werdet Ihr denn morgen predigen? Jammerschade ist's, daß ich das nicht mit anhören kann; so etwas müßte der Mühe wert sein.“

„Verdammt!“ rief Rowson ärgerlich, „morgen schenkte ich ihnen den Unsinn gern, ich werde zu unaufmerksam sein, zuviel Angst haben, was aus Euch geworden ist.“

„Aus den Pferden, meint Ihr?“

„Nun ja, auch aus den Pferden, und da muß ich denn stehen und Gebete plappern und langweilige, alberne Lieder herplärren.“

„Und das ‘Glory’ rufen nachher und das Ohnmächtigwerden von der dicken Witwe!“ lachte Weston.

„Und die frommen Gespräche mit der schönen Indianerin“, fiel Cotton ein. „Hört, Rowson, Ihr habt gar keinen so schlechten Geschmack!“

„Verdammt!“ rief Rowson, „macht, daß wir fortkommen, mir wird nachgerade kalt, und die Pferde frieren ebenfalls. Hat niemand einen Tropfen Whisky? Johnson, der Halunke, hat meine Flasche in der Tasche und sagt kein Wort – O zum Teufel, laßt noch einen Tropfen drin, Ihr saugt ja, als ob Ihr sie luftleer pumpen wolltet!“

Cotton reichte ihm die Flasche hinüber, und Rowson tat einen langen Zug; dann korkte er sie wieder zu und gab sie zurück.

„Nicht wahr, der labt?“ fragte Cotton schmunzelnd, „ja, und wärmt dazu; ich habe eine ganze Handvoll spanischen Pfeffer hineingetan.“

„Es tut einem gut heut abend“, sagte Rowson, sich schüttelnd, „der feine Regen kühlt merkwürdig.“

„So, jetzt kann's weitergehen!“ rief Cotton, „nun schnell, daß wir von hier fortkommen; es wird immer dunkler, und dort dro – dro-ben – Pest und Gift!“ fuhr er schnell flüsternd fort, „was ist das? Da schimmert ein Licht durch die Büsche!“

„Wo?“ fuhr Rowson auf.

„Da oben – das muß in dar Hütte sein.“

„Dort in dem Busch kauert etwas Helles!“ rief Weston jetzt, dessen scharfes Auge die Umrisse einer Gestalt bemerkte, die in die dunklen Sträucher, welche das Flußufer begrenzten, hineingeschmiegt stand.

„Tod und Teufel", schrie Cotton, „das ist Verrat!" und wie ein Pfeil flog er, von Rowson gefolgt, mit wenigen Sätzen die Uferbank hinauf und stand im nächsten Augenblick dem einsamen Wesen, das von dort oben aus das ganze Treiben der Männer beobachtet und jedes Wort gehört hatte, gegenüber.

„Alapaha!" rief Rowson entsetzt.

„Das rothäutige Weib!" knirschte Cotton, ebenso erstaunt wie erschreckt.

„Du bist allein?" fragte Rowson die Indianerin. „Du bist allein? Wo ist Assowaum?"

Alapaha vermochte aber nicht zu antworten, eine Weile stand sie starr und aufrecht und blickte mit einem ernsten, ja fürchterlichen Ausdruck den Mann an, der ihr den Glauben an ihren Gott, die Liebe für ihren Gatten genommen hatte. Dann kam der Gedanke an ihr grenzenloses, entsetzliches Elend über sie. Alapaha barg ihr Gesicht in den Händen, und große helle Tränen rieselten zwischen den zusammengepreßten Fingern hindurch.

„Die Pferde werden unruhig!" rief Cotton ärgerlich, „was fangen wir mit der hier an?"

„Geht – überlaßt sie mir", flüsterte ihm Rowson zu.

„Sie Euch überlassen? Das glaub' ich!" erwiderte der Jäger höhnisch. „Ihr seid nicht so dumm – ist's jetzt Zeit zu solchen Possen?"

„Fort mit den Pferden", rief Rowson mit unterdrückter Stimme, „der Fluß macht hier den Bogen, wohl drei Meilen in der Länge, es sind aber keine hundert Schritt gerade hinüber zu Land, man kann auf die Art die ganze Biegung abschneiden. – Fort also, Weston vermag nicht die Tiere allein zu halten."

„Und was soll mit dem Weib geschehen?"

„Habt keine Angst", flüsterte ihm Rowson zu, „ist einer durch ihre Aussagen gefährdet, dann bin ich es."

„So geht denn zum Teufel und – kommt bald nach", fluchte Cotton, „die Folgen über Euch, wenn Ihr uns warten laßt." Er sprang die Uferbank wieder hinunter, über die lockeren Kiesel hinweg, und wenige Sekunden darauf glitten die Boote mit den schnaubenden und keuchenden Pferden hinein in die Dunkelheit.

13. Der Prediger wird von der Indianerin entlarvt – Die gelungene Flucht

„Wo ist Assowaum?" fragte mit leiser, aber fester Stimme Rowson, als er sich mit der jungen Indianerin allein sah. Diese jedoch schien seine Frage nicht zu hören. Nichts unterbrach die stille Nacht als das Schluchzen des armen Weibes und das schwere Atmen des Predigers.

„Wo ist Assowaum?" wiederholte dieser endlich nach einer Pause und erfaßte den Arm der Weinenden. Wie von einer Schlange berührt, fuhr aber Alapaha empor, machte sich los von dem Griff des finsteren Mannes und rief, vor ihm zurückschaudernd:

„Fort – fort – dein Atem ist Gift – deine Berührung Tod – deine Zunge ist doppelt, und deine Augen lügen Gott, während deine Brust den Teufel birgt. Fort – Gras und Blume müssen welken, wohin du deinen Fuß setzest; die Vögel müssen schweigen, wenn du in ihre Nähe trittst. Der Rauch der heiligen Pfeife muß vor dir zurückfliehen und darf dich nicht umgeben. Dein Gott ist ein Lügengott, denn sonst hätte er lange seinen Blitz gesandt, dich Verfluchten zu zerschmettern – fort!"

„Wo ist Assowaum?" drängte der Prediger mit heiserer Stimme, ohne die Bannworte der Indianerin zu beachten.

„O daß er hier wäre, dich zu züchtigen!" entgegnete diese leidenschaftlich, sich hoch aufrichtend, „daß er hier wäre, die Schmach zu tilgen, die du auf den Scheitel seines armen Weibes gehäuft. Aber wehe dir! Er soll dich finden – er soll dich treffen; sein Kriegsruf soll in deine Ohren tönen! Oh, du hast ihn noch nicht gesehen in seiner kriegerischen Herrlichkeit", fuhr sie stolz fort, als sie das höhnische Lächeln Rowsons bemerkte, „du hast ihn noch nicht gesehen mit geschwungenem blitzendem Tomahawk, mit dem Schlachtschrei auf den Lippen und dem Tod der Feinde im Auge, mit wehender Skalplocke und blitzender Speerspitze. Du hast ihn noch nicht gesehen beim Kriegstanze mit den Tod kündenden Streifen im Antlitz; hast ihn noch nicht gesehen, rot vom Blut der Erschlagenen und mit den Skalpen der Besiegten am Gürtel. – Aber er wird kommen, er wird zurückkehren!"

„Wann – Weib, wann?" fragte der Prediger schnell.

„Wann?" Die Indianerin lachte triumphierend. „Zu schnell noch für dich. Ehe die Sonne zweimal im Osten wieder emporsteigt, ist er da, und wehe dir, wenn sein Pfad den deinen kreuzt!"

„Aber wo ist er jetzt?"

„Oh, wie du zitterst, elender Feigling, schon bei dem Gedanken an seinen Arm, an die Schärfe seiner Waffe, wie du bebst und ängstlich umherblickst, aus Furcht, er könnte jetzt aus den Büschen treten. – Ich bin nur ein Weib, aber ich werde stolz, wenn ich auf dich herniedersehe."

„Wo ist er jetzt?" fragte zähneknirschend, aber immer noch nicht frei von Furcht der Weiße, denn er konnte sich nicht denken, daß die Indianerin ihren Wigwam allein verlassen habe und sich hier im Wald ohne den Schutz ihres Mannes aufhalte.

„Wo er jetzt ist?" fuhr Alapaha höhnisch lächelnd fort. „Nicht allein wird er zurückkehren, die starke Hand ist bei ihm, die den erschlug, der sie beleidigte – zittre, denn dein Gott wird dich nicht schützen!"

„Ha!" fuhr Rowson auf, „so ist er hinüber, Brown zu holen; dacht ich's doch. – Gut! Dann bist du mein, und weder Gott noch Teufel soll dich mir entreißen."

„Zurück!" schrie die Indianerin, erschrocken auffahrend, als Rowson sie umschlingen wollte, und flüchtete nach der Hütte. „Zurück, Teufel! Deine Augen glühen – zurück!"

„Du entgehst mir nicht!" Rowson lachte wild auf. „Ich trotze dem rothäutigen Schuft, er mag kommen – aber dich soll er mir nicht entreißen – und daß du uns nicht verrätst, dafür werde ich sorgen."

„So möge denn der Manitu unseres Volkes, dem ich von diesem Augenblick an wieder gehöre, mir Kraft geben!" rief Alapaha, sich noch einmal dem Arme des Wütenden entreißend und ihren

Tomahawk, den sie an der Seite trug, ergreifend. „Stirb, Verruchter, von der Hand eines Weibes, und mögen Aasgeier und Wolf deine Gebeine umherzerren – stirb!“

Bei den letzten Worten sprang sie auf den erschrocken Zurücktaumelnden zu, und der nächste Augenblick hätte sein Schicksal besiegelt, wäre die Indianerin nicht über eine Wurzel gestürzt. Im nächsten Augenblick war sie in der Gewalt ihres Feindes.

„Wenn Rowson dem Geschrei nicht bald ein Ende macht“, brummte Cotton unwillig vor sich hin, „so wird er uns noch jemanden auf den Hals locken. Ich habe sicher am Nachmittag hier irgendwo schießen hören, und es wäre gar nicht so unmöglich, daß die Rothaut noch irgendwo im Walde läge.“

„Ich wollte, Rowson käme endlich“, sagte Weston, ebenfalls ärgerlich, „das bloße Treiben mit dem Strom geht zu langsam, und man kann doch wahrhaftig nicht drei Pferde halten und auch noch rudern. Die Tiere werden überdies unruhig; das Wasser ist kalt, und das Ganze mag ihnen wohl ungewohnt und sonderbar genug vorkommen.“

Die Männer lauschten einen Augenblick, und wieder drang der schrille Hilferuf der Indianerin durch die stille Nacht herüber, daß die Eule in den dunklen Fichten am Flußufer höhnend darauf antwortete und neugierig dem Orte zuflog, von dem solch unheimliche Laute herübertönten.

„Die Pest über den Narren!“ rief Cotton erbost, „ich wollte bei Gott, sie entwischte ihm – wenn wir nur selbst erst einige fünfzig Meilen weiter fort wären. Entkäme die Rothaut aber jetzt und gäbe Alarm, Höll' und Teufel! Ich glaube, wir hätten morgen eine Armee hinter uns her.“

„Er wird sie doch nicht umbringen?“ fragte Weston schaudernd. „Es ist jetzt auf einmal so totenstill – mir graust's, Cotton, er wird doch kein Blut vergießen?“

„Narr!“ brummte Cotton, „wollt Ihr Euren eigenen Hals in die Schlinge legen, he? Gelüstet's Euch, von den Regulatoren an irgendeinem bequem gewachsenen Eichenast in die Höhe gezogen zu werden? Rowson wird tun, was nötig ist. Kann's ohne Blutvergießen abgemacht werden, desto besser, ich bin selbst kein Freund davon. Geht das aber nicht...“

„O kein Blut – kein Blut –“ rief Weston ängstlich. „Ich habe mich mit euch verbunden, die Pferde zu stehlen – das ist kein Verbrechen – aber Blut – mich überläuft's, wenn ich daran denke. Blut mag ich nicht auf dem Gewissen haben; und das war ja auch nur ein Weib.“

„Desto gefährlicher“, entgegnete Cotton, „wenigstens da, wo es gilt, etwas zu verschweigen. Doch seid kein Narr, Rowson wird's schon machen, er tut gewiß nichts, als was er – habt auf das Pferd da acht, es fühlt Grund und will ans Ufer – Pest, da drüben hat's schon den Huf in den Schlamm gedrückt. Seht Euch vor, Weston, wir wissen nicht, wer uns auf den Fährten sitzen wird.“

„Der Teufel mag sie alle in Ordnung halten“, rief Weston ärgerlich, „warum bleibt Rowson so lange? Die Tiere werden ungeduldig, und mir sterben die Hände schon ab vom langen Halten.“

„Dort ist die Stelle, wo er zu uns stoßen wollte“, sagte Cotton, „seht Ihr dort, wo die Wurzel im Wasser liegt – gerade vor Euch. Ich habe hier oft in der Gegend gejagt und kenne den Bogen, den der Fluß macht, gut genug.“

„Da steht auch jemand neben der Wurzel!“ flüsterte Weston leise. In dem Augenblick ertönte der Ruf des Whip-poor-will, und gleich darauf sprang Rowson, denn er war es, von dem Stein, auf dem er gestanden hatte, in das hier nur wenige Zoll tiefe Wasser und watete an die Boote heran, da die darin Sitzenden nicht anhalten konnten, ihn aufzunehmen.

„Hier ist Proviant", sagte er mit heiserer Stimme, indem er einen Armvoll auf Stäbe gereihte Stücke Hirschfleisch in das Boot warf, „delikates Wildbret."

„Wo ist die Indianerin?" fragte Weston, dem finstern Mann ängstlich ins Auge sehend.

„Sicher!" antwortete dieser lakonisch und wandte sich ab vor dem forschenden Blicke des Fragenden.

„Sicher? Ihr habt ihr doch kein Leid angetan?"

„Unsinn! Kümmert Euch um Eure eigenen Geschäfte, was geht Euch mein Handeln an? – So, gebt mir die Pferde und nehmt Ihr das Ruder ein wenig, das Wasser wird hier tief, und wir kommen etwas schneller vom Fleck."

„Wie weit ist's noch zu dem Platze, wo wir landen?" fragte Cotton.

„Drei Meilen – eher etwas mehr als weniger."

„Und wie weit geht Ihr mit?"

„Noch zwei Meilen etwa. Wir werden die Hügelreihen bald erreichen, an deren Fuß ich aussteige. – Aber – Weston, kommt doch noch einmal her und nehmt die Zügel – Cotton, habt Ihr nicht ein altes Tuch oder so etwas bei Euch?"

„Mein Halstuch! Was wollt Ihr damit?"

„Gebt es her, oder bindet es mir hier um den Arm."

„Ja, dann müßt Ihr aber den Rock ausziehen. Ich komme auch nicht gut an Euch heran, das verwünschte Boot schwankt so, und ich fürchte, es schlägt um."

„Gut – dann warte ich noch eine Viertelstunde, bis wir wieder an eine seichte Stelle kommen, und gehe nebenher im Wasser, dann macht sich's besser."

„Was habt Ihr denn an der Schulter?" fragte Cotton, als Rowson den Rock auszog und den Ärmel hochstreifte.

„Ih – die kleine Hexe erwischte einmal, ich weiß selbst nicht wie, den Tomahawk, den ich ihr schon weggenommen, und – doch es hat weiter nichts zu sagen. Dort unten, wo es so hell schimmert, hört das tiefe Wasser auf, und dann können wir etwas darumbinden."

Schweigend steuerten die Männer die Boote zu der bezeichneten Stelle, dann aber stieg Rowson, erst vorsichtig mit dem kurzen Ruder nach Grund fühlend, über Bord, und während er neben dem langsam dahingleitenden Kahn herging und sich mit der rechten Hand am Rande festhielt, verband ihm Cotton die keineswegs unbedeutende Wunde.

„Wenn nur der Mond ein wenig schiene", rief Weston nach einer Weile, „daß wir wenigstens den Punkt erkennen könnten, an dem wir landen müssen!"

„Sehnt Euch auch noch nach dem Mond", brummte Cotton, „weiter fehlte gar nichts. Ich wünschte, es regnete, was vom Himmel herunter wollte."

Die Boote glitten jetzt an einer steilen Bergkette vorbei, deren schroffe Felskanten bis hinein in den Strom reichten, während einzelne dunkle Zedernbüsche aus der senkrechten Wand emporwuchsen und lange, unheimliche Felsspalten sich bis zu dem Gipfel der Berge hinaufdehnten. Die Kuppe krönten hohe, schwankende Fichten und Kiefern, und Zedern und Hickorys bildeten das dichte, feste und beinahe undurchdringliche Unterholz.

„Wir sind nicht mehr weit vom Ziel", sagte Rowson, „gleich dort unten ist die Stelle, an der ich euch verlasse. Cotton, Ihr kennt ja den Platz, wo Ihr aussteigen müßt!"

„Hat keine Not – den verfehl' ich nicht. Aber halt! Was ist das? Ein Feuer am Ufer? Dort lagert jemand."

„Nur ruhig", flüsterte Rowson, wer es auch sei, das Rohr läßt ihn hier nicht dicht ans Ufer, und der Schatten der Bäume wird uns vor jedem neugierigen Blick verbergen."

Am Ufer schlug jetzt kläffend ein Hund an, und sie konnten sogar eine Stimme hören, die ihn beruhigte. Das Rohrdickicht war aber, wie Rowson richtig bemerkt hatte, so dicht und verworren, daß es unmöglich gewesen wäre, an dieser Stelle den Fluß zu übersehen, und lautlos schwammen die Männer in der hier ziemlich tiefen Strömung vorüber.

„Verdammt! Wie die Pferde schwanken", flüsterte Cotton nach einer Weile.

„Es ist Zeit, daß sie festen Boden unter die Beine bekommen", erwiderte Rowson. „Hier ist übrigens der Ort, wo ich landen muß. Haltet ein klein wenig näher ans Ufer, daß ich abspringen kann – und nun macht eure Sache klug. Haltet euch jetzt fest!"

Mit diesen Worten schwang er sich aus dem schaukelnden Boot auf einen vorspringenden Stein, winkte noch einmal mit der Hand hinüber und verschwand im Dunkel.

Es gehörte ein so geübter Kanufahrer wie Cotton dazu, um das schwankende Fahrzeug bei dem Herausspringen eines Menschen vor dem Umschlagen zu bewahren. Doch es war diesmal für ihn mit nur geringen Schwierigkeiten verbunden; der Kahn schaukelte kaum einige Sekunden und glitt dann ruhig weiter, ohne einen Tropfen Wasser eingenommen zu haben.

Weston sprach keine Silbe mehr; seit dem letzten Schrei der Indianerin, der ihm noch in den Ohren tönte, hatte sich eine unbezwingbare Angst seiner bemächtigt. Er fuhr bei dem geringsten Geräusch empor, und das Herz klopfte ihm in fieberhaften Schlägen.

Ohne weiter ein Wort miteinander zu wechseln, erreichten sie bald darauf die von Rowson bezeichnete Stelle, wo breite, glatte Felsplatten bis in die Mitte des Flusses hineinliefen und sich bis oben hinauf zu dem mit dichtem niederem Gebüsch bewachsenen Ufer erstreckten. Dort hielten die beiden Männer und führten die schnaubenden und ungeduldig stampfenden Pferde auf das Trockene.

„Ja, trampelt nur", meinte Cotton, „es soll euch bald warm genug werden. Haltet sie einen Augenblick, Weston, ich muß das eine Kanu erst versenken, damit es niemand findet und Verdacht schöpft; das andere mag schwimmen; wenn sie es sehen, werden sie glauben, es habe sich losgerissen."

Damit warf er schnell seine Kleider ab, um beim Schwimmen nicht behindert zu werden, füllte das Kanu mit Steinen, ruderte es an eine tiefe Stelle und ließ es sinken.

„So", sagte er, als er neben Weston wieder an Land sprang und seine Kleider überwarf, „so, das wird so bald niemand finden. – Jetzt aber fort, mir brennt der Boden hier unter den Füßen."

„Und kennt Ihr den Weg auch genau?" fragte Weston besorgt, „in der Nacht gehört ein erfahrener Mann dazu, eine genaue Richtung im Walde beibehalten zu können."

„Seid unbesorgt", erwiderte Cotton, „wir müssen uns überdies etwas auf dem Bergrücken halten, denn da ist das wenigste Gestrüpp und ein Verirren auch nicht mehr möglich. Wenn wir überhaupt nur erst aus dem Schilfdickicht heraus sind, und das ist hier kaum fünfhundert Schritt breit, dann hat's keine Not mehr. Also frisch in den Sattel, Weston – apropos, was habt Ihr denn für Sättel mit von zu Hause gebracht?"

„Für Euch einen alten spanischen, für mich gar keinen, ich nehme das Büffelfell hier. Wie weit ist's denn?"

„Nun, morgen oder übermorgen kommen wir nicht hin; doch was tut's. Wer solche Geschäfte übernimmt, darf nicht so sehr auf Bequemlichkeit sehen. Rowsons Plan ist übrigens kapital, und ich denke, wir werden den Mississippisumpf wohl ungestört erreichen. Ich bin nur neugierig, ob sie Johnson nichts am Zeuge flicken."

„Wenn ich bloß wüßte, ob Rowson der Indianerin kein Leid zugefügt hat!" sagte Weston seufzend.

„Oh, die Pest auf Eure Indianerin, was kümmert uns die! Höll' und Teufel, da fängt's wieder an zu regnen. Doch halt, ich will nicht fluchen, das kann uns nur lieb sein, besonders Johnson, denn dem können sie nachher nicht nachspüren, von woher er mit den Pferden gekommen ist. Aber jetzt fort – hier hindurch, Weston; das ist die Mündung eines der kleinen Bäche, und wenigstens schilffrei."

Weston hatte indessen das Büffelfell auf dem Rücken eines der Pferde befestigt, schwang sich hinauf und folgte, zwei andere führend, dem Gefährten, der unterdes schon das Dickicht betreten hatte und im Dunkel verschwunden war. Wenige Augenblicke noch konnten man das Brechen und Krachen des trockenen Schilfrohrs hören, als sich die Pferde hindurchdrängten. Dann verhallte auch dies, und Totenstille ruhte wieder auf der Wildnis.

Der Leser muß aber jetzt noch einmal mit mir zu der Furt zurückkehren, an der wir uns beim Anfang des vorigen Kapitels befanden.

Gar nicht so sehr lange waren hier die vier Verbündeten unter dem dunklen Schatten der Bäume verschwunden, als die Straße entlang, mit Kienfackeln in den Händen, die Reiter vom Springcreek mit den in Pettyville hinzugekommenen Farmern heransprengten.

„Hier sind sie hinunter", rief Husfield jetzt, sich im Steigbügel niederbeugend und die Fackel so nahe wie möglich an die Erde haltend, „das sind meine Pferde, verdammt will ich sein, wenn die Unverschämtheit nicht ins Grenzenlose geht; galoppieren mitten auf der breiten Countystraße durchs Land, als ob sie auf ihren eigenen Kleppern ritten. Aber wartet, Halunken, wartet, der Strafe entgeht ihr diesmal nicht."

„Bezweifle sehr, daß sie warten werden", entgegnete Cook lachend, „die Spuren sehen auch gar nicht danach aus. Husfield, wir werden scharf reiten müssen, wenn wir sie morgen einholen wollen."

„Und ob wir scharf reiten! Wenn ich auch diese Pferde zugrunde richte – lieber alle verloren, aber hängen muß ich die Kanaillen sehen, sonst kann ich nicht mehr ruhig schlafen."

„Mir war's, als ob ich einen Schrei hörte, wie wir dort oben um die umgefallene Eiche herumritten", sagte Curtis, „war's Euch nicht auch so?"

„Ja", erwiderte Husfield, „ich hörte etwas, das wird aber wohl ein Panther gewesen sein, es gibt deren noch einige hier im Schilfbruch."

„O genug", rief Cook, „besonders hier in der Gegend. Vor acht Tagen habe ich erst einen geschossen und Fährten sind im Überfluß da."

„Wie ist denn die Furt?" fragte Husfield jetzt, sich im Sattel zurückbiegend; „irgendeine tiefe Stelle hier, die gefährlich werden könnte?"

„Ja, auf der anderen Seite", erwiderte Curtis, „laßt mich nur voranreiten, ich kenne die Stelle."

Damit ließ er sein Pferd langsam die steile Uferbank hinuntergehen und ritt, von den übrigen einzeln gefolgt, zum anderen Ufer hinüber.

„Seht Ihr die Fährten da?" fragte Husfield, der den Zug beschloß.

„Jawohl – versteht sich", rief Curtis zurück, „sie könnten auch nirgends anders hinauf – gerade fort auf der Straße, so wahr ich Curtis heiße. Sie verlassen sich auf die schnellen Hufe ihrer Tiere."

„Wär's aber nicht besser, wir würfen die Fackeln jetzt weg?" fragte Cook. „Sollten wir ihnen wirklich nahe kommen, so würden uns die leuchtenden Brände verraten."

„Das ist wahr!" bestätigte Curtis, „die Fackeln löschen wir aus; sind sie auf der Straße geblieben, was ich jetzt keinen Augenblick mehr bezweifle, so holen wir sie auch ein, und da können uns die leuchtenden Kienbrände nur schaden, also fort mit ihnen!" Und ohne weiter eine Zustimmung der übrigen abzuwarten, schleuderte er seine Fackel hinüber in das feuchte Laub, wo sie augenblicklich erlosch. Seinem Beispiel folgte Cook, nur Husfield suchte noch den Boden ab, um die bekannten Hufspuren wieder aufzufinden.

„Sie sind hier hinauf", rief ihm Curtis zu, „hier auf der Straße selbst sind ja die Fährten."

„Ihr habt alles vertreten", sagte Husfield; „nun, meinetwegen auch im Dunkeln. Den Weg werden wir ja nicht verfehlen können."

„Ist nicht möglich", erwiderte Cook, „wenigstens nicht in dieser Nacht."

„Gut – vorwärts denn", rief Husfield, indem er nun seine Kienfackel ebenfalls von sich warf, „vorwärts, und wer von euch die erste Hand an die Schufte legt, hat ein Faß Whisky bei mir gut...

Die Männer jubelten laut auf über den Preis, und hin auf der Straße, den „heißen Quellen" zu, flogen sie in gestrecktem Galopp, Johnsons Fährten folgend.

14. Brown auf dem Rückweg – Die geheimnisvolle Zusammenkunft – Der Indianer – Der alte Farmer - Kanufahrt

Es war in der Dämmerung des im letzten Kapitel beschriebenen Abends, als das Pittsburger Fährboot, von zwei kräftigen Negern über den Arkansas gerudert, an dem gegenüberliegenden südlichen Ufer des Flusses landete. Es setzte dort den einzigen Passagier, einen jungen blassen Mann, ab, der sein kleines rauhhaariges Pony im Boot am Zügel gehalten. Der Reisende bezahlte das verlangte Fährgeld und ließ sein Pferd, dem er den Zügel über den Nacken warf, allein aus dem Boot springen. Es bewerkstelligte dies auch sehr geschickt mit einem kurzen Satz, lief dann etwa zwanzig Schritt weiter die Uferbank hinauf, und hielt dort, an den Wurzeln einzelner Birken das dem sandigen Boden sparsam entkeimende Gras abzureißen und zu verzehren.

„Aber, Massa“, sagte einer der Fährleute, „ich hab' Euch schon drüben gesagt, daß es hier kein Haus auf sieben Meilen gibt, und Massa wird die Nacht im Freien und im Regen zubringen müssen.“ Während er diese Worte sprach, schob er den erhaltenen halben Dollar Fährgeld in eine kleine schmutzige lederne Tasche und barg diese dann wieder mit großer Vorsicht in der einen weiten Tasche seiner baumwollenen Hose.

„Ich weiß das“, erwiderte der Fremde, „seit wann aber ist die Hütte nicht mehr bewohnt, die, nicht weit von hier, am Rande der Prärie steht? Früher waren Leute darin – Ansiedler aus Illinois.“

„Oh, schon sehr lange, Massa“, entgegnete der Neger, „die Frau starb und die beiden Kinder auch. Da zog denn der Mann wieder fort, verkaufte aber das kleine Stück Land mit der Hütte vorher an meinen Master in Pittsburg, und wie ich drüben hörte, soll er den Mississippi hinauf nach Hause gegangen sein.“

„Das Haus steht noch?“

„Ja, Massa – aber...“

„Nun – aber? Ist kein Dach drauf?“

„O ja, Massa, ein gutes Dach, alles in Ordnung noch – aber – die Leute drüben erzählen – es wäre nicht ganz richtig in dem Hause.“

„Nicht richtig, wieso?“

„Nun – die Frau, die sie dort unter den fünf Pfirsichbäumen begraben haben, die soll...“

„... etwa noch gar ihr Wesen treiben?“ ergänzte lächelnd der Fremde.

„Ahem!“ nickten die beiden Schwarzen und sahen ängstlich die öde Uferbank hinauf und hinunter.

„Weshalb glaubt man das?“ fragte der Weiße, indem er sich zum Gehen wandte, „hat jemand den Geist gesehen?“

Wieder nickten die beiden Neger kräftig mit den Köpfen. Übrigens bedurfte es einer zweiten Frage, um etwas Näheres über die gespenstische Wohnung zu erfahren, und der, welcher zuerst gesprochen, sagte dann aus, daß man sich allerlei entsetzliche Geschichten von jener Stelle erzähle, worunter die häufigste die sei: Der Mann habe zuerst seine Frau, die er los zu sein wünschte, und nachher die beiden Kinder ermordet und sich dann auf einem Dampfschiff den

Fluß hinunter begeben; wohin, wisse man nicht. Das Grab hätten jedoch nach seiner Abreise zwei Doktoren in Gegenwart von Gerichtspersonen geöffnet und ihren Verdacht bestätigt gefunden; einer der Doktoren solle übrigens die beiden Kinderleichen gestohlen haben, und die Mutter suche nun nachts ihre Kleinen und kehre erst mit der Morgendämmerung in das Grab zurück.

Der Neger glaubte jetzt wahrscheinlich zuviel über einen so schaurigen Gegenstand gesprochen zu haben, als sich mit der Nähe des Ortes und der mehr und mehr einbrechenden Dunkelheit vertrug, stieß daher, ohne eine weitere Antwort abzuwarten, vom Ufer, wünschte dem Fremden eine gute Nacht, und gleich darauf glitt, unter den langsamen, aber kräftigen Ruderschlägen, das breite Fahrzeug über den Strom zurück.

Brown, denn kein anderer als unser junger Freund war der Fremde, der sich auf seinem Rückweg nach dem Fourche la fave befand, schaute dem Boot noch lange sinnend nach. Weiter und weiter verschwand es in dem feuchten Nebel, der sich auf der Wasserfläche lagerte, und schien endlich nur noch ein unbestimmter dunkler Punkt, von welchem aus jedoch die abgemessenen Schläge der Ruder scharf und deutlich herübertönten. Endlich verstummten auch diese – das Boot hatte sein Ziel erreicht, und wie aus einem Traum erwachend, seufzte der junge Mann schwer und sorgenvoll, stieg dann zu seinem grasenden Tier empor, ergriff dessen Zügel und schritt langsam den schmalen Fußsteig hinauf, der von der Fährbootlandestelle zu der oben liegenden Fläche führte.

Dort angelangt, blieb er einen Augenblick stehen und überschaute schweigend die vor ihm ausgebreitete, mit düsteren Regenwolken überhangene Landschaft. Wenige hundert Schritt vom Fluß entfernt schien der Boden durch das Steigen des mächtigen Stromes aufgewühlt und mit dem weißen, ihm eigentümlichen Sand viele Fuß hoch bedeckt zu sein. An manchen Stellen waren sogar Birken und Baumwollholzstämme halb von ihm verschlungen, und die Erde selbst glich mit ihren langen, wellenförmigen Erhöhungen einem wogenden Meer. Weiter hinten aber, wo die Gewalt des angeschwollenen Stromes durch Dickichte von Papaos und Platanen gehemmt worden, lag die weiße, blendende Sandschicht wie eine ebene Schneedecke und dehnte sich bis dorthin aus, wo das Land, höher steigend, dem gierigen Strom einen Damm entgegengestellt hatte. Dort bildete grünes, üppiges Gras den weichen Teppich einer Art Prärie, an den sich ein weiter, ungeheuer großer wilder Pflaumengarten schloß. Solche Pflaumengärten findet man in den westlichen Staaten nicht selten, und ihre buschig niederen Fruchtstämme sind sämtlich in früheren Zeiten von den Indianern, besonders den Cherokesen, gepflanzt worden. Die früheren Eigentümer dieses Landstrichs hatte man jetzt freilich von ihrem Grund und Boden vertrieben und weiter westlich transportiert, und der Garten war zur Wüste geworden.

Am Rande dieses „Cherokesischen Pflaumengartens", wie der Ort von den Bewohnern jener Gegend noch immer genannt wurde, lag nun das erwähnte kleine Haus, das, nach des Negers Aussagen, solche unheimlichen Gäste beherbergen sollte. Brown wandte sich aber nichtsdestoweniger jener Stelle zu und erreichte mit einbrechender Dunkelheit den verrufenen Ort.

Es war eine jener kleinen Niederlassungen, wie sie sich zu Tausenden in dem fernen Westen Amerikas finden; eine niedere Blockhütte, mit jetzt umgeworfenem Lehmkamin, ein kleines, verwildertes, etwas zwei Acker großes Feld, dessen Umzäunung teils niedergefault, teils verbrannt war, ein halbverfallenes Seitengebäude, das wahrscheinlich als Küche oder Vorratskammer gedient hatte, und ein umgestürzter Brunnen, dessen Öffnung das abgesägte Stück eines hohlen Baumes bedeckte. Der Platz schien seit langen Jahren nicht mehr bewohnt; aber etwas so Wildes, Unheimliches ruhte auf der verödeten Stätte, daß Brown unwillkürlich, als er eben die niederliegende Fenz übersteigen wollte, innehielt und nach der benachbarten Baumgruppe hinüberschaute, gleichsam mit sich zu Rate gehend, ob ein Nachtlager im Freien, unter den grünen Bäumen des Waldes, nicht dem in der, wenn auch trockenen, doch keineswegs traulichen Wohnung vorzuziehen sei. Ein stärkerer Windstoß von Westen her, der ihm den Nebel in dünnem, kaltem Sprühregen entgegenwarf, machte aber seiner Unschlüssigkeit schnell ein Ende, denn er zog jetzt, ohne weiteren Zeitverlust, das Tier in die innere Umzäunung und zu dem kleinen Nebengebäude hin, das er vor allen Dingen untersuchte und als noch benutzbar fand. Zwar sah er sich genötigt, ein paar keineswegs leichte Balken aus dem Wege zu heben, um seinem Pony den Durchgang zu gestatten; dann aber hatte er auch die Genugtuung, das wackere Tier, das ihn heute schon eine lange Strecke getragen, trocken und vor den kalten Nordwestwinden ziemlich geschützt zu wissen. Jetzt sehr zufrieden damit, die Unterkunft erreicht zu haben, schob er einen in der Ecke lehnenden Trog herbei, holte den kleinen Sack, den er, an seinen Sattel geschnallt, mit sich führte, und schüttete dem freudig wiehernden Pony seine Mahlzeit geschälten Mais hinein.

Nachdem das besorgt war, dachte er nun auch an sein eigenes Lager und trat in das Haus, um zu rasten und sich für neue Anstrengungen zu stärken. So wüst und unbewohnt die Hütte aber auch von außen her erscheinen mochte, so fand der junge Jäger doch bald, daß sie erst noch vor kurzer Zeit einem Wanderer Schutz und Obdach gewährt haben mußte, denn in dem Kamin lag Asche, und unter dieser glimmten sogar noch einige dicke Holzscheite. Angenehmeres hätte ihm nicht begegnen können, und schnell trug er einen Arm voll abgebrochener Fenzstangen herbei, schnitzte mit seinem Jagdmesser dünne Späne und sah bald darauf zu seiner Genugtuung ein helles, wärmendes Feuer emporlodern.

Sattel und Decken hatte er mit hereingebracht; die letzteren breitete er jetzt vor der freundlichen Glut aus, verzehrte ein kleines Stück getrocknetes Hirschfleisch und warf sich dann auf das harte, doch ihm völlig genügende Lager nieder.

Bis jetzt hatten die Vorbereitungen zu seiner eigenen Bequemlichkeit wie zu der seines Tieres den jungen Mann ganz in Anspruch genommen. Er war beschäftigt gewesen, und keine Zeit war ihm dabei geblieben, über sich oder seine Lage nachzudenken. Jetzt aber, vor dem knisternden Feuer ausgestreckt, öffnete sich sein Herz. Er sah sich im heißen Kampfe mit den mexikanischen Söldlingen, die Freiheit einer jungen Nation verteidigend; er sah sich unter dem Donner der Tod und Vernichtung herüberschleudernden Geschütze anstürmen gegen die feindlichen Batterien – er sah sich blutend im Todeskampf unter den Gefallenen, aber auf siegreich gewonnenem Schlachtfeld liegen, und ein fast triumphierendes Lächeln überflog seine bleichen Züge, während er krampfhaft die neben ihm ruhende Büchse erfaßte und, mit stolzem, todesmutigem Blick sich halb von seinem Lager erhebend, durch den eingestürzten Kamin hinausstarrte in die finstere, sternenlose Nacht. Da plötzlich drängte sich das Bild der Geliebten vor seine Seele, wie sie ihre Hand in die des ihr bestimmten Gatten legte – er sah, wie sie ängstlich nach Hilfe – nach ihm umherschaute, und der stolze, kräftige Mann barg das Gesicht in den Händen und weinte.

Aber auch dieser wilde, tobende Schmerz gab bald einer weichen, besänftigenden Wehmut Raum, und endlich schlief der junge Mann, von Müdigkeit überwältigt, ein.

Mitternacht mußte vorüber sein, als er aus seinen Träumen erwachte und sich in der traurigen Wirklichkeit nicht mehr vor dem wärmenden Feuer, sondern vor dem offenen Kamin befand, durch den ihm der wilde Sturm den kalten, schneidenden Wind hereinjagte. Das Holz war gänzlich niedergebrannt – kein Funke mehr zu finden, und fröstelnd rückte er sein Lager zurück in die mehr gegen Sturm und Wetter geschützte hintere Ecke der Hütte, um hier die Morgendämmerung zu erwarten.

Kaum war dies jedoch geschehen, als ihm vorkam, als ob er an der Außenseite des Hauses Stimmen hörte. Schnell rief ihm dies die Erzählung des Negers, die er fast schon vergessen, ins Gedächtnis zurück, und auf den rechten Ellbogen gestützt, fühlte er erst sorgfältig nach Büchse und Messer und lauschte dann mit angehaltenem Atem und gespannter Aufmerksamkeit dorthin, von woher er die Töne vernommen zu haben glaubte. Aber nichts ließ sich weiter hören, und schon wollte er mit einem Lächeln über seine eigene Gespensterfurcht zurück auf das Lager sinken, als er wieder, und zwar ganz in der Nähe, menschliche Laute unterschied. Fast in demselben Augenblick riß jemand die Tür auf und betrat den engen Raum, während eine rauhe Stimme rief:

„Verdammtes Nest! Ich glaubte schon, ich würde es in der dunklen Nacht nicht wiederfinden. – Ist das ein Wetter – gut für Geschäfte übrigens!"

„Doch nicht naß genug", erwiderte ein zweiter, „verwischt zwar die Spuren ein bißchen, aber nicht hinlänglich."

„Hol' mich der Böse, wenn's nicht für mich wenigstens hinlänglich ist. Mich schüttelt's, daß mir die Zähne im Munde zusammenschlagen; wenn wir nur ein Feuer anzünden könnten."

„Mit was denn?" fragte der andere, „alles ist naß und aufgeschwemmt, und ich habe nicht einmal einen Tomahawk bei mir, um trockene Späne zu bekommen. Als ich heute nachmittag hier war, hatt' ich zwar ein kleines Feuer, hab's auch, wie ich fortging, mit Asche bedeckt, um Glut zu haben, jetzt aber", sagte er, in dem Kamin mit der Fußspitze herumstochernd und die Asche beiseite schiebend, „ist alles dunkel wie die Nacht. Wir dürfen uns übrigens gar nicht so lange hier aufhalten, ich wenigstens nicht, denn ich muß morgen abend wieder zu Hause sein, da sich unsere Nachbarschaft in der nächsten Woche ein wenig in Aufregung befinden wird. Sobald das Wetter nur etwas nachgelassen hat, gehe ich."

„Unsere Pferde werden sich doch indessen nicht losreißen? Wir hätten sie besser mit herbringen sollen."

„Die denken gar nicht dran, in solchem Wetter stehen sie still und rühren sich nicht. Nein, ich habe sie absichtlich nicht in diese Gegend geführt, da ich hier nicht gern Pferdespuren haben will. Doch jetzt zu unserer Verabredung; die Zeit ist kostbar, und das uns vergönnte halbe Stündchen müssen wir nutzen. Wann gedenkt Ihr wieder zurück zu sein?"

Brown, für den die erste Überraschung im Anfang etwas Lähmendes gehabt hatte, wurde noch mehr durch die dunklen Worte stutzig gemacht, die dieses Wetter als „gut für Geschäfte" priesen, und er wußte nicht gleich, was er tun, ob er sich zu erkennen geben oder ruhig liegenbleiben sollte. Der Gedanke, den Horcher zu spielen, war ihm aber zu fatal, und schon wollte er sich bemerkbar machen, als ihn die Äußerung des einen in seinem Vorsatz wankend machte. Der Widerwille des einen Fremden gegen Pferdespuren in der Nähe dieser Hütte machte ihn stutzig.

Sollten diese Männer zu der Bande gehören, zu deren Vernichtung sich die Regulatoren vereinigt hatten? war sein erster Gedanke, und das fortgeführte Gespräch mußte ihn immer mehr in diesem Verdacht bestärken. Leise zog er deshalb nur das Messer aus der Scheide, denn wenn er entdeckt würde, mußte er auf einen Angriff gefaßt und zur Verteidigung gerüstet sein. Er schmiegte sich dann mit angehaltenem Atem in seine Ecke zurück, um zu vernehmen, welche Pläne diese würdigen Leute hierhergeführt, und ob es ihm vielleicht vorbehalten sei, einen ihrer Anschläge zunichte zu machen."

„Wann ich zurück sein kann?" antwortete der andere nachdenklich, „ja darüber können immerhin vierzehn Tage bis drei Wochen vergehen. Der Platz ist weit von hier, und ich muß sehr vorsichtig zu Werke gehen."

„Vergeßt nur nicht, ehe Ihr zu meinem Hause kommt, die Vorsicht an dem kleinen Bach", ermahnte ihn der andere. „Wenn Spuren auf mein Haus zurückführten und die gottverdammten Regulatoren Wind bekämen, so möchte eine Nachsuchung unvermeidlich werden, und das könnte Euch ebenfalls Schaden bringen."

„Mir? Wieso denn?"

„Nun, wenn sie Eure Pferde erwischen, glaubt Ihr, ich bezahle Euch nachher den Gewinn oder vielmehr Verlust?"

„Ja so - ich glaubte schon, Ihr meintet es auf andere Art; nein, habt keine Angst, ich kenne die Vorsichtsmaßregeln genau. Aber halt, da fällt mir noch etwas ein: Wahrscheinlich werde ich selbst die Pferde nicht ganz bis zu Euch transportieren können. Ich habe gerade in jener Zeit Geschäfte, die mir hoffentlich mehr einbringen sollen; sind diese beendet, dann kehre ich bei Euch ein, und wir können miteinander abrechnen. Übrigens noch eins: Vertraut dem Mann, der Euch die Pferde bringt, in jeder Hinsicht, nur - nur gebt ihm kein Geld für mich."

„Habt keine Angst. Wird er aber die Stelle kennen, wo er vor meinem Hause vom Weg abbiegen muß?"

„Genau - er hat sie mir selbst beschrieben."

„Kenn' ich den Mann?"

„Ich glaube nicht."

„Wie soll ich aber da wissen, ob der es ist, dem ich vertrauen darf?"

„Hahaha - der weiß Bescheid; doch halt, damit Ihr Euch besser verständigen könnt, so mag er nach dem Fourche la fave fragen. Ihr antwortet ihm darauf, daß der neben dem Hause fließt. Seine nächste Frage hierauf sei: 'Wie steht's mit der Weide in hiesiger Gegend?' und wenn er Euch zum drittenmal um einen Trunk Wasser ersucht, so öffnet ihm Tor und Tür - es ist der Rechte."

„Gut - solche Vorsicht ist allerdings notwendig, denn ich habe nicht allein oft Gäste aus der Nachbarschaft, sondern meine Pflegetochter, die bei mir im Hause wohnt, darf ebenfalls nichts davon erfahren. Der Teufel traue Weiberzungen, 's ist schon gefährlich genug, daß es meine Alte weiß. Doch jetzt gute Nacht - der Regen hat nachgelassen, und ich muß heim. Für Euch wär's auch besser, wenn Ihr diesen Platz so schnell wie möglich wieder verließet. Mich wundert's, daß Ihr, wenn nur die Hälfte von dem wahr ist, was man sich von Euch erzählt, überhaupt noch das Herz habt, hierher zu kommen."

„Kindergeschichten", murmelte der andere. „Es wird übrigens nicht lange trocken bleiben, wir bekommen wahrscheinlich einen nassen Morgen."

„Vielleicht nicht, meiner Meinung nach fängt es an kälter zu werden, und dreht sich der Wind..."

„Nun, was habt Ihr?" fragte der andere, als jener plötzlich in seiner Rede einhielt.

„War mir's doch, als ob ich hier ganz in der Nähe ein Pferd stampfen hörte."

„Unsinn", knurrte sein Kamerad, „die Tiere stehen eine Viertelmeile von hier entfernt. - Doch kommt, es scheint wirklich, als ob das Wetter besser werden wollte."

Die Tür öffnete sich wieder - die Männer traten hinaus, und Totenstille herrschte aufs neue in der verödeten, dunklen Hütte. Lange aber noch lag Brown regungslos in seine Decke gehüllt und lauschte dem Sturm, der jetzt tobend durch die Ritzen und Spalten des Hauses pfiff, mit den losgerissenen Dachbrettern spielte, in den Wipfeln der Bäume rauschte und seine Bahn in tollem Mutwillen die breite Fläche des Arkansas entlang verfolgte.

Wer konnten nur die Männer gewesen sein, die hier in solcher Nacht und an solcher Stelle miteinander gesprochen hatten? Das war der Gedanke, der ihn fast einzig und allein beschäftigte. Etwas Gutes lag nicht in ihrem Plan, sonst hätten sie bessere Zeit und Gelegenheit gewählt - wer aber waren sie? Die eine Stimme kam Brown bekannt vor, und er wußte genau, daß er sie schon einmal gehört hatte. Wo aber und wann, hier in Arkansas oder in Missouri oder gar über dem Mississippi drüben, das war ihm nicht möglich zu entscheiden. Im Nachdenken darüber verwirrten sich jedoch seine Gedanken wieder. Er schloß die Augen, zog die Decke über den Kopf, um ungestört von äußeren Eindrücken jene Stimme in seinem Gedächtnis verfolgen zu können, und träumte in wenigen Minuten wieder.

Die beiden Stimmen wurden ihm dabei immer bekannter, immer vertrauter, und zuletzt konnte er sogar die Gestalten erkennen - Marion und Rowson, wie die Geliebte vor der Umarmung des ihr aufgezwungenen Bräutigams zurückfloh - immer weiter und weiter, und ihr Verfolger immer tollere und entsetzlichere Gestalten annahm, ihr immer näher und näher kam - sie zu erfassen drohte und das arme Mädchen endlich in höchster Todesangst um Hilfe schrie.

Entsetzt warf Brown die Decke von sich und sprang empor - der kalte Schweiß stand ihm auf der Stirn, doch - es war ja nur ein Traum gewesen. Draußen aber heulte der Uhu sein monotones, schauriges Morgenlied, ein paar Wölfe antworteten aus weiter Ferne, und ein mattes Licht kündete den nahenden Morgen.

Die Luft war bitterkalt geworden, der Wind hatte sich nach Nordost gedreht, und kein Wölkchen trübte mehr den blauen Himmel. Brown, dem die Vorfälle der Nacht jetzt fast wie ein Traum vorkamen, da sie sich mit den seinigen verschmolzen, blieb sinnend stehen und versuchte aufs neue, aber wiederum vergebens, jene Personen mit von ihm erlebten Szenen zu verbinden. Umsonst - er mußte den Versuch endlich aufgeben und ging nun mit um so größerem Eifer daran, sich in der Beschäftigung des Augenblicks zu zerstreuen und zu vergessen, was er doch nicht ändern oder ergründen konnte. Mit dem letzten Mais, der ihm geblieben, fütterte er sein Pony, führte es dann an eine kleine, durch den Regen gebildete Lache, um seinen Durst zu löschen, sattelte es und war schon im muntern Trabe auf dem Heimweg, ehe noch die Sonne durch einen einzigen Strahlengruß ihr Kommen angekündigt hatte. Die frische Morgenluft und der scharfe Ritt gaben aber seinem Körper wie seiner Seele neue Spannkraft, und das kleine muntere Tier, das er ritt, trabte, von dem leichten Schenkeldruck berührt, mit freudigem Schnauben durch das flache, sumpfige Tal des Arkansas, bis es die ersten niederen Hügelreihen erreicht hatte und nun, festen

Boden unter den Hufen fühlend, tüchtig ausgriff, als ob es sich selber danach sehne, die heimische Weide recht bald wieder zu begrüßen.

Da sah der Reiter auf dem breiten, ausgehauenen Wege, dem er folgte, einen Fußgänger schnell daherschreiten und erkannte im Näherkommen zu seinem Erstaunen den Indianer.

„Assowaum!“ rief er, indem er dem Pony mit rascher Hand in die Zügel griff, „Assowaum - was in aller Welt führt dich dieses Weges? Wohin willst du?“

„Bis zu dieser Stelle“, antwortete ruhig der Indianer, indem er die ihm dargereichte Hand erfaßte und drückte.

„So hast du mich gesucht? Was ist vorgefallen?“

„Viel - sehr viel - und weiß mein Bruder gar nichts davon?“

„Ich? Woher ich - war ich nicht - und doch - die beiden Männer in der letzten Nacht - ihre geheimnisvolle Zusammenkunft - wer weiß, in welcher Verbindung das mit dem steht, was du mir zu sagen hast. Doch heraus mit der Sprache - ich brenne vor Neugierde.“

„Und wißt Ihr gar nichts?“

„O zum Henker, Assowaum, schneid nicht so ein gewichtiges Gesicht“, rief Brown lächelnd. „Wenn ich am andern Ufer des Arkansas bin, wie kann ich da wissen, was am Fourche la fave vorgeht?“

„Aber vor Eurer Abreise -“

„Mein Streit mit Heathcott?“

„Heathcott ist ermordet!“ sagte der Indianer ernst, indem er dem jungen Mann forschend ins Auge sah.

„Gerechter Gott!“ rief Brown, das Pony zurückreißend, daß es hoch aufbäumte in jähem Schmerz, „das wäre schrecklich!“

„Der Verdacht ruht auf Euch“, fuhr der Indianer, den Blick nicht von ihm wendend, fort, „und man versteht Euch auch völlig. Der Tote hat wilde Drohungen ausgestoßen - hätte sie vielleicht wahr gemacht - war möglicherweise im Begriff, sie wahr zu machen, und Eure Tat wird, wie sie sagen, dadurch gerechtfertigt, nur...“

„Assowaum!“ rief, diesen unterbrechend, der junge Mann, indem er aus dem Sattel sprang und neben den Indianer trat, „Assowaum, bei jenem blauen Himmel da droben, der sich über uns ausspannt - bei dem Grabe meines Vaters - bei dieser Hand, die ich rein und frei emporstrecke - ich bin unschuldig an dem Morde. Ich habe den Unglücklichen seit dem Augenblick, wo wir uns vor Roberts' Haus trennten, nicht wieder gesehen. Glaubst du noch, daß ich schuldig sei?“

Der Indianer streckte ihm lächelnd die Hand entgegen und rief mit freudigem Ton: „Assowaum hat es nie geglaubt - wenigstens nicht von dem Augenblick an, wo er hörte, der Ermordete sei beraubt worden.“

„Und auch dessen beschuldigt man mich?“ fragte jener entsetzt.

„Böse Menschen - ja, die guten kennen Euch besser. Mr. Harper und Mr. Roberts glauben es nicht.“

Brown barg bei Roberts' Namen das Gesicht in den Händen und stützte sich seufzend auf den Sattelknopf des ruhig neben ihm anhaltenden Tieres.

„Laßt Euren Fuß sehen!“ sagte jetzt der Indianer, indem er den Tomahawk aus dem Gürtel zog.

„Weshalb? Hast du die Fährte gemessen?“

Assowaum nickte und hielt den Stiel der Waffe an die Sohle des Freundes.

„Dreiviertel Zoll zu lang“, sagte er dann vergnügt vor sich hin lachend, „dacht' es doch!“

„Ich trug die Stiefel nicht einmal an jenem Morgen, an dem ich den Fourche la fave verließ“, sagte Brown, indem er in die Satteltasche griff: „hier diese Mokassins. Waren es Stiefelfährten, die du beim Tatort entdecktest?“

Der Indianer nickte wieder zustimmend, aber langsamer als vorher, und es schien, als ob ihm ein neuer Gedanke gekommen sei. Er legte den Tomahawk vor sich auf die Erde nieder und schien mit der markierten Länge am Stiel ein anderes Maß zu vergleichen, das er sich durch Ausspannen der Finger gemerkt, dann aber schaute er plötzlich mit einem so wilden und stieren Blick zu dem jungen Amerikaner empor, daß dieser entsetzt einen Schritt zurücktrat und ihn fragte, was er habe – an was er denke.

„Nichts – nichts“, Assowaum lächelte geheimnisvoll, „kommt, wir müssen zurück, die Zeit vergeht. Sie halten Euch für schuldig; böse Menschen sprengen allerlei Gerüchte aus – und der kleine Mann ist krank geworden – er liegt allein; Alapaha hört die Predigt des blassen Mannes und wird erst am Abend zu ihm zurückkehren. Will mein Bruder ihnen nicht selber sagen, daß er schuldlos ist?“

„Aber wo geschah der Mord? Wie erfuhr man das Entsetzliche?“

„Fort – fort, wir können gehen und reden – Assowaum muß an den Fourche la fave.“

Mit schnellen Schritten eilte der Indianer jetzt den Weg, den er eben erst gekommen, zurück, und Brown mußte das Pony fast stets in einem kurzen Trab halten, um an seiner Seite bleiben zu können. Dabei machte jener ihn mit allen den Vorgängen, bei denen er Zeuge gewesen war, bekannt und erfuhr nun auch seinerseits alles, was Brown über das nächtliche Rendezvous der beiden Männer wußte. Der Indianer behauptete dabei, daß ihm heute morgen ein Mann auf großem, braunem Pferde begegnet sei. Er habe aber sein Gesicht nicht erkennen können, da er ganz in seine wollene Decke eingehüllt gewesen wäre und diese beim Anblick des Indianers eher noch fester um sich gezogen hätte.

„Vielleicht, daß dies einer der beiden war“, fuhr Assowaum fort, indem er auf die Hufspuren hindeutete, die vor ihnen herliefen, „vielleicht nicht; aber hier ist die Spur, und wir können ihr folgen.“

Davon wurden sie jedoch abgelenkt, denn als sie in das Fourche-la-fave-Tal kamen, war dies durch den Regen der vorigen Nacht und durch das Übertreten einiger kleiner Gebirgsbäche so sumpfig geworden, daß der Indianer vorschlug, den nicht mehr weit entfernten Fluß in gerader Linie zu erreichen und den Weg in einem Kanu, das er bei einem dort wohnenden Farmer zu erhalten hoffte, fortzusetzen. Bei hohem Wasser schoß der kleine Strom nämlich mit ungeheurer Schnelligkeit dem Arkansas zu, und dehnte sich auch der Weg durch die unzähligen Wendungen der Strömung um manche Meile weiter aus, so konnte er doch in einem leichten Fahrzeuge schneller zurückgelegt werden, als wenn die Wanderer ihren schlammigen Weg Meile um Meile langsam fortsetzen mußten.

Brown gehorchte gern dem Rate des Freundes, da er solcherart Roberts' Wohnung umgehen konnte. Das sumpfige Tal also vermeidend, folgten sie einem sogenannten Ablauf der Berge, der sie trockenen Fußes bis unmittelbar an das Ufer des Flusses brachte, und die Sonne stand noch mehrere Stunden hoch, als sie dort die Wohnung eines der älteren Ansiedler des Fourche la fave, namens Smeiers, erreichten.

Wie der Indianer aber vermutet hatte, so schäumte der Fluß in zorniger Wut gegen die ihn beengenden Felswände an; der Farmer warnte auch die Männer, sich dem kleinen, schwankenden Kahne anzuvertrauen, da sie Stellen zu passieren hätten, in denen sich selbst ein geübter Schwimmer nicht würde retten können. Doch überließ er ihnen gern den Kahn und versprach auch, am nächsten Tage, einem Sonntag, das Pony mit seinem ältesten Knaben nach Harpers Wohnung hinunterzuschicken. Das Kanu aber kaufte ihm Brown gleich ab, da er es im Fluß, an seines Onkels Haus, zu behalten wünschte.

Ihr freundlicher Wirt tischte indessen auf, was in seinen Kräften stand, um die müden Wanderer zu erquicken und zu stärken; wilden Truthahn und Honig, süße Kartoffeln, Kürbismus und Maisbrot sowie einen Becher echten Monongahela-Whiskys, und beide ließen sich nicht lange nötigen, an dem freundlich gebotenen Mahl teilzunehmen.

„'s ist heute wieder einmal alles ausgeflogen“, sagte der alte Mann, als ein kleines Negermädchen die letzte Schüssel hereingetragen und die Gläser der Gäste mit frischer, köstlicher Milch gefüllt hatte.

„Wohin?“ fragte Brown, das Glas von den Lippen nehmend.

„Betversammlung ist heute!“ unterbrach ihn der Indianer, indem er das Messer neben sich in den Tisch stieß und den Truthahnflügel in die Finger nahm, „der bleiche Mann muß nicht viel von der Tugend der Weißen halten, denn er läßt sie alle Wochen ein paarmal zu ihrem Großen Geiste beten.“

„'s ist wahr!“ meinte der Farmer, indem er einen herzhaften Schluck aus dem Whiskybecher getan und diesen dann Brown hinüberreichte, „es wird mir bald zu toll. Mein Nachbar hier, Smith, ist auf einmal mit seiner ganzen Familie religiös geworden, wie sie's nennen, und da half denn weiter gar nichts, meine Alte mußte ebenfalls mit, und schleppt sich nun zur Gesellschaft die armen Mädchen mit hinüber, die doch wahrhaftig noch an was anderes zu denken hätten als nur an Beten.“

„Die Frauen fühlen eher das Bedürfnis, sich zu ihrem Gott zu wenden, als wir Männer“, erwiderte Brown, dachte er doch der Geliebten, wie er sie so oft in kindlich-frommer Andacht gesehen. „Unser ganzes Schaffen und Wirken läßt uns schon zuwenig Zeit übrig, das Herz Gefühlen zu öffnen, die genährt und gepflegt sein wollen. Den auf den engen Kreis ihrer Häuslichkeit angewiesenen Frauen ist die Religion dagegen fast ein Teil ihrer selbst, und ich möchte sie drum nicht tadeln, wenn sie mit einer Innigkeit und Verehrung an jenen kirchlichen Gebräuchen hängen, die der rauhere Mann in dem Grade wohl nicht für sie empfindet.“

„Bester Herr“, sagte der Alte in freundlichem Tone, „der liebe Gott soll mich behüten, daß ich den Frauen gram oder auch nur hinderlich werden sollte, wenn sie beten wollen; aber verdammt will ich sein, wenn ich nicht glaube, daß sie auch noch etwas anderes auf der Welt zu tun haben als nur zu beten. Der Teufel hole die Betschwestern – das sag' ich, und das ist, glaub' ich, das Schlimmste, was man mit gutem Gewissen selber dem Teufel wünschen kann."

Assowaum nickte lächelnd mit dem Kopf und sagte:

„Ich werde Alapaha hier heraufschicken – solche Predigt täte ihr besser als die des blassen Mannes."

„Mißverstehen Sie mich nicht", erwiderte Brown, „Gott weiß es, wie zuwider mir das Frömmeln ist, und es scheint wirklich, als ob es in diesen Ansiedlungen ein wenig überhandnehmen wollte, doch liegt das vielleicht mehr an den Leuten selbst als an dem Prediger. Ich glaube wenigstens, daß Mr. Rowson mit Überzeugung spricht und das im innern Herzensgrunde fühlt, was er predigt."

„Aufrichtig gesagt, glaub' ich das nicht", rief der Farmer, ungeduldig auf dem Stuhl umherrückend, „ich habe ihn zwar erst einmal gehört, da hat er mir aber nicht gefallen. Das Augenverdrehen ist ein böses Zeichen. Wenn ein Mensch erst anfängt, wie ein krankes Huhn auszusehn, dann kann ich mir nicht denken, daß er noch imstande ist, große Andacht zu haben. Doch – meinetwegen – ich werde ihm nicht wieder beschwerlich fallen, wünsche aber wirklich, er gebe meinen Frauen, wenigstens nur einer von ihnen, jedesmal Urlaub; daß es doch bei mir auch aussähe, als ob ich eine Heimat hätte. – Aber Sie sind fertig und scheinen Eile zu haben; nun, mein Geschwätz soll Sie nicht länger aufhalten. Nehmen Sie sich übrigens mit der Nußschale in acht, die Strömung ist sehr arg und ein Unglück leicht geschehen

„Keine Angst, Sir", erwiderte Brown lächelnd. „Wir wissen beide mit solchen Fahrzeugen umzugehen, und ich habe ja einen Indianer, der das Steuer führen wird; in besseren Händen könnt' es nicht sein. Also das Pony kommt sicherlich morgen hinunter?"

„Nach Mr. Harpers Haus – Sie können sich drauf verlassen", sagte der Farmer. „Ihr Name ist Harper, nicht wahr?"

„Brown! Sir."

„Brown?" fragte der Alte schnell und erschrocken, indem er das Auge fest auf den jungen Mann heftete, der seinem Blick indessen ruhig begegnete, „Brown? Doch nicht der..."

„... von dem man sagt, daß er den Regulator ermordet habe? Derselbe, Sir", erwiderte der junge Mann; „aber", fuhr er fort, indem er einen Schritt vortrat und leichtes Rot seine Wangen färbte, „es ist schändliche Verleumdung, und ich bin jetzt auf dem Wege, das Gerücht Lügen zu strafen. Ich habe den Mann nicht erschlagen."

„Er hat Euer Leben bedroht", fuhr der Farmer, noch halb zweifelnd, fort.

„Ja!" rief Brown, „und ich würde ihn getötet und dann frei und offen die Tat bekannt haben, hätte er sich mir im ehrlichen Kampfe entgegengestellt. Der Mann ist aber, wie mir hier der Indianer sagte, von zweien überfallen, gemordet und beraubt, und – sehe ich denn aus wie ein Meuchelmörder?"

„Nein, straf' mich Gott, Ihr nicht", rief der Landmann, des jungen Mannes Hand ergreifend. „Ich kenne Euch nicht weiter, aber Ihr habt was Ehrliches, Braves im Gesicht, und da Ihr selber sagt, daß Ihr's nicht waret, so will ich verdammt sein, wenn ich's nicht glaube. Meine Mädchen waren gestern unten bei Roberts gewesen, und die meinten auch, Mr. Rowsons Braut hätte Euch sehr in Schutz genommen."

„Assowaum, wir müssen wirklich fort", rief Brown, sich plötzlich zu dem Indianer wendend, der schon, seiner harrend, in der Tür stand.

„Ich bin bereit – es wird spät", erwiderte dieser, und noch einmal drückte der junge Mann dem Farmer herzlich die Hand, dankte ihm nicht allein für seine Freundlichkeit und Güte, sondern noch mehr für das Vertrauen, das er in ihn setzte, und sprach die Hoffnung aus, seine Unschuld bald und völlig ans Tageslicht gebracht zu sehen.

Die Männer bestiegen nun das Boot. Vom Ufer losgebunden, glitt das leichte Fahrzeug, jetzt von den zwei kräftigen und geschickten Männern getrieben, mit großer Schnelligkeit über die kochende, schäumende Flut und verschwand schon in der nächsten Minute um den vorspringenden, eine spitze Landzunge bildenden Felsen, der sich mehrere hundert Schritt unterhalb der Wohnung des Farmers in den Fluß hineinstreckte.

Glücklicherweise aber passierten die beiden Freunde die gefährlichsten Stellen noch bei Tageslicht, besonders solche Plätze, wo in den Fluß hineingeschwemmte Birken und Weiden einem so kleinen Fahrzeug leicht hätten gefährlich werden können. So erreichten sie, als es eben anfing zu dämmern, den seichteren, aber auch breiteren Teil des Stromes.

Schweigend glitten sie jetzt, nicht mehr rudernd, sondern bloß steuernd, mit der Flut hinab, als Assowaum plötzlich mit der Hand nach vorn deutete und seinen Gefährten, der mit dem Rücken zum Bug des Kahnes saß, auf einen hellen, vor ihnen sichtbar werdenden Schein aufmerksam machte.

„Sonderbar – was kann das sein?" sagte Brown, „soweit es die dichten Büsche erkennen lassen, sieht es aus wie viele Lichter oder Fackeln. In welcher Gegend mögen wir uns nur befinden? Ist denn hier ein Haus am Ufer?"

„Ja!" sagte der Indianer leise, den Kahn dort hinübersteuernd, „ja – eine leere Hütte. Alapaha war hier gestern abend – wir wollen landen." Im nächsten Augenblick schoß auch schon das kleine leichte Fahrzeug an die Uferbank, wo es von den beiden Männern schnell mit einer dünnen, festen Weinrebe am Stamm einer jungen Birke befestigt wurde.

15. Die Betversammlung – Die Schreckensbotschaft

Die Sonne hatte die Mittagslinie etwa zwei Stunden überschritten, als von mehreren Seiten zu gleicher Zeit verschiedene Gruppen an einem kleinen Blockhause erschienen, das einsam und allein im weiten, stillen Walde lag. Der Besitzer desselben, Mr. Mullins, ebenfalls ein neuer Ansiedler und ein fleißiger, ordentlicher Mann, hatte schon in kurzer Zeit ein recht hübsches Stück Land urbar gemacht. An dem Haus selbst konnte man aber nichts davon bemerken, denn dieses stand, ganz unähnlich der sonstigen amerikanischen Farmsitte, wohl eine halbe Meile vom Felde entfernt, am Abhang eines kleinen felsigen Hügels des den Fourche la fave und den Petite-Jeanne trennenden Gebirgsrückens. Um die Wohnung selbst lagen dabei in wilder Unordnung gefällte

Bäume und gespaltene Fenzstangen umher, was dem Platz ein ungemütliches, ja trauriges Aussehen gab.

Wie öde und still jedoch auch alles den ganzen Morgen über ausgesehen hatte, so belebt wurde es jetzt: Kein Busch, an dem nicht ein Pferd angebunden stand, kein gefällter Stamm, auf dem nicht ein paar sonntäglich gekleidete Männer saßen und miteinander plauderten, während die Frauen in das Haus traten, um ihre Hüte und Tücher abzulegen. Dort bot sich für sie dann allerdings auch zugleich die Gelegenheit, sich, ehe der Prediger kam, nur ein klein wenig und ganz insgeheim über die Sünden ihrer Nebenmenschen aufzuhalten, natürlich mit dem sehr freundlichen Zweck, dieselben so sehr zu bemänteln, wie sich das nur möglicherweise mit einer genauen und vollständigen Aufzählung derselben vereinigen ließ.

„Sonderbar, daß Mr. Rowson noch nicht da ist“, sagte Mrs. Pelter zu Mrs. Mullins, „er hält doch sonst so auf Pünktlichkeit.“

„Wird wohl mit Roberts kommen“, war die Antwort, „in drei Wochen ist ja die Hochzeit, und da darf er die Braut doch nicht so lange mehr allein lassen.“

„Was? – Hochzeit?“ fragten drei, vier andere, sich neugierig hinzudrängend, „ist's wirklich wahr, daß Mr. Rowson Marion heiratet?“

„Ich hab's von der Mutter selbst, und die sollt' es doch wissen. Daß sie einander lieben, war ja außerdem schon lange eine altbekannte Sache. Übrigens muß ich Sie bitten, noch keinen Gebrauch davon zu machen, denn ich weiß nicht, ob es schon bekannt werden darf. Aber wahrhaftig, da kommen Roberts ohne Mr. Rowson, nun weiß ich doch in der Tat nicht...“

„Er war ja an den Arkansas gegangen“, meinte ein Verwandter von Bowitt, „am Ende hat er so viele Geschäfte dort zu besorgen, daß er gar nicht zur rechten Zeit zurück sein kann.“

„Das wäre recht schade“, seufzte die jüngste Miß Smeiers. „ich hatte mich so auf die Predigt heute gefreut.“

„Oh, er kommt gewiß“, rief die alte Mrs. Smeiers, eine wohlbeleibte freundliche Matrone, „es tut auch not, daß wir in der Ansiedlung hier Gottes Wort recht fleißig hören. Solche Sündhaftigkeit, wie jetzt überhandzunehmen droht – der Herr wolle uns nur gnädig bewahren!“

„Und dabei gibt's noch Leute, die gar nicht ans Beten denken“, sagte Mrs. Bowitt, „Leute, die zu keiner Versammlung gehen, und wenn sie im Nachbarhause gehalten würde, Leute, die fluchen und schwören!“

„Ach, wenn ich nur meinen Mann ein einziges Mal dazu bewegen könnte, das Wort Gottes mit anzuhören“, klagte Mrs. Hostler, „jedesmal verspricht er's mir, und nie hält er's.“

„Sie müssen es mit ihm so machen wie ich neulich mit meinem Manne“, erwiderte Mrs. Hennigs, „der hatte sich nachmittags ruhig in die Ecke zum Schlafen hingelegt, und wie er erwachte, saß das ganze Zimmer voller Menschen, und der Prediger vom Petite-Jeanne drüben fing gerade sein Gebet an. Die Augen hätten Sie einmal sehen sollen, die Hennigs machte; er konnt' es aber nicht mehr ändern und mußte geduldig aushalten. Noch zwei- oder dreimal so, und ich bin überzeugt, er kommt von selbst. Ach, wenn sie nur erst einmal das Süße und Wohltuende einer solchen Predigt empfunden haben, dann zieht sie's immer wieder hin.“

„Mr. Hennigs hat aber zu meinem Mann gesagt“, behauptete Mrs. Smith, „daß er sich das nächstemal die Hunde mit zum Schlafen hineinnehmen wollte, damit die Spektakel machten, sobald jemand käme.“

„Das soll er sich nur unterstehen!“ rief Mrs. Hennigs entrüstet; „die Hunde auf meine Betten, nicht wahr? Da wollt' ich denn doch einmal sehen, wer... Guten Abend, Mrs. Roberts“, unterbrach sie sich, als in diesem Augenblick die Genannte mit ihrer Tochter in das Haus trat, „wie geht's, Miß Marion?“

Begrüßungsformeln wurden nun von allen Seiten gewechselt, und die Frauen hatten, in übergroßem Eifer, den neuen Putz der immer wieder neu Hinzukommenden zu mustern, ganz übersehen, daß Mr. Rowson indessen wirklich angekommen war und jetzt plötzlich mit einem freundlichen Gruß mitten unter ihnen stand.

Aber, großer Gott, wie sah er aus! Das Gesicht bleich, die Wangen hohl, die Augen eingefallen und seine Stimme zitterte merklich, als er, den linken Arm tief in die Weste hineingeschoben, die niedere Treppe heraufstieg.

„Mr. Rowson!“ riefen die Frauen fast wie aus einem Munde, „sind Sie krank? Was fehlt Ihnen denn? Sie sehen ja totenbleich aus!“

„Sie müssen krank sein!“ sagte Mrs. Roberts, indem sie an ihn herantrat, „oder ist etwas vorgefallen?“

„Nein – gar nichts, ich danke Ihnen“, erwiderte freundlich lächelnd der Prediger. „Von ganzem Herzen danke ich Ihnen für Ihre Teilnahme, meine verehrten Freundinnen und Schwestern, es ist aber nur eine etwas übermäßige Anstrengung. Ich komme aus den nördlichen Niederlassungen herunter und bin die ganze Nacht geritten, um mein Wort zu halten und zur bestimmten Zeit hier zu sein. Das mag mich wohl etwas zu sehr angegriffen haben, da mein Körper an dergleichen nicht gewöhnt ist.“

Er trat dabei zu Marion und reichte ihr freundlich die Rechte, als diese die sonderbare Haltung seines linken Armes bemerkte. Sie fragte ihn besorgt, ob er sich auf irgendeine Art verletzt habe.

„Eine Kleinigkeit“, erwiderte der Priester, „die bald vorübergehen wird. Mein Pferd stürzte gestern abend über einen im Weg liegenden Ast und warf mich gegen einen Baum, wobei ich mir den Arm ein wenig aufriß. Da es ganz unbedeutend war, achtete ich anfangs gar nicht darauf; nach der sehr feuchten, unfreundlichen Nacht schwoll die verletzte Stelle gegen Morgen an, und der Arm ist mir jetzt etwas steif geworden. Es wird jedoch, wie gesagt, bald wieder in Ordnung sein.“

„Ach, Mr. Rowson, ich habe eine herrliche Einreibung“, sagte Mrs. Mullins, an ihn herantretend, „wenn Sie mir erlauben wollen –“

„Danke wirklich – danke innigst für all diese Freundlichkeit; es ist in der Tat nicht der Mühe wert, sich auch nur im mindesten darum zu sorgen. Nein, ich muß, auf mein Wort, danken, beste Schwester Mullins. Wäre es auch bedeutender, als es ist, eine kleine, bald vorübergehende Erkältung, so möchte ich dadurch nicht die Veranlassung sein, die so viele fromme und gläubige Seelen eine Stunde länger ihrem Herrn entzieht. Lassen Sie uns beginnen, verehrte Freundinnen. Sie sehen, wie zahlreich sich die Guten versammelt haben. Wollen wir im Hause bleiben, oder sollen wir ins Freie gehen? Des Raumes wegen möchte wohl der offene Platz vorzuziehen sein.“

„Wenn es Ihnen nur nicht zu kalt in der frischen Luft ist!“ sagte Mrs. Roberts ängstlich. „Es weht immer noch ein recht kalter und feuchter Wind.“

„Haben Sie meinetwegen keine Sorge“, beruhigte sie lächelnd der Prediger, indem er ihr die Hand drückte, „ich stehe im Dienste des Herrn, und in solchem Dienste darf man nicht lässig sein. Die Bewegung wird mir übrigens guttun, und in wenigen Tagen hoffe ich wieder ganz hergestellt zu sein.“

Alles weitere Zureden blieb fruchtlos. Der kleine Tisch wurde unter die zwei Maulbeerbäume getragen, die der Farmer, als er den übrigen sein Haus umgebenden Baumwuchs fällte, ihrer süßen Frucht wegen stehengelassen hatte, und eine halbe Stunde später sandte die scharfe, weitschallende Stimme des Priesters ihre Gebete und Danksagungen zu dem reinen Himmelsblau empor. Und die Bäume brachen nicht schmetternd über ihm zusammen, die Erde verschlang nicht den Heuchler, der die blutbefleckten Hände zu Gott erhob und ihm dankte, daß er seine schwachen Bemühungen mit seiner Vaterhuld gesegnet und sie alle – alle die Seinigen fromm und gläubig hier zusammengeführt habe! Dort stand er und errötete nicht, als sich ein freundlicher Sonnenstrahl hindurchstahl durch das dichte Blätterdach des Unterholzes, und errötete nicht, als sich die Frauen in seiner Nähe zuflüsterten, ein Heiligenschein umgebe die Schläfe des Gottseligen. Dort stand er und schlug das freche Auge nicht zu Boden, als er dem Blick seiner Braut begegnete, die sich zum erstenmal mit inniger Zuneigung zu ihm hingezogen fühlte, da auch sie glaubte, der übergroße Eifer seines frommen Berufes habe ihn so angegriffen und verändert. Der Frauen Herz wird ja oft durch Mitleiden gewonnen, und der blasse Mann hatte dem leidenden Ausdruck seiner Züge das zu danken, was er durch monatelange Mühe und Anstrengung nicht zu erreichen vermochte: Marion glaubte an diesem Abend zum erstenmal, an seiner Seite, wenn auch nicht glücklich, doch ruhig und zufrieden leben zu können.

Rowson beendete indessen mit unerschütterter Ruhe die heilige Handlung, Seine Lippe bebte nicht; als er die Verzeihung des Höchsten für sich und seine Zuhörer erflehte, seine Stimme zitterte nicht, als er das Amen und den Segen sprach. Nur einmal, einmal nur, als alles um ihn her in Andacht auf den Knien lag, durchzuckte ihn ein jäher Schreck, und er stockte mehrere Sekunden lang; denn hoch über den Wipfeln der Eichen strichen nach Nordwest hinüber vier Aasgeier. Er konnte das schwere Schlagen ihrer Flügel nicht hören, aber er wußte, welchem Orte sie mit gierig vorgestreckten Hälsen entgegenstrebten; wußte, was ihr Mahl sein würde, ehe die Sonne dort drüben im Westen untersank. Da, sich mit Gewalt emporraffend, stimmte er ein lautes „Halleluja“ wie im grimmen Spott seiner selbst an, und die Gemeinde fiel ein in die bekannte Melodie, während er unter den lautschwellenden Tönen sich wieder sammelte und für den Schluß des Gottesdienstes kräftigte.

Indessen schienen nicht alle dort eingetroffenen Ansiedler auch am Gebet teilzunehmen, denn eine kleine Gruppe hatte sich etwa hundertfünfzig Schritt von der Versammlung entfernt gelagert. Zu diesen gehörten besonders Bahrens, der Krämer Hartford, Roberts und Wilson, ein junger Ansiedler von der anderen Seite des Flusses. Ihr Gespräch, das der Krämer bis jetzt größtenteils mit Klagen über den schlechten Handel belebt, hatte jedoch in den letzten Minuten etwas gestockt. Die lautschallenden Ermahnungen Rowsons waren nämlich bis zu ihnen gedrungen, und Bahrens schob ein kleines Fläschchen mit Whisky, das er eben hervorziehen wollte, verschämt wieder in die Tasche zurück. Wilson aber bemerkte diese Bewegung und griff nach dem Arm, der ihm das Labsal entziehen wollte.

„Halt da!“ sagte er lachend, „das ist gegen die Gesetze der Menschlichkeit; zeigt einem erst den ‘echten Stoff’ und wollt ihn dann wieder beseiteschaffen? Daraus wird nichts.“

„Aber, Wilson – wenn Rowson zufällig hierhersehen sollte, oder gar eine von den Frauen!“

„Ach – was da; die müßten scharfe Augen haben, wenn sie durch die Büsche erkennen wollten, was wir hier tun. Und wenn auch – zum Donnerwetter, was schert uns das Geplapper; wären wir deshalb hergekommen, so säßen wir mitten zwischen ihnen.“

„Laßt's aber nicht mehr sehen, als nötig ist“, sagte Bahrens; „meine Alte singt auch mit, und das muß ich dann acht Tage hören.“

„Keine Not, Alterchen“, beruhigte ihn Wilson, indem er der frommen Gesellschaft geschickt den Rücken wandte und, die Flasche an die Lippen hebend, den hellklaren Himmel einige Augenblicke mit besonderer Aufmerksamkeit betrachtete.

„Halt“, rief Roberts, während er die Flasche herunterdrückte, „erstickt nur nicht gar! Ihr wollt wohl drin wohnen bleiben? Hättet Ihr vorhin ein klein wenig besser aufgepaßt, so würde Euch Rowsons Moral: andern zu tun, wie Ihr erwartet, daß sie Euch tun, von großem Nutzen gewesen sein.“

„Ach, geht mir zum Henker mit Eurer Moral“, erwiderte Wilson ärgerlich, indem er sich unter der Fichte, unter der er bis jetzt gesessen hatte, ausstreckte und in die dichten Zweige hinaufschaute, „das ist ein ewiges Morallesen und Auf-den-rechten-Weg-Bringen in unserer Ansiedlung; es gefällt mir gar nicht mehr.“„

„Ihr wißt wohl, was ich eigentlich sagen will. Mir behagt das ewige ‘Wegweisen’ nach dem Himmel nicht; wer, zum Henker soll sich da zurechtfinden?“

„Ich glaub' auch nicht“, sagte Bahrens lachend, „daß der Bursche da drüben, der die Augen so fromm und andächtig in dem bleichen Gesicht herumdreht, den Weg richtig beschreiben kann. Sei dem aber, wie ihm wolle, mir gefällt er nicht.“

„Meine Frau hat einen Narren an ihm gefressen“, sagte Roberts. „Noch gestern abend behauptete sie, er wäre ein Heiliger, sie könnte ordentlich fühlen, wie fromm und gut ihr ums Herz würde, wenn er nur zur Tür hereinkäme.“

„Gott sei uns gnädig!“ rief Bahrens erschrocken, „nächstens wird er ein Paar Flügel bekommen, auf einen Baumast fliegen und Manna fressen.“

„Seht nur einmal, wie die Aasgeier heute nachmittag da hinüberstreichen“, sagte Wilson, „das ist nun schon der dreiundzwanzigste, den ich zähle, seit ich hier liege.“

„Die Predigt scheint beendet zu sein“, meinte der Krämer, der seit einigen Minuten dem Gespräch schweigend gelauscht hatte, „das ist das Schlußlied – ich kenn' es.“

„Ihr seid wohl auch musikalisch, Hartford?“ spottete Bahrens.

„Und warum nicht?“ erwiderte dieser etwas pikiert, „ich spiele die Violine und kann einige ausgezeichnete Stücke auf der Flöte. Wenn Sie es nicht glauben wollen, ich habe sie bei mir“, und mit diesen Worten langte er mit der Hand in die tiefe Rocktasche hinein und war eben im Begriff seine Drohung wahr zu machen, als ihm Roberts erschrocken in den Arm fiel und ausrief:

„Um Gottes willen, Mann, behaltet das schreckliche Instrument im Beutel. Was denkt Ihr wohl, was die fromme Versammlung da drüben sagen würde, wenn wir hier anfingen zu musizieren. Wir hatten einmal so einen Spaß im vorigen Jahre mit Wells unten, der jetzt freilich ganz zurückgezogen lebt und nirgends mehr hingeht, wenn er nicht besonders zu einem Klötzerrollfest oder etwas Derartigem gerufen wird. Neulich war er einmal bei mir, als er den Bienenbaum am Fluß gefunden hatte; er mußte eine Axt haben, weil er nicht erst deswegen nach Hause gehen wollte, und da bin ich mit ihm hinaus in den Wald gegangen, aber so was von einem Bienenbaum hab' ich doch im Leben noch nicht gesehen. – Der und ein anderer..."

„Ja, aber", unterbrach ihn der Krämer, der die Angewohnheit Roberts' noch nicht kannte, „Ihr wolltet ja von Musik erzählen!"

„Oh, warum hieltet Ihr ihn auf!" rief Bahrens lachend. „Er war auf dem besten Wege, und es hätte gar nicht lange gedauert, so wäre er in New Orleans oder New York gelandet."

„Wieso denn?" fragte Roberts, „das ist nun wieder barer Unsinn. Ich dachte weder an New Orleans noch an New York, ich wollte Euch von Wells erzählen, dessen Nachbar auch so ein langes spitzes Ding mit Löchern drin, gerad' wie eine Flöte, mitgebracht hatte. Er nahm es aber an der Spitze in den Mund, nicht an der Seite. Gut, der war oben bei Smith über Nacht geblieben, und abends, wie gebetet werden soll, nimmt er das Ding vor. Er war gerade von Fort Gibson heruntergekommen und kannte unsere Bräuche noch nicht, hatte auch, glaub' ich, eine unmenschlich lange Zeit an der indianischen Grenze gelebt und erzählte gern, was sie für ewigen Kampf und Streit mit den Choctaws gehabt hätten, die erst damals von Georgien nach dem Westen geschafft worden waren. Die armen Teufel haben mir übrigens leid getan, denn um ihr Land hat man sie damals doch schändlich betrogen; da kamen aber die großen Herren von Washington und New York..."

„Hurra!" schrie Bahrens, der nur auf das Stichwort, wenngleich mit der ernsthaftesten Miene von der Welt, gewartet hatte, „ob ich's denn..."

„So schreit doch nur nicht so!" sagte Wilson, „sie sehen ja alle hierher. Aber Gott sei Dank, es ist vorbei; heute hat's Rowson einmal recht kurz gemacht."

„Er sieht auch elend genug aus", warf Roberts ein, „ich erschrak ordentlich, wie er mir vorhin an der Feldecke dort unten begegnete."

„An der Feldecke? Ich glaubte, er wäre von oben herunter, aus den nördlichen Ansiedlungen gekommen", sagte Wilson.

„Nun, das kann er ja auch", entgegnete Bahrens, „wenn er sich drei Meilen von hier rechts gehalten hat, um den sumpfigen Stellen aus dem Wege zu gehen, so mußte er bei der Feldecke ungefähr wieder herauskommen; ich bin den Weg auch schon einmal geritten. An den Hügeln ist's aber doch trockener."

Die Versammlung war indessen aufgebrochen, und alles bewegte sich jetzt bunt durcheinander.

„Kinder, es wird spät", sagte endlich Smith, der die Betversammlungen eifrig besuchte und als sehr frommer Mann galt, „die Sonne ist in der Tat schon am Untergehen, und ich habe noch mehrere Meilen zu machen – Wilson, Ihr begleitet mich wohl?"

„Nein", entgegnete dieser, „ich habe Bahrens versprochen, mit ihm nach Hause zu reiten, er will mir gern etwas erzählen, was er in der letzten Woche erlebt hat."

„Nun, dann Glück zu", meinte Mullins lachend, „laßt's uns nur auch wissen, wenn's beendet ist."

„Damit Ihr Euer Maul drüber breit reißen könntet, nicht wahr?" sagte Bahrens. „Ich bin mit meinen Erzählungen vorsichtig geworden, denn... Gott sei uns gnädig – wie sieht der Mensch aus?"

Dieser Ausruf galt einem jungen Mann, der in diesem Augenblick aus dem Dickicht trat und sich ihnen näherte; er sah entsetzlich bleich aus und stierte mit glanzlosen, weit aufgerissenen Augen so ängstlich umher, daß mehrere der Frauen erschrocken vor ihm zurückwichen und Wilson aufsprang und ausrief:

„Halway – zum Teufel – habt Ihr den Verstand verloren, daß Ihr am hellen Tage wie eine Leiche umherrennt und die Leute erschreckt? Was ist vorgefallen?"

„Fürchterliches!" stöhnte der junge Mann, indem er matt auf einen Baumstamm niedersank. „Fürchterliches!" wiederholte er mit hohler Stimme, „drüben in dem alten Blockhaus..."

„Nun, was ist dort?" fragten mehrere zugleich.

„Laßt mich nur erst zu Atem kommen; drüben im alten Blockhaus liegt – mich schaudert's, wenn ich daran denke – liegt die Leiche der Indianerin."

„Alapahas?" rief die Menge entsetzt, „Assowaums Weib? Schrecklich! Woran ist sie gestorben? Wie sieht sie aus?" und tausend ähnliche Fragen kreuzten sich mit Gedankenschnelle.

„Laßt mir nur erst Zeit, mich zu sammeln", wehrte Halway ab. „Ich bin die Strecke von dem Schreckensort bis hierher so schnell gelaufen. Die Angst gab mir Flügel..."

„Aber so erzählt doch nur – was ist denn geschehen?"

„Gleich – gleich – so hört denn. Ich war in der letzten Woche an der Mündung des Flusses gewesen und hatte dort gejagt, brach aber vorgestern von dort auf, um hier meine erlegten und getrockneten Häute abzuholen. Gestern schon gedachte ich bis Tanners Haus zu kommen, es wurde aber dunkel, und ich mußte am Flußufer, im dichten Schilf, übernachten. Wie viele Abende hab' ich nun schon draußen im Walde allein zugebracht, wie manchen Sturm, wie manches Gewitter erlebt und nie Furcht gekannt, gestern aber lief mir's ein paarmal mit eisigen Schauern über den Leib, und ich schürte mein Feuer noch einmal so groß an, als ich's eigentlich gebraucht hätte. Es mußte die Ahnung von dem sein, was in meiner Nähe vorging. Sonst blieb übrigens alles ruhig, nur einmal schlug mein Hund an, und mir war's schon, als ob ich hätte ein Pferd schnauben hören, doch mußte das ein Irrtum sein, da der Schilfbruch dort undurchdringlich ist und der Fluß an der Stelle gerade sehr tief vorbeifließt.

Hoswells hatte mir nun schon vor einiger Zeit sein Kanu zu borgen versprochen, gleich frühmorgens sah ich aber Bienen arbeiten und versuchte bis gegen Mittag den Baum zu finden, und da mir das nicht glückte, so sah ich mich nach dem Kanu um, aber vergebens. Um alle Biegungen kroch ich, konnte jedoch weiter nichts entdecken als ein Taschentuch mit Proviant, das ein Jäger muß im Busch aufgehängt und vergessen haben, und ging endlich bis an den Weg hinauf, dort durch den Fluß zu schwimmen.

Von da aus war es nun meine Absicht, noch etwa zwei Meilen stromauf zu wandern, um ein anderes Kanu, das ich dort weiß, zu erhalten. Ich konnte aber nicht umhin, den auffallenden Zug der Aasgeier zu beobachten, die sich alle nicht sehr weit unterhalb des Weges niederzulassen schienen. Über den Weg liefen auch zwei ganz frische Wolfsfährten in derselben Richtung hin, und ich beschloß, da ich doch nichts Besonderes zu versäumen hatte, einmal nachzusehen, was für Wild dort läge, oder ob der Bär vielleicht ein Schwein oder gar der Panther ein Pferd gewürgt habe. – Allmächtiger Gott, ich war nicht auf den Anblick vorbereitet!

Als ich den dicht mit Unterholz verwachsenen Fleck, wo die kleine Hütte stand, erreichte, glaubte ich gewiß zu sein, daß eins der Schweine in die Klauen eines hungrigen Bären gefallen sei, noch dazu, da ich erst heute morgen seine Spuren an der Uferbank bemerkt hatte. Es machte mich aber schon stutzig, daß sich keiner der Aasgeier niedergewagt; sie saßen alle auf den Ästen der Bäume um die Hütte herum und schlugen gierig mit den Flügeln, als ich mich ihnen näherte."

„Und die Wölfe?"

„Nach deren Fährten sah ich nicht – ich wußte jetzt, das Aas müsse in der Hütte liegen, und trat nun, immer noch nicht an einen menschlichen Körper denkend, hinein; aber – erlaßt mir die Beschreibung, es war die Leiche der Indianerin, das erkannte ich noch, ehe ich wieder hinausstürmte. Dann floh ich in wilder Eile zuerst dem nächsten Haus zu, wo mich aber ein kleines Negermädchen beschied, es sei niemand daheim, sondern alles zur Betversammlung hierhergegangen, und wie von einem bösen Feind getrieben, hetzte ich nun weiter, nur immer weiter, um wenigstens zu Menschen zu gelangen."

„So erzählt uns aber doch..."

„Nichts – gar nichts – ihr müßt es selbst sehen, und zwar gleich. Die Leiche darf auf keinen Fall diese Nacht dort liegenbleiben. Die Wölfe, die sich heute scheuten, das einst von Menschen bewohnte Haus zu betreten, würden bei wieder einbrechender Dunkelheit, und das ist nicht lange mehr hin, Mut gewonnen haben und den Körper zerreißen."

„Wo aber ist Assowaum?" fragte Roberts, „sollte er dem Täter schon auf der Fährte sein?"

„Würde er seine Squaw unbeerdigt zurückgelassen haben?" warf Bahrens ein, „nein – nie!"

„Es ist doch nicht möglich, daß Assowaum selbst –", sagte Smith, scheu umherblickend, „er war stets dagegen, daß sie zu den Gebeten des Weißen ging, und hat ihr manches harte Wort, ihres Übertritts zum Christentum wegen, gesagt."

„Eher wollt' ich glauben, daß sie von ihrer eigenen Mutter als von Assowaum erschlagen sei!" rief Roberts heftig, „ich weiß, wie lieb er sie hatte. Doch wir müssen fort, die Zeit verfliegt, und es ist keine kurze Strecke bis dahin. Habt Ihr Kienholz im Hause?"

„Genug", sagte Mullins, „und gleich fertig gespalten. Ich wollt' es am Montagabend mit an die Salzlecke nehmen, hierzu ist's aber nötiger – wir können gleich aufbrechen. Wo ist Mr. Rowson?"

„Hier!" sagte der Priester, der bis jetzt, von niemandem beachtet, an einem Stamm gelehnt hatte. „Wir müssen augenblicklich gehen, um dem Schrecklichen nachzuspüren."

„Großer Gott, Mr. Rowson", sagte Mrs. Roberts, „Sie müssen wirklich hierbleiben, Sie sind krank, ernstlich krank und sehen leichenblaß aus."

„Ich glaube doch wohl, daß es meine Pflicht ist", sagte der Priester, „allerdings habe ich peinliche Kopfschmerzen..."

„Nein, wir geben es auf keinen Fall zu", rief Mrs. Mullins, „der Anblick würde Ihnen nur schaden."

„Ich weiß aber doch nicht – beste Schwester Mullins..."

„Bleiben Sie nur hier", mischte sich Roberts jetzt in das Gespräch, „Sie sehen wirklich krank aus, und bei dem traurigen Amt, das wir heute zu versehen haben, bedarf es Ihrer nicht. Morgen, beim Begräbnis, ist es etwas anderes, da werden wir, wenn Sie sich indessen stark genug fühlen, Ihre Hilfe in Anspruch nehmen."

Der Prediger nickte schweigend und wollte sich umwenden, um dem Hause zuzuschreiten, da trat ihm seine Braut in den Weg, reichte ihm mit halb schüchternem, halb freundlichem Blick die Hand und flüsterte leise: „Gute Nacht, Mr. Rowson, legen Sie sich nieder und erwachen Sie morgen wieder wohl und heiter, gute Nacht."

Es waren nur sanfte, liebevolle Worte, die ihm aus dem Munde des lieblichen Mädchens entgegenströmten, aber wie mit eisiger Faust ergriffen sie sein Inneres, und entsetzt – vernichtet wollte er zurückweichen. Da sah er die auf ihm haftenden Blicke der Umherstehenden, seine alte Seelenstärke erwachte, er zog das errötende Mädchen zu sich heran, drückte einen leisen Kuß auf ihre Stirn, legte segnend seine Hand auf ihren Kopf und schritt dann festen Ganges in das Haus, um das für ihn in der Eile, aber warm und weich bereitete Lager aufzusuchen.

„Welch ein Engel!" murmelte Mrs. Smith, während sie die Hände faltete, den Kopf auf die eine Seite neigte und ihm sinnend nachschaute, „aber da brechen sie wirklich schon auf. Ob wir Frauen denn auch mitgehen?"

„Das geht doch nicht", sagte Mrs. Bahrens, „mein Alter würd' es auch wohl nicht gerne sehen. Ich reite nach Hause; aber zum Begräbnis morgen kommen wir doch alle wieder zusammen."

„Sicherlich", erwiderte Mrs. Smith, indem sie ihr Pferd an einen umliegenden Baumstamm führte und mit dessen Hilfe in den Sattel stieg. Die anderen folgten jetzt ebenfalls ihrem Beispiel, und kurze Zeit nachdem die Männer auf ihren flüchtigen Ponys davongesprengt waren und die Sonne scheidend hinter den westlichen Hügelreihen hinuntersank, verließ auch der letzte weibliche Besucher der Versammlung den Platz. Das geschah jedoch nicht, ohne vorher noch herzliche Grüße und Besserungswünsche für ihren Seelenhirten der geschäftigen Wirtin des Hauses aufgetragen zu haben, die auch fest versprach, alles auszurichten und für den Kranken wie für ein eigenes Kind zu sorgen.

16. Die Totenwache

Von Mullins Haus bis zu der alten Hütte mochten es etwa vier Meilen in gerader Richtung sein, die Männer aber hatten die Entfernung in außerordentlich kurzer Zeit zurückgelegt, und noch war es nicht ganz dunkel, als sie die kleine „tote Rodung", wie derartige Plätze in der Landessprache genannt werden, erreichten. Hier hielt Roberts, befestigte sein Pferd, welchem Beispiel sämtliche Gefährten folgten, und schlug Feuer. Es waren sechzehn Männer, aber keiner von ihnen sprach ein

Wort, lautlos trugen sie Holz zusammen und fachten eine helle Flamme an, lautlos banden sie mit dünnen Streifen Hickoryrinde ihre langgespaltenen Kienspäne zusammen, lautlos entzündeten sie diese an der Glut, und von Roberts und Wilson geführt, betraten sie klopfenden Herzens den Schreckensort.

Die beiden ersten traten ziemlich bis in die Mitte der Hütte und bis dicht vor den Leichnam der Unglücklichen hin, die hier von Mörderhand gefallen, während die anderen leise nachdrängten und jetzt einen Kreis um das Opfer schlossen, wobei die hoch über den Köpfen gehaltenen Kienfackeln das Ganze schauerlich mit ihrer roten Glut erleuchteten.

„Sie ist ermordet!" sagte endlich Roberts leise.

Die schreckliche Tatsache unterlag auch keinem Zweifel weiter, der Hieb über den Kopf, mit einem schweren amerikanischen Bowiemesser geführt, hätte allein schon genügt, sie zu töten, jener eine Schlag, ohne die drei Stiche mit derselben breiten und gefährlichen Waffe, die dem Lebensquell die Tore geöffnet. Übrigens ging auch schon daraus hervor, daß die erste Wunde die todbringende gewesen, da ihr aus zartgegerbten Fellen bestehender Überwurf nur auf einer Seite von Blut benetzt war, was sich außerdem an keiner andern Stelle der Hütte fand. Nach dem ersten Schlag mußte sie regungslos liegengeblieben sein.

„Hat hier jemand einen Verdacht, durch wen diese Unglückliche ihr Ende gefunden?" fragte Roberts jetzt. Niemand antwortete – endlich sagte Bahrens:

„Es ist nicht möglich, den Menschen ins Herz zu sehen. Diese Indianerin schien mir aber so brav und gut, so gefällig und freundlich zu sein, daß ich nicht begreifen kann, wie und auf welche Art sie sich hier in der Ansiedlung einen Feind gemacht haben sollte. Ich weiß niemanden, den ich für fähig hielte, so Schreckliches zu verüben."

„Ich auch nicht – wir alle nicht", war die Antwort.

„Wer hat die Tote zuletzt gesehen?" fragte Wilson jetzt.

„Ich begegnete den beiden, Alapaha und Assowaum, gestern nachmittag auf der andern Seite des Flusses", erwiderte Pelter; „sie schienen freundlich gegeneinander gesinnt, wer kann aber ergründen, was ein Indianer im Sinne trägt!"

„Assowaum ist unschuldig", rief Roberts heftig, „ich würde mit meinem Leben für ihn stehen!"

„Weshalb?" fragte da, in der Tür der Hütte, die volle, wohltönende Stimme des Häuptlings, der in diesem Augenblick, von Brown gefolgt, in der Versammlung erschien. Ahnungslos schritt er zur Mitte des Raumes, während ihm die Männer zu beiden Seiten halb scheu, halb mitleidig Platz machten, so daß er das Entsetzliche nicht eher bemerkte, als bis er dicht vor der Leiche seines Weibes stand.

„Wah!" schrie er und sprang wie ein angeschossener Hirsch hoch vom Boden empor, „was ist das?"

„Alapaha!" rief Brown entsetzt, der ihm gefolgt war, „Alapaha – großer Gott! Ermordet!"

„Ermordet?" wiederholte in wildem Ton Assowaum, unwillkürlich das scharfe Skalpiermesser aus dem Gürtel reißend, als müsse er das Herz des Verbrechers finden, der sein Weib erschlagen. „Wer sagt ermordet?"

„Sieht das aus wie Schuld, ihr Männer von Arkansas?" rief Roberts, indem er seine Hand auf die Schulter des Indianers legte und die Freunde fragend anblickte.

„Nein – bei Gott nicht! Der arme Mensch! Schrecklich! Wer war der Täter?" so schallte es von den Lippen der Farmer, während Assowaum mit stierem Blick jeden im Kreise anstarrte, der ein Wort äußerte. Er schien auch für den Augenblick das ganze Bewußtsein seiner Lage verloren zu haben. Da trat Brown neben Roberts und sagte mit leiser Stimme, die aber von jedem gehört werden konnte, während er dabei auf die Leiche deutete:

„Dies ist das zweite Opfer, das innerhalb einer Woche von Mörderhand gefallen. Das Gerücht legte vor meine Tür die erste Blutschuld; ich bin hierhergekommen, um die Anklage zu widerlegen – meine Unschuld zu beweisen. Rein ist mein Herz von so entsetzlicher Schuld, aber der Mörder lebt unter uns.

Vor wenigen Tagen noch war es meine Absicht, diesen Staat zu verlassen und nach Texas zu gehen; sie ist es noch, aber nicht eher, als bis der Mörder entdeckt ist, bis mein Name wieder rein und schuldfrei vor der Welt dasteht. Doch nicht meine Pläne allein, nein, auch meine Ansichten haben sich geändert.

Ihr wißt, Männer von Arkansas, viele von euch wenigstens, die mich näher kannten, daß ich bis jetzt dem Treiben und Wirken der Regulatoren entgegen war; ich hielt ihre Ungesetzlichkeit für einen vollgültigen Grund, sie zu verdammen – ich denke nicht mehr so. Hier zu unseren Füßen liegt ein Wesen ermordet, das harmlos und unschuldig keinen kränkte oder betrübte; wer ist hier, dem sie nicht durch ihr anspruchslos freundliches Wesen gefallen, den sie nicht durch ihre streng gemeinte und gläubige Religiosität, wodurch sie selbst dem Glauben ihres Stammes untreu wurde, gerührt hätte? Sie ist tot – und die Gesetze konnten sie nicht schützen; sie ist tot – und die Gesetze sind zu machtlos, den Mörder zu erreichen und zu bestrafen. Hier aber hebe ich meine Hand empor und schwöre bei dem allmächtigen Gott, daß ich nicht eher ruhen und rasten will, bis ihr Blut, wie das jenes unglücklichen Mannes, gerächt ist, daß ich nicht eher ruhen und rasten will, bis wir die Natternbrut, die sich unter uns eingeschlichen hat, gefunden und ihre Köpfe zertreten haben. Männer von Arkansas, wollt ihr mir beistehen, mit euren Armen und euren Herzen?"

„Ja!" hallte es dumpf und leise durch die niedere Hütte, „ja! So wahr uns Gott helfe!"

„So laßt uns vor allen Dingen den Leichnam zu dem nächsten Hause schaffen; dorthin muß morgen früh jemand den Prediger holen, der ja wohl in der Ansiedlung zu finden sein wird. Wir wollen dann das arme Weib beerdigen."

Mehrere der jungen Leute begannen dieser Aufforderung zufolge Stangen abzuschlagen und eine rohe Bahre herzurichten. Da trat Assowaum, der bis jetzt schweigend, den Blick auf die Züge seines toten Weibes geheftet, neben der Leiche gestanden hatte, vor, schob die ihm Nächsten mit den Armen sanft hinweg und machte eine Bewegung, als wenn er sie bitten wollte, das Haus zu verlassen.

„Was willst du tun, Assowaum?" fragte Brown.

„Laßt mich allein!" hauchte der Krieger, indem er das Messer, das er noch blank in der Hand trug, wieder in die Scheide zurückschob, „laßt mich allein mit Alapaha – nur diese Nacht."

„Sollen wir denn nicht...?"

Eine verneinde Bewegung des Indianers drängte sie, seinem Willen zu gehorchen. Schweigend traten die Männer zurück und berieten nun vor dem Eingang der Hütte leise, was zu tun sei.

„Wär's nicht besser, wir lagerten hier draußen?“ meinte Bahrens, als sie einen etwas entfernten Platz erreicht hatten, „Assowaum mag die Leichenwache halten, und morgen früh sind wir dann gleich an Ort und Stelle.“

„Wohl wahr“, sagte Brown, „aber Assowaum erzählte mir unterwegs, mein Onkel sei krank, und er habe Alapaha mit Lebensmitteln an ihn abgeschickt. Das unglückliche Weib wurde aber ermordet, der arme kranke Mann liegt also allein und hilflos in seiner Hütte, ich muß spätestens morgen früh dort sein.“

„Wie wäre es denn“, sagte Wilson, „wenn wir jetzt zu Mullins zurückgingen, dort zuerst feststellten, wie sich Rowson befindet und ob er imstande ist, morgen die feierliche Handlung vorzunehmen, und dann vor Tagesanbruch mit einigen Lebensmitteln für den Indianer wiederkehrten? Alapaha bringen wir dann in dem Kanu zu ihrer eigenen Hütte, die dicht neben unserer Wohnung liegt. Es wird auch des Indianers Wunsch sein, die Squaw neben seinem Wigwam beerdigt zu haben.“

„Bei diesem tobenden Wasser können aber nur höchstens vier Personen in dem Kanu sitzen“, sagte Roberts.

„Mehr sollen auch gar nicht darin fahren“, entgegnete Brown. „Von Mullins zu Harper ist es, wenn Ihr von Heinzes aus eine gerade Richtung durch den Wald einschlagt, kaum sechs Meilen, also nur wenig weiter als von hier; Wilson und ich übernehmen daher das Fortschaffen des Indianers und der Leiche, und ihr anderen verfolgt indessen mit dem Prediger den Landweg; wir treffen dann ziemlich zu gleicher Zeit bei meinem Onkel ein.“

„Gut“, sagte Bahrens, „damit bin ich einverstanden. Sollen wir aber jetzt, ehe wir den Platz wieder verlassen, nicht versuchen, die Fährte des Mörders aufzufinden?“

„Das wäre nutzlos“, warf Roberts ein, „der Boden hier ist zu hart und trocken, um etwas unterscheiden zu können, und draußen hat der Regen, der nach Mitternacht in Strömen herabgoß, alles verwischt; wir würden nur unnütz unsere Zeit verschwenden. Nein, der Mörder ist für den Augenblick vor jeder Verfolgung sicher, wer es aber auch sei, er wird unserem rächenden Arm nicht entgehen, und daran sollen uns weder die frommen engherzigen Ermahnungen eines Predigers noch die machtlosen Drohungen eines Gouverneurs hindern.“

„Ich möchte noch einmal zu Assowaum hineingehen“, sagte Brown zögernd.

„Stört ihn heut abend nicht mehr“, bat Roberts, „er hat als Indianer seine eigenen Ansichten und Gefühle, und ich glaube kaum, daß ihm der Anblick eines Weißen, und wäre es der eines Freundes, willkommen ist.“

Die Männer entzündeten ihre größtenteils verlöschten Kienfackeln wieder, bestiegen die Pferde und ritten langsam zu Mullins Haus zurück.

Der dunkle Himmel funkelte in all seiner mitternächtlichen Herrlichkeit, rauschende Lüfte spielten mit den hochragenden Wipfeln der riesigen Bäume und schlugen in abgemessenen Zwischenräumen die gewaltigen girlandenartigen Weinreben an die schlank aufstrebenden Stämme; der Fluß tobte schäumend und brausend dicht an der halbverfallenen Hütte vorbei.

In dem Raum aber, des Rauschens der Wipfel, des murmelnden Brausens der aufgeregten Wasser nicht achtend, saß zu den Füßen seines toten Weibes der Indianer und schaute schweigend und sinnend, wie ihn die Männer verlassen hatten, auf ihr blutiges und doch noch so schönes Antlitz. Das Feuer war ziemlich niedergebrannt, und nur noch manchmal glühte vor dem Erlöschen ein roter Flammenstrahl daraus empor, um die nachfolgende Dunkelheit so viel auffallender und unheimlicher zu machen. Da sprang auf einmal, wie von einer Natter gestochen, der rote Sohn der Wälder empor, mit bebenden Händen warf er, was er an dürren Spänen in der Nähe fand, auf die fast verglommene Glut, fachte diese in zitternder Hast wieder zur neuen Flamme an, wandte sich jetzt zu der Leiche und beobachtete mit ängstlicher Sorgfalt ihre Züge.

Ach! Das ungewiß flackernde Licht hatte ihn getäuscht, ihm war es gewesen, als ob sich die starren Züge wieder belebt, die bleichen Lippen geöffnet hätten. Er konnte sich ja noch nicht zu der Überzeugung zwingen, daß das Weib seines Herzens, seine Alapaha, hier tot – tot zu seinen Füßen liege. Bald erfüllte den Unglücklichen aber nur zu sicher die schreckliche Wahrheit. Alapaha, die Blume der Prärien, war wirklich tot, und die flammenden Späne entfielen der matt und kraftlos niedersinkenden Hand.

Die Wölfe, die in der vorigen Nacht nicht gewagt hatten, in die Hütte einzudringen, näherten sich jetzt, durch Hunger kühner geworden, der Stelle, welche ihre schauerliche Beute enthielt. Scheuchte sie aber schon die Witterung der vielen frischen Fährten zurück, so wurde ihre Furcht noch durch die Nähe eines Menschen vermehrt, und schon umzogen sie heulend in weiten Kreisen das Haus. Assowaum achtete ihrer kaum; er kannte diese Hyänen des Waldes, fürchtete sie aber nicht. Noch einmal schürte er das Feuer an, daß es in hellen Flammen die Wände der Hütte wie mit Tageshelle erleuchtete, und wanderte nun spähend umher und forschte nach Spuren und Zeichen der verübten Tat.

Die Hütte, vor langen Jahren von einem Ansiedler errichtet, der sie bald darauf wieder verließ, war seit dieser Zeit nur höchst selten von einzelnen Jägern bei stürmischem Wetter als Lagerplatz benutzt worden und deshalb gänzlich vernachlässigt und verfallen. Früher hatte auch wohl der erste Besitzer ein kleines Stück Land dicht daneben urbar gemacht und Mais darauf gezogen, jetzt aber nahm kräftig aufwachsendes Unterholz mit seinen engverzweigten Wurzeln den Acker ein, und selbst im Innern der Hütte verrieten einzelne junge Stämme die üppige Vegetation des Bodens, der hier, von Regen und Sonnenschein gleich entfernt gehalten und nur durch die Feuchtigkeit des vorbeiströmenden Flusses genährt, mehrere junge Eichen- und Hickorystämmchen an derselben Stelle emporgetrieben hatte, wo vor noch nicht so langer Zeit Menschen unter schützendem Dache gehaust. Neben einem dieser Schößlinge lag die Leiche; Assowaum suchte jetzt vergebens nach Spuren, die ihm den Mörder hätten verraten können. Der Boden war zu hart, um die Spuren eines Menschenfußes in deutlichen Umrissen bewahrt zu haben, und was sich noch etwa hätte zeigen können, hatten die Männer zertreten. Nur dort, dicht neben dem kleinen Gestell, auf dem Alapaha das von dem Gatten erlegte Hirschfleisch getrocknet – in der zerstreuten Asche – entdeckte er, von den anderen noch nicht zerstört, die teilweise Fußspur eines Mannes.

Assowaum betrachtete sie lange und aufmerksam, es war aber nur der vordere Teil des Fußes, er konnte nicht die ganze Länge erkennen, und dann wieder rührte sie von einem solchen Stiefel her, wie ihn Brown trug; es mochte des jungen Mannes Spur sein, der ja eben erst die Hütte verlassen hatte. Assowaum maß die Spitze ebenfalls am Stiel seines Tomahawks und schaute mehrere Minuten lang sinnend auf die niedergetretene Asche.

Ein solches Zeichen genügte nicht, und er wanderte umher, forschte nach irgendeinem zurückgelassenen Gegenstand des Mörders und fand den Tomahawk der Geliebten, der in die Ecke der Hütte geschleudert schien und dort bis jetzt seinem Blick entgangen war.

Ein stolzes Lächeln des Triumphes lag auf dem Gesicht des Indianers, als er die Blutspuren an der leichten, doch scharfen Waffe seines Weibes bemerkte; Alapaha war einer Indianerin würdig gestorben, und der Feind, der sie getötet, hatte zuerst von ihrer Hand geblutet.

Noch einmal durchforschte Assowaum jeden Winkel, jede Ecke des kleinen Raumes, dann verließ er die Hütte und untersuchte im Freien jeden Strauch und jeden Moosfleck - vergebens. Der niederströmende Regen hatte alle Spuren verwischt, und der Indianer kehrte, ohne etwas gefunden zu haben, in die Hütte zurück.

Hier bereitete er nun für die ermordete Gattin das Totenlager; er breitete seine Decke aus und legte den Körper darauf, aus dem Fluß trug er Wasser herbei und wusch Alapahas Gesicht, schob ihr dann die eigene Decke unter das Haupt, daß sie gut und sanft ruhe wie vor alten, schönen Zeiten, und versuchte ihre Hände zu falten. Die Rechte blieb aber krampfhaft geschlossen, und schon wollte er den Versuch aufgeben, mit Gewalt die im Tode erstarrten Finger zu lösen, als er etwas Fremdes in ihnen fühlte. Er erneuerte seine Anstrengungen und fand einen dunklen Hornknopf, den die Indianerin im Todeskampf gefaßt und gehalten hatte.

Was war aber mit solchem Zeichen zu beginnen? Wie konnte das auf die Spur des Täters führen? Assowaum schüttelte traurig mit dem Kopf, schob jedoch den Knopf in seine Kugeltasche und setzte sich nun wieder still zu den Füßen der Gattin nieder, als ob er ihren Schlaf bewachen wolle.

So saß er regungslos viele Stunden; das Feuer fiel in sich zusammen, flackerte noch manchmal zuckend empor und verglomm endlich; dichte Finsternis erfüllte den kleinen Raum - draußen im Wald zogen sich die Wölfe scheu vor der Nähe des Menschen zurück, kein Laut unterbrach die feierliche Stille als das Plätschern und Gurgeln des Flusses. Selbst die Eule hatte den schaurigen Platz gemieden. Alles schwieg, und immer noch kauerte die dunkle Gestalt in der Hütte, bis draußen die frische Morgenluft den Tau von den Büschen schüttelte, im Osten ein heller Streifen den nahenden Tag verkündete und die Vögel der Nacht mit lauten Tönen Abschied von dem weichenden Dunkel nahmen.

Da wurden Stimmen vor der Hütte laut, und von Wilson gefolgt trat Brown wieder in den kleinen Raum. Der Indianer schien sie aber nicht zu bemerken; erst als der Freund leicht seine Schulter berührte, starrte er, wie aus einem tiefen Traum erwachend, empor.

„Komm, Assowaum!“ sagte Brown jetzt, indem er ihm freundlich die Hand entgegenhielt, „sei ein Mann - schüttle den Gram ab, der dich zu verzehren droht, und laß uns ans Werk gehen, zuerst dein Weib beerdigen, und dann sie - rächen!“

Der Indianer hatte teilnahmslos den Worten des weißen Mannes gelauscht, bis das letzte sein Ohr berührte.

„Sie rächen!“ rief er, indem er mit leuchtenden Augen emporsprang, „ja, sie rächen! Komm, mein Bruder!“ Damit nahm er den kleinen Tomahawk seines Weibes und steckte ihn in den Gürtel, half dann aber den beiden Männern mit festen Schritten die Leiche in das schwankende Boot zu tragen, das an einem Rebenanker auf den Wellen schaukelte.

Wilson bot ihm nun einige für ihn mitgebrachte Erfrischungen an, Assowaum wies aber alles zurück, nahm schweigend seinen gewöhnlichen Platz im Kanu ein und steuerte dieses, das, von den kräftigen Armen der beiden Männer gerudert, mit Blitzesschnelle über die kochende Flut dahinschoß.

17. Das Begräbnis der Indianerin

Harpers Blockhaus stand kaum hundert Schritt vom Ufer des Fourche la fave entfernt im Schatten von jungen schlanken Hickory- und Maulbeerbäumen; die beiden Männer aber hatten erst seit kurzem begonnen das Land in der Nähe des Hauses urbar zu machen, und noch lagen auf der Nordseite des Gebäudes die gefällten und teils abgehauenen, teils noch unberührten Stämme durcheinander. Am Haus selbst schienen dagegen viele und bei den gewöhnlichen Farmern sogar selten gefundene Bequemlichkeiten getroffen. Ein kleines Fenster war nicht allein ausgehauen, sondern auch mit Glasscheiben versehen, ein Brunnen trotz der Nähe des Flusses gegraben, um frisches, gesundes Trinkwasser zu erhalten, und eine wohlgefüllte „Corncrip", wie der Aufbewahrungsort für Mais genannt wird, verriet, daß die Männer, wenn sie auch noch selbst kein Getreide geerntet, doch keineswegs Mangel daran litten und sich wohlversorgt hatten. Hühner und Enten, ja selbst ein Volk stolzer Truthühner umgaben scharrend und gluckend die Tür und schienen sehnsüchtig auf Futter zu harren, während zwei braune kräftige Pferde, augenscheinlich im Norden aufgezogen, an der leeren Krippe standen und sich mit den Nasen daran scheuerten, als ob sie ungeduldig und unzufrieden wären, die gewöhnliche Anzahl Maiskolben nicht an der üblichen Stelle vorzufinden.

Auf dem freien Platz vor der Wohnung waren aber jetzt die am vorigen Abend bei Mullins versammelten Männer eingetroffen, und Roberts besonders fiel die stille, unheimliche Einsamkeit des Platzes auf. Schnell ritt er zur offenen Tür des Hauses, sprang vom Pferd, trat ein und fand hier wirklich seine schlimmsten Befürchtungen bestätigt. Auf hartem Lager, die Decken in heißer Fieberglut von sich gestoßen, lag der sonst so heitere, fröhliche alte Mann, der sich fast keinem Hause in der Nachbarschaft nähern konnte, ohne mit herzlichem Händedruck und freundlichem Lächeln begrüßt zu werden, allein und hilflos. Niemand war da, der ihm nur einen Becher Wasser hätte reichen können, um die brennenden Lippen zu kühlen.

Roberts und Bahrens traten erschüttert zum Bett des Kranken und ergriffen seine Hand, er erkannte sie aber schon nicht mehr und phantasierte von Jagden und Märchen, von seinem Bruder, der die Braut eines andern liebe, und von seinem Neffen, der den Gegner erschlagen habe und nun mit dessen Blut bedeckt vor ihm erschienen sei. In diesem Augenblick trat Rowson, der seine ganze Ruhe und Festigkeit wiedererlangt hatte, in das niedere Gemach und zu dem Bett des Kranken, der sich bei seinem Anblick aufrichtete und ausrief:

„Fort – fort – wasche deine Hände – sie starren von Blut – wische den Stahl ab, er könnte dich verraten – ha – deine Kugel trifft sicher, welch ein Loch sie reißt – die Wunde wird schwer zu heilen sein."

Rowson erbleichte und trat schaudernd einen Schritt zurück, Roberts aber, ohne den Blick von dem Antlitz des Kranken zu wenden, sagte leise: „Er träumt von seinem Neffen, er hält ihn für schuldig und fürchtet für sein Leben."

„Wilde Phantasien", flüsterte leise der Prediger und beugte sich zu dem Kranken nieder.

„Mister Harper!" sprach er diesen dann freundlich an, indem er seine kalten Finger auf dessen brennende Stirn legte, „kommt zu Euch – Freunde sind in Eurer Nähe..." Aber noch hatte er die Rede nicht ganz vollendet, als der Leidende mit einem Schmerzensschrei vom Lager emporfuhr.

„Wasser! Wasser!" schrie er, „der böse Feind streckt seine Krallen nach mir aus. Ich war es nicht, der ihn erschlug, nein, der – nein – ja – ich war es doch – ich bin's gewesen – nimm – mich – ich führte – den Streich", flüsterte er dann leise und brach bewußtlos auf dem Lager zusammen.

„Er ist sehr krank", sagte Bahrens mitleidig, „bleibt ein wenig bei ihm, ich will ihm einen Trunk Wasser holen, seinen Fieberdurst zu löschen. Das Viehzeug draußen muß auch gefüttert werden, ich kann's nicht mit ansehen, daß das alles hier so hungrig und herrenlos umherläuft."

Ohne weitere Worte machte sich Bahrens augenblicklich daran, das Gesagte auszuführen, und ehe noch die Männer im Boot mit ihrer traurigen Fracht anlegten, hatte er, von Roberts unterstützt, des Kranken Schläfe durch kalte Umschläge gekühlt, sein Lager besser instand gesetzt, einen erfrischenden Trunk für ihn bereitet, das Vieh versorgt, das Haus ausgekehrt und aufgeräumt und alles wieder ein wenig wohnlicher hergerichtet. Rowson saß indessen neben Roberts am Bett des Kranken und reichte ihm, was er begehrte, bis dieser endlich, nach mehrstündigen wilden Fieberträumen, in einen tiefen Erschöpfungsschlaf fiel.

Kurz darauf landete auch das Kanu, und Brown und Wilson trugen, von dem Indianer gefolgt, die Leiche die Uferbank hinauf und legten sie an dem moosigen Fuß einer gewaltigen Eiche nieder.

„Wo sollen wir das Grab ausheben?" fragte Mullins. Der Indianer aber ergriff schweigend die Hand des Mannes und führte ihn, etwa hundert Schritt von Harpers Haus entfernt und dicht neben seinem eigenen, aus breiten Rindenstücken und ungegerbten Fellen errichteten Wigwam, zu einem alten indianischen Grabhügel, wie sie sich in großer Anzahl in Arkansas finden, und sagte:

„Laßt die Blume der Prärien bei den Kindern der Natchez ruhen. Haß und Zwietracht entzündete in den alten Zeiten die Herzen der Lenni Lenapes gegen ihre roten Brüder im Süden. Der Große Geist hat sie dafür gestraft – ihre Asche ruhe friedlich beieinander."

Die Männer warfen nun mit regem Eifer an der bezeichneten Stelle die Erde aus, bis sie die Grube für hinlänglich tief hielten, und wollten dann die Leiche in den roh zusammengezimmerten Sarg legen. Assowaum hielt sie aber noch zurück und holte aus seinem Wigwam eine Anzahl fein gegerbter Felle, mit denen er Alapaha umhüllte.

Nachdem der Sarg in die Gruft gesenkt worden war, begann Rowson mit leiser, zitternder Stimme seine Leichenrede über der von seiner eigenen Hand schändlich Gemordeten. Er pries ihre Tugend und Frömmigkeit; er lobte ihren Eifer, mit dem sie dem wahren Gott angehangen und an ihn geglaubt habe; er rühmte ihren Fleiß und ihre Liebe zu dem Gatten und Häuptling und erflehte dann vom Himmel, zu dem er es nicht wagte die Blicke zu erheben, „Gnade für die Verstorbene und – Vergebung für die Hand, die, vielleicht im Zorne, unschuldiges Blut vergossen."

Er hatte sein Gebet aber noch nicht beendet, als der Indianer sich stolz aufrichtete. Sein durchdringender Blick begegnete dem des Predigers, und mit der Rechten den Tomahawk seines Weibes, den er noch im Gürtel trug, ergreifend, und die Linke gegen Rowson ausstreckend, sprach er mit lauter, klangvoller Stimme:

„Alapaha ist tot – ihr Geist ist zu den seligen Gefilden des weißen Mannes gegangen, ihr Herz hatte sich von dem Großen Geist gewandt, dessen Rache sie jetzt erreicht hat; aber weswegen bittet der blasse Mann bei seinem Gott um Gnade für das Weib, das alles vergaß, um nur ihm anzugehören? Das dem Glauben ihres Stammes entsagte und zu dem weißen Gott betete? Sie bedarf keiner Gnade! Du hast mir oft gesagt, dein Gott sei gerecht, und Assowaums Weib soll nicht einmal von einem Gott Gnade zu erbitten haben, wo es Gerechtigkeit verlangen kann. Ist dein Gott gerecht, so muß er die Unglückliche belohnen, die seinethalben das vergaß, was ihr sonst lieb und heilig war."

Rowson wollte ihn unterbrechen, doch hielt ihn wiederum der fest auf ihm ruhende Blick des Indianers zurück, der mit immer lauter und kräftiger tönender Stimme fortfuhr:

„Deine Lippen flehen aber auch um Vergebung für den Mörder. Er tauchte seine giftige Hand in das reine Herzblut der Blume der Prärien; wer ist hier, der sie nicht kannte und nicht liebte? Nein! Keine Vergebung – Fluch treffe den Mörder, Assowaum wird ihn finden, sein Leben hat fortan nur den einen Zweck: den Mörder zu strafen. Mag ihn nachher weiße oder rote Erde decken, der Große Geist wird ihn mit offenen Armen und lächelndem Antlitz empfangen."

Rowson, der nur mit großer Anstrengung den finstern, drohenden Blick Assowaums auszuhalten vermochte, hob jetzt schweigend, wie in stillem Gebet versunken, die Hände und sagte nach langer andächtiger Pause:

„Vergib ihm, Herr, vergib dem Unglücklichen, der, von bitterem Schmerz übermannt, Worte des Zornes und Hasses aussprach, wie sie nicht wohlgefällig vor deinem Angesichte sind. Vergib ihm, Herr – vergib uns allen, die wir hier über eine Tat entrüstet stehen, welche ja ebenfalls durch deine unerforschliche Weisheit verhängt wurde. – Vergib uns, die wir vielleicht auch Gedanken des Zornes und der Rache hegen, und erleuchte uns mit deinem Lichte, auf daß wir erkennen, wie nur in deiner Gnade, in deinem Frieden das Heil liegt, das uns zu guten und gottesfürchtigen Menschen macht, und uns stärkt, das Auge zu dir, du Allmächtiger, reinen Herzens emporheben zu können. Amen!"

„Amen!" flüsterten die Umstehenden, nur Assowaum schwieg finster, die Rechte noch immer am Tomahawk.

Die Feierlichkeit war beendet, und die Nachbarn verfügten sich zurück in ihre Wohnungen, nur Bahrens und Wilson blieben mit Brown in Harpers Blockhaus, um den alten Freund in seiner Krankheit, soweit es in ihren Kräften stand, zu pflegen; Brown aber war noch, ehe sich Rowson entfernte, zu diesem getreten, dankte ihm für seine freundliche Bemühung, die Indianerin beerdigen zu helfen, da er doch selbst krank und angegriffen sei, und bat ihn, sein Haus ganz als das seine zu betrachten. Doch Rowson wies das Anerbieten freundlich zurück, da er für seine kurz bevorstehende veränderte Lebensweise so viele Vorbereitungen treffen müsse, daß an ein müßiges Vergeuden ganzer Tage nicht mehr zu denken sei, und schied mit einem friedlichen Segensgruß auf den Lippen und tiefer Demut und Frömmigkeit im Blick von dem jungen Mann, der ihm noch lange, in finsteres Brüten versunken, nachschaute. Das war der Mann, dem die Geliebte Herz und

Hand geopfert, dem sie angehören mußte. „Lebe wohl", sagte er leise, „lebe wohl, du schöner Traum."

„Lebewohl", flüsterte auch Assowaum, der an seine Seite getreten war und die letzten Worte gehört hatte, „Lebewohl, ein wunderbares Wort, einer Toten nachzurufen!"

„Einer Toten?" fragte entsetzt auffahrend Brown.

„Sprachst du nicht mit Alapaha? Sie ist tot, gemordet – doch den Mörder muß ich finden. Der Geistervogel soll mir in nächtlichen Träumen den Namen ins Ohr flüstern; neben dem Grabe will ich lagern, bis ich seine Stimme gehört. – Wird mein weißer Bruder mir beistehen, um der Toten willen? Wird er dem Arm des Freundes seine Sehnen leihen, ehe er in ein anderes Land geht, um für die Freiheit eines fremden Volkes zu kämpfen?"

Brown reichte ihm schweigend die Hand und ging dann langsam zu seinem kranken Oheim zurück.

18. Roberts' Abendteuer auf der Pantherjagd

Zwei volle Wochen waren verflossen, alle Nachforschungen aber, die Verbrecher aufzuspüren, fruchtlos geblieben, und vergebens hatte Brown, dessen Onkel inzwischen ziemlich wiederhergestellt war, mit unermüdlichem Eifer geforscht und gearbeitet, um eine Spur der Mörder zu finden.

Assowaum selbst konnte mehrere Tage nach der Beerdigung seines Weibes durch nichts bewogen werden, ihr Grab zu verlassen. Dann aber war er plötzlich verschwunden, und auch Brown wußte nicht, wohin er sich gewendet.

Die Ansiedler wurden aber durch diese erfolglosen Anstrengungen keineswegs entmutigt und sahen darin nur einen Grund mehr, daß sie sich selbst zum Schutz ihrer Rechte verbinden mußten, da auch in diesem Falle die Gerichte nicht das mindeste hatten ergründen können und der Mörder, für jetzt wenigstens, sicher und unentdeckt zu bleiben schien. Dadurch von der Notwendigkeit eines ernsten Schrittes überzeugt, war der größte Teil der Farmer jener Verbindung, die sich „die Regulatoren" nannte, beigetreten, und eine Hauptversammlung, die sehr zahlreich besucht zu werden versprach, festgesetzt worden. Dort sollten ernstere Schritte verabredet werden, um besonders Verdächtige, die sich in ihrer Nachbarschaft aufhielten, denen aber kein Verbrechen bewiesen werden konnte, vor ihr Gericht zu fordern. Möglicherweise wollten sie hieran den Faden knüpfen, der sie auf die Spur der Schuldigen, wenn auch vorerst nur auf die Pferdediebe, brächte, und unter denen hofften sie dann, und nicht mit Unrecht, die Mörder zu entdecken.

Freundlich lag der warme Sonnenschein auf dem grünen Laubdach des Waldes. Stiller Friede herrschte in der ganzen Natur, kein Lüftchen regte sich, aber tief unten im finstern Dickicht, da, wo der Fourche la fave seine Flut durch unwegsam Rohrbrüche drängte, tobte die Jagd und schallte das bald dumpfe Bellen, bald helle Kläffen der Rüden hervor.

„Joho – joho – ihr Hunde – Hu – pi!" schrie Roberts, als er auf schäumendem Roß über einen breiten sumpfigen Fleck dahinbrauste und das vor fröhlichem Jagdeifer schon überdies erhitzte Tier immer noch mehr durch lauten Ruf und kräftigen Hackenstoß anfeuerte, daß es wild hinten aushieb und in ein Gewirr dicht verwachsener Weinreben sprang. Die Meute war voraus, und die Jäger hetzten einzeln, wie ihre Pferde sie gerade getragen, hintendrein, jeder mit gellendem Jagdgeschrei die Hunde ermutigend.

„Hu – pi!“ schrie Roberts noch einmal, indem er, mit der Büchse in der Linken, die Rechte mit dem schweren Jagdmesser bewaffnet, eine gewaltige umgestürzte Zypresse überflog und mit kräftigem Schlag eine seilartig verwachsene Gründornliane zerhieb. Dadurch hatte er aber eine andere, nicht minder zähe Weinrebe übersehen, und ehe er noch zu neuem Schlage ausholen oder das wild dahinstürmende Pony zügeln konnte, schlüpfte dieses dicht darunter hin, und im nächsten Augenblick lag Roberts mit Büchse und Messer neben dem Stamm, den er eben erst mit so kühnem Satz übersprungen.

„Pest!“ murmelte er, als er sich aus dem zähen Schlamm, in den er gerade mit den Schultern gefallen war, herausarbeiten mußte, „Pony, hier! – kob – Pony! – der Teufel hole die Bestie, ich glaube, die will auf eigene Hand jagen!“ Er hatte nicht unrecht; das kluge Tier, das Roberts auf allen Jagden geritten, nahm viel zu großen Anteil an der Hetze selbst, als daß es jetzt hätte auf seinen Herrn warten und dadurch die schöne Zeit versäumen sollen. Wie ein losgelassener Sturmwind folgte es daher, des schweren Reiters ledig, der Meute und war in wenigen Minuten weder zu hören noch zu sehen. „'s ist wahrhaftig fort!“ sagte der alte Jäger brummend, nachdem er eine Weile aufmerksam umhergeschaut und gehorcht hatte, „jetzt sitz' ich schön auf dem trockenen. So wollte ich denn doch, daß die..., aber halt, die Jagd dreht sich nach den Hügeln herum; da wär' es gar nicht unmöglich, daß sich der Panther, wenn er nicht dem Petite-Jeanne zu flieht, noch einmal hierherunter in die Niederung wendet, und dann ist sein Lieblingsplatz der Rohrbruch da drüben über dem Fluß. Wart, mein Bursche, vielleicht bin ich dennoch, trotz meiner alten Knochen, bei der Ernte. Nur Geduld – ich habe mich schon in schlimmeren Lagen befunden.“ Roberts' Gedanken führten ihn jetzt augenscheinlich wieder zu dem Revolutionskrieg zurück, denn er lächelte sehr selbstzufrieden in sich hinein und schritt, da er während des vorigen Selbstgesprächs seine Büchse von dem Schlamm gereinigt, frisches Pulver aufgeschüttet und sein Messer wieder in die Scheide gesteckt hatte, dem nahen Flusse zu.

Hier jedoch bot sich ihm eine neue Schwierigkeit: das Hinüberkommen nämlich. Vergebens suchte er nach einer seichten Stelle; da sah er dicht am steilen Ufer einen angefaulten Baumstamm, an dem ein Bär ganz frisch gearbeitet und mehrere Stücke heruntergerissen zu haben schien. Roberts wälzte den Stamm dem steilen Uferrand zu, rollte ihn hinab und stieg dann selbst, sich an Rohrwurzeln und Schilf haltend, zum Wasser nieder, legte seine Büchse auf das Holz und wollte eben seinen Übergang beginnen, als er ganz nahe das Gebell und Gekläff der Hunde hörte. Diese brachen plötzlich in ein solch wildes, rasendes Geheul aus, daß Roberts nichts anderes glauben konnte, als der Panther sei aufgebäumt und dadurch für den Augenblick den Zähnen seiner Verfolger entgangen.

Jetzt war aber auch keine Zeit mehr zu verlieren. Schnell stieß er das Holz in den Strom und hatte eben das tiefere Wasser und etwa die Mitte des Flusses erreicht, als am gegenüberliegenden Ufer die Büsche raschelten, das dürre Rohr brach und fast zu gleicher Zeit eine dunkle Gestalt am äußersten Rande der Uferbank erschien und sich mit Gedankenschnelle hineinwarf in die über ihr zusammenschlagende Flut.

Es war der Panther, und so dicht neben dem Jäger sank er nieder, daß dieser durch das aufspritzende Wasser überschüttet wurde. Die kleinen erregten Wellen schaukelten sein rohes

Floß, während der Kopf des Raubtieres wieder emportauchte, das dem andern Ufer zustrebte. Jetzt hatte aber auch Roberts seine ganze Ruhe und Geistesgegenwart wiedergewonnen, die ihn im ersten Augenblick durch die unvorhergesehene Überraschung verlassen. Das Schloß seiner Büchse war glücklicherweise trocken geblieben, schnell zog er den Hahn auf, und mit dem linken Arm auf dem Holze ruhend, zielte er in seiner keineswegs bequemen Lage auf den Panther, der jetzt eben triefend dem Wasser entstieg. Dieser zuckte, von der Kugel getroffen, hoch auf und glitt in den Strom zurück, und Roberts wollte schon ein Triumphgeschrei ausstoßen, verlor aber das Gleichgewicht ein wenig und verschwand mit Büchse und Pulverhorn im selben Augenblick in der trüben Flut, als sich das verwundete Tier wieder aufraffte und mit flüchtigen Sätzen den steilen Hang hinanfloh.

Als Roberts gleich darauf sprudelnd und plätschernd wieder an die Oberfläche kam, erreichten die Hunde, die vorher auf der verlorenen Fährte geheult hatten, gerade den Platz, von welchem der Panther abgesprungen. Sowenig sie aber sonst geneigt gewesen wären, das Wasser schnell anzunehmen, so bereitwillig folgten sie jetzt ihrem gewandten Vorläufer, als sie die dunkle Gestalt in dem Fluß bemerkten, die sie im Augenblick für den verfolgten Feind hielten. Roberts' Lage gehörte in diesem Augenblick keineswegs zu den beneidenswerten, denn hätten ihn die vor Eifer winselnden Rüden, die mit aller Gewalt dem vermeintlichen Feinde zustrebten, noch im Wasser erreicht, so würde sich die Masse auf ihn gedrängt und ihn erstickt haben, ehe er imstande gewesen wäre, sie von ihrem Irrtum zu überzeugen. So aber bemerkte er noch glücklicherweise die Gefahr, in der er schwebte, zeitig genug, schwamm, in der Linken immer noch fest und sicher die schwere Büchse haltend, dem Ufer zu und hatte kaum eine Stelle erreicht, auf der er Grund fühlen konnte, als die Hunde ihn auch umgaben und Poppy selbst ihn ansprang. Er aber erhob sich schnell, stieß die nächsten Tiere mit dem Kolben von sich und schrie sie mit wilder Stimme an:

„Zurück, ihr Bestien – ihr verdammten Köter – zurück Poppy, du nichtsnutzige Kanaille – willst du deinen eigenen Herrn beißen? Zurück da, ihr Schlingel – nehmt die rechte Fährte und geht zum Teufel – du, Poppy!“ Der letzte Ausruf galt aber wieder, obgleich unschuldigerweise, dem eigenen Hund, der seinen Herrn jetzt erkannte und freudig zu ihm hinanschwimmen wollte. Roberts jedoch, der dem Frieden nicht so recht traute, tat abwehrend einen Schritt zurück, trat in ein etwas tieferes Loch und verschwand noch einmal und zwar in demselben Augenblicke unter Wasser, als Bahrens am Ufer erschien. Schnell riß er dabei die Büchse hinauf, dem Panther eins aufzubrennen, denn auch er glaubte nicht anders, als daß er es mit dem verfolgten Raubtiere zu tun habe. Diesmal waren es jedoch die Hunde, die den Jäger vor der Kugel des Gefährten schützten, denn um nicht etwa einen von diesen zu treffen, hielt jener noch sein Blei zurück und erkannte bald darauf zu seinem nicht geringen Erstaunen den Freund. Dieser aber hatte die neue Gefahr nicht einmal geahnt, sprudelte nur, sobald er wieder festen Boden erreichte, das verschluckte Wasser aus und brachte dann die Hunde fluchend auf die Fährte des Angeschossenen. Die Meute witterte indessen kaum das frische Blut, als sie mit wildem Toben dem Feind nachstürmte und ihn nicht lange darauf und noch im Talland stellte.

„Hallo, Roberts!“ schrie Bahrens jetzt vom Ufer aus, „was, zum Henker, macht Ihr denn da im Fourche la fave?“

„Ich krebse!“ rief dieser, noch ärgerlich über seine nichts weniger als behagliche Lage, indem er dem Wasser entstieg und an der schlüpfrigen Uferbank hinaufkletterte. Sein Spott sollte aber zur Wahrheit werden, denn zweimal noch, ehe er die sichere Höhe erreichen konnte, glitt er aus und kam viel schneller, als er sich hinaufgearbeitet hatte, wieder zurück, jedesmal zum Ergötzen seines sich vor Lachen die Seiten haltenden Freundes. Endlich siegte jedoch seine Beharrlichkeit, er ergriff, oben angelangt, einen jungen Stamm, schwang sich hinauf und verschwand, ohne Bahrens weiter eines Blickes zu würdigen, im Dickicht.

Dieser eilte dann ebenfalls zu seinem Pferd, das er, als er die Hunde im Wasser hörte, zurückgelassen hatte, bestieg es wieder und galoppierte nach der weiter oben befindlichen Furt. Er kam jedoch zu spät auf dem Kampfplatz an, denn noch im Schilfbruch hörte er den scharfen Knall der Büchse und gleich darauf das Winseln der unter dem Baum sehnsüchtig harrenden Hunde. Der Panther hockte oben auf einer Eiche, die Krallen tief in einen Ast eingeschlagen, und klammerte sich mit letzter Kraft an das schützende Holz; bald aber bewies ein Zucken den Todeskampf des Schwergetroffenen. Seine Tatzen öffneten sich, und zwischen die wild aufjauchzende Meute hinein stürzte er gerade auf einen der jungen Bracken, dessen Rückgrat er im Fall brach und der dann winselnd und heulend vorzukriechen suchte unter dem schweren Körper.

Anfangs war es übrigens kaum möglich, das arme Tier zwischen den wütend den verendeten Panther zausenden Hunden vorzuziehen. Endlich aber gelang es den vereinten Kräften der Männer und Cook, dem der Hund gehörte und der wohl einsah, daß es für das Tier doch keine Rettung mehr gab, hielt ihm die Mündung seiner Büchse vor die Stirn und machte mit der Kugel dem Leiden desselben ein Ende.

„Das ist nun schon der siebente Hund, den ich auf solche Art umkommen sehe“, sagte Bahrens ärgerlich, „das dumme Viehzeug ist aber nicht fortzubringen, wenn so eine Bestie oben sitzt. Ehe sie sich's versehen, kommt sie dann herunter und schlägt mit den schweren Knochen ein paar zuschanden.“

„Ein Bär, den ich im vorigen Jahre schoß“, sagte Roberts, vor Frost mit den Zähnen klappernd, „schlug auf diese Art zwei tot und brach einem dritten den linken Hinterlauf.“

„Hallo, Roberts“, rief Bahrens nun lachend, „Ihr seht fein aus, wir wollen lieber ein Feuer anmachen. Doch, Cook, wo kommt Ihr denn her? Ich habe Euch ja seit vierzehn Tagen, wo Ihr damals die nutzlose Hetze hinter den falschen Pferden her machtet, nicht wieder gesehen. Habt Ihr die Bestie geschossen?“

„Ja“, erwiderte Cook, der eben seine Büchse wieder auswischte und lud, „ich war bei Harper drüben und hörte die Hunde so in der Nähe, daß es mir nicht möglich war, ruhig im Hause sitzen zu bleiben.“

„Wir sind wohl ganz in der Nähe von Harpers Haus?“ fragte Roberts, „die Gegend hier kommt mir wenigstens bekannt vor. Nicht wahr, es liegt gleich da drüben, hinter jenen Zypressen?“

„Kaum fünfhundert Schritt von hier“, erwiderte Cook; „wir gehen am besten gleich zum Hause, dort kann sich Mr. Roberts trocknen, und da ist's auch noch immer Zeit, das Fell abzustreifen.“

„Ich wollte, ich wüßte, wo mein Pferd ist“, meinte Roberts besorgt, „wenn das nur nicht irgendwo mit dem Zügel im Busch hängenbleibt. Ich habe zwar einen Knoten hineingemacht, und er kann nicht sehr weit herunterhängen, es ist aber doch möglich.“

„Habt keine Sorge“, sagte Bahrens, „da kommt Mullins und bringt es mit sich. – Wo war das Pferd, Mullins?“

„Es stand dort, wo der Panther wahrscheinlich zum erstenmal durch den Fluß setzte, und weidete, der Uferhang mochte ihm zu steil gewesen sein“, rief Mullins, der in diesem Augenblick mit dem vermißten Tier herbeikam; „aber hallo, das ist ein starker Bursche.“

Es war auch ein außerordentlich starker Panther, dem sie von Tagesanbruch an nachgehetzt waren. Er sollte nun auf Cooks Pferd gehoben werden; obgleich Cook versicherte, daß dies schon mehr als zehn Bären, und ohne das mindeste Zeichen von Furcht zu verraten, getragen habe, so war es doch unter keiner Bedingung zu bewegen, den toten Panther auch nur auf fünf Schritt an sich heran zu lassen. Vergebens wischten sie ihm den Schweiß des erlegten Tieres an das Maul – es war nicht der Schweiß, vor dem es sich scheute, es war die scharfe, ihm fürchterliche Witterung, und die Männer mußten sich zuletzt dazu verstehen, den Panther an Ort und Stelle abzustreifen und nur die Haut mitzunehmen. Aber selbst diese brachten sie nur mit Mühe auf den Rücken eines der Pferde, das fortwährend scheu den Kopf zurückwarf und durch alle nur erdenklichen Seitensprünge sich der ihm unangenehmen Last zu entledigen suchte.

Bald erreichten sie jedoch Harpers Haus, befestigten dort ihre Tiere an den Büschen und traten ein.

19. Harpers Blockhaus – Cooks Bericht über die Verfolgung der Pferdeliebe – Harpers und Bahrens‘ wunderbare Erzählungen

Dort sah es freilich noch immer nicht so freundlich und wohnlich wieder aus wie damals, als Harper noch kräftig und stets in guter Laune die kleine Junggesellenwirtschaft führte. Zwar hatte er sich in der letzten Woche wieder ziemlich von seiner Krankheit erholt, die Schwäche aber, die stets eine unvermeidliche Folge des Fiebers bleibt, war noch aus allen seinen Bewegungen leicht zu erkennen, ja sogar das sonst so lebensfrohe, gesund-kräftige und rote Gesicht hatte eine Aschfarbe angenommen, und die Backenknochen ragten daraus hervor, als ob sie sich, über solche Veränderungen verwundert, im übrigen Gesicht umschauen wollten.

Die Nachbarn verließen ihn aber in der Zeit der Not nicht; jeder mochte den alten Farmer gut leiden, und abwechselnd waren sie mit Brown an seinem Bett, solange er noch liegen mußte, und versuchten ihn zu zerstreuen und aufzuheitern.

Vor allem Bahrens hatte eine Zuneigung zu ihm gefaßt und war ein häufiger und gerngesehener Gast in der Hütte der beiden Männer geworden.

Auf seiner mit spanischem Moos gestopften Matratze lag Harper, und seine Augen, wenn auch noch immer etwas matt, glänzten beim Anblick der lieben Gäste fast in gewohnter Fröhlichkeit. Herzlich grüßend, streckte er den Eintretenden, besonders Roberts und Bahrens, die etwas abgemagerte Hand entgegen.

„Willkommen, ihr alle! Willkommen, Roberts – Ihr seid mir ein schöner Patron; also wilde Bestien sind nötig, um Euch einmal zu mir zu bringen; wahrlich nicht übel. Doch Gott segne mich, wie seht Ihr denn aus, Ihr seid ja wie aus dem Wasser gezogen. He, Bill, gib doch Roberts andere Kleider, der kann sich ja den Tod holen.“

„Danke, danke“, sagte dieser, als der junge Mann ihm einen warmen, trockenen Anzug brachte und ihm beim Aus- und Ankleiden behilflich war, „danke schön; – aber, Brown, mit Euch habe ich ein besonderes Hühnchen zu rupfen; meine Alte ist schön bös auf Euch, daß Ihr Euch gar nicht mehr sehen laßt. Noch von der Panthergeschichte her, als Marion mit Euch war, wo Ihr auf so eine Bestie schosset, die auch ziemlich gut getroffen sein mußte, denn wie ich höre, hat sie Cooks ältester Junge zwei Tage darauf gefunden, das Gerippe wenigstens, und einen Teil der Haut, sonst waren die Aasgeier...“

„Hallo, jetzt geht die Reise wieder fort, gerade wie die Post – so – da setzt Euch zum Feuer, und Ihr, Harper, kommt ebenfalls lieber näher zum Kamin, denn wenn wir auch die Spalten ziemlich verstopft haben, so ist doch noch immer Luft genug, und Ihr könntet Euch wieder erkälten. Der verdammte Wind pfeift hindurch.“

„Habt, Ihr wohl ein Waschbecken hier?“ fragte Roberts; „beim Herausklettern aus dem Fluß bin ich mit den Händen so schändlich tief in den Schlamm gefahren...“

„Ach, Cook, seid so gut und gebt ihm einmal das eiserne Aufwaschgeschirr dort – das ohne Griff – Ihr wißt ja schon!“

„Ob ich's weiß!“ erwiderte der junge Farmer lachend, indem er mit einem langstieligen Flaschenkürbis das Wasser aus dem vor der Tür stehenden Eimer in das verlangte Gefäß schüttete, „natürlich kenn' ich Euer Geschirr hier vielleicht besser jetzt als Ihr selbst. Man bedarf auch keiner langen Zeit, um damit bekannt zu werden.“

„Kein Handtuch?“ fragte Roberts.

„Nun, Ihr werdet doch wohl ein Taschentuch haben?“ entgegnete Cook.

„Ja – aber es ist alles naß geworden.“,

„Ach so, na, dann nehmt meins hier.“

„Von der Jagd müßt Ihr mir erzählen!“ rief Harper, „das ist ein merkwürdig großes Pantherfell – wollt Ihr's nicht aufspannen, Cook? Dort vor der Tür liegen ja wohl noch Schilfstäbe. Hängt's nur an den kleinen Ahornbaum hier rechts – aber hoch – die verdammten Hunde haben mir das letzte Hirschfell, das ich so sauer verdienen mußte, auch heruntergerissen und gefressen – die Bestien!“

Roberts mußte jetzt erzählen, wie es ihm ergangen, und Cook spannte indessen das Fell auf und brachte es in Sicherheit, hatte aber dabei vollauf zu tun, den Erzähler an allen möglichen Absprüngen und mehrmaligem Durchgehen zu verhindern.

„Sagt einmal, Roberts“, rief er endlich, als dieser geendet hatte, „habt Ihr denn das damals auch so gemacht, als Ihr um Eure Frau freitet? – Hol mich dieser und jener, wenn ich da an ihrer Stelle nicht die Geduld verloren hätte.“

„Lassen wir das jetzt, Cook“, entgegnete Roberts, „es ist heute das erstemal, daß ich Euch oder überhaupt einen von denen wiedersehe, die vor vierzehn Tagen auf den falschen Fährten hinter den Pferdedieben herhetzten, wie war denn die Sache eigentlich?“

„Ja, das hat er mir auch noch nicht erzählt“, rief Harper, „und ist doch alle Tage ein paar Stunden hier.“

„Ihr waret krank“, erwiderte Cook, „was sollt' ich Euch da mit der langweiligen Geschichte quälen; nun, die Sache ist sehr einfach. Wir fanden die Spuren, die durch den Fluß gingen, und folgten ihnen, weil wir sie natürlich für die rechten hielten und nirgends andere gekreuzt hatten. Husfield behauptete auch noch außerdem, ehe wir in den Fluß hinunterritten, daß er darauf schwören wolle, es seien seine eigenen Pferde. Er muß sich aber doch wohl geirrt haben. Am anderen Ufer suchten wir nicht lange, warfen die Fackeln fort und sprengten nun, was unsere freilich schon etwas müden Klepper rennen konnten, hinter den vermeintlichen Dieben her.

In der Nacht hielten wir nur einmal an, um unsere Pferde rasten zu lassen und selber etwas zu genießen, hörten auch hier, daß ein Mann mit Pferden vorbeigekommen und ziemlich scharf geritten sei. Der Farmer hatte natürlich bloß das Klappern der Hufeisen vernommen und die Tiere selbst nicht gesehen, versicherte uns aber, wir würden ihn bald einholen, falls das unsere Absicht sei, denn er wäre vor kaum einer halben Stunde dort vorbeipassiert. ‘Meine armen Pferde’, stöhnte damals Husfield, ‘wie sie der Hund nun abhetzen wird – aber gnade ihm Gott, wenn ich ihn erreiche – hier an dem Strick’ – er trug den Strick bei sich – ‘soll er seine schwarze Seele ausstrampeln!’ Er hatte gut Rache schwören; bei Tagesanbruch kamen wir, als wir mit verhängten Zügeln auf den breiten Spuren einen kleinen Abhang hinabgaloppierten, plötzlich an den Mann mit den Pferden, der ruhig unter einem Baum saß und, als er unsere Annäherung bemerkte, keineswegs die geringste Bewegung zur Flucht machte. Ich sah Husfield verwundert an, der aber starrte mit aufgerissenen Augen nach den Pferden hinüber und schrie endlich, indem er sein eigenes Tier an dem Zügel riß, ‘Höll' und Teufel, das sind nicht die meinigen!’ Er hatte ganz recht, es waren ein paar Schimmel dabei, die niemand von uns kannte, und der Fremde ritt sein eigenes Pferd und war kein anderer als der Bursche Johnson, der sich seit einiger Zeit am Fourche la fave herumtreibt und, soviel ich weiß, von der Jagd lebt.

Husfield war wütend, noch dazu da er, wie er mir später gestand, einen besonderen Grimm auf den liederlichen Gesellen hatte und ihm das Schlimmste zutraute. Es ließ sich aber in dieser Sache gar nichts tun. Wir ritten zu den Pferden hin, Johnson gab uns jedoch sehr kurze Antworten und erwiderte auf die Frage, was er mit den Pferden vorhabe, er könne doch hoffentlich mit seinen eigenen Tieren tun, was er wolle.

Husfield knirschte vor Wut mit den Zähnen, und ob ich gleich versuchte, ihn im guten wieder zurückzubringen, so war er doch zu aufgeregt, und es dauerte nicht lange, so standen sich die beiden Männer im feindlichen Wortwechsel gegenüber. Johnson blieb dabei sehr kaltblütig und ruhig, hielt jedoch die rechte Hand fortwährend unter der Weste verborgen, wo er natürlich seine Pistolen und Messer stecken hatte.

Husfield schwor zuletzt die fürchterlichsten Eide, er wolle ihn lynchen, sobald er ihn einmal auf seinem eigenen Lande fände, und Johnson lachte dazu und erwiderte, er würde sich nächstens einmal das Vergnügen machen und ihn besuchen. Endlich bracht' ich sie auseinander. Vergebens war es aber jetzt, irgendeine weitere Spur zu finden, der nächtliche Regen hatte alles verwaschen, und wir mußten die Verfolgung aufgeben. Husfield behauptete nun steif und fest, die Tiere seien noch in der Ansiedlung, und wir suchten jeden Winkel der Niederung an, in den nur ein Pferd möglicherweise eindringen konnte, doch umsonst. Sie sind fort, obgleich mir ein Rätsel ist, wie das geschehen konnte.“

„Auch wohl, wohin die Tiere gebracht worden sind?“ fragte Bahrens.

„Nun, das weniger, wahrscheinlich doch nach Texas. Ich muß nur selbst einmal nach Texas gehen, um das Volk dort kennenzulernen. Wenn man auch keine bekannten Menschen da finden sollte, bekannte Pferde trifft man sicherlich.“

„Es war ja auch an jenem Abend, an welchem die Indianerin ermordet wurde, nicht wahr? Habt Ihr denn gar nichts davon gehört?“ fragte Roberts, „Ihr müßt dicht an der Stelle vorbeigekommen sein.“

„Ich glaube – ja, mir ist es wenigstens so, als ob jemand erwähnt hätte, er höre einen Schrei. Das war gerade, als wir an die Furt kamen, und es wird wahrscheinlich das arme Weib gewesen sein; die Entfernung zwischen der Hütte und der Straße ist gar nicht so bedeutend. Wißt Ihr denn nicht, wo der Indianer jetzt ist, Brown?“

„Nein“, erwiderte dieser, „vier Tage nach dem Begräbnis seiner Squaw, in welcher Zeit er ein kleines Feuer am Grabe unterhalten und fortwährend frische Speisen danebengestellt hatte, verließ er die Gegend; er hat sich wenigstens nicht wieder bei uns sehen. lassen. Doch erwarte ich ihn mit jedem Tage zurück, denn daß er das Land verlassen habe vor der Erfüllung seines Racheschwures, glaub' ich nun und nimmermehr.“

„Wo mag er sich aber nur herumtreiben?“

„Sorgt Euch um den nicht“, sagte Bahrens, „der kriecht umher und kundschaftet, wer weiß, wie bald er wieder da ist und irgendwo ein Nest aufgefunden hat. Ihr Regulatoren könnt Euch kein besseres Mitglied wünschen als eben den Indianer.“

„Ist es wahr, Brown, daß sie Euch zum Anführer an Heathcotts Stelle gewählt haben?“ fragte Roberts.

„Husfield und mich“, erwiderte der junge Mann, „ihn am Petite-Jeanne, mich am Fourche la fave; doch werde ich meine Stelle niederlegen, sobald mein Schwur erfüllt ist und die Mörder des jungen Heathcott und der Indianerin entdeckt und bestraft sind. Wie ich aber höre, soll Mr. Rowson sehr eifrig gegen die Verbindung der Regulatoren als etwas nicht nur Ungesetzliches, sondern auch Unchristliches predigen.“

„Er ist seit acht Tagen verreist“, sagte Roberts, „wie ich hörte, an den Mississippi und nach Memphis, um dort verschiedene Einkäufe zu machen, muß aber in dieser Woche wieder eintreffen. Soviel ich weiß; will er Atkins' Land kaufen, was ganz guter Boden ist, wenn er nicht so viel Sumpfland...“

„Atkins will verkaufen?“ unterbrach ihn Mullins, „davon weiß ich ja noch gar nichts. Also er hat schon einen Käufer?“

„Rowson schien das Land zu gefallen“, antwortete Roberts, „und ich habe nichts dagegen, dann kommt Marion wenigstens nicht so weit fort. Und da wir das neue Bethaus am Wege zur Flußgabelung bauen wollen, denn die Stämme sind schon seit Weihnachten dazu gehauen...“

„Gentlemen, rückt eure Sitze her zum Tisch und nehmt fürlieb mit dem, was wir haben“, rief Brown jetzt dazwischen, der indessen mit Cooks Hilfe das einfache Mahl bereitet hatte.

„Wie wär's, wenn wir ein Stück Pantherfleisch kosteten?“ meinte Roberts lächelnd.

„Danke schön“, lehnte Bahrens ab, „danke, das hab' ich einmal versucht, und der Ekel hat mich nachher sterbenskrank gemacht.“

„Wo denn?“ rief Harper, der eben seine Tasse Tee zum Munde führen wollte und nun erwartungsvoll innehielt.

„Wo? Nun im Walde draußen, wo denn anders?“ erwiderte Bahrens, „es war am Washita, und wir hatten den ganzen Tag gejagt, bis abends spät, wo ich ohne eine Klaue an dem verabredeten...“

„Ihr hattet Euch wohl den Fuß vertreten?“ fragte Roberts, indem er Harper von der Seite zublinzelte.

„Oh, geht zum Teufel!“ schimpfte Bahrens ärgerlich, fuhr dann aber in seiner Erzählung fort, „... zu dem verabredeten Lagerplatz zurückkam. Da ging's hoch her. Eine Menge Knochen lagen am Feuer, und dicht daneben über dem kurz abgehauenen Zweig eines niederen wilden Pflaumenbäumchens hing ein abgestreiftes und, wie die anderen sagten, junges Hirschkalb, das delikat schmecken sollte; die Läufe, der Kopf und eine der Keulen fehlten übrigens, und als ich danach fragte, sagten sie, sie hätten die Keule gegessen und das übrige den Hunden gegeben. Ich also nicht faul, machte mich über das Wildbret her, schnitt mir ein tüchtiges Stück herunter und briet und verzehrte es ganz allein, da die Schufte satt zu sein behaupteten.

Wie ich im besten Essen war, kommt mein Hund, der, ebenfalls hungrig, überall herumgeschnüffelt hatte, und bringt etwas im Maule angeschleppt bis dicht zu mir hin, als ob er sagen wollte: ‘Du, sieh einmal nach, was sie hier geschossen haben’, und was war es? Der Kopf eines jungen Panthers. Der Bissen blieb mir im Halse stecken, und ich schaute erschrocken zu den grinsenden Schuften auf, die um mich herum saßen. Wie die aber jetzt nicht mehr an sich halten konnten und in ein schallendes Gelächter ausbrachen, da wurd' ich falsch und beschloß nun, sie glauben zu machen, daß Pantherfleisch ein Lieblingsgericht von mir wäre. Ich würgte an dem Bissen, den ich gerade im Munde hatte, schnitt mir ein anderes Stück ab und fragte sie mit der unbefangensten Miene von der Welt, warum sie mir nicht gleich gesagt hätten, das wäre Pantherfleisch, da hätt' es mir noch einmal so gut geschmeckt. In Tennessee hätt' ich einmal einen ganzen Monat von nichts anderem als Pantherfleisch gelebt und nur manchmal sonntags eine wilde Katze gegessen.

Die Mäuler blieben ihnen indessen vor Verwunderung offenstehen, und einer, ein junger Bursche von siebzehn Jahren, der mir gerade gegenübersaß und zusah, schnitt, da es ihn wahrscheinlich ekeln machte, die schauderhaftesten Gesichter und kaute in Gedanken immer mit. Der Bissen aber, den ich im Munde hatte, wollte nicht hinunter; je mehr ich ihn mit den Zähnen bearbeitete, desto mehr schwoll er an; ich bezwang mich noch eine Weile, endlich konnt' ich's jedoch nicht länger aushalten, sprang auf und – na das andere braucht Ihr jetzt nicht zu wissen. – Hört, Brown, der Truthahn ist delikat, habt Ihr viele dieses Frühjahr geschossen?“

„Es geht an“, erwiderte der junge Mann, noch immer über das eben Gehörte lächelnd, „sie sind dieses Jahr übrigens sehr feist und schmecken ausgezeichnet.“

„Habt Ihr schon einmal Klapperschlangen gegessen?“ fragte Mullins.

„Nein, danke“, sagte Harper, den der Tee etwas aufgeregt hatte und der sich heute, seit langer Zeit zum erstenmal wieder, wohl und leicht fühlte, „danke schön – gut aussehendes Fleisch haben die Bestien, so zart wie Hühnerfleisch, aber sie riechen so fatal.“

„Nur der Körper", warf Mullins ein, „der Schwanz ist eine Delikatesse."

„Schadet denn das Gift nicht?" fragte Bahrens erstaunt.

„Nicht, wenn Ihr's verschluckt", sagte Brown; „überdies sitzt doch auch im Fleisch kein Gift, der Geruch ist nur scheußlich, sonst ist es unschädlich, und ich kenne einen, der von der gehörnten Schlange, die doch, wie Ihr wißt, die giftigste sein soll, ein tüchtiges Stück gegessen hat, ohne daß es ihm das mindeste geschadet hätte."

„Ob die giftig ist!" rief Harper, „ich sah einst so eine Hornschlange an einer großen Eiche auf und ab spielen und wollte sie eben schießen. Da fuhr sie herum und biß in voller Wut in einen der kleinen Schößlinge, die im Frühjahr hier und da am Stamm unten auswachsen; gleich darauf hielt sie sich einen Augenblick ruhig, und ich schnitt ihr mit der Kugel den Kopf weg. Die Eiche starb aber noch in demselben Monat ab; der kleine Ast, wo sie hineingebissen hatte, wurde ganz schwarz, und sogar die Schlingpflanzen, die daran hinaufrankten, welkten und fielen ab."

„Das ist noch gar nichts", sagte Bahrens, sich zu Harper herumwendend, „Ihr wißt, was für eine Gegend Poinsett County ist, und das ganz besonders in Hinsicht auf giftige Schlangen; es können in den Mississippi-Niederungen kaum mehr sein. Unter denen findet sich auch manchmal, wenngleich glücklicherweise nur selten, die Hornschlange. Vor zwei Jahren war dorthin ein Deutscher mit seiner Familie gezogen (jetzt ist er freilich wieder fort, das heißt, er starb, und seine Familie konnte das Klima nicht vertragen), und damals, als er gerade ankam, lebte ein Verwandter oder Bekannter oder was weiß ich, bei ihm, der die gröbste Arbeit im Hause verrichten sollte. In der Woche hatte der aber immer das Fieber, und sehr merkwürdig sah er aus, wenn er sonntags so recht ordentlich herausgeputzt ins Freie kam. Dann trug er eine hellgelbe rotgestreifte Weste, einen fürchterlichen Filzhut, kurze schwarze und ganz eng anliegende Beinkleider (seinen Beinen wären etwas weitere keineswegs schädlich gewesen) und einen blauen Tuchrock bis auf die..."

„Aber was geht uns denn sein Rock an?" unterbrach ihn Harper ungeduldig.

„Mehr als Ihr denkt", nickte Bahrens bedeutsam mit dem Kopf und fuhr dann, ohne sich weiter irre machen zu lassen, fort, „... bis auf die Knöchel herunter, mit sehr schmalem Kragen und sehr großen, weißleinenen Rocktaschen, die immer offenstanden und in die ihm die liebe Jugend häufig zerquetschte Pfirsiche und Stückchen von Wassermelonen und dergleichen hineinschob. Eine besondere Zierde daran waren noch die sehr großen Messingknöpfe..."

„Aber was gehen uns die Knöpfe an?" rief Harper wieder.

„Viel – sehr viel!" erwiderte Bahrens. „Doch hört: Dieser junge Mann also geht eines Sonntags, eine große schwarz eingebundene Bibel unter dem Arm, zu einem Nachbarn hinüber, wo eine dieser unausweichbaren Betversammlungen sein sollte, als er dicht neben dem schmalen Fußpfad, dem er folgte, einen kleinen grünen Papageien findet, der eben erst vom Zweig gefallen zu sein schien. Er bückt sich und will ihn aufheben, hat aber unglücklicherweise die 'Hornschlange' nicht gesehen, deren Beute er sich so unbesonnen zueignen wollte und die jetzt unter dem gelben Laub, wo sie verborgen gelegen hatte, vorschoß und den Unglücklichen gerade unter dem Ellbogen, durch den Rock hindurch, in dem Arm biß.

Natürlich starb er schon nach wenigen Minuten, und sein Verwandter, der mit seiner Frau hinterherkam, fand ihn tot auf dem Wege. Zwar holte er gleich Hilfe, es war aber zu spät.

Sie trugen ihn auf einer schnell gemachten Trage zum Haus, zogen ihm dort den Rock aus und fanden die kleine, aber schon schwarz gewordene Wunde. Tote lassen sich nicht mehr erwecken, also wurde der arme Teufel noch an demselben Abend, denn es war sehr warm, in einem schnell zusammengezimmerten Sarg beigesetzt, und der blaue Rock blieb neben der Tür an einem Nagel hängen.

Was geschah aber mit dem von der Schlange gebissenen Rock? Als die Deutschen am nächsten Morgen aufstanden, hatte der Ärmel, in dem das Gift saß, lauter helle Streifen bekommen, gegen Mittag wurden die Nähte ganz hellblau, und einzelne Teile trennten sich auf, der rechte Ärmel dagegen bekam eine schöne schwarze Farbe mit einem etwas rötlichen Schein; nachmittags gingen ihm die Knöpfe aus und fielen nacheinander auf die Erde, die Knopflöcher rissen aus, die Taschen und das Unterfutter schwollen an, und gegen Abend riß der Aufhänger, der Rock fiel herunter und – fing an zu riechen."

„Aber Bahrens!" schrie Harper entsetzt.

„Fing an zu riechen, sage ich – sie mußten ihn hinausschaffen und einscharren", fuhr Bahrens, ohne sich irre machen zu lassen, fort.

„Nee, nu hört aber alles auf", rief Harper, die Tasse niedersetzend, „der Rock..."

„... krepierte förmlich", bestätigte der alte Jäger in höchster Gemütsruhe, indem er ein Stück Tabak aus der Tasche nahm und mit dem Tischmesser ein großes Stück davon herunterschnitt, das er dann bedächtig in dem Mund schob.

Schallendes Gelächter folgte diesem Schluß, und Bahrens tat ordentlich beleidigt, daß man seinen Worten nicht besseren Glauben schenkte. Steif und ernsthaft blieb er auf seinem abgesägten Baumblock, der die Stelle eines Stuhles vertrat, sitzen.

„Kinder, wir müssen wirklich nach Hause", mahnte Roberts, als der Jubel ein wenig nachgelassen hatte. „Ich wenigstens", fuhr er fort, als er sah, daß sich nur Mullins bereit zeigte, ihn zu begleiten, „meine Alte brummt sonst. Überdies soll Rowson heut abend dort eintreffen, und noch mehreres, seine baldige Heirat betreffend, in Richtigkeit gebracht werden. Ihr tätet mir wohl nicht den Gefallen mitzureiten, Brown? Es wird manches dabei zu schreiben geben, und wenn ich auch in meiner Jugend – wo wir die Woche fünfmal Schreibestunde hatten – wofür der Lehrer..."

„Es ist mir heute wirklich nicht möglich, bester Mr. Roberts", sagte Brown etwas verlegen, „ohnedem wollen sich die Regulatoren vom Fourche la fave morgen bei Bowitt versammeln."

„Ich glaubte, die Versammlungen wären bei Smith?"

„Den hat Mr. Rowson so lange überredet, daß eine solche Gesellschaft sündhaft sei", erwiderte Brown lächelnd, „bis er ausgetreten ist. Das schadet aber nichts, Bowitt wohnt nicht weit von ihm, an einer Stelle, zu der wir es alle fast gleich weit haben, und ist dabei selbst ein eifriger Verfechter unserer Sache."

„Über Heathcotts Mörder hat man also noch gar nichts Näheres erfahren können?"

„Nicht das mindeste – Sie wissen, daß gleich nach der Tat auf mir der fast alleinige Verdacht ruhte. Ich sollte sogar einige Tage nach Alapahas Ermordung verhaftet werden, doch unterblieb es, da Beweise fehlten. Die Spuren rührten außerdem von Stiefeln her, und ich konnte durch Hoswells beweisen, daß ich an jenem Morgen Mokassins getragen habe. Damit hörte aber auch aller Verdacht auf, denn der einzige, der ähnliches Schuhwerk in der ganzen Nachbarschaft trägt, ist Mr. Rowson, und niemand hätte wohl den anzuklagen gewagt."

Roberts sah bestürzt zu ihm auf. „Doch", sagte er dann halblaut vor sich hin, „der Tote hätte das unternommen - er konnte den Prediger nie leiden."

„Unglücklicherweise hat es dieses ganze Frühjahr fast jeden Morgen etwas geregnet", fuhr Brown fort, „und da wurden auch jene Spuren verwaschen. Das kleine Messer, was wir bei der Leiche fanden, kannte ebenfalls niemand."

„Ein Federmesser!" murmelte Roberts vor sich hin.

„Übrigens haben wir noch nicht alle Hoffnung aufgegeben. Wir sind, obgleich wir untätig schienen, fleißig genug gewesen, und es wirft sich jetzt Verdacht hier und da auf Leute, von denen ich es wenigstens früher nie vermutet hätte."

„Was ist denn aus dem Mann geworden, auf dessen Fährte die Verfolger kamen?"

„Johnson?" sagte Cook; „der soll wieder hier gesehen worden sein, ob aber zum Aufenthalt oder zur Durchreise, weiß ich nicht."

„Hört, Brown, Ihr könnt mir wenigstens einen Gefallen tun, wenn Ihr in die Ansiedlung hinaufreitet", sagte Roberts, „wann brecht Ihr auf?"

„In einer halben Stunde etwa; ich hatte vor, bei Wilson zu übernachten."

„O schön! Dann kommt Ihr überdies morgen früh an Atkins' Wohnung vorüber, und da wär' es mir lieb, wenn Ihr ihn bätet, den nächsten Montag zu Hause zu bleiben, weil ich dann mit Rowson hinüberreiten und die Farm in Augenschein nehmen will. - Kann ich mich darauf verlassen?"

Brown gab ihm sein Wort, es nicht zu vergessen. Roberts zog dann seine inzwischen getrockneten Kleider wieder an und verließ bald darauf mit Mullins die Hütte, um heimzureiten.

20. Rowson bei Roberts - Assowaum

Fast drei Wochen waren seit jenem Abend, an welchem Brown von Marion Abschied genommen, verflossen. Er hatte sich damals geschworen, sie nie wieder aufzusuchen - und seinen Schwur treu und fest gehalten. Was er aber in jener Zeit gelitten, wie er mit sich gerungen, wußte nur er, und sein Gesicht war bleich geworden, seine Augen hatten den früheren Glanz verloren. Nichts würde ihn auch bewogen haben, länger in dieser Gegend zu verweilen. Ehe er aber ging, wollte er wenigstens in den Augen der Welt seinen guten Namen hergestellt wissen, daß kein Makel auf ihm haftete, keine giftige Zunge mit verleumderischer Nachrede ihn beflecken konnte. Marion hielt ihn eines solchen Verbrechens nicht für fähig, davon war er überzeugt, aber auch seine Freunde in Arkansas sollten das nicht, und so beliebt er bei ihnen sein mochte, hielten ihn doch jetzt noch viele für den wirklichen Täter. Ja, sie entschuldigten ihn noch dabei, fanden den Mord als Notwehr völlig gerechtfertigt und zuckten nur mit den Achseln, wenn die Sprache auf das Geld kam. „Es hätte dem Toten auch weiter keinen Nutzen bringen können, wenn er das gute Geld mit in den Strom genommen."

Der wirkliche Täter mußte deshalb entdeckt und bestraft, auch die Indianerin gerächt sein, dann wollte er dieses Land verlassen.

Und was empfand Marion indessen für den Freund, den sie so nahe und doch wieder so fern wußte? Marion fühlte, daß sie ihre Pflicht tat, und in diesem Gedanken fand sie Beruhigung in ihrem sonst sicher großen Gram. Rowson hatte ihr Wort; zwar kannte sie damals, als sie es gab, den Mann noch nicht, bei dessen Anblick sie erst empfinden sollte, was Liebe eigentlich sei; aber das Wort war gegeben, freiwillig, ohne Zwang, und sie durfte nicht zurücktreten. –

Es war wieder ein Freitag, gerade vierzehn Tage nach jenem entsetzlichen Abend, an welchem die arme Indianerin dem feigen Mörder zum Opfer fiel; die Sonne stand noch über den maigrün schimmernden Wipfeln der herrlichen Baumgruppen, die sich an der Grenze des kleines Feldes dicht zusammendrängten.

Vor und in dem Farmhaus des alten Roberts herrschte ein reges, freudiges Leben. Marion stand, mit einem kleinen Korb am Arm, unter einer flatternden und gackernden Schar von Hühnern, Enten und Gänsen und streute weit hinaus in den reinlichen Hof die goldenen Maiskörner; draußen an der niedern Fenz aber stürmte ein ganzes Rudel grunzender und tobender Ferkel auf und ab und suchte vergebens in wilder Hast einen Eingang, um an dem freigebigen Mahl teilzunehmen. Die Mutter saß dabei und schaute lächelnd dem lebendigen Treiben zu, als Marion plötzlich einen leisen Schrei ausstieß und den leeren Korb, den sie eben zum Hause zurücktragen wollte, fallenließ.

An der Fenz stand Rowson und winkte ihr mit freundlich lächelndem Gesicht einen Gruß herüber. Er hatte seine Geschäfte beendet und war gekommen, um seine Braut heimzuführen.

„Was ist dir?“ rief im ersten Moment erschrocken die Matrone, bemerkte aber auch zu gleicher Zeit den lange und sehnsüchtig Erwarteten und sagte, ihm freundlich die Hand entgegenstreckend: „Nun, das ist schön, Mr. Rowson, sehr schön von Ihnen, daß Sie endlich wieder da sind. Wir haben Sie recht sehnsüchtig erwartet.“

„Marion auch?“ fragte der Prediger lächelnd, indem er, über die niedere Fenz steigend, die Hand des errötenden Mädchens ergriff, „Marion auch?“

„Ich freue mich, Sie gesund und wohl wiederzusehen“, flüsterte das Mädchen, „Sie wissen ja, daß Sie uns stets willkommen sind.“

„In Ihrem Hause – aber auch in Ihrem Herzen, Marion?“ fragte Rowson dringend. Das Mädchen zitterte und schwieg. „Marion“, fuhr der Prediger nach einer Pause fort, „der Segen des Himmels ist auf meinem jetzigen Zug mit mir gewesen. Ich bin nun wohlhabend genug, um mir hier in unsern bescheidenen Verhältnissen eine Heimat gründen zu können. Marion, willst du mein sein, willst du am nächsten Sonntag, am Tage des Herrn, mein Weib werden?“

„Ja“, sagte die Mutter gerührt und zog das Mädchen an ihre Brust, „ja, ehrwürdiger Herr, sie hat es mir schon gestanden, daß sie Euch gut sei, und das übrige findet sich alles. Ihr werdet sie sicherlich glücklich machen.“

„Was in meinen Kräften, in den Kräften eines armen sündigen Menschen steht“, erwiderte der Prediger, indem er die Augen fromm zum Himmel erhob, „werde ich tun. Ich glaube auch gewiß, daß Marion fest davon überzeugt ist; darf ich es wenigstens hoffen?“

Das schöne Mädchen reichte ihm stumm sie Hand, die er an seine Lippen drückte.

„Hallo, Rowson!' rief der alte Roberts, der in diesem Augenblick neben der Fenz erschien. „Ihr habt Wort gehalten. Nun, wie stehn die Geschäfte?"

„Vortrefflich, Mr. Roberts!" antwortete der Prediger, „besser sogar, als ich erwartet hatte, und ich komme nun, Euch um Euren Segen zu der Verbindung mit Eurer Tochter, und zwar zum nächsten Sonntag, zu bitten."

„Wird das dem Mädchen aber nicht zu unerwartet und schnell kommen?" fragte Roberts, indem er sein Pferd dem Negerjungen übergab und, die Fenz übersteigend, zu ihnen trat.

„Sie ist damit einverstanden", sagte die Mutter, „was brauchen wir auch hier im Walde große Vorbereitungen? Wie aber ist's mit Ihrer Wohnung, Mr. Rowson?"

„Ich wollte Sie beide gerade bitten", sagte der Prediger, „diese morgen früh, wenn Sie mir ein paar Stündchen Zeit schenken können, in Augenschein zu nehmen. Sie ist zwar noch klein und beengt, ich werde aber wahrscheinlich in dieser Woche mit Atkins handelseinig werden und dessen Anwesen kaufen; nachher haben wir mehr Platz."

„Wäre es denn aber gerade darum nicht besser", meinte Roberts, „Ihr wartet noch mit der Heirat, bis das geschehen ist? Es ersparte viel Umstände beim Ausziehen und - ist auch dem Mädchen sicherlich lieber, gleich in eine kleine Farm, als bloß in eine Blockhütte einzuziehen."

„Das ist allerdings nicht zu leugnen", erwiderte Rowson, „aber es ist noch unbestimmt, wann Atkins fortzieht, es können vier, ja vielleicht sogar acht Wochen darüber hingehen, und, bester Mr. Roberts, Sie werden es mir nicht verdenken können, wenn ich mich jetzt, nach Beseitigung so vieler Hindernisse, sehne, Marion die Meine zu nennen."

„Nun, in Gottes Namen", sagte der alte Mann, „nehmt sie hin und seid glücklich miteinander."

„Dank - herzlichen Dank!" rief Rowson, gerührt seine Hand ergreifend, „Marion soll nie bereuen, mir ihr künftiges Schicksal anvertraut zu haben. Doch jetzt lebt wohl, ihr lieben Eltern, erlaubt, daß ich euch so nennen darf, und bald..."

„Aber wollen Sie denn nicht lieber heut abend bei uns zubringen?" fragte Mrs. Roberts, „Sie sind so lange fort gewesen, und es ist eigentlich nicht recht, die Braut fortwährend allein zu lassen."

„Die Zeit ist kurz, meine gute Mrs. Roberts", seufzte Rowson, „und hier in unserer Ansiedlung, wo die Nachbarn so weit voneinander entfernt wohnen, vergeht, mit nur wenigen Besorgungen, ein Tag ungemein geschwind. Ich hoffe aber bis morgen abend alles beendet zu haben und dann wenigstens noch die letzten Stunden vor dem glücklichen Tag in Ihrer Gesellschaft, in der Gesellschaft meiner Braut verbringen zu können."

„Gut - gut, Mr. Rowson", sagte der Alte, „das ist ganz in der Ordnung. Sie sind jetzt eine Woche von zu Hause fort gewesen, da ist natürlich viel zu erledigen; also morgen abend sehen wir uns wieder - apropos - es bleibt doch dabei, daß wir am Montag zusammen zu Atkins gehen?"

„Sicherlich", sagte der Prediger.

„Nun gut", fuhr Roberts fort, „ich habe schon heut abend Brown darum gebeten, uns anzumelden; der kommt morgen früh dort vorbei, um der Regulatorenversammlung beizuwohnen, die bei Bowitts gehalten werden soll."

„Mir wurde gesagt, die Regulatoren hätten sich aufgelöst", sagte Rowson etwas eifriger, als sich sonst mit seinem ruhigen, gesetzten Benehmen vertrug. „Auf meiner Reise hört' ich das als ganz bestimmt."

„Nicht doch – es soll jetzt erst recht losgehen. Ich glaube, sie haben Verdacht auf mehrere Personen der Nachbarschaft, und da wollen sie wohl morgen miteinander beraten, was jetzt, da die Zeiten doch einmal so gefährlich..."

„Wäre es nicht möglich, dieser Versammlung einmal beiwohnen zu können?" unterbrach ihn Rowson.

„Warum nicht", meinte Roberts lächelnd, „dann müssen Sie aber Regulator werden, und meines Wissens haben Sie bis jetzt dagegen geeifert."

„Den Regulatoren täte ein Mann not", sagte Rowson schnell gefaßt, „der ihren zu stürmischen Eifer manchmal zügelte und sie von Exzessen, wie zum Beispiel die in White County, zurückhielte. In diesem Sinne würde ich es selbst mit meiner Stellung nicht unvereinbar finden, mich ihnen anzuschließen."

Roberts sah ihn forschend an, und Rowson fuhr leicht errötend fort: „Sie glauben, daß ich in so kurzer Zeit meine Meinung geändert habe? Nein, wahrlich nicht, ich halte die Versammlung der Regulatoren noch immer für unrecht, weil sie ungesetzlich ist..."

„Aber?" fragte Roberts, als jener stockte.

„Nun, du hast es ja schon gehört!" rief Mrs. Roberts ärgerlich, „der gute Mr. Rowson hat ganz recht. Das junge Volk tobt da toll und wild in den Tag hinein; ich sage ja gar nicht, daß sie's böse meinen, aber sie glauben recht zu handeln und üben dann vielleicht manchmal das größte, schreiendste Unrecht aus und ich, an Mr. Rowsons Stelle..."

„Es wird niemand in den Verein aufgenommen", unterbrach Roberts seine Frau, den Prediger dabei fortwährend ansehend, „der nicht auch tätigen Anteil nimmt. Ich glaube nicht, daß die Regulatoren einen Ratgeber, wenn sie auch dessen bedürfen sollten, dulden werden."

„Es kommt auf einen Versuch an!" rief Rowson, der jetzt seine Geistesgegenwart wiedererlangt hatte. „Ich werde mich morgen, wenn es mir irgend möglich ist, dort einfinden und nicht eher gehen, bis sie mich fortweisen; ich habe dann meine Schuldigkeit getan – mehr kann selbst Gott nicht verlangen."

„Brav", sagte Roberts, ihm die Hand treuherzig schüttelnd, „brav gesprochen. Es freut mich, wenn ich sehe, wie ein Mann seinen Grundsätzen treu bleibt."

„Wer ist jetzt ihr Anführer?"

„Brown – wenigstens für den Fourche la fave."

„Der ist dann wenigstens seinen Grundsätzen nicht treu geblieben", entgegnete der Prediger, indem er zu dem alten Mann aufsah; „ich erinnere mich noch recht gut der Worte, die er hier an dieser selben Stelle über ebendiese Verbindung äußerte."

„Das ist etwas anderes", erwiderte ernsthaft der alte Farmer. „Brown sah sich halb und halb dazu gezwungen, an dieser Verbindung tätigen Anteil zu nehmen, da sein eigener guter Name auf dem Spiel stand. Er war als Mörder förmlich angeklagt, und sein einziges Streben ist jetzt, den wirklichen Mörder Heathcotts herauszubekommen. Er hatte zwar den Streit mit ihm, denn Heathcott war überhaupt etwas rauher Natur, und ich weiß mich noch recht gut zu erinnern…“

„Ich glaubte, die Hauptabsicht der Regulatoren beschränkte sich auf die Entdeckung der Pferdediebe“, sagte Rowson, leicht erbleichend.

„Nur teilweise, doch wenn Ihr morgen der Versammlung beiwohnt, werdet Ihr das alles hören. Jetzt gilt es, soviel ich erfahren habe, die Verdächtigen anzugreifen, um von diesen, wenn sie auch wirklich nicht die Täter sind, wenigstens auf deren Spur gebracht zu werden.“

„Wenn sie nur den schändlichen Mörder der armen Indianerin entdeckten“, sagte Mrs. Roberts. „Oh, Mr. Rowson, Sie glauben gar nicht, wie ich schon deshalb gebetet habe! Die Frau war so fromm und gut und hing mit einer solchen Ehrfurcht an Ihnen. Ach, wie oft habe ich sie während Ihrer Predigten weinen sehen – und nun so jung und auf solche Art sterben zu müssen.“

„Ja, es ist schrecklich!“ sagte Rowson, selbst tief erschüttert, freilich um einer andern Ursache willen. „Doch, meine Freunde, ich muß wirklich fort, also gute Nacht für heute. – Gute Nacht, Marion – wo ist das Mädchen?“

„Marion Kind! – so komm, doch her!“ rief die Mutter, „Mr. Rowson will dir gute Nacht…“

„Laßt sie bleiben, verehrte Freundin“, sagte der Prediger abwehrend, „das Herz ist ihr voll, und sie wird sich mit ihrem Gott unterhalten. Morgen hoffe ich sie recht froh und heiter anzutreffen.“

Damit winkte er beiden noch einen herzlichen Gruß zu, bestieg sein kleines Pony und trabte fort, in den jetzt dämmernden Wald hinein.

„Mutter, was ist mit dem Mädchen eigentlich?“ fragte Roberts, als Rowson sich entfernt hatte, „sie kommt mir so sonderbar vor. Ich will doch nicht hoffen, daß sie zur Heirat mit diesem Mann gezwungen wird?“

„Närrischer Mensch, wer sollte sie denn zwingen?“ beruhigte ihn die Matrone. „Sie ist nur noch ein halbes Kind, und da beträgt sie sich ängstlich und wunderlich; mag ihr auch wohl schwer genug ankommen, die Eltern zu verlassen. Nun, an dieses Mannes Seite…“

„Ja, schon gut“, sagte Roberts, den Sporn abschnallend und ihn außen am Haus unter einem kleinen Vorbau neben Sattel und Zaum hängend, „schon gut, das hab' ich schon oft gehört!“

„Du hast keine Vorliebe für den frommen Mann.“

„Nein – Vorliebe nicht; ich sehe nicht ein, warum unser Kind mit ihm gerade so viel glücklicher werden sollte als mit jedem andern. Ein echter braver Kerl mit einem guten Herzen, und der – etwas mehr ein Mann wäre, würde mir, aufrichtig gesagt, ebenso willkommen gewesen sein, vielleicht noch willkommener, doch – wie Gott will. Ihr Frauen seid damit einverstanden, und ich habe weiter nichts dabei zu tun, als ja zu sagen. Einen Anfang hat er, um eine kleine Farm zu beginnen, und ein fleißiger Mann wird dabei in Arkansas nicht zugrunde gehen.“

Rowsons treuherziges Benehmen hatte den Alten wieder ganz für sich gewonnen, denn selbst so recht von Herzen gut und brav, traute er auch anderen nicht leicht etwas Schlechtes zu, warum also gerade dem, der in der ganzen Ansiedlung als ein so frommer und gottesfürchtiger Mann bekannt war. Durchkreuzte auch wirklich manchmal ein dunkler Verdacht sein Hirn, so wurde er sich entweder selbst nicht recht klar darüber, oder er verwarf ihn augenblicklich wieder.

Wie waren aber indessen die Gefühle des Predigers, der langsam durch den schattig-dunklen Wald dahinritt? Weit genug von dem Haus entfernt, damit er von dort aus nicht mehr gesehen werden konnte, stieg er von seinem Pferd, nahm es am Zügel und schritt ernst und in tiefen Gedanken versunken auf der schmalen Straße hin, die sich durch den Wald schlängelte. Endlich blieb er stehen und sagte halblaut vor sich hinmurmelnd:

„Es wird mir fast zu heiß hier in Arkansas - der Teufel kann einmal seine Hand im Spiel haben und durch irgendeinen Zufall Dinge an das Licht bringen, die meinem guten Ruf in dieser Gegend gerade nicht förderlich sein würden. Ich muß fort - und das sobald als möglich - Atkins mag sehen, wie er seine Farm verkauft, ich will mich nicht hier fesseln, daß ich nachher, wenn alle anderen ihren Rücken gedeckt haben, allein der Rache jener kläffenden Hunde preisgegeben bin. Nein! - Zwar ist der Indianer verschwunden", fuhr er nach einer Weile fort, „und ohne den möcht' es ihnen doch schwer werden, irgend etwas - ich weiß wirklich nicht einmal, wie es mit dessen Hilfe möglich ist - das Federmesser..."

Das Pferd spitzte die Ohren, und plötzlich trat der Indianer aus dem Dickicht und schritt leise grüßend an ihm vorüber.

„Assowaum!" rief Rowson erschrocken, „Assowaum - wo - wo waret Ihr so lange? - Wir haben Euch in der Ansiedlung vermißt."

„Der blasse Mann ist ja ebenfalls fern gewesen", erwiderte der Indianer, den Prediger fest ansehend, „Assowaum kehrt zu dem Grabe seines Weibes zurück."

„Und hast du noch nichts von dem Mörder entdeckt?"

„Nein!" antwortete der Indianer mit tonloser Stimme, „noch nicht - der Große Geist hat dem heiligen Vogel gewehrt, mir den Namen des Verräters in das Ohr zu flüstern. Assowaum hat deshalb mit dem Geiste seines Volkes an einer Stelle gesprochen, die noch von keines Weißen Fuß entweiht wurde. Er harrt jetzt der Stimme seines Manitu."

„Möge er dir günstig sein", sagte der Prediger, ganz seinen früheren Abscheu gegen den Götzendienst des Indianers vergessend. Dieser aber schritt grüßend weiter, Rowson schwang sich in seinen Sattel und ritt eilig, als ihn eine Biegung der Straße den Augen des Indianers verbarg, seinem Pony die Hacken in die Seiten bohrend den Weg entlang, daß seine langen braunen Haare in dem frischen Abendwind flatterten, und das Roß, solcher Behandlung ungewöhnt, schäumte und schnaubte, als es mit seinem ungeduldigen Reiter durch das flache Talland dahinbrauste.

21. Wilsons Geständnis - Die Wäscherin

Roberts hatte noch nicht lange Harpers Hütte verlassen, als sich Brown ebenfalls rüstete, zu Bowitt hinaufzureiten, vor dessen Haus am nächsten Morgen die Versammlung der Regulatoren stattfinden sollte. Cook begleitete ihn ein Stück Weges, ritt jedoch dann links weiter, um in seinem eigenen Hause zu übernachten und mit Tagesanbruch nachzufolgen, während Bahrens bei dem Rekonvaleszenten zu bleiben versprach. Harper schwor übrigens hoch und heilig, daß das der letzte Tag gewesen sein sollte, den er sich habe in dem verwünschten Hause einsperren lassen.

„Ich muß wieder einmal Laub und Moos unter den Füßen fühlen“, rief er aus, „muß wieder einmal das grüne Blätterdach über mir sehen, eher werde ich nicht gesund.“ Es wurde also verabredet, daß er am nächsten Tage mit zu Bahrens reiten und dort eine Woche zubringen solle. Da der Weg aber für einen durch Fieber Geschwächten auf einmal zu weit wäre, so wollten die Männer die erste Nacht bei Roberts übernachten, der sie schon lange eingeladen hatte.

Brown trabte indessen auf seinem feurigen kleinen Pony den schmalen, im Laub kaum erkennbaren und nur durch abgeschälte Stücke Baumrinde bezeichneten Pfad entlang und erreichte in etwa anderthalb Stunden die kleine Farm von Wilson, der ebenfalls gerade im Begriff war sein Pferd zu besteigen.

„Hallo, Wilson – wohin soll die Reise gehen? Auch zur Regulatorenversammlung?“ rief Brown ihm freundlich entgegen.

„Ja!“ sagte der junge Mann, wurde aber merklich verlegen und schnallte mit verzweifeltem Eifer am Sattelgurt. Der war indessen schon angespannt und veranlaßte nur das Pferd, einige ungeduldige Bewegungen zu machen, während es mehrere Male nach Luft schnappte.

„Was macht Ihr denn, Wilson?“ fragte ihn Brown lachend, „Ihr schnürt ja dem armen Tier die Seele aus dem Leibe. Wollt Ihr denn an einem Wettrennen teilnehmen, daß Ihr so nach diesem Zeuge seht?“

„Nein, das gerade nicht“, murmelte der andere, „welchen Weg reitet Ihr?“

„Ich wollte zu Euch – und Ihr?“

„Ich? – Ich gedachte zu Atkins...“

„Nun, das ist schön, dann komm' ich ein andermal zu Euch und reite heute abend mit zu Atkins. Ich habe überdies dort eine Bestellung von Roberts auszurichten.“

Wilson wollte noch etwas einwenden, Brown achtete aber nicht darauf oder mußte es überhört haben, denn er rief dem Freund nur flüchtig zu, aufzusitzen, und lenkte dann sein Pferd dem neu bestimmten Lagerplatze zu.

Wilson war bald an seiner Seite und fragte endlich, wahrscheinlich nur, um das Schweigen zu brechen:

„Ihr habt also einen Auftrag von Roberts – wohl für Rowson? Der will ja Atkins Farm kaufen, wie man sagt wenn Atkins nämlich wirklich fortzieht.“

„Ist denn das noch nicht bestimmt?“

„Wer weiß es? Der alte Bursche ist finster und verschlossen wie das Grab. Mir sagt er's schon gar nicht.“

„Warum denn Euch nicht ebensogut wie jedem andern?“ fragte Brown lächelnd, während Wilson auf einmal ganz unerwartet ein Lied zu pfeifen anfing und mit der Reitgerte, die er sich von einem Busche gebrochen, seine Leggins klopfte. Auch schien er eine Weile die Antwort auf diese Frage schuldig bleiben zu wollen, bis sie Brown wiederholte, dann aber zügelte er sein Pferd, streckte dem jungen Mann sie Hand herüber und sagte mit herzlichem Ton:

„Ihr sollt meine Geschichte erfahren, Brown, mit ein paar Worten ist sie gesagt, und – Ihr meint es gut – vielleicht könnt Ihr mir einen Rat geben."

„Nun, laßt hören", entgegnete der Freund, „vielleicht, vielleicht auch nicht; es ist nicht oft, daß ich um Rat gefragt werde, und noch dazu in – Herzensangelegenheiten." Er lächelte zu Wilson hinüber, als er sah, wie diesem das Blut in Wangen und Schläfe stieg.

„Ja – Ihr habt recht", flüsterte dieser endlich, „es ist eine Herzensangelegenheit, doch – keine glückliche. Seid Ihr in Atkins Haus bekannt?"

„Ich war nie dort."

„Er hat ein Kind – eine angenommene Waise – ein Mädchen – ach, Ihr würdet mich auslachen, wenn ich von ihr reden wollte, wie's mir ums Herz ist. Ja, ich weiß wohl, wenn Ihr auch schon mir zuliebe an Euch hieltet, inwendig machtet Ihr Euch doch über mich lustig. Nun, ich will Euch die Beschreibung erlassen; ich liebe das Mädchen schon seit einem Jahr, als sie mit Atkins an den Fourche la fave zog; aber der Vater will sie mir nicht geben. Er ist zwar nur ihr Pflegevater, hat sie aber erzogen und eine wackere Dirne aus ihr gemacht. Jetzt jedoch will er ihr einen Mann aufdrängen, den sie nicht mag und den sie unter keiner Bedingung nehmen will, aber – er quält sie doch."

„Das ist freilich schlimm", sagte Brown, „wie alt ist sie?"

„Ach, leider erst siebzehn Jahre", seufzte Wilson, „wäre sie einundzwanzig, so brauchten wir den Alten nicht zu fragen."

„Hat sie Euch denn recht von Herzen lieb?"

„Sie hat es mir mehr als tausendmal gestanden."

„Nun, worin besteht denn da eigentlich die große Not? Das Herz der Eltern wird sich doch wohl noch mit der Zeit erweichen lassen", tröstete ihn Brown.

„Ja, wenn es nur Zeit hätte!" rief Wilson ungeduldig aus; „Rowson hält morgen Hochzeit, und da soll Ellen hinüberkommen und den jungen Leuten die Wirtschaft führen helfen."

„Morgen?' flüsterte Brown erbleichend.

„Ja – am Nachmittag", fuhr Wilson, ohne es zu bemerken, fort. „Hat Atkins dann verkauft, so will er nach Texas und – das Mädchen muß mit."

„Nun, so geht Ihr mit ihm", sagte Brown, der kaum noch hörte, was der andere sprach.

„Das ist nicht möglich", erwiderte dieser, „ich habe meine alte Mutter in Tennessee, nicht weit von Memphis, und die müßt' ich auf jeden Fall erst holen. Sie lebt jetzt bei fremden Leuten, und dort soll sie mir einmal nicht sterben."

„Da werd ich freilich wenig für Euch tun können", seufzte Brown etwas zerstreut, „ich kenne Atkins gar nicht, habe ihn erst einmal gesehen, und es ist doch höchst unwahrscheinlich, daß er auf meine Fürsprache auch nur das geringste Gewicht legen würde."

„Das sollt Ihr auch nicht bei Atkins versuchen, sondern bei jemand ganz anderem."

„Und bei wem?"

„Bei Mrs. Rowson. – Ihr seid mit Roberts gut bekannt, und Marion hält viel auf Euch, das weiß ich. Wenn Ihr sie recht schön für mich bitten wolltet, sie tät es Euch sicherlich zu Gefallen.“

„Mrs. Rowson“, sagte Brown leise und wie in tiefen Gedanken, „Mrs. Rowson – kann sie helfen?“

„Oh, sie gilt sehr viel bei Atkins“, beteuerte Wilson. „Als Atkins' Frau im letzten Sommer so lange und gefährlich krank lag, hat sie ganze Wochen lang mit Ellen an ihrem Bette gewacht. Ihr tun sie alles zuliebe, sie ist ein gar so gutes Mädchen.“

„Ja – ja!“ seufzte Brown tief auf.

„Nicht wahr, das glaubt Ihr auch?“

„Was?“

„Daß sie ihr alles zu Gefallen tun werden.“

„Guter Wilson“, sagte Brown, sich halb von seinem Begleiter abwendend, „Ihr hättet Euch in dieser Sache sicherlich an einen besseren wenden können als an mich. Rowson selbst würde da vielleicht ein nützlicherer Fürsprecher sein.“

„Ja“, sagte Wilson halb ärgerlich, „das weiß ich; aber verdammt will ich sein, wenn ich den Mann leiden kann. Die ganze Nachbarschaft hat ihn gern, die Frauen wenigstens, die ganz versessen auf ihn sind, doch ich, ich weiß nicht, mir wird's immer unbehaglich, wenn ich mit ihm freundlich tun soll. Sonderbar müssen auch seine Verhältnisse sein. Vor einem Jahr kommt er hierher, sagt selbst, daß er arm ist, arbeitet nicht das mindeste, predigt nur und bekommt von keinem Menschen einen Cent dafür, hat aber immer Geld, treibt sich auf solche Art zwölf Monate im ganzen County umher und heiratet auf einmal das schönste Mädchen am Fourche la fave (Ellen ausgenommen, denn, ich weiß nicht, die gefällt mir doch noch besser). Ich selbst habe weiter nichts gegen Rowson, kann nichts gegen ihn einwenden, als daß er feig ist, nun, was kümmert das mich, aber – um eine Gefälligkeit möcht' ich ihn nicht bitten, und wenn mein ganzes Lebensglück auf dem Spiele stünde.“

„Habt Geduld, Wilson“, tröstete ihn Brown, „wenn Euch das Mädchen liebt und der andere Mann ihr Wort noch nicht hat, so wird sich auch alles noch einrichten lassen. Ihr habt viele Freunde hier und seid jung und fleißig – was wollt Ihr mehr?“

„Das Mädchen will ich, Brown“, sagte Wilson treuherzig, „und wenn Ihr auch noch so schön predigt, so seht Ihr mir doch ebenfalls aus, als wenn Ihr den entsetzlichsten Kummer auf der Welt hättet und keinem Menschen ein Wort davon anvertrauen könntet. Nein, so halt' ich's nicht aus. Bis Atkins fortgeht, muß sich mein Schicksal entscheiden, und will oder kann mir bis dahin keiner von Euch helfen, daß ich das Mädchen im guten bekomme, nun so hol mich der Teufel, wenn ich sie nicht entführe – und mit geht sie, das weiß ich.“

„Habt Ihr denn schon bei Atkins um sie angehalten?“

„Ja, und sie – die Alte – ein bitterböses Weib, hat mir gedroht, mich zur Tür hinauszuwerfen, wenn ich dort noch einmal hinkäme.“

„Und jetzt wollt Ihr hin?“

„Allerdings – aber nicht ins Haus“, sagte Wilson verschmitzt lächelnd, „so auf den Kopf gefallen bin ich nicht. Nein, Ellen wäscht heute unten am Bach, ein paar hundert Schritt vom Haus entfernt, im Busch drin, und da das fast die einzige Zeit ist, wo ich ungestört ein Wörtchen mit ihr plaudern kann, so wollt' ich die Minuten wenigstens nutzen. Nachher, wenn sie ihre Arbeit beendet hat, reit' ich noch zu Bowitts hinüber; das Wetter ist ja warm und schön."

„Kann ich denn Euer Liebchen nicht einmal zu sehen bekommen, daß ich doch wenigstens weiß, welchen Geschmack Ihr habt?" fragte Brown lächelnd.

„Warum nicht?" rief freudig Wilson, „sie wird Euch gefallen, und ich brauche mich ihrer nicht zu schämen; aber kommt, wir sind nicht mehr weit von dem Platz entfernt und müssen hier rechts abbiegen, sonst sehen sie uns vom Haus aus. - Halt! Hier laßt Euer Pferd, denn durch die Slew können wir nicht reiten. Mein Pony nehme ich übrigens hinunter in das Schilfdickicht - da ist sein gewöhnlicher Platz.

So", sagte er, als er schnell wieder zurückgesprungen kam und dem Freund über die schmale Brücke voranlief, „so - dort ist sie, aber leise, wir wollen sie überraschen."

Die Männer schlichen auf den Zehen einem kleinen offenen Fleck im Wald, gerade in der Biegung des Baches zu, der seine Wasser dem nicht weit entfernten Fourche la fave in vielen Krümmungen entgegenführt, und blieben hier, von dem lieblichen Schauspiel, das sich ihnen bot, überrascht, stehen. Wilson warf dem Freund einen triumphierenden Blick zu, als ob er hätte fragen wollen: Siehst du, daß ich recht habe? Ist das ein Wesen für Texas, und soll ich mir dieses Mädchen nehmen lassen?

Neben dem kiesigen Bachufer, von zwei niederen Holzgabeln gestützt, hing über einem kleinen knisternden Feuer ein mächtiger schwarzer Kessel; mehrere kleine Bänke standen in einem Halbkreis umher und trugen in einzelnen Abteilungen die verschiedenen Wäschearten, farbige und weiße, und vor einem tischähnlich befestigten Brett stand Ellen, schlug mit dem breiten Waschholz die einzelnen Stücke Weißzeug und begleitete mit ihrer hellen Stimme die regelmäßigen Schläge des Klöppels. Dicht neben dem Waschbrett, zwischen zwei schlanken Hickorystämmen befestigt, hing, von dem leichten Südwind geschaukelt, eine Hängematte, in der ein rotbäckiges Kind bis jetzt still und friedlich geschlummert hatte. Nun aber schlug es die großen dunklen Augen auf, tat einen Blick in die Höhe und verzog dann das kleine Gesicht zu einer so entsetzlich sauren Miene, daß alle Anzeichen eines nahenden Wehgeschreis zu fürchten waren. Ellen hatte den kleinen Schläfer aber nicht außer acht gelassen und bemerkte kaum das Erwachen des Kleinen, als sie auch ihren Klöppel schnell fallenließ, die Hängematte in etwas lebhaftere Bewegung versetzte und dem durch ihre Gegenwart sogleich beruhigten Kinde mit leiser, schmeichelnder Stimme ein Wiegenlied vorträllerte.

Plötzlich fuhr sie erschrocken auf, als Wilson, der leise an sie herangetreten war, seine Hand um ihre Hüfte legte. „Ach, du böser Mensch, wie du mich erschreckt hast!"

„Sei nicht böse darüber", flüsterte Wilson, einen Kuß auf die Lippen der sich nur schwach Sträubenden pressend, „aber sieh, hier hab ich dir einen Freund mitgebracht."

Ellen wandte sich rasch um. Als ihre Blicke denen des freundlich lächelnden jungen Fremden begegneten, wollte sie eilends fortlaufen. Wilson aber faßte noch rechtzeitig ihre Hand und bat flehend:

„Ellen – er ist ja ein guter Freund, und er weiß, daß wir uns liebhaben; überdies“, fuhr er noch neckend fort, „darf das kleine Fräulein auch gar nicht fortlaufen und den ihr anvertrauten Schutzbefohlenen zurücklassen. Hab' ich recht oder unrecht?“

„Unrecht“, flüsterte lächelnd das Mädchen, indem sie sich, immer noch verlegen, vor dem Fremden verneigte, „unrecht, du weißt, daß du immer unrecht haben mußt.“

„Schöne Gesetze“, sagte Wilson mit ernst-komischer Miene zu Brown, „sehr schöne Gesetze. Da sind unsere Regulatoren noch gar nichts dagegen.“

„Die häßlichen Regulatoren...“ rief Ellen.

„Halt!“ unterbrach sie lachend Wilson, „nicht so voreilig, Miß – hier stehen zwei.“

„Du ein...“

„Stop – hier ist unser Hauptmann, und ich...“

„Oh, Sie sind kein Regulator, nicht wahr?“ fragte halb ängstlich, halb schmeichelnd das Mädchen Brown, „das glaube ich nicht.“

„Haben Sie einen so fürchterlichen Begriff von diesen Menschen?“ Brown lächelte.

„Ach ja – Mutter und Vater haben mir entsetzliche Dinge von ihnen erzählt: Wie sie die unschuldigen Männer nachts aus ihren Betten holen, nur wenn einer von ihnen auf jemand böse ist, und sie dann an einen Baum binden und so lange peitschen, bis sie sterben. Vater hat geschworen, jeden totzuschießen, der nachts in feindlicher Absicht über seine Schwelle käme.“

„Sie sind nicht so schlimm, wie es Ihr Vater wohl glaubt“, meinte Brown, „und wenn auch...“

„Nun bitt' ich aber ebenfalls darum, ein Wort mit einlegen zu dürfen“, rief Wilson. „Ich bin denn doch wahrhaftig nicht hierhergekommen, einer Abhandlung über die Regulatoren zuzuhören. Ellen, hast du noch einmal mit deiner Mutter gesprochen?“

„Ja“, sagte das arme Mädchen, traurig den Kopf senkend, „sie meinte aber...“

„Du brauchst dich vor Mr. Brown nicht zu scheuen, er weiß alles“, beteuerte Wilson, als er bemerkte, wie seine Braut diesem einen ängstlichen Seitenblick zuwarf.

„Ach, es hilft ja auch nichts, es zu verschweigen“, seufzte das arme Mädchen, „ganz Arkansas wird's doch wohl bald erfahren, daß ich den rohen Cotton heiraten soll.“

„Cotton?“ fragte Brown erstaunt.

„Ja – leider. Zwar hat es mir die Mutter streng untersagt, den Namen gegen irgend jemand auszusprechen, aber weshalb nicht? Eher sterb' ich, als daß ich den Menschen heirate.“

„Du sollst ihn auch nicht heiraten“, sagte Wilson trotzig. „Verd..., ja so, das darf ich auch nicht“, unterbrach er sich selbst, als ihm das Mädchen einen strafenden Blick zuwarf. „Ich weiß aber schon, was ich tue; haben wir erst die Raubbande entdeckt, die hier ganz in unserer Nähe ihr schändliches Wesen treibt, und will sich Atkins noch immer nicht erweichen lassen, nun gut, dann soll mich dieser und jener holen – das ist nicht geflucht –, wenn ich nicht einen dummen Streich mache und mit dir davonlaufen“

„Und das nennt der Herr einen dummen Streich?“ fragte Ellen mit einem wehmütigen Lächeln.

„Du weißt ja, wie ich's meine", sagte Wilson, „aber was ist Euch, Brown – Ihr seht so gedankenlos oder gedankenvoll, wie man's nehmen will, in die Baumwipfel hinauf?"

„Haben Sie den Mann, den Sie Cotton nannten, kürzlich gesehen?" wandte sich Brown jetzt, ohne Wilsons Bemerkung zu beachten, an das junge Mädchen.

„Ja", sagte diese, „vor etwa vier Tagen kehrte er, ich glaube vom Mississippi, zurück, wohin er vor etwa zwei Wochen aufgebrochen war. Er kommt aber immer nur abends, und ich mag sein heimliches, häßliches Wesen nicht leiden; – kennen Sie ihn?"

„Ich glaube, weiß es aber nicht gewiß; kommt er wohl – aber was ist mit Wilson?"

Brown hatte auch alle Ursache, diesem bestürzt nachzusehen, denn wie eine Schlange glitt der Freund plötzlich ins Dickicht und war in wenigen Sekunden spurlos verschwunden. Die Ursache dieses eigentümlichen Rückzuges blieb aber nicht lange ein Rätsel, denn fast zu gleicher Zeit erschien auf dem zum Hause führenden Pfad die stattliche und selbst noch jugendliche Gestalt der Mrs. Atkins, deren helles, schimmerndes Kleid Wilson noch zur rechten Zeit gewarnt hatte, und der es jetzt dem Freund überließ, mit dem anrückenden Feind fertig zu werden.

„Hallo da, Miß!" rief die sich mit gewaltigen Schritten nähernde Frau, „hallo da – Herrengesellschaft? Ich habe schon seit einer Viertelstunde keinen einzigen Schlag gehört, die Wäsche soll sich wohl allein fertig machen?"

„Das – Kind –", stotterte Ellen.

„Was da – Kind – das liegt so ruhig wie ein Gotteskäferchen in seinem Neste; leere Ausreden..."

„Ich muß Sie bitten, die junge Dame meinetwegen zu entschuldigen", unterbrach jetzt Brown hervortretend die Zürnende, indem er sie freundlich grüßte, „ich komme mit einem Auftrag von den Herren Roberts und Rowson und beabsichtigte eigentlich, die Nacht in Ihrem Hause zuzubringen."

„Dies ist nun freilich der breite Weg nicht", sagte Mrs. Atkins, jedoch schon merklich besänftigt.

„Allerdings nicht", erwiderte Brown lächelnd, jetzt nur bemüht, dem armen zitternden Mädchen jedes harte Wort zu ersparen, „ich kam aber ein Stück durch den Wald und wußte an der Slew nicht recht, ob ich hinauf- oder hinunterreiten solle, um das Haus am schnellsten zu erreichen, ging also zuerst über den darüberhinweg liegenden Stamm, um zu rekognoszieren, und fand die junge Dame hier, die ich freilich durch meine Fragen einige Minuten in ihrer Arbeit störte."

„Junge Dame – hat sich was 'junge Dame', setzen Sie dem Mädchen nur keinen Unsinn in den Kopf. Mein Mann ist oben im Hause. wo steht denn Ihr Pferd, ich will den Jungen danach schicken."

„Gerade dort, wo die Zypresse über der Slew liegt", erwiderte Brown, dem jetzt daran lag, die zürnende Frau mit zum Haus zurück zu nehmen, um Wilson freien Spielraum zu lassen.

„Gut, so kommen Sie", sagte Mrs. Atkins, „und du, Mamsell, hältst dich dazu und bist fleißig. Noch nicht die Hälfte von der Wäsche geklopft – es ist eine Schande, und schon an zwei Stunden hier unten! Daß du mir vor Dunkelwerden fertig wirst! Und was macht das Kleine?" wandte sie sich dann mit wahrhaft mütterlicher Zärtlichkeit in der sonst so rauhen Stimme zu dem Kind, das der bekannten Gestalt mit freundlichem Lächeln entgegenstrampelte, „das gefällt dem Kind? Nicht wahr? Schaukeln – den ganzen Tag schaukeln, und nachher schläft's die Nacht nicht, und Ellen muß bis Tagesanbruch mit dir herumlaufen. Aber ja – Sie warten; also Ellen, daß du mir fleißig bist!“

Und mit diesen Worten schritt sie, von Brown gefolgt, dem Wohnhaus zu.

22. Atkins Wohnhaus – Der fremde Besuch – Die Parole

Atkins Wohnhaus unterschied sich, und zwar sehr zu seinem Vorteil, bedeutend von den meisten Blockhütten der Ansiedlung, obgleich es auch nur aus Stämmen errichtet war. Diese aber, von innen und außen behauen, bildeten zwei gleiche, anderthalb Stockwerk hohe Hausteile, welche in der Mitte durch einen nach Norden und Süden offenen Zwischenraum verbunden wurden, wobei sich das Ganze unter einem Dach befand. Auch das Innere des Hauses war sorgfältig bearbeitet, und die sauber abgehobelten Bretter, mit denen der Farmer jede Spalte vernagelt hatte, wurden nur hier und da durch einige riesengroße Ankündigungen wandernder Kunstreitertruppen, Wachsfigurenkabinette und Menageriebuden verdeckt. Eine der letzteren, auf hellgelbem Papier, war besonders auffallend und stellte einen Mann dar, der, mit sehr engen Beinkleidern und zwei außergewöhnlich großen Federn auf dem Barett, einem Löwen im Arm lag und diesem höchst angelegentlich etwas ins Ohr zu flüstern schien. Andere Plakate stellten ähnliches dar und waren jedenfalls einmal von den Eigentümern der Wohnung aus Little Rock, der Hauptstadt des Staates, als Kuriosität mitgebracht worden.

Das eine der beiden Gebäude enthielt die Schlafräume, je einen im Erdgeschoß und im oberen Stockwerk. Fünf Betten sowie Matratzen und Steppdecken boten genug Platz auch für Gäste. An den Wänden des unteren Raumes hing die Garderobe der Frauen und – in einem besonderen Winkel – der Sonntagsstaat des Hausherrn. In dieses Zimmer wurden die Gäste aber erst abends, zur Schlafenszeit, eingelassen. Am Tage blieb es jedem nicht zum Hausstand gehörenden Auge ein fest verschlossenes Heiligtum. Selbst Atkins wagte nicht, es ohne Erlaubnis seiner Frau, die den Schlüssel dazu bei sich trug, zu betreten.

In dieses Staatszimmer wurde Brown jetzt geführt, und dort fand er den Farmer, der auf den Hinterbeinen eines Stuhles balancierte, dazu ein Lied pfiff und mit einem halb abgebrochenen Federmesser an einem Stück Holz schnitzte. Das Eintreten des Gastes störte ihn aus seinen Betrachtungen auf, er hatte aber kaum einen Blick auf die Tür geworfen, als er von seinem Sitz emporsprang und wild nach dem Gesims über der Tür schaute, wo eine lange Büchse auf zwei Pflöcken lag. Sobald er aber sah, daß der Gast allein und in keineswegs feindlicher Absicht sein Haus betreten hatte, beruhigte er sich ein wenig.

Brown war über das unbegreifliche Erschrecken des Farmers bestürzt, ignorierte es jedoch und sagte, indem er auf ihn zuging und ihm freundlich die Hand entgegenstreckte: „Mr. Atkins, es sollte mir sehr leid tun, wenn ich Sie etwa gestört haben sollte.“

„Oh – ganz und gar – ganz und gar nicht“, stotterte, immer noch nicht recht gefaßt, der Farmer, „es war nur – es sollte sich doch auch...“

„Ich bin allerdings in dieser Gegend ein seltener Gast", meinte Brown lächelnd, „und wenngleich am Fourche la fave heimisch, hier doch ein Fremder. Doch mag die Zeit, in der wir leben, meine Störung, wenn ich eine solche verursacht habe..."

„Aber, bester Mr. Brown", unterbrach ihn Atkins, der jetzt seine Fassung wiedergewonnen hatte, „Sagen Sie nur so etwas nicht. Sie sind zwar ein seltener, aber darum nicht minder willkommener Besuch, und möge dies der Anfang zu einer engeren Bekanntschaft sein."

„Ich will es wünschen", sagte Brown, die dargebotene Hand schüttelnd, „und möglich ist es, daß wir in einem fremden Lande die hier begründete Freundschaft fortsetzen. Ich habe wenigstens gehört, daß Sie nach Texas auszuwandern gedenken."

„Ja - Sie auch? Wenn ich mich recht erinnere, so wurde mir aber in der vorigen Woche erzählt, Sie - Sie hätten sich den Regulatoren angeschlossen, ja - Sie wären sogar deren Anführer geworden."

„Ja und nein", erwiderte Brown lächelnd, „angeschlossen habe ich mich ihnen tatsächlich und bin auch für einen Augenblick ihr Anführer geworden, aber nur bis die beiden kürzlich hier geschehenen Mordtaten aufgedeckt und die Mörder bestraft sind. Dann leg' ich mein Amt nieder und verlasse den Staat, um ein Bürger der Republik Texas zu werden."

„Aber die Pferdediebe", warf Atkins ein.

„Die kümmern mich nur insofern, als ich in ihnen die Mörder vermute. Natürlich werde ich, solange ich an der Spitze der Regulatoren stehe, auch gegen sie mit allem Eifer vorgehen, falls wir ihnen auf die Spur kommen sollten. Vorerst kenne ich aber nur das eine Ziel, jene Mörder aufzuspüren, und der Herr sei ihnen gnädig, wenn wir sie finden. Von den Menschen haben sie keine Gnade zu erhoffen."

„Sonderbar", sagte Atkins nachdenklich, „daß man auch in beiden Fällen noch niemand in Verdacht hat. - Ja, ich weiß, Sie wurden zuerst der Tat beschuldigt, doch widerstritten dem im Anfang gleich mehrere; besonders hatten Sie die Frauen auf Ihrer Seite, auch war Ihr Benehmen an jenem Morgen gegen Heathcott, soweit ich es nämlich erfahren konnte, keineswegs so, als ob Sie sich gescheut hätten, ihm frei und männlich entgegenzutreten. Ein solcher Ausweg wäre also für Sie sicher nicht notwendig gewesen. Es muß ihn jemand nur seines Geldes wegen getötet haben, das hab' ich mir gleich gedacht, und wer weiß da, mit wem er alles verkehrt und wer das Geheimnis von dem Geld, das er bei sich trug, noch außer denen gewußt hat, die hier am Fourche la fave wohnen."

„So halten Sie keinen der Unsrigen für schuldig?"

„Aufrichtig gesagt, nein, denn selbst die", setzte er etwas leiser und fast wie mit sich selbst redend hinzu, „die es vielleicht in anderen Fällen mit der Ehrlichkeit nicht so genau nehmen, halte ich doch für unfähig, einen solchen kaltblütigen Mord zu begehen."

„Ich will es wünschen", seufzte Brown, indem er sich mit der Hand an den obern Balken des Kamins stützte, „ich will es wünschen; übrigens erwarte ich täglich den Indianer zurück, und der kommt sicherlich nicht ohne Kunde wieder."

„Nicht ohne Kunde - so?" meinte Atkins; „ja der Indianer ist sehr schlau, aber mit den Hufspuren war er damals doch nicht zurechtgekommen."

„Weil er nie nachgeforscht hat", erwiderte Brown. „Der Tod seines Weibes hatte ihn so erschüttert, daß ich wirklich ernstlich für sein Leben fürchtete. Übrigens kam er auch einen Tag zu spät, denn die Diebe waren schon geflohen, und der Regen hatte indessen die Spuren verwaschen."

„Ein verwünschtes Ding mit dem Regen", sagte der Farmer lächelnd, sich hinter dem Rücken seines Gastes selbstgefällig die Hände reibend, „er hat schon manche Spur verwischt und solchen Sappermentern fortgeholfen. Mir haben sie ebenfalls im vorigen Jahr ein paar herrliche Pferde gestohlen."

„Ihr hättet längst schon entschlossener gegen die Burschen auftreten sollen; sie sind zu kühn geworden und holen Euch die Tiere zuletzt noch unter den eigenen Augen weg. Man sagt sogar, es wohne hier irgendwo am Fluß ein Hehler, der einen sicheren Aufbewahrungsort für geraubte Pferde habe."

„Wer sagt das?" fragte Atkins auffahrend.

„Es wurde in unserer letzten Versammlung erwähnt", entgegnete Brown, ohne die Bewegung des anderen zu beachten, „man sprach auch davon, wenn die Diebereien nicht nachließen, eine Durchsuchung vorzunehmen, ob man nichts entdecken könne."

„Es wird sich nicht jeder einer Haussuchung unterwerfen", erwiderte Atkins unwillig. „Wir sind hier in einem freien Lande, und wen ich nicht auf meinem Grund und Boden dulden will, dem sag' ich ganz einfach 'marsch!', und wenn er dann nicht geht, so nehm' ich die Büchse vom Haken." –

„Ja, sehen Sie, Mr. Atkins", entgegnete Brown, sich freundlich nach ihm umwendend, „das ist ja gerade die Ursache, weshalb wir Regulatoren uns zusammengetan haben. In diesem Falle sind die Gesetze zu schwach in Arkansas. Ein Mann, gegen den kein weiterer Beweis vorliegt, und wenn er der ärgste Schurke wäre, könnte ruhig und ungestört auf seiner Farm sitzen bleiben. Er hat das Recht, jeden niederzuschießen, der sich mit Gewalt bei ihm eindrängen will – gut! Hierdurch wird aber auch dem Verbrechen Vorschub geleistet. Wer soll sein Eigentum gesichert wissen, wenn es der Räuber bei regnerischem Wetter, das die Spuren verwischt, vielleicht nur nach Hause zu treiben braucht, um es außer Entdeckung zu wissen?"

„Wofür haben wir aber die Gesetze?" fragte Atkins mürrisch, „wofür, wenn sie zu schwach sind?"

„Sie sind nicht zu schwach", erwiderte Brown, „können aber nicht ausgeführt werden. Ich will den Fall setzen, der Verbrecher wird von dem Sheriff gefaßt und vom Gericht verurteilt, wohin bringt man ihn, bis er in das Zuchthaus des Staates eingeliefert werden kann? In eins der kleinen zu diesem Zweck errichteten Blockhäuser, aus dem ihn seine Freunde in der ersten Nacht befreien."

Atkins lächelte.

„Wir mir gesagt wurde", fuhr Brown, ohne es zu bemerken, fort, „haben Sie davon selbst in diesem County einige Beispiele. Hat ihn aber der Staat tatsächlich sicher hinter Schloß und Riegel gebracht, so ist das doch nur für eine, höchstens zwei Wochen, denn ein paar von den daraus entsprungenen Verbrechern sollen ja selbst geäußert haben, das Zuchthaus sei so schlecht gebaut, daß sie der Sheriff gar nicht so schnell hineinsperren könnte, wie sie wieder herauskämen. Was hilft es uns also, wenn wir den Gesetzen gehorchen, die Sträflinge abliefern und sie dann, wenn wir sie sicher und unschädlich glauben, schon nach vierzehn Tagen wieder unter uns und mit unserem Eigentum beschäftigt finden."

„Das stimmt", pflichtete ihm Atkins, immer noch lächelnd, bei, „die Sache ist nicht so ganz ohne. Ich weiß, daß Cotton..."

„Wo ist Cotton jetzt?" fragte Brown schnell.

„Cotton?" wiederholte Atkins rasch gefaßt und, wie es schien, sehr verwundert, „Cotton? Lieber Gott, wer weiß, wo der jetzt steckt. Wie ich neulich gehört habe, sucht ihn sogar der Sheriff. Aber wie kommen Sie zu der Frage?"

„Er soll sich in dieser Gegend haben blicken lassen", erwiderte Brown, der Ellens Aussage nicht anführen wollte, um dem armen Mädchen keine Unannehmlichkeiten zu bereiten, jetzt aber, durch seines Wirtes Leugnen, zum erstenmal Verdacht schöpfte. „Man will ihn sogar auf dieser Straße bemerkt haben."

„Ja, das ist sehr leicht möglich", räumte Atkins ein, „es reitet mancher auf dieser Straße hin, ohne gerade bei mir vorzusprechen. Die Leute schwatzen aber viel."

„Ich bin heute eigentlich im Auftrage der Herren Roberts und Rowson hier", sagte Brown, der dem Gespräch eine andere Richtung zu geben wünschte. „Mr. Roberts nämlich - ach, da kommt mein Pferd", unterbrach er sich, als der Mulatte den Braunen vor die Tür ritt und dort aus dem Sattel sprang.

„Bitte - bleiben Sie hier", hielt ihn Atkins zurück, als er sah, daß sein Gast hinausgehen wollte, „Dan wird das schon besorgen. - Nimm das Pferd in den Stall, füttere es gut und leg das Geschirr nachher hier zwischen die Häuser", rief er diesem zu, „und wenn du damit fertig bist, so -" er war bei diesen Worten zu ihm hinausgetreten und vollendete den Satz mit leiserer Stimme, so daß Brown nichts davon verstehen konnte. Der Mulatte nickte verständnisinnig, führte das Pferd fort und ließ sich an diesem Abend nicht mehr sehen.

„Sie wollten mir etwas von einem Auftrage sagen?" fragte Atkins den Gast jetzt, als er in das Zimmer zurückkehrte.

„Ja", antwortete dieser, wie aus einer Zerstreuung erwachend, „Mr. Roberts wird mit - mit seinem Schwiegersohn am Montagmorgen oder -mittag zu Ihnen kommen, um Haus und Felder in Augenschein zu nehmen, und läßt Sie daher bitten, auf ihn zu warten, wenn er auch vielleicht ein wenig spät eintreffen sollte."

„Schön - sehr schön!" erwiderte Atkins freundlich, „ich denke, daß wir ein Geschäft miteinander machen können. Es sind wackere Leute, die einen armen auswanderungslustigen Teufel nicht drücken werden. Die Hochzeit soll wohl morgen schon stattfinden?"

„Ja!" antwortete dieser mit leiser Stimme, „ich glaube - morgen."

„Sie werden wohl auch bei der Trauung sein?"

„Wer - ich? Nein - ich glaube nicht. Unsere Versammlung wird wahrscheinlich bis spätabends dauern, und dann bleibe ich bei Bowitts."

„Welche Versammlung?"

„Die der Regulatoren. Wir kommen morgen in Bowitts Haus zusammen."

„Morgen Versammlung? Das muß ja recht heimlich zugegangen sein, ich habe keine Silbe davon gehört."

„Natürlich wurde es nur denen gesagt, die Regulatoren sind", fuhr Brown fort, der in diesem Augenblick eine Gelegenheit gefunden zu haben glaubte, für den armen Wilson ein gutes Wort einzulegen; „doch wundert es mich, daß Ihnen Wilson nichts davon gesagt hat. Er hatte die Bestellung, die keineswegs geheimgehalten zu werden brauchte, in dieser Gegend übernommen."

„Mr. Wilson ist sehr lange nicht in meinem Hause gewesen", erwiderte Atkins, dem die Erwähnung dieses Namens unangenehm zu sein schien, „daher kommt es denn wohl, daß mir die Sache fremd blieb. Doch ist das einerlei; ich bin kein Regulator, habe also auch kein Interesse an der Versammlung. In Texas sollen sich ja ebenfalls solche Vereinigungen gebildet haben."

„Ja", sagte Brown, der jedoch nicht willens war, seinen Angriff so bald aufzugeben; „aber was ich gleich sagen wollte, Wilson scheint sich ja hier in der Gegend für immer niederlassen zu wollen. Ich glaube kaum, daß Sie sich einen besseren Nachbarn wünschen könnten."

„Sie vergessen, daß ich mich kaum noch zu dieser Gegend rechnen kann", erwiderte Atkins. „Doch da kommt meine Alte schon mit dem Tischzeug – die Tage sind noch recht kurz. Apropos, Mr. Brown, wie geht es denn Ihrem Onkel? Es hat uns allen recht leid getan, daß das Fieber den armen Mann so gewaltig packte."

Brown sah wohl, daß, für jetzt wenigstens, jede weitere Anspielung vergeblich sein würde, noch dazu, da auch Mrs. Atkins und bald darauf Ellen mit dem Kind zum Hause zurückkehrten. Gern hätte er nun freilich ein wenig mit dem Mädchen geplaudert, doch fürchtete er ebenfalls, ihr dadurch unangenehme Worte zuzuziehen, ein freundlich dankender, ihm verstohlen zugeworfener Blick sagte ihm jedoch deutlich genug, daß sie seine Freundlichkeit, die Pflegemutter mit fortzunehmen, erkannt und – was noch besser war – genutzt hatten.

Das Gespräch drehte sich jetzt um allgemeine Dinge, um Weide, Jagd, Vermessung des Landes in der Nachbarschaft und die nicht selten damit verknüpften Streitigkeiten der nebeneinander Wohnenden; um einen vor etwa fünf Tagen vorgefallenen Mord am andern Ufer des Arkansas, wo ein Viehhändler erschossen und seiner Brieftasche, die etwa tausend Dollar enthalten haben sollte, beraubt worden, ohne daß man den Mörder hätte entdecken können; dann um die jetzige Gesetzgebung, Sheriffs- und Gouverneurswahlen und ähnliches mehr, bis die buntfarbige, den Kaminsims zierende Yankee-Uhr acht schlug. Jetzt aber begann das Kleine, das bis dahin sanft in seiner nun im Hause befestigten Hängematte geschlafen hatte, unruhig zu werden und zu schreien. Ellen nahm es aus dem Bettchen heraus und ging mit ihm im Zimmer auf und ab, es schrie aber immer ärger, wollte sich nicht mehr beruhigen und wurde in kaum einer Viertelstunde so krank, daß die Frauen, zu Tode geängstigt, hin und her rannten, um alle möglichen, im Hause nur aufzutreibenden Heilmittel herbeizuholen.

Es blieb aber alles vergeblich, das Kind schrie mit jedem Augenblick ärger, und in Todesangst schickte nun die Mutter nach Hilfe aus. Ein junger Amerikaner hatte in den letzten Tagen für Atkins ein großes und sehr geräumiges Kanu aushauen müssen und hielt sich noch im Hause auf. Dieser wurde jetzt mit dem Mulatten nach verschiedenen Richtungen ausgeschickt, die benachbarten und fernen Farmersfrauen, die irgend etwas von Kinderkrankheiten verstanden, mit dem Zustand des armen Würmchens bekannt zu machen und sie, so schnell sie ihre Pferde tragen würden, herbeizurufen.

Die Mutter gebärdete sich indessen wie eine halb Wahnsinnige. Wie ihrer Sinne beraubt, lief sie im Hause umher und machte dabei der armen Ellen fortwährend die bittersten Vorwürfe, daß sie das Kind vernachlässigt habe und es gern aus der Welt schaffen möchte, nur um seiner Wartung und Pflege überhoben zu sein.

Vergeblich beteuerte das arme Mädchen seine Unschuld, berief sich auf die Liebe, die es dem kleinen Schreier stets bewiesen; es war alles vergeblich, und unter den härtesten, ungerechtesten Vorwürfen befahl ihr die Frau, still zu sein und „keinen Mucks weiter zu tun", wenn sie nicht erfahren wollte, wie man widerspenstige Dienstboten behandle.

Brown war entrüstet hierüber und beschloß, von nun an alles zu versuchen, was in seinen Kräften stehen würde, den Freund zu unterstützen und das Mädchen einer solchen Mißhandlung zu entziehen, wußte aber nur zu gut, daß in diesem Augenblick jede Vorstellung nicht allein nutzlos sein, sondern für die Arme nur noch unangenehmere Folgen haben würde.

Die Verwirrung hatte jetzt ihren höchsten Grad erreicht. Das arme kleine Wesen schien mit jedem Augenblick kränker zu werden. Mrs. Atkins lief, die Gegenwart des Fremden gar nicht mehr beachtend, im Zimmer auf und ab und rief, fortwährend die Hände ringend, daß dies des Himmels Strafe wäre, der sie in dem armen unschuldigen Kinde für alle ihre Sünden und Schwachheiten heimsuche. Da begehrte draußen plötzlich eine fremde Männerstimme Einlaß, und die Hunde, dadurch geweckt, schlugen laut bellend an. Der Wind, der den ganzen Tag nur schwach von Süden her geweht, hatte sich gedreht, schüttelte, von Nordwesten kommend, die Äste und Zweige der gewaltigen Stämme wild durcheinander und blies, als die Tür geöffnet wurde, das auf dem Tisch stehende Licht aus. Das Feuer im Kamin war indessen ebenfalls ziemlich niedergebrannt, und das Haus lag plötzlich in tiefer Dunkelheit.

„Hallo da drinnen – kann ich hier übernachten?" rief da die Stimme zum zweitenmal, „der Henker hole die Hunde – wollt ihr die Mäuler halten!"

„Ruhig, Hektor – ruhig, Deik – nieder mit euch, ihr Kanaillen! Könnt ihr einen Mann nicht zu Worte kommen lassen?" schrie Atkins, der vor die Tür getreten war, ärgerlich zu den Hunden hinüber. „Steigt ab!" wandte er sich dann an den Fremden, „mein Bursche soll das Pferd besorgen."

„Beißen die Hunde?" fragte jener, vorsichtig über die Fenz steigend.

„Nein", sagte Atkins, „nicht, wenn ich dabei bin. Kommt nur hierher und fallt nicht über das Holz dort. Halt! Da steht die Stahlmühle – stoßt Euch nicht – so – drei Stufen, die unterste wackelt ein wenig. Oh, Ellen, zünde doch das Licht wieder an!"

Ellen war indessen schon emsig beschäftigt gewesen, ein paar Kienspäne zum Brennen zu bringen. Bald war der Raum auch hinlänglich erleuchtet, um den Mann wenigstens erkennen zu können, der in diesem Augenblick ins Zimmer trat, dort seinen alten Reitermantel und die Otterfellmütze ablegte und nun freundlich grüßend zu der Familie an den Kamin und in den hellen Schein des jetzt wieder hoch auflodernden Feuers schritt. Er war ein kleiner untersetzter Mann mit lebhaften grauen Augen, langen, glatten blonden Haaren und vielen Sommersprossen; er trug ein baumwollenes Jagdhemd und Gamaschen, während eine alte, vielgebrauchte Satteltasche, die er über dem Arm trug und jetzt neben dem Kamin niederlegte, alles das zu enthalten schien, was er auf einem Ritt durch den Wald brauchte. Sein Blick schweifte, als er sich den beiden Männern näherte, unruhig von einem zum andern, und er schien mit sich selbst zu Rate zu gehen, welchen von ihnen er als den Wirt des Hauses anreden solle.

Mrs. Atkins mochte übrigens mit dem neuen Gast, der nur noch mehr Störung und Unruhe versprach, weniger zufrieden sein, denn sie nahm jetzt mit ziemlich mürrischem Blicke das kranke Kind auf den Arm, hüllte es in eine Decke und rief Ellen zu, ihr mit dem Licht in den anderen Teil des Hauses zu folgen, wo augenblicklich ein Feuer im Kamin angezündet werden sollte. Ellen gehorchte schnell dem Befehl, und es war wahrscheinlich, daß Mrs. Atkins sich an diesem Abend nicht wieder sehen lassen würde.

„Schrecklicher Wind draußen", sagte der Fremde nach einer Weile, als er mit sich selbst über die Identität des Wirtes einig zu sein schien; „bläst, als ob er die Eichen mit der Wurzel ausreißen wollte."

„Ja, es ist draußen ein wenig unruhig", meinte Atkins, seinem Gast einen forschenden Blick zuwerfend. „Ihr kommt wohl weit her?"

„Nein, nicht so sehr – vom Mississippi."

„Weiter westlich?"

„Ja – nach Fort Gibson zu – wie weit ist's noch bis zum Fourche la fave?"

„Ich wohne an dem Fluß", antwortete Atkins und begegnete dabei dem Blick des Fremden. Brown, der durch die Unruhe mit dem Kind und den Eintritt des Neuangekommenen aufgestört war, hatte indessen seinen Sitz am Feuer wieder eingenommen und unterhielt sich damit, den langen Feuerstock, der in der Kaminecke lehnte, dann und wann in die Glut zu stoßen.

„Ihr seid am Ufer des Flusses mehrere Meilen entlanggeritten", mischte er sich jetzt in das Gespräch, „konntet ihn selbst aber nicht sehen, da das Schilf wohl eine Viertelmeile breit und sehr dicht ist."

„Ja, ich dachte mir, daß der Fluß in der Nähe sein müßte. Schönes Schilf hier – muß herrliche Fütterung geben. Die Weide ist wohl gut hier?"

„Sehr gut", antwortete Atkins, und wieder begegnete sein Blick dem des Fremden, der Brown unauffällig beobachtete. Dieser aber hörte mitten in seiner Beschäftigung auf, ließ ganz in Gedanken den Stock in der Glut, der hell zu flammen anfing, und sah sinnend in den Kamin hinein, als ob er sich irgend etwas ins Gedächtnis zurückrufen wollte, das ihm entfallen war.

„Ich bin scharf geritten", brach jetzt der Fremde das kurze Schweigen, „und der Wind macht durstig; dürft' ich Sie wohl um einen Schluck Wasser bitten?"

„Von Herzen gern", erwiderte Atkins und ging zu dem Eimer, um dem Gast das Verlangte zu reichen. Aber auch Brown sah sich, von einem plötzlichen Gedanken durchzuckt, nach diesem um und fand dessen Blick forschend auf sich gerichtet. Doch der Fremde wandte sich sogleich Atkins zu, nahm den Flaschenkürbis und tat einen langen Zug.

„Als ich den Herrn nach Wasser fragen hörte, fiel mir ein, daß auch ich durstig bin", sagte Brown jetzt wieder ganz gefaßt, der sich nun mit aller Klarheit des Gespräches in der gespenstischen

Hütte am Arkansas erinnerte und auf keinen Fall die beiden Männer merken lassen wollte, daß er irgendeinen Verdacht geschöpft hatte.

„Halt, Gentlemen“, rief jetzt Atkins, „Sie trinken da das kalte Zeug so in sich hinein, noch dazu bei solchem Sturm draußen; wie wär's, wenn wir erst ein Tröpfchen Whisky vorangössen? Der mag Bahn brechen und das Wasser tut nachher auch keinen Schaden mehr.“

„Wird uns allen dreien von Vorteil sein“, bestätigte schmunzelnd der Fremde, während der Wirt an einen kleinen Seitenschrank ging und gleich darauf einen Krug und drei Blechbecher zum Vorschein brachte.

„Hier, Mr. Brown - schenkt Euch selbst ein“, sagte er zu diesem, ihm den Krug hinhaltend, „oh - ordentlich, das ist ja kaum ein Tropfen - so ist's recht. Je unfreundlicher es draußen stürmt, desto freundlicher müssen wir sehen, es im Innern zu erhalten. - Und nun Sie, Sir, wie ist Ihr Name eigentlich? Ich heiße Atkins und der Herr da Brown!“

„Mein Name ist Jones“, erwiderte der Gast, John Jones, leicht zu behalten, nicht wahr? Nun, auf bessere Bekanntschaft, Mr. Atkins - auf bessere Bekanntschaft, Mr. Brown!“ Und er hob den Becher, freundlich zu den Männern aufblickend, an die Lippen. Atkins' Züge aber überflog ein halb spöttisches, halb ängstliches Lächeln, als der Mann, der sich Jones nannte, mit dem Regulator „auf bessere Bekanntschaft“ anstieß. Er durfte aber, was er dachte, mit keiner Miene, mit keinem Blick verraten und begnügte sich nur, die Becher der beiden zu berühren, während er wirklich aus tiefster Seele sagte, „auf daß wir immer recht gute Freunde bleiben mögen!“

Ellen hatte indessen mehrere Decken und Matratzen auf der Erde ausgebreitet und begann ein Lager daraus herzurichten.

Auf Atkins' Frage nach dem Befinden des kranken Kindes sagte sie, daß es arge Schmerzen zu haben scheinen obgleich keiner von ihnen wisse, was ihm fehle.

„Kannst du ein Viertelstündchen von der Pflege des Kleinen abkommen?“ fragte der Vater.

„Ich weiß nicht, ob...“

„Schon gut - setze nur die Töpfe ans Feuer“, unterbrach sie Atkins, „du mußt schnell noch etwas Abendessen für Mr. Jones hier zurechtmachen. Ich will es indessen meiner Frau sagen.“

Er verließ nach diesen Worten das Zimmer, und Ellen traf rasch alle nötigen Vorbereitungen zu der einfachen Mahlzeit der westlichen Farmer, die aus warmem Maisbrot, gebratenem Speck, heißem Kaffee und etwas Butter, Käse und Honig bestand. Die beiden Männer saßen indessen ruhig am Kamin, und Brown beobachtete die schlanke Gestalt des schönen Mädchens, das mit geschäftiger Eile und gewandter Hand alles Nötige besorgte, während Jones, wie in tiefen Gedanken, mit dem langen Stock im Feuer herumstocherte. Diese Arbeit unterbrach er nur dann, wenn er mit etwas ungeduldiger Miene einen Blick zuerst auf die über dem Kamin stehende Uhr und dann nach der Tür warf, durch die er Atkins zurückerwartete.

Dieser erschien endlich, und zu gleicher Zeit war das Abendessen für den späten Gast bereitet. Ellen sollte aber noch mehr Arbeit bekommen, denn eben hielten draußen vor der Tür wieder mehrere Pferde; man hörte Frauen sprechen, und die scharfe Stimme der Mrs. Atkins rief gellend herüber, den Kaffee aufzusetzen und eine tüchtige Kanne voll bereitzuhalten.

Brown saß noch immer sinnend, den Kopf an den Seitenbalken gelehnt, neben dem Kamin; Atkins aber zündete ein zweites Licht an und sagte freundlich zu ihm:

„Mr. Brown, Sie scheinen müde zu sein, hier ist Ihr Licht, und wenn Sie sich niederlegen wollen, will ich Ihnen Ihr Bett zeigen."

„O bitte, machen Sie sich meinetwegen keine besonderen Umstände!" rief der junge Mann, „ich kann warten und bin keineswegs schläfrig."

„Wir haben ein Bett da oben", erwiderte ihm Atkins, „dort werden Sie ungestört liegen, und morgen können Sie, so früh es Ihnen gefällt, zu Bowitt reiten. Überdies werden wir hier unten wenig zur Ruhe kommen, da ich eben mehrere Nachbarinnen ankommen hörte. Das Kind ist doch wohl kränker, als ich im Anfang selbst glaubte."

„Sie haben Damenbesuch bekommen?"

„Leider", seufzte der Farmer mit unverstelltem Entsetzen, „und der liebe Gott gebe nur, daß sich das arme kleine Würmchen bald wieder erholt, sonst schwatzen sie es tot."

„Ja, da halt' ich es selbst für besser, daß ich mich zurückziehe", stimmte der junge Mann zu. „Also gute Nacht, meine Herren – Mr. Jones kommt wohl später auch hinauf?"

„Es ist nur ein Bett oben, Mr. Jones werd' ich wohl ersuchen müssen, hier unten..."

„Oh, machen Sie um Gottes willen mit mir keine Umstände!" rief dieser, Ellen seine Tasse hinüberhaltend, die von ihr wieder aus der großen schweren Blechkanne gefüllt wurde, „also gute Nacht! Wenn Sie morgen nicht zu früh aufbrechen, habe ich vielleicht das Vergnügen Ihrer Gesellschaft auf der Straße – ich weiß zwar nicht, welche Richtung..."

„Aufwärts. – Nein, so sehr früh werde ich nicht reiten", entgegnete Brown; „also auf Wiedersehen!"

Damit nickte er dem Mädchen noch einmal freundlich zu und war im nächsten Augenblick in dem oberen Teil des Hauses verschwunden, der eigentlich nur durch quer über die Balken gelegte Bretter gebildet wurde. Atkins kehrte bald darauf wieder mit dem Licht zurück, und er sowohl als der Fremde beobachteten, solange Ellen noch im Zimmer war und das Geschirr und Tischtuch wieder abräumte, tiefes Stillschweigen. Endlich aber hatte sie ihre Arbeit beendet, stellte das Licht auf den Tisch, nahm die Kaffeekanne und einen Korb voll Tassen und zog sich mit einem leisen „Gute Nacht", das von keinem der beiden Männer erwidert wurde, zurück.

Kaum hatte sie das Zimmer verlassen, als Atkins aufstand, das Licht löschte, daß der Raum nur noch sparsam durch die knisternden Scheite erhellt wurde, und dem Gaste winkte, ihm zu folgen.

„Euch sendet jemand zu mir?" flüsterte er dann, als er ihn aus dem Haus geführt hatte, um nicht gehört zu werden.

„Ja", erwiderte der Fremde – „Euer Name?"

„Atkins."

„Gut – ich bringe Pferde."

„Wo sind sie?"

„In der Biegung des Baches."

„Im Wasser?"

„Nun, versteht sich."

„Aber woher kennt Ihr die Stelle? Waret Ihr schon früher einmal in dieser Gegend?"

„Ich sollte denken", meinte jener lächelnd. „Ich habe hier den ersten Axthieb getan, und von mir kaufte Brogan den Platz, von dem Ihr ihn wieder erstanden habt."

„Also Ihr selbst legtet jenen geheimen..."

„Schon gut", unterbrach ihn Jones, „was hilft's, Sachen zu nennen, die ein anderer hier im Dunkel möglicherweise hören könnte. Ich habe nie von solchen Dingen gesprochen. Befindet sich das Tor noch an der obern Fenzecke?"

„Jawohl; wo der Bach vorbeifließt."

„Gut, dann trefft Anstalten, die Tiere unterzubringen, ich hole sie indessen."

„Und braucht Ihr keine Hilfe?"

„Keine, bis wir sie im Innern der Umzäunung haben", und mit diesen Worten wandte sich der Sprecher von seinem Wirt ab und war in wenigen Sekunden im Dunkel verschwunden. Atkins aber kehrte zum Haus zurück, umging dieses, schritt dann quer über den kleinen Platz einer Art Hof zu, in welchem sechs oder acht Pferde frei umherliefen, überstieg die sich darum hinziehende Fenz und verlor sich dann ebenfalls in der finstern Nacht.

Brown fand, als er durch die Spalten der Zimmerdecke die beiden Männer das Haus leise verlassen sah, seinen Verdacht bestätigt und war lange unschlüssig, ob er ihnen folgen und sie auf frischer Tat ertappen oder ihr nächtliches Werk ruhig vollenden lassen solle. Was konnte er, der einzelne, Unbewaffnete, aber gegen sie ausrichten, die sicher auf eine Überraschung vorbereitet waren? Er hätte sie nur gewarnt, daß sie entdeckt wären, und jede weitere Enthüllung des Verbrechens selbst verhindert. Ruhig blieb er daher auf seinem Lager liegen und überdachte die Vorfälle und einzelne Umstände des vergangenen Tages.

Ellen, das unschuldige Kind, war auf keinen Fall in die Freveltat eingeweiht, sonst hätte sie nicht so unbefangen von Cotton, dem der Sheriff schon seit mehreren Wochen nachspürte, gesprochen. Wo aber lebte dieser Cotton? Wo gab es eine Hütte oder ein Dickicht, das so viele Tage lang einen Verbrecher verbergen konnte, ohne daß die Nachbarn auch nur das mindeste von ihm bemerkt hatten? Hier in der Nähe mußte es sein, denn weite Märsche durfte jener Mann, besonders bei Tage, schwerlich wagen zu unternehmen. Wo also war sein Schlupfwinkel? Wer wohnte hier in der Nachbarschaft? Wilson? Nein, bei dem nicht – Pelter? Der gehörte mit zu den Regulatoren – Johnson? Das wäre eher möglich, und hier öffnete sich eine neue Quelle des Verdachts. Johnsons Pferde hatten die Verfolger in jener Nacht eingeholt; Husfield schwor, die Fährten zu erkennen, und noch am nördlichen Ufer seine Spuren gesehen zu haben; am andern Ufer waren sie nur diesen Pferden gefolgt und fanden fremde Tiere, die auf keinen Fall ihre Hufe am jenseitigen Ufer eingedrückt hatten; Curtis, Cook und Husfield behaupteten jedenfalls, die großen Hufe des einen Pferdes am vorigen Tage nirgends bemerkt zu haben.

Johnson und Cotton – zwischen diesen beiden mußte Einverständnis herrschen; aber sie konnten das nicht allein ausgeführt haben; wer waren die anderen, und standen jene mit den beiden Mördern in irgendeiner Verbindung?

Browns Gedanken verwirrten sich. Die verschiedenen Gestalten und Plätze, die er gesehen, verschwammen zu tollen, bunten Bildern: Er war eingeschlafen.

23. Die Verbrecher – Unerwartete Gäste – Ein neuer Plan

Wir müssen noch einmal zu der Dämmerungsstunde dieses Abends, und zwar in eine kleine, aber wohnliche Blockhütte zurückkehren, die im dichten Wald lag und durch keinen, wenigstens keinen leicht erkennbaren Weg mit den übrigen Wohnungen des Countys in Verbindung stand. Johnson hauste hier und hatte den Platz vor etwa Jahresfrist von einem Jäger für zwanzig Dollar bares Geld, eine wollene Decke und ein Bowiemesser erstanden. Später hatte er zwar den Anfang zu einem kleinen Feld gemacht, dieses aber gar bald wieder liegenlassen und dann nur einen kleinen Hofraum eingefenzt, um die wild umherstreifenden Schweine und Kühe von seiner Tür abzuhalten, oder auch ein Pferd, das er bei sich zu behalten wünschte, daran zu hindern, das Weite zu suchen. Da er übrigens nur selten in seiner Hütte anzutreffen war, und diese selbst, wie schon gesagt, in einer abgelegenen Gegend stand, so verlor sich nicht oft ein Ansiedler, höchstens ein Jäger in diese Gegend, und der Eigentümer sah schon dadurch seinen Wunsch voll erfüllt, allein und ungestört leben zu können.

Der einzige, mit dem er in dieser Nachbarschaft Umgang pflegte, war Atkins und dessen Mulatte, der, in das Geheimnis seines Herrn eingeweiht, oft Botschaft herüber- und hinübertrug. Jetzt aber sah es in der sonst so einsamen Hütte keineswegs leer und öde aus. In dem Kamin knisterte ein helles Feuer, über dem ein großer eiserner Topf hing. Vor dem Kamin saßen auf niederen Stühlen Cotton und Johnson in eifrigem Gespräch begriffen und hin und wieder sehnsüchtig in den Topf blickend.

„Seht, Johnson, jetzt steigen Blasen auf“, sagte endlich Cotton ungeduldig, „macht schon, daß ich meinen Trunk bekomme, ich muß eilen, sonst find' ich Atkins vielleicht nicht mehr zu Hause.“

„Wartet noch ein paar Sekunden, das Getränk wird flau, wenn das Wasser nicht ordentlich siedet“, erwiderte der Gefährte, „aber halt – jetzt fängt es an; nun reicht Euren Becher her, ich will Euch nicht länger aufhalten.“

„Donnerwetter, das ist heiß!“ fluchte jener, als er ungeduldig den Blechbecher an die Lippen brachte, „in den verwünschten Geschirren kühlt es auch gar nicht ab.“

„Ja, das läßt sich nicht ändern“, entgegnete Johnson lachend, „Glas und Porzellan können wir hier nicht... alle Teufel, wer kommt da?“

„Wo?“ rief Cotton und sprang mit einem Satz die Hälfte der kleinen Leiter hinauf, die den unteren Teil des Hauses mit dem oberen verband.

„O bleibt hier“, sagte Johnson, der durch eine Ritze in der Brettertür hindurchgesehen hatte, „es ist Dan – Atkins Mulatte.“

„Nun, was zum Henker will der?“ rief Cotton verwundert, indem er zurückkam und seinen Sitz wieder einnahm, „doch hoffentlich keine böse Nachricht?“

„Da ist er selbst und kann für sich sprechen", sagte Johnson, die Tür öffnend und den Mulatten einlassend. „Nun, Dan, was bringst du?"

„Massa Cotton soll dableiben", antwortete dieser, den Hut abnehmend, „Massa Brown ist oben und wird dort schlafen."

„Brown? Was, in drei Teufels Namen, führt den hierher?" rief Cotton ärgerlich. „Ich hätte gerade heute so Wichtiges mit Atkins zu bereden."

„Hat morgen Regulatorenversammlung bei Bowitt", sagte der Mulatte, indem er seinen alten Kautabak in den Kamin spuckte und mit ziemlicher Vertraulichkeit ein neues Priemchen von dem Stück abschnitt, das nebst einem Messer auf dem kleinen viereckigen Tische, dicht neben dem einen Bett, lag.

„Regulatorenversammlung – Pest!" knirschte Cotton, „wenn ich könnte, wie ich möchte, so sollten die Kerle schön tanzen morgen. Aber wartet, eure Zeit kommt auch, und kann man euch nichts im Ganzen anhaben, so wird's eines Tages mit den einzelnen desto weniger Schwierigkeiten machen, denke ich."

„Hat dein Herr sonst noch etwas zu bestellen?" fragte Johnson.

„Nein, Massa – nichts weiter, er wird wohl selbst morgen früh herüberkommen."

„Dann sag ihm, wir würden ihn erwarten – hörst du? Nun, was stehst du noch und gaffst?"

„Danke, Massa", sagte Dan, trank das heiße Getränk in einem Zuge aus, nickte den beiden Männern noch einen kurzen Gruß zu und rannte im nächsten Augenblick auch schon wieder durch die dichten, den Platz umgebenden Sassafrasbüsche, um so rasch wie möglich nach Hause zurückzukehren.

„Nun", brummte Cotton, indem er sich behaglich wieder am Kamin niederließ, „dann kann ich's mir wenigstens heute abend bequem machen und brauche mich nicht abzuhetzen. Aber dieser Brown und die Regulatoren – Gift und Klapperschlangen über die Kerle..."

Seine Rede wurde in diesem Augenblick durch deutliches Pferdegetrappel kurz abgebrochen, und mit einem Satz stand er wieder, diesmal jedoch mit dem gefüllten Becher in der Hand, auf der Leiter, um, wenn es not täte, sich jedem unberufenen Auge entziehen zu können. Aber wiederum war seine Vorsicht unnötig gewesen, denn „Rowson!" rief Johnson, der nachgesehen hatte, erstaunt aus, und ehe noch Cotton zum Feuer zurückkehren und Johnson den Pflock vor der Tür wegziehen konnte, rüttelte der würdige Mann auch schon an der nur schlecht verwahrten Pforte und verlangte Einlaß.

„Höll' und Teufel, so laßt einen nicht eine Stunde hier draußen warten!" rief er ungeduldig aus.

„Hallo da", begrüßte Cotton lachend den Prediger, als die Tür aufging, „das klingt christlich – Ihr habt's ja verdammt eilig. Wenn wir nun zufällig fremde Gesellschaft hier hätten, he? Würde sich da der ehrbare Mr. Rowson mit dem Mund voller Flüche nicht sehr wunderbar ausgenommen haben?"

„Hol die Pest sie alle!" zürnte der andere, „es wird bald sehr gleichgültig sein, ob die Leute hier glauben, daß ich bete oder fluche. – Ich muß fort!"

„Was?“ rief Johnson, erschrocken wieder von dem Stuhle aufspringend, auf dem er sich eben niedergelassen hatte, „fort? Haben sie entdeckt, daß...?“

„Unsinn“, unterbrach ihn Rowson ärgerlich, „wahre lieber deine Zunge. Noch ist nichts entdeckt, aber es kann in jedem Augenblick geschehen. – Der Indianer ist zurück.“

„Daß ihn unterwegs der Teufel geholt hätte“, grollte Cotton, „mir ist die Rothaut ein Dorn im Auge, und ich wollte was drum geben, wenn ich sie aus dem Wege schaffen könnte.“

„Nun, der Indianer wird das Kraut noch nicht fett machen“, erwiderte Johnson verächtlich, indem er einen Becher füllte und ihn Rowson hinüberreichte, der ihn mit einem Zuge leerte, „die Spuren sind lange vertilgt, und ohne die kann der kupferfarbene Schuft nichts ausrichten.“

„Das ist's nicht allein“, fuhr Rowson fort, „der Böse ist auch in das Gesindel hierherum gefahren und der alte Regulatorenteufel spukt einmal wieder unter ihnen. Morgen ist große Versammlung, und es leben einige Verdächtige hier in der Gegend, die sie aufgreifen und natürlich peinlich verhören wollen. Wie gefällt euch das?“

„Alle Wetter!“ rief Johnson, „dann wird mir ebenfalls eine Luftveränderung ganz zuträglich sein. Zu diesem Neste hier kommen sie zuerst; aber ich weiß nicht, was du dabei zu fürchten hast? Auf dich kann doch niemand auch nur den mindesten Verdacht geworfen haben.“

„Der Indianer ist's, der mich besorgt macht“, knirschte Rowson; „wenn ich nur wüßte, wie ich den skalplockigen Halunken beiseite schaffen könnte.“

„Das wird schwerhalten“, sagte Cotton nachdenkend, „aber möglich ist's.“

„Und bringen dann das Land erst recht in Aufruhr, nicht wahr? Nein, es ist hier Blut genug geflossen, und das beste wird sein, wir suchen sobald als möglich das Weite. Das Ungewitter kann sich sehr schnell über unseren Köpfen entladen.“

„Es müßte nur vorsichtig betrieben werden“, fuhr Cotton, ohne Rowsons Einwand zu beachten, fort. „Man behauptet hier allgemein, der Indianer habe in seinem Stamm einen Häuptling erschlagen und sei dann entflohen; nichts ist natürlicher, als daß ihm von dort aus ein Verwandter des Getöteten gefolgt sein könnte, um die Blutschuld zu sühnen. Um so etwas aber sicher auszuführen, würde er natürlich auch nichts anderes als einen vergifteten Pfeil benutzt haben, und da müßte man nicht jahrelang in Texas und dem Arkansas-Territorium gelebt haben, wenn man nicht so einen Pfeil zurechtmachen könnte.“

„Versteht Ihr die Zubereitung des Giftes?“ fragte Rowson schnell.

„Ach, was hilft uns das!“ rief Johnson ärgerlich dazwischen, „der Indianer ist immer nur eine Person, die wir uns leicht vom Halse halten können; die Gefahr liegt tiefer. Wenn diese hündischen Regulatoren wirklich auf die rechte Spur kämen und einen von denen faßten, die das Herz nicht, sondern nur das Maul auf der rechten Stelle haben, so könnte der Teufel bei uns Gevatter stehen. Nein, in dem Falle hat Rowson recht, dann wär es besser, wir befänden uns alle jenseits der Grenze von Onkel Sams Grund und Boden; doch können wir es ja abwarten. Noch sind Leute unter uns, auf die kein Verdacht gefallen ist, wie zum Beispiel du, Rowson, und selbst Atkins, ihr müßt euch den Versammlungen anschließen, und hört ihr dort etwas, das euch verdächtig scheint, nun, dann frisch gesattelt und scharf geritten. Ein Arkansas finden wir überall wieder.“

„Das möchte ich bezweifeln", entgegnete Rowson, „und überdies habt ihr ledigen Leute gut reden, ihr werft eure Büchse auf die Schulter, und in dem Augenblick, wo ihr das rechte Bein über den Sattel hebt, seid ihr freie Menschen, aber ich?"

„Du bist auch noch ledig", warf Johnson ein.

„Ja – heute noch – morgen abend nicht mehr."

„Ihr seht die Sache zu schwarz, Rowson", meinte Cotton. „Gott verdamm' mich, wenn ich einen solchen Namen hier in der Nachbarschaft hätte wie Ihr und so bei den Frauen angesehen wäre, mich brächten keine zehn Pferde aus diesem County. Wenn Ihr übrigens solche Angst habt, warum heiratet Ihr denn? Schiebt doch die Sache noch auf. Es wird überhaupt ledern, wenn man nachher zu Euch kommt und auf jedes Wort achten muß, das man über die Zunge bringt."

„Ich kann, ohne Verdacht zu erregen, nicht mehr zurück", sagte der Prediger, unruhig im Zimmer auf und ab gehend, „hätt' ich das alles nur heute morgen gewußt, da war es noch möglich, die Sache wenigstens aufzuschieben; aber – Pest und Gift, wenn ich erst verheiratet bin, muß mir meine Frau auch folgen, wenn ich gehe, und das kann in sehr kurzer Zeit geschehen. Ein Brief von meiner alten Tante in Memphis, die mich vor ihrem Tode noch einmal sehen will, wird hinlängliche Entschuldigung sein, und bin ich erst einmal fort, dann können sie mir nachreden, was sie wollen. Daß sie mich nicht wiederfinden, sei meine Sorge. Nur der Indianer! Vor der verwünschten Rothaut ist mir bange."

„I nun", brummte Cotton, „wenn der einmal zu gefährlich werden sollte, dann ist dem schnell abzuhelfen. Jetzt aber würde es, wie Ihr ganz richtig bemerkt, nur noch mehr böses Blut unter den Ansiedlern machen, die durch die letzten Ereignisse schon überdies aufmerksamer wurden, als gerade nötig ist; aber vorbereiten...

„Laßt doch nur den verwünschten Indianer aus dem Spiel", unterbrach ihn Johnson wütend, „die Regulatoren sind's, die wir zu fürchten haben; das ist die Seite, von der uns Gefahr droht, nach der Richtung hin müssen wir also auch wirken. Kannst du der Versammlung beiwohnen, Rowson?"

„Ja – ich hoffe es", erwiderte dieser, „es gibt wenigstens keinen gewichtigen Grund, den sie bis jetzt gegen meine Anwesenheit haben könnten. Ich will es auf jeden Fall versuchen."

„Gut – dann ist auch für jetzt noch keine Ursache vorhanden, weshalb wir uns ängstigen sollten. Leicht wird es dir sein, dich von jeder wichtigen Verhandlung in Kenntnis zu setzen, und wir brauchen nicht mehr zu fürchten, überrascht zu werden."

„Ich kann es aber unmöglich jetzt wagen, Atkins' Haus und Land zu kaufen", sagte Rowson, „der Teufel kann seine Finger im Spiel haben, und dann wär' ich schändlich gebunden."

„Es kommt darauf an, wie's mit deiner Kasse steht", erwiderte Johnson. „Liegen dir die zweihundert Dollar, die jener dafür verlangt, nicht so besonders am Herzen, dann bringst du schon durch den Kauf manchen zum Schweigen, der im andern Falle vielleicht hier und da Verdacht geschöpft hätte. Ist das aber..."

„Ja, du hast recht!" stimmte Rowson entschlossen zu, „ich kaufe den Platz, und zwar gleich am Montag; übrigens sage ich mich von heute an los von jedem Anteil an neuen Unternehmungen. Ich will es wenigstens einmal versuchen, als ehrlicher Mann zu leben und ruhig zu schlafen."

„Zeit wär's“, meinte Cotton verächtlich lächelnd; „da würde ich aber dem Herrn Prediger raten, mit seiner jungen Frau nach der Insel zu ziehen – das wäre ein herrlicher Platz für einen Missionar.“

Rowson wandte sich finster ab, Johnson nahm jedoch das Gespräch wieder auf und sagte:

„Da Cotton gerade die Insel erwähnt, so denke ich, wär's wohl auch an der Zeit, mich einmal mit deren Verhältnissen genau bekannt zu machen. Zwar weiß ich, daß sie im Mississippi liegt, auch in welcher Gegend, bin aber, obgleich ich selbst zweimal Pferde dahin abgeliefert habe, noch nie darauf gewesen. Die Schufte, die sie in Empfang nahmen, taten immer so geheimnisvoll, daß nichts aus ihnen herauszubekommen war.“

„So ist mir's diesmal auch ergangen“, sagte Cotton wütend; „wären uns die Regulatoren auf den Fersen gewesen, so hätten sie uns erwischt, denn verdammt will ich sein, wenn uns die Kerle in ihr Boot nahmen. Wir mußten die Pferde abliefern, und Weston und ich lagerten an der Uferbank, bis sie nach etwa zwei Stunden wieder zurückkamen und uns das Geld brachten. Weston ist bald vor Neugierde gestorben.“

„So hört denn“, flüsterte Rowson leise, „es kann uns doch niemand belauschen?“

„Nein“, sagte Johnson, „du kannst getrost reden. Ich wollte aber doch, Cotton hätte seinen Hund hier und nicht bei Atkins gelassen.“

„Er ist dort besser aufgehoben“, meinte dieser, „aber macht fort – die Zeit vergeht, und ich bin müde.“

„Nun gut“, sagte Rowson, „ich sehe auch nicht ein, warum ihr nicht ein Geheimnis ganz erfahren solltet, von dem ihr doch schon genug wißt, um es verraten zu können. Die Insel kennt ihr – den Weg dahin wenigstens –, weiter unterhalb liegt aber noch eine zweite, mit mehreren trefflich versteckten Schlupfwinkeln, falls die Bewohner der oberen Insel einmal angegriffen oder überrascht werden sollten. Ein guter Schwimmer kann die untere, besonders bei Nacht, leicht und unbemerkt erreichen. Diese Leute nun standen früher unter Morrels Befehl, der jetzt im Philadelphia-Zuchthaus, ich glaube, Schuster oder sonst irgend etwas geworden ist; er hat dort jedenfalls ein Handwerk gelernt. Augenblicklich ist der Anführer der Leute ein gewisser – doch der Name tut nichts zur Sache – ich habe schwören müssen, ihn zu verschweigen.“

„Ist es denn eine wohlorganisierte Bande?“ fragte Cotton.

„Ja, die beste, die es je gab, und fast ganz gesichert vor Entdeckung, denn die, mit denen sie in Verbindung stehen, können nur durch ihre Existenz, nie aber durch Verrat Nutzen gewinnen.“

„Und auf welche Art betreiben sie ihr Geschäft, da ihre Nachbarn nie belästigt werden, ja ihr Vorhandensein nicht einmal ahnen?“

„Das macht der Fuchs eben so“, sagte Rowson lachend, „in den seinem Bau nächsten Farmhöfen stiehlt er nur im äußersten Notfall ein Huhn; wir ähneln ihm in dieser Hinsicht.“

„Laßt Eure moralischen Bemerkungen, wenn's gefällig ist“, brummte Cotton, „zur Sache – zur Sache.“

„Nun gut denn, zur Sache. Mit den Staaten, zwischen denen sie wohnen, haben sie sehr wenig zu tun, ausgenommen mit den östlichen, denn nach Mississippi hinein sind ihre Verbindungen bedeutend, und dafür bedürfen sie auch unserer Pferde, weil sie sich auf jener Seite in dem dichtbebauten Lande gewaltig vorsehen müssen. Von oben herunter kommt aber ihr ganzer Wohlstand. In allen großen Städten nämlich, am Mississippi wie Ohio, am Wabash, Illinois, ja selbst am Missouri, haben sie ihre Agenten, größtenteils junge Burschen aus Kentucky und Illinois, und diese spionieren umher, welche Boote den Fluß hinunterfahren und mit was für einer Ladung. Ist es etwas, was sie haben wollen oder das sie in den südlichen Städten schnell und vorteilhaft glauben verkaufen zu können, so versuchen sie eine Stelle als Steuermann oder als Ruderer auf den Booten zu bekommen, führen diese dann bis zu ihrer Insel und lassen sie dort mit List oder Gewalt auf den Strand laufen. Natürlich muß das nachts geschehen, wenn nur höchstens einer der Bootsleute an Deck ist. Ein vorheriges Zeichen verkündet die Ankunft neuer Beute, und die Mannschaft – muß ins Gras beißen."

„Hölle und Schwefel!" rief Cotton, „dann wundert's mich auch nicht mehr, woher die vielen Leichen im Mississippi kommen; Anfang Februar war ich in Natchez, da kamen einmal sieben zusammen, und alle ohne die mindeste Verletzung. Wir glaubten damals, es sei ein Boot mit ihnen umgeschlagen."

„Ja, sie wissen es schon klug einzurichten", erwiderte Rowson, „das Geschäft ist mir aber zu blutig; ich mag nichts damit zu tun haben."

„Nein, ich auch nicht", sagte Cotton schaudernd. „Gott sei uns gnädig, das heißt ja die Sache wie das Fleischerhandwerk betreiben! Wenn nun Frauen in den Booten sind?"

„Junge Frauen werden auf der Insel behalten, und zwar wohl bewacht im Innern derselben, denn jedes Mitglied darf eine Frau haben."

„Also die schaffen sie nicht beiseite?" fragte Johnson.

„Das weiß ich nicht, geht mich auch nichts an", entgegnete Rowson, das aber ist gerade der Insel größter Schutz, daß sie von uns allen stets als letzter Zufluchtsort betrachtet werden kann. Sind wir in äußerster Gefahr, so werden wir dort aufgenommen und auch beschützt, darauf könnt ihr euch verlassen."

„Das hab' ich diesmal gesehen!" rief Cotton. „Verderben hätte ich am Ufer können, keiner der Himmelhunde würde eine Hand gerührt haben."

„Weil Ihr das rechte Zeichen nicht wußtet", entgegnete Rowson. „Glaubt Ihr, sie holen jeden hinüber, der sich an den Landungsplatz hinstellt und schreit und winkt?"

„Aber welches ist das Notzeichen?"

„Lauft viermal zwischen den beiden Pawcornbäumen, die dort am Ufer stehen, hin und her – nachts natürlich mit einem brennenden Scheit Holz –, und Ihr werdet sehen, wie schnell Bewaffnete mit einem Boot zur Stelle sind!"

„Also viermal?" vergewisserte sich Cotton. „Nun, wer weiß, wie bald wir alle von der Gastfreundschaft jener Leute Gebrauch machen müssen."

„Einmal aber die Insel betreten", warnte ihn Rowson", und Ihr seid unrettbar der Ihrige!"

„Waret Ihr schon darauf?" fragte lauernd der Jäger.

„Nein – noch nicht“, entgegnete kurz der Prediger. „Doch wo ist Weston, wäre es nicht besser, daß er ebenfalls von der uns drohenden Gefahr in Kenntnis gesetzt würde?“

„Atkins hat ihn in die oberen Ansiedlungen geschickt“, warf Johnson ein. „Er wollte morgen wieder bei ihm eintreffen und dann auch zu mir kommen.“

„Meinetwegen“, sagte Cotton gähnend, „ich bin müde und lege mich nun schlafen. Ist noch etwas im Topf, Johnson?“

„Nein, Ihr habt den Rest da im Becher.“

„Nun gute Nacht denn, wer zuerst morgen aufwacht, weckt die anderen.“ Damit schob er sich ein paar Hirschhäute, die in der Ecke lagen, zurecht, nahm eine alte wollene Decke über die Schultern, warf sich auf das harte Lager und war in wenigen Minuten fest eingeschlafen.

Johnson und Rowson saßen schweigend nebeneinander und starrten in die Kohlen; beide hatten augenscheinlich noch etwas auf dem Herzen, aber keiner wollte beginnen, und mehrere Male schon war Rowson aufgesprungen, im Zimmer auf und ab gegangen und dann wieder am Kamin stehengeblieben. Endlich brach Johnson das Schweigen und sagte leise:

„Fürchtest du, daß man uns entdeckt hat?“

„Nein“, antwortete mit ebenso vorsichtig gedämpfter Stimme der Prediger. „Nein – aber daß es geschehen wird, fürchte ich.“

„Wie ist das möglich?“

„Möglich? Frage lieber, wie es möglich war, daß es noch nicht geschehen ist.“

„Du bist ein Tor und siehst überall Gespenster.“

„Solche Torheit hat noch niemandem Schaden gebracht“, antwortete Rowson. „Ich fürchte, der Indianer hat Verdacht geschöpft. Der Blick, den er mir heute zuwarf, läßt mich fast mit Gewißheit darauf schließen.“

„Du hast freilich besondere Ursache, den Indianer zu fürchten“, flüsterte Johnson leise.

„Und wer hat dir gesagt...?“

„Pst“, beruhigte ihn der andere, „der da – aber nur ruhig – es ist vielleicht sogar besser für dich, daß ich darum weiß. Überdies war es nötig, und ich hätte ebenso gehandelt. Hast du aber auch vorsichtig alle Spuren getilgt?“

„Die Frage war überflüssig. Meine Kleider wusch ich noch in derselben Nacht, obgleich mir's mit der Wunde am Arm hart genug ankam. Das Loch, das der Tomahawk der kleinen Hexe am Ärmel des Rockes machte, schnitt ich aus und setzte einen andern Fleck darauf, und mein Messer vergrub ich eine ganze Woche lang. Trotz alledem erfaßt mich aber eine unbeschreibliche Angst, wenn ich an jenen Abend zurückdenke, und – ich weiß nicht – bald ist mir's, als ob ich halb und halb bereute.“

„Ach, Unsinn“, sagte Johnson verächtlich. „Wie ist es denn mit dem anderen – hast du das kleine Messer wiedergefunden?“

„Nein", flüsterte Rowson, noch leiser als vorher, „das ist in Roberts' Händen, ich hab' es selbst gesehen; er fragte mich, ob ich es kenne. Johnson, daß ich mich in dem Augenblick nicht verriet, begreif' ich jetzt noch kaum!"

„Es sollen am Arkansasfluß einem reichen Kerl über tausend Dollar abgenommen sein", sagte dieser jetzt, indem er einen scharfen Seitenblick auf den Kumpan warf, „du warst ja zu jener Zeit in der Gegend – hast du etwas davon gehört?"

„Oh, die Pest über dein unsinniges Schwatzen!" fluchte der Gefragte. „Soll ich von jedem Mord wissen, der innerhalb des Staates verübt wird? Kümmere dich um deine eigenen Angelegenheiten und laß mich aus dem Spiel. Bist du auch sicher, daß Weston reinen Mund hält? Wir hätten ihn nicht mit bis an die Insel schicken sollen."

„Ich glaube, daß er treu ist", erwiderte nachdenklich Johnson. „Man kann natürlich den Menschen nicht ins Herz sehen. – Und du willst wirklich morgen heiraten?"

„Ja – freilich unter nicht gerade freundlichen Aussichten, doch ist es das Beste, was ich tun kann. Wird die Sache ruchbar, dann mag der Teufel den ganzen Bettel holen; dann wird meine Sorge um die Frau die geringste sein."

„Bei solchen Grundsätzen kann dir die Ehe nicht besonders hinderlich sein", meinte Johnson. „Du machst dir also nichts aus dem Mädchen?"

„Glaubst du, ich würde mich dem allen ausgesetzt haben, sie zu erringen, wenn ich sie nicht liebte?" fragte der Prediger rasch. „Eine wilde, rasende Leidenschaft ist's, die mich zu Marion hinzieht, und ich fühle es recht gut, daß gerade diese Liebe die größte Sünde ist, die ich in meinem Leben begangen."

„Und doch kannst du jetzt schon daran denken, sie wieder zu verlassen?"

„Zeige mir die Möglichkeit, sie auf der Flucht, gegen ihren Willen, mitzunehmen, und du wirst mich mit Leib und Seele bereit finden – es geht aber nicht an. Jeder Fremde, den sie anspräche, würde ihr Schutz gewähren, und dem wollen wir uns nicht aussetzen. Nein, könnte ich noch zurücktreten – vielleicht tät' ich's – vielleicht auch nicht; aber es geht nicht mehr, also mag sie mein Geschick teilen, solange es möglich ist!"

„Hast du denn in deinem Hause irgendwelche Vorsichtsmaßregeln getroffen, wenn einmal eine Flucht nötig sein sollte?"

„Ich sollte denken, du kenntest mich lange genug", antwortete Rowson. „In dem kleinen Schilfbruch, gleich unter dem Haus, liegt sorgfältig versteckt ein Kanu, ein kleiner Koffer mit allen nötigen Reisebedürfnissen steht schon seit jener Nacht, in der uns die Indianerin entdeckte, fertig gepackt, und meine Waffen sind stets in Ordnung und bei der Hand – den geheimen Weg kennst du selbst."

„Wie viele trägt das Kanu?"

„Vier, auch fünf im Notfall – es ist groß genug und vortrefflich gebaut; mit drei Rudern könnten wir in sechs Stunden den Arkansas erreichen."

„Das ist vorsichtig gehandelt; ich will übrigens wünschen, daß wir's nicht gebrauchen. Können wir diesesmal die Regulatoren von unserer Fährte abbringen, so sind wir geborgen. Doch gute Nacht – leg dich dort auf die Matratze – ich will indessen noch einmal nach deinem Pferd sehen."

Rowson, sehr ermüdet, folgte gern der Einladung, und für kurze Zeit wurde kein anderer Laut als das tiefe Atemholen der Ruhenden gehört. Da tönte plötzlich der laute, schrille Pfiff einer Eule durch die stille Nacht; jetzt wieder, und nun zum letztenmal. Johnson stand auf und stieg über die beiden anderen hinweg, um zur Tür zu gehen.

„Nun, was kriechst du denn da herum?" fragte Rowson, dem er auf den Arm getreten hatte.

„Hast du die Eule gehört?" fragte leise der andere.

„Nun, Gott sei Dank, du willst wohl Eulen schießen?" brummte Rowson müde, „du hast doch nicht etwa Hühner hier, die..."

„Pst!" rief Johnson, als dieselben Eulenschreie wiederum, und zwar diesmal in vier Abständen, gehört wurden. „Es ist Atkins – bei allen Lebenden! Was mag den hier in Nacht und Nebel hertreiben? – Nur näher!" rief er dann, vor die Tür tretend, „nur näher – es sind Freunde hier!"

„Guten Abend, Johnson", sagte der breitschultrige Farmer, als er über die kleine Fenz gestiegen war und sich der Tür näherte, „wir sind späte Gäste, nicht wahr?"

„Wir? – Wen bringt Ihr noch?"

„Einen Freund, der Ware abgeliefert hat, er wollte Euch gern vorgestellt werden. Aber wer ist denn überhaupt bei Euch im Haus?"

„Cotton und Rowson."

„Rowson?' fragte der in seinen dunklen Mantel gehüllte Fremde, jetzt schnell vortretend, „Rowson? Ei, hätt' ich doch nicht gedacht, heut abend noch einen alten Bekannten zu finden!"

„Alter Bekannter?" brummte Rowson vom Kamin her, wo er eben bemüht war, das halb erlöschte Feuer wieder zu neuer Glut anzufachen, „alter Bekannter? Wer mag das sein?"

„Ihr kennt Rowson also?"

„Ob ich ihn kenne!" antwortete der Kleine lachend, „predigt er noch?"

„Das kann er wohl selbst am besten beantworten", sagte Rowson, nicht eben in der freundlichsten Laune, indem er mit hochgehaltenen flackernden Kienspänen vortrat. Kaum hatte er jedoch nach erstem, fast ungläubigem Starren den jetzt in das Licht tretenden Fremden erkannt, als er fröhlich die Hand ausstreckte und ausrief:

„So wahr ich lebe, Hokker! – Was führt dich denn einmal wieder nach Arkansas? Wurde es dir in Missouri zu warm? Nun, sei uns herzlich willkommen, alter Junge – komm nur herein; der Wind bläst hier die Fackeln aus!"

„Wir dürfen nicht lange bleiben", sagte Atkins, „denn wir haben uns nur leise von zu Hause fortgestohlen. Sollte..."

„O macht keine langen Umstände", rief Cotton aus dem Innern des Hauses, „die Zeit vergeht Euch vor der Tür nicht langsamer als hier drinnen, und durch die offene Tür kommt's verdammt kalt herein.“ Dagegen ließ sich nichts sagen, und die Männer folgten Rowson zum Kamin, wo noch die leeren Trinkgefäße umherstanden.

„Habt Ihr noch einen Trunk?“ fragte Atkins und bog den großen eisernen Topf halb nieder, um das Licht hineinscheinen zu lassen.

„Keinen Tropfen mehr drin gelassen, so wahr ich lebe!“

„Geduldet Euch eine Viertelstunde“, sagte Johnson, „und es soll an dem nicht fehlen.“

„Nein“, warf Atkins ein, „wir müssen gleich wieder fort.“

„Nun, sagt nur erst, was Ihr zu sagen habt“, unterbrach ihn der Wirt, „indessen kocht das Wasser. Das braucht Euch nicht zu hindern.“

„Nun, Hokker, wie sieht's in Missouri aus?“ fragte Rowson, diesem noch einmal derb die Hand schüttelnd.

„Vor allen Dingen nicht mehr Hokker“, wehrte der Fremde lachend ab, „ich heiße Jones – J. Jones, wenn dich jemand fragen sollte.“

„Gut, gut“, sagte Rowson schmunzelnd, „das bleibt sich ziemlich gleich – aber was führt dich her?“

Der Fremde, der, wie sich bald aus dem Gespräch ergab, in früheren Zeiten ein ziemlich vertrauter Freund Rowsons gewesen war, erzählte jetzt, daß er Missouri „einiger Mißverständnisse“ wegen verlassen und seinen Wohnsitz in Franklin und Crawford County, den westlichen Teilen des Staates, aufgeschlagen habe. Dort allein wäre es nämlich möglich, mit den Indianern wie den Weißen gleichzeitig „in Handelsverbindung“ zu bleiben. Gegenwärtig hatte ein „Kompaniegeschäft“ ihn veranlaßt, dieses County zu besuchen, da durch „neidische Menschen“ der früher beliebte Weg, den Arkansas hinunter, gefährlich gemacht war, und er beabsichtigte nun, sich wenigstens einige Tage hier in der Gegend aufzuhalten. Einesteils wollte er seine Fährten kalt werden lassen, andernteils auch diesen Landstrich, für den er noch von alten Zeiten her eine besondere Vorliebe habe und von dem er in neuester Zeit so viel Rühmliches gehört, einmal näher kennenlernen.

Rowson hatte den Worten seines alten Freundes mit besonderer Aufmerksamkeit und nicht selten mit beifälligem Kopfnicken gelauscht, jetzt aber, als jener geendet und Johnson mit dem indessen wieder frisch gebrauten, süß und kräftig duftenden Getränk die Becher füllte, sprang er auf, streckte Jones die Hand entgegen und rief:

„Willst du der Unsere sein? Willst du augenblicklich deine Rolle in dem Lustspiel, das wir hier aufführen, übernehmen, so schlag ein! Morgen früh schon beginnt dein Geschäft.“

„Das hat eigentlich schon längst begonnen“, erwiderte der andere lächelnd, „und was das Lustspiel anbetrifft, so bin ich sogar seit einiger Zeit mit Vorteil in Intrigenstücken verwendet worden, wie sie in Little Rock beim Theater sagen. Keineswegs habe ich die Zeit, die ich in New Orleans verlebt, ungenutzt vorübergehen lassen. Aber topp, es sei; wenn ich der Sache gewachsen bin und uns oben im Staate vielleicht auch noch dabei nützlich sein kann, so hast du an mit deinen Mann gefunden. Ich weiß nur noch nicht recht, wie?“

„Das sollst du augenblicklich erfahren“, sagte, sich freudig die Hände reibend, Rowson, während er seinen Sitz wieder einnahm. „Morgen ist Regulatorenversammlung.“

„Nun, wenn das die ganze freudige Botschaft ist, die du mir bringen willst“, sagte Jones lachend, „dann hättest du dir die Mühe und Anstrengung sparen können. Das würde eher ein Grund sein, mich meine Reise schneller fortsetzen zu lassen, als ich anfangs beabsichtigte.“

„Nein, das darfst du nicht“, rief Rowson, „du mußt der Versammlung beiwohnen!“

„Ich? Weiter fehlte mir gar nichts!“ rief Jones erstaunt aus.

„Ja, du!“ fuhr Rowson, ohne sich irre machen zu lassen, fort. „Keiner der jetzigen Ansiedler kennt dich hier; die, die damals in dieser Gegend lebten, als du Atkins' Haus bautest, sind lange tot oder ausgewandert. Eigentlich wollte ich selbst den Verhandlungen beiwohnen, bei mir hat die Sache aber mehrere Haken. Erstlich erlaubt es morgen kaum meine Zeit, das hätte zwar möglich gemacht werden müssen, wenn du nicht gekommen wärest. Dann aber sind auch einige hier am Fluß mir nicht recht grün und würden sich, wie ich fest überzeugt bin, in meiner Gegenwart über manches zu sprechen scheuen. Dich aber stelle ich morgen früh dem jungen Brown vor, und zwar als einen ‘Regulator aus Missouri’, der hier nach Arkansas gekommen ist, um mit den hiesigen Regulatoren Verbindungen anzuknüpfen, damit beide Staaten in dieser Hinsicht ihre Kräfte vereinigen könnten. Solcherart sei es dann am leichtesten möglich, dem Unwesen zu steuern, das, hinsichtlich des Pferdefleisches, die braven und fleißigen Farmersleute zu ruinieren droht.“

„Herrlich, Rowson! Einfach köstlich!“ jubelte Atkins, „das ist ein ganz kapitaler Plan.“

„Der Plan ist recht gut“, sagte Jones sinnend, während er den Becher zum Nachfüllen an den Kessel hielt; „aber wird mir Brown glauben? Ich habe doch heut abend ihm gegenüber nichts davon erwähnt.“

„Du wußtest ja doch auch nicht, daß er Regulator war, und wirst nicht jedem Fremden eine solche Nachricht aufhängen.“

„Allerdings – nicht übel – werden aber die übrigen Regulatoren...“

„Das hat keine Not“, warf Johnson ein, „ich habe schon davon reden hören, daß sie sich mit den angrenzenden Countys in Verbindung setzen wollen, und da wird ihnen ein solches Anerbieten gerade erwünscht kommen.“

„Spion – ein wirklicher Spion!“ meinte der Missourier vor sich hin lachend, „und mitten zwischen die Regulatoren hineingeworfen wie ein Veilchen in ein Rosenbukett; ganz amüsantes Abenteuer!“

„Und du gehst es ein?“ fragte Rowson.

„Versteht sich“, fuhr der Kleine, immer noch schmunzelnd, fort, „ich werde die einen zum Aufpassen dahinauf und die anderen dorthin sprengen, werde einen sehr guten Namen hier bekommen, und wenn wir einmal einen richtigen Streich führen wollen, nun, dann schicken wir sie alle auf einen Klumpen in die falsche Himmelsgegend und – hahaha – haben alle die Luft rein. Ein guter Einfall!“

„Und Ihr wollt also morgen nicht mit in die Versammlung gehen, Rowson?“ fragte Cotton.

„Nein – nun ist es nicht mehr nötig“, erwiderte jener.

„Wie sollen wir aber erfahren, was sie beschlossen haben?“

„Ist etwas Wichtiges im Werke“, sagte Rowson nachdenklich, „so mag Jones, der doch gegen Abend auf jeden Fall zu Atkins zurückkommt, dessen Mulatten herüberschicken und euch Kunde geben. Ich selbst jedoch muß morgen früh noch einige wichtige Geschäfte abschließen und morgen abend bei Roberts zuspringen, will aber Sonntag früh um neun Uhr an der Kreuzeiche sein – Ihr kennt den Baum, Atkins? Nun gut, an der Stelle warte ich, und dahin sendet mir den Mulatten; was auch vorfällt, es ist einerlei, denn möglich wär's, ich hätte selbst eine Botschaft für Euch, und die ganze Strecke zu reiten bleibt mir keine Zeit.“

„Das wäre also abgemacht“, sagte Atkins, „so kommt denn, Jones, damit wir zu Hause nicht etwa vermißt werden. Der Teufel ist heut abend bei mir los, mein Kind ist krank, und meine Frau hat den Mulatten und meinen weißen Arbeiter nach allen Himmelsrichtungen ausgeschickt, um Hilfe herbeizuholen. Drei alte Weiber aus der Nachbarschaft waren schon angekommen, ehe wir den Platz verließen, und ich bin fest überzeugt, morgen haben wir das ganze Haus voll. Es ist mir schon einmal so ergangen.“

„Laßt aber Brown nicht fort, ehe ich dort eintreffe“, ermahnte Rowson noch einmal.

„Nein – habt keine Angst, kommt aber nicht gar so spät, denn wenn ich auch eine halbe Stunde oder so mit dem Frühstück zögern kann, zu lange darf's doch nicht dauern.“

Die Männer riefen sich jetzt leise gute Nacht zu, Atkins und Jones übersprangen die Fenz und verschwanden in der Dunkelheit, und die übrigen suchten aufs neue ihr Lager auf, um jetzt an Schlaf das wieder einzubringen, was sie durch den späten und unerwarteten Besuch versäumt hatten. Cotton brummte aber noch, als er sich wieder in seine Decke einhüllte: „Wer mich heute zum zweitenmal stört, dem dreh' ich den Hals um – das ist sicher“ – und war schon im nächsten Augenblick eingeschlafen.

24. Die Pionierfamilie – Der neue Regulator stellt sich selbst seine Falle

Die Haushähne hatten schon aufgehört zu krähen und stolzierten mit wichtiger Miene und hocherhobenem Kopf, in dem wohltuenden Gefühl, ihre Pflicht erfüllt zu haben, auf den kleinen Hofräumen der verschiedenen Farmen umher. Sehnsüchtige Blicke warfen sie dabei nach den eben geöffneten Türen der Wohnungen, ob nicht bald jemand mit einem Arm voll Mais erscheinen und die schon seit einer Viertelstunde an der Fenz unruhig hin und her trabenden und ungeduldig wiehernden Pferde füttern wollte. Natürlich erwarteten auch sie in dem Fall ihren Anteil an Körnern. Die Gänse schnatterten, die Hunde bellten, aus den Lehmkaminen der Häuser wirbelte dazu der blauklare Rauch kerzengerade in die Fichten hinauf, und selbst der lehmgelbe Strom, der sich unter den niederhängenden Schilfmassen und Flußweiden hinwälzte, schien lebhafter und freudiger in dem alles belebenden Sonnenlicht zu rauschen.

Ganz im Einklang mit dem fröhlichen Morgen stand ein einzelner Reiter, der die Ansiedlung lange hinter sich gelassen und auf schlankem kräftigem Pony, ein munteres Lied vor sich hin trällernd, durch den Wald trabte.

Es war ein alter Bekannter von uns, Cook, der heute morgen nüchtern von zu Hause aufgebrochen war, um den Versammlungsort sobald als möglich zu erreichen, und jetzt sein Tier manchmal zu schärferem Lauf antrieb, in dem nächsten, noch etwa drei Meilen entfernten Haus nicht etwa zu spät zum Frühstück zu kommen.

So sorglos er aber bis dahin seinen Weg verfolgt, so erstaunt griff er plötzlich in den Zügel des Ponys und horchte nach vorn. Was war das? – Sogar das Pferd spitzte die Ohren und lauschte.

In einem Umkreis von drei Meilen war nämlich kein einziges Haus zu sehen, und dennoch krähte hier, mitten im Wald, gerade hinter jenem Dickicht von Sassafrasbüschen, ein sehr munterer Haushahn, und Cook sah sich verwundert um.

„Ich habe mich doch nicht verirrt?" brummte er leise vor sich hin. „Ih Gott bewahre, ich kenne ja jeden Hirsch- und Kuhpfad im Wald. Neue Ansiedler? Das ist an dieser Stelle auch nicht gerade zu erwarten; aber hallo – sind das nicht Radspuren hier neben dem Weg? Der Regen hat sie freilich verwaschen. Aber ja, wahrhaftig – dort haben sie den Busch niedergefahren und hier die Eiche gestreift, also Siedler, da wird man etwas Neues erfahren", und mit leichtem Schenkeldruck brachte er sein Pony wieder in Trab.

In wenigen Minuten hatte der Reiter die ihn noch von den Fremden trennende kleine Erhöhung zurückgelegt und sah sich jetzt vor einem jener Lager von Auswanderern, die, besonders in Arkansas und auf dem Wege nach dem Westen oder nach Texas zu, häufig angetroffen werden.

Zwei große, mit weißem Leinen überspannte Wagen bildeten den Mittelpunkt der Gruppe, um welche mehrere Gespanne Stiere, je zwei und zwei durch das große Joch zusammengefesselt, standen. Ein kleiner weißköpfiger Bursche, etwa acht oder neun Jahre alt, stand bei ihnen und schob jedem der Tiere kurzgebrochene Kolben Mais in das Maul. Die Stiere aber, die großen gutmütigen Augen matt und schläfrig auf das nächste ihnen zukommende Stück geheftet, zerkauten und verschluckten in aller Gemütsruhe den Mais und leckten dann mit der langen rauhen Zunge wie bittend oder mahnend den Ärmel und die Hand des Jungen.

Fünf Pferde weideten, mit Glocken um den Hals und die Vorderfüße zusammengebunden, in dem Schilfbruch ganz in der Nähe. Die Siedler selbst hatten augenscheinlich die Nacht über im Innern der Wagen zugebracht, da weiter kein Zelt oder Schutzdach den Platz verriet, wo ein Mensch im Regen geschlafen haben könnte. Jetzt aber waren sie eben im Begriff, sich um den auf der Erde gedeckten Tisch zu lagern, während ausgebreitete wollene Decken die Sitze bildeten.

Die kleine Familie bestand, außer dem schon erwähnten achtjährigen Knaben, aus dem Mann, der Frau, zwei erwachsenen Töchtern und zwei jungen Burschen von achtzehn und zweiundzwanzig Jahren und ließ sich jetzt nach türkischer Art um das aufgetragene Mahl nieder.

„Komm, Ben", rief der Vater dem Jungen zu, „die Tiere haben genug, sie standen ja die ganze Nacht im Schilf. Ruhig, ihr Hunde, was wittern denn die Bestien schon wieder und haben erst die ganze Nacht gekläfft und gebellt, weil es einmal einem lumpigen Panther einfiel, in der Nähe zu heulen. – Nieder mit euch!"

Trotz dieser freundlichen Zusprache waren die unter dem Wagen festgebundenen Hunde dennoch keineswegs gesonnen, dem Befehl Folge zu leisten. Sie bellten nur noch wütender die Straße hinab, von der Cook jetzt, sich der Gruppe nähernd, herübertrabte.

„Guten Morgen allen", rief er freundlich, als er, kaum zehn Schritt von ihnen, aus dem Sattel sprang und dem kleinen schnaubenden Tier den Zügel über den Nacken warf, „guten Morgen, schmeckt's?"

„Soll erst", antwortete der Farmer, „kommt - legt Euch mit her und eßt, wenn Ihr noch nicht gefrühstückt habt. - Hier, Anna, einen Becher für den Gentleman - langt zu, helft Euch selber!"

„Danke schön", sagte Cook, der ohne die mindesten Umstände der Einladung Folge leistete, „das trifft sich prächtig, ich hatte allerdings nicht gehofft, hier mitten im Walde so gute Gesellschaft und ein so treffliches Frühstück zu finden, aber...", er sah sich nach seinem Pferd um, das nach dem noch mit dem Mais raschelnden Ben hinüberschaute.

„Bring einen Armvoll Mais" her, Ben", rief der Farmer, ohne den Gast ausreden zu lassen, „du kannst ihn in den eisernen Topf tun, der dort neben dem Wagen steht. Dem Pony wird das Geschirr gleichgültig sein, aus dem es frißt."

Das Pony gab durch leises Wiehern seine volle Zustimmung zu diesem Vorschlag und tat gleich darauf mit sehr geschäftigen Kinnbacken dem vor ihm hingesetzten Mahl alle Ehre an.

„Und woher kommt Ihr, Sir?" fragte Cook endlich, nachdem eine etwa viertelstündige Pause von sämtlichen Mitgliedern des kleinen Kreises auf das zweckmäßigste genutzt worden war.

„Aus Tennessee, vom Wolfriver."

„Und wohin wollt Ihr?"

„Nach Franklin County, an den Fuß des Ozarkgebirges."

„Schon einen Platz ausgesucht?"

„Noch nichts Besonderes, werde jedoch bald einen finden. Ich habe einen Bruder dort wohnen."

„Ahem! - Ist hier auch gutes Land."

„Ja, ich weiß wohl; die Leute am Fourche la fave sollen aber das Pferdefleisch zu lieb haben."

„Hoho", rief Cook lachend, „haben Euch die Arkansas-Flußleute auch schon einen Floh ins Ohr gesetzt? So schlimm ist's nicht, doch aufrichtig gesagt, schlimm genug, ich bin gerade auf dem Wege zu einer Regulatorenversammlung, hoffe aber, wir werden dem Unwesen jetzt ein Ende machen. Arkansas soll nicht länger nur dann genannt werden, wenn man von Raub- und Diebesbanden spricht."

„Arkansas?" wiederholte der Farmer. „Ja! - In den Vereinigten Staaten, in Tennessee und weiter südlich, nördlich und östlich, da kennen sie in der Hinsicht nur Arkansas. Kommt man aber einmal über den Mississippi in den Staat selbst, dann heißt's Fourche la fave. Ihr habt einen ausgezeichneten Ruf im Lande."

„Mag sein", sagte Cook, „so schlimm ist's aber doch wohl nicht, wie es gemacht wird, und sind auch einige nichtsnutzige Burschen hier in der Gegend, so müßte es mit dem T - ja so, was ich gleich sagen wollte -, wir werden sie schon fortbringen. Ich wollte, Ihr könntet unserer Versammlung heute beiwohnen. Es ist überdies Sonnabend, und morgen reist Ihr wohl schwerlich weiter."

„Morgen?“ fragte der Farmer, „wegen des Sonntags? Das macht keinen Unterschied. Meine Alte ist da vernünftig genug, und die Mädchen hat auch noch keiner von den herumkriechenden Methodisten angst und bange vor kommendem Höllenfeuer machen können. Das gute Wetter muß genutzt werden, und da ich, wenn irgend möglich, noch gern in diesem Jahr ein paar Acker Mais aussäen möchte, so hab' ich, wie Ihr verstehen werdet, keine Zeit zu versäumen.“

„Nein, allerdings nicht. Ich glaubte aber, es würde Euch vielleicht interessieren, unsere Regulatorengesetze kennenzulernen.“

„Allerdings würde es das“, sagte der Tennesseer. „Also wollt Ihr wirklich das Lynchgesetz ausüben? Gehört hab' ich schon zu Hause davon, es aber nicht geglaubt.“

„Ja, das ist nötig“, erwiderte Cook, „wir sind hier in unserem Staat noch nicht darauf eingerichtet, Verbrecher erst vor Gericht zu stellen und dann in sicherem Gewahrsam zu halten. Es ist noch alles zu neu hier. Kein Staat hat es aber so nötig als gerade Arkansas, und da muß etwas geschehen, wenn wir nicht zugrunde gehen oder, wie Ihr selbst sagt, einen solchen Ruf in den übrigen Staaten erhalten wollen, daß kein Mensch mehr zu uns zieht, und unser Land, wenn nicht wertlos, so doch auch nicht wertvoller wird.“

„Ja, ja“, bestätigte der Tennesseer, „ganz recht, wir haben es vor fünf Jahren ebenso gemacht, denn im ‘Distrikt’ hatte sich damals auch eine nicht unbedeutende Bande Lumpenpacks gebildet. Aber ein paar Ellen Hanf und ordentlich Ernst hinter der Sache, da drückten sich die Schufte bald. Es ist am Arkansas drüben auch nicht so geheuer; als wir in den ersten Tagen dieser Woche am Fluß heraufzogen, wurde ein dort ansässiger Farmer, der Schweine verkauft hatte, auf seiner Rückkehr von einem Halunken ermordet.“

„Ich habe davon gehört“, sagte Cook schaudernd, „hat man den Täter nicht entdeckt?“

„Nein“, sagte der Alte, mit der Faust ärgerlich vor sich auf das Tischtuch schlagend, daß das lose darunterliegende Brett ein kleines Salzfaß hoch emporschnellte, „nein – und ich wollte nur, der Schuft käme mir wieder so nahe wie damals, als ich mit der Büchse im Anschlag hinter einem Baum stand, oder auch auf der offenen Prärie. Verdammt will ich sein, wenn ich nicht Tageslicht durch seinen Hirnschädel ließe.“

„So kennt Ihr ihn?“

„Nein, ich kenne ihn nicht, aber ich habe ihn gesehen; es kann wenigstens kein anderer gewesen sein. Unser Wagen fuhr nämlich auf der Straße hin, und ich und Ned da, mein Ältester, waren ein wenig mit unseren Büchsen seitab gegangen. Wir hofften einen Hirsch zu schießen, von denen wir sehr viele Fährten bemerkt hatten. An der Spitze eines kleinen Sees hatte Ned die eine und ich die andere Seite genommen, als ich einen schmalen Pfad bemerkte, der aus dem Dickicht kam und augenscheinlich der eben verlassenen Straße zuführte, auf der die Wagen, vielleicht eine halbe Meile hinter uns, herkamen. Da hörte ich etwas in den Büschen rascheln und trat, in der Meinung, es sei ein Hirsch oder ein Volk Truthühner, hinter einen Baum. Es waren aber zwei Reiter, beide in das gewöhnliche blaue Wollzeug gekleidet, der eine trug einen breitrandigen schwarzen Hut. Diese sprachen sehr eifrig miteinander und ritten an mir vorüber, ohne mich zu bemerken; ich redete sie auch nicht an, da ich kein unnötiges Geräusch machen und vielleicht in der Nähe äsendes Wild verscheuchen wollte.

Hundert Schritt mochte ich wieder langsam weitergeschlendert sein, und die Fremden waren indessen im Gebüsch hinter mir verschwunden, als ich plötzlich, aus derselben Richtung, einen Schuß hörte. Nun glaubte ich anfangs, Ned habe des Wassers wegen nicht drüben um den See gekonnt, sei mir nachgegangen und zufällig zum Schuß gekommen, denn keiner der beiden Männer trug eine Büchse. Ich stieß deshalb meinen Jagdruf aus, um zu erfahren, ob er irgend etwas getroffen; aber gleich darauf antwortete mir mein Junge von der gegenüberliegenden Seite des Sees, und ich vermutete nun natürlich nichts anderes, als daß noch ein dritter Jäger dort in der Gegend sei, und mich um den nicht weiter kümmernd, setzte ich meinen Weg ruhig fort.

Das war schon spät am Nachmittag, und an demselben Abend noch überholten uns Leute auf der Straße, wo wir lagerten, die uns von einem Mord erzählten, der vorgefallen. Der Tote sei durch den Kopf geschossen. Von den Reitern war übrigens keiner an unseren Wagen vorbeigekommen.

Wie ich das hörte, setzte ich mich augenblicklich auf meinen Rappen (die Weiber hier schrien nicht schlecht, denn sie fingen an sich zu fürchten) und galoppierte, was das Tier laufen konnte, dorthin, wo der Leichnam in einem Farmhaus nicht sehr weit von der Gegend, wo die Tat geschehen, liegen sollte. Es war richtig, wie ich vermutet, einer von denen, die ich an demselben Tage hatte zusammen reiten sehen, und zwar der ältere; der Schuft mit dem breitrandigen Hut mußte also der Mörder sein. Ich beschrieb ihn, so gut ich konnte, keiner der Anwesenden wollte ihn aber kennen, ja erinnerte sich nicht einmal, ihm je begegnet zu sein. Vergebens blieb ich noch zwei Tage in der Nachbarschaft, der Täter war spurlos verschwunden, und nach Berechnungen von Leuten, die genau wußten, wieviel Schweine der Ermordete zum Verkauf mitgenommen und wie der Preis bei den Indianern stand, mußte er etwa tausend Dollar bei sich gehabt haben. Natürlich waren die nicht mehr vorhanden."

„Ja, ja", sagte Cook, „es sind hier auch ähnliche Sachen vorgefallen, fast noch schlimmer als Raubmord. – Nun, wir wollen hoffen, daß wir wenigstens den Kopf der Schlange treffen, die sich in dieser Gegend eingenistet hat. Die. über dem Arkansas drüben mögen sehen, wie sie mit ihrer Seite fertig werden. – Doch welchen Weg gedenkt Ihr einzuschlagen?"

„Ich weiß es selbst nicht genau; die Straße führt wohl an dieser Seite des Flusses hin?"

„An beiden Seiten, die jenseits möchte aber für Euch die geratenste sein, denn weiter oben, wo der Fluß sich gabelt, ist der Durchgang, besonders mit Wagen, sehr beschwerlich."

„Auf welche Art komme ich denn da am besten hinüber? Wie weit ist's noch bis zum nächsten Haus?"

„Nun, das nächste Haus ist Wilsons", sagte Cook, „das, zweite, etwa anderthalb Meilen weiter, Atkins'. Am ersten könnt Ihr aber schon übersetzen; es gibt dort ein recht gutes Fährboot und einen breiten, bequemen Weg zum Fluß hinunter."

„Ist des Fährmanns Name Wilson?"

„Nein, der wohnt nur dort; der Fährmann heißt Curneales."

„Gut denn, ich dank' Euch für den Rat und werd' ihn befolgen; kommt Ihr aber einmal in meine Nähe, so fragt nur nach dem alten Stevenson und sucht mich auf. Ihr sollt mir herzlich willkommen sein!"

„Danke, danke!“ sagte Cook, der indessen aufgestanden war und sein Pferd wieder gesattelt und gezäumt hatte, „jetzt wird's übrigens Zeit, daß ich ausgreife, sonst komme ich zu spät, ich habe noch verschiedene Meilen zu machen. Also behüt Euch Gott!“

Mit herzlichem Gruß und Händedruck nahm der junge Farmer dann von jedem einzelnen der Familie Abschied und trabte bald darauf singend und mit seinem Pony sich unterhaltend dem Ziele zu.

Nach scharfem, etwa einstündigem Ritt erreichte er Atkins' Haus, wo er zu seinem Erstaunen Brown noch vorfand. Den hatte er schon lange an Ort und Stelle, oder doch wenigstens auf dem Wege dahin vermutet und fand ihn jetzt noch hier ganz ruhig neben den gesattelten Pferden stehen. Brown unterhielt sich übrigens sehr angelegentlich mit dem am vorigen Abend angekommenen Fremden, den ihm der eben eingetroffene Rowson gerade als einen alten Freund vorgestellt hatte.

„Hallo, Cook!“ rief Brown, „das ist herrlich, daß Ihr kommt; jetzt können wir zusammen reiten.“

„Guten Morgen - guten Morgen!“ lautete der Gegengruß, „aber ich glaubte Euch schon lange unterwegs.“

„Das ist meine Schuld“, sagte Atkins, Cook die Hand hinreichend, „oder eigentlich die Schuld meiner Frau, die heute morgen unverzeihlich lange mit dem Frühstück trödelte. Das kranke Kind mag sie aber wohl verhindert haben...“

„Ich wäre schon lange fortgeritten“, sagte Brown, „aber Mr. Atkins...“

„Doch nicht, ohne einen Bissen genossen zu haben?“ unterbrach ihn dieser, „das hätte ich nie zugegeben, nein. Sie kommen überdies noch zeitig genug und haben jetzt dadurch neue Gesellschaft gewonnen.“

„Es ist auch noch nichts versäumt“, meinte Brown, dem Freund Cook, der neben ihm gehalten hatte, ebenfalls die Hand schüttelnd; „aber, Mr. Rowson“, wandte er sich dann zu diesem, der sein Pferd eben dem Mulatten übergeben hatte, „wollen Sie denn nicht mit uns kommen? Ich glaubte, als ich Sie sah, daß das der Zweck Ihres Hierseins gewesen sei.“

„Ich würde sehr gern dieser Versammlung beigewohnt haben“, erwiderte der Prediger, „hielten mich nicht gerade heute wichtige Geschäfte davon ab. Ich feiere morgen die Verbindung mit meiner Braut, und da werden die Herren wohl einsehen, daß es unter solchen Umständen unaufschiebbare Besorgungen geben kann.“

„Allerdings“, erwiderte Brown leise, „und dieser Herr hier ist, wie Sie sagten, ebenfalls Regulator? Er äußerte davon gestern abend keine Silbe.“

„Sie werden das sehr begreiflich finden“, erklärte Mr. Jones lächelnd, „wenn Sie bedenken, daß ich mich unter Fremden befand.“

„Allerdings eine höchst lobenswerte Vorsicht. - Sie wollten nach Fort Gibson, nicht wahr?“

„Das war meine Absicht und ist es jetzt noch. Da ich aber hier ganz zufällig und unerwartet einen alten Bekannten in Mr. Rowson gefunden habe, gedenke ich ein paar Tage in der Nachbarschaft zu verweilen. Es würde mir dabei sehr angenehm sein, wenn ich der heutigen Versammlung der Regulatoren beiwohnen könnte; vielleicht ist es möglich, diese mit unseren

Verbindungen im Norden zu vereinigen, und mit einem gemeinsamen Ziel wäre es dann weit eher möglich, das zu erreichen, was beide Parteien jetzt einzeln nur so viel schwerer erlangen können."

„Allerdings haben Sie da recht", erwiderte Brown, ihn fest ansehend, „und Sie wünschen also durch mich den Regulatoren vorgestellt zu werden?"

„Dies ist mein Wunsch, und Sie würden mich sehr verpflichten..."

„Ich selbst würde Ihnen im Namen meines Freundes sehr dankbar sein", unterbrach ihn Rowson, „und wenn er dann auch, meiner jetzigen neuen Haushaltung wegen, nicht gleich bei mir ein Unterkommen finden könnte, so ist Mr. Atkins vielleicht so gütig, ihn noch einmal in der nächsten Nacht zu beherbergen. Später treffen wir dann schon ein Abkommen miteinander."

„Machen Sie sich deshalb keine Sorgen, Mr. Rowson", sagte Brown lächelnd, „ich zweifle nicht daran, daß sich Mr. Jones einige Zeit hier bei uns aufhalten wird. Ob ihm der Fourche la fave gefällt, ist eine zweite Frage."

„Ich bin leicht zufriedenzustellen", entgegnete Jones dem jungen Mann sehr freundlich; „doch, möchten wir nicht lieber aufbrechen? Es wird spät."

„Mr. Jones' Pferd!" rief Atkins dem Mulatten zu, der in der Tür stand und zu den Männern herüberstarrte.

„Hört, Brown, dessen Gesicht gefällt mir gar nicht", flüsterte Cook dem Freund zu, während er sich zu ihm hinunterbog.

„Wenn wir zu Bowitts kommen, muß ich ein paar Worte mit Euch allein sprechen", flüsterte dieser zurück.

„Ist etwas...?"

„Pst – nur ruhig – es hat Zeit, bis wir oben sind."

Jones war indessen ebenfalls aufgestiegen, und Brown schwang sich gerade in den Sattel, als der Mulatte noch zwei andere Pferde, und zwar eins mit einem Damensattel belegt, herausführte.

„Gott segne mich!" rief Cook, „noch ein Frauensattel, ich zählte eben ganz erstaunt die da drin im Zwischenhause aufgehangenen – sieben Stück, und das hier ist der achte. Was habt Ihr denn vor?"

„Es ist Besuch bei meiner Frau", sagte Atkins, „Krankenbesuch, des Kindes wegen. Der hier aber gehört Ellen, sie soll zu Roberts hinüberreiten."

In dem Augenblick öffnete sich die Tür, und Ellen kam mit Sonnenhut und Tuch aus dem Haus. Sie trug ein kleines Bündel in der Hand, das der Mulatte ihr draußen abnahm, und als sie das von dem tiefen Bonnet beschattete Gesicht Brown zuwandte, konnte dieser die rotgeweinten Augen erkennen. Schnell drehte sie sich jedoch um, stieg mit Hilfe eines dort stehenden und zu diesem Zweck glatt abgehauenen Baumstumpfes in den Sattel und galoppierte gleich darauf, von dem Farbigen gefolgt, die Straße hinab.

„Was fehlt dem Mädchen?" fragte Brown teilnehmend den Hausherrn, der ihr kopfschüttelnd nachschaute, „mir kam es vor, als ob sie verweinte Augen hätte."

„Ih – Unsinn“, erwiderte der, „sie wollte nicht von dem kranken Kind fort, sie sagte, sie würde es nicht wiedersehen, und da hatte meine Frau wohl einen kleinen Tanz mit ihr – die Alte brummt manchmal, meint es aber nicht so bös. Das hat sich das dumme Ding wohl zu Herzen genommen. Nun, sie wird schon vernünftig werden, wenn sie einmal einen ordentlichen Mann bekommt.“

„Brown – zum Donnerwetter, laßt das Trödeln. Die Zeit vergeht!“ rief Cook ungeduldig.

„Ja, ja“, erwiderte dieser, „ich muß nur noch ein paar Worte mit Mr. Rowson sprechen; eine Frage...“

„Der ist ins Haus gegangen, das kann morgen oder heut abend geschehen; es wird Mittag sein, ehe wir's uns versehen, und die Leute oben erwarten uns sicherlich schon seit vier Stunden.“

„Gut denn, auf Wiedersehen!“ sagte der junge Mann, winkte dem Zurückbleibenden noch einmal zu und trabte dann, von den anderen gefolgt, schnell auf dem in den Wald führenden Pfad hin.

25. Harper und Marion – Ellens Ankunft bei Roberts

Still und freundlich beschien die leuchtende Morgensonne Roberts' Anwesen. Noch hatten die das Feld und den Hofraum begrenzenden Kiefern und Eichen ihren tauigen Perlenschmuck nicht verloren, warfen ihn aber jetzt in glitzernden Tropfen auf die duftende Erde nieder.

Vier große, stattliche Truthühner stolzierten kollernd auf dem das Haus umgebenden freien Platz umher. Auf den kleinen, niederen Hickorybüschen, die des Schattens wegen in der Nähe des Hauses stehen gelassen waren, lärmten die blauen Häher und zwitscherten die feuerroten Kardinäle, und hier und da glitt ein munteres Eichhörnchen an einem Stamm herunter. Rasch sprang es dort auf die Fenz, lief an dieser, genau den Zickzackwindungen derselben folgend, hin und schwang sich dann wieder, durch irgendein im Laube raschelndes Huhn aufgescheucht, mit flüchtigem Satz an dem ihm nächst stehenden Baum hinauf, bis es sich in Sicherheit wußte. Nicht lange aber dauerte es, so schaute es oben, das Köpfchen gar schlau und pfiffig drehend, vorsichtig um den schlanken Stamm herum, mit den weit vorgespitzten kleinen Ohren herunterlauschend, was das verdächtige Geräusch denn wohl verursacht habe.

Die beiden Frauen waren allein. Roberts hatte sich mit den Hunden schon vor Tagesanbruch in den Wald begeben, um dort nach seinen Herden zu sehen, aber versprochen, noch vor Mittag wieder zurück zu sein, und Mrs. Roberts wirtschaftete jetzt geschäftig zwischen allen möglichen Pfannen und Töpfen herum. Ja sogar das Rauchhaus wurde durchstöbert und von dorther einige zugebundene und verwahrte Büchsen und Gläser herbeigeschafft, die teils saure Gurken und Honig, teils aber auch die verschiedenen Waldfrüchte, auf treffliche und delikate Art eingemacht, enthielten und heute zu einem sowohl seltenen als glänzenden Festmahl hervorgeholt wurden.

Marion hatte das Geschäft des Backens übertragen bekommen und knetete das weiße Mehl zu kleinen flachen Biskuits. Später sollten diese in der hohen eisernen Deckelpfanne gebacken werden, für jetzt aber lagen sie noch in langen Reihen auf dem Tisch ausgebreitet und wurden nur vorderhand mit einer Gabel eingestochen, um der Luft freien Zutritt zu gestatten und sie etwas zu lockern.

Die beiden Frauen trugen, ganz auf die gewöhnliche Art der amerikanischen Hinterwäldlerinnen, selbstgewebte Kleider, deren Stoff aber von der besten und vorzüglichsten Art, und die Farben und Muster auf das geschmackvollste und sinnigste gewählt waren.

Marion hatte die vollen kastanienbraunen Haare einfach und glatt zurückgescheitelt, und in einem Knoten befestigt. Der einzige Schmuck, den sie trug, waren zwei kleine, halb aufgeblühte weiße Rosen. Sie hatte ihre Arbeit beendet und schaute jetzt stumm und sinnend, die Hände gefaltet, den Kopf wie ermüdet an den blank gescheuerten Türpfosten gelehnt, die Straße hinab.

„Kommt er noch nicht?" fragte die Mutter, indem sie mit Kennermiene ein eben geöffnetes Glas an die Nase hielt.

„Wer?" fragte Marion, erschrocken auffahrend und sich schnell nach der Mutter hinwendend.

„Wer?" fuhr diese, ohne die Bewegung zu beachten, fort, „wer? Närrisches Mädchen, Sam natürlich, den du doch selbst zu Mr. Harper hinuntergeschickt hast, um ihn für heute einladen zu lassen. Hat's aber gar nicht verdient, daß man die Leute nach ihm in die Welt hineinjagt. Er hätte sich wohl in der langen Zeit einmal wieder können blicken lassen."

„Er war ja krank!"

„Nun, sein sauberer Neffe denn, der jetzt zu den Regulatoren übergegangen ist. Du warst auch unwohl, und es wäre nicht mehr als artig gewesen, einmal nachzufragen, wie dir's ginge. Er ist immer freundlich hier aufgenommen und hat gar nichts zu Hause zu tun..."

„Er hat seinen Onkel gepflegt", sagte Marion leise.

„O ja – ich weiß wohl, du verteidigst ihn immer seit der Geschichte mit dem..."

„Mutter!" unterbrach das Mädchen sie fast noch leiser als zuvor und mit einem leichten Vorwurf im Ton.

„Nun ja – er hat dir damals einen großen Dienst erwiesen, das ist richtig", murmelte die alte Dame, „aber auch nicht mehr, als jeder andere an seiner Stelle getan haben würde, und – doch ich will gar nichts gegen ihn sagen, Kind", schwatzte sie dann redselig weiter, die nicht mehr benötigten Gefäße dabei an ihre bestimmten Plätze zurücktragend, „ich habe keineswegs etwas gegen ihn. Er ist soweit ein lieber junger Mann, aber darum bin ich ja gerade böse auf ihn, daß er nicht manchmal herkommt. Freilich ist die Sache mit Heathcott..."

„Aber Mutter!" rief mit vorwurfsvollem Ton die Tochter.

„Ich weiß, was du sagen willst", fuhr diese, ohne sich irre machen zu lassen, fort, „ich weiß; warum hat er sich denn aber seit jener Zeit nicht wieder hier sehen lassen, wenn er ein so ganz gutes, reines Gewissen hat? – Mr. Rowson gab mir darin neulich ganz recht."

„Und Mr. Rowson hätte gerade volle Ursache, Herrn Brown zu verteidigen, wo es in seinen Kräften steht", rief Marion, eifriger als bisher. „Das ist etwas, was mir an ihm nicht gefällt."

„Er hat ihn auch verteidigt", entgegnete diese, „hat ihn wacker verteidigt; aber was kann er dafür, wenn er selbst den Verdacht nicht ganz abzuschütteln vermag?"

Marion wandte sich zur Seite, um eine Träne zu verbergen. Ihre Mutter hatte aber jetzt auch vollauf zu tun, um verschiedene Fleischstücke herbeizuholen, die sie noch vor zwölf Uhr zubereiten wollte. Zufällig trat sie dabei einmal an das kleine, in die Holzwand eingeschnittene Fenster, das, eigentlich gegen arkansische Sitte, mit einer Glasscheibe versehen war, und entdeckte plötzlich zu ihrem Entsetzen drei Reiter, die auf der Straße herankamen. Es war der erwartete Harper mit seinem Nachbar Bahrens und hinter denen ihr eigener Negerknabe.

„Ei bewahre!“ rief Mrs. Roberts erschrocken aus, „da kommt Harper schon, und ich bin noch nicht fertig. – Ei, der Schlingel von einem Jungen! Er hat doch bestellen sollen: erst um zwölf.“

„So laß doch, Mutter“, beruhigte sie Marion, „die beiden Männer nehmen das nicht so genau, es sind ja gute Freunde vom Vater; Sam hat sie sicher schon unterwegs getroffen.“

Es war übrigens auch nichts mehr daran zu ändern; Mrs. Roberts ordnete in aller Geschwindigkeit ihre, wie sie glaubte, etwas verschobene Haube vor dem kleinen Spiegelglas, strich sich die Schürze glatt und trat dann den beiden Gästen, wenn auch mit noch ein wenig erhitztem Gesicht, freundlich und herzlich entgegen.

„Willkommen, Mr. Harper, willkommen!“ sagte sie, diesem die Hand reichend. „Nur herein, Gentlemen, mein Mann wird auch gleich hier sein, er will bloß einmal nach ein paar Kühen sehen, die lange nicht zum Melken nach Hause gekommen sind. – Nur näher, Mr. Bahrens, wenn ich auch noch nicht ganz in Ordnung bin.“

„Mrs. Roberts“, erwiderte dieser lachend, „ich dränge mich heute ungeladen ein, erfuhr aber erst, daß Sie Gäste hätten, als ich schon auf dem Wege war.“

„Ich glaubte Sie mit bei der Regulatorenversammlung“, antwortete Mrs. Roberts, „sonst hätt' ich schon lange zu Ihnen hinübergeschickt, aber nur herein, vor der Tür machen wir das alles nicht ab.“

Die beiden Männer folgten der Einladung, und Harper, zwar noch immer sehr blaß und angegriffen, aber doch mit dem früheren gemütlichen Wesen, das ihm gerade so viele Freunde in der Ansiedlung erworben, mußte sich nun vor allen Dingen niedersetzen, einen Becher des besonders für ihn aus Honig und Früchten bereiteten Getränks zur Stärkung zu sich nehmen und dann erzählen, wie es ihm während seiner Krankheit ergangen, wer ihn alles gepflegt und was er für Arzneien genommen. Er willfahrte auch mit der freundlichsten Bereitwilligkeit dem allen und rühmte besonders seinen Neffen und seine drei Nachbarn, Wilson, Cook und Roberts, die sich sehr verdient um ihn gemacht hätten. „Selbst Bahrens“, fuhr er fort, diesem die Hand hinüberreichend, „hat sein Maisfeld verlassen und ist auf ein paar Tage zu mir herübergekommen. Sie haben mich alle lieb, was kann ich denn hier im Walde mehr verlangen?“

Das Gespräch wandte sich jetzt den ihnen zunächst liegenden Dingen zu, das heißt, man sprach über alle möglichen Arten von Gemüse und über andere Eßwaren, die teils schon auf dem Feuer brodelten, teils noch der weiteren Verwendung harrend auf einem kleinen Seitentisch aufgeschichtet lagen, während Mrs. Roberts ein scharfes Messer heraussuchte und ihre Absicht kundtat, in den Garten zu gehen, um etwas Salat zu holen.

Bahrens, der ihr indessen schon einige außerordentlich wunderbare Begebenheiten von fabelhaft großen Spargeln und märchenhaften Kohlköpfen erzählt hatte, bestand darauf, sie zu begleiten, und Harper blieb mit dem Mädchen allein im Haus zurück.

Marion hatte sich schon den ganzen Morgen danach gesehnt, mit Harper ein paar Minuten allein über Brown zu reden, war er doch der einzige, zu dem sie sprechen durfte. Als dieser Wunsch aber nun erfüllt war, schien es ihr, als ob ihr die Zunge am Gaumen klebte, und sie konnte kein Wort hervorbringen. Auch Harper schwieg, doch dachten beide sicherlich nur an denselben Menschen, fürchteten aber, etwas für beide so Schmerzliches zu berühren, und konnten es doch nicht übers Herz bringen, ein anderes, gleichgültiges Gespräch anzuknüpfen. Da brach endlich Harper das peinlich werdende Schweigen und sagte, dem jungen Mädchen mit wehmütig freundlichem Ausdruck die Hand hinüberreichend:

„Wie geht es Ihnen, Marion? Gut, hoff' ich, nicht wahr? Das ist recht. Seien Sie ein braves, starkes Kind. Es freut mich herzlich, Sie so wohl und – und zufrieden zu finden. – Mr. Rowson", fuhr er dann fort, als ihm Marion die Hand gereicht hatte, „Mr. Rowson ist ein sehr wackerer Mann und wird Sie schon so glücklich machen, wie Sie es verdienen. Der – der Junge ist doch ein Sausewind, und – sehen Sie, es ist vielleicht viel besser so –

Er ist jetzt bei den Regulatoren", erzählte er, ihren fragenden Blick verstehend, weiter, „will aber nur sehen, ob er nicht die wirklichen Mörder finden kann. – Pest und Gift! Es müßte eine Wonne sein, die Kerle hängen zu sehen."

„Und er ist nicht schuldig, nicht wahr?" fragte das Mädchen mit bittendem Blick.

„Schuldig?" fuhr Harper in seinem Stuhl auf, „schuldig? Ist da noch einer, der ihn für schuldig hält? Nein, Sie nicht", sagte er dann, ihre Hand, die er nicht wieder losgelassen, beruhigend streichelnd, „sie gewiß nicht, aber auch andere Leute sollen das nicht mehr. Ich selbst freilich glaubte es einmal; ich kannte sein schnell aufloderndes Blut. Das geraubte Geld machte mich aber gleich stutzig, und später erst fand es sich dann, daß er an jenem Tage seine Mokassins getragen, und die Spuren waren beide von Stiefeln oder Schuhen. Nein, er hat keine Schuld an jenem Blute, hoffentlich aber wird irgendeinmal ein Zufall den wirklichen Täter verraten."

„Die Regulatoren sind ja, wie Sie sagen, deshalb versammelt", erwiderte leise das Mädchen.

„Ach, das sind auch nur Menschen", meinte kopfschüttelnd der alte Harper, „nicht einmal Indianer. Ja, wenn Assowaum bei uns geblieben wäre; der Schlingel hat sich aber recht heimlich – recht indianisch fortgeschlichen und nie wieder etwas von sich hören lassen. Bill behauptet freilich noch immer, daß er wieder zurückkommt."

„Mr. Rowson äußerte hier neulich, das heimliche Fortgehen des Indianers spreche sehr gegen ihn", sagte Marion.

„Oh, Mr. Rowson sollte ein wenig sparsamer mit seinem Verdacht umgehen", rief eifrig der alte Mann. „Es ist nicht schön, einem Menschen gleich so Schreckliches nachzusagen, und wenn er auch nur ein Indianer ist. Übrigens war der es nicht, dagegen wollt' ich mit Freudigkeit meinen Hals zum Pfand setzen."

„Wird Mr. Brown noch nach Texas gehen?" flüsterte zitternd das Mädchen.

„Ja", bestätigte Harper, auf einmal wieder traurig und niedergeschlagen. „Ich kann ihm den tollen Gedanken nicht ausreden und glaube, wenn sie heute den Mörder fänden, er ginge morgen fort. Hat er schon das Pferd von Ihrem Vater gekauft?"

„Das eben ließ mich fragen", sagte Marion, „ich hörte, wie mein Vater heute morgen äußerte, er müßte den Fuchs, der oben im Talgrund gewöhnlich weidet, für Mr. Brown einfangen. Es tut mir unendlich leid, die Ursache zu sein, die ihn fort – von Ihnen forttreibt."

„Es hat so sein sollen, liebe Marion“, beruhigte sie der alte Mann, „und es ist vielleicht recht gut, daß es gerade so und nicht anders gekommen ist; wer kann es denn wissen. Also Herz gefaßt, mein liebes Mädchen, und die starke Seite nach außen gekehrt.“ Dabei hob er ihr das Kinn in die Höhe und wollte sie recht heiter und sorglos anschauen, die Stimme zitterte ihm aber doch, und er mußte hart kämpfen, daß er nicht am Ende selbst von ihrer Wehmut angesteckt wurde.

Gerade noch zur rechten Zeit kam jetzt Mrs. Roberts mit Bahrens aus dem Garten zurück, zwar lachend, dennoch aber mit einer gewissen religiösen Entrüstung, daß Mr. Bahrens da Sachen erzählte, die doch unmöglich wahr sein könnten, so gern sie auch seinen Worten glaube. Bahrens dagegen bestand fest auf dem Erzählten und rief jetzt Harper für einiges, das er auch ihm schon mitgeteilt haben wollte, zum Zeugen auf.

Sie waren noch in diesem halb ernsten, halb scherzhaften Streit begriffen, als zwei Reiter vor dem Haus hielten und Ellen, von dem jungen Mulatten gefolgt, eintrat.

Die Mädchen kannten sich schon von früher her, und begrüßten sich herzlich, aber auch Mrs. Roberts empfing die junge Waise mit wirklicher Güte, da Rowson ihr (in diesem Falle einmal die Wahrheit) nicht allein sehr viel Liebes und Gutes, sondern auch das von ihr erzählt hatte, daß ihre Pflegemutter, Mrs. Atkins, sie eigentlich mehr wie eine Sklavin als wie das Kind, wenn auch das angenommene, behandele.

Harper war Ellen noch fremd, Bahrens hatte sie aber schon häufig gesehen, und sie fragte nach den ersten Begrüßungen schüchtern, ob sie noch zeitig genug eingetroffen sei, da sie sich zu Hause etwas verspätet.

„Zeitig genug, liebes Kind“, unterbrach sie Mrs. Roberts, „zeitig genug; morgen früh erst wollen wir hinüberreiten in deine neue Wohnung. Es wird wohl noch manches darin nötig sein, denn man kann doch nicht erwarten, daß ein Junggeselle seine Wirtschaft so ganz vollkommen eingerichtet haben sollte. Später besuchen wir den Richter, wo Mr. Rowson nachmittags predigen wird, und jener verbindet dann die jungen Leute miteinander. Abends bringen wir sie nach Hause, und du, liebes Kind, bleibst mit unserem Negerknaben, den ihr zu eurer ersten Einrichtung eine Zeitlang dort behalten könnt, bei ihnen.“

Diese Angelegenheit war bald in Ordnung gebracht, und es rückte nun die viel wichtigere des Mittagessens heran. Weder Rowson noch Roberts kamen aber, und die Matrone fing schon an sehr ungeduldig zu werden. Bahrens hatte auch, auf wiederholtes Anregen, soeben zum zweitenmal in das lange gerade Blechhorn stoßen müssen, das den Ton weithin durch den Wald trug, als endlich Roberts' Jagdrufe Antwort gaben, und bald tobten, als fröhliche Vorboten, die kläffenden Hunde die Countystraße herunter. Wenige Minuten später kamen Roberts und Rowson, in etwas größerer Eile als gewöhnlich, angetrabt, wahrscheinlich, um dem dringenden Rufe Folge zu leisten und die Frauen nicht länger warten zu lassen.

26. Die Regulatorversammlung – Jones befindet sich in einer höchst unangenehmen Lage – List gegen List

Um Bowitts kleines Haus hatte sich an demselben Morgen nicht allein eine ziemliche Anzahl der benachbarten, sondern auch der entfernter wohnenden Farmer und Jäger versammelt. Die Wohnung selbst durfte aber keiner betreten. Dort wirtschafteten und arbeiteten nämlich zwei wohlbeleibte, von der benachbarten, einem wohlhabenden Mann aus Little Rock gehörenden Mühle geliehene Negerinnen, um für manche, die schon eine weite Strecke Weges gekommen, Frühstück zu bereiten und unterdessen auch die nötigen Vorbereitungen zum Mittagessen zu treffen. Zu gleicher Zeit hing vor dem Haus über einem lodernden Feuer ein großer eiserner Kessel, um kochendes Wasser bereitzuhalten und dann und wann die Morgenkühle mit einem heißen, erquickenden Trank erträglicher und angenehmer zu machen.

Obwohl aber der Becher häufig im Kreise herumging, der doch sonst so schnell Leben und Fröhlichkeit unter die Männer von Arkansas brachte, schien heute ein fast feierlicher Ernst die Zungen der meisten gefesselt zu haben. Unter einem dichtlaubigen Baum, der das daruntergestreute vorjährige Laub vor dem niederfallenden Regen geschützt hatte, standen die Regulatoren, finstere Aufmerksamkeit und feste Entschlossenheit in den dunklen, sonngebräunten Gesichtern, dicht um einen einzelnen Mann geschart, der mit lebhaften Gebärden und geläufiger Zunge ihnen etwas anscheinend sehr Interessantes mitzuteilen schien.

Es war ein kräftiger, derber Bursche, der mit lebhaften Gestikulationen seinen Zuhörern erzählte, wie er von den Cherokesen aus der Spur von gestohlenen Pferden gefolgt sei, etwa fünf Meilen von da aber die Fährten verloren habe und schon wieder auf dem Heimwege gewesen sei. Da hätte er von dem „Regulator Meeting“ gehört und war nun hierher geritten, die Regulatoren, wenn er die Tiere auch jetzt nicht wiederbekäme, doch auf diese wenigstens aufmerksam zu machen und ihre genaue Beschreibung zu hinterlassen.

Der Kanadier, denn Kanada nannte er seine Heimat, war ein kleiner untersetzter Mann, mit glänzend schwarzen, langen Haaren, dunklen feurigen Augen, blendendweißen Zähnen und ganz indianisch vorstehenden Backenknochen, etwas breitgedrückter Nase und großen Nasenflügeln. Seine Gesichtsfarbe schien freilich kaum dunkler gefärbt als die der ihn umstehenden Männer, seine Kleidung war aber völlig indianisch, und selbst der Gürtel, den er trug, aus perlenbestickter roter Wolle gefertigt und reich mit Pantherfängen und Bärenkrallen verziert.

Die Regulatoren rieten noch hin und her darüber, wie sonderbarerweise die meisten Fährten in ihre Nachbarschaft führten und da, auf fast wunderbare Weise, verschwanden, als Brown, Jones und Cook herbeiritten und von den vor der Hütte Versammelten mit freudigem Gruß empfangen wurden. Zu gleicher Zeit fast trat auch Husfield von der anderen Seite her ein und erquickte sich vor allen Dingen an dem Frühstück, da er schon, seiner Aussage nach, fünfzehn Meilen nüchtern geritten war.

Erst als er dies beendet, näherte er sich den zuletzt angekommenen Freunden, denen der Kanadier seine Erzählung wiederholte. Da mischte sich Jones mit in das Gespräch und fragte den Halbindianer, ob nicht ein weißes Pferd mit einem schwarzen Hinterbein unter den vermißten gewesen sei.

Mit freudig erstauntem Eifer bejahte es der Fremde.

„Dann hab' ich sie gesehen“, sagte Jones, mit der rechten Faust in die linke geöffnete Hand schlagend, „dann hab' ich sie, straf' mich Gott! gesehen.“

„Aber wo?“ fragte schnell und hitzig der Bestohlene.

„Etwa fünfzehn Meilen von hier; schon spät gestern abend und oben auf dem Bergrücken, der die Wasser der Mamelle und dieses Flusses voneinander trennt.“

„Und welchen Weg nahmen sie?“ fragte jener voll Eifer, „waren sie auf der offenen Straße, oder...“

„Sie kreuzten die Straße, gerade als ich den steilen Berg von der andern Seite heraufkam“, erwiderte Jones.

„Und wieviel Männer waren mit ihnen?“

„Einer nur, den ich sehen konnte.“

„Das sind sie“, rief der Kanadier frohlockend aus, „ein Farmer an der Grenze hatte sie ebenfalls gesehen, konnte mir nur den Mann nicht beschreiben, da er zu weit entfernt gewesen war. Aber wo etwa find' ich die Fährten?“

„Die werden freilich Regen und Wind verwischt haben“, meinte Jones nachdenklich, „kommt Ihr aber auf den Berg und seid etwa vier oder fünf Meilen geritten, ohne die Spuren anzutreffen, so tut Ihr meiner Meinung nach am besten, gleich hinüber an den Arkansas zu reiten. Der fließt von dort nicht so sehr weit entfernt, und in den am Uferrand stehenden Blockhütten werdet Ihr sicher Kunde von den Dieben bekommen.“

„Dann will ich wenigstens keine Zeit weiter versäumen, daß ich nicht auch diese, wenngleich sehr kalte Fährte verliere“, rief der Fremde, „dank' Euch für die Weisung – Good-bye, Gentlemen!“ Und ohne weitere Umstände wollte der Kanadier zu seinem Pony eilen und dem Dieb nachsetzen. Brown faßte ihn aber am Ärmel seines ledernen Jagdhemdes, und als ihn der Zurückgehaltene verwundert ansah, sagte er freundlich:

„Schenkt uns noch etwa eine halbe Stunde. Die angegebene Spur ist doch, wir Ihr einsehen müßt, sehr unsicher und zeitraubend, und auf so wenige Minuten kann es Euch unmöglich ankommen. Überdies scheint Euer Pferd ermattet und bedarf der Ruhe. Seid Ihr also in einer Stunde noch gesonnen nachzusetzen, so könnt Ihr meins nehmen, das frischer bei Kräften ist und Euch die versäumte Zeit bald einbringen wird. Auf dem Rückweg tauschen wir die Tiere wieder aus.“

„Wenn aber der Bursche unterdessen ein Boot finden sollte, das ihn aufnähme?“ sagte Jones.

„So schnell wird das nicht gehen, denn so häufig sind die Dampfboote noch nicht auf dem Arkansas. Also Ihr bleibt noch ein wenig und nehmt dann mein Pferd?“

Der Mann nickte befriedigt und jetzt wieder voller Hoffnung, folgte aber fast noch freudiger dem Wink Bowitts, der ihn zu dem gedeckten Tisch lud. Dort zeigte er sich anfangs allerdings etwas zurückhaltend, bald gestand er aber, daß er seit dem vorigen Morgen keinen Bissen über die Zunge gebracht, und wütete nun ordentlich, zum Entsetzen der Negerinnen, unter den Speisen und Getränken.

„Gentlemen", redete jetzt Brown, als sich der Halbindianer zurückgezogen hatte, die Versammelten an, „ich habe Ihnen vor allen Dingen einen mir von Herrn Rowson empfohlenen Fremden vorzustellen, der als Regulator aus Missouri bei uns eingeführt zu werden wünscht. Er hofft dadurch zwischen uns und den nördlichen Staaten eine Verbindung herzustellen, wünscht aber zuerst vor allen Dingen unsere Versammlung zu besuchen und den Geist kennenzulernen, der sie beseelt. Nicht wahr, Mr. Jones?"

Der also Gefragte verbeugte sich bloß verbindlich.

„Da er gleich damit begonnen hat", fuhr Brown fort, „einem Hilfsbedürftigen auf den rechten Weg zu helfen, um sein verlorenes Eigentum wiederzuerhalten, so glaube ich nicht, daß es noch weiterer Empfehlung bedarf, ihm den Zutritt zu unserer sonst eigentlich geheimen oder wenigstens geschlossenen Versammlung zu gestatten – meinen Sie nicht auch?"

„Genügt völlig", riefen die Männer fast einstimmig, und Husfield trat vor und drückte dem Fremden seine besondere Freude aus, gleich mit dem Bruderstaat in solcher Art verbunden zu werden. „Was wolltet Ihr mir denn sagen, Brown?" fragte diesen jetzt Cook, als er einige Schritte mit ihm abseits getreten war.

„Geht dem eben Eingeführten nicht von der Seite", flüsterte Brown schnell, „er gehört mit zur Bande – pst – kein Wort weiter – teilt es Wilson mit, und ihr beide bewacht ihn – habt Ihr Euer Terzerol?" Cook bejahte. „Gut – ich will nur erst die Neger dort beiseite haben; ich traue ihnen nicht, sie könnten Alarm geben..."

„Also ist das mit den gesehenen Pferden auch eine Lüge?" fragte Cook schnell.

„Pst – er sieht hierher", flüsterte Brown, „er darf noch nichts merken – nehmt Euch Wilson zur Hilfe, und dann müssen wir das Mittagessen schnell vorüber haben, daß die Neger fortkommen."

Die Männer trennten sich jetzt auf kurze Zeit, als Jones aber gleich darauf von dem Kanadier wieder vorgenommen und über mehrere Einzelheiten befragt wurde, trat Cook noch einmal an Brown heran und sagte leise:

„Die Neger bekommen wir nicht fort, sie bleiben den ganzen Tag hier. Was geschehen soll, muß also bald geschehen. Daß sie aber nachher nicht fortkommen und das Gerücht aussprengen, dafür will ich schon sorgen."

„Habt Ihr es Wilson gesagt?" fragte Brown.

„Ja, seid ohne Sorge, der kommt nicht weg – das gibt einen Hauptspaß. Doch die Versammlung soll beginnen."

Husfield näherte sich in diesem Augenblick Brown und fragte ihn, ob sie nicht anfangen sollten, da manche der hier Anwesenden vielleicht noch an demselben Tage nach Hause zurückzukehren wünschten. Brown erwiderte hierauf kein Wort, führte ihn aber einige Schritte von den übrigen fort und erzählte ihm nun in aller Kürze und mit so wenig Worten als möglich seinen Verdacht.

„Und was wollt Ihr tun?" fragte Husfield schnell.

„Davon nachher", flüsterte Brown, „mir bangt nur vor den Negern. Wer weiß, wenn wir hier etwas vornehmen, ob die nicht..."

„Ihr habt recht“, unterbrach ihn Husfield, „mir kam es überdies schon vor, als ob der Fremde dem einen Neger ganz verstohlen zugenickt hätte, Verrat könnte uns hier alles verderben. Doch halt! Laßt mich sorgen. Bowitt muß dafür stehen und kennt seine Leute; den will ich unterrichten. Verzögert Ihr indessen die Entscheidung, bis Ihr mich in den Kreis treten und den Hut abnehmen seht – fort! Jones kommt, es mag ihm wohl nicht angenehm sein, wenn zwei miteinander heimlich flüstern.“

Husfield verschwand gleich darauf, und Brown, als gewähltes Oberhaupt dieses Countys, rief die Männer herbei und eröffnete die Versammlung. Nach echt arkansischer Art trat er dabei, um etwas höher zu stehen und sowohl alle sehen zu können als auch von allen gesehen zu werden, auf den Stumpf eines gefällten Baumes und sprach zur Einleitung über den Zweck, der sie hier zusammengeführt, wie über das Gesetzliche der Versammlung selbst, fragte sie aber zum Schluß, ob sie auch fest und ernstlich gesonnen wären, den ungesetzlichen Teil ihrer Verbindung, die Ausübung des sogenannten Lynchgesetzes, in Gemeinsamkeit durchzuführen und die zu strafen, und zwar selbst am Leben, die solche Strafe verdient hätten, wenn es die Mehrzahl der Regulatoren für nötig finden sollte. Ein lautes Ja bewies, wie fest die Männer entschlossen waren, das zu vertreten, was sie einmal begonnen und unternommen hatten.

Unterdessen bemerkte Brown, wie Bowitt eine Zeitlang mit zwei jungen Burschen gesprochen hatte und diese sich jetzt von den übrigen absonderten. Einer nahm seinen Platz gerade der Haustür gegenüber ein, setzte sich dort auf einen Holzklotz und begann das Schloß seiner Büchse sehr aufmerksam zu untersuchen, während der andere, das gesattelte Pony am Zügel, neben ihn trat und eine Unterhaltung mit ihm anknüpfte.

„Nun, Massa“, sagte die eine Negerin zu den beiden, als sie eben einem jungen, etwa zwölfjährigen schwarzen Knaben einen Korb voll Späne abnahm und diese neben die Tür der Hütte schüttete, „wollen Sie nicht der Versammlung zuhören?“

„Noch zu jung, Lyddy“, erwiderte der eine lachend, „und nicht hübsch genug. Es dürfen bloß hübsche Leute dabeisein.“

„Oh, Unsinn das, Massa“, sagte die Negerin, „Massa Hokker dort...“

„Wer, Lyddy?“

„Oh – Massa – Massa Hostler dort“, stammelte die Negerin, offensichtlich verlegen werdend, „Massa Hostler auch nicht groß hübsch. Was hat Massa mit dem Gewehr? Etwas nicht in Ordnung?“

„Das verstehst du nicht, Lyddy“, antwortete der junge Bursche. „Wenn eine Armee irgendwo kampiert, dann werden Posten ausgestellt.“

„Oh, Golly – Golly!“ schrie die Schwarze lachend, daß ihre Augen wie zwei große Kugeln aussahen, „Schildwachen vor die Küchentür! – Oh, Golly – Golly!“

Die jungen Leute lachten ebenfalls und scherzten und spaßten mit den beiden Negerinnen, die indessen im Innern des kleinen Gebäudes das Geschirr abwuschen. Dennoch traten sie abwechselnd vor die Tür und schienen besonderen Anteil an den nicht sehr weit von dort gehaltenen Verhandlungen zu nehmen.

„Wir sind also heute hier zusammengekommen, meine Freunde", fuhr Brown, sich hoch aufrichtend und im Kreise umherschauend fort, „um dem Unwesen des Pferdediebstahls, das uns bei sämtlichen Staaten der Union in Mißkredit gebracht hat, zu steuern. Wenn wir aber auch kräftig und bestimmt gegen die offenen Feinde auftreten können, so ist das bei solchen, die sich unter uns als unsere Freunde einschleichen, die uns schmeicheln und am Tage herzlich die Hand drücken, während sie in der Nacht mit der Raubbrut aus anderen Gegenden verkehren, unmöglich.

Wie aber diese auffinden? hör' ich euch fragen, wie sie entlarven, wenn sie sich schlau und listig dem forschenden Auge der Gerechtigkeit zu entziehen wissen? Allerdings ist das schwer, aber es lebt auch dort oben ein Gott, der die Sünder manchmal da, wo sie es am wenigsten vermuten, in die Hände der Rächer liefert."

Husfield trat in diesem Augenblick heran, nahm den Hut ab und trocknete sich die Stirn.

„Nennt es Zufall oder Schicksal", fuhr Brown, seinem Blick begegnend fort, „was mich gerade zum Mitwisser eines solchen Geheimnisses machen mußte; aber Mitwisser wurde ich, und jetzt, Kameraden, hoff' ich, daß wir die Fährte gefunden haben, auf der der Wolf nächtlich ausschleicht und seine Beute in Sicherheit bringt."

„Wo? – Was gefunden? – Was habt Ihr entdeckt, Brown? Wer ist es? Hier in der Ansiedlung? Ist es einer vom Fourche la fave?" tönten die Stimmen wild durcheinander, und Jones, der sich bis jetzt sehr ruhig und selbstzufrieden an einen Baum gelehnt hatte, wandte fast unmerklich seinen Kopf der Hütte zu. Er wollte sehen, ob er auch im schlimmsten Fall den Rückzug zu seinem Pferd frei habe, das dort etwas abgesondert von den übrigen angebunden war. Als er jedoch den Kopf drehte, begegnete er Cooks Blicken, der dicht hinter ihm stand und ihm freundlich und leise zuflüsterte:

„Nicht wahr, Ihr hättet zu keiner günstigeren Zeit hierher kommen können? Die werden in Missouri staunen, wenn sie das hören."

„Ja – sehr günstig", bestätigte Jones, „sehr günstig, ich – bin außerordentlich neugierig." Er wandte den Kopf nach der andern Seite und sah Wilson dort, scheinbar gleichgültig, am Baum lehnend. „Ja wirklich außerordentlich neugierig, wer damit gemeint ist. Schade, daß ich die Leute nicht kenne!"

„Oh, Ihr lernt sie vielleicht kennen", erwiderte Cook, „aber hört nur!"

„Gleich, meine Freunde", beruhigte Brown die Ungeduldigen. „Ihr sollt alles erfahren, habt nur ein klein wenig Geduld. Ein Zufall nämlich, wenn wir's denn einmal so nennen, ließ mich vor einigen Wochen Zeuge eines Gesprächs werden, dessen Sinn mir aber erst seit kurzer Zeit klar und deutlich geworden ist. Es war die Verabredung zweier Ehrenmänner, sich durch gewisse Worte und Redensarten, wenn auch sonst einander gänzlich fremd, an einem dritten Orte zu erkennen und zu verstehen."

„Wünschen Sie etwas?" fragte Cook Jones, der in diesem Augenblick an ihm vorbeitreten wollte, um den äußern Rand des Kreises zu erreichen."

„Nur ein Glas Wasser", flüsterte dieser zurück, „ich bin augenblicklich wieder da..."

„Lyddy, ein Glas Wasser für Mr. Jones!" rief plötzlich mit lauter Stimme Cook, daß sich alle verwundert nach jener Stelle umsahen, Brown einige Sekunden lächelnd in seiner Rede innehielt und Jones leichenblaß wurde. Die Negerin aber, die schon lange auf eine Gelegenheit gewartet hatte, den Männern und besonders Jones näher zu kommen, ergriff in aller Eile einen Becher mit dem verlangten Getränk und lief, so schnell es ihre wohlbeleibte Gestalt erlaubte, dem Baum zu, an welchem dieser stand.

Jones dankte, nahm den Becher und trank, flüsterte dabei aber der Negerin einige Worte zu und blieb jetzt außerhalb des Kreises stehen, während Wilson vortrat, Lyddy ebenfalls um einen Trunk bat und sich an die andere Seite des Fremden stellte.

Brown hatte mit schnellem Blick diesen Vorgang erkannt und fuhr nach einer kleinen Pause wieder fort:

„Eine Frage nach dem Fourche la fave, eine Frage nach der Weide dieser Gegend und eine Bitte um einen Trunk Wasser waren die Zeichen, und wo glaubt Ihr, daß der Verräter unter uns gelauert habe?"

Lyddy kam in diesem Augenblick mit einem kleinen Korb voll Mais aus der Küche und ging zu dem Pony des Fremden, dessen Zügel sie, wie sich Cook mit schnellem Blick überzeugte, in Ordnung brachte. Alles in der Versammlung lauschte dabei mit atemlosem Schweigen dem Bericht, der ihnen die Verbrecher enthüllen sollte, die so lange unverdächtig und ruhig unter ihnen geweilt hatten.

„Gentlemen", sagte der Regulatorenführer da mit erhobener Stimme, „ich war gestern abend in dem Haus unseres bisherigen Nachbarn Atkins; er ist der Verräter."

„Sonderbare Geschichte das", flüsterte Cook, seinen Arm vertraulich auf die Schulter von Jones lehnend, der ihn mit stierem Blick und aschfarbenen Wangen ansah, „sehr sonderbare Geschichte das!"

Dieser fühlte, daß er verraten war, fühlte, wie der Blick des Regulatorenführers auf ihm haftete. Er wußte, daß es für ihn jetzt keine andere Rettung als schnelle Flucht gab. Unauffällig, aber schnell steckte er deshalb die rechte Hand unter die Weste, ergriff das dort verborgen gehaltene Bowiemesser und warf noch einen Blick forschend hinüber zu der Negerin, die eben ihre Vorbereitungen beendet hatte.

Das Ganze hatte in Wirklichkeit nur wenige Sekunden in Anspruch genommen, während bei den letzten Worten Browns ein Murmeln des Erstaunens und der Verwunderung die Versammlung durchlief.

„Jener Bube aber", fuhr Brown jetzt mit erhöhter Stimme fort, indem er seinen Arm gegen den Fremden ausstreckte, „der sich mit seinem diebischen Treiben, unter dem Mantel der Nacht, in unsere Ansiedlung, ja als 'Regulator aus Missouri' sogar in unsere Mitte schlich – ist dieser!"

Alles wandte sich erschrocken und empört nach dem Bezeichneten um, Jones hatte aber mit diesem Augenblick der Überraschung gerechnet. Mit schnellem Griff riß er das breite, haarscharfe Messer aus der Scheide und schwang es hoch empor, um sich Bahn zu hauen, so daß die ihm zunächst Stehenden entsetzt zurückprallten. Wilson aber, der von der ersten Bewegung Jones' an dessen Absicht erraten, wußte, was er mit der Hand unter der Weste suchte. Kaum blitzte daher der breite Stahl in der Hand des entdeckten Verräters, als Wilson ihm auch mit schnellem und sicherem Griff in den Arm fiel, und im nächsten Augenblick lag der Spion, von der kräftigen Faust des Hinterwäldlers niedergeworfen, unter dessen Knie.

Eine lähmende Überraschung schien im ersten Augenblick die versammelten Männer tatlos gemacht zu haben. Aber nur wenige Sekunden dauerte diese Erstarrung.

„Haltet den Neger!“ schrie Brown, der auf der offenen Lichtung eben noch die helle Jacke des Negerknaben bemerkte, der schlangengleich in die dichten Büsche hineinglitt. Wahrscheinlich wollte er fliehen und die Kumpane des Verbrechers warnen. Der Zuruf war aber überflüssig. Einer der jungen, als Wache aufgestellten Leute hatte den Burschen, der ihm von Anfang an verdächtig vorgekommen, nicht aus den Augen verloren und sich, sobald dieser Miene machte, das Dickicht zu erreichen, in den Sattel seines kleinen Pferdes geschwungen. Von Peitsche und Sporn getrieben, flog dieses mit ihm über die im Wege liegenden Stämme weg, und in wenigen Sekunden hatte er den Neger eingeholt.

Dieser machte auch, da er sich auf solche Art verfolgt sah, keinen weiteren Versuch zur Flucht, sondern drückte sich auf die Erde nieder und bat mit flehender Stimme, ihm nichts zu tun, er wolle ja nicht weglaufen, er wolle keinen Schritt vom Hause fortgehen.

Die beiden dicken Negerinnen selbst waren wie vom Schlage gerührt, versuchten jedoch keinen Fuß vor das Haus zu setzen, da eine Flucht unmöglich war. Das kleine Gebäude wurde jetzt von mehreren Wächtern umstellt, die ihren zeitweiligen Gefangenen übrigens freundlich zusprachen und sie besonders darauf aufmerksam machten, um Gottes willen das Mittagessen nicht zu vernachlässigen.

Jones war indessen gebunden und in den Kreis der Männer geführt, wo er jedoch, wenn auch mit niedergeschlagenen Augen, hartnäckig auf keine Frage Antwort geben wollte.

„Legt ihm den Hickory über!“ riefen da mehrere Stimmen. „Verdammt noch mal – bindet ihn an einen Dogwood und laßt ihn Rinde schälen! Hängt ihn an den Händen auf und hetzt die Hunde auf ihn!“ Lauter freundliche Ratschläge, die alle dem Opfer galten, das bleich und gebunden, aber mit fest und krampfhaft aufeinandergebissenen Zähnen zwischen ihnen stand. Er schien das Ärgste zu erwarten, aber jetzt, da es einmal über ihn hereingebrochen, keineswegs zu fürchten.

Mehrere der wütenden Männer wollten übrigens ihre Drohungen schon tatkräftig ausführen, und einer streifte mit großem Eifer die zähe Rinde eines Papaobaumes ab, um den Gefangenen damit an den beschriebenen Baum zu befestigen. Brown wehrte ihnen aber und sagte ruhig:

„Halt – laßt den Mann noch in Frieden. Solange wir die Aussicht haben, unsern Zweck ohne solche Mittel zu erreichen, ist es immer besser. Noch bleibt uns Atkins, der auch auf jeden Fall mehr von den hiesigen Verhältnissen weiß als dieser Bursche, denn er und Atkins waren sich, wie ich fest überzeugt bin, vorgestern abend gänzlich fremd.“

„Dann ist es auch eine Lüge, daß er meine Pferde gesehen hat, und er wollte mich auf einen wilden Ritt in die Mamelleberge schicken!“rief jetzt der Halbindianer, zornig vortretend. Doch Brown hielt auch ihn zurück und sagte:

„Eure Pferde hat er auf jeden Fall gesehen, denn ich zweifle keinen Augenblick daran, daß er selbst derjenige ist, der sie hierher gebracht hat.“

„Ei, so soll...“

„Halt!“ fuhr Brown fort, den Zürnenden an der Schulter fassend, „sie sind da, noch kann Atkins sie nicht weiterbefördert haben, wenn er das auch in der nächsten Nacht beabsichtigt hätte...“

„Dann wollen wir doch gleich hin“, unterbrach ihn Husfield, „finden wir die Tiere bei ihm, so liegt ja der Beweis klar auf der Hand.“

„Ich fürchte nein“, entgegnete Brown, „heute morgen war ich in seinem Hofraum und sah mir die ganze Einrichtung an. Wenn er die Pferde in seinem Gewahrsam hat, so sind sie keinesfalls innerhalb seiner Fenzen, und es muß irgendwo hinter dem Feld oder Viehhof einen Platz geben, in dem niedern, mit Schilf bewachsenen Talgrund wahrscheinlich, wo die Tiere durch das dichte Rohr in einer gewissermaßen natürlichen Umzäunung eingefenzt gehalten werden.“

„Dann ist aber doch der Eingang nur von seinem Lande aus“, rief Cook ungeduldig.

„Allerdings“, entgegnete Brown, „ich kann es mir wenigstens nicht anders denken, doch das ist einerlei. Er kann vor Gericht nicht dafür verantwortlich gemacht werden. Was frei im Walde läuft, denn außerhalb der Fenzen ist Freiheit...“

„O verdamm die Gerichte!“ sagte Smeiers, jetzt vortretend und mürrisch die Mütze rückend; „wir sind hier nicht zusammengekommen, um zu fragen, was die Gerichte dazu sagen würden. Wir wollen unser Recht selbst suchen, und wenn wir davon überzeugt sind, daß es Recht ist, nun so geht uns der andere Firlefanz weiter nichts an. Darum und in diesem Sinne haben wir Euch zu unserem Anführer gemacht; wenn Euch das nicht recht ist, so sagt's, dann übernimmt's ein anderer.“

Brown wollte darauf erwidern, Husfield unterbrach ihn aber, bat einen Augenblick um das Wort und wandte sich hierauf an die Versammlung, besonders aber an den, der zuletzt gesprochen und jetzt den größten Teil der Regulatoren auf seiner Seite zu haben schien.

„Gentlemen , sagte er, „ich glaube, ihr kennt mich alle, und keiner von euch wird denken, mein Eifer, der guten Sache zu dienen, sei schwächer als der seine, aber – Mr. Brown hat recht. Uns genügt jetzt nicht allein zu wissen, ob Atkins Helfershelfer der Pferdediebe oder Hehler war, wenn wir auch den Beweis dort finden, sondern ob er es noch tut und auf welche Art es geschieht. Daß er dabei Hilfe haben muß, ist klar – bindet den Jungen dort, wenn er noch einmal versucht, die Hütte zu verlassen“ – unterbrach er sich jetzt und wies zu dem jungen Neger hinüber, der in diesem Augenblick wieder schnell und sehr verlegen in das Haus zurückglitt, „habt bessere Obacht auf den Burschen, er könnte uns sonst den ganzen Plan verderben.“

Die Wächter hatten zu aufmerksam auf die Reden gehört und traten jetzt, über ihre Nachlässigkeit beschämt, wieder vor die Tür. Husfield aber fuhr fort: „Wie ich hier überall gehört habe, geht Atkins selten oder nie von zu Hause fort, er muß also Leute an der Hand haben, die ihm derlei kleine Gefälligkeiten besorgen. Diese können jedoch nicht weit entfernt von ihm leben.“

„Johnson hat eine Hütte nur kurze Strecke von seinem Hause entfernt“, sagte Wilson.

„Verdamm die Kanaille“, brach Husfield, bei dieser Entdeckung seine frühere Ruhe vergessend, los, „so steckt auch der Hund mit ihm unter einer Decke, und das Spiel mit den Pferden damals war falsch. Die Pest über ihn – Doch halt“, fuhr er dann nachdenklich fort, „auch hier wird List und Ruhe nachdrücklicher wirken als tolles Toben und rohe, unberechnete Gewalt. Nochmals also stimme ich Mr. Browns Vorschlag bei, die Sache reiflich zu überlegen, ehe wir rasch und vielleicht töricht handeln. Wir haben noch mehrere Stunden Zeit, ehe wir gedrängt werden, etwas zu beschließen. Mr. Brown ist vielleicht jetzt so gut und macht uns indessen mit dem Plan bekannt, den er entworfen hat.“

„Gern", sagte der junge Mann, „er ist leicht mitgeteilt und wird ebenso leicht begriffen werden. Wir wissen die Zauberformel, die uns Zutritt zu dem heimlichen Hehlerplatz unseres Nachbarn sichert. Noch aber ist es nicht bekannt, daß wir sie wissen, noch ist das Geheimnis unser. Mein Vorschlag ist also der: heut abend einen Mann, den Atkins nicht kennt, mit mehreren fremden Pferden zu ihm zu schicken; hier dieser Kanadier wäre vielleicht der Rechte."

Der Bezeichnete schüttelte den Kopf.

„Nein", sagte er dann, „ich war schon dort – heute morgen mit Tagesanbruch – er hat wohl mein Pferd nicht gesehen, das stand draußen, aber mich selber."

„Das ist fatal. Nun, dann finden wir einen andern, der bei ihm einkehren muß, die Parole gibt, die draußen angebundenen Pferde nach seiner Anweisung herbeibringt und zu dem Platz gelangt, auf welchem die Tiere zu dem für sie bestimmten Versteck geführt werden. Wir liegen indessen dort in der Gegend im Hinterhalt und kommen nur nach einem gegebenen Zeichen hervor."

„Das ist alles recht schön und gut", sagte Wilson „,wo aber nehmen wir noch vor Abend jemanden her, den Atkins nicht kennt; denn Atkins kennt fast jeden Menschen in Arkansas."

„Allerdings wird es schwerhalten, einen Mann zu finden", bestätigte Husfield. „Euch kennt er auch, Kefner?"

„Ich sollte denken", meinte dieser, „seit fünf Jahren!"

„Und Euch, Jankins?"

„So genau wie seine Nachbarn."

„Und Euch, Williams?"

„Er kennt sie alle, Mr. Brown", sagte der zuletzt Angeredete,, „da müssen wir weiter gehen. Wenn wir auf der Straße vielleicht..."

„Halt!" unterbrach ihn Cook, „ich hab' es – ein köstlicher Einfall, dem alten Mann wird es auf ein oder zwei Tage nicht ankommen, wir können ihm Mais und Lebensmittel genug liefern."

„Wem denn?" fragten mehrere.

„Habt Ihr heute morgen keine Wagen auf Eurer Fähre übersetzen sehen, Wilson?" fragte Cook.

„Ich bin schon seit gestern abend hier", antwortete der Angeredete, „doch was sollen die uns nützen?"

„Sie können höchstens gegenüber, an der anderen Seite des Flusses, also kaum zwei Meilen entfernt sein", erwiderte Cook, „ein alter Tennesseer mit seinen beiden Söhnen führt die Wagen. Einer von den Jungen oder der Vater selbst muß uns beistehen. Die kennt Atkins nicht, und alles schlau angefangen, geht der alte Fuchs vielleicht in die Falle."

„Wer reitet aber hinüber?" fragte Wilson, „und wie soll man sie finden?"

„Oh, nichts leichter als das", meinte Cook. „Ihr setzt hier gleich über den Fluß, schneidet gerade durch die Niederung, links an dem kleinen See vorbei, und seht, wenn Ihr die Straße erreicht, nur nach den Wagenspuren. Sind die Siedler schon vorüber, was ich kaum glaube, so müßt Ihr sie in sehr kurzer Zeit einholen, und haben sie jene Stelle noch nicht passiert, nun, desto besser, so reitet Ihr ihnen bloß entgegen."

„Da wär's aber viel besser“, sagte Brown, „Ihr ginget selbst, Cook. Wie ich weiß, habt Ihr mit dem alten Mann schon Bekanntschaft gemacht, und vielleicht wird es Euch gerade dadurch leichter, ihn für unser Vorhaben zu gewinnen.“

„Meinetwegen“, entgegnete Cook entschlossen, „mir auch recht. An mir soll es nicht liegen, und wo ich helfen kann, tu' ich's gern. Übrigens wird es wahrlich nicht schwerhalten, den alten Haudegen auf unsern Plan eingehen zu machen. Ich möchte meinen Hals verwetten, daß er selber kommt.“

„Das wäre also abgemacht“, meinte Curtis, sich fröhlich die Hände reibend. „Jetzt glaub' ich auch, daß wir den verdammten Verbrechern auf die Spur kommen, und dann gnade ihnen Gott. Sie sollen Hanf zu schmecken bekommen, daß sie genug haben. Was machen wir aber indessen mit den Gefangenen? Ich traue dem Neger nicht. Der hat schon ein paarmal entwischen wollen, und ich zweifle nicht im mindesten, daß er geradewegs zu Atkins hinübergerannt wäre.“

„Wir müssen sie binden“, sagte Brown, „denn der Gefahr, jetzt verraten zu, werden, dürfen wir uns nicht aussetzen.“

„Die Negerinnen auch?“ fragte Wilson.

„Den Burschen wenigstens“, entschied Husfield, „für die beiden Frauen genügt eine Wache, und macht der Junge wieder den geringsten Versuch zur Flucht, so binden wir ihn an einen Dogwood und lassen ihn tanzen. Wo ist die Papaorinde?“

„Nehmt lieber Stricke“, wandte Bowitt ein, „dort unter dem Bett in der Ecke liegen einige. Ist denn auch Jones sicher verwahrt?“ Er trat bei diesen Worten an den Gefangenen heran und wollte nach dessen Banden sehen, als der Missourier, der auf irgendeine unerklärbare Weise seine Hände frei gearbeitet hatte, dem Baum entsprang, an den er gefesselt gewesen und mit flüchtigen Schritten dem Walde zueilen wollte. Er kam aber nicht weit. Wilson befand sich, als jener den ersten Satz tat, vor dem Bowitt mehr überrascht als erschrocken zurückfuhr, in kaum zehn Schritt Entfernung von ihm und hatte ihn nach kurzem Wettlauf eingeholt. So wütend war aber der Ertappte, daß er sich dem viel stärkeren Gegner stellte und ihn mit Fäusten und Zähnen in verzweifelter Wut zu verwunden suchte.

Wilson bedurfte auch wirklich seiner ganzen Gewandtheit, den wütenden Bissen des Rasenden auszuweichen, doch warf endlich ein kräftiger Faustschlag den Verbrecher zu Boden. Hier wurde er dann an Händen und Füßen gefesselt, in das Haus getragen und von vier Männern bewacht.

Cook sattelte indessen sein kleines Pony und trabte bald darauf dem Fluß zu, um seine Bekannten vom Morgen wieder aufzusuchen. Brown und Husfield dagegen stellten nach allen Richtungen hin Wachen aus, die Verbindung mit den übrigen Ansiedlern abzuschneiden und zu verhindern, daß Atkins gewarnt werden könnte, während die anderen Regulatoren indessen dafür sorgten, daß das Mittagessen bereitet sowie sonst alles Nötige hergerichtet würde. Im Schatten der einzelnen, in der Lichtung stehenden Baumgruppen lagerten sie dann gemeinschaftlich, teils ihren Plan für den Abend zu bereden, teils der Ruhe zu pflegen und mit Sonnenuntergang zu neuen Anstrengungen gestärkt und gekräftigt zu sein.

27. Rückkehr von der Versammlung

In den wilden Wäldern des Westens, wo die verstreut und einzeln liegenden Farmerwohnungen oft durch weite ungangbare Strecken voneinander getrennt liegen, fühlen und kennen die Bewohner derselben auch um so mehr den Wert der Nachbarschaft. Besteht er doch nicht bloß darin, daß sie freundschaftlichen Verkehr mitsammen unterhalten, sondern sie greifen sich auch einander unter die Arme und helfen und unterstützen, wo es not tut und die Kräfte des einzelnen nicht mehr ausreichen. Sei das nun beim Pflügen des ersten Ackers, beim Zusammenrollen der ungeheuren Stämme, die verbrannt werden müssen, um dem Mais Platz zu machen, sei es beim Aufrichten eines Hauses oder beim Aushauen eines Kanus. Es bedarf nur einer Aufforderung, und mit Axt oder Pflug finden sie sich ein und arbeiten bis zum späten Abend so hart und angestrengt, wie sie es vielleicht das ganze Jahr nicht einen einzigen Tag für sich selbst tun möchten.

Kommen die Männer aber schon gern und willig zu solchen Arbeiten, die auch allenfalls ohne große Gefahr noch kurze Zeit liegenbleiben könnten, wieviel bereitwilliger sind da nicht die Frauen, wenn es um Krankheit geht, und sie, was in der Tat selten genug geschieht, zu Rat und Hilfe zusammengerufen werden. Keine, die irgend ihr Haus verlassen kann, wird den zweiten Boten abwarten, und mit allen möglichen in der Eile zusammengerafften Medizinen versehen, besteigen sie ihre Pferde und traben dem Ort der Not so freudig und willig zu, als gelte es ein Fest zu feiern.

Mrs. Atkins war nun freilich in der ganzen Nachbarschaft gerade nicht besonders beliebt, denn erstlich besuchte sie fast niemanden und kam nur höchst selten zu einer Betversammlung der Frommen, was ihr vor allem nachgetragen wurde; dann aber ließ sie sich auch zu keinem einzigen „Steppdeckenfrolick“, bei keinem „Klötzerrollfest“ blicken, bei denen doch ihr Mann selten fehlte. Desto mehr fiel es daher auf, daß sie jetzt, und zwar mit so dringender Bitte um Hilfe, die nächtliche Einladung umhergesandt hatte. Ohne wirkliche Gefahr war das nicht geschehen, und dem Wunsch, einem Kind zu helfen, konnten nur sehr wenige widerstehen. Des alten Grolls wurde nicht weiter gedacht, und ehe die Sonne im Mittag stand, hatten sich elf, meistens verheiratete und ältere Frauen mit allen nur erdenklichen Pulvern und Elixieren eingefunden, um „dem armen kleinen Würmchen das süße Leben zu erhalten“.

Während sich nun die Frauen damit beschäftigten, die Schmerzen des kleinen Leidenden teils durch kalte Umschläge an den Schläfen, teils durch warme auf dem Unterleib zu lindern, und genug Tees und Pulver in ihn hineinfüllten, um sechs weniger abgehärtete Stadtkinder damit umzubringen, ritten auf der Straße, die von Bowitts zu Atkins' Haus führte, drei der verbündeten Regulatoren in langsamem Schritt hin und hielten von Zeit zu Zeit an, als ob sie noch jemanden erwarteten, der sie erst einholen müsse. Endlich, wie sie gerade eine kleine Anhöhe erreicht hatten, wurde ein Reiter auf der gegenüberliegenden Höhe sichtbar, der in scharfem Galopp dahergesprengt kam und schon von weitem, sobald er der Männer ansichtig wurde, mit dem Hut winkte.

Es war Cook, dessen kleines Pony in Schweiß gebadet schien, der mit erhitztem Gesicht endlich bei den drei Freunden, Brown, Curtis und Wilson, eintraf.

„Pest“, rief er aus, als er sich den Hut auf den Kopf warf und mit kräftigem Schlag bis tief in die Augen trieb, „was rennt ihr denn fort, als ob ihr wunder was zu versäumen hättet? Seht einmal mein Pferd an, wie das aussieht. Ich werde mir von der Versammlung ein neues ausbitten.“

„Wir wollten Euch auf der Anhöhe erwarten“, sagte Curtis, „da wir...“

„Und war das nicht ebensogut bei Bowitts Haus möglich, daß wir wie verständige Christen zusammen aufbrechen und weiterreisen konnten? Glaubt Ihr, der Tennesseer saß da an der Straße, fertig gesattelt und aufgezäumt, bis ich kam?“

„Nun? Willigt er ein?“ fragte Brown schnell.

„Wenn er nun nicht einwilligte, he?“ fragte Cook, „dann hätten die Herren doch einen hübschen Spazierritt umsonst gemacht.“

„Er kommt aber – nicht wahr?“

„Nun, versteht sich“, beruhigte ihn Wilson lachend, „seht Cook nur ins Gesicht, er kann die Freude ja gar nicht verbergen. Nur heraus mit der Sprache, Cook, die Zeit drängt, und wenn wir hier so lange halten bleiben, können wir leicht Verdacht erregen.“

„Und dennoch müssen wir bleiben, bis wir alles miteinander verabredet haben“, sagte Cook, „warum habt ihr nicht an Ort und Stelle gewartet, das geschieht euch ganz recht. Ihr glaubt, wenn ihr mit eurem Mittagessen fertig geworden seid, dann können andere Menschen bis zur nächsten Mahlzeit hungern, nicht wahr? Doch jetzt im Ernst: Stevenson kommt, und zwar mit seinem ältesten Sohn und drei von seinen Pferden.“

„Ohne die, die er reitet?“ fragte Brown.

„Jeder Pferdedieb reitet doch natürlich die gestohlenen Pferde“, rief Cook lachend, „Brown, Ihr seid noch sehr weit in dieser Praxis zurück. Das sind ja gerade die beiden Hauptbedingungen eines tüchtigen Pferdediebes, wochenlang auf dem Rücken eines Tieres hängen und dann auch wieder unmenschliche Fußtouren machen zu können. Jedes eigene Pferd, das er reitet, ist reiner Verlust. Doch welchen Plan habt Ihr Euch ausgedacht?“

„Hat ihn Euch Husfield nicht mitgeteilt?“

„Nein, er vertröstete mich darauf, daß ich Euch überholen würde. Der faule Bursche lag unter einem Baum und schien sich zu der Arbeit auf heut abend vorbereiten zu wollen.“

„Er hat Euch aber doch gesagt, daß Ihr und Curtis bei Atkins übernachten müßt?“

„Ja – weiter aber auch nichts.“

„Und wo ist der Tennesseer?“

„Oben bei Bowitts mit seinem Sohn. Der Alte war ganz Feuer und Flamme, als ich ihm von unserem Plan erzählte, und wollte gleich alle Jungen mitnehmen. Wie aber die Frauen von dem Raubgesindel in der Nachbarschaft hörten, gab es einen Hauptspektakel, und nun sollte gar keiner fort. Der alte Tennesseer blieb aber über Wasser und verstand sich nun endlich dazu, daß die beiden Jüngsten zum Schutze der Familie zurückbleiben sollten. Die wurden dann, um die Frauen zu beruhigen, mit Messern und Pistolen versehen, wobei Ben, der kleinste, noch die besondere Warnung erhielt, sich ‘nicht weh zu tun’, und fort trabten wir, was die Pferde laufen konnten. Nun aber zu Eurem Plan.“

„Der ist folgendermaßen“, erwiderte Brown. „Der Tennesseer – wie ist sein Name?“

„Stevenson.“

„Also Stevenson bleibt bis gegen Abend bei Bowitts, um etwa eine Stunde nach Dunkelwerden bei Atkins einzutreffen. Ihr beide – Cook und Curtis – begleitet uns bis zu Atkins und kehrt dort unter irgendeinem Vorwand ein. Wir zwei, Wilson und ich, reiten vorüber."

„Weshalb kommt Ihr denn da jetzt schon mit herunter? Ihr konntet doch ebenfalls solange bei Bowitts bleiben", antwortete ihm Cook.

„Damit Atkins nicht möglicherweise Verdacht schöpfen soll", entgegnete Wilson. „Sieht er uns aber hier ruhig vorbei- und nach Hause reiten, so glaubt er natürlich, daß alles in Ordnung sei, und forscht nicht weiter nach. Da Brown der Anführer von Fourche la fave ist, muß er, wie sich das von selbst versteht, mit dessen Heimritt auch die Versammlung für aufgehoben halten."

„Wo aber bleibt ihr indessen?"

„Wir reiten bis Wilsons Haus – lassen dort unsere Pferde und kehren zu Fuß wieder zurück."

„Hört – da nehmt euch vor dem Fährmann Curneales in acht – dem trau' ich keine Büchsenlänge weit!" warnte Cook.

„Wir ebensowenig", erwiderte Wilson; „um ihn aber irrezuführen, schultern wir unser Schießeisen und gehen nach der Salzlecke zu, die südlich von meinem Hause liegt. Von dort aus können wir, und wenn wir auch erst mit der Dämmerung aufbrechen, immer noch zur rechten Zeit auf dem Platz eintreffen."

„Und wo haltet Ihr Euch verborgen?"

„Wilson, der früher oft in Atkins' Hause war, glaubt mit ziemlicher Genauigkeit den Platz angeben zu können, wo sich die heimliche Tür befindet. Wie dem aber auch sei, in dem Schilfbruch, der hinter Atkins' Haus bis zum Fourche la fave hinuntergeht, muß das Versteck liegen, es gibt dort keinen andern Platz, und in den einzudringen hat mir Hecker schon neulich versichert, sei unmöglich. Der hatte einen Truthahn geschossen und konnte ihn, obgleich er ihn fallen gehört, nicht bekommen, so wild und verworren lagen dort gestürzte und gefällte Bäume über- und durcheinander."

„Wieviel Mann nehmen wir zu dem Überfall?"

„Etwa achtzehn – die reichen vollauf."

„Und was sagen wir Atkins, wenn er nach Jones fragt?"

„Das weiß Curtis schon, doch kann ich es euch noch schnell wiederholen. Husfield hätte Jones mit an den Petite-Jeanne zu einer dort morgen zu haltenden Versammlung der Regulatoren genommen. Jener Fluß liegt dem Missouri-Staat etwas näher, ist also auch Räubereien von dort her mehr ausgesetzt, und er wird es ganz in der Ordnung finden, daß man eine Abteilung unserer Leute nach der Grenze zu schicken will."

„Wird er das glauben?"

„Warum nicht? Er wird denken, Jones selber habe sie dazu überredet, um sie von der Fährte der hier hausenden Pferdediebe abzulenken. Ihr könnt ihm auch zu verstehen geben, daß die Anregung von Jones ausgegangen sei. Seid ihr nun im Haus und hört unser Zeichen – den scharfen Pfiff –, so bemächtigt euch augenblicklich der dortigen Waffen, denn Blut wollen wir, wenn es vermieden werden kann, nicht vergießen."

„Aber die vielen Frauen, die heute morgen dort waren?"

„Die sind uns freilich im Wege, das läßt sich jedoch nicht ändern. Überdies schlafen die, wenn sie ja noch alle dasein sollten, in dem andern Hausteil und werden uns an der Ausführung unseres Vorhabens auf keinen Fall hindern können."

„Wäre ein Schuß zum Zeichen nicht besser?"

„Ein Schuß? Mitten in der Nacht, und nicht einmal Mondschein? Nein, das halt' ich nicht für gut. Wozu die Nachbarschaft alarmieren, wenn es anders abgemacht werden kann."

„Habt ihr auch an den Mulatten gedacht? Der steckt natürlich mit seinem Herrn unter einer Decke und wird, wenn wirklich Helfershelfer in der Nähe liegen, diesen auf jeden Fall Kunde bringen."

„Wir besetzen alle Wege", sagte Curtis, „und auf einem von diesen muß er uns in die Hände fallen."

„Sollte er nicht den Weg durch den Wald vorziehen?"

„Bei solcher Dunkelheit? Nein, ich glaube kaum", erwiderte Brown, „doch läßt sich das nicht ändern. Haben wir den Haupthelfer erst einmal auf der Tat erwischt, so muß dieser die Schurken nennen, die Husfields letzte Pferde fortschaffen halfen, und unter diesen finden wir dann auf jeden Fall den Mörder der Indianerin."

„So kommt", sagte Cook, „das lange Zögern hier auf dem Berge könnte nur, falls wir von jemandem gesehen wurden, Verdacht erregen. Ich wollte übrigens, wir hätten heute den Indianer bei der Hand, der sollte treffliche Dienste leisten. Bald fange ich selber an zu glauben, daß er nicht wiederkommt, so unwahrscheinlich mir das auch anfangs war. Jetzt hat er aber volle neun oder zehn Tage nicht das mindeste von sich hören lassen."

„Mullins behauptete, ihn gestern im Walde gesehen zu haben", „sagte Curtis, „doch war es an einer sehr dichten Stelle und nur für einen Augenblick gewesen. Er erzählte mir auch, er hätte ihn angerufen, das heißt nach der Richtung hin, in der er ihn bemerkt, in den Wald geschrien, aber nichts mehr von ihm zu sehen bekommen."

„Fort ist er nicht", behauptete Brown, „darauf wollt' ich schwören. Ich habe ihm mein Wort geben müssen, nicht eher aus dieser Gegend zu scheiden, als bis Alapaha gerächt sei; es ist also nicht wahrscheinlich, daß er mich im Stich lassen sollte."

„Nun, wir werden sehen", sagte Cook kopfschüttelnd; „hat er aber überhaupt im Sinn wiederzukommen und wünscht er, daß etwas in seiner Sache geschehen soll, so hätte er viel besser hierbleiben und die Nachforschung an Ort und Stelle betreiben sollen. Doch, wie gesagt, wir werden ja sehen."

Die Männer verfolgten indessen ihren Weg wieder und näherten sich jetzt dem Anwesen Atkins'. Dieser stand schon vor der Tür und schien sie erwartet zu haben. Als sie übrigens die Fenz erreichten und er den Fremden nicht sah, kam er den Regulatoren bis an den äußeren Eingang entgegen und mochte wohl die Frage nach jenem auf den Lippen haben, scheute sich aber doch, sie auszusprechen.

„Wie geht es dem Kind, Mr. Atkins?" fragte Brown, während er sein Pferd zügelte.

„Danke – nicht besonders, Sir, ich fürchte, wir werden das arme kleine Ding verlieren. – Nun, ist die Versammlung vorüber?"

„Für diesmal ja! – Die Nachbarinnen sind noch alle hier, nicht wahr?"

„Fast alle, etwa elf – genug, um ein halbes Dutzend Kinder umzubringen; meine Frau will's aber so haben. Nun, ist etwas bestimmt worden? – Wollen Sie denn aber nicht ein wenig absteigen und rasten, Gentlemen?" unterbrach er sich. „Sie haben ja noch genügend Zeit, die nächsten Häuser zu erreichen – oder bleiben vielleicht gar bei mir über Nacht."

„Nein, ich danke, Atkins", sagte Brown ablehnend, „für mich selbst wenigstens. Onkel ist zu Roberts hinübergeritten, und da werde ich nach dem Haus sehen und die Tiere füttern müssen; sonst recht gern."

„Hört, Brown – da mögt Ihr immer allein weiterreisen", sagte Curtis, „ich bleibe die Nacht hier. Zu Haus versäume ich doch nichts."

„Gut – dann leist' ich Euch Gesellschaft, wenn Atkins noch Platz für Gäste hat und die Damen nicht beide Zimmer eingenommen haben", rief Cook.

„Platz genug – steigt nur ab, ich bin überdies neugierig, Nachrichten von oben zu hören. Wo haben Sie denn meinen gestrigen Gast gelassen?"

„Der ist mit Husfield an den Petite-Jeanne, doch davon im Haus", erwiderte Cook, während er aus dem Sattel stieg, diesen dann augenblicklich abschnallte und über die Fenz hing. Curtis folgte seinem Beispiel, und Brown – Wilson war inzwischen langsam vorausgeritten – grüßte noch einmal und trabte schnell hinter dem Freund her.

Indessen führte Atkins seine beiden Gäste in das Haus, wo sie am Kamin noch einen fremden jungen Mann fanden. Ihr Wirt stellte ihnen denselben als Mr. Weston, seinen Neffen, vor, der an den Fourche la fave gekommen sei, um sich hier anzusiedeln, und wahrscheinlich eine Zeitlang bei ihm wohnen werde.

„Ich müßte mich sehr irren", meinte Curtis, „aber ich glaube Sie schon mal früher gesehen zu haben, oder es war jemand, der Ihnen ungemein ähnlich sah."

„Das ist wohl möglich", erwiderte Weston verlegen lächelnd. „Ich ging damals nach Little Rock und hielt mich hier einige Tage auf. Ich glaube, ich bin Ihnen einmal auf der Jagd begegnet."

„Jawohl", sagte Curtis, „jetzt erinnere ich mich auch – es war hier oben am Fluß, wo Sie lagerten. Also hatt' ich doch recht."

„Sie erwähnten, daß Mr. Jones mit an den Petite-Jeanne geritten sei", unterbrach ihn Atkins, „dort wird er wohl längere Zeit bleiben?"

„Nein", entgegnete Curtis, „er trug uns noch auf, Ihnen zu sagen, daß er spätestens übermorgen mittag zurück sein würde."

„Die dortigen Regulatoren versammeln sich ebenfalls?"

„Morgen früh, soviel ich verstanden habe. Husfield hat noch mehrere vom Fourche la fave mit hinübergenommen."

„Aber ich dachte, es sollten Verdächtige bezeichnet, gefangengenommen und peinlich verhört werden?“ fragte Atkins, und man sah ihm an, welches Interesse er an der Beantwortung dieser Frage nahm.

„Ja – das sollte auch geschehen“, sagte Curtis wie nebensächlich, indem er an den Kamin trat und dort seine Stiefel, um sie zu trocknen, über die Glut hielt, „wir haben aber darüber noch nicht recht einig werden können. Einmal liegt gegen niemanden genug Verdacht vor, und dann schienen auch Jones sowohl wie Brown mit der Maßregel nicht recht einverstanden.“

„Mr. Brown auch nicht?“ rief Atkins verwundert.

„Nein – nächste Woche hoffen wir es aber durchzusetzen, denn geschehen muß etwas“, mischte sich Cook in das Gespräch. „Die Spitzbuben lachen sonst am Ende gar noch die Regulatoren aus.“

„Weston – du bist wohl einmal so gut und siehst ein wenig nach den Pferden der Herren hier“, wandte sich Atkins jetzt zu dem jungen Mann, der aufgestanden und an die Tür getreten war. „Nimm auch die Sättel draußen von der Fenz“, fuhr er fort, als jener schnell dem Wunsche Folge leisten wollte. „Die verwünschten Kühe haben mir erst gestern wieder eine Satteldecke zerkaut – und dann geh doch auch ein wenig hinüber zu meiner Frau, sie wollte dir noch etwas sagen.“

Weston nickte ihm zu, daß er alles besorgen werde, trug dann die Sättel in den Vorraum und ging um das Haus herum. Hier aber, anstatt den kleinen Stall aufzusuchen, in welchem die fremden Pferde standen, sprang er, sobald er vom Haus aus nicht mehr gesehen werden konnte, über die Fenz und war im nächsten Augenblick in dem dahinterliegenden dichten Wald verschwunden.

28. Der Indianer auf Johnsons Fährten

„Wo nur Weston bleibt“, sagte Cotton, in der kleinen Hütte, die ihm nun schon seit einigen Tagen als Schlupfwinkel gedient hatte, ungeduldig auf und ab gehend, „er hat mir heute morgen versprochen, gleich Nachricht zu bringen, und jetzt müssen die Regulatoren doch wahrhaftig schon wieder auseinandergegangen sein. Eine ganze Woche werden sie nicht oben sitzen bleiben. Gift und Klapperschlangen – mir wird es hier unbehaglich bei dem Gedanken, aufgegriffen und gelyncht zu werden. Ich werde doch wohl der hiesigen Gegend ade sagen müssen. Ein Leben, auf solche Art geführt, soll der Henker holen!“

„Zum Flüchten haben wir immer noch Zeit“, erwiderte ihm gähnend Johnson, der auf der einzigen im Haus vorhandenen Bettstelle ausgestreckt lag. „Ich möchte noch gar zu gern die neue Sendung mitnehmen, von der Jones erzählt hat und die in der nächsten Woche folgen soll. Höllenelement – siebzehn Pferde! Nachher ist's auch der Mühe wert, Fersengeld zu geben.“

„Ich sehe nur noch nicht, wie wir die alle glücklich fortbringen sollen“, brummte Cotton. „Außerdem werden die übrigen Pferde, die Weston besorgt, mit jenen zu gleicher Zeit eintreffen. Wenn die Besitzer denen allen nicht auf den Spuren bleiben können, müssen sie blind sein.“

„Wir reiten doch nicht durch den Wald“, erwiderte Johnson. „Weston hat schon mit einem Dampfbootkapitän vereinbart, daß er die Pferde in Fort Gibson an Bord nimmt.“

„Nun, dann kommt man ja erst recht auf ihre Spur“, rief Cotton erstaunt. „Wenn sie den Indianern fortgenommen und gleich an Bord geschafft werden, kann ihnen ja ein Kind folgen.“

„Und was liegt daran?“ Johnson lachte; „dem Dampfboot können sie nicht nachrennen, und in Little Rock schiffen wir die Tiere wieder aus. Sollten sie wirklich in einem anderen Boot nachsetzen wollen, vorausgesetzt, daß noch ein anderes daläge, so müßten sie in Little Rock unfehlbar die Spur verlieren. Wie dem aber auch sei, auf jeden Fall behalten wir Zeit, den Mississippisumpf und von da die Insel zu erreichen, und der Fourche la fave sieht mich nachher nicht wieder.“

„Wird es sehr bedauern“, erwiderte Cotton; „doch wahrhaftig, dort kommt Weston! Nun, Zeit ist's – die Sonne geht eben unter.“

Während Cotton noch sprach, sprang Weston über die niedere Fenz und erschien im nächsten Augenblick in der schmalen Tür der Hütte.

„Alle Teufel!“ rief Johnson, erschrocken von seinem Lager aufspringend, als er das leichenblasse Gesicht des jungen Mannes erblickte, „Unglücksbote, was bringst du? Sind die Regulatoren...“

„Nein – nein“, flüsterte Weston, mit dem Kopf schüttelnd, „von denen haben wir noch nichts zu befürchten.“

„Nun, was habt Ihr denn“, sagte Cotton ärgerlich, „Ihr seht ja aus wie verdorbene Buttermilch. Heraus mit der Sprache – was ist's?“

„Der Indianer ist da“, keuchte jener, sich erschöpft auf den einzigen Stuhl niederwerfend, der im Zimmer stand.

„Nun, wenn's weiter nichts ist“, höhnte Johnson und nahm seine frühere Stellung auf dem Bett wieder ein, „da hättet Ihr uns den Schreck ersparen können. Kommt da hereingestürzt, als ob Euch ein halbes Dutzend von den Regulatorenschuften auf den Fersen wäre. Wie ist die Versammlung abgelaufen? Wo ist Jones?“

„An den Petite-Jeanne mit Husfield – morgen ist dort ebenfalls Versammlung – Cook und Curtis sind bei Atkins – über uns ist noch nichts beschlossen. Das ist alles gut und in Ordnung – Ihr aber, Johnson, solltet den Indianer nicht so leichtnehmen, er ist auf Eurer Fährte.“

„Auf meiner Fährte?“ rief Johnson, nun doch etwas bestürzt. „Wie soll er auf meine Fährte kommen? Husfield war mir doch mit der ganzen Bande gefolgt und hat trotzdem unverrichtetersache abziehen müssen.“

„Seid Ihr heute nachmittag den Pfad entlanggegangen, der von hier zu Atkins' Haus führt?“ fragte Weston.

„Ja – vor etwa einer halben Stunde, weshalb?“

„Wie ich vor einer halben Stunde auf ebendiesem Pfad herangelaufen komme“, erzählte Weston, „gerade dort, wo der junge Hickorybaum über den Weg gestürzt ist, und um den Wipfel desselben herumbiegen wollte, sah ich, daß sich auf dem Pfad selbst etwas bewegte. Im ersten Augenblick glaubte ich, es wäre ein Bär, der sich hierher verlaufen hätte, erkannte aber gleich darauf zu meiner nicht gerade freudigen Überraschung den Indianer, der gebückt und die Augen fest auf den Boden geheftet gerade auf mich zu kam. Eine Begegnung schien unvermeidlich, und schon wollte ich hinter dem Strauch hervortreten und ihn anreden, als er plötzlich, kaum fünfzehn Schritt von mir entfernt, an eine kleine feuchte Stelle kam und dort halten blieb. Anfangs begriff ich nicht, was er eigentlich wollte, bald aber fand ich, daß er eine der dort abgedrückten Fährten genau untersuchte. Er nahm seinen Tomahawk aus dem Gürtel und verglich diese Spur mit einer, die er an diesem angezeigt zu haben schien, richtete sich dann auf einmal hoch, schwang, mir den Rücken zugewendet, die Waffe mit drohender Gebärde nach der Richtung des Hauses hin und verließ jetzt den Pfad, von wo aus er nach rechts, gerade über den ersten niederen Hügel hinweg, in den Wald hineinschritt."

„Und die Spur...?" fragte Johnson hastig.

„... war die Eure", erwiderte Weston. „Sobald der verdammte Indianer hinter der Anhöhe verschwunden war, sprang ich schnell aus meinem Versteck hervor und sah nach der Fährte. Es war richtig Eurer rechter Schuh, schön und sauber in dem weichen Schlamm abgedrückt."

„Seid Ihr denn dem Indianer nicht nachgegangen?" fragte Cotton, während Johnson in tiefem Sinnen im Zimmer auf und ab schritt, mit dem Fuß aufstampfte und grimmig mit den Zähnen knirschte.

„Gewiß bin ich das!" erwiderte Weston, und Johnson fragte, sich rasch nach ihm umdrehend:

„Wohin ging er?"

„Erst traut' ich dem Frieden nicht so recht, denn ich hätte mich, aufrichtig gestanden, nicht gern von der Rothaut auf ihren eigenen Fährten erwischen lassen. Bis auf den Hügel zu steigen konnte ich mir aber nicht versagen, da ich weiß, daß man von dort aus die ganze Schlucht, bis unten zu dem Greenbriardickicht, hinabsehen kann. Ich schlich also so vorsichtig wie möglich bis auf den Gipfel, denn wie leicht konnte das rote Skalpiermesser irgendwo dort oben geblieben sein! Da war er aber nicht, und schon wollte ich mich zurückziehen, weil ich glaubte, er hätte sich vielleicht durch eine der Seitenschluchten wieder dem Fourche la fave zugewandt oder sei durch das Kieferndickicht dem oberen Gebirgsrücken zu gestiegen. Die Dämmerung war indessen angebrochen; da war es mir plötzlich, als ob ich tief unten in der Schlucht einen Feuerschein sähe. Gleich darauf war alles wieder finster, doch nach einer kleinen Weile sah ich den Schein aufs neue, und es blieb mir jetzt kein Zweifel mehr, daß es der Indianer sei, der dort unten sein Feuer anzündete, um wahrscheinlich die Nacht da zu lagern."

„Und wo ist die Stelle?" fragte Johnson rasch.

„Kennt Ihr den Platz gleich diesseits des Greenbriardickichts, da, wo die vielen Kiefern bei dem letzten Hurrikan den Berg hinuntergestürzt sind?"

„Etwa in der Gegend, wo wir die wilde Katze aus der kleinen Ulme herausgeschossen?"

„Gerade da", rief Weston schnell, „soviel ich erkennen konnte, muß er ganz genau an jener Stelle lagern."

„Dann wird er sich keinen andern Platz gewählt haben als unter dem etwas vorspringenden Felsen, wo er vor Tau wie vor Gewitterschauern hinlänglich, geschützt ist", knurrte Johnson und ergriff seine Büchse.

„Was wollt Ihr tun?" fragte Cotton bestürzt.

„Dem verdammten Spion die Witterung legen", knirschte der andere.

„Unsinn, Johnson", rief Cotton ärgerlich. „Ihr werdet uns noch die ganze Nachbarschaft auf den Hals hetzen. Was, zum Teufel, schert es Euch denn, ob der Indianer die Länge von Euren Sohlen weiß oder nicht. Solange unsereiner den Schuh im Schlamm abdrückt, hat es keine Not, und er kann sich ruhig nachspüren lassen. Mit Hufeisen ist's etwas anderes!"

„Das versteht Ihr nicht", entgegnete Johnson finster, „es ist nicht das erste Maß, was der Hund von meinem Fuß nimmt. Ich weiß von sicheren Leuten, daß das auch schon bei anderen Gelegenheiten geschehen ist. Jetzt unterliegt es keinem Zweifel mehr, er ist auf der rechten Fährte und – das schlimmste bei der Sache – er weiß es. Darum muß er sterben."

„Verdammt will ich sein, wenn ich Euch verstehe", brummte Cotton, die Scheite im Kamin mit dem, Fuß zusammenstoßend. „Ist die Sache übrigens nicht sehr dringend, so würde ich Euch raten, es noch solange aufzuschieben, bis..."

„... mich die Regulatoren am Kragen haben und an die nächste Eiche hängen? Nicht wahr, Ihr Neunmalkluger? Nein, für mich gibt es keine Sicherheit, solange die Rothaut lebt!"

„Ich möchte wissen, was Ihr mit dem Indianer habt?" wandte Cotton, noch immer unwirsch, ein. „Als die – die – Geschichte da – mit der Squaw vorfiel, waret Ihr doch schon wer weiß wie viele Meilen entfernt, auf Euch kann also weniger als auf irgendeinen anderen Menschen in ganz Arkansas Verdacht fallen. Und was die Pferde..."

„Ich sage Euch aber", unterbrach ihn Johnson, jetzt zum Äußersten getrieben, „Pferde haben hierbei gar nichts zu tun, und – doch was hilft es mir, Euch den Brei noch einmal vorzukneten."

„Ah – so", sagte Cotton, überrascht stehenbleibend, als ob ein neuer Gedanke in ihm aufdämmere, „weht der Wind aus der Richtung? Also bei dem Geschäft..."

„O geht zum Teufel mit Euren Vermutungen", brummte Johnson. „Wenn's nur erst richtig dunkel wäre, der Boden brennt mir hier unter den Füßen."

„Ja, ja", fuhr Cotton, ohne die Worte seines Kumpans zu beachten, sinnend fort, „steht die Sache so, dann möchte ich freilich selber zu einem freundlichen Ausweg raten. Aber warum habt Ihr mir denn nie ein Wort davon gesagt, ich hätt' Euch doch wahrlich nicht verraten."

„Von was redet Ihr denn eigentlich?" fragte Weston jetzt ganz erstaunt. „Ich werde ja aus Eurem Gerede gar nicht klug. Was soll denn die ewige Geheimniskrämerei?"

„Ja, jetzt wär's Zeit, Geschichten zu erzählen", brummte Johnson; „nein, ich breche auf, ich halt' es hier nicht länger aus."

„Johnson", sagte da Cotton, „die Büchse scheint mir nicht geeignet zu sein. Der Knall – mitten in der Nacht, man hört es zu weit, und wozu der unnütze Lärm! Ich habe die Pfeile zurechtgemacht, von denen wir neulich sprachen. Könnt Ihr mit dem Bogen umgehen?"

„Wie ein Indianer", erwiderte Johnson, „ich habe ja sieben Jahre unter Indianern gelebt; aber zum Teufel auch, ich weiß nicht, ein Bogen kommt mir immer verdammt unsicher vor; da lob' ich mir die Kugel."

„Gut, probiert wenigstens einmal die Pfeile", sagte Cotton, während er die niedere Leiter zu dem oberen Raum hinaufstieg und gleich darauf mit einem aus zähem Hickoryholz verfertigten Bogen und vier Pfeilen zurückkehrte.

„So“, sagte er, „jetzt schießt einmal, halt, da ist eine Kartoffel, die will ich hier in die Asche legen; nun tretet zurück, dort in die Ecke – trefft einmal die Kartoffel.“

Johnson wog den Bogen einen Augenblick lächelnd in der Hand, legte dann den Pfeil auf, zielte wenige Sekunden, und gleich darauf zitterte der hölzerne Schaft, der das Ziel genau durchbohrt hatte, in der weichen Erde des Herdes.

„Vortrefflich“, triumphierte Cotton, „ein Meisterschuß; trefft den roten Halunken auf diese Art, und Ihr seid ihn los.“

„Es bleibt aber immer ein unsicheres Schießen“, sagte Johnson, noch halb unschlüssig, doch durch den guten Schuß auch wieder gereizt.

„Unsicher? Das Gift an der rauhgefeilten Spitze hier tötet in fünf Minuten“, flüsterte der Jäger. „Trefft Ihr den Indianer damit nur in den Arm, nur in einen Finger, so könnte er dieses Haus nicht mehr erreichen, und wenn er in gerader Richtung so schnell liefe, wie ihn seine Beine trügen.“

„Das Gift tötet unfehlbar?“

„So wahr ich hoffe, den Fängen der schurkischen Regulatoren zu entgehen!“

„Oh, laßt den armen Indianer leben“, bat Weston, „warum dessen Blut vergießen? Es ist ja wahrhaftig schon genug geflossen. Mir wird es ordentlich unheimlich bei euch; ihr redet über ein Menschenleben, als ob es ein Hirsch oder ein Bär wäre.“

„Jetzt fängt der an, dummes Zeug zu schwatzen“, sagte Johnson ärgerlich, indem er die Pfeile immer noch unschlüssig in der Hand hielt. „Kümmert Euch doch um Eure eigenen Geschichten, laßt uns zufrieden. Der Indianer stirbt!“

„Dann will ich wenigstens nichts weiter damit zu tun haben“, rief Weston entschlossen, „sein Blut komme über euch, morgen kehre ich nach Missouri zurück. Ich hatte mich mit euch zum Pferdehandel verbunden, hier aber ist nichts als Blut und immer wieder Blut. Mir graut's – gute Nacht!“

Er stand auf und wollte das Zimmer verlassen.

„Halt“, rief Johnson, halb bestürzt, halb drohend vor die Tür springend, während er die vergifteten Pfeile, unabsichtlich, wie es schien, dem jungen Mann entgegenhielt. „Ihr wollt uns verraten!“

„Hilfe!“ schrie Weston, entsetzt vor der gefährlichen Waffe zurückspringend, „Mord!“

„Pest und Tod“, rief Cotton ärgerlich, indem er den immer noch mißtrauischen Johnson von der Tür zurückschob und sich zwischen ihn und den jungen Mann stellte, „laßt doch, zum Teufel, die Posse.“

„Ich dachte gar nicht an die vergifteten Pfeile“, sagte Johnson, „weshalb aber will Weston fort?“

„Weil ich bei Atkins vermißt werde und auch nicht Zeuge eines neuen Mordes sein will. Zu glauben, daß ich Euch verraten wollte, ist nicht allein schlecht, sondern auch unsinnig. Ich stecke zu tief mit in der Schuld, um leicht auf Vergebung hoffen zu können, bände mich nicht überdies mein Schwur.“

„Ihr gedenkt des Schwures noch?“ fragte mahnend Johnson.

„Ja", hauchte zusammenschauernd Weston. „Ihr habt von mir nichts zu befürchten; ein andermal geht aber vorsichtiger mit solchen Waffen um und – laßt ihn leben, Johnson, laßt ihn leben", bat er dringend, den Arm des finsteren Mannes ergreifend. „Es kann ja doch vielleicht ohne sein Blut noch Sicherheit für uns geben. Bedenkt, daß der arme Teufel schon Weib..."

„Verdammt will ich sein, wenn ich das Geschwätz noch länger mit anhöre", rief Johnson, ärgerlich den jungen Mann von sich schüttelnd. „Geht – fort mit Euch – Ihr könnt uns hier doch nichts nützen; doch, Weston, gedenket des Schwurs und glaubt nicht, wenn Euch auch selbst Gott verziehe, meiner Rache zu entgehen."

„Spart Eure Drohungen", sagte Weston ernst, „ich bin kein Verräter, will mit Euch aber auch fortan keine Gemeinschaft mehr haben. Ich kehre morgen früh nach Missouri zurück – zu solchem Handwerk tauge ich nicht."

„Oder Ihr seid noch zu neu", meinte Cotton spöttisch. „Nun Glück zu, Weston, wenn's wirklich Euer Ernst ist, und hab' ich Glück, so komm' ich in ein paar Jahren einmal hinauf nach Missouri."

„Lebt wohl, Johnson", sagte Weston, dem Angeredeten die Hand entgegenhaltend, „kein Groll wenigstens beim Scheiden."

„Lebt wohl", erwiderte dieser mürrisch und halb abgewendet.

Der junge Mann verließ das Haus, überstieg die Fenz und war im nächsten Augenblick durch die dichten, das kleine Haus umgebenden Büsche den Augen der beiden Männer entrückt.

„Wir hätten ihn doch nicht sollen ziehen lassen", sagte Johnson, jetzt unruhig im Zimmer auf und ab gehend, „ich traue dem Burschen nicht."

„Er ist treu", behauptete Cotton, „ich kenne ihn – der verrät niemanden. Da gibt es andere Menschen, denen ich nicht traue."

„Ihr meint Rowson?" fragte Johnson, vor ihm stehenbleibend.

„Ja!"

„Der sitzt zu tief drin – wenn alle so sicher wären!"

„Ja, jetzt – laßt ihn aber einmal in die Patsche kommen, laßt ihn den Strick an der einen und die Hoffnung auf Rettung an der anderen Seite sehen, dann paßt auf, was er tut. Oder dann paßt lieber nicht auf, denn in diesem Falle möchte ich mich eher auf meine Beine als auf seine Treue verlassen. Ich traue ihm nicht."

„Es wird dunkel", sagte Johnson, „ich will gehen, aber, ich weiß nicht – die Büchse wäre mir lieber."

„Ihr seid ein Tor", rief Cotton, „Ihr schießt, zum Henker, ebenso sicher mit dem Pfeil wie mit der Kugel, und das eine kann Euch vor Entdeckung sichern, das andere muß Euch verraten. Wenn man den Leichnam findet..."

„... bin ich längst fort", unterbrach ihn Johnson lachend, „glaubt Ihr, ich lasse bei dieser Regulatorenwirtschaft meinen Hals in der Schlinge?"

„Aber die neuen Pferde?"

„Mögt Ihr allein besorgen, morgen schon breche ich nach der Insel auf. In dieser Nacht kann ich meine wenigen Habseligkeiten in Ordnung bringen, und mit Tagesgrauen hol' ich mir eins von Roberts' Pferden, die zwischen dieser Hütte und seinem Haus weiden. Ehe man den Indianer gefunden hat, bin ich über alle Berge."

„Aber Rowson."

„Mag nachkommen, wenn er Gefahr sieht, er weiß, wohin ich gehe. Wollt Ihr mit?"

„Ich habe Atkins versprochen, die nächste Sendung befördern zu helfen, und mein Wort will ich halten, muß ich halten, denn mit meiner Kasse sieht's erbärmlich aus. Die letzte Hetze hat verdammt wenig eingebracht. Bin ich damit im reinen, so kann es sein, daß ich Atkins nach Texas begleite. – Also Ihr wollt doch die Büchse nehmen?"

„Büchse und Pfeile", sagte Johnson. „Erst versuche ich das Gift, und bin ich mit meinem Schuß nicht so recht zufrieden, dann mag das Blei nachhelfen."

„Glaubt Ihr denn unbemerkt an ihn heranschleichen zu können?"

„Wenn er da lagert, wo ich vermute, ja", erwiderte Johnson, die schweren Schuhe mit leichten Mokassins vertauschend. „Auf jenem Felsen liegt nicht einmal trockenes Laub, was mich durch sein Rascheln verraten könnte."

„Nun, wenn's doch einmal sein muß, dann trefft ihn wenigstens sicher", warnte Cotton.

„Nur keine Angst, bin ich ihm erst einmal in Schußnähe, dann ist er mein. Übrigens liegt jene Stelle abgelegen genug, und er müßte laut schreien, wenn er dadurch jemand herbeilocken wollte. Wo bleibt Ihr indessen?"

„Hier – ich will inzwischen einen guten Stew brauen, daß Ihr bei der Rückkehr etwas Warmes findet. Also Heathcott..."

„Oh, schweigt mit der alten Geschichte und braut Euer Getränk, das ist nützlicher."

„Laßt nicht zu lange auf Euch warten", rief ihm der Jäger noch nach.

„Daß ich mich nicht erst zu ihm setzen werde, könnt Ihr Euch denken", murmelte jener mürrisch, warf die Tür hinter sich zu und glitt gleich darauf mit leisem, aber schnellem Schritt durch die dunkle Waldung dem nächsten Bergkamm zu, von welchem aus Weston das Feuer des Indianers bemerkt haben wollte.

Die Nacht war rabenschwarz, kein Stern leuchtete an dem mit finsteren Wetterwolken überzogenen Himmel, und das dumpfe Rauschen der mächtigen Wipfel kündete schon den nahenden Sturm. Weit oben auf dem Gebirgsrücken, der die Wasser des Fourche la fave und der Mamelle voneinander scheidet, schrie mit scharf gellendem Klagelaut ein einsamer Wolf sein Nachtlied, und die Eule antwortete spottend aus dem dunklen Kiefernwipfel heraus, in dem sie vor dem heranrückenden Unwetter Schutz gesucht hatte. Mensch und Tier suchten ein Obdach, den warmen Kamin oder den dicken Schilfbruch, nur der Mörder schritt, unbekümmert um die immer stärker und drohender werdenden Anzeichen eines nahenden Sturmes, Büchse und Bogen krampfhaft in der Hand haltend, seinen Weg entlang. War ja doch der Sturm sein Bundesgenosse, und fand er durch ihn gerade die größere Sicherheit für sein blutiges Werk.

Lagerte nämlich der Indianer wirklich an jener Stelle, so hatte er bei solchem Wetter auf jeden Fall den Schutz des überhängenden Felsen gesucht, und dann war es ihm nicht möglich, Schritte zu hören.

Vorsichtig folgte Johnson dem Lauf der kleinen Schlucht, obgleich er einen näheren Weg hätte einschlagen können. Doch bei Nacht ist es schwierig, ohne Sternenlicht die gerade Richtung durch den Wald beizubehalten, und selbst der geübte Backwoodsman versucht es nicht gern ohne dringende Not. Die Spitzen der vergifteten Pfeile hatte er mit einem wollenen Tuch dicht umwickelt, daß er sich nicht durch einen Zufall selbst verwunde, und seine Waffen im linken Arm, kletterte er, vorsichtig mit der Rechten seinen Weg ertastend, höher und höher hinauf, bis er an umgestürzten Fichten die Gegend erkannte und nun wußte, wo er sich befand.

Gerade da bildete die Schlucht einen Winkel, und dicht darüber war der Felsen, unter welchem der Indianer liegen mußte. Jedes unnötige Geräusch vermeidend, kroch Johnson unter den kreuzweise über die Schlucht hingestürzten Stämmen hindurch, ließ seine Büchse an einer sicheren Stelle zurück, um von den vielen Waffen nicht behindert zu werden, und glitt, einer Schlange gleich, der Ecke zu, die ihn bis jetzt noch von seinem Opfer trennte.

Triumph! Sein Herz schlug fast hörbar – dort, am Feuer hingestreckt, ruhte Assowaum, die Gefahr nicht ahnend; die Waffen lagen an seiner Seite, und auf den rechten Arm gestützt, schaute er sinnend in die flackernde Glut. Johnson erhob sich, den Bogen mit starker Hand fassend, und blickte forschend hinüber, um die Stelle zu bestimmen, in die er den tödlichen Pfeil senden sollte, denn die Entfernung zwischen ihm und seinem Opfer betrug kaum zehn Schritt. Hier aber fand sich ein neues Hindernis. Die aufgespannte Decke des Indianers, die dieser an der Windseite angebracht hatte, um auch gegen den etwas schräg einschlagenden Regen geschützt zu sein, verbarg den größten Teil seines Körpers, so daß von diesem eigentlich nur der Kopf mit dem rechten Arm sichtbar war, während die übrige Gestalt unter dem wollenen Schutzdach versteckt lag. Zwar konnte Johnson genau die Stelle bestimmen, wo er den Indianer treffen mußte, und er würde auch, hätte er die Büchse statt der Pfeile bei sich gehabt, keinen Augenblick länger gezögert haben, so aber stieg plötzlich die sonderbare Idee in ihm auf, die Wolle könne, wenn nicht den Pfeil aufhalten, doch falsch lenken oder gar dem Gift seine Kraft nehmen; kurz, er scheute sich, auf diese Art einen Schuß ins Ungewisse zu tun.

Dazu kam noch eine kaum unterdrückbare Furcht vor der kräftigen Gestalt seines Feindes, den er zum Äußersten entschlossen wußte und der, wenn bloß verwundet, dennoch vielleicht soviel Kraft behalten würde, ihn einzuholen und des Tomahawks Schärfe an seinem Schädel zu versuchen.

Wie übrigens die Decke gespannt war, brauchte der Mörder höchstens zwanzig Schritt bis hinter die stattliche Ulme, die am Abhang des Hügels stand, zu kriechen, dann bot sich ihm die Brust des Indianers als ein unfehlbares Ziel.

Der erste Blitz zuckte jetzt durch den Sturm und warf einen grellen Schein über die Landschaft, aber im nächsten Moment war alles wieder in undurchdringliches Dunkel gehüllt. Da richtete sich Johnson auf, um schnell die günstige Stelle zu erreichen, ein Stein aber glitt unter seiner rechten Hand, mit der er sich bis jetzt an den vorwachsenden Wurzeln einer Eiche festgehalten, vor und rollte hinab in den Grund der Schlucht. Regungslos blieb Johnson, dicht an den Boden geschmiegt, liegen und hob nur vorsichtig den Kopf, die Wirkung zu beobachten, die dieses Geräusch auf den Indianer hervorgebracht haben könnte.

Tatsächlich war es diesem nicht entgangen, er horchte auf und hob den Kopf über die Decke empor, den von dem Feuer ausgehenden Lichtkreis zu übersehen: Johnson lag aber im Schatten der Eiche, die aus dem Abhang emporstieg, und der Blick Assowaums schweifte über ihn hinweg. Da erhellte ein noch grellerer Blitz als vorher die Schlucht, und der Mörder bebte scheu zurück. Aber auch den Indianer schien der Strahl geblendet zu haben, denn er preßte die Hand schnell gegen die Augen und sank dann, scheinbar beruhigt, in seine frühere Stellung zurück.

Johnson beobachtete ihn noch einen Augenblick und glitt nun etwa fünf bis sechs Schritt zurück, wo er von seinem Opfer selbst bei Tageshelle nicht hätte gesehen werden können. Hier klomm er an der rechten Seite bis hinter die Ulme hinan, von der aus er das Lager des Feindes dicht vor sich hatte, spannte leise den Bogen, legte den tödlichen Pfeil darauf und erhob sich jetzt schnell, aber vorsichtig, zum Schuß in die Höhe. Da – unwillkürlich entfuhr ihm ein Laut des Staunens und Schrecks, denn die Stelle am Feuer war leer – Assowaum verschwunden.

Ehe er jedoch nur einen Gedanken fassen konnte, fühlte er eine Hand auf seiner Schulter und sah, entsetzt zurückfahrend, in das wild drohende Angesicht seines Feindes, sah den Arm des Indianers erhoben – der Tomahawk blitzte im Schein des von unten hinaufflammenden Feuers, und von der flachen Seite der gefährlichen Waffe getroffen, brach er lautlos zusammen.

Schrecklich war sein Erwachen. Durch die schwankenden Baumwipfel prasselten und zischten die schwefelgelben Strahlen, laut schmetternd brach der Donner hintendrein, und die Schleusen des Himmels schienen geöffnet – die ganze Natur in Aufruhr; aber gefesselt und geknebelt, daß er kein Glied rühren, keinen Laut ausstoßen konnte, lag der Verbrecher an der Wurzel eines Hickorystammes angebunden, allein im Toben der Elemente. Vergebens rang er mit der Kraft der Verzweiflung, seine Banden zu sprengen oder wenigstens einen Arm aus den Stricken zu befreien. Vergebens dehnte er die Glieder. Assowaum verstand die Kunst, einen Knoten zu schürzen, seine Bande unzerreißbar zu machen. Matt, erschöpft mußte Johnson endlich in seinen fast wahnsinnigen Bemühungen einhalten und blieb nun keuchend liegen.

Der Sturm hatte inzwischen nachgelassen; von den Blättern strömte aber noch immer das Wasser wie im stärksten Regen herunter, der Wind scheuchte die dunkeln Wolkenmassen vor sich her, und die helle Mondscheibe sandte hier und da durch auseinandergerissene Dunstschleier ihr bleiches, silberhelles Licht auf die Erde nieder.

Johnson war eben aus einer zweiten Ohnmacht erwacht – Fieberfrost schüttelte seine Glieder, und zum erstenmal drang sich ihm jetzt der entsetzliche Gedanke auf, daß ihn der Indianer hier zurückgelassen habe, um nicht wiederzukehren, daß Cotton, der seine Rückkunft vergebens erwartet hatte, flüchten würde und er hier langsam verhungern müsse, wenn nicht ein mitleidiger Wolf seinem elenden Dasein früher ein Ende mache.

Er konnte ihre schrillen Laute schon von den nahen Bergen herüber hören: Sie sammelten sich nach dem Unwetter, um gemeinsam auf Raub auszuziehen, und da, gerade da, wo er sich jetzt befand, hatte er ihre Spuren oft und oft bemerkt, wie sie die Schlucht gekreuzt und von den Gebirgen herunter zu dem Fluß gezogen waren.

Allmächtiger Gott, sollte er auf so schreckliche Weise umkommen? Das Geheul kam näher – der Wolf wittert seine Beute auf viele Meilen Entfernung. Wieder stemmte sich der Elende gegen seine festen Bande, wieder strengte er sich an, bis ihm das Blut die Adern zu zersprangen drohte. Die Verzweiflung gab ihm Riesenkräfte, aber er konnte die Fesseln nicht zerreißen. Da lag er plötzlich so starr wie aus Stein gehauen und lauschte ängstlich und hoffend zugleich. Er hatte einen Ruf vernommen, einen bekannten Ruf. Es war die Nachahmung des Eulenrufs, das Zeichen unter den Verbündeten – es mußte Atkins oder Cotton sein – vielleicht beide. Sie kamen, ihn zu retten, und hier – hier lag er, gefesselt und geknebelt, vermochte kein Glied zu rühren, keinen Ton zu antworten, um die Stelle zu bezeichnen, wo er lag. Aber näher und näher kam die Stimme, lauter und dringender die Aufforderung des Suchenden. Jetzt schritt er am oberen Ende der Schlucht heran, Johnson konnte die Umrisse seiner Gestalt auf dem dunkleren Hintergrund deutlich erkennen; wieder tönte der Eulenruf, erst drei-, jetzt viermal; der Gefangene wand und krümmte sich wie ein Wurm – doch ohne Erfolg.

Endlich – endlich kamen die Tritte näher; der Suchende hatte die Schlucht durchkreuzt – er kannte die Stelle, wo der Indianer gelegen, und umging sie – er mußte jetzt an dem Freund dicht vorbeikommen. Wieder tönte der Ruf, und mit vorgebeugtem Körper horchte der Jäger. Johnson versuchte das Äußerste, um wenigstens das Laub mit dem Fuß rascheln zu machen – den jungen Stamm zu schütteln, an dem er festgebunden war – vergebens. Der Wind rauschte und wehte noch in den Zweigen, und das Laub war feucht und weich, es raschelte nicht.

Da kam die Gestalt heran, es war Cotton. Johnson konnte deutlich den Hut erkennen, den er auf dem Kopf trug – er konnte das Gesicht sehen; Cotton kam gerade auf ihn zu – noch zwanzig Schritt in der Richtung weiter, und er mußte auf seinen Körper treten. Da wandte er sich um – er schien seinen Plan geändert zu haben –, horchte noch einmal hinaus in den rauschenden Wald, ob vielleicht jener winselnde Schrei der Wölfe der erwartete Eulenruf sei, und glitt dann, als er sich wiederum getäuscht sah, schnell und lautlos in das nächste Dickicht.

Es war vorbei – keine Aussicht mehr auf Rettung, und verzweifelt sank der Gefangene in sich zusammen. Er achtete nicht auf das Geheul der wilden Bestien, der Tod war ihm nun gleichgültig, wenn nicht erwünscht.

29. Rowson bei Roberts – Die Truthühnerjagd – Ellen und Marion

Das Mittagessen war beendet, das Geschirr abgewaschen und fortgestellt, und vor dem Eingang des kleinen Hauses saßen die Freunde und plauderten von diesem und jenem. Rowson hatte seinen Stuhl neben den von Marion gerückt und hielt die Hand der Braut in der seinen, während Harper an Ellens und Bahrens an des alten Roberts Seite Platz genommen.

Nach welchen verschiedenen Richtungen das Gespräch aber auch immer gehen mochte, auf den Ehestand kam es stets wieder zurück, und Harper war nun schon zum drittenmal gefragt worden, warum er sich nicht nach einer Frau umsehe, die ihm seine alten Tage verschönen könne.

„Davor bin ich sicher – ich wüßte nicht, wie ich eine bekommen sollte. Die einzige Art wäre, daß ich es wie mein Bruder machen müßte, der sich in die Lotterie gesetzt und ausgespielt hat."

„In die Lotterie gesetzt, Mr. Harper? Sich selbst?“

„Nun, die Sache war sehr einfach; er machte sechshundert Lose, jedes zu zehn Dollar, für Mädchen und Witwen unter dreißig Jahren – bei der Untersuchungskommission hätten Sie sein sollen – und setzte sich selbst mit den also gewonnenen sechstausend Dollar ein.“

„Aber, Mr. Harper!“

„Nun wurde er jedoch bloß fünfhundert und einige dreißig los, behielt also einige sechzig und hatte die starke Hoffnung, sich selber wieder zu gewinnen – ja prosit. Ein junges Mädchen, die drei Zeugen gebracht, daß sie erst achtundzwanzig Jahre alt sei, bekam ihn, und er ist jetzt glücklicher Familienvater. Hier in Arkansas möchte es aber schwer werden, sechshundert Lose anzubringen.“

„Nicht, wenn Sie im Einsatz ständen“, meinte Marion lächelnd. „Ich bin fest überzeugt, die Kandidatinnen kämen von allen Seiten.“

„Und würden Sie auch ein Los nehmen?“

„Warum nicht“, antwortete Marion heiter, „man gewinnt ja manchmal etwas, was man nicht gebrauchen kann. Ich könnte Sie ja an eine gute Freundin verschenken; an Ellen zum Beispiel.“

„Ei warum nicht“, sagte Harper, „ich würde kaum etwas dagegen einzuwenden haben.“

Rowson hatte indessen dem Gespräch zugehört und sich nur selten eingemischt, hielt aber in seiner Hand einen ausgespannten Truthahnflügel als Fächer und scheuchte damit seiner Braut die sie hier und da umschwärmenden Fliegen und Moskitos fort.

Mrs. Roberts nahm ebenfalls einen Fächer, denn die Hitze wurde wirklich drückend.

„Wir werden ein Gewitter bekommen“, meinte Roberts und zog seinen Rock aus, „die Luft ist so sonderbar schwül – ich muß doch einmal nach dem Thermometer sehen – apropos Rowson“, fuhr er fort, indem er aufstand, „wißt Ihr, wer die Leute waren, deren Wagen wir, sahen, als Ihr oben bei der Salzlecke zu mir kamt? Tennesseer, frühere Nachbarn von mir, Stevensons, prächtige Leute. Ich habe mich recht gefreut, sie wiederzusehen; und, Marion, die Mädchen sind herangewachsen, die würdest du gar nicht wiedererkennen.“

„Oh, warum sind sie denn nicht bei uns eingekehrt?“ fragte Mrs. Roberts, „man sieht doch so selten alte Freunde. Kennen Sie Stevenson auch, Mr. Rowson?“

„Nicht daß ich wüßte“, erwiderte dieser, „und ich habe sonst ein ziemlich gutes Gedächtnis. Stevenson – der Namen jedenfalls ist mir von Tennessee her bekannt, die Familie selbst aber schwerlich.“

„Er ist drüben am Arkansas gewesen, als der letzte Mord geschah“, sagte Roberts, jetzt mit dem Thermometer in der Hand zurückkommend. „Und er hat den Mörder gesehen – dreißig Grad, es ist erstaunlich...“

„Das ist doch nicht möglich!“ rief Rowson entsetzt.

„O doch – sehen Sie, über dreißig Grad!“ entgegnete Roberts und hielt ihm das Thermometer entgegen.

„In der Tat“, erwiderte Rowson, schnell gefaßt. „Wie aber konnte er das?“

„Konnte was?“

„Wie konnte Mr. Stevenson den Mörder gesehen haben? Es wurde ja behauptet, der Mann habe sich selbst erschossen, eben weil man keine Spur entdeckt hatte."

„Unsinn", sagte Roberts, den Kopf schüttelnd. „Stevenson stand hinter einem Baum, an dem die beiden Männer, kaum fünf Minuten, bevor der Schuß fiel, vorbeigekommen sein sollen. Er hat mir versichert, er würde den Burschen unter Tausenden wiedererkennen. – Er ist ein prächtiger alter Mann; er würde Ihnen ungemein gefallen."

„Ich zweifle gar nicht daran", erwiderte Rowson, „aber..."

„Nun sagt mir einmal, Roberts", unterbrach ihn Bahrens, „wie ist denn das Ding da, das Ihr in der Hand habt und ein Thermometer nennt, eigentlich eingerichtet, daß Ihr an dem sehen könnt, ob es warm oder kalt sei?"

„Nun, das Quecksilber steigt bei Wärme", erwiderte der Gefragte, „und fällt, je kälter es wird!"

„Und danach richtet sich das Wetter?"

„Nein, das Thermometer richtet sich nach dem Wetter!"

„Ihr habt mir aber doch einmal erzählt, in den grünen Gebirgen wäre es 1829 nur deshalb so unmenschlich kalt geworden, weil sie kein solches Ding oben gehabt hätten."

„Ih bewahre", sagte Roberts lachend.

„Damals war aber eine Kälte!" rief Harper. „In dem Winter lebte ich am Eriesee in Cleveland, und das Quecksilber fiel Gott weiß wie tief unter Null. Ein alter Pennsylvanier, bei dem ich wohnte, behauptete auch, es wäre noch tiefer gefallen, wenn das Thermometer nur länger gewesen wäre."

„Wird sich Mr. Stevenson noch einige Tage in dieser Nachbarschaft aufhalten?" fragte Rowson, der bis jetzt in tiefen Gedanken vor sich niedergeschaut hatte.

„Nein – bewahre! Er sagte ja – ja so. Sie kamen erst nachher zu mir – nein, er geht direkt in die Gegend, in der er sich niederlassen will, an den Fuß der Gebirge. Wie er mir aber versicherte, gefällt ihm unser Land hier am Fourche la fave ungemein, und er schien gar nicht übel Lust zu haben, gleich hierzubleiben. Seine Frau jedoch und seine Töchter fürchteten sich sehr von den Pferdedieben, denn da diese, wie sie am Arkansas gehört hatten..."

„Nun, deswegen brauchten sich die Frauen doch nicht zu fürchten", unterbrach ihn Bahrens, „mit der Gesellschaft werden wir schon fertig."

„Allerdings , meinte Rowson, „die Leute machen die ganze Sache auch gefährlicher, als sie wirklich ist. Der Fourche la fave hat einen viel schlimmeren Namen, als er verdient und..."

„Hallo – was haben die Hunde da?" rief Roberts aufspringend, „Poppy hat schon in einem fort gewindet, und jetzt geht's durchs Feld, als ob der Böse hinter ihm her hetzte."

„Es sind Truthühner, Vater", antwortete Marion. „Ellen und ich gingen vor Tisch dort unten herum und sahen, gleich am Bach, ein ganzes Volk."

„Ei, warum habt Ihr denn das nicht längst gesagt?" rief Roberts, aufspringend, „ich habe seit acht Tagen keinen Truthahn geschossen. Geht Ihr mit, Bahrens?"

„Gewiß", sagte dieser und holte sogleich seine Büchse, die er stets bei sich führte, aus dem Haus. „Und wenn ich nicht irre, so haben die Hunde sie auch schon in den Bäumen."

„Jawohl, ich erkenne Poppys Stimme. Doch jetzt müssen wir eilen, sonst ziehen sie hinunter in die Niederung, und da kann man schlecht nachkommen."

Bahrens bedurfte keiner weiteren Aufmunterung, und schnell liefen die beiden Männer an der Fenz des Maisfeldes hinab, wo die Hunde wild unter den Bäumen umherrannten und nicht mehr zu wissen schienen, auf welchem die geflüchteten Tiere saßen. Aber auch die Jäger blickten sich vergebens um, denn das Laub war sehr dicht, und die schlauen Truthühner hatten sich so fest an die Äste gedrückt, daß sie nicht zu erkennen waren.

„Es wird ein alter Truthahn gewesen sein", sagte Bahrens, „und der ist doch um diese Zeit nicht besonders schmackhaft."

„Nein", meinte Roberts, „aber ich habe erst gestern vier Hennen gesehen, die dieses Jahr auf keinen Fall brüten können. Einen fetteren Braten gibt's auf der Welt nicht als eine solche Henne in dieser Jahreszeit."

„Nun, dann müssen wir abwarten", entgegnete Bahrens, „ruft die Hunde. Bleibt Ihr hier, und ich will dahinüber auf die kleine Anhöhe gehen. Können wir die Hunde ruhig halten, so wird es nicht lange mehr dauern, bis sich die Hennen wieder melden – lange schweigen sie nicht gern."

Roberts, der völlig mit diesen Vorsichtsmaßregeln einverstanden war, rief seine Hunde, die sich dicht neben ihm niederlegen mußten, und wohl eine Viertelstunde rührte sich keiner der Männer. Endlich ahmte Bahrens leise, aber täuschend den Ruf der Hennen nach, und es dauerte auch nicht lange, so antwortete eine gerade aus dem Baum über Roberts.

Die Hunde sahen erst zu ihrem Herrn empor, dann wieder in die Bäume und fingen an ungeduldig zu werden. Roberts wollte aber warten, bis Bahrens ebenfalls einen Vogel zum Schuß hatte, und erst als mehrere Truthennen von verschiedenen Baumkronen her antworteten und jener die Büchse hob, richtete er sich empor und legte auf sein Wild an.

Die Truthenne war indessen von dem Aste, an welchem sie dicht angeschmiegt gesessen, aufgestanden und schaute eben, den Hals nach allen Richtungen drehend, umher, ob die Gefahr verschwunden sei. Da krachte Bahrens' Büchse, fast in demselben Augenblicke war aber auch Roberts schußfertig geworden, und beide Vögel stürzten mit schwerem Fall von ihrer Höhe hernieder, wo sie von den Hunden augenblicklich in Empfang genommen wurden.

Mrs. Roberts und Harper hatten indessen, während die beiden Männer dem Wild nachgegangen waren, ein Gespräch mit dem Prediger anzuknüpfen versucht und bald von diesem, bald von jenem begonnen. Rowson schien aber heute wenig zu ausführlichen Antworten geneigt und überhaupt entsetzlich zerstreut zu sein.

Besser unterhielten sich währenddessen die Mädchen, die Arm in Arm vor dem Haus umhergingen. Aber beide vermieden seltsamerweise jede Berührung ihrer Zukunftspläne, vielmehr sprachen sie von ihren Kinder- und Jugenderlebnissen.

„Ach, liebe Ellen", sagte Marion seufzend, „das waren doch recht schöne Zeiten, und wir wußten damals noch nicht, was Sorge und Kummer ist. Der Übergang aus diesem glücklichen Alter in das reifere Leben ist auch so unmerklich, kommt so allmählich, daß man es nicht eher bemerkt, als bis man alle jene schönen Tage weit, weit hinter sich hat und nun wie vor einem Abgrund...", sie hielt plötzlich inne, als ob sie sich scheue, den Satz zu vollenden, und wandte den Kopf ab, daß Ellen die Tränen nicht bemerken konnte, die ihr in die Augen traten.

„Warum bist du so traurig, Marion?“ fragte die Freundin teilnehmend, „du stehst doch am Ziel deiner Wünsche, und ich sollte denken, die Verbindung mit dem Manne, den wir lieben, dürfte uns nicht so traurig und wehmütig stimmen. Daß man sich mit einem gewissen Bangen zu einem solchen Schritt entschließt, finde ich eher begreiflich. Oder hast du einen Kummer?“

„Nein, Ellen“, flüsterte Marion, „nein – ich bin nur töricht und sollte eigentlich recht freudig und mit froher Zuversicht in die Zukunft schauen. – Aber horch, da fielen eben zwei Schüsse – sie scheinen die Truthühner gefunden zu haben. Nun gibt's für uns beide noch etwas zu tun heut abend“, fuhr sie dann, sich lächelnd zu Ellen wendend, fort. Aber auch in deren Gesicht bemerkte sie Spuren von heimlich vergossenen Tränen und fragte ängstlich:

„Ach, Ellen, liebe Ellen, was fehlt denn dir? Sieh, ich bin ein so verzogenes und nur immer mit mir selbst beschäftigtes Wesen und habe kaum bemerkt, wenigstens nicht beachtet, daß auch du seit einiger Zeit niedergeschlagen und still bist. Willst du mir nicht den Grund sagen?“

„Ja!“ erwiderte Ellen, nun wieder lächelnd. „Du sollst alles wissen – doch nicht heute – in einigen Tagen erst, wenn du selbst ruhiger und mit dir im reinen bist. Dann sollst du alles erfahren; aber“, fuhr sie schmeichelnd fort, „habe ich dich erst einmal zu meiner Vertrauten gemacht, dann mußt du mir auch helfen, ja? Ich werde dir auch helfen.“

„Wenn du das könntest, Ellen!“

„Also fehlt dir doch etwas?“

„Mutter rief mich, wenn ich nicht irre, ich bin gleich wieder bei dir“, sagte Marion ausweichend und floh in das Haus. Aber die Mutter hatte nicht gerufen, das Mädchen wollte nur aus der Nähe der Freundin fort und das Gefühl bekämpfen, das sie mit kaum widerstehlicher Gewalt zwang, ihr alles, was sie peinigte und quälte, anzuvertrauen.

Die Männer kehrten jetzt, mit ihrer Beute beladen, von der Jagd zurück, und das Gespräch wandte sich wieder allgemeinen Dingen zu. Die Mädchen hatten jedoch vollauf zu tun, die Truthühner, ehe sie erkälteten, zu rupfen. Beide behaupteten, seit langer Zeit kein so fettes Wild in den Händen gehabt zu haben.

Rowson aber hatte das, was ihn beunruhigt oder gestört, indessen ebenfalls abgeschüttelt und seine sonstige Ruhe wiedererlangt. Er schien sogar an diesem Abend einmal das ernste, strenge Wesen des Predigers beiseite legen zu wollen, zeigte sich lebhaft, ja sogar heiter und war mehr als je, selbst in Marions Augen, zu seinem Vorteil verändert. Mrs. Roberts war entzückt, und der alte Roberts nahm Bahrens zweimal beiseite und gab ihm im Vertrauen zu verstehen, er glaube, der Prediger sei ein anderer Mensch geworden. Erstlich wäre er schon nahezu sechs Stunden im Hause, ohne ein einziges Mal zu predigen, und dann habe er eine so gewisse Ungezwungenheit und Keckheit in Ton und Wesen, wie man sie früher noch nie an ihm bemerkt hätte.

„Er ist heut abend eine ganz andere Person“, rief er nach einer Weile wieder, sich die Hände reibend, „verdammt, wenn's nicht wahr ist – und merkwürdig hat er sich verändert, aber sehr zu seinem Vorteil, Bahrens, sehr zu seinem Vorteil.“

Dem Gebet sollte Roberts aber dennoch nicht entgehen, denn vor dem Schlafengehen hielt Rowson erst noch eine sehr lange, salbungsvolle Predigt, der sich die Männer in Geduld fügen mußten.

Am nächsten Morgen wurde nun beim Frühstück der Plan zu dem heutigen Sonn- und Festtag entworfen, und Mrs. Roberts war dafür, sogleich gemeinsam aufzubrechen, um die Wohnung ihres künftigen Schwiegersohnes hübsch einzurichten, dort Mittag zu essen und dann am Nachmittag zu dem von dort kaum eine Meile entfernten Haus des Richters hinüberzureiten. Hierin stimmte ihr auch Mr. Rowson bei, bat jedoch die Gesellschaft, nur noch etwa eine Stunde seiner zu harren, da er vorher eine Kleinigkeit zu erledigen habe, jedoch in kurzer Zeit zurück sein würde.

„Aber nicht wahr, Mr. Harper und Bahrens, Sie bleiben heute unsere Gäste?“ fragte Mrs. Roberts. „Wir müssen diesen Tag zusammen feiern, und ich wünschte nur, Mr. Brown wäre auch hier. Das läßt sich freilich jetzt nicht mehr ändern. Regeln Sie also Ihre Geschäfte recht schnell, Mr. Rowson, und Sie sollen uns, wenn Sie zurückkommen, fertig gerüstet und bereit finden.“

Rowson bestieg das ihm von dem Negerknaben vorgeführte Pferd, winkte noch einen Gruß zurück und trabte, schneller, als es sonst seine Art war, wenn er Roberts' oder irgendein anderes Haus der Ansiedlung verließ, die schmale Countystraße entlang.

30. Der Hinterhalt

Nachdem Weston Atkins' Haus verlassen, hatten es sich die beiden Gäste so bequem gemacht, als es die Umstände erlaubten, und Curtis trat jetzt vor die Tür und schaute sinnend zu den blauschwarzen Wolkenmassen empor, die sich im Westen aufzutürmen begannen.

„Sollte mich gar nicht wundern, wenn das Wetter hierher käme“, sagte Atkins an seiner Seite, „seht einmal, wie die weißen dünnen Nebelschleier jagen. Wenn wir nur keinen Hurrikan bekommen. Vor sechs Jahren am Whiteriver sah es ebenso aus, und da war nachher der Teufel los.“

„Wart Ihr vor sechs Jahren am Whiteriver?“ fragte ihn Cook, der den beiden Männern gefolgt war.

„Ja, ich wohnte etwa zwei Meilen unterhalb der Straße, die von Memphis nach Batesville führt.“

„Das muß ja zu der Zeit gewesen sein, als sie den Witchalt hingen, der seinen Vater erschlagen hatte, nicht wahr?“ fragte Curtis.

„Später“, meinte Atkins, „ich kam etwa vier Wochen danach.“

„Die Whiteriver-Boys übten strenge Gerechtigkeit“, stellte Cook lachend fest, „den Pferdedieb – wie hieß er doch gleich – ließen sie auch baumeln.“

„Das kann ich ihnen nicht verdenken“, rief Curtis, „mit Pferdedieben wird kein rechtlicher Mann Erbarmen haben, das heißt, wenn er selbst Pferde besitzt, nicht wahr, Atkins?“

„Ihr betreibt eure Gerechtigkeit sehr eigennützig“, antwortete dieser ausweichend, „aber – ihr werdet hungrig sein, nicht wahr? Ich will...“

„Danke – danke“, rief Curtis und hielt ihn zurück, „wir haben tüchtig zu Mittag gegessen und können recht gut warten, macht Euch keine Umstände. Eurer Frau wird heute überdies nichts an besonderen Mahlzeiten liegen.“

„Nein, allerdings nicht", sagte Atkins, „denn das ist eine Wirtschaft da drüben, daß einem Hören und Sehen vergeht."

„Geht es dem Kind denn noch immer nicht besser?"

„Leider nein – wie wär's aber auch anders möglich? Es ist schon schlimm genug, wenn ein Kranker einem Doktor in die Fäuste fällt, hier sind ihrer aber elf darüber her, und ich baue jetzt so fest auf meines Kindes Konstitution, daß ich wirklich glaube, sie können's nicht totmachen, sonst wär' es schon lange gestorben. – Ich will aber lieber Licht holen, es fängt an dunkel zu werden. Donnerwetter, wie der Wind draußen pfeift, wir haben doch dieses Jahr einen merkwürdig stürmischen Frühling."

Nach diesen Worten verließ er das Zimmer, und die beiden Regulatoren waren allein.

„Hört, Curtis" , sagte nach einer kleinen Pause Cook zu dem Freund, „um Atkins tut es mir wahrhaftig leid, daß der auch einer von den Schuften ist."

„Sprecht leiser", ermahnte dieser, „wer zum Henker weiß denn, ob nicht da oben irgend jemand versteckt liegt. Ja, er ist sonst ein recht ordentlicher Kerl, und ich habe ihn immer ganz gut leiden können."

„Ich bin neugierig, was sie mit ihm anfangen werden", fuhr Cook nachdenklich fort, „ich hoffe doch nicht, daß sie ihn hängen! Hört, Curtis – schuld an seinem Tode möcht' ich nicht sein; Strafe hat er verdient, und ich sehe recht gut ein daß wir dem Unwesen steuern müssen, aber hängen – nein – schon der Frau und des Kindes wegen nicht."

„Nun, das wäre ein sauberes Schutzmittel", erwiderte Curtis lachend. „Dann brauchten ja nur alle Schufte zu heiraten, um sicher vor dem Strang zu sein – das dürfte nicht als Hindernis betrachtet werden; aber leid würde er mir auch tun. Nein, hängen sollte man ihn nicht, nur..."

„Still, er kommt", unterbrach ihn Cook, und der ahnungslose Wirt trat mit einem aus Wachs und Hirschtalg gegossenen Licht in die Stube, stellte es auf den Tisch und zündete es mit einem Kienspan an.

„Das pfeift draußen, als ob es uns das Dach über dem Kopf wegblasen wollte", sagte er und stocherte ein wenig im Kamin, „wenn's der Wind nicht vertreibt, so müssen wir das Unwetter in zehn Minuten hier haben."

„Böse für die, die heute draußen sind", sagte Curtis, „das Vieh drängte sich auch gegen Abend merkwürdig ums Haus herum."

„Waren viele Leute vom Petite-Jeanne in der Versammlung?" fragte Atkins.

„Nicht besonders viele", sagte Cook, „sie hatten sich wohl meistens darauf verlassen, daß sie es morgen näher haben würden. Ein Fremder nur, der seine gestohlenen Pferde suchte."

„Ein Halbindianer", erwiderte Atkins, „ja, der war auch hier bei mir und erkundigte sich nach ihnen. Ich konnte ihm aber leider keine Auskunft geben."

„Ihr habt gar nichts von seinen Pferden gesehen?" fragte Cook, ihn scharf fixierend.

„Nein – wie sollte ich", erwiderte Atkins, ohne dem Blick zu begegnen. „Ich bin überhaupt seit den letzten vier Tagen nicht aus meiner Fenz herausgekommen, und vor den Häusern werden die Pferdediebe denn doch wahrhaftig die gestohlenen Tiere nicht vorbeitreiben."

„Schwerlich", meinte Curtis lächelnd. „Aber was haben denn die Hunde, sie lärmen ja merkwürdig."

„Vielleicht noch einer der Regulatoren, den das nahende Gewitter hier hereintreibt", sagte Cook.

„Wahrscheinlich", pflichtete ihm Atkins bei, „ich will doch einmal nachsehen – Ruhe da – ihr Bestien! Ruhe!"

Er trat mit diesen Worten vor die Tür, und Curtis flüsterte zu Cook: „Das ist Stevenson, paßt auf. Der hat aber eine schlechte Zeit gewählt, das Wetter werden wir auf jeden Fall vorüberlassen müssen. Die im Schilfbruch werden sich übrigens nicht wohl fühlen; da befinden wir uns doch hier behaglicher."

„Wie weit ist's noch bis zum Fourche la fave?" überschrie jetzt draußen eine Stimme das Toben der Hunde.

„Pest und Gift", murmelte Atkins vor sich hin und sprang von den Stufen hinunter, „das wäre ja verdammt schnell gegangen, wenn da schon die zweite Sendung käme. Jones hat mir doch gesagt, es würde noch acht Tage dauern."

„Er fließt gleich nebenbei", sagte er dann laut zu dem Mann, der, in einen weiten Regenmantel dicht eingehüllt, auf seinem Pferde saß. „Wer seid Ihr – Sir? Ich heiße Atkins."

„Habt Ihr gute Weide hier?" war die leise Antwort.

„Von woher kommt Ihr?" flüsterte Atkins ebenso leise.

„Ich bitte um einen Trunk Wasser."

„Höll' und Teufel! Jones sagte mir doch, es würde noch acht Tage..."

„Laßt uns die Pferde schnell in Sicherheit schaffen", unterbrach ihn der Fremde", ich habe meinen Jungen bei ihnen, und es ist ein fürchterliches Wetter im Anzug."

„Das Naßwerden wird ihnen nichts schaden", erwiderte Atkins, „ich habe Fremde im Haus und kann jetzt nicht fort."

„Aber der Regen würde die Fährte so schön wieder verwaschen", wandte jener ein.

„Das ist allerdings wahr – wieviel habt Ihr?"

„Drei."

„Drei nur? Jones sagte mir von sieben."

„Die anderen kommen morgen abend, wir durften die Fährten nicht zu breit machen."

„Ist das der Junge, den ich zum Weiterschaffen der Tiere hierbehalten soll?"

„Den Jungen? Ja so, – ja – er weiß um alles."

„Kennt er auch den Weg nach dem Mississippi?"

„Wir kommen eben…" versprach sich der alte Mann, bemerkte aber noch glücklicherweise zeitig genug seinen Fehler und fuhr nach kurzem Husten fort, „von Westen zwar, der Junge ist aber auch schon oft in der Gegend gewesen. Doch macht fort, es fangen schon an große Tropfen zu fallen."

„Gut – dann wartet nur einen Augenblick, ich will denen da drinnen sagen, Ihr sähet selbst nach Eurem Pferde oder sonst irgendwas – hallo – wer ist das?"

Ein Mann näherte sich der Fenz, gab sich aber gleich darauf als Weston zu erkennen.

„Ach – Ihr kommt mir gelegen, Weston", rief Atkins, „geht mit ihm hinten herum und bringt die Tiere in Sicherheit, nachher kommt herein. Ich kann die beiden Regulatoren nicht gut allein lassen!"

„Regulatoren habt Ihr da drinnen?" fragte der Alte scheinbar erschrocken.

„Es sind Gäste, die bloß hier übernachten", beruhigte ihn Atkins, „aber Ihr müßt wahrhaftig warten, bis das Wetter vorüber ist, es wird augenblicklich losprasseln. Wenn die Pferde im Bach stehen, schadet's auch nichts; da hinterlassen sie keine Spuren."

„Im Bach?" fragte der Fremde, „sie stehen aber nicht im Bach. Ich habe sie oben an der Feldecke."

„Ei, so hol Euch der Henker; warum brachtet Ihr sie denn nicht auf den alten Platz?"

„Es ist das erstemal, daß ich hier hin."

„Ja, dann nehmen wir sie doch lieber gleich herein", rief Atkins ärgerlich, „da oben an der Fenzecke möchte ich nicht gern morgen früh Hufspuren haben – der Indianer ist noch in der Nähe. Führt Ihr ihn also bis an die hintere Tür, Weston, ich will erst einen Augenblick ins Haus gehen und komme gleich nach."

Entschuldigt, Gentlemen", sagte er dann zu den beiden Regulatoren, als er wieder ins Zimmer kam und die Tür hinter sich geschlossen hatte; „es ist ein Fremder gekommen, der sehr eigen zu sein scheint und sein Pferd selbst unter Dach und Fach bringen will. Er wird gleich hereinkommen. Aber hallo – da bricht das Wetter los – nun wahrhaftig, das tobt nicht übel."

„Sonderbar, wie hell es wird", sagte Curtis, durch ein kleines, in die Holzwand gehauenes Fenster schauend, „bei einem solchen Blitz kann man die ganzen Felder mit einem Blick übersehen."

„Wollen Sie sich nicht an den Kamin setzen, Gentlemen?" bemerkte Atkins etwas unruhig, „es zieht dort, und hier ist's behaglicher."

„Warum nicht", rief Cook, den Stuhl heranschiebend, „kommt, Curtis – laßt das Wetter draußen toben und dankt Gott, daß Ihr Eure eigene Haut trocken wißt."

„Dafür bin ich auch dankbar", erwiderte Curtis, indem er eine Flasche aus der Satteltasche nahm, „und damit Ihr seht, wie ich es zu würdigen weiß, so wollen wir gleich einmal auf den Schock trinken. – Wo wollt Ihr denn hin, Atkins?"

„Ich muß auf einen Augenblick hinüber zu meiner Frau, die Weiber fürchten sich am Ende, wenn sie so allein sind. Ich bin gleich wieder hier."

Er schlüpfte schnell aus der Tür, und einige Minuten blieben die beiden Regulatoren noch lautlos auf ihren Stühlen sitzen. Dann aber sprang Cook in die Höhe und flüsterte leise:

„Curtis, mir fängt das Herz merkwürdig an zu klopfen. Was das für eine Nacht ist – die Blitze riechen ordentlich nach Schwefel. Nun, die im Schilfbruch draußen werden gehörig eingeweicht."

„Das läßt sich nicht ändern", erwiderte Curtis, im Zimmer umherblickend", also da liegen zwei Büchsen – über jeder Tür eine, das ist vorsichtig. Das beste wird sein, wir machen sie unschädlich. Wir werden sie nicht gebrauchen, und Atkins könnte am Ende doch Schaden damit anrichten."

Dabei stieg er auf einen Stuhl und nahm erst die eine und dann auch die zweite herunter. „Wahrhaftig, beide geladen; puh – hier auf der liegt Staub. Nun, ich denke, wir blasen ihm das Pulver ein wenig von der Pfanne. Zum Aufschütten bekommt er doch keine Zeit. Sonst noch Waffen?"

„Ich sehe weiter keine", sagte Cook, überall im Zimmer umhersuchend, „er müßte sie denn versteckt haben."

„Untersucht einmal das Bett, ist da nichts?"

„Nein, ich fühle nichts – aber – ja hier – wahrhaftig – zwei Pistolen. Oh, nicht übel, recht hübsch bei der Hand, wenn Not am Mann ist. Nun warte, Schelm, dir wollen wir den Spaß verderben, so – ihr seid auch besorgt. Jetzt möchte ich sehen, welches von den vier Schießeisen am ersten losgeht."

„Seht Euch lieber mit den Pistolen vor – sie feuern manchmal doch, und ein einzelner Funke..."

„Ich habe ein wenig Tabaksaft hineingespritzt – tut das bei den Büchsen lieber auch."

„Mich sollte es gar nicht wundern, wenn der Sturm das Dach vom Haus risse – hörtet Ihr eben den Baum stürzen? Alle Wetter, mir fängt es an unheimlich zu werden; ich wollte doch, wir hätten eine ruhigere Zeit abgepaßt."

„Das Herz klopft mir wie ein Schmiedehammer", erwiderte Cook, hastig im Zimmer auf und ab gehend, „wir werden den Pfiff durch das Toben draußen gar nicht hören."

„Das bleibt sich ziemlich gleich: unsern Posten dürfen wir doch nicht verlassen – aber – ich wollte, ich könnte etwas sehen. Es kommt mir gerade so vor, als ob man nachts im Walde lagert, hört etwas rauschen und weiß nicht, wo und was es ist."

„Oder in einer weiten Höhle mit der Kienfackel, und man hört den Bären winseln und kann nicht herausbekommen, auf welcher Seite er steckt. Ich – das muß eingeschlagen haben, Blitz und Donner waren ja fast zusammen!"

„Hörtet Ihr nichts?"

„Nein – was soll man denn bei dem Toben draußen hören! Der arme Stevenson dauert mich nur, und sein Junge – na, die werden an Arkansas denken!"

„Ist denn der Kanadier mit bei denen im Schilfbruch, oder haben sie ihn in den Wald postiert?"

„Ei bewahre – der ist mit bei den Angreifern, und ein tüchtiger Bursche dazu. – Was war das?"

„Ich habe nichts gehört. Was nur die Frauen drüben dazu sagen werden?"

„Mich dauert's, daß das Kind gerade krank sein muß."

„Das läßt sich nicht ändern, warum – bei Gott, das war der Pfiff – jetzt, Cook, aufgepaßt – der Tanz beginnt!"

„Kommt schnell", flüsterte Atkins den draußen an der Fenz wartenden Männern zu, „haben wir es erst einmal hinter uns, ist's so viel besser, denn das Wetter vernichtet jede Spur – aber straf' mich Gott, wenn es nicht zu arg ist, in solchem Regen draußen zu sein. Jones sagte mir doch, Ihr würdet erst in acht Tagen kommen."

„O zum Donnerwetter, spart Euer Geschwätz, bis wir im Trocknen sind", brummte, sich mürrisch stellend, der Alte, „ist das ein Wetter zur Unterhaltung? Ich habe weiter nichts dabei zu tun als die Tiere abzuliefern und wollte bei Gott, ich hätte es einem andern überlassen. Solchem Regensturm den Rücken hinzuhalten, könnte einem den Tod geben."

„Wo stehen die Pferde?"

„Da oben an der Ecke irgendwo – mein Junge ist bei ihnen, das heißt, wenn's den armen Burschen nicht heruntergewaschen hat." Er schob bei diesen Worten den Finger zwischen die Zähne und pfiff leise, aber scharf.

„Was, zum Teufel, macht Ihr?" fragte Atkins erschrocken.

„Hört Ihr? Da drüben antwortete er", sagte der Alte, „er lebt wahrhaftig noch. Wo habt Ihr den Eingang?"

„Gleich da oben, Ihr seid nicht weit davon entfernt. Wenn Ihr aber wiederkommt, so reitet etwa hundert Schritt weiter aufwärts in den Bach hinein. Seht Ihr dort!"

„Sehen? Um Gottes willen, bei solchem Wetter sehen! Keine Hand vor Augen kann man sehen, ausgenommen, wenn's blitzt. Doch da ist der Junge – he, Ned – kommt hierher; lebst du noch?"

„Ja, Vater", flüsterte der junge Mann, „es ist aber ein entsetzliches Wetter. Mir graust's."

„Unsinn – werden schon wieder trocken werden, komm, folge uns. Haben die Tiere ruhig gestanden?"

„So ziemlich – nur der Rappe scheute bei den Blitzen."

„Natürlich, welches Vieh soll denn dabei auch ruhig stehen. – Aber was macht Ihr? Legt Ihr die Fenz nieder?"

„Ja", sagte Atkins, „ich habe absichtlich hier oben keine Tür, sondern Futtertröge in der Ecke angebracht. Es sind zuviel Spione in der Nachbarschaft, und das geringste erregt gleich Verdacht. – So, kommt hier herein. – Nehmt Euch in acht, dort liegen noch abgehauene Stämme. Ah – der Blitz kam wie gerufen!"

„Ist denn der Platz, wo Ihr die Pferde laßt, weit von hier?"

„Keine hundert Schritt mehr – Pest, das war ein Schlag! – Laßt die Fenz nur liegen, bis wir wieder zurückkommen: jetzt läuft keins von den Tieren fort, sie stehen alle unter dem Schuppen. So, mir nach – dies ist die Stelle."

In demselben Augenblick erhellte wiederum ein greller Blitz den ganzen sie umgebenden Platz, und Stevenson sah, daß sie an einer Fenz standen, über die von der andern Seite Schilf herüberhing.

„Wartet einen Augenblick", sagte Atkins jetzt schnell, „ich schiebe nur die Fenzriegel und die unteren Stämme weg. So, nun hinein mit den Tieren, dort sucht sie keiner, und dann ins Haus zurück – ein warmer Schluck – Höll' und Teufel, was macht Ihr? Verrat! –"

Er hatte aber wohl Ursache, überrascht zu sein, denn kaum war der Eingang zu dem geheimen Versteck geöffnet, als Stevenson einen lauten schrillen Pfiff ertönen ließ. Im nächsten Augenblick erleuchtete ein greller Strahl den Platz mit Tageshelle. Atkins, von dem Schein halb geblendet, sah eine Menge dunkler Gestalten herbeistürmen, und während der Donner in mächtigen Schlägen schmetternd und krachend am Himmel dröhnte, fühlte er, wie der kräftige Tennesseer die Hand nach ihm ausstreckte und ihn am Kragen fassen wollte.

Hier jedoch kam die Dunkelheit dem mit Grund und Boden genau Vertrauten sehr zustatten, denn wie eine Schlange glitt er unter der drohenden Faust hinweg. Stevenson erfaßte statt seiner den Sohn, der ebenfalls herbeigesprungen war, den Verbrecher zu halten; ein zweiter Blitz verriet ihnen aber die fliehende Gestalt des Hehlers, und auch Weston, den die erste Überraschung fast gelähmt hatte, floh der Stelle zu, an der sie eben die Umzäunung betreten.

Der Platz war übrigens besetzt, und fast wäre er zwei anderen Männern in die Hände gesprungen, denen er gerade entgegenlief, als ein neuer Blitz ihm die neue Gefahr verriet. Schnell wandte er sich und suchte über die Fenz zu entkommen. Da hörte er auch hier Verfolger und sah nun, daß dies keine plötzliche, zufällige Entdeckung, sondern ein verabredeter Überfall sei, sah jeden Rettungsweg abgeschnitten und hoffte nur noch, durch das Haus oder am Haus vorbei den schmalen, fast stets von den Hunden eingenommenen Raum offen zu finden. Dort konnte er möglicherweise den Wald und mit diesem wenigstens augenblickliche Sicherheit gewinnen.

Eben aber, als er in den Durchgang sprang und zwischen den Gebäuden hindurch wollte, hörte er in der Stube zu seiner Rechten wildes Ringen und Fluchen, vor sich die lauten Stimmen der sich sammelnden Feinde, im Rücken die Verfolger, und stürzte nun in Angst und Verzweiflung in das Gemach der Frauen, die mit einem Schrei des Entsetzens von ihren Sitzen in die Höhe fuhren.

31. Eine Damengesellschaft – Die Überraschung

„Oh, Mrs. Mullins, ich möchte Sie bitten, mir noch eine Tasse Kaffee einzuschenken", sagte die Witwe Fulweal, nachdem sie das wimmernde Kind eben wieder aus der Hängematte genommen hatte und nun mit ihm im Zimmer auf und ab lief. „Wie das Köpfchen glüht", rief sie dann, den Kleinen so dicht ans Licht haltend, daß er das fieberheiße Gesichtchen ängstlich verzog und eben in neues Schmerzensgeschrei ausbrechen wollte.

„Was kriegt denn das Kind hier für blaue Flecke?" fragte Mrs. Bowitt, sich zu ihm niederbeugend.

„Wo? Wo?" schrie die Mutter entsetzt, „was ist mit den blauen Flecken? Sind die gefährlich? Ach Gott, das Kind stirbt mir!"

„Unsinn“, widersprach Mrs. Fulweal, „blaue Flecke, ich möchte wissen, wo blaue Flecke sein sollten. Was weiß denn Mrs. Bowitt von Kinderkrankheiten; das dritte, das ihr starb, war kaum sechs Monate alt, und alle drei sind keine acht Tage krank gewesen.“

„,Die blauen Flecke sollen, wie mir einmal ein fremder Doktor versichert hat, ein sehr böses Zeichen sein“, piepste Miß Heifer, „Bruder Georges Mädchen bekam sie ganz plötzlich, und es fehlte nicht viel, so wäre es dieselbe Nacht gestorben. Es lebte aber dann doch noch bis zum nächsten Morgen.“

„Bekommt denn das Kind wirklich blaue Flecke?“ klagte Mrs. Atkins in Todesangst, „ist es schon soweit? Muß es denn wirklich sterben?“

„O bewahre“, beruhigte sie Mrs. Hostler, „so gefährlich ist es gar nicht: die blauen Flecke machen nichts. Wenn es nur nicht das Pfeifen beim Husten hätte – mein armes, kleines Mädchen, das im vorigen Monat starb, keuchte ebenso.“

Die Mutter setzte sich in trostlosem Jammer auf das eine Bett und rang die Hände.

„Ladys!“ nahm Mrs. Kowles das Wort. Sie hatte bis zu diesem Augenblick schweigend ihre Pfeife geraucht und klopfte jetzt die Asche auf dem Herdstein aus, „ich sehe wirklich nicht ein, weshalb Sie die arme Mutter so ängstigen. – Herr Jesus, der Blitz! Weder blaue Flecke noch Keuchen und Pfeifen sind so sichere...“

Sie mußte aufhören zu reden, denn der rollende Donner übertäubte wohl eine Minute lang selbst das Schreien des Kindes.

„... sichere Anzeichen“, fuhr sie endlich, als es wieder ruhiger geworden war, in ihrer Rede fort, „daß man bei ihnen unbedingt mit dem Tod rechnen muß. Bewahre, ich weiß selbst zwei Fälle, wo beide Kinder mit dem Leben davonkamen, das heißt, das eine wurde blind, und das andere wurde von einem tollen Hund gebissen, daran waren aber die Flecke nicht schuld. Wozu sich ängstigen, wenn noch keine Gefahr da ist?“

„So glauben Sie, daß mein Kind wieder genesen kann?“

„Warum nicht? Es hat genug Medizin genommen, daß damit sechs Kinder gesund werden könnten, und wenn es nicht so gelb in den Augen aussähe...“

„Gelb in den Augen?“ fragte die aufs neue gequälte Mutter, indem sie mit dem Licht zu dem Kind stürzte, „und was bedeutet das? Mrs. Fulweal, Sie haben doch Erfahrung; glauben Sie, daß...“ sie wagte nicht den Satz zu vollenden, sondern barg ihr Gesicht in den Händen und flüsterte: „Das habe ich verdient... wegen Ellen verdient – verdient durch mein Mitwissen...“ Erschrocken fuhr sie empor, ob niemand die verräterischen Worte gehört habe, und sank dann wieder in ihre vorige Stellung zurück.

Da schmetterte jener erwähnte furchtbare Schlag in die Wipfel des rauschenden und zitternden Waldes, und die Frauen fuhren entsetzt zusammen.

Mrs. Atkins war aufgesprungen und horchte aufmerksam nach außen.

„Rief nicht da draußen jemand?“ fragte sie erschrocken.

„Gott bewahre“, brummte Mrs. Fulweal, „wer sollte in solchem Wetter draußen sein – ja, was ich sagen wollte – Jesus im Himmel!“

Mit ihr sprangen alle Frauen entsetzt und geängstigt in die Höhe, denn plötzlich flog die Tür auf, und herein stürzte, Todesfurcht und Grauen im Blick, der junge Weston, während er mit von Furcht erstickter Stimme schrie:

„Verbergt mich, oder ich bin verloren!“ dann brach er, schon halb bewußtlos, hinter dem Bett, das die eine Ecke des Zimmers fast ausfüllte, zusammen.

„Um Gottes willen, Weston, was ist vorgefallen?“ rief in Todesangst Mrs. Atkins. Bevor dieser aber antworten konnte, sprang die dunkle Gestalt des Kanadiers durch die Tür, und mit rauher Stimme rief er: „Hier herein muß er sein – wo ist er?“

„Wo ist wer?“ fragte Mrs. Fulweal, die, mit Cotton und Weston vertraut, halb und halb begriff, was geschehen, und also auch am ersten ihre Geistesgegenwart wiedergewonnen hatte. „Wo ist wer? Ist das eine Manier, in fremder Leute Häuser zu kommen, und noch dazu in ein Zimmer, wo Ladys und ein krankes Kind sind? Was steht Ihr da und gafft – der Wind bläst das Licht aus – drüben wohnen die Leute!“ und ohne weiter den verdutzten und durch diese trotzige Bewegung überraschten Kanadier weiter zu Wort kommen zu lassen, schob sie ihn von der Tür zurück und warf diese ins Schloß.

„So!“ sagte sie, nachdem sie den kleinen eisernen Riegel vorgeschoben hatte, der an dieser Tür – ein wahrer Luxusartikel in Arkansas – angebracht war, „nun wollen wir einmal unsern Gefangenen betrachten.“

Indessen hatten auch die übrigen Frauen, Mrs. Atkins ausgenommen, ihre Besinnung und Sprache wiedererlangt, und ein solches Durcheinanderrufen begann jetzt, daß selbst das kranke Kind erschrocken und ängstlich das Köpfchen hob. Beim Ausbruch der Verwirrung war es wieder in seine Hängematte gelegt worden und hatte einen Augenblick geschwiegen. Dann aber warf es sich wieder auf sein Kissen zurück und hob ein solches Geschrei an, daß es sich Mrs. Fulweal als eine besondere Gnade vom Himmel erbat, dieses unermüdliche Kind einmal zum Schweigen gebracht zu sehen.

„Was ist hier vorgefallen? Wer ist der Mann? Was hat er verbrochen? Sollen wir ihn verbergen, wird noch einmal nach ihm gefragt werden?“ Das alles schwirrte in einem wahren Chaos durcheinander, da wurde die Klinke heruntergedrückt, und gleich darauf pochte jemand an die Tür.

„Wer ist noch so spät da draußen, und was wollen Sie?“ fragte die Witwe Fulweal, wiederum als Sprecherin für alle anwesenden Frauen, die ihr aber gern dieses Amt überließen; „wissen Sie nicht, daß hier ein krankes Kind liegt?“

„Ladys – Sie werden mir eine Frage erlauben“, sagte Brown, dessen Stimme Mrs. Atkins mit Entsetzen erkannte, „hat sich ein junger Mann in dieses Zimmer geflüchtet?“

Mrs. Fulweal sah, ehe sie antwortete, ihre Mitverschworenen im Kreise an. Bei denen hatte aber auch schon zugunsten Westons das Mitleid gesiegt, und was er auch verbrochen hatte (sie waren übrigens sämtlich fest entschlossen, das herauszubekommen), ausliefern wollten sie ihn nicht. Ein allgemeines Kopfschütteln antwortete dem Blick. Um aber nicht eine direkte Lüge auszusprechen, hielt es Mrs. Fulweal für zweckmäßiger, die Beleidigte und Gekränkte zu spielen, und rief daher mit ihrer etwas scharfen Stimme sehr empört:

„Nun, jetzt wird's mich wundern, was Sie sonst noch hier suchen wollen? Zu Narrenpossen ist doch wahrhaftig mitten in der Nacht und bei einem solchen Wetter keine Zeit. Wir sind im Begriff schlafen zu gehen und wünschen ungestört zu sein – good night, Sir!"

Damit war die Verhandlung abgebrochen, und der Frager schien befriedigt. Er hatte wenigstens jeden weiteren Versuch, etwas zu erfahren, aufgegeben. Mehrere Minuten lang lauschten nun Mrs. Fulweal und die übrigen Frauen klopfenden Herzens an der Tür. Kein Laut ließ sich aber mehr hören – alles war still und ruhig, und auf Zehenspitzen wollte jetzt die Witwe zu dem noch immer regungslos hinter dem Bette kauernden Flüchtling schleichen, als ihre Aufmerksamkeit auf Mrs. Atkins gelenkt wurde: Diese war ohnmächtig geworden.

In dem andern Zimmer ging es indessen nicht weniger wild und unruhig her. Kaum hatte Curtis dem Freund die Warnung zugerufen und beide Männer ihre Posten an den zwei Türen des Raumes eingenommen, als sie einen Sprung auf dem Dachboden hörten und auch fast in demselben Augenblick Atkins mit wild blitzenden Augen und fliegenden Haaren hereingestürzt kam. Er war überzeugt, daß die Männer mit zum Komplott gehörten, wußte aber auch, daß er ohne Waffen im Wald rettungslos verloren sei, und die mußte er sich jetzt, und sei es unter Lebensgefahr, verschaffen. Auf die Überraschung daher zählend, riß er mit kräftiger Hand die Tür auf und sprang in das Zimmer.

Hier übersah er schnell genug, daß seine Büchsen in der Gewalt der Feinde seien, das Bett war jedoch nicht besetzt, und mit einem Triumphruf flog er darauf zu, riß die Pistolen hervor und drängte, die gespannte Waffe auf Cook gerichtet, gegen die Tür zurück, die ihm dieser verstellt hatte. Vielleicht wollte er ihn nur zum Weichen bringen; da der Regulator aber ruhig seinen Platz behauptete, drückte er ab. – Doch mit mattem, bleiernem Schlag traf das Schloß den Stahl. Die Waffe war nicht mehr geladen.

Gehetzt blickte Atkins nach der Tür, durch die er hereingestürzt, aber in demselben Augenblick kamen von dort seine Verfolger. Cook und Curtis warfen sich ihm entgegen und fesselten ihn.

„Wo ist der andere?" fragte Brown, die Tür zurückstoßend, „weiß jemand, wo er steckt?"

„Drüben ins Haus sprang er", erwiderte der Kanadier. „Ich hab' es mit eigenen Augen gesehen – sie wollten ihn aber nicht herausgeben."

„So will ich selbst versuchen, ob sie auch mir den Eintritt verweigern", erwiderte der Regulatorenführer und trat an die gegenüberliegende Tür. Wir kennen jedoch den Erfolg, und ohne weiter Zeit und Mühe zu verlieren, traf er augenblicklich Maßregeln, den Flüchtling zu fassen, sobald er versuchen würde, in den Wald zu entfliehen.

„Gentlemen", wandte er sich an die Freunde, „jener Bursche darf uns nicht entgehen; zu der Bande gehört er auf jeden Fall, und wer weiß, ob er nicht einer der Mörder war oder inwieweit er in die hier vorgefallenen Verbrechen verwickelt ist. Wir müssen also das Haus umstellen – aber leise, daß wir ihn zu der Annahme veranlassen, der Weg sei frei. Hat man den Mulatten gefaßt?"

„Nein", erwiderte Bowitt, „der Schuft muß mitten durch den Wald geschlüpft sein, sonst hätte er uns nicht entgehen können."

„Bös – bös!" murmelte Brown, „der wird Lärm machen; das läßt sich aber nicht mehr ändern. Wir haben das Nest jener Schufte, ihren sicheren Schlupfwinkel, aufgestört; von nun an müssen wir uns auf unser Glück verlassen. Also, Gentlemen, auf eure Posten – der Regen hat nachgelassen, und der Wind draußen wird uns bald wieder trocknen. Nehmt den Gefangenen zum Feuer, Cook, er ist ebenfalls naß."

„Gut", sagte Cook, mit Curtis' Hilfe dem Befehle Folge leistend, „dann laßt uns zwei Trockne aber Wachdienste tun, und Stevenson mag mit seinem Jungen hier beim Feuer auf den Gefangenen achtgeben. Wir sind den beiden schon so viel Dank schuldig und wollen sie nicht noch krank sehen."

„Das ist nicht mehr als billig", erwiderte Brown; „aber wo stecken sie?"

Die beiden Stevensons traten eben durch die Tür und wurden bald mit ihrer neuen, diesmal bequemeren und wenigstens trockeneren Pflicht bekannt gemacht. Die anderen Männer begaben sich dann auf ihre Posten, und Brown, der noch über irgend etwas leise mit dem älteren Stevenson gesprochen hatte, wollte ihnen eben folgen, als er erschrocken von der Tür zurückfuhr, denn dort stand mit nassen herunterhängenden Haaren, wildglühendem Blick und stolzer, finsterer Haltung, der Indianer.

„Assowaum!" rief Brown freudig überrascht, „kommst du endlich? Wir haben indessen für dich gearbeitet."

„Es ist gut so – aber – weshalb habt Ihr den da gefesselt?" fragte der Indianer leise, mit der Hand, in der er einen Bogen und mehrere Pfeile hielt, auf Atkins deutend.

„Er war der Hehler der Verbündeten; doch du sollst alles erfahren. – Kehrst du erst jetzt zurück?"

„Nein – ich habe einen Gefangenen."

„Wen? Und wo?"

„Johnson – draußen im Walde."

„Weißt du, daß er schuldig ist?"

„Er ahnte einen Panther auf seiner Fährte und fürchtete dessen Fänge. Kennst du diese Waffen? Die Pfeile sind vergiftet. Mit ihnen schlich er zum Lager Assowaums und wollte ihn töten."

„Die Pest über ihn! – Du hast ihn doch gebunden?"

„Ja."

„Und er kann nicht entfliehen?"

Assowaum lächelte und flüsterte:

„Wen Assowaum bindet, der rührt sich nicht."

„Wo aber warst du so lange? Es gab hier Leute, die behaupteten, du seiest geflohen!"

„Du warst nicht unter denen", erwiderte der Indianer. „Aber glaubt mein Bruder, daß ich in dieser Zeit müßig gewesen? Ich kenne die Mörder Heathcotts

„Du kennst sie? – Wer, wer war es? Sprich!" rief Brown in wilder Freude.

„Johnson und – Rowson!“ sagte leise der Indianer.

„Rowson – allmächtiger Gott – das ist nicht möglich!“ schrie Brown entsetzt, „das – das wäre entsetzlich – Rowson ein – Mörder.“

„Johnson und Rowson“, wiederholte Assowaum ebenso leise, aber ebenso bestimmt. „Der blasse Mann hatte ebenfalls teil an dem Pferdediebstahl.“

„Mensch, bist du dessen gewiß?“ stöhnte Brown, noch immer nicht imstande, den schrecklichen Gedanken zu fassen, Marion in den Händen eines Verräters zu wissen, „hast du wirklich Beweise für diese entsetzliche Anklage?“

„Der blasse Mann war bei dem Pferdediebstahl, ich weiß es, und neben dem Blut des weißen Mannes stand sein Fuß.“

„Gerechter Gott – Assowaum – weißt du, wen du beschuldigst?“

„Den Prediger“, sagte der Indianer finster. „Vielleicht zertrat er auch die Blume der Prärien; doch umkreiste Assowaum bis jetzt umsonst das Lager. Aber Rowson erschlug den weißen Mann; seit vier Tagen weiß ich es.“

„Und weshalb schwiegst du?“

„Wenn die weißen Männer den Verbrecher des einen Mordes für schuldig fanden“, lächelte Assowaum mit wildem, fast geisterhaftem Blick, „dann kehrten sie sich nicht an den andern – sie hingen ihn, und Assowaum hätte seine eigene Rache in den Händen anderer gesehen. Assowaum aber ist ein Mann – er will sich selbst rächen!“

„Wo hast du deinen Gefangenen?“

„Draußen im Wald; er glaubte einen Häuptling schlafend zu finden. Hat mein Bruder schon einen Panther gesehen, der die Augen schloß?“

„So wollen wir ihn – was ist das? Schon zum drittenmal tönte der Eulenruf von da herüber“ und immer in einer andern Richtung – sollte das ein Zeichen sein?“

Der Indianer horchte – wiederum klang der monotone Ruf des scheuen Nachtvogels zu ihnen herüber – dreimal – in abgemessenen Pausen, und dreimal, in demselben Zeitmaß, antwortete ihm der rote Sohn der Wälder. Aber drüben im Dickicht verstummte von jetzt an der Ruf und wurde nicht weiter gehört.

„Es war eine Eule“, meinte Brown, noch hinaushorchend in die stille Nacht.

„Vielleicht“, erwiderte sinnend der Indianer, „vielleicht auch nicht. Der Mann da wird das Zeichen wohl kennen.“

Atkins, dem diese Bemerkung galt, hatte ängstlich verstohlene Blicke nach der Tür geworfen und war, als Assowaum dem Ruf antwortete, wie erschrocken emporgefahren. Jetzt aber, als alles schwieg und der falsche Lockton nicht weiter beantwortet wurde, durchzuckte ein trotzig höhnisches Lächeln seine Züge, und ohne weiter ein Zeichen von Teilnahme zu verraten, kauerte er wieder an der wärmenden Glut nieder. Er beantwortete aber auch keine einzige der von Brown an ihn gerichteten Fragen und wandte diesem sowohl als dem Mann, der ihn zuerst verraten und jetzt sein Wächter war, in zorniger Verachtung den Rücken.

Der Indianer hatte indessen in Begleitung mehrerer Regulatoren die Hütte wieder verlassen, und tiefes Schweigen herrschte wohl eine halbe Stunde lang, als auf einmal ein wilder Angstschrei von dem hinteren Teil der Fenz zu hören war. Gleich darauf brachten Wilson und Bowitt den gefangenen Weston, der in die Falle gegangen und zu flüchten versucht hatte, herein.

Nicht viel später erschien auch Assowaum mit zwei der Regulatoren, die den bleichen und scheu die Augen niederschlagenden Johnson in die Stube stießen, wo er sich plötzlich seinem grimmigsten Feind, Husfield, gegenübersah.

„Also doch?" fragte dieser, ihn erstaunt von Kopf bis Füßen betrachtend, „doch mit bei der Bande, und wie es scheint in gar verzweifelter Situation? Wer hat den Menschen gefangen?"

„Der Indianer", erklärte Cook, auf ihn deutend.

„Ha, Assowaum!" rief Husfield, diesen erst jetzt erkennend, „das ist brav, daß du wieder da bist und noch dazu solche Beweise deines guten Willens mitgebracht hast. Verdamm' mich, Assowaum, wenn ich weiß, was ich dir dafür Liebes und Gutes erweisen sollte. Da, da hast du meine silberbeschlagene Büchse – ich weiß, die deinige taugt nichts mehr, sie versagt immer, und du hast dir schon lange ein gutes Gewehr gewünscht. Nimm sie, und möge sie dir so gute Dienste leisten, wie sie mir geleistet hat. Und du, Geselle", wandte er sich dann an den zitternden Verbrecher, „du sollst diesmal deiner Strafe nicht entgehen. Als wir uns zum letztenmal sahen, warst du verdammt trotzig; jetzt möchte sich das Blatt gewendet haben. Seht nur, wie der Schuft zittert und bebt; die Beine können ihn kaum noch tragen."

„Gift und Tod über Euch!" fluchte der Gefesselte, sich jetzt trotzig aufraffend. „Ihr könnt mich hier fesseln und – lynchen – zum Teufel, aber Ihr braucht mich nicht zu verhöhnen. Hunde ihr, – die ihr alle über einen herfallt."

Husfield wollte auffahren, Brown wehrte ihm aber und sagte:

„Laßt ihn reden. Er mag prahlen und schimpfen; daß wir aber ein Recht haben, ihn gefangenzuhalten, dafür ist uns der Indianer Bürge, den er heimlich hat überfallen und morden wollen. Das ist die erste Anklage; das übrige kommt nach. Sobald wir seine Genossen haben, wird das Gericht, unser Gericht nämlich, das Weitere bestimmen. Jetzt gilt es vor allen Dingen, die zweite Höhle dieser Halunken aufzufinden. Wer kennt den Weg?"

„Ich!" sagte Assowaum; „aber glaubt mein Bruder, daß der Bär in sein Lager zurückkehrt, wenn er die Fährten des Jägers am Eingang wittert? Das Eulenzeichen galt den hier Wohnenden; wir wußten es nicht zu beantworten, und jene Schufte wurden gewarnt, die Höhle ist leer."

„Du magst in der Tat recht haben, Assowaum", erwiderte Brown, „den Versuch müssen wir aber machen, und von dort an sei unsere nächste Aufgabe, den – den zweiten zu finden, den du für schuldig hältst. Noch ist es, dem Himmel sei Dank, Zeit, aber ich kann mir das Entsetzliche nicht vorstellen."

„Wer ist denn der andere Mann, von dem der Indianer sprach?" fragte Stevenson jetzt.

„Sie sollen ihn morgen kennenlernen", entgegnete, finster vor sich niederstarrend, der junge Regulatorenführer, „aber – nicht wahr, Mr. Stevenson", fuhr er dann, wie aus einem Traum aufschreckend, fort, „nicht wahr, Sie bleiben jetzt bei uns, bis wir die Sache zu Ende gebracht haben? Sie müssen doch sehen, wie wir hier in Arkansas Recht und Gerechtigkeit üben."

„Ich bleibe hier – versteht sich“, beteuerte der alte Farmer, mit kräftigem Druck den dargebotenen Handschlag erwidernd.

„Dann werden aber Ihre Frauen auch mein Haus wenigstens so lange als das ihrige betrachten“, sagte Heinze, dem Alten ebenfalls die Hand reichend. „Wie mir Cook erzählt hat, lagern sie kaum eine Viertelmeile von meinem Haus entfernt, und da ich doch morgen früh einmal hinauf muß, will ich sie selbst herüberholen. Wann ist unser Gericht?“

„Am Montagmorgen.“

„Und wo?“

„Diesmal im freien Wald, dort, wo unterhalb Wiswills Mühle der steile Fels in den Fluß hineinragt. Oben auf dem Gipfel ist ein offener Platz, und dorthin wollen wir die bisher gefangenen Verbrecher bringen.“

„Wen sucht ihr denn noch?“ fragte Husfield.

„Cotton und – Rowson!“

„Rowson? Den Prediger? Den Methodisten?“ riefen alle erstaunt und überrascht durcheinander.

„Ja, den Prediger“, erwiderte Brown leise.

„Und wer ist sein Ankläger?“ fragte Mullins bestürzt.

„Assowaum!“ antwortete der Regulatorenführer, auf den Indianer deutend, dessen dunkle Gestalt ruhig am Kamin lehnte.

„Er hat Blut an seiner Hand“, sagte er endlich leise nach kurzer Pause, „er hat Blut auf seiner Fährte, und die Wasser des Petite-Jeanne, die Wasser des Fourche la fave konnten es nicht verwischen.“

„Und morgen will er des alten Roberts' Tochter als sein Weib heimführen“, rief Cook erstaunt, „es ist nicht möglich, der Indianer muß sich irren!“

„Der fromme Rowson“, stöhnte Mullins, noch halb ungläubig, in stummem Entsetzen.

„Hier nützt kein Reden“, sagte Brown entschlossen, „hier muß gehandelt werden. Ist es ein bloßer Verdacht, der auf dem Prediger ruht, so verlangt es sein eigener guter Ruf, daß er so schnell wie möglich beseitigt werde, denn auf seinem Stand darf kein Makel haften. Jetzt aber gilt's vor allen Dingen, die Verbrecher einzufangen, die hier in der Nähe und also auch wahrscheinlich schon gewarnt sind. Assowaum mag uns zu Johnsons Hütte führen, und von dort brechen wir gemeinsam nach Roberts' Haus auf, das wir noch früh am Morgen erreichen müssen.“

„Das muß ein Irrtum sein“, sagte Mullins, „der Indianer ist ja auch nur ein Mensch, und...

„Wochenlang hat Assowaum den Fährten nachgespürt und sie gemessen und verglichen“, erwiderte finster der Indianer. „So wahr jener Sturm die alten Bäume schüttelt – der blasse Mann ist ein Verräter.“

„Was nützen die Worte!“ erwiderte Brown, „er ist beschuldigt und...“

„Aber von wem?“ unterbrach ihn ärgerlich Mullins, „der Indianer, der ihm nie grün war, weil er Alapaha zum Christentum bekehrte, klagt ihn an. Sollen wir auf dessen Wort hin einen frommen, gottesfürchtigen Mann ergreifen und auf den Tod beleidigen? Das geht auf keinen Fall. Bringt erst Beweise, eher gebe ich meine Zustimmung zu solch rascher Tat nicht."

„Stellt ihn mir gegenüber", sagte der Indianer, indem er sich stolz aufrichtete, „stellt ihn mir gegenüber, und wenn sein Auge an dem meinigen haften kann – dann hängt mich. Sind die Männer zufrieden?"

„Ja!' sagte Husfield ernst. „Ich sehe nicht ein, warum wir auf das Zeugnis eines weißen Mannes mehr geben sollten als auf das eines roten. Ich selbst habe den Prediger nie leiden können und würde mich gar nicht wundern, wenn ein Wolf unter dem Lammfell steckte. Er ist so gut wie jeder andere nur ein Mensch, und daß er predigt, erwirbt ihm, in meinen Augen wenigstens, kein besonderes Verdienst. Reinigt er sich vor Gericht von der Beschuldigung, desto besser für ihn. Ich fürchte aber fast, der Indianer hat zu sichere Beweise, denn sein Auftreten ist nicht gerade wie das eines Mannes, der auf bloßen Verdacht hin handelt. Führt uns an, Brown, jeder Augenblick, den wir noch versäumen, ist nie wieder einzubringen. Führt uns an, und so möge Verdammnis und Strafe den Schuldigen treffen, wie wir jetzt unser gutes Recht sichern und bewahren wollen."

„Und was soll mit diesen Gefangenen geschehen?" fragte Cook, auf Atkins, Weston und Johnson deutend.

„Am besten ist's, wir schaffen sie heute nacht noch fort", erklärte Brown, „das ganze Haus ist voller Frauen, Mrs. Atkins hat also Hilfe und Unterstützung. Wohin aber mit ihnen?"

„Zu mir", sagte Wilson, „Curneales wird sich, davon bin ich überzeugt, nicht weigern, die Regulatoren mit ihren Gefangenen aufzunehmen, und wir brauchen dann nur für sichere Wache zu sorgen."

„Die will ich halten!" rief Curtis, „ich werde wohl noch Kameraden dazu finden, und daß die Verbrecher nicht fliehen sollen, dafür bürgt meine Büchse. Aber dann brecht auch auf – es kann nicht mehr so weit bis zum Morgen sein, und ist Cotton wirklich gewarnt, so möcht' es eine schwierige Aufgabe werden, ihn einzufangen. Der ist mit allen Hunden gehetzt. Jetzt also vor allen Dingen eine Abteilung mit den Gefangenen fort und die andere auf die Suche."

Schnell und geräuschlos wurden nun die hierzu nötigen Schritte getan, um die Frauen nicht unnützerweise noch mehr zu beunruhigen. Die drei Gefangenen sahen sich in der nächsten Viertelstunde, von sechs schwerbewaffneten Männer geleitet, auf dem Weg nach ihrem einstweiligen Gefängnis. Pelter und Hostler blieben als Wachen in Atkins' Haus zurück, und die übrigen, von Assowaum geführt, brachen nach der einsamen Hütte der Verbrecher auf, um dort noch womöglich den schon so lange Gesuchten zu erfassen oder doch neue Beweise der Schuld aller bis jetzt Gefangenen zu erhalten.

Mitternacht lagerte über den Wäldern. Noch rauschten und brausten die mächtigen Wipfel und schüttelten sich die kalten Schauer aus den grünen Zweigen; noch zuckten am fernen östlichen Horizont matte Blitze, und leise grollte und murmelte der ferne Donner hinterher. Da huschte schnell und vorsichtig eine dunkle Gestalt über die Fenz, welche Johnsons niedere Hütte umschloß. Es war Cotton – er glitt durch die offene Tür in das Innere der Hütte, raffte dort, was er an Waffen und Kleidern besaß, zusammen, barg mehrere andere Sachen, die er dem Auge der Feinde wahrscheinlich zu entziehen wünschte, in einen hohlen Baum unfern der Hütte, schleppte dann das im Kamin durch ihn schnell wieder angefachte Feuer in eine Ecke der Stube unter das

Bett, warf einen flüchtigen, abschiednehmenden Blick auf den Raum, der ihm so lange Schutz gegen seine Verfolger gewährt hatte, und verschwand dann, schnell und geräuschlos, wie er gekommen, im dichten, undurchdringlichen Schatten des Waldes.

32. Die Kreuzeiche

Die Kreuzeiche war ein bei den Jägern des Fourche la fave allgemein bekannter Platz. Sie stand unfern vom Ufer eines kleinen Sees, am Rande einer der vielen Slews oder Sumpfbäche, die die Niederung durchkreuzen, und nahe bei einem dichten Rohrbruch, der im vorigen Jahr durch die Nachlässigkeit einiger Jäger in Brand geraten war. Nur verdorrtes und halbverbranntes Schilf umgab jetzt noch den Platz, zwischen dem das junge, maigrüne Rohr kaum erst wieder an einzelnen Stellen anfing sich Bahn zu brechen.

Ein gewaltiger, hochstämmiger Persimonbaum aber, dessen Wipfel der Blitz gespalten, hatte einen seiner Äste in die auszweigende Hauptgabel des Nachbarstammes, ebendieser Eiche, gelegt und auf solche Art ein rohes, aber leicht erkennbares Kreuz gebildet.

Cotton wie Rowson kannten den Platz genau, und der letztere hatte an dieser Stelle oft Betversammlungen oder sogenannte Campmeetings gehalten. Cotton war übrigens heute der erste am Platz und wohl schon eine Stunde vor der ihm von Rowson bestimmten Zeit am steilen Ufer der Slew auf und ab gegangen. So ungeduldige Blicke er aber nach der Seite hin warf, von welcher er den Kumpan erwartete, so scheu und vorsichtig lauschte er bald nach dieser, bald nach jener Himmelsrichtung hin, als ob er irgendeine Überraschung oder Gefahr befürchte, und jedes fallende Blatt machte, daß er rasch und ängstlich den Kopf dorthin wandte.

Da krachte ein dürrer Zweig, und schlangenartig glitt der Jäger hinter einen umgestürzten Baumstamm, wo er, still und regungslos wie das Holz, das ihn verbarg, liegenblieb. Der da kam, war aber der so ungeduldig Erwartete, und schnell brach deshalb der Flüchtling wieder aus seinem Versteck hervor.

„Endlich kommt Ihr“, rief er mürrisch, „seit einer Stunde stehe ich hier Todesqualen aus, und...“

„Ihr dürft Euch nicht beklagen, ich bin noch etwas vor der Zeit da. Es kann kaum halb neun Uhr sein, und Ihr wißt, daß wir hier erst um neun Uhr zusammentreffen wollten.“

„Ja, um einander vielleicht nie wieder zu finden.“

„Was ist vorgefallen?“ fragte Rowson erschrocken, denn erst jetzt fiel ihm das bleiche, verstörte Gesicht des anderen auf. „Ihr seht aus, als ob Ihr eine Todesnachricht brächtet. Sind die Regulatoren...“

„Ich wollte, beim Teufel, es wäre nur eine Todesnachricht“, unterbrach ihn Cotton zähneknirschend, „die Hunde von Regulatoren haben auf irgendeine Art Wind bekommen und Atkins' Haus überrumpelt.“

„Alle Wetter!“ rief Rowson ängstlich, „und hat er gestanden?“

„Ich war nicht neugierig genug, mich danach zu erkundigen“, brummte Cotton. „Auch Johnson muß in die Hände des verdammten Indianers gefallen sein, denn er ging aus, ihn beiseite zu schaffen, und – ist selbst nicht wiedergekehrt.“

„Aber woher wißt Ihr, daß Atkins...“

„Als Johnson nicht wiederkam, ging ich hinaus, ihn zu suchen, fand aber keine Spur von ihm und schlich nun zu Atkins' Haus hinüber, um dem meine Befürchtung mitzuteilen. Dort aber fiel mir schon die Unruhe auf, die in der Farm herrschte. Die Pferde galoppierten wild und scheu in der Einfriedung umher, und als ich an der Fenz bis zu dem geheimen Eingang hinschlich, fand ich diesen offen. Hierdurch wurde mein Verdacht nur noch mehr bestärkt; ich wollte aber dennoch einen Versuch machen, mich dem Hause zu nähern, und gab mehrere Male hintereinander das bestimmte Zeichen.“

„Nun?“ fragte Rowson gespannt.

„Erst wurde es nicht beantwortet“, fuhr der Jäger fort, „und dann falsch – nur dreimal. Jetzt wußte ich, daß Verrat lauerte. Leise umschlich ich nun eine Zeitlang die Farm, wäre aber doch bald, trotz aller Vorsicht, in die Hände der Schufte gefallen, die sich dort herum aufgestellt hatten. Als ich eben um die eine Ecke biegen wollte, sprangen eine Menge dunkler Gestalten aus ihren bisherigen Verstecken hervor und warfen sich auf einen einzelnen, der, der Stimme nach, kein anderer als Weston sein konnte. Ihr könnt Euch denken, wie ich jetzt Fersengeld gab. So schnell mich meine Füße trugen, floh ich zu Johnsons Hütte zurück, verbarg dort die für uns wertvollsten Sachen in dem hohlen Baum, der nicht weit von dem Haus nach dem Fluß zu liegt, nahm die Waffen und steckte das Nest in Brand. Euch zu finden war jetzt noch meine einzige Hoffnung.“

„Aber was können wir tun?“ fragte Rowson, den stieren Blick angstvoll auf den Kameraden geheftet. „Wenn uns nun die Gefangenen verraten? Wo ist Jones?“

„Wahrscheinlich auch in den Händen der Regulatoren“, knirschte Cotton. „Jetzt wenigstens glaub' ich's, denn sonst wäre er zurückgekehrt.“

„So müssen wir fliehen“, sagte Rowson, „es bleibt weiter kein Ausweg. Noch ist es Zeit.“

„Aber wie? Man wird uns verfolgen und einholen.“

„Zu Pferde dürfen wir allerdings nicht fort“, erwiderte Rowson. „Jetzt, da die kläffenden Hunde einmal munter sind, möchten wir sie nur zu bald auf den Hacken haben, und nach dem Regen würden wir zolltiefe Spuren zurücklassen. Aber mein Kahn ist uns sicher, der Fluß noch immer etwas hoch, und da uns auch von Harpers Haus heute keine Gefahr droht, können wir den Arkansas vielleicht unentdeckt erreichen. Nachher hat es keine Not weiter. Bis morgen früh müssen wir aus dieser Gegend heraus sein.“

„Aber Eure und meine Braut! Ellen wird sich gewaltig grämen“, warf der Jäger spöttisch ein.

„Wir dürfen nicht mehr an sie denken“, sagte Rowson, „Pest und Gift, sich so den Bissen vor den Lippen weggeschnappt zu sehen! Aber mein Hals ist mir doch lieber, und ich zweifle, daß sie viele Umstände mit uns machen würden, wenn wir erst einmal in ihren Klauen wären. Ja, würden wir den Gerichten überantwortet und ordentlich mit Richter und Advokaten verhört, dann wollte ich sagen, laßt uns noch abwarten; zur Flucht ist später noch Zeit. So aber mag der Teufel den Kanaillen trauen, ich nicht. Glücklicherweise ist alles gerüstet, und wir können, sobald wir das

Haus – aber alle Teufel – ich bekomme Besuch. Verdammt! An die hätte ich beinahe nicht gedacht."

„Besuch?" rief Cotton erstaunt, „was soll das heißen?"

„Daß ich heute meine Hochzeit feiern wollte", erwiderte Rowson mit einem Fluch. „Die ganze fromme Gesellschaft ist in diesem Augenblick wahrscheinlich schon auf dem Wege nach meiner Wohnung, und erreichen sie die früher als wir, so sind wir verloren. – Noch ist es aber wohl nicht zu spät – vielleicht treffe ich sie unterwegs, und da wird mir schon etwas einfallen, sie einen Augenblick aufzuhalten. Wir brauchen noch ein wenig Zeit für unsere Vorbereitungen. Gewinnen wir eine einzige Stunde Vorsprung, dann fürchte ich nichts mehr, dann sind wir gerettet. Eilt Ihr also, so schnell Ihr könnt, nach meinem Haus, ich werde, obgleich ich erst zu Roberts muß, fast zugleich mit Euch dort eintreffen."

„Aber vielleicht kommt Ihr doch später", sagte Cotton; „denn glaubt mir, ich werde mich unterwegs nicht aufhalten."

„So steigt indessen die Leiter hinauf in den oberen Teil des Hauses. Dort steht auch der kleine Koffer, der, für solchen Fall gerüstet, alles enthält, was wir unterwegs brauchen werden."

„Und das Zeichen?"

„Ihr seht mich schon kommen. Vom Haus aus kann man mehrere hundert Schritt weit die kleine Waldwiese überblicken, auf der ich gebaut habe."

„Aber unrecht ist's doch, die Kameraden jetzt so im Stich zu lassen", meinte Cotton nachdenklich. „Wer weiß denn, ob wir ihnen nicht von Nutzen sein könnten, wenn wir die Nacht noch hier bleiben! Es sind manche unter den hier wohnenden Farmern, die es im stillen recht gut mit uns meinen und uns gern Vorschub leisteten, aber freilich werden sich die nicht rühren, wenn wir selbst beim ersten Schreckschuß die Flucht ergreifen."

„O zum Henker mit Euren Vorschlägen!" rief ungeduldig Rowson aus. „Glaubt Ihr, ich könnte jetzt zwischen sie treten, wo vielleicht Johnson oder Weston gestanden haben, um augenblicklich ebenfalls ergriffen und gebunden zu werden? Nein, verdammt will ich sein, wenn ich meinen eigenen Hals in eine Schlinge stecke, bloß um zu sehen, wie sich ein paar andere, denen ich doch nicht mehr helfen kann, darin befinden. Ich gehe – Ihr mögt tun, was Ihr wollt."

„Ihr wißt ja aber gar nicht, ob Euer Name überhaupt erwähnt wurde. Ihr kennt doch unsern Schwur."

„Jawohl – alles recht gut, der Teufel aber verlasse sich auf den Schwur, ich nicht. Das wäre nicht der erste, den ein schwarzer Hickorystock gebrochen hätte; und sagtet Ihr nicht selbst, Johnson habe gefürchtet, von dem verdammten Indianer verraten zu werden? Dasselbe droht mir, nur noch in einem viel ärgeren Grade. Hätte sich der Indianer nicht wieder in unserer Gegend gezeigt, vielleicht wagte ich's dann und bliebe. Der Rache eines solchen Burschen mag ich aber nicht ausgesetzt sein, und darum suche ich das Weite. Kommt Ihr also mit oder nicht?"

„Nun, natürlich werde ich die Finger nicht allein im Brei steckenlassen, das könnt Ihr Euch denken", entgegnete mürrisch der Jäger. „Ich darf ja meine Physiognomie nicht einmal in Little Rock zeigen. Also fort denn – aber wohin wollen wir?"

„Ich gehe auf die Insel", sagte Rowson entschlossen, „und Ihr?"

„Zum Überlegen haben wir später unterwegs Zeit genug“, erwiderte ausweichend der Jäger; „jetzt vor allen Dingen fort von hier, denn jeder andere Platz, selbst das Zuchthaus von Arkansas, ist in diesem Augenblick sicherer für uns als der Fourche la fave. Also kommt bald nach und laßt mich nicht lange warten. – Mir ist's unheimlich, wenn ich da vielleicht eine Stunde allein sitzen sollte; ich würde jeden Augenblick fürchten, das Haus von Regulatoren umzingelt zu sehen.“

„Habt keine Angst – ich werde schnell genug dasein. Roberts sind hoffentlich noch nicht aufgebrochen, denn deren Gegenwart könnte uns jetzt allerdings gewaltig stören. So rasch mich also mein Pferd trägt, bin ich bei Euch. Übrigens will ich verdammt sein, wenn ich nicht froh bin, die erbärmliche Predigermaske endlich abwerfen zu dürfen. Sie ist mir, besonders in den letzten vierzehn Tagen, schauderhaft lästig geworden.“

„Ich will nur wünschen, daß Euch die Luft in Arkansas unmaskiert besser zusagt als mit der Maske“, erwiderte Cotton, indem er unter einem dichten Gewirr von Gründornen und Schlingpflanzen sein in eine wollene Decke eingeschlagenes Kleiderbündel hervorholte und es sich auf den Rücken warf. „So – nun bin ich reisefertig“, fuhr er, einen scheuen Blick nach allen Seiten werfend, fort, „folgt also bald – Good-bye!“

„Good-bye!“ antwortete Rowson und schaute ihm sinnend noch eine kurze Zeit nach, bis Cotton hinter den dichten Papao- und Sassafrasbüschen verschwunden war. Dann aber schritt er schnell zu seinem Pferd, das ihn ruhig grasend erwartete, schwang sich in den Sattel, setzte dem Tier die Hacken in die Seite und galoppierte, so rasch es ihm das dichte Unterholz erlaubte, waldeinwärts, dem Haus der Familie Roberts zu.

33. Der entlarvte Verbrecher

Harper und Bahrens hatten sich ungern der Einladung gefügt. Sie war aber so herzlich ausgesprochen worden, daß beide nicht umhinkonnten, sie anzunehmen, und nun ihre Tiere sattelten und aufzäumten, um später die Gesellschaft nicht warten zu lassen.

Marion betrieb mit einer gewissen unruhigen Angst alle Vorbereitungen zu dem Schritt, der sie nun für immer aus dem elterlichen Hause entfernen sollte, und so auffallend stark war eben dieses Gefühl in ihren Zügen ausgeprägt, daß selbst der rauhe, in solchen Sachen höchst unbekümmerte und sorglose Bahrens es bemerkte und Harper darauf aufmerksam machte. Dieser versuchte jedoch es ihm auszureden, und schweigend besorgte jeder das, was noch erledigt werden mußte.

Mrs. Roberts hatte eine Zeitlang mit augenscheinlicher Ungeduld dem Treiben der Mädchen und der Männer zugesehen. Endlich aber siegte ihre gewöhnliche Unruhe, mit der sie gern alles selbst tun, alles selbst besorgen wollte, und aus dem Stuhl, auf dem sie gesessen, aufstehend, wandte sie sich an Marion und Ellen und sagte, Marions Bonnet dabei vom Nagel nehmend:

„Kommt, Kinder – zieht euch an und macht, daß ihr fortkommt; das Gelaufe wird mir hier zu arg. Ich habe noch eine Menge von Kleinigkeiten zusammenzuräumen und mitzunehmen, die in einer neuen Haushaltung unumgänglich notwendig sind, in einer Junggesellenwirtschaft aber selten gefunden werden. Unterdessen kommt dann Mr. Rowson zurück, Sam muß die beiden Körbe auf sein Pferd nehmen, und wir drei folgen euch so schnell wie möglich.“

Hiergegen hatte niemand etwas einzuwenden, selbst Harper sträubte sich nur noch schwach, und bald darauf setzte sich die kleine Karawane, von Roberts und Bahrens angeführt, in Bewegung, während Mrs. Roberts, geschäftiger denn je, zwischen allen möglichen Krügen und Kästchen, Kisten und Schachteln hantierte. Da plötzlich, während sie noch in ihrer Arbeit vertieft war, erschien die Gestalt des Indianers in der Tür, und so ernst und düster schaute der rote Krieger unter seinen wild die Stirn umflatternden Haaren hervor, daß die Matrone einen leisen Schrei der Überraschung ausstieß. Sie hätte beinahe das irdene Gefäß mit getrockneten Pfirsichen, das sie in der Hand trug, fallen lassen.

„Ach, Assowaum“, rief sie endlich lächelnd, „bin ich doch beinahe erschrocken, als ich Euch so unerwartet dastehen sah – es war fast wie ein Gespenst. Ihr habt Euch recht lange nicht sehen lassen. Wie ist es Euch ergangen?“

„Hat der blasse Mann das braunäugige Mädchen schon heimgeführt?“ fragte Assowaum, ohne ihre freundliche Anrede zu beachten, und nur forschend im Zimmer umherschauend, „ist Assowaum zu spät gekommen?“

„Was habt Ihr, Mann?“ rief die Matrone, jetzt in der Tat vor den rollenden Augen des Indianers entsetzt, „was wollt Ihr mit Mr. Rowson, den Ihr ja wohl immer den blassen Mann genannt habt?“

„Ich will noch nichts von ihm“, flüsterte Assowaum, „noch nicht; aber die Regulatoren verlangen nach ihm!“

„Was geht er die Regulatoren an, er gehört ja nicht zu ihnen, ja er billigt ihre Versammlungen nicht einmal.“

„Das glaub' ich“, antwortete der Indianer lächelnd, aber selbst dieses Lächeln war so drohend, daß Mrs. Roberts ernstlich fürchtete, er sei über den Verlust seiner Squaw wahnsinnig geworden. Vorsichtig schaute sie sich nach dem Negerknaben um, der eben ihr Pferd draußen vor der Tür sattelte.

Assowaum mochte spüren, was in der Frau vorging, denn er fuhr mit der Hand über die Stirn, strich sich die Haare glatt und sagte leise: „Assowaum ist nicht krank – aber er kam hierher, Eure Tochter zu retten. Ist es zu spät?“

„Meine Tochter? Allmächtiger Gott, was ist mit ihr? Was sollen Eure rätselhaften Reden? Sprecht – was ist mit meinem Kind?'

„Ist Marion schon des blassen Mannes Weib?“

„Nein – aber was hat Mr. Rowson...“

„Die Regulatoren sind auf seiner Fährte – er ist der Mörder Heathcotts!“

„Großer Gott!“ rief die Matrone entsetzt und wankte zu dem Sessel zurück, während der Indianer ruhig und ernst an der Tür stehen blieb.

„Das ist Verleumdung“, sagte sie endlich, sich aufraffend, „schändliche, niederträchtige Verleumdung. Wer ist der Bube, der ihn dessen anklagt?“

„Ich selbst“, antwortete Assowaum leise, „ich selbst“, wiederholte er nach kurzer, atemloser Pause. „Er mag sich verteidigen, aber ich fürchte – an seinen Händen klebt auch das Blut Alapahas, meines Weibes!“

„Entsetzlich – fürchterlich“, stöhnte die unglückliche Frau, „und mein Kind – aber nein, es ist nicht möglich – es ist ein Irrtum – ein schrecklicher Irrtum, der sich bald aufklären wird und muß.“

„Onishin“, sagte der Indianer. „Wo aber sind die Eurigen? Wo ist der alte Mann, wo das Mädchen? Wo der blasse Mann selbst?“

„Er muß augenblicklich zurückkehren – Marion und Roberts sind vorausgeritten nach seinem Haus; heute nachmittag soll in des Richters Wohnung die Trauung stattfinden. Mensch – es ist ja nicht möglich – Rowson – der fromme, gottesfürchtige Mann kann kein Verbrecher sein. Er müßte denn den Regulator, der ihn stets beleidigte und kränkte, in der Hitze erschlagen haben.“

„Und wen beschuldigte er der Tat?“ fragte der Indianer ernst; „der blasse Mann hatte zwei Zungen in seinem Munde, die eine sprach mit seinem Gott, und die andere zürnte dem Verbrecher. Tat er recht, wenn er das Blut an seiner eigenen Hand wußte?“

„Ich kann es nicht glauben – ich kann es nicht begreifen“, jammerte die Frau händeringend.

„Denkt Ihr an den Tag nach Alapahas Ermordung?“ fragte Assowaum mit unterdrückter Stimme, indem er den kleinen Tomahawk seiner Squaw aus dem Gürtel nahm und auf den Tisch legte. „Mit dieser Waffe“, fuhr er dann noch leiser, aber mit deutlicher Stimme fort, „mit dieser Waffe wehrte sich die Blume der Prärien gegen den feigen Mörder, und Rowsons Arm war an jenem Tage verletzt. Diesen Knopf“, flüsterte er weiter, das Beweisstück aus der Kugeltasche nehmend, „wand ich aus den im Tode krampfhaft geschlossenen Fingern Alapahas. Er muß Rowson gehören. Assowaum hat Leute gesprochen, die da sagten, das sei Rowsons Knopf.“,

„Das sind alles nur unsichere, schwankende Vermutungen“, rief die Matrone, sich erhebend und dem Indianer fest ins Auge schauend, „das ist noch kein Beweis, Mann. Ich sage Euch, es ist nicht möglich – Rowson ist unschuldig!“

„Onishin! Dann fragt ihn selber, denn dort kommt er“, erwiderte Assowaum ruhig. „Wird der blasse Mann noch blässer werden, wenn ihm die gute Frau sagt, daß er ein Mörder sei?“

Ehe die Matrone einer Antwort fähig war, hatte der Indianer den kleinen Tomahawk wieder an sich genommen und mit geräuschlosem Schritt ein Versteck, das in der Ecke stehende, mit weißem Fliegennetz überhangene Bett, erreicht. Fast in demselben Augenblick hielt auch das Pony des Predigers, ganz mit Schaum bedeckt, an der Fenz. Der Reiter schwang sich aus dem Sattel und betrat gleich darauf die Schwelle, von wo aus er allerdings das bleiche Aussehen der Matrone schon hätte bemerken können. Zu sehr aber mit sich selbst beschäftigt, fragte er nur mit heiserer, fast tonloser Stimme, wo seine Braut und die Männer wären. Ein Fluch schwebte ihm auf den Lippen, als Mrs. Roberts, zwar noch zitternd, aber doch schon wieder gefaßt, antwortete, sie wären vorausgeritten und erwarteten ihn bald. Die alte gewohnte Scheu hielt jedoch noch jedes rauhe Wort zurück, und Rowson wollte sich schon abwenden, um jene möglicherweise zu überholen. Erst einmal das eigene Haus zeitig genug erreicht, durfte er ja doch hoffen, seine Flucht zu Wasser zu ermöglichen, die ihm zu Land vielleicht schon abgeschnitten war. Da rief ihn Mrs. Roberts zurück und bat ihn, zu ihr zu treten.

Wohl fühlte er, daß jetzt weitere Verstellung nur unnötig Zeit vergeude und er vielleicht gar den günstigen Moment versäumen könne. Dann gewann aber auch sein besseres Gefühl der Frau gegenüber, die er so fürchterlich getäuscht hatte, die Oberhand, und er beschloß, wenigstens in Frieden von ihr Abschied zu nehmen. Schnell schritt er in dieser Absicht zu dem Tisch zurück, an dem sie lehnte, und hier fiel ihm zum erstenmal ihr verändertes, bleiches Aussehen auf. Ehe er jedoch eine Frage stellen konnte, fragte die Matrone sehr ernst, aber immer noch freundlich:

„Mr. Rowson, wollen Sie versprechen, mir auf etwas, das ich Sie fragen werde, frei und offen zu antworten?"

„Ja", sagte der Prediger halb bestürzt und halb verlegen, „doch muß ich Sie bitten, sich zu beeilen, denn ich – ich muß wirklich noch einmal fort – Sie wissen, daß so viele Geschäfte..."

Er hatte nicht den Mut, die Frau anzusehen; ein ihm selbst unerklärbares Gefühl hinderte ihn, es war ihm, als ob er vor seinem Richter stände.

„Mr. Rowson", sagte die alte Dame jetzt mit leisem, aber deutlichem Ton, „es sind heute morgen seltsame Dinge von Ihnen erzählt worden!"

„Von mir? Wer?" fragte der Prediger erschrocken, „wer war hier?"

„Es sind immer noch bloße Vermutungen", fuhr Mrs. Roberts ruhig fort, „und ich hoffe zu Gott, daß es auch nur Vermutungen bleiben werden. Aber notwendig ist es, daß Sie selbst erfahren, was man von Ihnen sagt, um sich dann dagegen verteidigen zu können."

„Ich weiß in der Tat nicht – diese rätselhaften Worte – was ist nur vorgefallen?" stotterte Rowson, immer verlegener werdend, und schon warf er einen scheuen Seitenblick nach der Tür, als sei er entschlossen, sich durch die Flucht jeder weiteren Frage zu entziehen. Unwillkürlich hatte er indessen mit einer Blume gespielt, die auf dem Tisch lag, an dem er lehnte, und ebenso gedankenlos nahm er jetzt den Knopf auf, den der Indianer dort zurückgelassen hatte.

„Rühren Sie den Knopf nicht an, Sir – um Gottes willen", rief die Matrone, die es bemerkte, in einem plötzlichen Gefühl des Schrecks und der Angst, „er ist..."

„Was fehlt Ihnen, Mrs. Roberts?" fragte aber Rowson, der sich rasch gesammelt hatte und entschlossen schien, diesem Gespräch ein Ende zu machen. „Sie scheinen außer sich. Was ist mit dem Knopf? Es ist einer der meinigen, der wahrscheinlich..."

„Der Ihrige?" schrie entsetzt die Matrone und hielt sich an der Lehne ihres Stuhles, „der Ihrige?"

„Was ist Ihnen?"

„Den Knopf fand Assowaum in der Hand seines ermordeten Weibes", rief die Frau, sich hoch und fast krampfhaft aufrichtend. „Nur der Mörder Alapahas kann den Knopf verloren haben!"

Die Hand Rowsons fuhr wie unbewußt an seine Seite, wo er die versteckten Waffen trug. Als er aber den scheuen Blick im Zimmer umherwarf, begegnete sein Auge dem des Indianers, der, die Büchse erhoben, ihm zurief:

„Einen Schritt, und du bist des Todes!"

Rowson hielt sich für verloren. Da bemerkte Mrs. Roberts die drohende Stellung des Indianers und nicht anders glaubend, als daß dieser hier gleich an Ort und Stelle Rache für sein ermordetes Weib nehmen wolle, warf sie sich von der Seite auf ihn – drückte den Lauf der Büchse in die Höhe und rief entsetzt aus:

„Oh, nur nicht hier – nur nicht vor meinen Augen!"

Rowson sah diese Bewegung und ahnte, daß dies vielleicht die letzte Möglichkeit zur Flucht sei. Mit der Gewandtheit eines Panthers sprang er daher, ehe der Indianer die Frau von sich abschütteln konnte, aus der Tür, schwang sich in den Sattel seines Ponys und war in der nächsten Sekunde in dem Dickicht, das beide Seiten des schmalen Weges begrenzte, verschwunden.

Assowaum stürmte ihm in wilder Eile nach, ehe er jedoch die fliehende Gestalt aufs Korn nehmen konnte, war der Verbrecher schon in den dichtbelaubten Büschen verschwunden und, wenigstens für den Augenblick, gerettet. Mit zwei Sätzen war Assowaum neben dem Reitpferd von Mrs. Roberts, das fertig gesattelt und aufgezäumt, von dem Neger gehalten, vor der Fenz hielt. Im Nu warf er den Damensattel ab, riß den Zügel aus der Hand des verblüfften Jungen, schwang sich auf den Rücken des Tieres und folgte, diesem die Hacken wütend in die Seiten schlagend, den Spuren seines Opfers.

34. Die Belagerung

„Seht Ihr wohl, ich hatte doch recht – das ist das Haus!“ sagte Roberts, als die kleine Karawane den Rand der Waldlichtung erreichte und nun vor dem einfachen, von einer hohen Fenz umgebenen Gebäude stand, das Marions künftige Heimat sein sollte.

„Wahrhaftig!“ rief Harper verwundert, „ich glaubte nichts anderes, als daß er irgendwo weiter hinauf wohnen müßte. Jetzt werden wir ja fast Nachbarn sein, denn mein Haus liegt gar nicht so sehr weit von hier entfernt, den Fluß hinunter.“

„Nun, Marion, wie gefällt dir der Platz?“ fragte der alte Roberts, sich an seine Tochter wendend, „he? Ein bißchen still und unheimlich, nicht wahr? Ja, das macht die Nähe des Flusses mit den dichten Sykomoren und den dunklen Weiden.“

„Es ist recht still und einsam“, flüsterte Marion, Ellens Hand ergreifend, als ob sie sich scheue, die lautlose Stille durch ihre Stimme zu stören, „ich weiß nicht, was den Platz so öde, so – schauerlich macht.“

„Weil das Vieh fehlt“, sagte Bahrens. „Das ist ganz natürlich. Wo keine Kuhglocken läuten und die Hühner und Ferkel nicht auf dem Hof herumjagen, wo einem nicht ein paar Hunde entgegenspringen und einen Spektakel machen, daß man sein eigenes Wort nicht hören kann, und eine Herde Gänse immer gerade zu derselben Zeit zu schnattern anfängt, wenn man jemand etwas zurufen will, da ist's auch nicht wohnlich und gemütlich: es würde mir wenigstens stets unbehaglich vorkommen.“

„Wozu sollte sich aber Mr. Rowson Vieh anschaffen“, warf Harper ein, „wenn er vielleicht schon in acht Tagen wieder auszieht.“

„Ach was da“, erwiderte Bahrens. „Wenn ich nur drei Tage auf einem Fleck wohnte, müßte ich wenigstens ein paar Hühner oder Ferkel um mich herum haben, die das Getreide aufläsen, was sonst verderben würde. Seht nur, wie's da drin im Hofe aussieht, der Mais liegt dicht gestreut am Boden! Ach, wenn das meine Alte sähe!“

„Wird jetzt schon anders werden", meinte Roberts lachend, „die Frau wird ihm den Kopf schon zurechtsetzen. Für die Bequemlichkeit der Pferde ist übrigens gesorgt, das ist wahr – Tröge sind genug vorhanden."

„Was hast du, Ellen?" fragte Marion beunruhigt, als die Freundin einen leisen, halb unterdrückten Schrei ausstieß, „was war da?"

„O nichts", antwortete das Mädchen verlegen und warf einen flüchtigen, aber immer noch scheuen Seitenblick nach dem Haus hinauf, „nichts – es war bloße Täuschung. Mir kam es aber auf einmal so vor, als ob da oben, zwischen den beiden offenen Spalten, ein Auge hervorgeleuchtet hätte."

„Wo? Da oben?" fragte Bahrens lachend, „da würde sich wohl schwerlich ein Gast einquartiert haben. Wer hier im Haus wohnen wollte, fände bequemere Plätze – die Tür ist ja offen."

„Und was für eine Tür!" sagte Harper, der die Pforte jetzt öffnete und das Haus zuerst betrat, „merkwürdig stark, als wenn Rowson wunder wie große Reichtümer hier aufbewahrte. Nun – ziemlich ordentlich sieht's aus", fuhr er dann fort, sich überall umschauend, „für eine Junggesellenwirtschaft nämlich, denn die Frauen möchten noch manches daran auszusetzen haben. Das läßt sich aber nicht anders verlangen; bei uns unten bleibt ebenfalls viel zu wünschen übrig. Als freilich Alapaha noch lebte", seufzte er dann vor sich hin, „da war es dort auch immer recht wohnlich und hübsch – und da..."

„Es wird schon wieder so werden, Harper", unterbrach ihn Bahrens freundlich, „vielleicht noch besser. Brown muß heiraten, und dann braucht Ihr nachher nicht mehr über die Junggesellenwirtschaft zu lamentieren, dann haben die Junggesellen ausgewirtschaftet."

„Nun herein, ihr Mädchen!" rief Roberts, der sich jetzt den beiden Männern angeschlossen hatte, „herein mit euch. Hier beginnt euer Reich, und Marion mag gleich Besitz nehmen.

So", fuhr er fort, als sie seinem Wunsche Folge geleistet, „so – das ist recht. Nun kommt und wirtschaftet hier nach Herzenslust, wir wollen indessen draußen ein Feuer anzünden und den eisernen Kessel darüberhängen. Eine Küche ist doch nicht beim Hause, wie ich sehe, und meine Alte, die gar nicht mehr lange ausbleiben kann, denn in solchen Sachen..."

„Hei-ho", rief Bahrens lachend, „er geht wieder durch. – Hier ist Schwamm: wo aber machen wir das Feuer an? Ein unbequemer Platz für Holz das – wenigstens fünfzig Schritt weit zu tragen. Da wollen wir lieber erst ein paar Äste herbeiholen – ist denn keine Axt auf der Farm? Schöne Einrichtung das!"

„Dort in der Ecke lehnt eine", sagte Harper.

„Gut, dann bleibt Ihr nur indessen hier."

„Nein, ich will mit Holz tragen helfen", meinte Roberts, „Harper mag Feuer anmachen – dürres Laub und Reisig hat ja der Wind genug herbeigeschafft."

Die Männer gingen nun lachend und erzählend an ihre Beschäftigungen, und die Mädchen blieben allein im Haus zurück. Da endlich konnte Marion ihre Gefühle nicht länger verbergen. Sie warf sich an die Brust der Freundin, und ein lindernder Tränenstrom machte ihrem bedrängten Herzen Luft.

„Marion, was fehlt dir?“ fragte Ellen erschrocken, „was um Gottes willen hast du? Dich quält irgend etwas Entsetzliches – ich habe es dir längst angesehen – du bist nicht glücklich.“

„Nein“, schluchzte das Mädchen, „nein – Gott weiß es – ich bin nicht glücklich und – werde es nie werden.“

„Aber was ist dir? So habe ich dich noch nie gesehen – du zitterst ja. Marion, was fehlt dir?“

„Was mir fehlt?“ fragte die Braut des Predigers, sich wild und krampfhaft aufrichtend, „was mir fehlt? – Alles – alles auf der weiten Welt – Vertrauen – Liebe – Hoffnung – ja selbst die Hoffnung fehlt mir, und jetzt – jetzt ist es zu spät – zu spät – ich kann nicht mehr zurück.“

„Marion, du ängstigst mich!“ flüsterte die Freundin, „was sollen all diese rätselhaften Worte? Kannst, oder darfst du mir nicht vertrauen?“

„Noch kann und darf ich“, sagte entschlossen Marion und strich sich die Haare aus der Stirn zurück, „noch sind wenige Minuten mein eigen, noch bin ich Herrin meiner selbst. So höre denn, Ellen, was mich bis zu diesem Augenblick elend gemacht hat, was mir von diesem Augenblick an mein ganzes zukünftiges Leben verbittern wird – was hast du? Was ist?“

„Sieh nur dort“, sagte das Mädchen erstaunt, „ist das nicht Mr. Rowson? – Großer Gott, das Pferd muß mit ihm durchgehen. Sieh nur, wie es jagt.“

„Hallo, Rowson!“ schrien Bahrens und Roberts am Waldsaum, die ihn erst jetzt erblickten, „was zum Teufel ist vorgefallen?'

„Alle Wetter!“ rief Harper und sprang zur Seite, denn das keuchende, schäumende Tier hätte ihn fast über den Haufen gerannt – „Rowson, seid Ihr des Teufels? Was zum Henker habt Ihr?“

Dieser aber würdigte keinen der Männer einer Antwort, nicht einmal eines Blickes. Er sprang vom Pferd, stürzte durch die schmale Fenzpforte in das Haus, warf die Tür, zum Entsetzen der beiden Mädchen, ins Schloß, schob zwei eiserne Riegel vor, riß die Büchse vom Haken herunter und blickte jetzt erst im Zimmer umher, als sei er fest entschlossen, den ersten, der sich ihm in den Weg stellen würde, niederzuschießen.

„Allmächtiger Gott – Mr. Rowson“, rief Ellen erschrocken, „was wollen Sie tun? Ihre Braut ermorden?“

„Cotton!“ schrie Rowson mit heiserer Stimme, als er sich überzeugt hatte, daß keiner der Männer in der Hütte war, und ohne die Mädchen zu beachten, rief er noch einmal: „Cotton!“

„Ja“, antwortete dieser mürrisch von oben herab, „ich bin hier, aber – habt acht da unten – der Indianer kommt, Höll' und Teufel – war Euch der auf den Fersen?“

„Kommt herunter – schnell!“ befahl der Prediger, indem er mehrere kleine Pflöcke aus den Wänden herausnahm und so gleichzeitig Schießscharten und Gucklöcher erhielt, „kommt herunter – es wird gleich Arbeit geben. Wir haben Einquartierung.“

Wie eine Katze glitt der Jäger an den rauhen Stämmen der Hütte nieder, und Ellen bedurfte Marions Arm, sich aufrecht zu halten, als sie den Mann erblickte, den sie von allen Menschen der Erde am meisten fürchtete und der jetzt unter so sonderbaren, geheimnisvollen Verhältnissen auf dem Schauplatz erschien.

„Was soll das heißen? – Um Gottes willen, Mr. Rowson, lassen Sie uns hinaus", bat Marion, in diesem Augenblick zum erstenmal befürchtend, daß sie gefangen und in der Gewalt von Verbrechern wäre. „Lassen Sie mich zu meinem Vater – was bedeutet dies alles?"

„Wirst es bald erfahren, Täubchen", antwortete höhnisch lachend der Jäger und nahm die zweite Büchse von ihrem Platz über dem Kamin, „wirst es bald erfahren. – Aber Gift und Klapperschlangen", fuhr er dann, sich zu Rowson wendend, zornig fort, „ihr habt mich hier schön mit in die Falle gelockt. – Tor, der ich war, in das Nest hinaufzukriechen. Jetzt könnt' ich ruhig im Kanu sitzen und eine fünf Meilen sichere Distanz zwischen mir und den Schuften da draußen haben."

„Zurück da", schrie Rowson durch die Spalte, ohne etwas auf die Vorwürfe des Gefährten zu erwidern, „zurück, oder Ihr seid des Todes!" und in demselben Augenblick krachte auch sein Schuß durch eines der Löcher in den Wänden, und das entladene Gewehr niederwerfend, war er mit einem Satz am Bett, riß die Matratze herunter und brachte noch vier andere geladene Büchsen zum Vorschein.

„Warte, rote Bestie!" murmelte er dann vor sich hin, „dir hoff' ich das Spionieren gelegt zu haben. – Zurück von der Tür da!" donnerte er jetzt die Mädchen barsch an: „Es ist bitterer Ernst – zurück, wenn euch euer Leben lieb ist!"

„Was sollen wir aber mit den Dirnen hier?" fragte Cotton ärgerlich.

„Sie als Geiseln behalten", erwiderte Rowson, „ihr Leben bürge uns für das unsrige. Halten wir uns nur bis zum Dunkelwerden, so sind wir gerettet!"

„Das scheint mir noch nicht so sicher", antwortete murrend der Jäger, indem er erst vorsichtig nach allen Richtungen umherschaute und dann die leergeschossene Büchse aus der Kugeltasche wieder lud, „abends werden sie Feuer um das Haus herum anzünden oder es gar in Brand stecken."

„Dafür stehen uns die Mädchen", entgegnete Rowson, „aber hallo da kommt der alte Roberts, allein, ohne Büchse – er will sein Kind wiederhaben. Kann nicht geschehen, Alter!"

Die drei Männer hatten mit Staunen das Heransprengen Rowsons bemerkt und im ersten Augenblick wie Ellen geglaubt, das Pferd ginge mit ihm durch. Kaum war aber der sonst so ruhige Prediger im Innern seines Hauses verschwunden, und noch hatten Bahrens und Roberts, der eine mit der Axt, der andere mit einem abgehauenen Ast auf der Schulter, die Fenz nicht erreicht, als schon wieder donnernde Hufschläge hinter ihnen laut wurden. Wie sie aber überrascht den Kopf danach wandten, sprengte der Indianer heran, die langen schwarzen Haare im Winde flatternd, die Büchse in der Rechten, den Zügel lose in der Linken und fast bis auf das linke Knie heruntergebeugt, um die Fährten, denen er folgte, deutlicher erkennen zu können.

„Assowaum!" riefen sie erschrocken und überrascht, „was ist vorgefallen? Was willst du mit dem Prediger? Was hat er getan?"

„Sein Blut will ich!" knirschte der Indianer, „das Herz aus seinem Leibe!" und sich von dem Rücken des mit Schaum bedeckten Tieres werfend, stürmte er gegen die Fenz und hatte eben die Pforte erreicht. In demselben Augenblick ertönte die Stimme Rowsons, ein Schuß krachte, und Assowaum stürzte. Ehe sich aber die Männer von ihrem Schreck erholen konnten, sprang er wieder hoch, eilte um die hohe Einzäunung herum und trat hinter einen starken Baumstamm, von wo aus er die Rückseite der Hütte beschießen und jede Flucht nach dem Fluß zu abschneiden konnte.

Bahrens und Harper folgten ihm. Roberts aber schritt auf das Haus zu, fest entschlossen, sein Kind den Händen des Predigers zu entreißen. Er wußte zwar noch nicht, wessen man Rowson beschuldigte, aber dessen rätselhaftes Betragen verriet zu deutlich, daß er sich irgendeines Vergehens bewußt sein mußte.

„Zurück da!" rief ihm Rowson aus dem Haus entgegen, „zurück, wenn Euch Euer Leben lieb ist."

„Mein Kind gebt mir heraus", rief Roberts, „die beiden Mädchen laßt aus dem Haus. Ich schwör' es Euch zu, ich habe nichts gegen Euch, ich begreife nicht einmal, was dies alles bedeuten soll; aber Ihr habt auf den Indianer geschossen, es ist Blut geflossen, und ich will die Weiber von einem Ort nehmen, wohin sie nicht passen. Gebt mir mein Kind!"

„Zurück da!" schrie Rowson drohend und hob die Büchse. Marion warf sich ihm aber in die Arme und rief flehend:

„Um Gottes willen – Mann – wollt Ihr meinen Vater ermorden?"

„Schafft mir die Dirnen vom Halse, Cotton!" rief Rowson ärgerlich, „hört nur, wie der Narr draußen an der Tür rüttelt, ein Glück, daß die andern nicht bei ihm sind, sonst hätte es uns schlecht bekommen können. Jetzt ans Werk, die Mädchen müssen gebunden werden, ihre Arme dürfen uns nicht mehr hinderlich sein; und schweigen sie nicht, werden sie auch geknebelt. Wir haben nur noch wenige Minuten Zeit, und die müssen wir nutzen!"

„Hilfe! Hilfe!" schrien die beiden Mädchen, als sie sich von den rauhen Händen der Männer erfaßt und gefesselt fühlten.

„Räuber! Schuft!" tobte der alte Roberts und rüttelte mit der Kraft der Verzweiflung an der eichenen Tür. Auch Bahrens stürmte herbei, dem Freund zu helfen, selbst Harper, sosehr er sich auch durch die letzte Aufregung geschwächt fühlte, griff nach einem frisch abgehauenen Ast. Ehe aber die beiden Männer die Tür erreicht hatten, waren auch die Mädchen bereits von starken Seilen gefesselt, und Rowson rief drohend:

„Öffnet euren Mund noch zu einem Hilfeschrei, und ich schieße den alten weißköpfigen Narren wie einen Hund nieder."

„Gnade! Gnade!" flüsterte Marion leise und zitternd, „Erbarmen!"

„Schießt hinaus, Cotton, verwundet aber keinen", rief Rowson. Dann trat er mit der Büchse an eine Spalte in der Rückwand des Hauses und suchte den Indianer noch einmal zu treffen. Assowaum hatte aber die Absicht des Predigers erraten und dachte nicht daran, sein Leben leichtsinnig aufs Spiel zu setzen. Deshalb war er, der Kriegführung seines Stammes getreu, hinter einen Baum geflohen, und von dort aus konnte er die Flucht seines Feindes verhindern, bis die ihm auf den Fersen folgenden Regulatoren eintreffen würden. Den Mörder Alapahas lebendig und unverletzt zu fangen war jetzt sein einziger Gedanke.

Daß übrigens Brown, dem er mit der ganzen Treue seines Volkes zugetan war, Marion liebe, wußte er nicht, wenn er es auch vielleicht geahnt hatte. Trotzdem hätte ihn aber auch das nicht von dem vorgesteckten Ziel abbringen können. Er wollte und mußte sein Weib rächen, und würde die ganze Welt darüber zugrunde gehen.

Eine Kugel, aus Cottons Büchse gefeuert, die Bahrens den Hut vom Kopf riß, machte übrigens die Männer auf die Gefahr aufmerksam, der sie sich, unter dem Feuer des zum Äußersten getriebenen Feindes, aussetzten; Roberts selbst hielt jetzt die Freunde von dem Versuch zurück, die schwere, feste Tür mit Gewalt zu stürmen. Waren sie doch nicht einmal bewaffnet und durften also auf diese Art nie hoffen, den Panther mit Erfolg in seiner eigenen Höhle anzugreifen.

„Ich will ihm allein und unbewaffnet entgegentreten", sagte er, „er hat in meinem Hause viel Gutes genossen und wird es jetzt nicht wagen, mir die Erfüllung der einzigen Bitte, die Zurückgabe meines Kindes, zu versagen - geht daher", bat er noch einmal, als er sah, daß Bahrens zögerte und wilde Blicke nach dem Haus hinüberwarf, „geht - ich hoffe noch alles im Guten beizulegen und das Rätsel gelöst zu bekommen!"

Mit diesen Worten wandte er sich, als Bahrens und Harper die innere Umzäunung verließen, gegen die Spalte, hinter der er den Prediger vermutete, und wollte eben seine Anrede beginnen, als dieser höhnisch rief:

„Haltet ein, gestrenger Herr! Ich habe zu lange selbst gepredigt, um an derlei Salbadereien noch viel Behagen finden zu können. Um aber kurz und bündig zu einem Verständnis miteinander zu kommen, so hört meine Worte, die diesmal nichts weniger als eine Predigt sein sollen, wenngleich heute Sabbat, der Tag des Herrn ist."

„So hab' ich mich doch nicht in dir geirrt - Bube!" knirschte der alte Mann in bitterem Groll, während er wild mit dem Fuße stampfte, „spotte nur noch unserer Leichtgläubigkeit, mit der wir deinen glatten Worten trauten. Aber wehe dir, wenn du einem der Mädchen, die ein unglückseliges Geschick in deine Hand gegeben, ein Haar krümmst; stückweise wird dir dann das Fleisch von den Knochen gerissen!"

„Was hilft das Reden, ich..."

„Halt - sprich noch nicht", rief der alte Mann in höchster Aufregung. „Sieh, du hast, wie es scheint, Schreckliches begangen, denn sonst kann ich mir dein Betragen nicht erklären, aber was es auch sei, noch hast du Zeit zur Flucht, und ich selbst will dir dabei behilflich sein. Nimm eins von meinen Pferden - nimm Geld - aber gib mir mein Kind - gib mir die beiden Mädchen zurück. Bedenke, wie freundlich du bei uns aufgenommen warst - bedenke, daß ich dich heute Sohn nennen wollte!"

„Nehmt den Vorschlag an", rief Cotton, „so wird er uns sobald nicht wieder geboten - versteht sich, wenn ich einbegriffen bin. Ich lasse die Mädchen frei!"

„Halt da", unterbrach ihn schnell der Prediger, „seid Ihr wahnsinnig? Glaubt Ihr, der Indianer hinter dem Baum dort kehrt sich an das, was der alte Graukopf hier verspricht? Zeigt Euren Skalp an irgendeiner Stelle und seht zu, wie bald sein Blei hierherüberspritzt. Nein, das sind nur Versprechungen, uns in die Falle zu locken. Vor Dunkelwerden gibt es für uns keine Rettung."

„Warum bahnen wir uns aber nicht jetzt mit Gewalt einen Weg? Die drei Männer sind unbewaffnet, sie können uns nicht aufhalten."

„Und beschießt der verdammte rothäutige Schuft hinter der Fichte nicht das ganze Flußufer?"

„Wie aber, wenn die Regulatoren hierherkommen sollten?"

„Mich wundert's, daß sie noch nicht da sind!" rief Rowson höhnisch, „die Pest über sie - ich trotze ihnen dennoch!"

„Dann möcht' ich wissen, wie Ihr nachts entfliehen wollt, wenn sie das Haus umzingeln?"

„Mit Wachfeuern dürfen sie es nicht wagen", flüsterte Rowson, „wir könnten sie sonst von hier aus aufs Korn nehmen. Lagern sie aber im Dunkeln, so sind wir gerettet. Ein schmaler Gang, den ich und Johnson mit unsäglicher Mühe gegraben, führt unter dieser Diele fort bis dahin, wo das Kanu versteckt liegt."

„Und warum benutzen wir ihn nicht jetzt gleich? Kann sich denn eine bessere Gelegenheit finden?" rief ärgerlich Cotton.

„Blinder Tor!" zürnte Rowson, „jener Indianer steht in diesem Augenblick gerade über der Stelle, unter der im dichten Schilf der Kahn verborgen liegt. Wenn er ihn aber auch von da oben nicht sehen kann, so wäre es doch jetzt unmöglich, ihn, ohne verraten zu werden, flottzumachen."

„Aber die Regulatoren!"

„Gift und Tod über sie! Was in ihren Kräften steht, werden sie tun, aber sie dürfen es nicht wagen, das Haus anzugreifen, solange wir diese Büchsen und die Mädchen als Geiseln haben."

„Nun?" rief Roberts draußen, „hast du meinen Vorschlag überlegt? Ich sehe, es sind eurer mehrere. Geht alle – alle, die ihr in dem Hause Schutz gesucht habt, frei fort von hier, noch ist es Zeit, denn noch sind die Richter nicht da. Aber gebt mir mein Kind wieder, setzt die unschuldigen Mädchen in Freiheit!"

„Hört meine Antwort!" entgegnete Rowson, „mein Leben ist verfallen, und jener Indianer ist fest entschlossen, es zu nehmen: Könnt Ihr ihn bewegen, in Eure Bedingungen einzugehen, wohl, so bin ich bereit; könnt Ihr das aber nicht, so bedenkt, daß bei dem ersten Versuch, dieses Haus gewaltsam zu erstürmen, die beiden Mädchen von meinen Händen sterben."

„Der Indianer muß sich fügen", rief Roberts freudig, „er darf nicht – allmächtiger Gott – es ist zu spät – dort kommen die Regulatoren!"

Er hatte recht – das dumpfe Trampeln von einigen zwanzig Pferden wurde bald von dem Rascheln und Brechen von Zweigen und dürren Ästen begleitet. Assowaum stieß seinen Schlachtschrei aus, und gleich darauf sprengten die Regulatoren, von Brown und Husfield angeführt, auf den Kampfplatz.

„Mee-eu wau iauyaumbaun!" jubelte der Indianer, als sie, schnell das Ganze übersehend, die Hütte umzingelten, „jetzt ist er mir sicher – jetzt hab' ich ihn!"

Rowson schien aber die Gefahr zu kennen, die ihm drohte, wenn er in die Hände dieses Feindes fallen würde, selbst die Regulatoren fürchtete er weniger als ihn. Wie der Indianer daher in der Freude des Augenblicks nur einen kleinen Teil seines Körpers hinter dem Baum sichtbar werden ließ, schoß ein zweiter Blitz zwischen den Spalten des Blockhauses hervor, und des Häuptlings Blut färbte aus einer zweiten Streifwunde die Erde.

In jäher Wut über diese rasende Keckheit, selbst einem solchen Feinde noch zu trotzen, sprangen die Regulatoren aus den Sätteln und waren im Begriff, die Fenz niederzureißen, als sich ihnen Roberts in den Weg warf und ihnen mit wenigen raschen Worten erklärte, in welcher Gefahr sich die beiden Mädchen befanden.

„Großer Gott!" rief Brown, „Marion in den Händen jener Schurken – was läßt sich da tun?"

„Stürmen", schrie Husfield wütend, „stürmen und die Bestien mit Gewalt heraustreiben. Laßt sie's wagen, den Mädchen ein Haar zu krümmen, und wir brennen ihnen die Glieder stückweise vom Leibe. Geben sie sich aber gutwillig auf Gnade oder Ungnade gefangen, so – so sollen sie bloß einfach gehangen werden. Hier sind die Stricke."

„Spart Eure schönen Reden", entgegnete Rowson höhnisch, der die Worte gehört hatte. „Wer sich auf zehn Schritt dem Haus nähert, ist ein Mann des Todes. Wir sind hier unserer sechs und haben achtzehn Büchsen. Solltet Ihr aber dennoch Euer Leben so gering achten – gut, so schwör' ich's bei dem ewigen Gott, zu dem Ihr alle Sonntage heult und betet, daß die Mädchen vorher eines schmählichen Todes sterben – ich spaße nicht!"

„Hol der Teufel den prahlerischen Schuft", rief Husfield, indem er die Fenzstangen niederwarf: „mir nach, Kameraden, in fünf Minuten ist das Nest unser!"

„Halt!" schrien dazwischensprengend Brown, Wilson und Roberts, „halt – das wäre Mord an den unschuldigen Mädchen. Die Buben, zur Verzweiflung getrieben, sind zu dem Schrecklichsten fähig, noch müssen sich andere Mittel finden, sie zu zwingen, als das Leben derer, die wir beschützen wollen, so leichtsinnig preiszugeben.'

„Nennt Ihr das beschützen, wenn wir sie noch zwei Minuten in den Händen dieser Schufte lassen?"

„Es muß Rat geschafft werden", sagte Brown, „nur nicht mit Gefahr ihres Lebens – wo ist der Indianer?".

„Gestattet uns freien Abzug – gebt uns wenigstens vierundzwanzig Stunden Vorsprung, und die Mädchen sind frei!"

„Gut! Es sei!" rief Brown schnell.

„Halt!" unterbrach ihn Husfield, „wir haben die Buben, die so Gräßliches getan, wir haben den Mörder des armen Heathcott in unserer Gewalt, und dessen Blut heischt allein schon Rache, blutige Rache; so leichtsinnig dürfen wir die nicht verscherzen. Hierüber hat übrigens die Versammlung abzustimmen. Wollt Ihr also den Schuft entschlüpfen lassen, bloß weil er damit droht, ein paar Mädchen, die er in seiner Gewalt hat, zu ermorden?"

„Nein – nein – nein!" schrie die Menge, Harper, Wilson, Roberts und Brown ausgenommen.

„Männer – Ihr seid auch Väter – denkt an Eure Kinder!" flehte Roberts.

„Roberts!" sagte Stevenson, der bis jetzt geschwiegen hatte, vortretend, „seid ohne Sorge, Eurem Kinde soll und darf nichts geschehen; aber leichtsinnig wär es, jenen Verbrechern auf eine solche Drohung hin die Freiheit zu geben."

„Laßt uns die Höhle stürmen", riefen viele, „er weiß, was ihn erwartet, und wird seine Strafe nicht noch durch ein neues Verbrechen vergrößern wollen."

„Nein, Ihr Männer von Arkansas!" hielt sie Stevenson auf. „Ich bin zwar ein Fremder hier bei Euch, vergönnt aber auch mir ein Wort."

„Redet, Stevenson!" sagte Husfield, „Ihr habt gehandelt, als ob Ihr zu uns gehörtet, und Euch dadurch alle Rechte erworben, die wir selbst besitzen."

„Gut denn!“ sagte der alte Mann mit unterdrückter Stimme, „so hört meinen Vorschlag, aber vorher stellt Wachen aus, daß uns keiner der Buben entgeht, während wir hier debattieren.“

„Der Indianer hält am Fluß Wache“, sagte Brown, „und an jeder Seite nach denn Walde zu stehen zwei der Unseren; hier sind wir – Flucht wäre unmöglich.“

„So hört meinen Plan“, fuhr Stevenson fort: „Die Gefangenen, soviel es auch immer sein mögen, wissen, daß sie auf keinen Fall den Wald erreichen können, solange es hell ist, und haben also ihre ganze Hoffnung auf die einbrechende Dunkelheit gesetzt. Mit Gewalt können wir, wie die Dinge jetzt stehen, nichts ausrichten, denn ich glaube mit Roberts und Brown, daß sie, zum Äußersten getrieben, auch das Äußerste wagen werden. Deshalb müssen wir jetzt zur List unsere Zuflucht nehmen. Sobald es dunkelt, wollen wir also hier vorn unsere Lagerfeuer anzünden, bei denen sich besonders der Indianer zeigen muß, daß sie ihn vom Haus aus sehen können.“

„Er wird sich ihren Kugeln nicht zum drittenmal aussetzen wollen“, warf Cook ein.

„Hat keine Not“, erwiderte der Alte, „in der Dämmerung ist unsicheres Schießen, und dann wird es jenen besonders daran liegen, uns ruhig zu halten, sie werden gewiß nicht den Frieden zuerst brechen. Ihre einzige Hoffnung ist dann der Fluß oder der umgrenzende Wald, da ich nicht weiß, ob ein Kanu hier liegt...“

„Nein, es ist keins zu sehen“, sagte Wilson.

„Gut“, fuhr der Alte fort, „dann werden sie um so eher den kleinen Fluß durchschwimmen wollen, um uns von der Fährte abzubringen. Einzelne Wachen müssen deshalb – aber so vorsichtig, daß niemand vom Haus aus sie sehen kann – an den Waldgrenzen versteckt werden, und ich möchte meinen Hals verwetten, daß wir sie erwischen, wenn sie sich mit Dunkelwerden leise zu dem Flußrand hinabschleichen.“

„Und so viele Stunden noch soll ich mein Kind in den Händen der Mörder und Diebe wissen?“ jammerte Roberts.

„Das geht auf keinen Fall an“, warf Husfield ein, „es ist fast elf Uhr, und – Pest und Gift, ich kann die Zeit nicht erwarten, die betende Kanaille hängen zu sehen!“

„Ja, wenn wir so wollen, Mr. Husfield“, meinte Stevenson, „dann geht's mir geradeso. Mir wird sie auch lang genug werden, aber was können wir anderes tun? – Die Halunken freilassen? Das wollt Ihr selbst nicht, vor den ganzen Vereinigten Staaten könnten wir das auch nicht verantworten; und die armen Mädchen ihrer Wut preisgeben geht ebensowenig an. – Aber da kommt der Indianer herbeigeschlichen – seht nur, wie er sich aus dem Bereich ihrer Kugeln hält. Auf den müssen sie einen ganz besonderen Grimm haben.“

Stevenson hatte recht – schlangenartig glitt Assowaum hinter niederliegenden Stämmen, Brombeerdickichten und dichten Baumgruppen hinweg, und erst als er nur noch den offenen Waldfleck zwischen sich und den Regulatoren sah, floh er flüchtigen Laufes über diesen hinweg. Seine Vorsicht zeigte sich auch keineswegs unnütz, denn kaum hatte er den freien Platz betreten, so bewies eine dritte Kugel, wie genau jede seiner Bewegungen von dem Haus aus verfolgt worden war. Triumphierend aber schwang Assowaum die Büchse und hielt dann den von der zweiten Kugel getroffenen Arm dem Freund hin, der augenblicklich sein Tuch vom Nacken riß und die blutende jedoch unbedeutende Wunde verband.

„Weshalb hat denn Rowson eine solche Wut auf dich?“ fragte Brown. „Er verschießt kein Stück Blei, wenn er es nicht auf deine rote Haut abschicken kann.“

„Er kennt mich!“ sagte der Indianer, sich stolz aufrichtend, „er weiß auch, daß er meiner Rache verfallen ist – er erschlug Alapaha!“

„Was? Dein Weib? Rowson? Die Indianerin?“ riefen die Männer entsetzt und verwirrt durcheinander.

„Er erschlug Alapaha!“ wiederholte tonlos Assowaum, „sein Blut war es, das diesen Tomahawk färbte.“

„Das ist eine überreife Frucht!“ rief Husfield. Mir kommt's wie Sünde vor, auch nur noch eine Stunde länger zu warten.“

„Halt“, sagte der Indianer, „stürmt Ihr das Haus, so stirbt der ‘blasse Mann’, er kennt sein Los; er wird tapfer sein. Aber er gehört dem Befiederten Pfeil und darf nicht sterben. Er ist mein! Wartet, bis die Sonne in ihrem Bett ist. Assowaum wird Euch führen!“

„So beschäftigt ihre Aufmerksamkeit wenigstens jetzt“, sagte Brown, „die armen Mädchen müssen ja verzweifeln, wenn sie uns hier draußen wissen und nicht ein Lebenszeichen von uns vernehmen. Sie werden uns der Feigheit zeihen.“

„Allerdings dürfen wir den Kanaillen nicht zuviel Luft lassen“, stimmte Wilson zu, „wer weiß, was sie sonst noch aus Übermut begehen. Wenn mich nicht alles trügt, so ist der Schuft, der Cotton, auch mit dort drinnen, und der ist zu allem fähig.“

„Auch Atkins' Mulatte ist uns entschlüpft“, sagte Cook. „Möglich, daß der dort ebenfalls eine Zuflucht gefunden hat.“

„Rowson redet von sechsen“, warf Curtis ein.

„Prahlerei!“ erwiderte Stevenson, „nichts als Prahlerei, er will uns einschüchtern. – Aber ist denn auch jener Platz wieder besetzt, wo der Indianer stand?“

„Euer Sohn ging nach der Richtung zu“, sagte Husfield, „der wird schon aufpassen.“

„Gut – dann wollen wir die Belagerten noch einmal zur Übergabe auffordern und mit Sturm drohen, daß wir sie wenigstens in Schach halten“, schlug Brown vor. „Wer will der Parlamentär sein?“

„Ich habe nichts dagegen“, sagte Bahrens, „was ich dazu beitragen kann, die Schufte von der rechten Fährte abzubringen, soll gewiß geschehen. Lieber ginge ich aber mit Büchse und Messer auf die Kanaillen zu – hol sie der Henker, mich juckt's ordentlich im Zeigefinger, eine halbe Unze Blei hinüberzuschicken. Wenn man nur nicht fürchten müßte, den Mädchen zu schaden.“

„Hallo, wer kommt da geritten?“

„Es ist Euer Neger, Roberts!“ sagte Cook, „die Frau wird Todesangst zu Hause ausstehen, denn wie wir vorbeikamen, sah sie leichenblaß aus und rief uns nur zu, ihr Kind zu retten.“

„Schickt ihr den Burschen zurück und sagt, die Mädchen wären in Sicherheit“, bat Harper, „sie ängstigt sich sonst zu Tode. Ehe der Junge dort ankommt, hoff' ich, haben wir das Wort wahr gemacht.“

„Natürlich darf ich ihr nicht sagen lassen, wie die Sachen stehen“, meinte kopfschüttelnd der alte Mann, „sie hätte den Tod vor Schreck. Ob sie denn wohl schon weiß, daß Rowson...“

„Sie rief: Rettet mein Kind aus den Händen des Predigers“, unterbrach ihn Curtis; „wie sie's erfahren hat, weiß ich nicht.“

„Er verriet sich selbst“, warf Assowaum ein. „Aber die Zeit drängt. Dort oben streichen die Aasgeier - sie kennen ihre Beute. Der blasse Mann hält den Lauf seiner Büchse auf Assowaum gerichtet, wie der Truthahn nach dem Adler blickt, wenn er über ihm kreist.“

35. List und Gegenlist – Der Überfall – Assowaum und Rowson

„Spart Eure Kugeln!“ sagte Cotton ärgerlich, als Rowson auf den hinwegschleichenden Indianer im Anschlag lag und endlich, als er die schmale Lichtung übersprang, nach ihm schoß. „Ihr möchtet sie besser gebrauchen können. Der Indianer ist uns jetzt nicht gefährlicher als irgendeiner der anderen. Fielen wir der Bande in die Hände, so möchten sie die Stricke für uns bereit haben, ehe die Rothaut ein Wort dazu sagen könnte.“

„Und wäre ich tausend Meilen von hier“, knirschte Rowson, „so würde ich mich nicht sicher glauben, bis ich den roten Schuft unter der Erde weiß. Der anderen lach' ich.“

„Er hat seinen Posten verlassen“, flüsterte Cotton, „wäre es nicht möglich, das Kanu schnell flottzumachen und wenigstens ans andere Ufer zu entkommen?“

„Seid kein Tor und redet keinen Unsinn“, brummte Rowson ärgerlich, während er die Büchse wieder lud und dann die Zündpfannen der übrigen untersuchte. „Ihr wollt uns wohl durch unüberlegtes Handeln den letzten noch gebliebenen Rettungsweg abschneiden? Wagen wir es, das Kanu vorzuholen, solange noch Tageslicht ist, und werden wir, was zweifellos geschehen mag, entdeckt, so haben wir unser Fahrzeug eingebüßt und sind dann rettungslos in ihre Hände gegeben. Erreichten wir aber wirklich das andere Ufer, so hätten wir die ganze Bande heulender Schufte auf unserer Fährte. Bedenkt, daß es geregnet hat.“

„Das ist wahr! Aber wenn sie uns so umstellen, daß wir es auch in der Nacht nicht erreichen können, und uns nachher aushungern?“

„Aushungern?“ wiederholte Rowson höhnisch; „wer stürbe denn da eher, die Mädchen oder wir?“

„Allerdings“, erwiderte Cotton sinnend, „das dürfen sie schon derentwillen nicht tun – aber ich weiß nicht...“

„So will ich's Euch sagen“, flüsterte Rowson, ihn beiseite ziehend, daß die beiden Mädchen seine Worte nicht vernehmen konnten. „Der Platz dort, wo das Kanu liegt, ist so versteckt und fern von hier, daß sie, wenn es dunkel wird, nicht daran denken werden, einen Posten dorthin zu stellen. Ihren Plan ahne ich. Sie hoffen auf einen Versuch von unserer Seite, das Flußufer zu erreichen, sobald es dunkelt, und das müßte auch geschehen, wenn wir nicht glücklicherweise den unterirdischen Gang hätten.“

„Und was machen wir nachher mit den Mädchen? Verdammt will ich sein, wenn ich nicht jetzt eine ganz besondere Lust verspüre, sie mitzunehmen. Wenn wir nachts lagern, könnten sie uns unsere Mahlzeiten kochen, und man ist nachher durch keine großen Heiratsumstände gebunden."

„Sie müssen mit", flüsterte Rowson noch leiser, „wär es auch nur deswegen, uns gegen die Kugeln der Feinde, vom Ufer aus, gedeckt zu sehen, wenn diese unsere Flucht zu früh erfahren sollten."

„Gut", sagte Cotton, sich die Hände reibend. „Der Lump, der Wilson ist auch unter den Regulatoren – es wird mir eine ganz besondere Wonne sein, dem den Bissen vor den Zähnen fortzureißen. Wie aber, wenn sie schreien?"

„Dafür sorge ich schon", erwiderte Rowson leise. „Natürlich müssen wir sie knebeln, doch damit sie vorerst nichts merken, wollen wir uns gar nicht um sie kümmern. Ich werde ihnen indessen schon etwas vorlügen, das sie bis zum Abend ruhig hält.

Habt also indessen ein wachsames Auge auf die Burschen, daß sie uns nicht etwa unvermutet über den Hals kommen", fuhr er dann laut fort; „wenn es dunkel wird, so schlagen wir uns durch den Wald; den Fluß müssen wir erreichen, und dann sind wir gerettet. Ihr aber", wandte er sich an die Mädchen, „haltet euch bis dahin hübsch ruhig, und wenn wir das Haus verlassen und ihr uns nachher schwören wollt, nicht eher um Hilfe zu rufen, bis wir eine volle Stunde fort sind, dann sollt ihr euren Freunden noch heute zurückgegeben werden."

„Wir wollen für Euer glückliches Entkommen beten", rief Ellen freudig, „haltet aber Euer Versprechen, und oh – nehmt uns diese Fesseln ab. Ich gebe Euch..."

„Laß das unnütze Schwatzen, mein Täubchen", sagte Cotton, während er indessen die Regulatoren beobachtete, „seid froh, daß ihr eure Zungen frei behaltet, mit den gefesselten Armen müßt Ihr euch nun schon einmal bis zum Abend abfinden."

„Die Stricke schmerzen mich", bat Ellen, „Ihr habt sie so fest gebunden, sie zerschneiden mir das Fleisch."

„Nun, dem läßt sich abhelfen", sagte Rowson, indem er zu den Mädchen trat, die Knoten etwas zu lockern.

„Und was macht mein Bräutchen?" fuhr er dann, zu dieser gewendet, fort, die verächtlich ihr Gesicht abwandte, „so böse, mein kleines Bräutchen?" lächelte er, indem er ihr liebkosend die Locken aus der Stirn streichen wollte.

„Zurück, Verräter!" rief das schöne Mädchen mit funkelnden, zornblitzenden Augen, „zurück – oder ich rufe nach Hilfe und trotze deinen Drohungen wie deinen Waffen."

„Aber, beste Marion..."

„An Euren Posten, Rowson – Gift und Klapperschlangen!" rief ärgerlich der Jäger, „ist jetzt Zeit zu solchen Possenspielen! Wartet bis... da draußen verteilen sich die Regulatorenhunde wieder", unterbrach er sich schnell. „Fast kommt mir's vor, als ob sie einen Angriff versuchen wollten. Ich hätte verdammte Lust, dem Brown eins auf den Pelz zu brennen – er ist gerade in Schußnähe."

Marion lehnte sich zitternd an den Bettpfosten, an dem die beiden Mädchen zusammengefesselt standen.

„Nein – haltet Euer Blei zurück!“ sagte Rowson, „wir dürfen sie jetzt nicht noch mehr reizen. Nur wenn sie in zehn Schritt Nähe kommen und verdächtige Bewegungen machen, dann Feuer! Und in diesem Fall natürlich die Führer zuerst weggeschossen: Brown, Husfield, Wilson und Cook – das sind die gefährlichsten.“

„Und der Indianer?“

„Der ist ausgenommen“, rief Rowson, „wo der ein Stück seines roten Felles zeigt, da gebe ich Feuer.“

„Dort schleicht der Hund wieder hinter die Büsche“, sagte Cotton, durch eine Spalte in der Hüttenwand zeigend, „seht nur, wie er sich am Boden hinschmiegt. Es ist nicht möglich, ihn richtig vor den Lauf zu bekommen.“

„So zeigt jetzt einmal Eure Kunst im Schießen, mit der Ihr immer prahlt“, munterte ihn Rowson auf, „schickt dem Indianer dort ein Stück Blei durch die Rippen, und ich gebe Euch zweihundert Dollar.“

„Donnerwetter, Rowson“, sagte der Jäger verwundert, ohne jedoch seine Augen von der nur dann und wann für Sekunden sichtbar werdenden Gestalt Assowaums zu wenden. „Ihr müßt verdammt reich sein, wenn Ihr zweihundert Dollar...“

Er fuhr mit der Büchse schnell an die Backe, als ob er schießen wollte, setzte jedoch nach einer Weile wieder ab, „... zweihundert Dollar für einen Schuß versprechen könnt; aber versuchen will ich's, wenn er mir vors Rohr kommt.“

Wieder zuckte der Lauf in die Höhe, aber auch diesmal erreichte der Befiederte Pfeil eine Deckung, ehe jener ihn aufs Korn nehmen und abdrücken konnte.

„Die Pest über seinen Schatten“, rief der Jäger, ärgerlich mit dem Fuß stampfend, „da will ich doch ebensogern mit der Büchse einem Blitz durch eine Hagedornhecke folgen als diesem Indianer. Wie ein Pfeil, von dem der Schuft ja seinen Namen hat, schießt er über den Boden hin. Was er nur im Sinn hat? Rowson – habt acht auf die Kanaille – sie spioniert uns sonst noch das Boot aus, und dann gute Nacht, Insel.“

Der Indianer ahnte nicht, daß in dem dichten, das Ufer begrenzenden und über den Fluß hinhängenden Rohr ein Kanu verborgen lag. Nur die Aufmerksamkeit der Belagerten wollte er beschäftigen, nach Dunkelwerden gedachte er dann an die Feinde heranzuschleichen, und mehrere der Regulatoren, unter ihnen Curtis und Cook, hatten versprochen, ihm beizustehen. Führten auch die Belagerten ihre Drohungen aus, fielen auch die Mädchen zuerst unter ihren Streichen, das konnte den Indianer nicht von seinem Vorhaben abbringen – auch seine Squaw war ermordet; niemand hatte ihr beigestanden – der Mörder lag in jener Hütte verborgen, und ehe eine neue Sonne das Dach derselben beschien, mußte er tot oder in seiner Gewalt sein.

So verging Stunde um Stunde. „Das große Licht“ hatte den Zenit überschritten und sank tiefer und tiefer. Schon färbte sich die Landschaft in matteren, röteren Tönen, und feurig glühten die fernen Gebirgsrücken und die einzelnen Wipfel riesiger Fichten. Raubvögel verließen die schattigen Äste, in denen sie die heiße Mittagszeit verträumt hatten, und strichen durch das grüne, wogende Blättermeer nach Beute; hier und da spielten noch einzelne muntere Eichhörnchen in tollkühnen Sätzen von Ast zu Ast und suchten die sicheren Höhlen. Kaninchen krochen aus ihren Schlupfwinkeln, hohlen Bäumen und finsteren Erdhöhlen, hervor und spitzten erstaunt die langen

Löffel, als sie den Platz von Menschen besetzt fanden, der ihnen bis jetzt zum ungestörten Tummelplatz gedient, während sich hoch oben in der klaren Luft ein kleiner Nachtfalke wiegte und dann und wann in kurzen, abgebrochenen Tönen den scharfen, diesen Tieren eigentümlichen Schrei ausstieß.

Der Abend brach herein und mit ihm die Entwicklung dieses Kampfes, denn bis jetzt hatten die Belagerer nur, teils durch angedrohte Angriffe, teils durch plötzliche Bewegungen, bald nach dieser, bald nach jener Seite, die Aufmerksamkeit der beiden Männer in der Hütte in Anspruch genommen.

„Sobald die Sonne untergegangen ist“, flüsterte Rowson dem Kumpan zu, „will ich hinabschleichen zu dem Boot und rekognoszieren. Hoffentlich ist das Kanu flott und der Fluß nur wenig gefallen. Ihr haltet unterdessen Wache, und kehr' ich zurück, so schaffen wir erst die Waffen hinunter und – knebeln dann die Mädchen, das muß unsere letzte Ladung sein. Zeigen sie sich widerspenstig – nun – ein Faustschlag mag sie betäuben; schlagt sie mir aber nicht tot.“

„Nur keine Angst“, Cotton lachte, „so ein bißchen Ohnmacht kann überhaupt nichts schaden, wenigstens bis wir erst einmal fünf Meilen hinter uns haben – nachher...“

„Sprecht leiser, das naseweise Ding, Euer Liebchen, spitzt gewaltig die Ohren. Machen sie zu früh Lärm, so könnten sie uns die Sache verderben. Schreien sie aber nachher beim Knebeln ein bißchen, nun so schadet's nichts, dann stürmen die Narren vielleicht, und während sie sich die Schädel an der eichenen Tür einschlagen, sind wir durch den Gang und haben indessen Zeit gewonnen.“

„Wir müssen dann auf jeden Fall gleich über den Fluß hinüber“, sagte Cotton, „im Schatten des dichten Schilfes an der anderen Seite werden wir unbemerkt bleiben, die Dirnen tragen ja glücklicherweise dunkle Röcke. Was aber fangen wir später mit ihnen an?“

„Mit den Mädchen?“ fragte Rowson, „zerbrecht Euch jetzt noch nicht den Kopf darüber; im schlimmsten Fall ist Platz genug auf der Insel, oder – unten im Mississippi. Doch will ich losgehen, habt also acht, Cotton, noch ist es hell genug, und Ihr könnt bemerken, wenn die Regulatoren etwas Besonderes unternehmen sollten.“

„Sorgt Euch nicht um mich und kommt bald wieder. Mir fängt der Boden unter den Füßen an heiß zu werden; ich wollte, ich hätte erst das Ruder in der Hand. Dort schleicht der rote Schuft wieder vom Fluß fort – soll ich schießen?“

„Nein – jetzt ist's zu spät“, sagte Rowson, während er die Dielen aufhob, die den Gang verbargen, „Ihr könnt ihn doch nicht mehr treffen. Zu solcher Tageszeit schießt es sich mit der Büchse schlecht; aber habt acht auf ihn – seht, wo er bleibt; ich bin bald wieder zurück.“

Mit diesen Worten verschwand er in der Höhle, und Cotton wanderte schnellen Schrittes von einer Öffnung zur andern, um sich keine Bewegung der Belagerer entgehen zu lassen und nicht etwa noch in den letzten Augenblicken überrascht zu werden.

„Marion“, flüsterte Ellen der Freundin zu, „fasse Mut – ich habe meine Hand befreit; als Rowson den Strick lockerte, rief ihn die Warnung jenes Buben fort, ehe er den Knoten wieder so fest wie vorher schürzen konnte – ich bin frei.“

„Oh, löse auch meine Fesseln!“ flehte die Freundin leise, „ich vergehe fast vor Angst und Schmerz.“

„Ruhig – er kommt“, flüsterte die besonnene Ellen zurück, als sich Cotton ihnen, ohne jedoch acht auf sie zu geben, näherte, damit er auch diese Seite nicht unbewacht ließe. Ellen veränderte übrigens, um keinen Verdacht zu erregen, ihre Stellung nicht im mindesten, warf aber ängstlich die Blicke umher, wo die nächste Waffe liege, um im Notfall Messer oder Büchse ergreifen und sich und die Freundin verteidigen zu können.

Auf einem Stuhl, kaum zwei Schritt von ihr entfernt, lag eine lange Pistole, und an jeder Wand – die nächste konnte sie fast berühren – lehnte eine geladene Büchse, um nach den verschiedenen Richtungen hin augenblicklich in Bereitschaft zu sein.

„Löse meine Fesseln“, flehte Marion, „ich muß verzweifeln, wenn du mich noch länger...“

„Warte nur noch wenige Sekunden“, bat Ellen, „sieh – sobald Cotton wieder in jener Ecke ist, darf ich mich bewegen und dich befreien; dann nimmst du die Büchse, die neben dir steht. Weißt du damit umzugehen?“

„Ja“, flüsterte das Mädchen, „mein Vater lehrte es mich.“

„Desto besser – wir schieben nachher die Riegel zurück und verteidigen den Eingang, bis man uns zu Hilfe kommt.“

„Sie werden uns aber überwältigen – Rowson hat uns doch Sicherheit versprochen, wenn wir still und ruhig sind“, sagte Marion.

„Ich traue ihm nicht mehr“, erwiderte ebenso leise die Freundin. „Ich vernahm einzelne Worte, die mich Verrat ahnen lassen. – Jetzt – jetzt hab' acht – sobald er in jene Ecke tritt, mache ich dich frei.“

Cotton war an den offenen Spalten langsam im Kreis herumgegangen und näherte sich nun dem Bett, an welchem die Mädchen standen und dessen Vorhänge sie, wenn er dahintertrat, seinen Blicken entziehen mußten.

Auf diesen Augenblick hatte Ellen gewartet, jetzt verbarg ihn das dichte, dunkle Moskitonetz – schon setzte sie den Fuß vor, die Waffe zu ergreifen – da erschien Rowsons Kopf wieder über dem Einstieg zum Gang, und den Blick fest auf die Mädchen geheftet, stand er in der nächsten Minute, ein Bild den gespanntesten Aufmerksamkeit, in der Mitte der Stube.

„Cotton – hörtet Ihr nichts?“ fragte er leise, als dieser wieder aus der Ecke hervortrat.

„Hören? Was?“

„Mir kam es vor, als ob jemand irgendwo ein Stück Brett losbräche – es kann sich doch niemand an das Haus geschlichen haben?“

„Der müßte schlau gewesen sein“, brummte Cotton, „die hohe Fenz steht noch, und so dunkel ist es doch wahrhaftig nicht, daß man einen darüber Kletternden übersehen sollte. Was würde es aber auch dem, dem es wirklich glücken sollte, helfen? Unsere Schießscharten sind ja sehr zweckmäßig angebracht, und wenn...“

„Schon gut", unterbrach ihn Rowson, „seitdem es dunkel geworden, wird es mir ganz unheimlich hier – ich wollte, wir wären auf dem Wasser."

„Ist das Boot in Ordnung?"

„Fix und fertig – also jetzt fort, die Regulatoren lagern größtenteils da vorn, und wenn sie auch wirklich ihre Wachen zwischen dem Haus und dem Fluß haben, was ich keineswegs bezweifle, so können wir doch leise über den Fourche la fave hinübergleiten und drüben die Dunkelheit zu schleuniger Flucht ausnutzen."

„Aber die Mädchen..."

„Müssen zur Ruhe gebracht werden; jetzt fort ins Boot!"

„Und wie schaffen wir unsere Waffen und den Koffer hinab? Wenn wir die Dirnen tragen müssen, so..."

„Kriecht Ihr voran und nehmt den kleinen Koffer und zwei Büchsen mit; Ihr könnt nicht fehlen, der Gang ist schnurgerade, und dicht davor liegt das Kanu. Stellt den Koffer so geräuschlos wie möglich hinein – die Büchsen auch, und kommt dann schnell zurück. In zehn Minuten muß alles abgemacht sein..

„Was für Proviant nehmen wir mit?"

„Den habe ich eben hineingetragen. Die Kisten standen im Gang und liegen jetzt im Kanu", sagte Rowson.

„Sehr brav! – Paßt indessen gut auf, ich bin gleich wieder da."

Rowson schritt unruhig im Zimmer auf und ab. Draußen regte sich kein Lüftchen – kein Laut wurde gehört, nur um die Lagerfeuer, wohl hundertfünfzig Schritt vom Hause entfernt, bewegten sich einige dunkle Gestalten."

„Was zum Teufel treiben die Schufte? Brüten sie Unheil?" murmelte er vor sich hin, während er mit verschränkten Armen an einer der Spalten stehenblieb und hindurchschaute.

Er drehte den beiden Mädchen den Rücken zu.

Ellen trat geräuschlos vor und nahm die Pistole vom Stuhl, glitt aber augenblicklich in ihre frühere Stellung zurück, denn Rowson wandte sich und schritt an die andere Wand der Hütte.

„Wo nur Cotton bleibt – hol ihn der Teufel!" fluchte er jetzt ärgerlich.

Er sprang in den Gang hinunter und lauschte.

„Hätte ich nur ein Messer, deine Fesseln zu lösen", flüsterte Ellen der zitternden Marion ins Ohr.

„Die Planke, auf der ich stehe, bewegt sich", sagte diese ebenso leise und erschrocken, „was ist das?"

„Das müssen Freunde sein", rief Ellen mit vor Freude kaum unterdrückter Stimme.

„Was?" fragte Rowson, sich wieder aufrichtend, daß sein Kopf eben über dem Fußboden sichtbar wurde.

„Wir beten", antwortete Ellen.

„Hol Euch der Henker“, zürnte Rowson, sich wieder niederbeugend.

„Ich wollte auf ihn schießen“, flüsterte Ellen bebend, „aber die Hand zittert mir so entsetzlich – ich würde nicht treffen.“

„Es muß jemand unter der Planke hier sein“, sagte Marion leise, „ich fühle es deutlich.“

„So hebe den Fuß – das sind Freunde“, sagte Ellen, „der Fluß liegt auf der andere Seite, und dorthin muß der geheime Gang führen.“

„Allmächtiger Gott – hätte ich nur meine Hände frei!“ klagte Marion.

„Die Pest über den Buben – ich höre und sehe nichts“, knurrte Rowson, wieder heraufspringend. „Soll mich der Teufel holen, wenn ich nicht glaube, daß der Bursche falsch spielt. Aber dann gnade ihm Gott, ich muß ihm nach!“

Die Planke hob sich jetzt in die Höhe, und des Indianers finstere Augen blitzten drohend aus der Öffnung hervor.

Rowson hatte eine Büchse ergriffen und wollte eben wieder in den Gang hinabsteigen, da gab das schwere Brett, unter dem sich der Befiederte Pfeil hervordrängte, etwas nach und schurrte beiseite – der Prediger wandte schnell den Kopf und begegnete in dem ungewissen Dämmerlicht der Hütte dem Blick seines Todfeindes, der die erste Überraschung des Priesters benutzen und schnell aus seiner unbequemen Lage emporspringen wollte.

So erstarrt und erschrocken nun aber auch Rowson im ersten Augenblick der Überraschung gewesen war, so faßte er sich doch schnell genug, um dem noch mit halbem Leibe unter der Planke steckenden Indianer gefährlich zu werden. Dieser konnte nämlich weder schnell genug hinauf noch wieder zurück, und schon war der schwere Kolben gehoben, als Ellen mit einem Mut, der eines Häuptlings würdig gewesen wäre, vorsprang und die Waffe auf den zum Todesschlag ausholenden Rowson abfeuerte.

„Hölle und Teufel!“ rief dieser und stürzte zurück; längere Zeit bedurfte aber auch Assowaum nicht, dem engen Raum, der ihm fast gefährlich geworden wäre, zu entsteigen. Wie der Panther seiner Wälder glitt er daraus empor und sprang im nächsten Augenblick mit wildem Satz nach der Brust des Mörders, der mit einem Schrei der Angst und Verzweiflung zusammenbrach.

In derselben Minute hob sich die Planke noch einmal, und Curtis tauchte daraus hervor.

Zu gleicher Zeit kehrte aber auch Cotton zurück, die Mädchen zu holen, und die Gefahr, in der Rowson schwebte, erkennend, eilte er schnell entschlossen zu seiner Hilfe herbei.

Ellen war indessen an die Tür gesprungen und hatte die Riegel zurückgeschoben, während der Indianer, kühn der neuen Gefahr trotzend, den Tomahawk aus dem Gürtel riß und diesen, ohne die Linke von seinem Opfer zu lassen, gegen den neu erschienenen Feind schwang.

Dieser aber überzeugte sich rasch, wie die Dinge standen. Auf der einen Seite warf sich ihm Curtis entgegen; von der andern stürmte Brown mit seinen Regulatoren durch die nun offene Tür, und Cotton erkannte klug genug seinen Vorteil. Mit Blitzesschnelle sprang er in den unterirdischen Gang zurück und floh, von der Dunkelheit begünstigt, dem rettenden Boote zu. Curtis aber, der den Flüchtling nur verschwinden sah, glaubte, er hätte sich auf die Erde geworfen, dem ersten Anprall zu entgehen und dann vielleicht das Freie zu erreichen. Mit einem Fluch sprang er deshalb gegen ihn an und stürzte im nächsten Augenblick kopfüber in das offenstehende Loch.

„Wah!“ schrie der Indianer, während seine Augen vor wilder Freude glänzten, „bin neugierig, wer zuerst wiederkommt.“

„Fackeln her!“ schrie Husfield jetzt zur Tür hinaus. „Fackeln her und umstellt das Haus – einer der Schufte hat sich hier irgendwo unter den Dielen versteckt.“

Schnell kamen mehrere der Männer mit schon bereitgehaltenen Kienspänen herbei, und Cook, dem ersten die Fackel aus der Hand reißend, folgte dem Freunde. Brown sprang indessen zur Geliebten, und zitternd vor Siegesfreude war er kaum imstande, mit seinem Jagdmesser die Fesseln des armen Mädchens zu lösen. Marion aber, betäubt von dem raschen Wechsel ihres Schicksals von Angst, Sorge und tödlicher Gefahr zu Sicherheit und Glück, sank ohnmächtig in die Arme des jungen Mannes.

„Hier ist ein unterirdischer Gang“, schrie Curtis von unten herauf, „die anderen sind entflohen. Nach dem Fluß zu, Männer, ihr Männer, schnell, und schießt auf alles, was sich bewegt.“

Fort stürmten die Regulatoren, und gleich darauf krachten fünf bis sechs schnell aufeinanderfolgende Schüsse.

„So haben die Kanaillen doch ein Boot gehabt“, sagte Husfield, „und ich und der Indianer glaubten wunder, wie genau wir gesucht hätten.“

„Seid Ihr verletzt, Curtis?“ fragte Cook, der hinuntergesprungen war und ihm wieder auf die Füße half.

„Ja – nein – ich glaube nicht – Pest und Gift – ich bin Hals über Kopf in das verwünschte Loch hineingefahren und kann Gott danken, so davongekommen zu sein.“

„Hallo“, sagte Cook, indem er sich den Platz etwas näher betrachtete, „ein künstlich angelegter Gang hier. Nun, jeder alte Fuchs gräbt sich Notröhren, um im schlimmsten Fall ausbrechen zu können. Das Ding war auch schlau genug angelegt, ich glaube aber, der Indianer kam ein wenig zu früh.“

„Wo ist Rowson?“ fragte Curtis, der sich jetzt wieder genug erholt hatte, um nach oben klettern zu können.

„Hier!“ antwortete der Indianer, während er seine lederne Schnur aus der Kugeltasche nahm und dem Gefangenen damit die Füße zusammenband, „wer hat ein Tuch?“

„Was willst du mit einem Tuch?“ fragte Cook, der sich ebenfalls wieder heraufgearbeitet hatte.

„Der blasse Mann ist verwundet“, sagte leise der Indianer. „Das junge Mädchen dort rettete das Leben des Befiederten Pfeils und schoß dem blassen Mann in die Schulter!“

„Der Indianer hat wahrhaftig Mitleid?“ fragte Stevenson, der eben durch die Tür getreten war, erstaunt.

„Mitleid?“ fragte der Häuptling wild, indem er sich hoch aufrichtete und zornige Blicke auf den Sprecher warf. „Wer sagt, daß Assowaum Mitleid mit dem Mörder Alapahas habe? Aber er darf nicht jetzt – nicht hier – nicht an dieser Wunde sterben, die ihm die Hand eines Weibes schlug. Die Rache muß mein sein. Wer hat ein Tuch für die Schulter des blassen Mannes?“

„Hier ist mein Halstuch“, sagte Stevenson, dem Indianer das Verlangte hinreichend, „aber – wie ist mir denn“, fuhr er sich mit der Fackel über den bewußtlosen Körper des Predigers beugend, fort, „das Gesicht hab' ich schon irgendwo gesehen – die Züge sind mir bekannt.“

Rowson schlug die Augen auf und blickte scheu zu dem Sprecher empor.

„Himmel und Erde – das ist der Mörder des Viehhändlers!“ rief jetzt der alte Farmer, indem er halb erschrocken, halb in wildem Zorn aufsprang. „Beim ewigen Gott, das ist das Gesicht des Schurken, der ihn meuchlings niederschoß.“

„Zur Hölle mit Euch!“ rief der Verwundete und wandte zähneknirschend das Gesicht zur Seite.

„Wo ist Brown?“ fragten mehrere Stimmen.

„Hier“, antwortete dieser leise, „kann niemand etwas Essig herbeischaffen? Miß Roberts ist ohnmächtig.“

„Mein Kind – mein liebes Kind!“ rief Roberts, in Todesangst neben dem leblosen Körper des Mädchens kniend.

„Marion – liebste, beste Marion“, flüsterte ihr Ellen ins Ohr, die sich, als die erste Überraschung und Aufregung vorüber war, errötend den Armen Wilsons entzogen hatte.

„Hier ist etwas Wasser und Whisky“, sagte der junge Stevenson, einen Blechbecher und eine Korbflasche dem Regulatorenführer hinüberreichend. Brown bewies sich auch gar nicht ungeschickt und rieb Stirn, Schläfe und Puls der Geliebten mit einem Eifer, der den dabeistehenden Bahrens in Erstaunen setzte.

„Harper!“ flüsterte er dem Freund leise zu, „ist denn Brown ein Doktor?“

„Nein“, erwiderte dieser lächelnd, „warum?“

„Nun, weil er das Reiben so weg hat; mir wären die Arme längst eingeschlafen!“

„Vater!“ flüsterte das Mädchen jetzt, die Augen aufschlagend, „Vater!“ aber ihr Blick begegnete nicht dem des Vaters, obgleich dieser eine ihrer Hände fest in den seinigen hielt, sondern dem des Geliebten, der sie mit zärtlicher Sorgfalt beobachtete.

„Vater!“ hauchte das Mädchen und schloß die Augen wieder, aber mit so zufriedenem Lächeln, daß es fast schien, als hielte sie das eben Gesehene für einen schönen Traum und fürchte, ihn beim Erwachen zu verlieren.

„Habt Ihr keinen der Flüchtigen mehr einholen können?“ fragte Husfield endlich.

„Nein“, erwiderte Hostler, „einholen nicht, aber ich glaube fast, daß unsere Kugeln gewirkt haben. Als wir an den Fluß kamen, sahen wir den dunkeln Schatten eines Bootes am gegenüberliegenden Ufer hingleiten und feuerten unsere Büchsen darauf ab. Gleich darauf hörten wir etwas ins Wasser schlagen und drinnen plätschern; die Dunkelheit war zu groß, mehr erkennen zu können. Ich hoffe übrigens, daß unsere bleiernen Botschaften ihre Pflicht getan und wenigstens einen umgelegt haben.“

„Es war nur noch einer mit diesem da“, sagte Ellen schüchtern. „Cotton ist sein Name, ihr kennt ihn wohl alle.“

„Cotton!“ rief Wilson, „ob ich es mir nicht gedacht habe, daß die Bestie hier in den Bau gekrochen wäre. Daß der uns entgangen ist!“

„Und was soll mit Rowson geschehen?“

„Morgen ist Regulatorengericht“, sagte Brown, „und dort muß er verhört werden. Noch vier seiner Mitschuldigen erwarten ihr Urteil zu derselben Zeit. – Ihr kennt den Platz. Es wäre mir auch lieb, wenn Ihr Euch ebenfalls dort einfinden wolltet, Mr. Roberts. Wir brauchen alte und erfahrene Leute zu solch ernsten Verhören. – Wer ist noch draußen auf der Wache?“

„Nur wenige“, erwiderte Cook, „der Kanadier mit ein paar der Unseren. Drei oder vier sind fort, dem Flüchtling womöglich den Weg abschneiden. Im Nest steckten bloß die beiden, und weiter wird sich wohl niemand hier versteckt gehalten haben.“

„Von dem Mulatten hat man also keine Spur entdecken können?“

„Nein – der Indianer meinte freilich, heute morgen...“

„Er ist in die Gebirge“, warf Assowaum ein, „ich sah seine Fährte.“

„Nach dem Regen?“

„Er muß nach dem Regen wieder am Haus gewesen sein, der Vogel, dessen Nest zerstört ist, umflattert noch eine Zeitlang den Baum.“

„Wo ist Wilson?“ fragte Brown, sich nach diesem umsehend.

„Er besorgt wohl die Pferde draußen“, sagte Husfield, „es wird auch das beste für die Damen sein, aufzubrechen. Einige von uns müssen aber hierbleiben und den Platz morgen bei Tageslicht genau untersuchen.“

„Husfield, wollt Ihr mir einen Gefallen tun?“ fragte Brown zögernd und, wie es jedem vorkam, etwas errötend. „Es könnte doch sein, daß ich...“

„Herzlich gern“, unterbrach ihn lachend der Regulator. „Ihr dürft Eure Kranke nicht verlassen, und da will ich indessen Euren Rückzug decken. Morgen früh um elf bin ich am bestimmten Platz. Ihr braucht aber mit dem Verhör nicht auf mich zu warten – fangt nur immer an.“

„Wir nehmen Atkins und Jones zuerst vor“, erwiderte Brown, „werden auch wohl früh beginnen müssen. Kommt also dann, so schnell es Euch möglich ist, nach.“

„Ach, da sind die Pferde“, rief Harper, „nun, Junge – du Schlingel, hast ja nicht einen einzigen Gruß für deinen alten Onkel heut abend. Der ist dir wohl bei den jungen Damen ganz aus dem Gedächtnis entschwunden, eh?“

„Onkel!“ rief Brown und ergriff die Hand des freundlichen alten Mannes, „Onkel – ich bin recht glücklich.“

„Wie transportieren wir denn den Gefangenen?“ fragte Curtis jetzt, „ein Boot haben wir nicht.“

„Dafür wird der Indianer schon sorgen", sagte Bahrens, „der sitzt ja neben ihm und schaut ihm wie ein verliebtes Mädchen ins Gesicht. Brrr – mich schaudert's, wenn ich mir die blutdürstigen Gefühle denke, die bei dem sanften Blick dem Indianer durch den Kopf zucken."

„Ich möchte nicht in Rowsons Haut stecken", murmelte Cook, „nicht für alle Schätze des Erdballs."

„Die Wunde wird ihm nicht erlauben zu reiten", sagte Stevenson, der Rowsons Arm indessen untersucht hatte, „der Knochen ist zerschmettert."

„Glaubt Ihr, daß die Wunde gefährlich ist?" fragte der Indianer, wie aus einem Traum erwachend.

„Wenn er reiten muß und Erkältung hinzukommt, ja", meinte Stevenson. „Die Nacht ist feucht. Ein hinzutretendes Fieber könnte ihn töten."

„Ich trage ihn", sagte der Indianer.

„Wen?" fragte Bahrens, „Rowson?"

„Ja", erwiderte Assowaum und schlug seine wollene Decke um den Verwundeten.

„Gentlemen", redete jetzt der alte Roberts die übrigen Männer an, „einige von euch bleiben, wie ich gehört habe, heute nacht hier. Diese erwarte ich morgen um die Frühstückszeit, die anderen aber, welche jetzt mit uns aufbrechen, da der Gefangene doch ebenfalls transportiert werden muß, und mein Haus nicht so sehr weit aus dem Wege liegt, denn meine Frau wird sich wahrscheinlich schon sehr geängstigt haben..."

„... so ersuche ich euch alle miteinander", fuhr Harper in Roberts' begonnener Rede fort, „heut abend bei mir einzukehren. Wenn wir auch ein wenig mit Raum beschränkt sein werden, so läßt sich das alles schon einrichten – wir sind ja in Arkansas."

„Bravo!" sagte Roberts gutmütig, „Ihr habt mir aus der Seele gesprochen. Also, Gentlemen, da ihr euch so freundlich meiner annehmt, Brown nämlich meiner Tochter und Harper meiner Rede, so wollen wir denn aufbrechen. Will der Indianer wirklich den Unglücklichen tragen?"

Assowaum beantwortete diese Frage mit der Tat. Er hob den schweren Körper des ehemaligen Predigers, trotz seiner eigenen Verwundung, mit Leichtigkeit empor und schritt, ohne ein Wort weiter zu äußern, auf der schmalen Straße voran. Rowson mußte aber ohnmächtig geworden sein, denn er lag regungslos in den Armen seines Feindes.

„Er wird ihn doch nicht ermorden?" flüsterte Marion ängstlich ihrem Führer zu, auf dessen Arm sie sich bis jetzt gestützt hatte und der ihr nun in den Sattel half.

„Nein, Marion, fürchten Sie kein weiteres Blutvergießen heute abend", erwiderte der junge Mann. „Das Gericht der Regulatoren wird aber morgen über den Elenden entscheiden, der dreifache schreckliche Blutschuld auf sich geladen hat. Das Maß seiner Sünden ist übervoll."

Marion schauderte. Sie gedachte der furchtbaren Gefahr, der sie entgangen.

„Und wo ist unsere kleine Heldin?" fragte Bahrens, sich überall nach Ellen umschauend, „Blitz und Hagel, wo steckt sie denn? Zu deren Ritter erklär' ich mich heut abend."

„Zu spät“, rief Brown lachend, „zu spät, Sir – der Posten ist besetzt, Mr. Wilson hatte die Güte, diese Pflicht zu übernehmen, da sich niemand anderes dazu meldete.“

„Zu spät? So?“ sagte Bahrens, „ja, das geht mir manchmal so, und ich könnte darüber eine köstliche Geschichte erzählen, gefröre mir nicht beim Anblick des Indianers da vorn das Blut vor lauter Grauen und Entsetzen in den Adern. Trägt er nicht sein Opfer so zärtlich und sorgsam wie eine liebende Mutter ihr Kind im Arme und hat er irgendeinen anderen Gedanken dabei als Rache?“

„Es ist wahr“, sagte der neben ihm reitende Roberts, „es hat etwas Fürchterliches, wenn man die überlegene Ruhe des roten Mannes betrachtet, mit der er seiner Rache entgegengeht. Ihm wurde aber auch das Liebste genommen, was er auf der Welt hatte, und wenn er jetzt, wo er, um die Erfüllung seines Schwures, den er damals am Grabe seines Weibes leistete – Ihr waret ja wohl auch dabei, Bahrens?“

„Ja!“ sagte dieser, aus tiefen Gedanken auffahrend, „ja so – ja. Apropos, Roberts, habt Ihr – unter uns gesagt – nicht einen Tropfen Whisky in Eurem Hause? Ich weiß, Eure Frau kann ihn nicht leiden – aber heut abend, glaub' ich, würd' ich krank, wenn ich nicht einen tüchtigen Schluck nehmen könnte. Zum Essen hab' ich den ganzen Appetit verloren.“

„Erinnert mich wieder daran, wenn wir nach Hause kommen“, sagte Roberts leise, „aber – laßt es Marion nicht merken. Die Frauen stecken immer unter einer Decke, und wenn sie weiter nichts täten, so drehten sie mir einmal die Flasche um und ließen sie auslaufen, und das wäre schade. Es ist echter Monongahela-Whisky.“

Die beiden Männer galoppierten an dem übrigen Zuge vorbei. Als ihre Fackeln aber die Gesichter Rowsons und des Indianers für einen Moment erhellten, sahen sie, wie Assowaum erst ängstlich zu seinem Opfer niederschaute, sich jedoch gleich darauf wieder mit triumphierendem Blick aufrichtete und schnell, wie von keiner Last beschwert, weiterschritt. – Der Verbrecher lebte noch.

36. Das Gericht der Regulatoren

Der für das Gericht der Regulatoren ausersehene Platz lag nahe den Fourche-la-fave-Niederlassungen auf einem steilen Hügel oder „Bluff“, der mit senkrechter Felswand am südlichen Ufer des Flusses emporstieg, und an beiden Seiten, östlich und westlich, von dem niederen Talland und dichten Rohrbrüchen begrenzt wurde.

Etwa eine Meile weiter stromab kreuzte jene Straße den Fluß, auf welcher damals die Regulatoren von Rowsons List irregeführt waren; und die kleine Hütte, in der Alapaha von Mörderhand fiel, lag, wie der Leser weiß, kaum eine halbe Meile von dieser entfernt.

So still und öde jener schroffe Berggipfel aber auch gewöhnlich war, da viele Meilen im Umkreis, wenigstens auf der Seite des Flusses, kein Haus stand, so lebhaft und betriebsam ging es heute dort zu. Unter den schlanken Kiefern, dichtbelaubten Eichen und Hickorys lagerten, um fünf verschiedene Feuer herum, einige zwanzig kräftige Jäger und Farmer, Prachtexemplare der wirklichen Hinterwäldler, teils mit der Zubereitung ihres Frühstücks, teils mit dem Verzehr beschäftigt, und wieder kräuselte der blaue Rauch wie vor Zeiten lustig und wild in die klare Morgenluft hinauf, als noch die Ureinwohner, die Arkansas, diese Höhen bevölkerten.

So gewöhnlich nun aber auch solche Lager in Arkansas oder überhaupt in den westlichen Wäldern Amerikas sind – so sehr unterschieden sich zwei Gruppen, nicht allein im Aussehen, sondern auch in dem ganzen freien Benehmen der übrigen Männer. Sie bildeten gewissermaßen den Hintergrund dieses Gemäldes und lagerten am weitesten von dem steilen Abhang entfernt, unter zwei einzeln stehenden Gruppen von Dogwoodbäumen, deren weiße Blütenzweige sie wie mit einem Blumendach überschatteten. Wenig aber schienen die Hauptpersonen diese freundliche Umgebung zu beachten, und finster brütend starrten sie auf das gelbe, vorjährige Laub nieder, in dem sie mit gefesselten Gliedern ausgestreckt lagen.

Es waren die Gefangenen Atkins, Johnson, Weston und Jones, von zweien der Backwoodsmen, die neben ihnen auf ihren langen Büchsen lehnten, bewacht.

Die andere Gruppe bestand nur aus zwei Personen: dem Prediger und dem Indianer. Unter dem Laub- und Blumendach der Dogwoodbäume und Gewürzbüsche diente ein sorgsam zusammengetragenes, mit warmen Decken belegtes Blätterlager dem verwundeten Rowson als behaglicher weicher Ruheplatz, und daneben kauerte Assowaum. Aber selten wandte dieser seine Aufmerksamkeit von der vor ihm liegenden Gestalt ab, und das geschah dann nur, ein neben ihnen knisterndes Feuer zu unterhalten, um die kühle Morgenluft dem leidenden Gefangenen erträglicher zu machen. Neben dem Indianer stand ein Becher mit Wasser, den er manchmal an die brennenden Lippen des im Wundfieber Liegenden brachte und seinen Durst löschte, während er sorgsam wieder die verschobenen Decken zurechtzog, damit kein rauhes Lüftchen den Zustand des Kranken verschlimmern konnte.

Jetzt schlugen in der Nähe mehrere Hunde an, und bald darauf kamen die am vergangenen Abend bei dem Überfall beteiligten Regulatoren mit Brown, Roberts, Harper und einem Fremden an ihrer Spitze, den Berg herauf und begrüßten hier die schon versammelten Männer. Brown stellte dann den Regulatoren den Fremden als einen Advokaten aus Pulasky County vor, der, zufällig in der Nähe, von ihrer heutigen Gerichtssitzung gehört und dieser, wenn es ihm verstattet würde, beizuwohnen wünschte. Hierauf erklärte Brown, da Husfield erst in etwa einer Stunde eintreffen könne, die Sitzung für eröffnet.

Vor allen Dingen wurde jetzt eine Jury von zwölf Ansiedlern gewählt, wobei den Gefangenen selbst das Recht zugestanden war, den, den sie in dieser Sache für parteiisch hielten, zu verwerfen. Keiner aber machte von dieser Erlaubnis Gebrauch. Sie wußten gut genug, wie klar ihre Schuld sei, und da Husfield nicht anwesend war, so schien es selbst Johnson gleichgültig, wer von seinen Feinden Richter oder Zuhörer wäre. Nur zwei ihm vertraute, freundliche Gesichter sah er unter der Menge; die aber hielten sich wohlweislich sehr zurück und schienen keineswegs geneigt, eine aktive Rolle in diesem Drama zu spielen.

„Und wer soll für die Gefangenen sprechen?“ fragte Brown, als zwei Männer vom Petite-Jeanne sowie Stevenson, Curtis, der Kanadier und Cook als Kläger gegen die Angeschuldigten vorgestellt waren.

„Mit Ihrer Erlaubnis will ich das übernehmen“, sagte da vortretend der fremde Advokat, „mein Name ist Wharton, ich bin Advokat in Little Rock und glaube nicht, daß Sie jenen Unglücklichen einen Fürsprecher verweigern werden.“

Einige der Regulatoren wollten hiergegen etwas einwenden, doch Brown erklärte dem Fremden, daß sie bereit wären, ihm die Verteidigung der Verbrecher zu gestatten. Er solle aber bedenken, daß sie hier, unabhängig von der Macht des Staates, ein freies Lynchgesetz gebildet hätten und ihren Grundsätzen dabei, was auch immer die Folgen sein mochten, treu bleiben wollten.

„Verteidigen Sie aber diese Leute!" fuhr er dann, Mr. Wharton freundlich die Hand reichend, fort. „Gibt es etwas, das zu ihrem Vorteil spricht – desto besser. Fern sei es von uns, Unrecht tun zu wollen; aber wehe auch den Schuldigen. Die Gesetze des Staates waren zu schwach und ohnmächtig, uns zu beschützen – hier stehen wir jetzt, die Bewohner dieser herrlichen Wälder, und schützen uns selber. – Doch die Zeit vergeht, und wir haben einen schweren Tag vor uns. Wir wollen beginnen."

Die Anklagen begannen jetzt; zuerst gegen Atkins und Weston als die Hehler, und gegen Jones als den Dieb oder Zulieferer von geraubten Pferden. Da es aber an Zeugen für frühere Diebstähle fehlte, beschränkte man sich hier ganz allein auf den zuletzt vorgekommenen und entdeckten Fall.

Das geheime Versteck für entwendete Pferde war genau untersucht worden und die Schuld des angeklagten Atkins dabei außer allen Zweifel gesetzt. Hatten sie doch nicht allein die Pferde des Kanadiers, sondern auch noch zwei andere, vor kurzer Zeit einem Ansiedler am Fourche la fave entführte Tiere bei ihm gefunden, so daß er sich zuletzt zu seiner Schuld bekennen mußte.

Weston wurde dann vorgeführt, leugnete aber alles, bis einer der Männer vom Petite-Jeanne darauf drang, ihn zum Geständnis zu zwingen und so lange zu peitschen, bis er bekenne.

Hiergegen protestierte nun freilich Mr. Wharton energisch und nannte das „grausam" und „inquisitorisch". Es half ihm aber nichts – die Mehrzahl stimmte für „Dogwood". Der Unglückliche wurde denn auch ohne weiteres an einen dieser Bäume angebunden und mit den Schößlingen eines Hickorybusches gepeitscht, bis ihm das Blut von den Schultern rann und lange dunkle Striemen ihm über die Seiten bis auf die Brust liefen, da die Spitzen des elastischen Holzes sich wie Fischbein herumgelegt hatten.

Der Schmerz preßte ihm endlich das Bekenntnis seiner eigenen Schuld aus. Aber keine Qual der Hölle wäre imstande gewesen; einen einzigen Namen der Mitschuldigen über seine Lippen zu bringen und ohnmächtig brach er zuletzt unter den Streichen zusammen.

Die Regulatoren – aufgeregt durch das Blut und entrüstet über das störrische Schweigen des Verbrechers, wie sie es nannten, dürsteten nach seinem Leben und riefen wild durcheinander:

„Hängt ihn – an die Eiche mit ihm! – Er hat gestanden, daß er Pferde gestohlen hat, was sollen wir uns länger mit ihm aufhalten!"

Brown aber schlug sich hier ins Mittel und erklärte, daß dies gegen das ausgemachte Gerichtsverfahren sei. Es sollten nämlich erst alle gehört werden, und die Jury hatte nachher über Leben und Tod der Gefangenen zu entscheiden.

Jones' Schuld lag klar und deutlich vor Augen, und es herrschte darüber nur eine Meinung; selbst Wharton vermochte wenig zu seinen Gunsten zu sagen. Jetzt aber galt es das schwere Verbrechen, den Mord an Heathcott, zu prüfen, und als Ankläger gegen Johnson und Rowson traten hierbei Curtis und der Krämer Hartford auf, der auf Verlangen des Indianers vorgeladen war.

Hartford hatte nämlich erst vor wenigen Tagen eine jener Banknoten durch zweite Hand von Rowson empfangen, die er früher bei Heathcott selbst gesehen. Sie war von der Louisiana-Staatsbank und trug noch als besonderes Kennzeichen den Namen eines früheren Eigentümers auf der Rückseite.

Johnsons und Rowsons Spuren hatte der Indianer später mit den an seinem Tomahawk vermerkten Zeichen verglichen und übereinstimmend gefunden.

„Johnson hat ferner noch versucht, den Indianer zu ermorden", sagte Brown, „wir alle..."

„Wozu die Zeit mit weiteren Anklagen versäumen", unterbrach ihn einer aus der Mitte. „Der Schuft hat wegen des einen Mordes das Hängen verdient – spräche ihn aber die Jury wirklich davon frei, was ich sehr bezweifle, so ist's immer noch Zeit für die andern Anklagen."

Wharton wollte jetzt auftreten und den Angeschuldigten verteidigen; ehe er aber nur seine Rede beginnen konnte, fuhr Johnson, trotz der zusammengebundenen Arme, hoch und rief trotzig:

„Schweigt mit Euren Salbadereien. Die Schurken sind einmal entschlossen, mich zu hängen, und werden es tun – die Pest in ihren Hals; ich will ihnen aber wenigstens nicht den Gefallen tun, zu zittern und zu kriechen. Ja, Memmen ihr, die ihr zu zwanzig über einen einzelnen Mann herfallt; ich habe den Regulator erschossen, und Gott soll mich verdammen, wenn ich nicht eurer ganzen Bande mit Vergnügen die Kehle durchschneiden wollte."

„Fort mit ihm an die Eiche – fort – hängt die Kanaille!" schrien die meisten, und einige sprangen sogar schon auf den Gefesselten zu. Brown warf sich aber dazwischen und rief:

„Halt! Zur Ordnung, Ihr Männer von Arkansas. Wir müssen vorher den Prediger verhören; die Geschworenen sprechen dann das Urteil."

„Gut denn – Rowson vor – den Prediger her!" schrie die Menge und zog sich wieder, den Raum in der Mitte frei lassend, zurück.

Rowson war, als er seinen Namen auf den Lippen der tobenden Menge hörte, leichenblaß aufgeschreckt. Vergebens bemühte er sich aber aufzustehen, die Fesseln hielten ihn nieder, und Assowaum mußte diese erst lösen und dann den durch Blutverlust und Angst Geschwächten auch noch stützen, ehe er imstande war, sich aufzurichten. Doch versagten ihm seine Glieder den Dienst; zitternd und bebend schlugen ihm die Knie aneinander, und er wäre wieder zu Boden gesunken, hätte ihn nicht sein sorgsamer Wächter gefaßt und aufrecht gehalten.

Erst als er sich einen Augenblick gesammelt, führte ihn Assowaum vor die auf dem grünen Rasen gelagerten Männer des Geschworenengerichts.

„Jonathan Rowson", redete ihn hier ernst und streng der Regulatorenführer an, „Ihr steht vor Euren Richtern. Man hat Euch angeklagt..."

„Halt – halt – nicht weiter", unterbrach ihn mit leisem, flüsterndem Ton und wild und ängstlich umherschweifenden Blicken der ehemalige Prediger, „nicht weiter, Ihr sollt mich nicht anklagen – ich will alles gestehen – alles verraten – als 'State's evidence' dürft ihr mich nicht verletzen. Ich werde dadurch selbst – ich gehöre mit zum Gericht – ich will..."

„Die Pest über deine feige, erbärmliche Seele" schrie Johnson entrüstet, „seht, wie die Memme zittert."

„Wenn Ihr die Zähne noch einmal auseinanderbringt, ohne daß Ihr gefragt seid", rief Hostler, der hier Sheriff-Dienste versah, „so klopf' ich Euch mit dem kleinen Stück Hickory hier den Schädel ein – verstanden?"

Johnson schwieg zähneknirschend.

„Ihr dürft mich nicht morden!" rief Rowson, dem der Angstschweiß in großen Perlen auf Stirn und Schläfen stand, „oder – ihr müßt mich wenigstens vor dem Teufel hier schützen, der über meinen Körper wacht, als ob er der Seele habhaft zu werden hoffe. Ich will alles gestehen – ich erkläre mich hiermit für State's evidence."

Ein Murmeln der Verachtung durchlief die Reihen der Regulatoren, Brown aber nahm das Wort und sagte, sich zu dem Verbrecher wendend, der flehend die gefesselten Hände gegen ihn emporhob:

„Zu spät kommt diese Reue, Rowson, selbst das kann Euch nicht retten. Dreimal des Mordes angeklagt, des schändlichen Verrates gar nicht zu gedenken, mit dem Ihr Euch in die Familien dieser friedlichen Gegend schlichet, seid Ihr dem Gericht verfallen. Habt Ihr noch etwas zu Eurer Verteidigung zu sagen?"

„Da kommt Husfield mit den übrigen", rief Cook, „von den beiden Entflohenen bringen sie aber keinen zurück."

Husfield ritt in diesem Augenblick bis dicht an die Gefangenen heran, warf ein Bündel, das er vor sich getragen hatte, zur Erde nieder, sprang aus dem Sattel und überließ das Tier sich selbst.

„Etwas Neues noch, Husfield, was Licht auf die Anklagen werfen könnte?" fragte Brown.

„Nichts Erhebliches", erwiderte der Regulator, „hier den alten Rock, der mir übrigens verdächtig vorkam, weil er so sorgfältig gewaschen schien und versteckt war."

„Wah!" sagte der Indianer, der hinzugetreten war und auf die Stelle zeigte, an der einer der hörnernen Knöpfe fehlte, „diesen Knopf erfaßte Alapaha im Todeskampf – und hier – hier war die Wunde."

Ohne weiter eine Antwort abzuwarten, schritt er zu dem regungslos dastehenden Rowson, nahm sein Skalpiermesser aus dem Gürtel und schlitzte den linken Ärmel bis an die Achsel auf, wo die rohe, kaum geheilte Wunde von dem Tomahawk der Indianerin sichtbar wurde. Ruhig deutete Assowaum darauf und sagte leise:

„Er ist der Mörder!"

Alles schwieg – es war, als ob sich jeder scheue, die schauerliche Stille zu unterbrechen, und Rowsons Blicke flogen ängstlich von Gesicht zu Gesicht, nur ein einziges zu finden, aus dessen Zügen Mitleid und Erbarmen spräche. Die Männer standen aber alle starr und kalt, und der finstere Ernst, die zusammengezogenen Brauen verkündeten sein nahes Schicksal.

„Diese Brieftasche", sagte Brown endlich, „fand man ebenfalls bei dem unglücklichen Mann hier, der, wie es scheint, Verbrechen auf Verbrechen häufte, um seine dunklen Zwecke zu erreichen. Die Summe, die hierin enthalten ist – elfhundert Dollar –, entspricht etwa der, die jener am Ufer des Arkansas erschlagene Viehhändler bei sich getragen haben soll. Mr. Stevenson hat Rowson als denselben Mann erkannt, den er an jenem Tage, wenige Minuten vor der verübten Tat, mit dem Ermordeten gesehen.

Kennt Ihr dieses Federmesser – Rowson?“ fragte er dann mit leiser Stimme den Mörder, „kennt Ihr diese Blutspuren daran?“

Rowson wandte sich schaudernd ab und stöhnte, auf Johnson deutend:

„Der da gab den Rat – warum mir das alles – warum jedes Verbrechen auf meine Schultern?“

„Und Ihr gesteht ein, daß Ihr schuldig – des dreifachen Mordes schuldig seid?“ fragte ihn Husfield.

„Ja – ja – ich will alles gestehen – alles – noch mehr – noch viel entsetzlichere Sachen – ich will euch vom Mississippi...“

„Ich protestiere gegen dieses Verfahren“, sagte der fremde Advokat, schnell vortretend, „Sie entlocken diesem Elenden hier das Geständnis seiner Schuld, während er noch immer in der Hoffnung steht, als State's evidence begnadigt und auf freien Fuß gesetzt zu werden. Sie haben überdies des jungen Weston, oder wie er heißt, Geständnis mit Gewalt, gewissermaßen durch die Folter, herausgelockt und...“

„Sir“, unterbrach ihn ruhig Brown, „ich habe Ihnen schon anfangs gesagt, daß Sie hier vor keinem gesetzlich gebildeten und nach bestimmten Regeln tagenden Gericht stehen. Eben das hat uns gezwungen, selbständig aufzutreten, weil vor dem Gesetz des Staates Kniffe und Ränke der Advokaten stets die ärgsten Verbrecher der Strafe entzogen, weil vielleicht irgendeine Kleinigkeit in der Anklage versehen oder ein Zeuge fehlte oder sonst ein Haken gefunden werden konnte, mit dem man den, der imstande war zu bezahlen, herausriß, aus Not und Strafe. Wir hier sind eine Versammlung von Regulatoren, und die Gewalt, die wir ausüben, ist das Lynchgesetz. Diese Männer wurden angeklagt und werden bestraft, wenn sie für schuldig befunden werden. Können Sie uns beweisen oder auch nur hoffen lassen, daß einer von ihnen schuldlos ist, so sei Ihnen im voraus versichert, daß er frei und ungehindert von dannen gehen soll. Das ist meines Wissens das einzige, was Sie bei dieser Sache zu tun haben. Was beschließen die Geschworenen über Atkins?“ –

„Gebt mich frei“, schrie Rowson verzweifelt, „gebt mich frei – und ich will Dinge bekennen, die...“

„Schweigt – ich rette Euch!“ flüsterte ihm leise der fremde Advokat zu.

Erstaunt und freudig schaute der Elende diesen an, begegnete aber nur dem behutsam warnenden Blick desselben, der sich eben von ihm abwandte und wieder zu den Geschworenen hinübersah. Diese berieten miteinander über das Schicksal der Angeklagten.

Nach kurzer Zeit schon kehrten sie mit dem einstimmigen Ausspruch: „Schuldig!“ zurück.

Atkins sank, das Gesicht mit den Händen bedeckend, auf die Knie nieder.

„Und Weston?“ fragte Brown.

„Schuldig!“

„Und Jones?“

„Schuldig!“

„Und Johnson?"

„Schuldig!"

„Und Rowson?"

„Schuldig!"

Weston schluchzte laut, und Johnson knirschte, seinen Richtern giftige Blicke zuschleudernd, wütend mit den Zähnen.

„Ihr habt es gehört!" sagte Brown nach langer Pause, während Rowson, alles andere um sich vergessend, nur an jeder Bewegung des Fremden hing. Dieser war seine letzte Hoffnung, und in seiner Todesangst hielt er den Fremden für ein Wesen, das mit überirdischen Kräften begabt sei.

„Das Gericht der Regulatoren erklärt euch hiermit für schuldig und spricht euch den Strang für eure Vergehen zu!" sagte Brown mit fester, tiefer Stimme.

„Fort mit ihnen", schrien einzelne aus der Menge, „an die nächsten Bäume!"

„Halt!" rief Brown dazwischen, seine Hand gegen die Herandrängenden ausstreckend. „Halt! Das Gericht verurteilt sie, aber, Männer von Arkansas, wir wollen nicht wie die wilden Tiere gegen unsere Mitmenschen wüten. – Nicht alle dürfen die gleiche Strafe erleiden, nicht alle sind gleich schuldig. Ist keiner dabei, den Ihr begnadigen möchtet?"

„Atkins' Kind ist heute nacht gestorben", sagte Wilson, vortretend, „seine Frau liegt schwerkrank danieder, er hat nach Texas auswandern wollen – ich dächte, wir ließen ihn ziehen."

Eine augenblickliche Stille herrschte. Atkins blickte mit stieren – tränenleeren Augen von einem zum andern.

„Ich stimme für Gnade!" sagte Brown.

„Und ich auch", pflichtete ihm Husfield bei, „laßt uns überhaupt, Kameraden, unser erstes Gericht nicht als ein zu blutiges beginnen. Ich bitte um Westons Leben. Der arme Teufel hat alles, was er selbst verbrochen, bekannt; daß er die Mitschuldigen nicht verraten wollte, können wir ihm nicht zur Last legen; ich meinesteils finde es brav. Soll er mit der erhaltenen Züchtigung hinlänglich bestraft sein?"

„Ja!" sagten die Männer nach kurzem Bedenken.

„Aber er muß versprechen, sich zu bessern!" rief eine dünne Stimme. Alles lachte und schaute sich nach dem Sprecher um.

„Gnade! Gnade!" flehte jetzt auch Jones, der an dem ganzen Betragen der Regulatoren wohl sah, wie sehr sie gesonnen seien, ernst durchzugreifen, und diesen ersten lichten Augenblick zu seinem Vorteil zu nutzen beschloß. „Gnade auch mir – ich habe einmal gefehlt – und gehöre ja überdies in ein anderes County."

„Das möchte Euch wenig helfen", sagte Brown, „ich stimme jedoch dafür, diesen Mann, der allerdings weder den Fourche la fave noch Petite-Jeanne angeht, den Gerichten von Little Rock zu übergeben; die mögen über ihn entscheiden. Daß er nicht wieder an den Fourche la fave kommt, davon, glaube ich, können wir überzeugt sein."

„Fort mit ihm", riefen einige, „gebt ihn dem Sheriff."

„Es wäre schade um den Strick", meinte Curtis. „Jedoch, Gentlemen, hab' ich gegen das Urteil noch etwas einzuwenden. Der Bursche hat uns hier in unsere Rechte Eingriff getan, und stecken sie ihn in Little Rock ins Zuchthaus und bricht er aus, wie sich das von selbst versteht, so lacht er nachher noch über uns."

„Bei meiner Seligkeit nicht!" rief Jones ängstlich.

„Die kauf' ich nicht teuer", erwiderte Curtis. „Nein – ich stimme dafür, daß wir ihn erst mit unseren verschiedenen Holzarten, Hickory und Dogwood, bekannt machen; nachher kann er gehen. Er wird dann wenigstens freundlich an unser Flüßchen zurückdenken."

„Curtis hat recht", stimmte Brown zu, „und meiner Ansicht nach ist dieser Jones, wenn nicht so schlimm wie Rowson, doch einer der abgefeimtesten Schufte, die es je gegeben hat. Wenn also die Männer von Arkansas einverstanden sind, so mag ihm der Neger dort fünfzig Streiche zuzählen."

„Gentlemen!" bat Jones ängstlich.

„Fünfzig sind eigentlich zuwenig", rief Bowitt, als die übrigen beigestimmt hatten, „doch möchten wir dann einen andern Mann als den Neger zum Strafen wählen, ich traue dem..."

„Halt", unterbrach ihn der Kanadier. „Ich will ihm die Schläge geben – bin ihm so noch etwas schuldig."

„Gnade! Gnade!" flehte Jones, der wohl wußte, wie dieser seinen Rücken bearbeiten würde.

„Die ist Euch geworden", sagte Brown, sich von ihm abwendend, „nach Verdienst gebührte Euch der Strang – fort!"

„Und Johnson und Rowson?" fragte Husfield jetzt, sich langsam im Kreise umschauend, während der Kanadier den wimmernden Jones zur Seite führte.

„Den Tod!" schallte es dumpf von allen Lippen.

„Sir – wenn Ihr mich retten wollt", flüsterte Rowson mit Leichenblässe im Antlitz dem fremden Mann zu, „jetzt ist die höchste Zeit – Ihr kennt die Regulatoren nicht..."

„Schweigt und baut auf mich", antwortete ebenso leise und vorsichtig der Advokat.

Wilson hatte indessen Atkins' Fesseln zerschnitten und bot ihm sein Pferd zum Heimreiten an. Dieser nickte auch dankbar mit dem Kopf, löste den Zügel von dem Zweige, an dem das Tier befestigt stand, und wollte aufsteigen. Da besann er sich noch einmal, blieb einige Sekunden über den Sattelknopf des Tieres gebeugt stehen, kehrte dann zurück und reichte erst Wilson, dann Brown und dann Husfield schweigend die Hand, drückte sie fest, schwang sich in den Sattel und sprengte mit verhängten Zügeln seiner Wohnung zu.

Brown sah ihm sinnend nach und sagte dann zu Wilson:

„Bei dem hat's geholfen; es sollte mich nicht wundern, wenn Atkins ein ehrlicher Mann würde."

„Rettet mich, sonst ist es zu spät", flüsterte Rowson wieder in Todesangst, „Ihr habt es versprochen – Ihr müßt mich retten."

„Führt die Gefangenen zum Tode!" sagte Brown mit leiser, aber klarer Stimme.

„Halt!" rief der Advokat jetzt dazwischentretend. „Halt! Im Namen des Gesetzes! Diese Verbrecher sind des Todes schuldig – es ist wahr, aber ich protestiere hier öffentlich gegen dieses Gerichtsverfahren, was ebensolcher Mord wäre, als jene begangen haben. Überliefert sie mir, und ich will ihr Ankläger vor den Richtern des Staates werden, aber hier..."

„Tut Eure Pflicht", wiederholte Brown ruhig, ohne den Einwurf zu beachten, „hat einer der Gefangenen noch etwas zu sagen?"

„Ich will alles verraten", schrie Rowson, „hört mich nur – alles will ich verraten, wenn ihr mir mein Leben zusichert. Bis an meinen Tod will ich im Gefängnis arbeiten – aber das Leben schenkt mir – nur das Leben. Ich habe fürchterliche Sachen zu entdecken."

„Euer Leben ist verwirkt", erwiderte ernst der strenge Richter. „Bereitet Euch auf den Tod vor!"

„Zurück!" schrie der Elende, als ihn die Regulatoren ergreifen wollten, „zurück mit euch – ich bin dem Gesetz verfallen – ich..."

„Halt!" flüsterte der Indianer, der bis dahin, wie ein sprungbereiter Panther, neben der gefesselten Gestalt des ehemaligen Predigers gekauert hatte, sich jetzt aber zu seiner vollen Höhe emporrichtete und seine Hand auf die Schulter des vor der Berührung zurückbebenden Verbrechers legte. „Dieser Mann ist mein, Ihr habt ihn schuldig gesprochen – aber ich bin sein Henker!"

„Nein – nein – nein!" schrie Rowson in Todesangst, „nein – eher alles – fort – fort, ihr Regulatoren, fort mit mir – hängt mich – hängt mich hier an diesen Baum! – Nein, nicht hier – weiter fort etwas – hundert Schritt – eine halbe Meile – aber gebt mich nicht in die Hände dieses Teufels – Hilfe – Hilfe!"

Assowaum umschlang, ohne weiter eine Antwort der Regulatoren abzuwarten, die Arme seines Opfers mit der ledernen Fangschnur und nahm den sich wütend, aber vergeblich Sträubenden wie ein Kind in seine Arme.

„Gentlemen – das ist entsetzlich!" sagte der Advokat schaudernd, „Sie wollen doch nicht zugeben, daß der Wilde den Mann in den Wald schleppe und dort zu Tode martere?"

Keiner der Regulatoren antwortete – alle starrten schweigend den Indianer an, dessen Züge aber, unverändert und ruhig, nicht das mindeste von dem verrieten, was in ihm vorging. Selbst Johnson schien für einen Augenblick die Gefahr seiner eigenen Lage vergessen zu haben.

„Erbarmen!" schrie Rowson, „ich bin dem Lynchgesetz verfallen – Erbarmen – rettet mich vor diesem Teufel."

Der Indianer trat mit ihm aus dem Kreis und schritt den schmalen Fußpfad, der in die Niederung und von da an den Fluß führte, hinab.

„Nein – das darf ich nicht dulden!" rief der Fremde und eilte dem Häuptling nach, entschlossen, den Unglücklichen wenigstens aus dieser Gefahr zu retten. Als aber Assowaum die Schritte hinter sich hörte, wandte er sein Antlitz dem Advokaten zu und rief drohend:

„Folge mir auf meiner dunklen Bahn, und du kehrst nie wieder zu den Deinen zurück – ich kenne dich!"

„Rettet mich!" flehte Rowson, „rettet mich – bei Eurer Seele Seligkeit!"

Assowaum wandte sich und war im nächsten Augenblick mit seinem Opfer im Dickicht verschwunden. Wharton aber blieb wie angewurzelt stehen und starrte fast bewußtlos der langsam fortschreitenden Gestalt des roten Kriegers nach.

Doch auf dem Hügel wagte keiner die feierliche Stille zu unterbrechen. Jeder verharrte mit Entsetzen in seiner Stellung – kaum zu atmen wagten die Männer, und nur Brown schritt leise an den Rand des Felsens, der den Fluß überragte, und schaute, den Arm um eine junge Eiche geschlungen, hinab auf das Flußbett. Dort aber glitt in seinem Kanu der Indianer mit langsamen, ruhigen Ruderschlägen dahin, und vorn im Boot lag die gefesselte Gestalt Rowsons.

Jones' Wehgeschrei weckte die Männer wieder aus ihrer Betäubung; der Kanadier, der in dem Rachewerk des Häuptlings weiter nichts Außerordentliches gesehen, hatte die ruhige Zeit indessen dazu benutzt, den kleinen Mann an einen jungen Dogwoodstamm zu binden, und ließ nun mit dem besten Willen von der Welt das dünne Holz auf seinem Rücken herumtanzen. Er kümmerte sich auch wenig darum, daß dieser sich unter den schmerzhaften Schlägen windend, schrie und jammerte, er habe schon sechzig – einundsechzig – zweiundsechzig – dreiundsechzig Schläge bekommen.

Brown legte sich endlich ins Mittel und befreite den Gezüchtigten von seinem Exekutor, der keineswegs gesonnen schien, sich an die einmal zugeteilte Anzahl der Streiche zu halten. Da er doch einmal dabei sei, wie er aufrichtig genug sagte, wolle er dem Burschen den Appetit auf Pferdefleisch gleich für immer nehmen.

Eine andere Abteilung hatte indessen Johnson unter den zu seiner Hinrichtung bestimmten Baum geführt. Bowitt ermahnte ihn, noch einmal zu beten. Als Antwort aber spie ihn der Verurteilte an und wandte ihm verächtlich den Rücken. Kein Wort, weder Bitte noch Klage, kam über seine Lippen; die Regulatoren aber, durch diesen letzten Beweis von Frechheit empört, warfen ihm ohne weitere Umstände die Schlinge um den Hals, hoben ihn auf ein Pferd, der Neger mußte an dem Baum hinauf und das Seil an einem vorragenden Ast befestigen, und Curtis nahm dem Pony, das ruhig unter der ihm aufgebürdeten Last stand, den Zügel ab.

Johnsons Ellbogen waren auf dem Rücken zusammengebunden, und er saß hoch aufgerichtet im Sattel. Sobald das Pferd aber nur einen Schritt vorwärts tat, das Gras abzupflücken, das im Überfluß auf dem Kamm des Hügels wuchs, war es um den Verurteilten geschehen.

Das Pony rührte und regte sich jedoch nicht und schaute mit seinen großen dunklen Augen von einem der Männer zum andern, als ob es verstehe, weshalb ihre Blicke erwartungsvoll an ihm hingen.

„Was sollen die Faxen?“ rief Johnson jetzt halb ärgerlich, halb ängstlich, während ihm der kalte Angstschweiß auf die Stirn trat, „nehmt das Pferd fort und macht ein Ende!“

Es hätte nur eines Schenkeldrucks von ihm bedurft, und das Pony wäre vorgesprungen, aber er bewegte kein Glied – das Tier, das ihn trug, ebensowenig.

Brown schwang sich in den Sattel und sprengte den Hügel hinunter. Ihm folgten die übrigen, von denen einige jedoch Wharton im Auge behielten. Jones war ebenfalls zurückgeblieben, aber der Kanadier hütete den schon, daß er das gesprochene Urteil nicht vereitelte.

Das Pferd des Verurteilten stand noch immer unbeweglich, und Johnson schaute halb trotzig, halb verzagt zu Jones hinüber.

„Kommt“, sagte der Kanadier jetzt zu diesem, „was Ihr im Sinn habt, weiß ich wohl – dem Mann sollt Ihr aber den Spaß nicht verderben – fort mit Euch!“

„Aber so laßt doch...“

„Fort mit Euch, sag' ich, oder – wir sind jetzt allein!“ er schwang bei diesen Worten einen der noch vorrätig abgeschnittenen Stöcke. Im nächsten Augenblick verließen die Männer den Platz, und Johnson saß allein auf dem immer noch still und regungslos haltenden Tier unter seinem Galgen.

37. Roberts‘ Haus

Stille Trauer herrschte indessen, während auf dem Felshügel des Fourche la fave das Lynchgesetz seine Opfer verurteilte und strafte, in Roberts' Hause, wo bis jetzt Marions Mutter bleich und besinnungslos auf ihrem Lager gelegen hatte. Die Regulatorenschar war mit ihrem Gefangenen aufgebrochen, die Sonne schon hoch über die Wipfel der Bäume gestiegen, und noch immer hatte Mrs. Roberts kein Zeichen ihres zurückgekehrten Bewußtseins gegeben. Da plötzlich, als schon der alte Roberts anfing, mit einem sehr ernsten und bedenklichen Gesicht im Zimmer auf und ab zu gehen, als Marion still weinend am Bett kniete und betete und Ellen ebenfalls stumm und traurig an ihrer Seite saß und die Hand dar alten Frau in der ihren hielt, schlug diese plötzlich die Augen auf, schaute wie erstaunt und verwundert, immer noch nicht recht darüber im klaren, was eigentlich vorgegangen sei, zu ihrer Tochter auf. Diese aber sprang jubelnd hoch und flog mit einem Freudenschrei der zu neuem Leben erwachten Mutter an den Hals.

„Kind – liebes Kind“, sagte diese leise, „bist du mir wiedergegeben? Bist du wieder zu uns zurückgekehrt? Hat der – Gott sei mir gnädig – mir schwindelt, wenn ich an jenen Augenblick zurückdenke, hat der böse Feind, der in der Gestalt jenes Menschen bei uns erschien, keine Gewalt über dich gewonnen?“

„Nein, Mütterchen – nein“, rief das Mädchen, „oh, nun ist alles gut, da du die Augen wieder so hell und klar geöffnet hast. Nun wird alles gut werden.“

„Aber – wie ist mir denn, Kind? Haben wir denn Morgen oder Abend? Mir kommt es vor, als ob ich eine lange, lange Zeit geschlafen hätte. Wo kommen die Leute alle her?“

„Margareth!“ sagte jetzt Roberts, der leise hinzugetreten war und sich auf dem Stuhl neben dem Bett seines Weibes niederließ, „Margareth – liebe, gute Margareth, wie geht dir's?“

„Roberts hier? Und Mr. Bahrens und Harper? Und Ellen? Seid ihr denn gar nicht fortgeritten?“ fragte die alte Frau erstaunt und unruhig, „Hab' ich denn alles nur geträumt?“

„Du sollst alles erfahren, Mütterchen“, flehte Marion, ihre Hand streichelnd, „aber jetzt, nicht wahr, jetzt hältst du dich recht ruhig und erholst dich erst wieder!“

„Erholen?“ fragte die Mutter, sich von ihrem Lager aufrichtend, „erholen? Ich bin stark und kräftig – nur der Kopf schwindelt mir noch ein wenig. Aber erzählt mir bitte, was vorgefallen ist. Roberts – Bahrens – Harper – was fehlt den Männern? Sie sehen alle so ernst aus.“

„Nichts fehlt uns, Mrs. Roberts“, erwiderte Bahrens, indem er vortrat und ihre Hand schüttelte, „nicht das mindeste – jetzt wenigstens nicht mehr. Nur solange Sie krank und blaß dalagen, solange war's uns hier nicht geheuer im Zimmer, und da mögen wir wohl noch ein wenig seltsame Gesichter schneiden. Harper hier ist überdies selbst ein halber Patient. Aber heraus jetzt mit der Sprache; am besten erfahren Sie gleich alles auf einmal, da es überdies nichts Schlimmes ist, und nachher wird Ihnen und uns das Herz leicht.“

Marion mußte nun erzählen; von dem ersten Augenblick an, wie Rowson in das Haus gesprungen und Cotton aus seinem Versteck herabgeklettert sei, wie sie gebunden gewesen und wie sich Ellen befreit; Assowaums erstes Erscheinen, der Freundin Heldentat und die Rettung durch die Regulatoren.

„Also dir, gutes Kind, verdanke ich eigentlich das Leben meiner Tochter“, wandte sich Mrs. Roberts dann an Ellen und reichte ihr die Hand hinüber.

„Mir? Ach Gott, nein“, entgegnete das Mädchen schüchtern, „mein Verdienst ist gar gering dabei – die Pistole – ich weiß nicht – ich glaube, sie muß von selbst losgegangen sein; ich habe mich wenigstens immer vor Feuerwaffen gefürchtet.“

„Ellen war gewiß unser Rettungsengel“, unterbrach sie Marion. „Der Indianer wäre verloren gewesen, wenn jener Schuß nicht gefallen wäre. Ellen ist sicherlich die Heldin jener Nacht.“

„Wo aber sind die übrigen? Mr. Curtis, Brown und Wilson?“ fragte die Matrone. „Sie, die neben dem Indianer ihr Leben so kühn und uneigennützig für euch aufs Spiel setzten, verdienten doch sicher den heißesten Dank.“

„Die jungen Leute sitzen über die Buben zu Gericht“, sagte Roberts, „und wärst du nicht so sehr krank gewesen, so hätte ich heute ebenfalls der Verhandlung beigewohnt. Wo solche Schurkereien vorfallen, da muß den Schuften einmal bewiesen werden, daß der alte Geist in uns Hinterwäldlern noch nicht etwa erstorben ist.“

„Aber sagtet ihr nicht“, fragte Mrs. Roberts schaudernd, „daß jener Mann, jener – Rowson...“

„Laß den jetzt sein, Alte“, unterbrach sie schmeichelnd Roberts, „wenn du wieder recht wohl und kräftig bist, dann wollen wir über dir Vorfälle genauer sprechen, bis dahin hören wir auch das Resultat des Regulatorengerichts. Aber nun, Mädchen, schafft einmal heran, was Küche und Rauchhaus zu bieten vermögen. Wir feiern heute ein Fest der Erlösung, und zwar ein doppeltes, in geistiger Hinsicht und leiblicher Hinsicht, denn in leiblicher sind uns diese verwünschten Pferdediebe, vor denen kein Huf im Stall mehr sicher war – dem Hostler haben sie neulich seinen Hengst mitten aus dem Hofraum zu stehlen versucht, und seine Fenz ist über elf Fuß hoch...“

„Und in geistiger Hinsicht können wir unserem Herrgott fast noch mehr danken“, unterbrach ihn Bahrens, als er fand, daß Roberts wieder mit verhängten Zügeln nach New York sprengte, „jetzt wird das Predigen doch einmal ein wenig nachlassen.“

„Aber, Mr. Bahrens“, sagte in vorwurfsvollem Ton die Matrone, „wollen Sie die Schuld auf eine so heilige Sache werfen?“

„Nein, sicher nicht“, erwiderte dieser, um alles zu vermeiden, die noch nicht ganz Genesene zu kränken, „sicher nicht, aber das Gute hat es, daß wir künftig in der Wahl der Prediger sehr vorsichtig sein werden, und auch mit Recht. Ein gebranntes Kind scheut das Feuer.“

„Hallo da!“ rief Harper dazwischen. „Hier ist verboten worden, die Sache weiter zu berühren, bis wir erst einmal eine ordentliche Mahlzeit im Magen haben, und das find' ich nicht mehr wie recht und billig. Seit gestern abend sitzen wir hier neben dem Bett und hungern; das mag ein anderer aushalten.“

„Wie wär's, wenn wir nach dem Essen noch zu der Versammlung hinüberritten?“ fragte Bahrens. „Ich hätte gewaltige Lust, daran teilzunehmen.“

„Wir kämen doch zu spät“, erwiderte Roberts; „der Platz ist ziemlich weit, deshalb warten wir's besser ab. Brown und Wilson haben mir versprochen, heut abend noch herzukommen und das Resultat zu melden. Es ist sehr gefällig von ihnen.“

„Sehr“, sagte Harper und warf einen Seitenblick zu Marion hinüber. Diese aber schien, mit der Mutter beschäftigt, die Bemerkung, ganz überhört zu haben, während Ellen sich ebenfalls abwandte. Mit lobenswertem Eifer blies sie die fast verglommenen Scheite im Kamin zur hellen Flamme an und legte Holz nach.

Der Abend rückte indessen heran; Mrs. Roberts hatte sich wieder völlig erholt, und da das Wetter mild und warm war, saßen alle unter den blühenden Dogwoodbäumen im kleinen Gärtchen. Der Platz war aber besonders freundlich, denn hier standen nicht nur viele schattige Bäume, sondern Marions sorgsame Hände hatten hier auch manche wilde Waldblumen heimisch gemacht, die mit ihrer Farbenpracht das Auge erfreuten.

Wie oft aber auch das Gespräch auf gleichgültigere Gegenstände gelenkt werden mochte, immer flogen wieder die Blicke hinüber nach der Gegend, aus der die Freunde erwartet wurden, und immer wieder war das wahrscheinliche Resultat jener ernsten Verhandlung die Achse, um die sich alle Vermutungen und Bemerkungen drehten.

„Sie werden ihn wohl nicht so hart bestrafen“, sagte Mrs. Roberts endlich nach einer kleinen Pause, in der sie nachdenklich vor sich niedergestarrt hatte, „wenn die Wunde so bös war, ist ja das schon Strafe genug.“

„Für solche Verbrechen?“ fragte ernst und mahnend ihr Gatte. Schaudernd barg die Matrone ihr Gesicht in den Händen.

„Der Indianer hatte Mitleid mit ihm“, flüsterte Marion, „er pflegte ihn mit einer Sorgfalt, deren ich ihn nicht für fähig gehalten hätte.“

„Der Indianer?“ fragte erstaunt die alte Frau, „der Indianer pflegte den – Mörder seines Weibes?“ wiederholte sie dann immer noch ungläubig und verwundert.

„Ja – wie wir das Vieh pflegen, das wir schlachten wollen“, sagte Bahrens mit einem leisen Schauder, „mir ist der Indianer noch nie so entsetzlich vorgekommen wie in seiner zärtlichen Sorgfalt – ich kann das Bild gar nicht loswerden.“

„Wahrhaftig – dort kommt Brown angesprengt“, rief der alte Roberts. „Und dort ist auch Wilson, jetzt werden wir erfahren, wie alles abgelaufen ist.“

„Sie sehen ernst und feierlich aus“, meinte Bahrens.

„Ein ernstes und feierliches Geschäft war es auch, das sie beendet", erwiderte Roberts, „aber ein notwendiges Recht, das Recht des Selbstschutzes – der Selbstverteidigung, und das wollen wir uns in Arkansas bewahren, solange wir noch Blut in den Adern haben."

In diesem Augenblick sprengten die beiden Männer heran, warfen sich von den Pferden, übersprangen die Fenz und begrüßten mit herzlichem Wort und Händedruck die Freunde.

38. Die Rache des Befiederten Pfeils

Leise und geräuschlos glitt unter dem überhängenden, schwankenden Rohr, unter den wehenden, schaukelnden Weiden, die sich weit hineinbeugten in das grüne Bett des fröhlich plätschernden Stromes, ein kleines, schmales Kanu, von sicherer Hand geführt, dahin. Kein Laut wurde gehört, wenn sich nach jedem Schlag das Ruder blitzschnell aus dem Wasser hob; kein Laut wurde gehört, wenn es ebenso rasch wieder eintauchte in die Flut. Der Hirsch, der zum Wasser heruntergekommen war, trank ruhig weiter; kaum fünfzig Schritt von ihm glitt der dunkle Schatten vorüber, still und geisterhaft – er sah ihn nicht, und erst als er schon in weiter Ferne, mit Rohr und Busch, unter dem er hinschoß, verschwamm, stutzte das scheue Wild, warf den schönen Kopf in die Höhe, schnaubte, stampfte das kiesige Ufer, auf dem es stand, mit dem Vorderlauf und trabte dann langsam und stolz in sein Dickicht zurück. Die verräterische Luft hatte den Hauch seines Feindes zu ihm herübergetragen.

Der Indianer steuerte das Kanu, und im Vorderteil desselben lag, gebunden und ohnmächtig vor Angst und Erschöpfung, Rowson.

Jetzt richtete sich der Schnabel des kleinen schlanken Fahrzeugs zum Flußrand hinüber; wenige Minuten darauf glitt das Kanu auf die glatten Kieselsteine der seichten Uferbank und hielt. Rowson schlug die Augen auf und sah umher, aber schaudernd erkannte er die Stelle, wo er in jener Nacht das Weib des Mannes ermordet hatte, dessen Gefangener er jetzt war und vor dessen Rache ihn keine Macht der Erde mehr schützen konnte.

Assowaum sprang an das Ufer, schlang die Weinrebe, die ihm als Ankertau diente, um eine dort stehende kleine Birke, trat dann zurück neben sein Fahrzeug und hob vorsichtig seinen Gefangenen heraus.

„Was willst du tun, Assowaum?" flehte dieser mit heiserer, zitternder Stimme. Er erhielt keine Antwort. „Rede nur, um aller Heiligen willen, rede!" rief Rowson verzweifelt, „sprich und laß mich das Schreckliche wissen." Schweigend trug ihn der Indianer das Ufer hinauf und in die Hütte, den Schauplatz seines Verbrechens, hinein.

Entsetzt wandte Rowson sein Gesicht von der nur zu wohl bekannten Stätte und schloß die Augen. Ruhig aber legte ihn Assowaum in der Mitte der Hütte, dicht neben einem der kleinen dort emporgewucherten Hickory-Schößlinge nieder, und kein Laut unterbrach dann weiter das Schweigen als das schwere Atmen des Unglücklichen. Es war dieselbe Stelle, auf der Alapahas Leiche gelegen hatte. Da ertrug Rowson nicht länger die peinigende Ungewißheit seiner Lage; er blickte empor und sah dicht neben sich den Indianer, niedergekauert wie zum Sprung, und die kleinste seiner Bewegungen aufmerksam und sorgfältig bewachend, sonst aber untätig und, wie es schien, ganz in dem Anschauen seines Opfers verloren. Ein triumphierendes Lächeln durchzuckte jedoch seine dunklen Züge, als er den Ausdruck der Angst und des Entsetzens in dessen Gesicht gewahrte, und leise erhob er sich jetzt, nahm von seinem Gürtel das lederne Fangseil und fesselte die schon überdies gebundene Gestalt des Gefangenen sorgsam und unlösbar an den jungen, zähen Stamm, neben dem sein Körper lag.

Vergebens bot ihm der Mörder Alapahas Schätze und Reichtümer, vergebens erzählte er ihm von Gold, das er vergraben und das er alles ihm geben wolle, wenn er ihn freiließe oder wenigstens seiner Qual mit einem Streich des Tomahawks ein Ende mache. Schweigend, als ob er die Worte nicht verstände, vollendete der Befiederte Pfeil das Werk der Rache, und machtlos, an Händen und Füßen gebunden, durch den jungen Baum aber an den Boden gefesselt, verließ ihn der Indianer auf wenige Augenblicke und kehrte dann mit etwas trockenem Laub und dürrem Reisigholz zurück.

Jetzt durchschoß zum erstenmal eine dunkle Ahnung das Hirn des Unglücklichen. Er kannte die Sitte der wilden westlichen Stämme; kannte ihre erbarmungslos rächende Grausamkeit, und in wildem, gellendem Schmerz- und Angstschrei machte sich seine Brust Luft, während er vergeblich gegen seine Fesseln wütete. Der Indianer wehrte ihm nicht – er beugte sich nieder und blies das qualmende Laub zur Flamme an. Nachdem das geschehen war, trug er eine Menge schnell gespaltener Kienspäne herbei, und bald loderte im feurigen Kreise, rings an den Wänden der Hütte entzündet, ein Flammenstreifen empor und leckte züngelnd und gierig an den trockenen Stämmen.

Erst, als die Hitze unerträglich wurde und ihm selbst an mehreren Stellen die Haut in Blasen zog, verließ der Indianer die gluterfüllte Hütte und begann draußen mit geschwungenem Tomahawk und in lauten, jubelnden Tönen seinen Sieges- und Triumphgesang.

Schauerlich gellte dazu das Wehgeheul des Gefangenen – unheimlich knisterten und sprühten die qualmenden, flackernden Stämme, deren Rauch sich schwerfällig in das grüne Laubdach hinaufdrängte und sich dort Bahn brach, in die klare, helle Frühlingsluft hinein. Hier aber blieb er liegen; wie ein düsterer, unheimlicher Schleier lagerte der gelblichgraue Qualm auf dem Blättermeer.

Da krachte endlich das Sparrwerk des morschen Daches – hochauf spritzten und sprühten die Funken – schwarzer Qualm wälzte sich rollend daraus hervor, und – alles war vorüber.

Blutrot sank hinter dem fernen Bergrücken die Sonne hinab; aber neben der Brandstätte stand mit geschwungener Waffe der rote Krieger und sang in einförmiger, wilder Weise sein Rache- und Siegeslied.

39. Schluß

„Also ernstlich gut seid Ihr dem Mädchen die ganze Zeit über gewesen, Brown, und habt mir nicht ein einziges Wort davon gesagt?“ fragte der alte Roberts, während er die Hand des jungen Mannes fest in der seinigen hielt.

Brown drückte sie schweigend; dann erwiderte er herzlich:

„Was hätte es geholfen, Sir? Ich war zu spät gekommen und durfte mich nicht beklagen.“

„Und jener Schurke hätte Euch beinahe..."

„Er ist bestraft", fiel ihm Brown in die Rede. „Nun aber sagt auch Ihr mir gerade und freiheraus, wollt Ihr mir das Glück Eurer Tochter anvertrauen?"

„Ja – Blitz und Hagel", erwiderte der Alte ganz erstaunt, „Ihr fragt mich da, als ob ich überhaupt bei der ganzen Verhandlung ein Wort zu sagen hätte. Bin ich denn bei Rowson..."

„Roberts", unterbrach ihn bittend die Mutter.

„Aber das Mädchen", rief dieser kopfschüttelnd, „das ist doch hierbei die Hauptperson."

„Vater", bat Marion, die bis jetzt ihren Kopf an der Schulter der Mutter verborgen hatte und nun zärtlich den Hals des alten Mannes umschlang.

„Ah!" sagte dieser, halb lachend, halb verwundert, „so stehen die Sachen? Ja, wenn das Wild gleich aufbäumt, hat der Jäger leichte Jagd. Übrigens", rief er, Brown mit dem Finger drohend, „scheint mir der Herr nicht erst seit heute auf der Fährte zu sein."

„Und was meint die Mutter?" fragte Brown, dieser das Mädchen entgegenführend.

„Nehmt sie hin, Sir", sagte die alte Frau, „sie scheint Euch gut zu sein, und ich – ich habe mir leider das Recht vergeben, für sie eine Wahl zu treffen."

„Mutter", bat Marion, „rede nicht so; du glaubtest ja doch nur für mein Glück zu sorgen."

„Ja, das glaubte ich, Kind; der Allmächtige ist mein Zeuge. Das glaubte ich mit fester, inniger Überzeugung; aber der Herr allein kennt die Herzen der Menschen; wir armen Sterblichen sind schwach und blind."

„Dank – Dank – herzlichen Dank, Ihr Guten", rief Brown und schloß das Mädchen in seine Arme. „Sie sollen hoffentlich nie bereuen, mir Ihr einziges Kind anvertraut zu haben."

„Und mich fragt der Junge gar nicht", sagte jetzt Harper, der mit nassen Augen vortrat und den Neffen fest ans Herz drückte. „Mordsschlingel – tut so, als ob er keinen Onkel hätte."

„Ihre Güte kenne ich, lieber Onkel", rief, ihn freudig umarmend, der junge Mann, „und auch für Sie soll hoffentlich jetzt ein freudigeres, fröhlicheres Leben blühen."

„Ha", sagte Harper, indem er sich mit dem Rockärmel schnell über die Augen fuhr, den Neffen losließ und die künftige Nichte beim Kopfe nahm. „Es tut auch not, daß das alte Leben einmal aufhört. Lange hätt' ich's übrigens so nicht mehr ausgehalten; hier Bahrens und ich, wir wollten schon im nächsten Monat eine Wanderschaft antreten."

„Wohin?" fragte Mrs. Roberts erstaunt.

„Wohin?" wiederholte Harper, „nirgends hin, hier bleiben, aber heiraten. Jetzt feixt der Junge wieder, als ob ich zu alt zum Heiraten wäre. Höre, Bursche..."

„Dort kommen Reiter!" rief Bahrens, nach der Flußgegend zeigend, und gleich darauf sprengten auch Stevenson, Cook und Curtis auf den freien, die Farm umgebenden Platz.

Stevenson begrüßte die Frauen, die er als alte Freunde und Nachbarn kannte, herzlich, schüttelte aber lachend den Kopf, als ihm Mrs. Roberts Vorwürfe machte, seine Frau und Töchter nicht einmal mitgebracht zu haben. Sie habe diese so lange Zeit nicht gesehen und hätte sie so gern einmal wieder gesprochen.

„Wir können morgen hinaufreiten", sagte Roberts.

„Ist nicht nötig!" rief dagegen Stevenson, „Ihr werdet uns schon noch alle satt und müde werden."

„Wieso? Ihr bleibt hier?" fragte Roberts schnell.

„Ich habe Atkins' Farm gekauft", erwiderte der alte Tennesseer. „Die Gegend hier gefällt mir, der arme Teufel wollte fort, und – da bin ich handelseinig mit ihm geworden."

„Ihr könnt ja aber den Platz noch nicht einmal gesehen haben, denn an jenem Abend..."

„Ist auch nicht nötig", unterbrach ihn Stevenson lachend. „Sagt er mir nicht zu, nun, so läuft mir Crawford County nicht fort. Ist er aber so, wie ihn Mr. Curtis und Cook hier schildern, dann brauch' ich nicht weiterzuziehen. Die Nachbarn gefallen mir ebenfalls, und da unter dem Pack der Pferdediebe ein wenig aufgeräumt ist, so fange ich an einzusehen, daß der Fourche la fave gar nicht so schlimm sei, als ihn die Leute machen."

„Brav, Stevenson, brav!" rief Roberts, ihm voller Freude beide Hände schüttelnd. „Heute ist ein Glückstag. Der Teu – oh – Füchse und Wölfe, – höre, Alte, heut mußt du mir einmal einen Fluch zugute halten, es kommt sonst nicht so herzlich heraus, wie ich's meine. Aber verdammt will ich sein, wenn ich die Zeit weiß, wo ich so vergnügt gewesen bin. Kinder – wo ist denn Ellen? Das brave Mädchen darf nicht fehlen."

„Im Haus", sagte Brown.

„Allein im Haus? Ei, weshalb kommt sie denn nicht zu uns? Die gehört von jetzt an mit zur Familie."

„Daß sie nicht allein ist", erwiderte ihm lächelnd Brown, „dafür hat, glaube ich, Mr. Wilson gesorgt."

„Pu – uh!" sagte Roberts, „dort sitzt der Truthahn? Nun so kommt, Kinder, da sie nichts von uns wissen will, müssen wir sie aufsuchen. Ihr seid aber alle meine Gäste, und Stevenson, alle Wetter, wo ist denn Euer Junge?"

„Den hab' ich den Frauen geschickt, um sie zu beruhigen", sagte der Alte.

„Recht so; also Stevenson muß seine Familie morgen ebenfalls herunterholen; wir schlagen hier ein Lager auf, und in der nächsten Woche – oder sobald es den jungen Leuten gefällig ist – denn die haben doch wohl dabei die Hauptstimme – oder nehmen sie sich wenigstens, was, wenn man es bei Tage..."

„... betrachtet, vollkommen recht ist", vollendete lachend Harper diese Rede, „halten wir also Hochzeit, und nachher", fuhr er mit einem komischen Seitenblick auf Brown fort, „läßt ein gewisser junger Mann seinen alten Onkel hier allein auf dem trocknen sitzen, besteigt einen zu diesem Zweck besonders angeschafften Fuchs und reitet nach..."

„Little Rock – Onkelchen“, fiel Brown, ihm die Hand hinüberreichen, ein, „um dort das Land zu kaufen, auf dem er von nun an am Fourche la fave mit eben diesem alten Onkel und seiner jungen Frau leben will.“

„Und wird euch Regulatoren der Gouverneur nicht zürnen, daß ihr seine Gesetze gebrochen habt?“ fragte Marion schüchtern'

„Mag er“, sagte lächelnd der junge Mann. „Wir haben unsere Rechte verteidigt und die Brut vernichtet, die giftgeschwollen diese herrlichen Wälder durchkroch. Seine Machtlosigkeit gerade war es, die jene Verbrecher glauben machte, daß sie, wenn auch nicht unentdeckt, doch ungestraft Untat nach Untat begehen könnten. Unser Regulatorenbund hat ihnen aber die Gewalt gezeigt, die der einfache Farmer imstande ist auszuüben, sobald es die Not und seine eigene Sicherheit erheischt. Die Gefahr ist vorüber, und gern vertauschen wir wieder das Richtschwert mit dem freundlicheren Ackergerät des Landmanns.“

Das übrige ist bald erzählt:

Was Wilson und Ellen betraf, so hatte diesmal der alte Roberts, nach einem arkansischen Sprichwort, keineswegs „unter dem falschen Baum gebellt“. Noch in derselben Woche legte der nicht fern wohnende Friedensrichter die Hände beider Paare ineinander, und während Brown nach Little Rock ritt, den Kauf seines Landes zu besorgen, schrieb Wilson an seine alte Mutter in Memphis, um diese zu sich einzuladen, damit sie in seinem Haus ihre letzten Tage in Ruhe und Frieden verleben könne.

Atkins verließ schon am nächsten Morgen den Fourche la fave, lagerte jedoch noch eine kurze Zeit in der Nähe, um seinen Handel mit Stevenson in Ordnung zu bringen. Dies geschah jedoch über Curneales' Vermittlung, da er sich nicht entschließen konnte, wieder freundlich mit dem Mann zu verkehren, durch dessen Hilfe er seiner, wenn auch gerechten, Strafe oder Beschimpfung überliefert worden. Mit Wilson hatte er jedoch noch eine Unterredung, und auch Ellen nahm Abschied von ihren Pflegeeltern, ehe diese den Staat auf immer verließen.

Über Cotton konnte man nichts Näheres erfahren; ein Kanu war umgeworfen und mit einem Kugelloch in der Seite unterhalb Harpers Haus angetrieben gefunden worden; es ließ sich daher nichts anderes vermuten, als daß dies dasselbe sei, in welchem Rowson und Cotton hatten fliehen wollen; doch blieb Cotton selbst spurlos verschwunden, und da man auch an keinem Ufer eine Spur entdeckte, so gewann das Gerücht bald allgemeinen Glauben, der Verfolgte sei, wenn nicht von einer der nachgeschickten Kugeln getroffen, doch mit dem Boot umgeschlagen und durch die Kleider und vielleicht noch sonstiges mitgenommenes Gepäck am Schwimmen verhindert worden und ertrunken. Ebensowenig war über den Mulatten etwas zu erfahren, obgleich die Männer, die einige Tage darauf Johnsons Leichnam abschnitten und begruben, behaupten wollten, den Schatten seiner dunklen Gestalt am Rande jenes Schilfbruches gesehen zu haben, der sich vom Ufer des Fourche la fave aus nach dem Hügel zu erstreckte.

Der Advokat von Little Rock hatte sich, gleich nach Beendigung der Versammlung, auf sein Pferd geworfen und war im gestreckten Galopp davongesprengt, doch, wie man später erfuhr, nicht in der Richtung nach Little Rock zu, wo niemand einen „Wharton“ kannte.

Der Indianer lagerte dagegen noch neun Tage nach dem Tode Rowsons neben dem Grab seines Weibes, unterhielt dort ein Feuer und brachte ihr nächtlich seine Spenden an Speise und Trank. Am Morgen des zehnten jedoch trat er, mit Decke und Büchse auf der Schulter, marschfertig gerüstet in Harpers Hütte, die, bis ihr eigenes Haus errichtet worden, von den jungen Eheleuten einstweilen bezogen war. Dort reichte er dem Freund ernst und schweigend die Hand zum Abschied.

„Und will der Befiederte Pfeil sein Leben nicht bei seinen Freunden beschließen?“ fragte ihn Brown herzlich; „Assowaum hat niemanden, der für ihn kochen und seine Mokassins nähen wird. Will er das Dach meiner Hütte mit mir teilen?“

„Du bist brav!“ sagte der Indianer, indem er freundlich mit dem Kopf nickte; „dein Herz hat denselben Sinn wie deine Worte, aber Assowaum muß jagen; Die weißen Männer haben das Wild am Fourche la fave getötet, die Fährten der Hirsche sind selten geworden, und Bären kommen nur noch als Wanderer in die Niederungen dieser Täler. Die Herden der Weißen haben die Rohrdickichte der Sümpfe gelichtet, und der Bär sieht sich in ihnen vergeblich nach einem Lager um. Assowaum ist krank; Büffelfleisch wird ihn gesund machen. Er zieht nach Westen.“

„Dann gehe wenigstens nicht so weit, und wenn du des Umherwanderns müde bist, kehre zurück zu uns; du hast hier eine Heimat.“.

„Mein Bruder ist gut – Assowaum wird daran denken.“

„Und Ellen? – Hast du von ihr schon Abschied genommen?“ fragte ihn Brown.

„Assowaum vergißt niemals die, die ihm Gutes erwiesen“, antwortete der Indianer. „Das junge Mädchen rettete sein Leben, aber mehr noch – es rettete seine Rache. Mein Pfad führt an ihrem Haus vorbei – good bye!“

Noch einmal schüttelte der Häuptling warm und innig des weißen Freundes Hand – ebenso die seiner jungen Gattin –, noch einmal winkte er einen Gruß zurück, und im nächsten Augenblick schloß sich das volle Laub der Büsche hinter ihm, als er, die Fenz überspringend, im Wald verschwand.